Gisela Wielert lernte noch vor Beginn des geplanten Studiums Fachrichtung Physik mit dem Ziel: Gesundheitsingenieur ihren Mann kennen und ist seit 1971 verheiratet.

Sie haben einen Sohn und leben auf dem Lande in der Nähe von Lübeck

Beruflich war sie als Arztsekretärin, zwischenzeitlich Chefarztsekretärin an der Uni Lübeck, tätig. Nebenberuflich arbeitete Wielert 10 Jahre als Buchhalterin für bis zu 4 Restaurants gleichzeitig. Von 1998 bis 2014 Tätigkeit als Managerin in einer Klinik für Ästhetisch-Plastische Chirurgie.

Ihre Schreibbegeisterung begann früh. Seit ihrem 17. Lebensjahr sind circa 100 Gedichte entstanden, viele Kurzgeschichten, Tagebuchaufzeichnungen mit Schreibmaschine ohne Seitenzahl, 2,3 kg und Essays.

2013 kam ein Kinderbuch für ihr Enkelkind hinzu. Band II der Familiensaga „Durch die Zeiten" wird 2018 erscheinen.

Kontakt: gisela.wielert@gmail.com

    facebook

Herstellung und Verlag: Bod- Books on Demand, Norderstedt

Die Gedanken sind frei

(Marcus Tuillus Cicero)

Durch die Zeiten

Die erste Generation

Roman

Gisela Wielert

Wissenswertes über Schutzgeister
Keineswegs sind sie Engel, diese Schutzgeister. Früher, Äonen früher, waren sie ganz normale Menschen des lebendigen Mondes. Als dieser sich zur Ruhe begab, begann für seine Bewohner die Ausbildung zu Schutzgeistern für die eben erwachende Erde, auf der sie seit Anbeginn bis heute für deren Menschen tätig sind.

Schutzgeister haben weder Flügel noch Pausbacken und schon gar keinen Heiligenschein. Sie sind mehr oder weniger wohlgestaltet, und sehen den Erdbewohnern zum Verwechseln ähnlich, wobei diese sie weder sehen, fühlen noch riechen können. Schutzgeister können nicht wenig, eher ziemlich viel. Das Lesen von Gedanken gehört dazu nicht.

Schutzgeister essen und trinken nicht und haben kein Bedürfnis nach Alkohol, Drogen oder Sex. Ihre Vorgesetzten sind „Das Komitee".

Der neue Auftrag
Wo bin ich? In Travemünde. Den Ort kenne ich. Ich bin aufgeregt, nervös, freudig erregt, alles zusammen wie immer, wenn ich einen neuen Schützling übernehme. Es geht mir heute nicht anders als unendliche Male zuvor. Alois Hausner heißt er. Welchen Tag haben wir? Es ist Mittwoch, den will ich mir merken, unbedingt. Wir schreiben das Jahr 1950, es ist 15 Uhr, der 3. August. Wie sieht er aus, dieser Alois Hausner? Nicht schlecht, nein gut. Er ist attraktiv, ja, ist er; bestimmt 187 cm groß und 78 kg schwer, nur leicht angegrautes, dunkelbraunes Haar, grüne Augen, gut geschnittenes, ovales Gesicht mit nicht zu ausgeprägtem Kinn und leicht gebogener Nase. Er sitzt auf einer Bank. Wir sind in der Nähe des Brügmanngartens, und er schaut sich das Meer an. Beige Shorts trägt er und ein weißes, kurzärmliges Hemd, Sandalen Marke „Vorkriegsmodell". Mehr kann ich auf den ersten Blick nicht erkennen. Wer ist er? Wie ist er? Später, ich werde es erfahren. Wer ist sein Schutzgeist? Bekanntes Gesicht, lange her: Melvis heißt er. Er sieht sich um, ungeduldig. Er will wohl weg, kann es nicht mehr erwarten.

„Melvis, Melvis, gar Unrast springt dir aus den Augen, sei dennoch herzlich gegrüßt und dich wiederzusehen finde ich exorbitant. Ich soll dich bei deinem Schützling ersetzen." „Ist es so? Dann grüß dich Gori, alter pigmentierter Mondherrenmensch, du bist es also. Wir haben uns lange nicht gesehen, wo hast du gesteckt?" „Zuletzt in Köln." „Also, kein Wunder, ich war die ganze Zeit in Bayern, bei dem Alois Hausner. Nein, übereilig habe ich es nicht. Bevor das vergessen wird, sage ich dir was zu ihm: Der Alois ist 49, gesund und pflegeleicht. Kein Risikokandidat. Er hat eine Bierbrauerei in Bayern, ein Familienbetrieb in dritter Generation. Dann gibt es noch Mietshäuser, Grundstücke und was weiß ich noch alles. Vor 2 Jahren ist er Witwer geworden und wünscht sich, glaube ich, eine neue Partnerin. Das weiß ich aber nicht genau, er führt kein Tagebuch und spricht nicht mit sich selbst, es handelt sich um eine reine Hypothese. Er ist Vater eines erwachsenen Sohnes, der den Betrieb leitet." „Das hört sich harmlos an, warum bleibst du nicht bei ihm?" „Ich habe mir endlich mal eine Frau gewünscht, eine temperamentvolle Frau, mit der ich was erleben kann." „Aha, bevor wir mit ihm hier unser Wunder erleben, sag mal, wie lange sitzt er schon auf der Bank, er hat einen roten Kopf." „Jetzt wo du das ansprichst, fällt es mir auch auf. Dumm, er trägt nie Hut, er sollte schleunigst aus der Sonne." „Sehe ich auch so, hat der Mann kein Bauchgefühl?"

Melvis sieht aus, als hätte er sich darüber noch nie Gedanken gemacht. Wenn das Bauchgefühl bei Herrn Hausner wenig ausgeprägt sein sollte, vielleicht funktionieren andere Gefühle bei ihm umso besser.

„Melvis sieh hin, da kommt eine Frau."

Und was für eine, schätze mal: 163 cm groß, 48 kg schwer, unglaublich muskulös, lange dunkelblonde Haare mit Mittelscheitel, blaue Augen, volle Lippen, gerade Nase. Na, da fehlt ja gar nichts, sehr schick ihre grüne Capri Hose mit dem ärmellosen gelben Top und den flachen weißen Schuhen.

„Schau, welch ein Segen für uns, mit Schutzgeist Tessa." „Tessa, Tessa, hallo, du musst uns helfen." „Gori und Melvis, das ist eine freudige Überraschung euch zu sehen. Gori, geht es dir wieder gut? Du hast lange ausgesetzt." „Vor drei Minuten habe ich gerade wieder angefangen und schon gibt es ein Problem. Mein Schützling steht knapp vor einem Sonnenstich und wir können ihn nicht ins Wasser oder wenigstens in den Schatten bewegen. Kannst du deiner Lady eingeben, sich auf die Bank zu setzen und ihn anzusprechen?" „Klar, mache ich gerne, sie hat Rückenschmerzen."

Prompt geht Tessas Dame auf die Bank zu, spricht Alois an.

„Entschuldigen sie, darf ich mich zu ihnen setzen?" „Aber gerne, gnädige Frau, schauen sie nur, man hat von hier einen herrlichen Blick auf die Ostsee."

Er hat sie tatsächlich mit „gnädige Frau" angesprochen, Manieren scheint der Herr zu haben.

„Ja, ganz wunderbar. Aber verzeihen sie mir die Frage, sitzen sie schon länger hier in der heißen Sonne, ich fürchte, sie haben sich einen Sonnenbrand geholt." „Ich wollte nach dem Mittag eine kurze Rast einlegen, aber eigentlich schon lange im Wasser sein. Bin ich rot im Gesicht?" „Ziemlich, sie sollten sich in den Schatten setzen oder möchten sie vielleicht jetzt mit ins Wasser?" „Ja danke auch, wenn ich sie begleiten darf?" „Sie sind kein Einheimischer, warten sie, sie könnten aus Bayern stammen." „Stimmt genau, hört man die Mundart so deutlich raus?" „Ja, ich kenne sie gut aus meiner Münchner Zeit." „Wie, sie haben in München gelebt?" „Während des Krieges, ich hatte von 41 bis 44 ein Engagement am Münchner Ballett." „Was, sie tanzen? Sie tanzen in einem Ballett?" „Ja." „Und wo?" „In Lübeck, jetzt ist Theaterpause, und ich nutze das schöne Wetter, um so oft wie möglich an den Strand zu kommen." „Ja das ist gut, sonst wären wir uns nicht begegnet und sie könnten mich nicht vor den Folgen eines Sonnenbrandes retten. Übrigens, mein Name ist Alois Hausner." „Ich heiße Elisabeth Reinhard.".

„Tessa, du bist richtig gut, wie hast du das geschafft?" „Elisabeth hat heute Rückenschmerzen, sie hätte sich so oder so genau hier auf die Bank gesetzt, ich wusste es einfach." „Sie ist doch so jung, wieso tut ihr der Rücken weh?" „Weil sie Tänzerin ist, weil sie langsam zu alt zum Tanzen ist. Sie muss sich einen Mann zum Heiraten suchen oder einen reichen Gönner. Jetzt erzähl bitte von dir, Gori, wo bist du gewesen?" „Ich habe geschlafen." „Aha, weswegen?" „Ich hätte es mir verdient, sagte das Komitee." „Gori, du warst doch Schutzgeist bei der kleinen Sarah Blumenthal, ist was mit ihr passiert?" „Ja, sie wurde umgebracht, vergast." „Und du musstest das mit ansehen?" „Ja." „Lieber Mond! Was passierte ihren Eltern? Die hatten doch Pacca, wenn ich es richtig erinnere?" „Ja, sie hatten Pacca. Und Pacca und ich haben in den ganzen Jahren alles versucht, die Familie für eine Ausreise aus Deutschland zu sensibilisieren. Vergebens. Ich weiß nicht, was aus den Eltern geworden ist. Wir wurden voneinander getrennt." „Und als Sarah tot war, kam das Komitee und hat dir Schlaf verordnet?" „So ungefähr." „Gori, du verschweigst etwas." „Es war keine Ruhmestat von mir: ich habe meine aufgestaute Negativenergie ausgeatmet. Ein Wächter kam dadurch um." „Oh!" „So war es. Das Komitee

beschied mir Mondmenschlichkeit und schickte mich schlafen."
„Du hast da oben ein hohes Ansehen, Gori." „Ich weiß es zu schätzen." „Der Krieg ist vorüber, aber die Menschen wurden nicht ausgetauscht. Es laufen hier massenweise Leute rum, die vor einigen Jahren Hitler und seinen Nazis zugejubelt haben."
„Da kann ich nur hoffen, dass der Alois nicht zu denen gehört."

Melvis winkt ab.

„Alois ist unpolitisch, keine Sorge, Gori, ich wünsche dir mit ihm viel Freude."

Was immer das auch heißen mag. Melvis muss gehen, Tessa und ich sind allein.

Es ist 15 Uhr 20, Alois und Elisabeth tragen Badeanzug und Badehose, gehen gemeinsam auf die Ostsee zu. Hoffentlich will Alois nicht den Helden spielen, stürzt sich in die Flut und kriegt einen Herzinfarkt. Obwohl, er sieht gesund aus. Er hat Muskeln und keinen Bauch – das kommt bestimmt vom Stemmen der Bierfässer -. Nein, er ist schlau, er dreht sich um, geht leicht in die Knie und legt sich zuerst mit dem Rücken ins Wasser. Das ist viel schonender, den Trick hatte ich früher auch drauf. Beide schwimmen gut. Ach wie schade, Elisabeth bekommt einen Wadenkrampf.

„Tessa, Elisabeth hat einen Wadenkrampf." „Ja, das sehe ich auch. Sie hat ständig Wadenkrämpfe und sollte Magnesium nehmen. Aber das ist im Moment so schwer zu kriegen." „Die Situation ist ungefährlich. Sie können im Wasser noch stehen und Alois nimmt jetzt Elisabeths Arm und hilft ihr an Land, wir müssen nicht eingreifen." „Danke, Herr Hausner. Ich sollte regelmäßig Magnesium nehmen. Ohne Vorbestellung ist es in den Apotheken selten vorrätig. Ich bin schon froh, dass die Tabletten seit kurzem wieder in Deutschland produziert werden."
„Ja, langsam wird alles etwas besser, der Adenauer und der Erhard scheinen ein gutes Gespann zu sein." „Tessa, wer sind diese Herren?" „Adenauer ist Bundeskanzler und Erhard sein Wirtschaftsminister. Komm, wir verlieren unsere Schützlinge

aus den Augen. Wenn du willst, erzähle ich dir bei Gelegenheit, was sich hier während deiner Abwesenheit zugetragen hat."

Na, große Klasse, ich weiß noch nicht einmal, in welchem Jahr der Krieg beendet worden ist.

„Schutzgeister befinden sich im intellektuellen Pausenzustand." O-Ton des Komitees. Dabei sind wir mit Wissen vollgestopft, haben ein Universalstudium hinter uns: Geologie, Anatomie, Physiologie, Chemie, Physik, Mathematik, Sprachen, Biologie, Rechtslehre und so weiter, nichts fehlt. Fortbildungen? Gibt es nicht. Zuerst waren sie auch nicht nötig, jetzt schon. Wir sollen auch gar nicht so gebildet auftreten, nicht urteilen, konstatieren, analysieren oder reflektieren, wir dürfen als Schutzgeister positive Energie verbreiten und die intuitiven Fähigkeiten unserer Schutzbefohlenen stärken. Kann ich mich darauf beschränken? Nein, und ich will es auch nicht. In unzähligen Mondmenschenleben habe ich viel zu oft als Journalist, Wissenschaftler und Kriminalist gearbeitet. Neugier ist meine Nummer 1. Neugier ist selbst laut der irdisch katholischen Kirche keine Todsünde wie Neid oder Hass und daher besteht auch keine Therapiepflicht. Das bestätigt auch das Komitee. Neugier verlangt nach Wissen, das Wissen will die Analyse, sehnt sich nach Wahrheit – wohl dem, der jede Wahrheit ohne emotionale Bewegung erträgt -. Darin übe ich mich. Ich will alles wissen und alles verstehen, aber ich möchte darüber nicht mehr die Fassung verlieren, wie beim Tod meines kleinen Mädchens. Ich will, ich gebe es vor mir selbst offen und ehrlich zu, einmal ein guter Pontifex werden, ein wahrer Brückenbauer, der die Geschicke der Welt mit konzentriertem Blick verfolgt, großzügig, gewaltfrei. Leben lassen, grenzenloses Vertrauen haben, Liebe fühlen, gerecht walten.

Ein- und Ausblicke
„Gori, könntest du bitte aus deinem Traum erwachen. Elisabeth fährt zurück nach Lübeck, weil sie zum Training muss. Morgen kommt sie wieder her. Sie haben sich verabredet. Mehr können

wir nicht erwarten. Pass gut auf Alois auf. Er soll gleich nach dem Abendessen ins Bett gehen, und keine andere Frau kennenlernen. Hast du das verstanden?" „Ja doch, tut mir leid, es ist mein erster Tag heute, ich bin noch nicht richtig in Form." „Schon gut, dann bis morgen." „Bis morgen, Tessa."
Allein mit Alois, die quirlige Tessa und Versagensangst im Nacken. Was könnte ich mir mehr wünschen? Alois geht spazieren, setzt sich noch einmal auf die Bank, auf der er mit Elisabeth Reinhard gesessen hat. Nun steht sie im Schatten, da kann er sitzenbleiben. Er sitzt und sitzt und grübelt. Worüber wohl? Zeit vergeht. Na endlich, er steht auf, will wohl in sein Hotel. Richtig, wie nobel, es sind „Die Vierjahreszeiten" mit Casino. Ob er wohl auch spielt? Na dann, auf in das Leben der schon wieder Betuchten. Der Portier ist bestimmt vornehmer als mancher Gast. Er grüßt Alois mit leichter Verbeugung, öffnet ihm die große Glastür, sehr elegant und überhaupt nicht buckelnd. Welche Pracht hier: Gold, Blinker an der Decke, viel Plüsch, blitzsauber, nicht mottig, Vorkriegsinterieur. Alois ist Sportsmann, nimmt die Treppe zwei Stufen auf mal. Er hat keine Suite. Das Zimmer ist auch plüschig. Er muss nicht gleich auf die Toilette, wie die Frauen immer. Er dreht im Badezimmer die Hähne an der Wanne auf, will wohl das Salzwasser der Ostsee abbaden. Die Abendgarderobe rauf aufs Bett: Hemd, Smoking? Ja, das muss wohl bei dem Standard des Hauses sein. - Alois, geh ins Bad, die Wanne ist voll, bitte, schnell -

Er tut es, dreht die Hähne zu, zieht sich aus. Badet, lässt sich Zeit, lächelt versonnen. Denkt er an Elisabeth, die ihm heute begegnet ist? Wird es mit ihnen weitergehen? Tessa kann es sich vorstellen. Passen sie überhaupt zusammen? Warum soll ich mir jetzt darüber Gedanken machen? Alois müsste doch Hunger haben. Hat er. Er steigt aus der Wanne, trocknet sich ab, zieht sich an, bindet sich die Schuhe zu, fertig, Blick in den Spiegel: - du siehst toll aus, Mann- Er lächelt sich an, ihm gefällt, was er sieht. Na, das mag ja heiter werden; es gibt da unten bestimmt jede Menge heiratslustige Damen, die Alois blickkontaktliche Avancen machen werden. Nach Kriegen ist das immer so. Nach jedem Krieg herrscht Frauenüberschuss.

Wenn wir Alois an eine andere Frau verlieren sollten, können Tessa und ich das bedauern, was wir gar nicht dürfen, weil das zu menschlich ist. Ändern können wir es nicht. Habe ich mich tatsächlich so schnell für Alois entschieden? Ich bin Wahlschutzgeist, das Komitee wird mich in wenigen Stunden dazu befragen. Der Speisesaal: Ich muss mir alle Frauen anschauen. Keine ist so schön wie Elisabeth. Was für ein Glück! Alois geht auf einen Tisch zu, der ihm wohl zugedacht ist. Da sitzt ein älteres Paar, ein Schutzgeist ist bei ihnen, einer für zwei. Das wird oft so vom Komitee gemacht. Schutzgeistmangel. Sie lächeln Alois an, sie kennen sich.

„Einen schönen guten Abend, gnädige Frau."

Wieder „gnädige Frau" und dann Handkuss, raffiniert.

„Auch ihnen einen guten Abend, Herr Kramer." „Das wünschen wir ihnen auch, Herr Hausner und, wie es aussieht, haben sie ausgiebig die Sonne genossen."

Sie plaudern, sollen sie. Ich will freundlich zu ihrem Schutzgeist sein.

„Hallo, ich bin Gori", „Jam."

Oh je, das war es auch schon mit der Konversation. Jam meditiert, der will nicht reden. Womit kann ich mich unterhalten? Mit dem Anblick der Herrschaften im Speisesaal? Es wird ausschließlich große Abendgarderobe getragen: die Herren haben schwarze Anzüge oder Smoking angelegt, die Damen Roben mit mehr oder weniger schönem Dekolleté. Wer hat, der zeigt. Kellner bewegen sich diskret, legen geschickt vor, schenken gekonnt Wein nach. Alois löffelt eine klare Ochsenschwanzsuppe. Ich weiß, wie sie gemacht wird. Ich habe früher gerne gekocht und gegessen. Was hat Frau Kramer gerade Alois gefragt? Ich glaube, ob er wieder mit in die Piano-Bar will. - Kommt nicht in Frage, Alois, du gehst ins Bett! –

„Gnädige Frau, ich bitte um Verständnis, ich habe für mich einen Leseabend geplant."

Meine Güte, was für eine gestelzte Sprache.

„Dafür habe ich aber wirklich Verständnis; darf ich mich nach ihrer Lektüre erkundigen?"

Frau Kramer scheint interessiert.

„Ja, gerne, ich habe mir die „Buddenbrooks" vorgenommen. Ich kenne ausgerechnet dieses Buch von Thomas Mann noch nicht und verstehe es auch als Hommage an Lübeck."
Schweigen, die Kramers bestürzt, täusche ich mich, wieso denn? Herr Kramer holt Luft, atmet aus und?

„Lieber Herr Hausner, wir müssen gestehen, dass wir die Liebe zu diesem Schriftsteller im Laufe der vergangenen Jahre eingebüßt haben." „Aha, und weswegen, wenn ich fragen darf?" „Er lässt das Politisieren nicht. Er tut doch ganz so, als säße das deutsche Volk in einem Jammertal, wenn sie wissen, was ich meine." „Sie wollen auf sein Pauschalurteil hinaus, alle Deutschen seien am Krieg und dem Naziunrecht schuldig?" „Da, sehen sie, sie sagen es. Das müssen wir uns 1950 doch nicht mehr anhören." „Herr Kramer, ich bin kein Hellseher, nur denke ich, dass wir uns von den jüngeren Generationen künftig noch viele Fragen anhören müssen. Wir sind momentan nicht in der Situation, uns auf das hohe Ross zu schwingen."

Herr Kramer sieht irritiert aus.

„Dann trifft das Jammertal doch auf sie zu."

Unfeine Bemerkung. Alois lächelt, wie wird er reagieren?

„Thomas Mann war nie ein Mann der Straße. Wieviel hat er von dem mitbekommen, was sich jahrelang im Überfluss in einfachen Familien abgespielt hat. Er ist rechtzeitig gegangen, musste keine Entbehrungen ertragen. Selbst wenn ich sage, dass er moralisch im Recht ist, besteht die Frage, ob es ihm zusteht, so zu urteilen. Zumindest finde ich es etwas arrogant."
„Ja, Herr Hausner, das haben sie ganz trefflich formuliert. Das unterschreibe ich Ihnen sofort."

Das Ehepaar Kramer nickt freundlich. Ein Kellner kommt, unterbricht das Gespräch. Alois nippt an seinem Wein. Ob er im Krieg war? Kann ich mir nicht vorstellen; er hätte sich erschießen lassen oder wäre auf eine Mine getreten. Na gut, ich kenne ihn noch zu wenig, aber, ich glaube, er ist mir jetzt schon sympathisch, seine Einstellung gefällt mir.

Was wird werden
Weit nach Mitternacht, das Komitee hat sich gerade von mir verabschiedet, lächelnd, wohlwollend, sehr zufrieden mit meiner Entscheidung. Und ich bin über meine Wahlschutzgeistfunktion heilfroh. Ich hätte den Alois Hausner mit kurzer Begründung ablehnen können; daraus wären mir keine Nachteile erwachsen. Mir wäre ein anderer Auftrag vermittelt worden. Das Komitee wünscht keine ausgeprägten mondmenschlichen Gefühle; lehnt aber unsere Zufriedenheit nicht ab, weil wir deshalb weniger Fehler machen. Für das Komitee zählen ausschließlich positive Ergebnisse. Ich bin mit Alois vorerst zufrieden. Er kommt mir ehrlich vor und formuliert trotzdem diplomatisch; seine Antworten und Einwände im Gespräch mit dem Ehepaar Kramer haben mich von ihm überzeugt. Jetzt schläft er tief und fest. Tessa, ich freue mich über Tessa. Ja, sie hat kleine Macken, redet gerne über Sex und so, was ich nicht mag, seit mein Körper kein Verlangen mehr zeigt. Außerdem ist sie mitunter etwas ... wie soll ich sagen, sie ist zweifellos klug, trotzdem ist sie manchmal etwas naiv. Dann geht sie mir ziemlich auf den Wecker. Habe ich alles schon mit ihr erlebt. Aber sie sieht auch toll aus, klein und zierlich, schwarze Haare zum Bob geschnitten, sehr helle Haut, dunkelbraune Augen, schmale Nase, volle Lippen, hohe Wangenknochen, sie trägt ein gelbes Schneiderkostüm mit weißen, sehr hochhackigen Schuhen. Sie muss, ähnlich wie ich, mit etwa 45 Jahren abberufen worden sein.

Der Tag nach dem ersten mit Alois
Morgens, es ist 7 Uhr. Die Sonne strahlt vom blauen Himmel. Alois erwacht. Er springt aus dem Bett, was hat er vor? Er findet seine Badehose, greift sich Handtuch und Bademantel, streift

sich Badeschuhe über. Aha, es geht wohl an den Strand. - Nimm den Zimmerschlüssel mit, Alois - Er stutzt an der Tür, sein Schlüssel, wo? - Der steckt in deiner Hosentasche -. Er sucht seine Hosentasche ab, findet den Schlüssel. Raus aus dem Zimmer, rein ins Badevergnügen. Alois ist die Wonne anzusehen, die er jetzt empfinden muss: bettwarmer Körper trifft kühles Nass. Verschwindet darin, taucht wieder auf. Erfrischung pur von der Zehenspitze bis unter die Haarwurzel; fast ein halber Orgasmus. Die Klarheit hinter der Stirn danach. Alois schwimmt.

Der Vormittag verging gemächlich mit Frühstück, Spaziergang durch Travemünde, einem erneuten Bad und schließlich Umziehen im Hotelzimmer zum Mittagessen. Die Kramers blieben unsichtbar, gut so. Keine erneute Diskussion. Um 14 Uhr 50 wird Elisabeths Zug im Bahnhof Travemünde eintreffen; ich bin gespannt, ob Alois sie abzuholen gedenkt.

Wir sitzen hier im Speisesaal herum, als hätten wir unendlich viel Zeit. Es ist schon 14 Uhr 15. -Alois, schau mal auf die Uhr - Na also, er tut es, trinkt den Rest Kaffee aus, springt auf. Hoch ins Hotelzimmer, Anzug aus, zieht sich seine Shorts von gestern über die
Badehose und nimmt ein frisches weißes Hemd. Er greift sich ein Handtuch, steckt ein Taschenmesser ein. Was will er damit? Im Brügmanngarten. Wieso schaut er sich immer wieder um. Wieso macht er das? Kein anderer Mensch ist zu sehen. Er holt das Taschenmesser aus der Hosentasche, schneidet blitzschnell eine rosa Rose ab. Das ist nicht wirklich fein aber auch verwegen. Federnden Schrittes geht es weiter, der Bahnhof ist erreicht. Der Zug aus Lübeck fährt ein. Tessa winkt mir zu. Alois hebt die Hand, winkt Elisabeth zu. Jetzt stehen sie voreinander und schütteln sich die Hand. Elegant wird die geklaute Rose überreicht. Der Zweck hat schon immer das Mittel geheiligt. Frau Reinhard freut sich und Tessas Gesichtsausdruck könnte als selbstzufrieden beschrieben werden.

Elisabeth
„Gori ich habe Einsicht in die Personenakten unserer beiden Schützlinge bekommen." „He, wie geht so was denn?" „Ja, das ist eine Frage der richtigen Beziehung. Mein letzter Mondmensch-Ehemann leitet das Sekretariat des Komitees. Hast du das vergessen?" „Wo du es jetzt sagst, nee." Willst du zuerst über Elisabeth etwas erfahren?" „Beginnen wir mit ihr." „Elisabeth wurde am 9. August 1916 als Tochter des Goldschmiedeehepaares Agnes und Herbert Meins in Hagen geboren. Das Paar lebte und arbeitete im Haus von Ingrid Bollnitz, Agnes Mutter, die früh verwitwet ebenfalls als Goldschmiedin tätig war. Mit fünf Jahren bekam Elisabeth Ballettunterricht. Vater, Mutter und Großmutter waren tolerant und politisch liberal. Das Kind wuchs in einer liebevollen und offenen Atmosphäre auf. Dann passierte die Katastrophe. Am 31. Juli 1923 befanden sich Elisabeths Eltern auf Geschäftsreise im Zug von Hamburg nach München. Um 4 Uhr morgens übersah der Zugführer ein Haltesignal und fuhr im Bahnhof von Kreinsen mit voller Reisegeschwindigkeit auf den Vorzug, der dort wegen eines Motorschadens stand, auf. Beide Eltern gehörten damals zu den achtundvierzig Toten." „Tessa, das ist ja unglaublich, ich war dabei." „Erzähl!" „Ich war für einige Jahre Schutzgeist von Gerhard Domagk, weißt du, das ist der berühmte Bakteriologe, der seinen Nobelpreis wegen der Nazis nicht annehmen durfte, weil er Reichsdeutscher war. Jedenfalls bekam ich einen sicheren Tipp wegen des bevorstehenden Unfalls. Der Zug stand in Kreinsen. Jetzt bringe einen jungen ehrgeizigen Wissenschaftler dazu, die Arbeit zu unterbrechen und Intuition zu empfinden. Es ging gar nicht. Mir fiel nichts Besseres ein: ich habe meine ganze Energie auf seinen Gaumen konzentriert. Endlich bekam er Durst und stieg aus dem Zug, um sich etwas zu trinken zu kaufen. kurz danach knallte es." „Du warst das, Gori, das war ein Meisterstück. Ich hatte davon gehört, weil alle Schutzgeister davon sprachen, leider aber deinen Namen nicht kannten." „Kurz und gut Tessa, ich erhielt einen Belohnungsurlaub und dann einen neuen Schützling. Bitte, berichte weiter über Elisabeth." „Elisabeth blieb bei ihrer Großmutter. Beide waren längere Zeit schwer erschüttert, aber stabil genug, sich nicht aus der Lebensbahn werfen zu lassen. 1933 verließ Elisabeth mit

Mittlerer Reife das Lyzeum und legte wenig später ihre Tanzprüfung ab. Sie bewarb sich am Theater in Hagen und wurde engagiert. Das war ein Glücksfall für Großmutter und Enkelin, die sich nicht trennen mussten. Bis 1936 verlief ihr Leben regelmäßig. Dann lernte sie den Geiger Franz Reinhard kennen. Die beiden verliebten sich ineinander und heirateten 1938. Das Glück sollte nicht lange währen. Franz erkrankte an Leukämie und starb 1940. Die Ehe blieb kinderlos. Elisabeth, untröstlich, wollte aus Hagen weg. Während einer Gastaufführung in Leipzig, wurde sie von einem Münchner Choreographen gesehen, der sie abwarb. 1941 zog sie nach München. Aus der Personenakte geht hervor, dass sie große Erfolge als Solistin ertanzte. Als die Großmutter während eines Besuches in München einem Herzinfarkt erlag, beschloss Elisabeth nach Hagen zurückzukehren, nicht zuletzt um ihr Erbe zu ordnen. Das hatte der langjährige Anwalt der Familie bereits erledigt und Pachtverträge, Mietverträge, sprich: der ganze Papierkram war geordnet. Elisabeth war eine wohlhabende Frau und ist es auch heute noch. Sie ist also weder auf einen reichen Gönner angewiesen noch muss sie eine Versorgungsehe eingehen. Das habe ich nicht gewusst. In der Folgezeit hat sie als Gastsolistin in Hagen getanzt und auch in Hamburg und Lübeck. Als der Krieg vorbei war, und irgendwann die Theater wieder öffneten, nahm Elisabeth Ende 1946 ein Engagement in Lübeck an. Ich habe Elisabeth auch erst vor zwei Monaten übernommen, weswegen ich wenig über sie weiß; mein Ex hatte Urlaub und aus dem Grund kam ich nicht an ihre Personenakte heran." „Sehr gut, Tessa, jetzt sehen wir deutlich klarer. Wenn sich Elisabeth für Alois interessiert, dann nicht aus pekuniären Gründen. Das ist für mich eine großartige Neuigkeit."

Wie wahr, ich würde Tessa bestimmt nicht unterstützen, wenn Elisabeth finanzielle Interessen an Alois hätte. Ich bin kein Oberhirte meiner Schützlinge; aber, wenn ich mich als Schutzgeist für eine Person entscheide, bin ich ihr gegenüber loyal.

„Heute bin ich Magnesium gesichert, Herr Hausner, und ich freue mich aufs Schwimmen." „Das kann ich gut nachvollziehen, dieses Vergnügen habe ich mir noch vor dem Frühstück gegönnt. Das Wetter ist wirklich wie im Süden." „Was ist für sie der Süden?"

Elisabeth sieht Alois fragend an.

„Meine Frau und ich waren mit den Kindern - komisch, Melvis sprach von nur einem Kind - früher oft am Gardasee." „Das bietet sich für Bayern ja auch an, schade, ich habe es nie geschafft einmal dort hinzukommen. In den Ferien bin sofort nach Hagen zu meiner Großmutter gefahren, die immer noch ihr Geschäft führte. Sie hat es erst 1943 verpachtet und bitter bereut. Ich glaube, sie hätte länger gelebt, wenn sie weitergemacht hätte." „Warum hat sie es getan?" „Das war eine etwas undurchsichtige Geschichte, lieber Herr Hausner. Meine Großmutter wollte das Geschäft aus Altersgründen schon gerne abgeben, aber weiterhin als Goldschmiedin arbeiten und ihre Schmuckstücke durch den neuen Pächter verkaufen lassen. Das ging am Anfang gut. Nach einer Weile passten ihre Arbeiten angeblich nicht in das Sortiment, und erschienen nicht mehr im Schaufenster, ständig war ihr Arbeitsplatz belegt, kurz, sie ist ausgebootet worden. Rechtlich konnte sie nichts machen, weil die Absprache nur mündlich getroffen war. Als ärgerlich für sie erwies sich, dass sie deshalb dem neuen Pächter einen günstigeren Vertrag für fünf Jahre zubilligte. Ihre Planung hatte ja so ausgesehen, die Differenz zur eigentlichen Pachtsumme selber zu erwirtschaften. Jetzt sah sie sich ihrer schöpferischen Tätigkeit beraubt und finanziell hintergangen. Das war keine gute Mischung für sie. Sie sah sich um ihren Lebensabend gebracht." „Das kann ich persönlich gut nachvollziehen, ich bin selber gerade auf der Suche, was ich mit mir beginnen soll." „Sie sind doch noch viel zu jung, um an einen Lebensabend zu denken."

Alois lacht.

„Sollte man meinen. Ich sehe es etwas anders. Mein Sohn ist fünfundzwanzig und mit Leidenschaft Bierbrauer. Er ist absolut tüchtig und umsichtig, er wirtschaftet und organisiert mindestens so gut wie ich und hat jede Menge gute Ideen. Unser Betrieb verkraftet keine zwei Chefs. Ich bin dort völlig überflüssig." „Sie haben eine Bierbrauerei?" „Ja, es ist ein Familienbetrieb. Die künftige Chefin gibt es auch schon. Es ist die Tochter unseres besten Hopfenlieferanten. Die Kinder kennen sich seit jeher, sie wollten nie etwas anderes, als diese Verbindung." „Und sie sind allein und fühlen sich jetzt auch ein wenig ausgebootet?" „Ich sollte stattdessen froh und glücklich sein, nicht wahr?"

Alois
Sie sind jetzt im Wasser und schwimmen, Tessa und ich haben uns gegenseitig unsere Betroffenheit eingestanden und schauen ihnen zu. Ich muss Tessa sagen, was ich gerade denke:

„Tessa, wir haben es mit zwei demnächst Beschäftigungslosen zu tun, die auf Betätigungssuche sind. Alois taugt nicht zum Seniorchef und Elisabeth sieht das Ende ihrer Tanzkarriere vor Augen." „Ja, so ist es. Ich bin gespannt, was die beiden aus der Situation machen." „Wie findest du Alois?" „Ich glaube, er ist ein Mensch, der es nie nötig gehabt hat, etwas anderes zu sein, als er selbst. Er ist Alois Hausner, der Bierbrauer, der Bierbrauereiinhaber." „Richtig, du kennst seine Personenakte." „Ja, am 7. Juli 1901 geboren, blieb er einziges Kind seiner Eltern. Sicherlich zur Freude des Vaters, wuchs er in den Bierbraubetrieb von frühster Kindheit hinein. Es gab für ihn nie einen anderen Berufswunsch als den des Bierbrauers. Er lernte das Handwerk vom Vater und auch vom Großvater, der gerne half, wenn er gefragt wurde."
„Entschuldige, hast du gesagt, wenn er gefragt wurde?" „Ja, Gori, er war offenbar ein Mensch, der sich gut zurückhalten konnte und sich nicht ungefragt einmischte. Das nenne ich den idealen Seniorchef. Alois, das Einzelkind, wurde von Mutter und Großmutter sehr verwöhnt. Er bekam die schönsten Spielsachen und die besten Fahrrä- der, die es auf dem Markt gab. Seiner frühen Liebe zur Bierbrauerei mag es zu verdanken

sein, dass er sich nicht zu einem egoistischen Tyrannen entwickelt hat. Rein theoretisch beherrschte er das Handwerk, bevor er eingeschult wurde. Nach Abitur und Lehre heiratete Alois mit zweiundzwanzig Jahren seine Louisa, die er in der Kreisstadt kennengelernt hatte. Ihre Eltern besaßen eine Apotheke und Louisa half in den Semesterferien im Verkauf. Sie verkaufte ihm Aspirin, Alois ließ sein Herz zurück. Mit Erfolg. Wenige Tage nach ihrem Examen als Grundschullehrerin wurde Hochzeit gefeiert. Schnell kam die Tochter zur Welt, knapp zwei Jahre später der Sohn. In der
Personenakte steht, dass die Ehe bis zum Tod Louisas gut und stabil gewesen sein soll. Sie starb an Tbc. Da, sie kommen aus dem Wasser." „Das war ganz köstlich, Herr Hausner, so warm war die Ostsee schon lange nicht mehr." „Der Gardasee ist zwar wärmer im Sommer, aber sie haben recht, köstlich ist genau der richtige Ausdruck. Was meinen sie, haben wir uns einen Eisbecher im Casinogarten verdient?" „Unbedingt."

Gespräche und mehr
Ihre Unterhaltung stockt. Kein Wunder. Ohne Umkleidekabine nasse Badesachen unter Handtüchern auszuziehen, sich abzutrocknen und trockenes Zeug wieder anzuziehen, ist mühsam und schweißtreibend. Endlich fertig, gehen sie mit Schuhen in der Hand den Strand hinauf zur Promenade, suchen die nächste Bank. Jetzt den feinen Sand von den Füßen bekommen. Geschafft. Sie plaudern leise, erreichen ihr Ziel und suchen sich einen Platz unter einem der Sonnenschirme.

„Mögen sie Ihr Eis mit oder ohne Sahne, Frau Reinhard?" „Selbstverständlich mit, wenn ich schon sündige, dann richtig. Es gibt heute Abend nichts mehr." „Sie Ärmste, apropos Sahne: haben sie zufällig gelesen, dass es den Konditoren neuerdings nur mit Konzession gestattet ist, Sahne außer Haus zu verkaufen?" „Alle Konditoren verkaufen Sahne außer Haus, das war immer schon so." „Ja, bis ein missgünstiger Konditornachbar einen Paragraphen von 1930 entdeckte, der besagt, Sahne außer Haus nur mit gültiger Konzession verkaufen zu dürfen. Jetzt drohen dreißig DM Buße oder ersatzweise sechs Tage Gefängnis. Diese Sahneschlacht ist noch nicht vorüber."

Elisabeth lacht ein schönes Lachen:

"Besser eine Sahneschlacht als jene in Korea und jetzt soll die Bundesrepublik auch wieder remilitarisiert werden. Könnten wir nicht neutral bleiben?" „Neutral können wir nicht bleiben, weil wir es nicht sind. Dafür sind wir Besatzungsgebiet und dazu auf vielfache Weise abhängig. Ich sage ihnen ganz aufrichtig, ich persönlich wünsche für unseren Staat nicht, dass er ein schutzloses Bollwerk zwischen Amerika und Sowjetunion abgibt. Wenn Bollwerk, dann wehrhaftes." „Komisch, irgendwie dachte ich, sie seien auch Pazifist."

Jetzt lacht Alois ebenso laut und herzlich.

„Ich bin es auch, aber die Bundesrepublik sollte es nicht sein." „Aber, Herr Hausner, das ist ein glatter Widerspruch. Wir sind die Bundesrepublik." „Ich widerspreche ihnen nicht, möchte ihnen stattdessen ein Beispiel nennen: Gestern Abend ergab sich mit dem Ehepaar, an dessen Tisch ich sitze, beinahe ein kleiner Disput. Es ging um Thomas Mann, dessen Erstling ich zurzeit lese und seiner Aussage, wir Deutschen seien kollektiv schuldig am Krieg und den Nazi-Gräueltaten. Ich habe das Gespräch abgebogen. Schließlich einigten wir uns dahingehend, die Aussage etwas arrogant zu finden. Was ich damit jetzt sagen will, ist folgendes: Ob ich als Person für oder gegen etwas bin, ist unwichtig, weil ich Teil des Kollektivs bin. Und das Kollektiv freut sich über Siege, Nobelpreise, Fußballtore – dann sind alle Einzelwesen gerne WIR. Nur, wir sind auch dann WIR, wenn es um die hässlichen Dinge des Lebens geht. Das ist eine Frage des Anstandes, finde ich." „Und eine andere Sichtweise gibt es für sie nicht?" „Mögen sie zu denjenigen Mitbürgern gehören, die sich heute hinstellen und sagen, wir wollten das alles nicht, wir waren dagegen oder, wir haben ja nicht gewusst, was da alles so passiert ist. Nein, Frau Reinhard, ich denke, diese unsere politisch verantwortliche Generation, kann sich nicht für schuldfrei erklären." „Jetzt haben sie mich nachdenklich gemacht. Wie sind wir überhaupt auf das Thema gekommen?" „Über Sahne und Pazifismus." „Ach ja."

Elisabeth schaut auf ihre Uhr.

„Es wird langsam Zeit für mich." „Ich würde sie gerne zum Zug begleiten?" „Das würde mich freuen, sagen sie, was halten sie davon, sich morgen Vormittag von mir Lübeck zeigen zu lassen? Ich würde sie um 10 Uhr vom Bahnhof abholen?" „Mit dem größten Vergnügen, wenn sie mich nicht gefragt hätten, hätte ich es noch getan." „Jetzt lock mir doch einer die Katz, Tessa, was war das denn, ein Kennenlerneinführungsgespräch?" „Geklungen hat es jedenfalls nach einer moralphilosophischen Grundsatzerklärung. Beruhige dich, Gori, sie unterhalten sich jetzt ganz normal über Alois Heimatort." „Ja, das ist wirklich beruhigend."

Der Zug fährt ab, Tessa und Elisabeth sind fort. Alois geht zum Hotel, fragt an der Rezeption nach Post; er hat keine bekommen. Sportlich geht es wieder die Treppe hoch. Im Hotelzimmer greift er nach dem Buch, geht auf den Balkon und liest. Schade, die Buddenbrooks kenne ich, die muss ich nicht noch ein drittes Mal lesen. Wieso liest Alois Thomas Manns Hauptwerk erst jetzt? Seltsam, das hat er sich doch nicht bewusst für die Reise nach Lübeck aufgespart. Ich werde es wohl nie erfahren. -Es wird langsam Zeit, sich für das Abendessen umzukleiden, Alois, schau mal auf die Uhr! - Na endlich, er steht auf, geht ins Bad. Heute braust er sich nur ab. Abtrocknen, Smoking an, zufriedener Blick in den Spiegel. Runter in den Speisesaal. Gleiches Prozedere wie am Vorabend. Die Kramers sitzen bereits am Tisch. Alois grüßt, nimmt Platz. Höflichkeitsgeplaudere und eifrige Suche in der Speisekarte.

„Ich wähle heute Abend etwas Leichtes für mich."

-Schön Alois, Elisabeth will fasten-. Kramers nicken:

„Wir auch, wir haben vorhin einen großen Eisbecher genossen." „Sie auch?"

Wie erfreulich, so viel Einigkeit. Herr Kramer bestellt für sich und seine Frau gemischten Salat und Forelle Müllerin Art. Alois will Tomatensalat und Seezunge. Alle drei nehmen Weißwein. Friedliche Stimmung unter der Mahlzeit, die Salate gegessen, die Fische verspeist. So geht es doch auch. Nur kein erneutes politisches Thema heute Abend. Alois trinkt seinen Wein aus, verabschiedet sich, geht. Von der Bar nimmt er sich ein Bier mit aufs Zimmer, liest. Um 23 Uhr beendet er den Tag. Ich schalte meine Gedanken ab, fühle Frieden.

Fremdgeschehen

5. August? Ja. Früh ist es, 6 Uhr 30. Alois erwacht, springt aus dem Bett, Toilette, Badehose. Also wieder Morgenschwimmen, es ist noch kein Mensch am Strand. Mein Schützling geht nicht ins Wasser, legt Handtuch, Bademantel, Schuhe in den Sand. Er läuft zügig Richtung Brodtner Ufer. Die Promenade liegt hinter uns. Hier ist es landschaftlich, wie heißt es umgangssprachlich so schön? - ursprünglich. Das bedeutet, es wird weder aufgeräumt noch geharkt. Angeschwemmtes Strandgut liegt überall herum, Hundenachlässe, Butterbrotpapier, Zigarettenkippen. Noch etwas weiter beginnt die Steilküste. Der Strand ist schmal geworden, verziert mit viel Felsgestein. Huch, ein Schrei. Lang, anhaltend, dann Stille. Was war das denn? Alois bleibt stehen, erschrocken, so wie ich. Jetzt läuft er in Richtung des gehörten Schreies los. Da, wer kommt uns entgegen? Ich traue kaum meinen Augen: Melvis.

„Hierher, sie ist ohnmächtig."

Melvis ist sehr aufgeregt. Keine Zeit für Fragen und Erklärungen. Da liegt eine Frau an einem Felsen auf dem Bauch: Die rechte Kopfseite blutig, der linke Arm nach vorn gestreckt, der rechte Arm unter dem Oberkörper. Alois ist jetzt bei ihr, kniet nieder, prüft ihren Puls.

„Hallo, können sie mich hören?"

Sie reagiert nicht, aber sie atmet. Etwas mühsam, ziemlich ungeübt bringt er die große etwas füllige Frau in stabile Seitenlage. -Gut gemacht, Alois-

„Diese Wuchtbrumme kostet Nerven, aber sie ist toll. Sie singt Mezzosopran, göttlich. Sie ist ein Vulkan. Alois ist mir in der letzten Zeit etwas langweilig geworden. Das jetzt, hätte natürlich nicht passieren dürfen, ich habe sie noch nicht so ganz gut im Griff."

Melvis wirkt zerknirscht, verwirrt? Irgendwie ja.

„Und was soll jetzt mit deinem Vulkan passieren, hier ist doch weit und breit kein Mensch, der Hilfe holen könnte?" „Doch, es kommt gleich einer, ich habe ihn schon gesehen, keine Sorge. Es ist ein alter Herr, der Steine sammelt."

Melvis hat recht, da kommt er. Alois sieht ihn auch:

„Bitte, mein Herr, können sie mir helfen?"

Der Herr hört nicht, der Herr hat schwache Ohren, kein Schutzgeist ist zu sehen, der ist bestimmt bei seiner Frau.

Alois springt auf, läuft zu ihm.

„Guten Morgen. Bitte, können sie mir helfen?" „Ihnen auch, Guten Morgen, was gibt es denn?" „Eine Frau ist wohl den Steilhang herabgestürzt und liegt verletzt da drüben. Ich möchte sie bitten, bei ihr zu bleiben, damit ich Hilfe holen kann. Sie ist ohne Besinnung, wenn sie hier ganz allein erwacht, wird sie Angst bekommen." „Na ja, ich will kein Unmensch sein, sie müssen sich aber ein bisschen sputen, weil meine Frau mit dem Frühstück wartet, die kriegt auch Angst, wenn ich nicht pünktlich bin." „Danke!"

Alois rennt los, schnell ist er, zurück gehts nach Travemünde. Mein armer Schützling keucht, das Tempo ist etwas zu heftig. Er geht im Schritt weiter. Die Promenade rückt näher. Was sehe ich da? Besser kann es nicht kommen: eine grüne Minna mit zwei Polizisten. Die haben Schutzgeister, die wie Türsteher

aussehen. -Alois, verliere keine Zeit, ran an die Uniformierten!
-

Macht er. Erzählt vom Unfall. Die Herren Polizisten teilen sich auf, einer greift sich den Verbandskasten aus dem Kofferraum, der andere braust mit der Minna davon. Der Polizist heißt Beck und ist Oberpolizeimeister oder Polizeiobermeister. Alois hat sich ebenfalls vorgestellt.

„Haben sie den Unfall sehen können?"

Herr Oberpolizeimeister Beck sieht Alois fragend von der Seite an.

„Ich habe nur den langen Schrei gehört." „Na, besser als gar nichts. Sie haben sie jedenfalls gefunden. Und wenn sie mich fragen, die Dame hätte ohne sie schlechte Karten gehabt, wer weiß, wann sie sonst mal entdeckt worden wäre."

Mein Alois schweigt betreten. Wir nähern uns dem Unfallort. Melvis winkt mir zu:

„Der Vulkan ist erwacht und spuckt."

Lava ist es nicht, nur das Abendessen kommt wieder hoch.

„Melvis, sie hat bestimmt eine Gehirnerschütterung, du musst sie beruhigen." „Ach so, ja? Na klar, Gori, geht sofort los."

Na hoffentlich, Melvis kommt mir sehr seltsam vor.

Der alte Herr sagt ärgerlich, ihm sei jetzt der Frühstücksappetit verdorben. Der Herr Oberpolizeimeister Beck will die Dame zum Unfallhergang befragen, was ihm nicht gelingt, weil ihr schlecht ist. Alois bittet um ein Taschentuch für sie, was er nicht bekommt. Sie hat aber selber eins und zieht es aus der Jackentasche. Alois geht damit zum Wasser, macht es nass. Zurück bei der Dame betupft er ihr das Gesicht und wischt ihr den Mund ab. Dem Türsteherschutzgeist von Oberpolizeimeister Beck gelingt, was Melvis versagt bleibt. Er beruhigt den Magen der Dame. Der alte Herr will nach Hause, was ihm gestattet wird; seine Personalien stehen im Polizeinotizblock. Der Dame ist nicht mehr schlecht.

„Margot Müller, Opernsängerin."

Na, das ist doch toll. Oberpolizeimeister Beck sieht zwei Sekunden beeindruckt aus:

„Wo treten sie auf?"

Er kennt sie nicht, er geht wohl nicht ins Lübecker Theater. Alois scheint erfreut, fragt eben mal Frau Müller, ob sie Frau Reinhard kennt.

„Selbstverständlich, wir vom Theater sind eine große Familie, und Frau Reinhard und ich sind befreundet."

Alois sieht verlegen aus. Bestimmt überlegt er, was er sagen soll, wenn er gefragt wird, woher er Elisabeth kennt. Sie fragt aber nicht, woher er sie kennt, klagt stattdessen über starke Kopfschmerzen, die nachvollziehbar sind.

Draußen auf See wird ein Rettungsboot sichtbar, das kommt näher. Drei Personen steigen mit ihren Schutzgeistern in ein Beiboot und rudern zu uns rüber. Herr Oberpolizeimeister Beck befragt Frau Opernsängerin Margot Müller zu ihrem Familienstand. Zwei Sanitäter verlassen das Beiboot und waten durch das Wasser. Der dritte Mann steigt aus, zieht es ans Ufer. Die Formalitäten sind geklärt. Die ehefreie und kinderlose große und etwas füllige Dame wird von den Sanitätern zum Beiboot geführt, Melvis erscheint mir ungemein bedrückt. Es ist 8 Uhr 45 Uhr, Alois und Polizeiobermeister Beck gehen zusammen den Weg zurück in Richtung Promenade. Ich muss unbedingt Tessa informieren. Ich weiß, wo sich Elisabeths Wohnung befindet. Tessa sieht Elisabeth beim Frisieren zu.

„Tessa, wir haben ein Problem." „Bitte nicht, kein Problem, Elisabeth freut sich so, was für ein Problem? Doch nicht mit Alois, was ist mit ihm?" „Er wird nicht pünktlich kommen können, die Verabredung wird platzen." „Will er nicht oder kann er nicht?"

„Ist dir Frau Margot Müller schon mal begegnet?" „Ja sicher, sie ist eine ganz großartige Sängerin und mit Elisabeth eng befreundet, was soll das heißen, Gori, was hat Alois mit Margot zu tun?" „Er hat sie heute Morgen sozusagen gerettet, weil sie von der Steilküste rutschte und sich den Kopf aufschlug. Alois hörte ihren Schrei und lief zu ihr. Er hat sie erstversorgt, einen Helfer bei ihr zurückgelassen, die Polizei alarmiert, die ihrerseits die Küstenwache verständigte, weil ein Transport auf dem Landweg wegen der Unwegsamkeit nicht möglich war. Ein Polizist kam mit ihm mit. Dann haben sie zusammen bei der Verletzten auf ihren Abtransport gewartet. Jetzt geht Alois gerade in Richtung Hotel zurück, ist aber noch weit davon entfernt. Niemals wird er den Zug pünktlich erreichen. Und er hat auch ihre Adresse nicht, weil Elisabeth ihn von der Bahn abholen will, somit ist auch keiner von beiden auf die Idee gekommen sie abzufordern oder bekannt zu geben. Was nun?" „Spontan fällt mir da wirklich nichts ein, das ist richtig kompliziert, findest du nicht auch?" „Ja, Tessa, es ist kompliziert, deswegen bin ich zu dir gekommen. Wenn dir jetzt nichts einfällt, gehe ich zu Alois zurück und sage dir später, was werden wird."

„Ach, sagen sie mal, Herr Beck, gibt es noch eine andere Möglichkeit als mit der Bahn nach Lübeck zu kommen?"

Alois sieht den Herrn Oberpolizeimeister fragend an. Der schüttelt mit dem Kopf:

„Nee, momentan fahren keine Busse, ich habe aber gehört, dass so was geplant wird. Fragen sie das für sich?" „Ja, ich bin um 10 Uhr im Bahnhof von Lübeck verabredet." „Das schaffen sie nicht. Ist sie hübsch?"

Alois lacht, schön, dass er das noch kann.

"Ja, sehr sogar. Leider habe ich ihre Adresse nicht und damit keine Möglichkeit, sie zu erreichen." „Passen sie mal auf, Herr?" „Hausner." „Herr Hausner. Es heißt: die
Polizei dein Freund und Helfer, nicht wahr?" „Ja." „Genau. Ich mache ihnen einen Vorschlag: Sie gehen ins Hotel, ziehen sich an und um 9 Uhr 30 stehen wir vor dem Hotel, sie steigen zu

uns ein, und wir fahren sie direkt zum Lübecker Bahnhof." „Aber so viel Großzügigkeit kann ich gar nicht annehmen."

-Alois, halte doch den Mund und lass dir Gutes tun! -

„Wir müssen wichtige Akten nach Lübeck fahren, Herr Hausner und sie kommen einfach mit. "Danke, vielen Dank."

Alois ist selig, nennt sein Hotel, sprintet davon. Ich müsste Tessa sagen, dass doch alles in Ordnung kommt.

Lübeck

Herr Polizeimeister Kühl fährt unter Vernachlässigung der Geschwindigkeitsregeln. Darf er auch, weil er Blaulicht hat, glaube ich jedenfalls. Es geht zügig voran. In dem VW-Käfer ist es sehr warm, alle Herren transpirieren. Alois Blässe unter der Bräune ist auf einen ausgeprägten Hungerzustand zurückzuführen. Sein Blutzuckerspiegel befindet sich ganz bestimmt im Keller. Das Frühstück fiel aus. Die beiden Türsteherschutzgeister sind momentan abwesend. Sie sitzen auf dem Dach, die sehen wohl keine Gefahr. Ich gebe dem Fahrer Energie und akzeptiere Alois Blässe. Auf dem Bahnhofsplatz in Lübeck endet die rasante Fahrt sportlich mit quietschenden Reifen. Das Blaulicht wird abgestellt. Alois verabschiedet sich herzlich von den beiden Polizeibeamten, die ihn wie die Pfadfinder anstrahlen, weil sie die gute Tat des Tages vollbracht haben. Elisabeth und Tessa kommen schnellen Schrittes über den Platz, sie sind spät dran, der Zug aus Travemünde fährt gerade ein. Alois schaut sich um, erkennt Elisabeth.

„Frau Reinhard, guten Morgen, wie sie sehen, blieb mir der Zug erspart." „Ja, guten Morgen, Herr Hausner, sie haben sicher etwas zu erzählen." „Und ob, darf ich vorher einen Vorschlag machen? Ich habe noch nicht gefrühstückt und bin hungrig wie ein Löwe. Wollen sie uns zuerst dahin führen, wo sich die Mahlzeit schnellstens nachholen ließe?" „Haben sie schon mal den Namen „Niederegger" gehört, berühmt wegen seines Marzipans und seiner vorzüglichen Gastlichkeit?" „Habe ich, also auf ins „Niederegger". „Und wie kam es, dass die Polizei sie nach Lübeck fuhr?"

Alois berichtet. Danke sehr, wir kennen die Geschichte.

„Tessa, wie könnt ihr Frauen auf so hohen Schuhen so schnell und anmutig gehen, nie werde ich das verstehen." „Ach, Gori, erstens ist das Übung und zweitens sieht es schick aus. Ist das jetzt ein Thema für dich? Lass uns lieber den Einfall deines Alois loben, den Polizisten wegen einer Fahrmöglichkeit nach Lübeck zu befragen, und die Polizisten für ihr großherziges Beispiel echter Mitmenschlichkeit." „Gut, gut, so soll es sein. Die Situation hat sich bestens aufgelöst. Mir geht Melvis nicht aus dem Kopf. Sein ganzes Benehmen und Verhalten hatte etwas zu ‚menschlich aus der Bahn geworfenes' an sich, er kam mir überfordert vor, Tessa." „Margot überfordert alle und jeden, auch jeden Schutzgeist. Keiner hält es lange bei ihr aus. Gutmütige würden ihr ein beträchtliches Temperament zubilligen, weniger Wohlgesonnene sagen ihr eine unterentwickelte Selbstdisziplin nach. Beides trifft zu. Ihre reaktive Intuition ist in aller Regel schneller als ihre mentale Intellektualität. Das führt zu allerlei Schwierigkeiten: sie zieht verschiedenfarbige Pumps an, sie verlegt Wohnungsschlüssel, sie vollzieht einen bühnenreifen Ausfallschritt zur Unterstützung der zu singenden Tonleiter auf einer Steilküste und rutscht ab. Sie ist eine großartige Improvisatorin, die sich niemals von einem falschen Ton ablenken lassen würde. Sie lebt Freundlichkeit und Freundschaft voll aus und ist manchmal deshalb sehr anstrengend, weil sie beständig gute Laune wie eine Krone über ihrem Kopf trägt. Gori, Melvis ist in den Schlaf geschickt worden, ich hätte es dir bei nächster Gelegenheit gesagt. Margot wurde jetzt von dem Schutzgeist des Polizisten übernommen, der mit euch ihren Abtransport überwachte." „Woher weißt du das alles, Tessa?" „Margot kenne ich aus eigenem Erleben und Melvis hat sich von mir in den Schlaf verabschiedet, wir kennen uns seit ewigen Zeiten." „Freut mich, Tessa, das wusste ich nicht."

„Das nenne ich eine gelungene Einrichtung, was sagen sie, Frau Reinhard?" „Wissen sie, wie die Lübecker dazu sagen? Gediegen." „Und was heißt das?" „Gut, solide, ordentlich, so in etwa." „Den Ausdruck habe ich noch nie gehört." „Machen sie sich nichts daraus, ich habe ihn auch neu in meinem Wortschatz aufnehmen müssen. "Schauen sie, dort oben ist ein Fensterplatz frei."

Sie setzen sich, ein Kellner reicht die Karte. Alois bestellt: zwei Brötchen, Wurst, Käse, Honig, Butter und ein gekochtes Ei, ein Kännchen Kaffee und für Elisabeth eine Tasse Kaffee, ein Wasser und ein Mandelhörnchen. Das Frühstück kommt schnell, Elisabeth staunt:

"Ein Mann kann aber viel essen." „Ja", ich bin eben kein Männchen."

Sie schauen sich an, lachen beide, wie über einen guten Witz, eine Weile wird nur gegessen und getrunken. Alois bestellt für sich auch noch ein Glas Wasser.

„Herr Hausner, unser gestriges Gespräch hat mich sehr beschäftigt. Mir ist dadurch bewusstgeworden, in welch starkem Maße ich Politik immer aus meinem Leben ausgeklammert habe. Ich habe mir die Frage gestellt, woran das liegt. Wir vom Theater sind froh, ein Engagement zu haben, um von unserer Kunst unseren Lebensunterhalt bestreiten zu können, eher uninteressant, wer das finanziert. Auf der anderen Seite gelten wir als tolerant. Uns ist es einerlei, ob unsere Bühnenkollegen aus Russland, England oder Frankreich kommen. Ich persönlich kenne keine Musiker- oder Tanzkollegen, die nicht mit Personen die schwarz, gelb, jüdisch, was auch immer sind, zusammenarbeiten möchten. Für uns zählt nicht die Rasse, sondern die Klasse, die jemand mitbringt. Jetzt denken sie bestimmt, ich rede um die Sache herum, oder?" „Nein, ich verstehe sehr gut, was sie meinen. Tut es ihnen heute leid, sich unpolitisch gestellt zu haben?" „Ich fühle mich unwohl aber schuldig? Nein. Ich war 1933 gerade siebzehn Jahre alt und nicht wahlberechtigt. Was muss ich mir vorwerfen? Zweifellos meine Ignoranz. Ich habe in der Vorstellung gelebt, dass das, was ich mache, wichtiger als mein Lebensumfeld ist." „So ging es mir auch, ich bildete mir ein, mein Betrieb sei der Nabel der Welt. Den galt es aufrecht zu halten. Wenn meine persönliche Welt heil bleibt, bleibt die Welt auch heil, dachte ich. Oder war ich demokratieungeübt oder war ich feige? Ich denke heute, alles trifft zu." „Denken sie, wir hätten nach 1933 politisch noch etwas ändern können?" „Nur, wenn es jemandem gelungen wäre, Hitler auszuschalten. Und das sollte nicht sein, wie uns die Geschichte lehrt." „Ja, das ist wohl wahr. Dennoch und trotzdem, was meinen sie, Herr Hausner, wollen wir uns Lübeck ansehen?" „Auf der Stelle, lassen sie es uns tun." „Tessa, willst du dir Elisabeths Führung durch Lübeck ansehen?" „Ja." „Dann lass dich nicht stören."

Es gibt verlassene Städte, die langsam über die Jahrhunderte verfallen sind. Es gibt Städte, die durch Erdbeben oder Brände vernichtet wurden. Seit dem 2. Weltkrieg gibt es Städte, die durch Luftangriffe mehr oder weniger geschädigt wurden. Lübeck wurde nicht getötet, aber schwer verwundet. Das Rathaus, die Marienkirche, ganze Straßenzüge wie ausradiert, hier und da Ansätze von Neubauten, Häuserruinen zwischen unversehrten, alten prächtigen Gebäuden.

„Bis das alles wiederaufgebaut ist, werden Jahrzehnte vergehen."

Elisabeth weiß das, wir auch.

„Ganz ohne Spenden wird es nicht gehen, denn Lübecks Geldsack ist immer leer."

Hätten wir auch nicht treffender formulieren können.

Wer ist das? Neben Tessa steht der ehemalige Türsteherschutzgeist des Polizeiobermeisters Beck und nun der von Frau Müller.

„Du bist doch die, die zu Frau Reinhard gehört?"

Tessa ist gemeint.

„Ja, ich heiße Tessa." „Tessa, ich bin Llano. Kannst du mir etwas über Margot erzählen, was mir hilft. Heute war es wieder schlimm. Bei der Visite hat sie sich mit dem Professor über ihr Bühnenfach gestritten. Er bezeichnete sie als Sopranistin, sie bestand auf Mezzosopranistin. Eine Lernschwester war deshalb so aufgeregt, dass sie das Gummi aus der Verschalung des Reflexhammers zerrte. Der Professor ohrfeigte sie und verdonnerte sie dazu, das Ding in Lübeck auf eigene Kosten reparieren zu lassen. Margot nannte ihn Oberflegel und schnauzte ihn an, er solle sofort das Zimmer verlassen. Der Professor beschuldigte sie daraufhin hausfriedensbrüchig zu sein. Er drohte ihr einen Krankentransport ins Lübecker Krankenhaus Süd an, den sie wegen Eigenverschuldung selbst zu tragen habe. Margot konterte mit einer Klage wegen Misshandlung einer Schutzbefohlenen. Dann war sie am Ende, hyperventilierte und wurde bewusstlos. Und die ganze Zeit über habe ich versucht, ihr Herz zu beruhigen. Was habe ich falsch gemacht?" „Du kannst Margots Herz auslassen, stattdessen sende ruhige Energie in den Hypothalamus, der befindet sich bei ihr in ständigem Zustand der Aufruhr." „Mann, Tessa, du bist gut, darauf hätte ich eigentlich selber kommen können. Jedenfalls hast du etwas gut bei mir, dank dir schön." „Dafür doch nicht. Ist Margot jetzt wieder in Ordnung?" „Ja, der Professor hat sich eigenhändig um sie bemüht. Dann haben sie sich wieder vertragen. Margot hat ihm eine Freikarte versprochen, damit er den Unterschied zwischen Sopran und Mezzosopran verstehen lernt. Dann hat sie der Lernschwester noch Geld für die Reparatur des Reflexhammers und auch Bahngeld gegeben." „Ja, sie ist eben in jeder Beziehung großzügig. Viel Freude mit ihr, Llano." „Danke."

Er ist verschwunden.

„Oh, schau mal, Alois nimmt Elisabeths Hand und sie lässt es zu, sie gehen händchenhaltend, ist das süß." „Nun krieg dich wieder ein, Gori, applaudieren tue ich erst nach dem Sündenfall." „Was für ein Sündenfall?" „Den Fall in die Sünde der fleischlichen Lust, Kamerad, wir werden dabei sein und dann können wir einen echten Etappensieg feiern." „Das kommt für mich überhaupt nicht in Frage, ich schaue mir so etwas nicht an, das Komitee hat auch gesagt, wir müssen das nicht." „Bist du prüde Gori, oder was soll deine Abwehr bedeuten? Du musst doch deinen Alois stärken und schützen, damit es gut klappt und meine Elisabeth Genuss und Freude an ihm hat."- „Tessa, nein, ich bin Schutzgeist und kein Voyeur. Schutz bei diesen Tätigkeiten anzubieten dient nicht meiner Zielsetzung."

So, das musste ich ihr jetzt in aller Deutlichkeit zu verstehen geben. Tessa ist unbeeindruckt:

„Wir werden schon sehen."

„Es ist schon 14 Uhr, Herr Hausner, wie schade, ich hatte mir überlegt, in dem Karstadt-Restaurant eine Kleinigkeit zu Mittag zu essen, jetzt ist dort schon zu." „Natürlich, es ist ja Samstag. Was schlagen sie jetzt vor?" „Ich fürchte, uns bleibt nur das kleine Lokal neben dem Theater, das hat ständig auf und auch die Küche ist eigentlich nie zu." „Und, ist es zum Fürchten?"

Elisabeth lacht ein schönes, perlendes Lachen, ich mag das an ihr.

„Nein, keineswegs, ich wollte die Qualität des Lokals nicht schmälern, wohl die Quantität unserer Auswahlmöglichkeiten andeuten." „Kommen sie, gehen wir dorthin." „Um 16 Uhr habe ich Training." „Ich dachte, das Ballett hat Saisonpause und doch jeden Tag Training. Ist das Pflicht oder ein Angebot?" „Im Prinzip schon Pflicht für die Ensemblemitglieder, die in Lübeck verbleiben. Man kann sich für Urlaube oder Gastspiele allerdings problemlos freistellen lassen. Es geht auch nicht anders, wir können nicht wochenlang ohne Proben auskommen, dann sind wir eingerostet." „Das verstehe ich."

Alois nickt dazu und Tessa und ich verstehen das auch. Im Lokal bestellen beide eine Bockwurst. Alois mit Kartoffelsalat, Elisabeth nur mit Brot, weil sie fürchtet, die Mayonnaise könne ihr zu schwer im Magen liegen. Alois nippt an seinem Bier, Elisabeth darf nur Wasser trinken.

„Morgen möchte ich auf jeden Fall die Margot im Krankenhaus besuchen."

Elisabeth sieht Alois fragend an.

„Hätten sie nicht Lust mitzukommen, sie wird sich bestimmt freuen." „Ich mag Krankenhäuser nicht."

Aber dann schaut er Elisabeth mit Augen an, wie es entweder Leute tun, die unbedingt gefallen wollen oder ziemlich schwer verliebt sind.

„Ich komme trotzdem gerne mit, weil ich keine überflüssige Stunde an ihrer Seite entbehren möchte."

Ein bisschen Schmachte lag auch in seiner Stimme, vornehmer formuliert: das Timbre klang ein wenig dunkler. Elisabeth wird rot, Tessa klatscht voller Freude in die Hände, und ich fremdschäme mich tief, fühle mich ebenfalls erröten. Jetzt geht durch Elisabeth ein Ruck:

„Herr Hausner, ich habe sie kennengelernt, als ich sie auf der Bank ansprach, ich möchte daher eine weitere Initiative übernehmen und sie fragen, ob wir uns nicht duzen wollen, ich heiße Elisabeth." „Wie schön, dass sie mich fragen, ich heiße Alois."

Sie prosten sich mit Bier- und Wasserglas zu, und dann spitzt Alois die Lippen, kommt Elisabeth über dem Tisch entgegen, Elisabeth spitzt ebenfalls die Lippen und hebt sich ihm entgegen und ihre beiden Lippen berühren sich ganz zart, der Duzbund ist besiegelt, hoffentlich lässt die gewonnene Intimität auch eine etwas legerere Umgangssprache zu, Tessa ist nun doch sprachlos vom Fremdglück, auch gut, ich schweige mich ebenfalls aus. Wir sitzen im Zug. Es geht zurück nach Travemünde. Es ist eintönig, Alois hat einen Fensterplatz und schläft. Ich will ein bisschen durch die Abteile ziehen; auf ein bekanntes Gesicht hoffen. Da, sie ist es: groß, schlank, elegant, weißes Haar.

„Pacca, Pacca!"

Sie dreht sich zu mir um, ihre Augen leuchten auf.

„Gori, mein Freund."

Wir umarmen uns.

„Was ist mit Sarah geschehen?" „Sie wurde getötet." „Ich habe es befürchtet, die Eltern auch. Wo warst du die ganze Zeit, ich habe mich immer wieder nach dir erkundigt." „Als es mit Sarah geschah, habe ich einen Wächter mit Negativenergie getroffen. Er starb." „Das kann ich gar nicht glauben, dass dir so etwas passiert ist. Du bist doch extrem diszipliniert und besonnen, was haben sie mit dir gemacht, bist du bestraft worden?" „Nein, das Komitee hat mich sieben Jahre in Schlaf versetzt, seit ein paar Tagen bin ich wieder im Einsatz. Und du?" „Du kannst davon ausgehen, bei der Etage über uns ein sehr hohes Ansehen zu genießen, du hast wirklich Glück gehabt. Ich hatte zwei Jahre Urlaub und bekam dann hier den Walter. Er ist Lokführer. Ein guter Mann. Und wen betreust du, bist du zufrieden?" „Unbedingt, mein Alois ist ein sehr sympathischer Mensch mit Herz und Hirn, er gefällt mir ausgezeichnet. Jetzt ist er verliebt in die Frau, die Tessa beschützt, ich glaube, ihr seid euch schon begegnet." „Na klar, die Tessa, mit den guten Beziehungen ins Vorzimmer des Komitees." „Ja, die hat sie, die schaden auch nicht, wir konnten sie gut gebrauchen." „Gori, ich muss jetzt auf Walter aufpassen, obgleich bei ihm nicht viel aufzupassen ist, wir werden uns oft sehen?" „Nichts lieber als das."

Wir nennen uns unsere Adressen, verabschieden uns, in meinen Ohren braust das Glück, mein Herz ist satt vor lauter mondmenschlicher Freude, meine beste Freundin, sie ist wieder in meiner Nähe.

Tage, die nicht enden wollen
Alois erwacht gerade, schaut auf seine Uhr, es geht auf 18 Uhr zu. Ich wette mit mir selbst, er denkt jetzt ans Schwimmen. Der Zug hält, Alois geht mit langen Schritten aus dem Bahnhof, eilt in sein Hotel. Richtig, oben im Zimmer sucht er nach der Badehose, die er heute Morgen achtlos irgendwo ablegte. Das Zimmermädchen hat das Handtuch darüber gepackt. Er findet sie, kleidet sich um. Am Strand liegen nur noch vereinzelte Personen, meistens Paare mit Kindern, die nicht aus dem Wasser finden oder mehr oder weniger das Auge erfreuende architektonische Burgenveränderungen vornehmen. Alois schwimmt, ich suche einen Zeitungsleser. Finde ihn. Hinter ihm steht sein Schutzgeist, eine graue Maus-Frau.

„Hallo, darf ich kurz mal mit in die Zeitung schauen?" "Ich kann mir nicht vorstellen, dass du dazu Zeit hast. Geh zu deinem Schützling zurück und tue deine Pflicht."

Wie ist die denn drauf? Wie soll ich das verstehen? Ich komme mir wie ein ausgeschimpftes Kind vor. Es ist richtig, wir sollen unsere Leute nicht alleine lassen, und klar, wenn in der Zeit unserer Abwesenheit etwas wirklich Unangenehmes mit ihnen geschieht, etwas, das wir hätten vermeiden können, landen wir unweigerlich vor dem Komitee. Nein, ich irre mich nicht, diese Schutzgeistfrau ist sehr unangenehm. Sie hat sich mir gegenüber unmöglich benommen. Der Mann liest immer noch Zeitung. Sie steht immer noch hinter ihm. Was tut sie jetzt? Sie hebt die Hände, legt sie ihm um den Hals, stößt Negativenergie aus. Hin zu ihr, atme Positivenergie dagegen, zwecklos, der Mann greift sich an den Hals, röchelt kurz und bricht in sich zusammen.

„He, warum hast du das getan, bist du toll?" „Er war krank, schwer krank, Magenkrebs, er erbrach jede Mahlzeit, er tat mir leid. Morgen wäre er nicht mehr aus seinem Bett gekommen. Durch mich durfte er auf seinem Lieblingsplatz sterben." „Oh du Güte in Person, das Komitee steht schon hinter dir."

Alois muss den Zusammenbruch des Mannes gesehen haben, als er aus dem Wasser kam. Er kommt angerannt, hievt den erschlafften Körper von der Bank, leistet ohne zu zögern Atemspende, beginnt mit der Herz-Druck-Massage. Das Polizistenduo Beck und Kühl kommt angelaufen, die zwei haben wohl heute Doppelschicht auf der Promenade, blicken mitleidig auf Alois herab.

„Sie schon wieder in edler Mission, Herr Hausner, der ist doch hin, hören sie auf."

Polizeiobermeister Beck sieht, was er sieht. Das Komitee fordert eine Zeugenaussage von mir, beschönigen kann ich nichts, die Schutzgeistkameradin tut mir leid, sie ist zu menschlich. Hoffentlich wird sie in den Schlaf geschickt. Alois prüft den Puls, horcht auf Atmung. Nichts mehr vorhanden. Er gibt die Reanimation auf.

„Man kann nicht immer Glück haben."

Sollte wohl tröstlich klingen der Satz von Polizeimeister Kühl.

„Was für ein Tag, hoffentlich war es wenigstens in Lübeck schön für sie."

Alois nickt ein ‚Ja'.
Das Komitee ist weg, Alois darf gehen, die Polizisten bleiben mit der Leiche zurück. Alois hat keine Lust sich umzuziehen, er sieht abgespannt aus, zieht die Shorts über die nasse Badehose, schlüpft auf der Promenade mit sandigen Füßen in die Schuhe. Hätte ich genauso gemacht. Im Hotel geht er direkt an die Rezeption, bestellt sich eine Flasche Rotwein und ein Schinkenbrot aufs Zimmer. Er putzt sich die Zähne, gründlich, gurgelt mehrfach, dann duscht er. Trocknet sich ab. Nimmt die sandigen Sachen, spült sie in der
Badewanne ab. Wo sonst? Es klopft an der Tür.

„Zimmerservice."

Eine männliche Stimme. Alois schlüpft in seinen Bademantel, öffnet die Tür, nimmt die Bestellung in Empfang, gibt Trinkgeld. Ob er wohl von einem Schinkenbrot satt wird? Soviel gab es für ihn heute nicht zu essen. Vielleicht wird es der Wein richten. Mein Schützling schenkt sich ein Glas ein, tritt vor den Spiegel: Was mag er denken? Jetzt lächelt er gequält, prostet sich zu. Er trinkt, beginnt sein Brot zu essen, wandert im Zimmer umher. Er wirkt angespannt, ich bin überzeugt davon, er braucht jetzt einen Menschen, mit dem er reden kann. Sein Brot hat er gegessen aber nur ein Glas Wein getrunken. Und richtig, entschlossen geht er zum Kleiderschrank, nimmt einen Anzug raus, beginnt Unterwäsche anzuziehen, Socken, die Hose, sucht ein frisches Hemd, dann die Schuhe, zum Schluss das Jackett. Im Bad kämmt er sich, nimmt das Portemonnaie, den Schlüssel. Wir verlassen das Zimmer. Was hat er vor? Er macht es spannend. Wir verlassen das Hotel, also nicht die Piano Bar, was dann? Er geht Richtung Alt Travemünde wie jemand, der ein festes Ziel hat. Er kennt da aber doch keinen. Jetzt biegt er ab, es geht in den Park, er ist hier ganz allein, macht nichts, es ist noch hell. Der Park ist zu Ende, er geht durch einsame Straßen. Endlich, er stoppt. Wir stehen vor der Travemünder Polizeistation. Alois zögert, überlegt und murmelt dann:

„Das kann ich nicht machen."

Dreht sich um und zurück geht es. Wir marschieren den ganzen Weg zurück zum Hotel. Und was sollte das jetzt? Nein, er geht nicht in die Piano-Bar, gleich wieder auf sein Zimmer. Auf jeden Fall hat ihm der über drei km lange Fußmarsch sichtlich gutgetan. Entschlossene Miene. Er setzt er sich mit Buch und Wein auf den Balkon, beginnt entspannt zu lesen. Alois hat seine Flasche Wein geschafft, er ist müde, geht schlafen. Ich schalte jetzt meine Gedanken ab.

Es ist Sonntag
Mein Schützling wacht auf. 7 Uhr 30. Er springt aus dem Bett, er will vor dem Frühstück bestimmt sein Schwimmprogramm durchziehen. Macht er auch. Diesmal ohne Störungen, fast jedenfalls. Durch das anhaltend schwülwarme Wetter haben sich im Wasser zum Ufer hin Algen angesiedelt und Quallen trudeln auch herum. Alois findet wohl beides nicht so arg. Unirritiert zieht er seine Bahn.

Kein Zeitungsleser, kein anderer Schutzgeist, mit dem sich plaudern ließe, also rekapituliere ich das heutige Tagesprogramm, das gestern von den beiden Akteuren noch ausgearbeitet worden ist: 11 Uhr Elisabeth von der Bahn abholen, Vormittagskonzert im Brügmanngarten anhören, gemeinsames Mittagessen im Hotel, Gang zur Priwallfähre und Überfahrt, Krankenbesuch bei Margot Müller im Priwallkrankenhaus. Wann es von da wieder zurückgeht, wird sich zeigen. Alois kehrt ans Ufer zurück, hat gestern die Bequemlichkeit entdeckt. Er trocknet die Badehose nur ab, zieht wieder die Shorts darüber. Oben auf der Promenade steigt er erneut mit sandigen Füßen in die Schuhe, soll er. Ich bin sein Schutzgeist und nicht sein Knigge-Berater. Auf seinem Zimmer läuft alles zack, zack duschen, Reinigung seiner Sachen, anziehen, auf geht es in den Speisesaal. Die Kramers kommen gerade heraus. Auch das noch.

„Mein lieber Herr Hausner, sie sind ja ein richtiger Held, erst haben sie eine Opernsängerin gerettet und dann noch ihr aufopferungsvoller Wiederbelebungsversuch gestern Abend bei dem Mann auf der Promenadenbank. Ganz Travemünde spricht von ihnen."

Alois sieht einerseits nicht unerfreut aus, auch ein wenig verlegen, hat andererseits offensichtlich nicht die geringste Lust auf den Schmeichelton einzugehen.

„Das war alles mehr als selbstverständlich, Herr Kramer, pardon ich bin ein wenig in Eile und wünsche ihnen einen guten Tag." „Ja, danke, wir ihnen auch."

Frau Kramer ist immer höflich. Wir setzen unseren Weg fort, Alois Magen knurrt laut. Er bestellt sich ein Rührei auf Schwarzbrot, Kaffee, Orangensaft, zwei Brötchen,
Kochschinken, Käse, Marmelade. Der Schutzgeist des Obers macht große Augen:

„Hat er eine schwere Nacht gehabt?" „Nein, es gab gestern nicht so viel zu essen." „He, das ist doch der mit der Opernsängerin und der Leiche, war wohl ein aufregender Tag, gestern?" „Ja und nimm es mir nicht übel, wenn ich nicht weiter darauf eingehe, du kennst die Geschichte offensichtlich." „Klar, sie ist doch in aller Munde. Nee, ich nehme es dir nicht übel und ich verrate dir noch eines. Alle Schutzgeister der Leute hier vom Hotel beneiden dich um deinen aufregenden Klienten, man siehst sich."

Eigenartiger Typ, wie kommt er auf Klient? Nette Ausdrucksweise für einen Schutzbefohlenen, werde ich mir merken. Mein Klient isst und isst, genießt den frisch gepressten Orangensaft, die Früchte kommen bestimmt aus Spanien. Ob da der Franco noch regiert Alois ist endlich fertig, wir brechen auf. Es ist nach 10 Uhr. Er geht nicht mehr auf sein Zimmer zurück, wandert in den Brügmanngarten. Im Musikpavillon bauen die Musiker ihre Instrumente und Notenständer auf. Alois setzt sich auf einen Stuhl, schaut zu. Fünfzehn Minuten vergehen, er steht auf, wir eilen ins Hotel. Bestimmt ruft das Badezimmer.

Jetzt wird es aber langsam Zeit in Richtung Bahnhof aufzubrechen, ich freue mich richtig für Alois, wenn er gleich Elisabeth vom gestrigen Abend berichten kann. Sie begrüßen sich mit einem zarten Kuss auf den Mund.

„Elisabeth, du siehst zauberhaft aus."

Und das stimmt genau. Elisabeth trägt ein Kostüm in einem kalttonigen Grau, die Jacke hat ein Schößchen. Der Rock gerade geschnitten, endet unterhalb der Knie. Wieder hat sie schwindelerregend hohe, dunkelgraue Schuhe an, die müssen richtig viel Geld gekostet haben, damals vor oder während des Krieges. Dunkelgrau ist auch die ausladend große Handtasche.

„Danke, Alois, du siehst ebenfalls blendend aus."

Sie kann auch Komplimente machen.

„Da hättest du mich gestern Abend sehen sollen, da sah ich aus wie ein großer Haufen Elend." „Und wieso das?"

Elisabeth schaut ihn gespannt an.

„Das war so, ich kam leicht durchgeschwitzt in Travemünde an, habe mir die Badesachen geschnappt und bin runter an den Strand und ab ins Wasser, herrlich. Von da an: Rien ne va plus. Komme gerade aus dem Wasser, da bricht oben auf der Promenade ein Mann zusammen. Ich sprinte zu ihm, versuche ihn wiederzubeleben. Kommen meine beiden freundlichen Polizisten dazu, Beck stellte aus drei Meter Distanz fest, der Mann sei tot, was ich nach eingehender Untersuchung dann auch bestätigen konnte. Der Mann war klapperdürr und offensichtlich schwer krank. Und ich habe ihm Atemspende geleistet! Ich hatte danach nur noch den Wunsch, mir gründlich die Zähne zu putzen und zu gurgeln und mich zu reinigen. Dann bin ich später abends noch zur Polizeistation gegangen, weil ich wissen wollte, was er hatte. Als ich vor dem Haus stand, war ich sicher, keine Auskunft zu bekommen. Die Obduktion kann noch nicht abgeschlossen sein. Jedenfalls hat mir wenigstens der Fußmarsch gutgetan. Ich fühlte mich danach entspannter, habe eine Flasche Rotwein getrunken, gelesen und dann auch erstaunlich gut geschlafen." „Das war ein sehr harter Tagesabschluss für dich, Alois, es tut mir leid für dich. Wie geht es dir heute danach?" „Äußerlich, das sagst du, gut, innerlich jetzt besser, weil ich dir die Geschichte erzählen konnte."

Das Konzert im Brügmanngarten beginnt, Alois und Elisabeth nehmen auf den Stühlen in der hintersten Reihe Platz. Wie rücksichtsvoll! Wahrscheinlich wollen sie die anderen Leute nicht durch ihr Getuschel stören.
„Wie sah der Schutzgeist des alten kranken Mannes aus, Gori?" „Wie eine graue Maus eben, graue Hosen, weiße Bluse, oben nix, unten nix, Haare grau bis aschblond, kurz geschnitten." „Gori, ich glaube, ich weiß wer sie ist. Das muss Selm sein. Sie hat ihn als Baby bekommen und ihn sein Leben lang nicht verlassen. Lebenslange Schutzbindungen sind nicht unumstritten, gesünder ist der regelmäßige Wechsel." „Du kennst sie also?" „Wir hatten vor mehr als achtzig Jahren zusammen Dienst in einer Familie. Sie schützte die Ehefrau, ich einen halbwüchsigen Jungen. Selm sagte damals immer, sie wolle so gerne Schutzgeist bei einem Baby werden." „Das ist dann wohl die Erklärung für ihr Verhalten. Hoffentlich wird sie nicht bestraft, Schlaf wäre jetzt gut für sie." „Das Komitee wird in ihrem Fall bestimmt Nachsicht üben, Gori."

Auch das schönste Konzert geht einmal zu Ende. Wir wollen spazieren gehen. Auf der Promenade lustwandeln zusammen mit überwältigend überwiegend sichtlich gut betuchten Paaren, Einzelpersonen, mit oder ohne Kind, manche mit Hund. Sieh da, auch das Ehepaar Kramer. Wir laufen uns direkt in die Arme, die Paare müssen sich freundlich begrüßen. Fragend sehen die Eheleute Elisabeth an, Alois muss sie vorstellen, tut es endlich.

„Elisabeth Reinhard, wir kennen sie, wir haben sie in einem Gastspiel mit Hans von Kusserow in „Romeo und Julia" vor einem guten Jahr in Hamburg erleben dürfen. Das war eine großartige Aufführung. Sie müssen wissen, mein

Mann und ich sind absolute Ballettenthusiasten."

Mausi Kramer sieht Elisabeth mit leuchtenden Augen an.

„Meine Frau untertreibt, sie und der Kusserow, das war ein einziger großer Kunstgenuss. Bewegungsabläufe wie aus einem Guss. Kompliment, gnädige Frau."

Elisabeth strahlt, bedankt sich, Alois schaut muffelig aus.

„Haben sie mit dem Theater zu tun, Herr Kramer?" „Ja, Frau Reinhard, ein wenig, ich war bis vor einem Jahr in Essen für die Verwaltung zuständig. Jetzt bin ich Ruheständler." „Ich bin überzeugt, sie haben sehr gut gewirtschaftet."

-Zartfühlende Bemerkung, Alois.-

Er sagt nicht, was er damit meint. Freundlichkeiten werden zwischen den Kramers und Elisabeth ausgetauscht. Dann, die Paare trennen sich.

„Alois, was sollte deine Bemerkung, Herr Kramer habe sicher gut gewirtschaftet, das habe ich nicht verstanden, und ich glaube, das Ehepaar war auch etwas verblüfft." „Wie kann sich ein Buchhalter die „Vier Jahreszeiten" erlauben?" „Aber Alois, ein Verwaltungsdirektor ist doch kein Buchhalter." „Er hat nicht gesagt, dass er Verwaltungsdirektor war." „Nein, er hat sich bescheiden ausgedruckt; er sei für die Verwaltung zuständig gewesen. Ich finde, ihn sehr sympathisch. Seine Frau übrigens auch." „Wenn er dir gesagt hätte, du befändest dich in einem Jammertal, hättest du ihn dann auch noch so nett gefunden?"

Elisabeth lässt wieder ihr ganz bestimmtes Lachen hören, bleibt stehen und fasst Alois an beiden Schultern.

„Kann es sein, du wolltest mir eben gerade zu verstehen geben, dass Herr Kramer dein abendlicher Disputiergegner bei Tisch wegen Thomas Mann war?" „Ja."

Alois lacht jetzt auch. Sekundenlang nährte ich die Befürchtung, es mangele ihm an Humor.

„Ich verstehe deine Vorbehalte gegen ihn, ich möchte dir aber sagen, auch Verwaltungsdirektoren an Theatern haben in aller Regel keine Rassenvorbehalte, achten ebenfalls auf Klasse ohne ihre Theaterkassen aus den Augen zu verlieren." „Na, wenn er dann auch zu den berufsspezifischen Persilschein- Inhabern gehört, haben wir ja alles geklärt." „Alois, ich konstatiere einen Gereiztheitszustand bei dir, ließe sich dieser auf eine Unterzuckerung zurückführen, würde mein ausgesprochenes Hungergefühl damit auf harmonische Weise korrelieren."

Sie drehen ab und gehen Richtung Hotel.

„Gori, Alois ist etwas ungezogen, finde ich."

Finde ich im Prinzip auch, will es jedoch nicht ohne eine gewisse erklärende Argumentation zugeben.

„Ich schätze, er ist ein bisschen eifersüchtig, Tessa, Männer reagieren eben schon mal so leicht niederträchtig, wenn ihrer Person keine Aufmerksamkeit gewidmet wird."

Tessa schaut mich an:

„Du hast sie ja nicht alle."

Ich lasse mich nicht provozieren, werde die Bemerkung großzügig im Raum stehen lassen.

"Tessa, was ist ein Persilschein?" „Persil ist ein Waschmittel, weißt du? Während der Entnazifizierungsphase durch die Alliierten, erhielten diejenigen Deutschen eine Beglaubigung, wenn sie nachweisen konnten, nichts mit den Naziverbrechen zu tun gehabt zu haben. Auf viele traf das zu, auf andere nicht, die haben sich stattdessen wohlgesonnene Zeugen besorgt, die positiv für sie aussagten, sprich gelogen haben, und unter vorgehaltener Hand sprach man dann davon, diejenigen hätten einen Persilschein bekommen." „Aha, sie haben sich sozusagen reinwaschen lassen." „So ist es." „Danke Tessa, du kannst gut erklären, sogar jemand, der sie nicht alle hat, versteht dich."

„Pass bitte mal auf, Gori, bevor es jetzt noch weiter zu Giftmischereien zwischen unseren Schützlingen und auch uns kommt, sollten wir uns auf unsere Aufgaben besinnen."

Wie wahr, Elisabeth schreit gerade kurz auf, was passierte da eben, wir können nur vermuten, was los war:

„Sie ist von einer Wespe gestochen worden, Elisabeth hat ihr Weinglas hochgenommen und damit Alois zugeprostet, der ein großes Bier bekommen hat. Als Elisabeth den Arm wieder sinken ließ, hat die Wespe zugestochen, die sich unmerklich auf die Unterseite ihres Oberarmes gesetzt hatte, so muss es gewesen sein, Tessa."

Geschwinde nimmt sich mein Schützling die Krawatte ab, bindet oberhalb des Stiches Elisabeth den Oberarm ab. Was soll das, eine Wespe ist doch keine Giftschlange. Beugt sich über den Stich und saugt kräftig Blut, vielleicht auch winzige Giftmengen ab, spuckt es aus, wiederholt den Vorgang. Der Ober naht mit einer kleinen Flasche Salmiakgeist. Alois wird dazu ein Stück Watte gereicht und sorgfältig wird der Stich mit der Flüssigkeit getränkt, es stinkt und reinigt gleichzeitig die leicht angespannte Atmosphäre zwischen den beiden. Der Hoteldirektor erscheint höchst persönlich am Tisch, verbeugt sich mit einem knappen „Herr Hausner" vor Alois und erheblich tiefer vor Elisabeth:

„Gnädige Frau, Frau Reinhard, ich durfte gerade erfahren, dass sie, die bekannte Tänzerin, heute unser Gast sind. Wir möchten sie für die erlittene Unannehmlichkeit entschädigen und sie bitten, sich vom Hause eingeladen zu fühlen. Diese Bitte gilt selbstverständlich auch für sie, Herr Hausner, als Ausdruck unseres hohen Respektes davor, was sie am gestrigen Tag für Travemünde geleistet haben. Möchten sie vielleicht lieber im Innenbereich ihr Mittagessen zu sich nehmen, dort gibt es keine Wespen?"

So wird es gemacht und das Ehepaar Kramer winkt dazu, freut sich, etwas Gutes getan zu haben. Alois sieht peinlich berührt aus, als er sieht, wem er das Mittagessengeschenk zu verdanken hat. Er winkt nicht zurück, wirkt jedoch nicht vollständig verstimmt, weil der Hoteldirektor auch ihn auf angemessene Weise zu würdigen wusste.

Später
Es gibt Vorgänge, Vorfälle, Sachen, Gegenstände, Wohnungen und natürlich auch Menschen, die ich für halblebendig halte. Da sprüht nichts, da glüht nichts, da leidenschaftet Null, da kommt überhaupt nichts rüber und bleibt nichts hängen. Ein Fährbetrieb ist das genaue Gegenteil. Fähren sind höchst lebendig, da wird kommandiert, gebrüllt, Scherze zwischen Personal und Stammkunden ausgetauscht, die Ohren werden voll und die Augen können sich sattsehen. Alle Autos stehen richtig, Fahrräder sind untergebracht, jeder Fußgänger sitzt oder steht. Es wird abgelegt. Schnurgerade verläuft die Fahrt zum anderen Ufer. Wehe dem Segeltrödler jetzt, der mit offenen Augen sein Mittagsschläfchen abhält. Unsanfte Aufrufe des Kapitäns und kräftiges Getute beschleunigen zuerst seinen Herzschlag und dann sein energisches Abdrehen. Gut für ihn, die Fähre hat Vorfahrt, und jeder, der dem Manöver beigewohnt hat, fühlt sich als Sieger.

„Alois, wir haben keine Blumen für Margot, wie konnte ich das nur vergessen?" „Ganz schlecht, daran habe ich auch nicht gedacht, vielleicht gibt es hier einen Laden." „Es ist Sonntag und früher Nachmittag, keine Chance, ist mir das peinlich." „Ich hätte ein Taschenmesser."

Sollte mein Schützling einen erneuten Diebstahl in Erwägung ziehen?

„Du kannst doch einer Frau kein Taschenmesser zum Krankenbesuch schenken."

Elisabeth sieht Alois an wie jemand, der denkt, der Mann spinnt wohl.

„Habe ich auch nicht vor Elisabeth, aber sag mir mal, was kann man mit einem Taschenmesser machen?" „Na, schneiden." „Bravo und was zum Beispiel?" „Alois, du denkst doch nicht an

Blumen?" „Daran denke ich, lass mich das nur richten, das wird schon passen."

Ich sehe eine Laubenkolonie; da müssen wir jetzt durch. Alois schaut hier, schaut da, entdeckt eine herrenlose Parzelle mit schönem Rosenbestand.

„Hallo",

Alois wendet sich an den Nachbarparzellisten,

„mein Vetter noch nicht da?" „Nee, de het hüt Schicht." „Ach klar doch, ich darf mir hier für unsere Tante ein paar Rosen holen, die liegt wegen ihrem Herzen da drüben im Krankenhaus."

-Alois, wegen ihres Herzens, heißt es-, weiß er doch.

„Na dünn, mok man to, Jung."

Alois versteht bestimmt die Worte nicht, interpretiert jedoch die einladende Handbewegung offensichtlich zu seinen Gunsten, steigt über den Zaun und schneidet: 1, 2, 3, 4, 5, 6, 7 prachtvolle Rosen ab. Kleiner Kahlschlag. Der beraubte Schichtvetter wird sich wundern.

„Gori, eine gewisse kriminelle Energie lässt sich bei Alois nicht leugnen, oder siehst du das anders?" „Drück dich sprachlich nicht so brutal aus, Tessa, ich würde sagen, er versteht sich auf Situationskompatibilität und dazu gehören Intelligenz und Phantasie." „Er hat gelogen und geklaut." „Und er bewahrt Elisabeth vor einer ziemlich großen Peinlichkeit, meine Liebe, du solltest ihm dankbar sein." „Ich versuche es, fühlt sich trotzdem nicht gut an, mein lieber Gori." „Fühlen musst du als Schutzgeist auch nicht, du sollst lediglich positive Energie ausstrahlen."

Tessa seufzt:

„Das ist die Lösung, ich bin Schutzgeist, kein Kläger, Rechtsanwalt, Staatsanwalt oder Richter." „Brave Tessa, so ist es genau richtig."

Das Priwallkrankenhaus ist nicht groß. Im Keller liegt die Küche, der Empfang gleich Parterre, er ist besetzt und die Auskunft wird erteilt, wo Margot liegt; sie hat ein Zimmer für sich allein. Sie sieht Elisabeth und Alois, sie ist begeistert, überschwänglich bedankt sich bei dem „lieben, verehrten Herrn Hausner", ihrem Lebensretter, ist das nicht ein bisschen übertrieben? Sie schnuppert den Rosenduft. Llano klopft uns freundschaftlich die Schultern.

„Tessa, die Rosen sind goldrichtig angekommen." „So, so und ihr zwei seid jetzt ein Paar, wie mich das freut." „Margot, wir kennen uns erst seit letztem Donnerstag und haben uns ein wenig angefreundet."

Elisabeth würdigt die Situation zwischen Alois und sich ein wenig herab.

„Mit Freundschaft sollte jede Zugehörigkeit beginnen."

Frau Müller muss das wohl wissen, Llano lächelt süffisant:

„Ausgerechnet sie muss es ja wissen, was weiß ich, wann sie den letzten Mann verjagt hat. Jetzt hat sie es auf den Professor abgesehen.
Heute, als er sie sogar besuchte, es ist ja Sonntag, hat sie es geschafft ihn auszufragen, ob er verheiratet ist. Freunde, ich bin mir nicht sicher, soll ich sie annehmen oder wieder abgeben. Beim Komitee habe ich mir Bedenkzeit ausgebeten." „Behalte sie doch, du schaffst es mit ihr. Und, ist er?"

Llano schaut Tessa unklug an.

„Wer, soll was sein?" „Ist der Professor verheiratet?" „Ach, das meinst du, nein, ist er nicht." „Prima, Llano, pass schön auf, sie sollte sich am Anfang nicht den Mund bei ihm verbrennen und ihn gleich wieder verprellen, weil, er zeigt doch größeres Interesse an ihr, wenn er sie in seiner Freizeit besucht. " „Wie soll ich das anstellen, bitte?"

Tessa kann auch klug sein.

„Du musst schön auf ihren Hypothalamus achten, wenn sie etwas verlangsamt reagiert, haben wir gewonnen." „Gehe ich recht in der Annahme, dass wir Schutzgeister sind und nicht plötzlich den Berufsstand des Amors mit Bogen und Liebespfeil angenommen haben?" „Ja, Herr Oberlehrer Gori, wir sind Schutzgeister und du gefällst dir in der Rolle des Spielverderbers."

Jetzt fühle ich mich von Tessa verraten.

„Ich will kein Spielverderber sein, nur dir, Tessa geht es im Augenblick darum, Leute zu verkuppeln, als ob es nichts anderes mehr gäbe." „Wieso, wir haben doch nichts Besseres vor, wenn du willst, schlage etwas vor, Gori."

Ich habe nichts vorzuschlagen. Ich werde das Geplänkel zwischen Tessa und Llano einfach tapfer ertragen.

„Die Besuchszeit ist beendet."

Die Schwester steht in der Tür.

„Schwester, ich hätte eine Frage."

Was will Alois von ihr?

„Ja?" „Zur Priwallfähre von hier, sagen sie bitte, gibt es einen anderen Weg als durch diese Laubenkolonie?" „Ja, sie müssen dann am Strand entlang, also vom Ausgang kurz den Weg weiter runter, dann biegen sie an der kleinen Kreuzung in den Strandweg ein, der ist ausgeschildert, den dann entlang und dann sind sie in etwa 10 Minuten am Strand und ja, Travemünde können Sie erkennen, immer der Nase nach."

Prima Beschreibung. Alois bedankt sich. Elisabeth verabschiedet sich von Margot, Alois auch, Tessa und ich verabschieden uns von Llano

„Auf Wiedersehen, wenn was ist, du weißt, wo du uns findest"

Fort sind wir, Alois findet den Weg an den Strand. Er und Elisabeth ziehen die Schuhe aus, gehen am Ufer entlang. Dann kommt eine kleine Kurve und jetzt steht da ein Schild: „FKK Gelände", das hat die Schwester nicht gesagt.

„Sollen wir trotzdem weitergehen, Alois?"

Alois sieht unbehaglich aus.

„Also, ich würde schon, wenn du willst."

Klingt nicht überzeugend.

„Alles besser, als durch die Gartenparzellen."

Entschlossen geht Elisabeth voran, da sind sie, die Nackten und viele sind es, sie liegen, sie gehen, sie baden, sie spielen Ball. Es gibt nichts Unerotischeres als eine Anhäufung nackter Körper. Tessa schweigt schon die ganze Zeit, ich verkneife mir eisern jede Bemerkung und unsere Schützlinge stapfen tapfer durch den Ufersand. Sie unterhalten sich über Margot und den Herrn Professor und dann, was sie mit dem Rest des Tages beginnen könnten.

„Schwimmen wäre prima und dann, so leid es mir tut, muss ich heim." „Wie, so früh schon?"

Alois ist enttäuscht.

„Ich muss morgen nach Hamburg." „Magst du sagen, warum?" „Schon, nur ich winde mich da ein wenig, weil die Sache ein ungelegtes Ei ist. Trotzdem, soviel: Ich soll vortanzen bei dem Christoph Severin, der eigentlich in Berlin arbeitet. Im Augenblick ist er in Hamburg, weil er ein Ensemble aus Berliner und

Hamburger Tänzer zusammenstellt. Gerade ist eine Tänzerin wegen einer akuten Erkrankung ausgefallen, und er hat unseren Choreographen angerufen, ob Ersatz aus Lübeck kommen könnte. Da bin ich vorgeschlagen worden, weil ich in Deutschland bei den Choreographen allgemein einen guten Ruf habe. Der Severin kennt mich flüchtig. Wenn ich in sein Corps de Ballett passe, habe ich ein Gastspiel." „Das ist doch großartig, Elisabeth, wohin wird es gehen?" „Halt dich fest: New York, Met." „Oh."

Mein Alois ist sprachlos und ich glaube, ein wenig vorintäuscht, er ahnt wohl Komplikationen. Tessa schaut ganz entsetzt aus.

„Mist, das ist mir gestern völlig entgangen, sie hat noch so lange mit dem Tanzfredi geredet und ich habe den anderen Schutzgeistern von Margot erzählt, tut mir echt leid, Gori." „Ja, mir auch." „Elisabeth,"

Alois ist stehengeblieben, sieht sie eindringlich an,

„wir kennen uns noch nicht lange. Ich bin kein romantisch veranlagter Mann, und will nur kurz und knapp sagen, ich habe mich in dich verliebt und möchte auf keinen Fall, dass wir beide uns einfach wieder aus den Augen verlieren. Ich weiß, es ist viel zu früh und vielleicht auch unpassend, jetzt von einer gemeinsamen Zukunft zu sprechen und doch müssen wir ein wenig planen. Ich fahre am dreizehnten nach Hause, du sollst aber wissen, ich bin ein freier Mann und kann tun und lassen wie und wo und was ich will."

Elisabeth schlingt beide Arme um seinen Hals, sie küssen sich inmitten der Nackten, die sehr freundlich und tolerant sind und applaudieren. Sie halten Händchen, gehen weiter.

„Sag mal Alois, wo du es jetzt weißt, hättest du eventuell Lust, morgen mit nach Hamburg zu kommen?" „Du nimmst mir die Frage aus dem Mund, ob ich nicht mitkommen darf." „Sehr, sehr gerne, ich bin auch unabhängig und glücklich, nicht alleine zu sein, wenn ich vortanzen muss." „Gut, das wäre geklärt, dann mache ich folgenden Vorschlag: falls wir heute noch die

Priwallfähre erreichen sollten und wir übersetzen dürfen, gehen wir eine Runde schwimmen, essen eine Kleinigkeit und ich bringe dich zur Bahn, wann du willst. Dann stimmen wir die Fahrzeiten ab, und treffen die Verabredung für morgen früh."

Und genau so wurde es gemacht, Tessa blieb den Rest des Tages etwas kleinlaut. Ihr schlechtes Gewissen war offensichtlich, was ich letztendlich nicht einsah, weil, ob wir das mit dem Vortanzen gewusst hätten oder nicht, an der Tatsache als solches hätten wir nichts ausrichten können. Alois ging um 22 Uhr ins Bett, las noch eine Weile und knipste 22 Uhr 20 die Nachttischlampe aus. Alois schläft und ich schalte meine Gedanken aus.

Hamburg und zurück
Der Wecker klingelt, ein neuer Morgen, Alois scheint noch etwas benommen zu sein, lächelt aber und sein Lächeln lässt ahnen, woran er denkt. Jetzt scheint er sich auf die Vorhaben des Tages zu besinnen, legt Tempo vor. Vorhänge auf, die Sonne scheint, Badehose, Restutensilien, runter an den Strand, hinein ins Meer. Ich spüre, was er empfinden muss. Eilig, wie gekommen, geht es zurück. Dusche, Körperpflege, anziehen, Speisesaal 7 Uhr 30.
Es sind noch nicht viele Gäste beim Frühstück. Alois bestellt zwei Brötchen, Honig, Käse, eine Schale Quark mit Schnittlauch, gekochten Schinken, Butter und Kaffee.

„Ist dein Klient heute appetitreduziert?"

Der indiskrete Kellner-Schutzgeist sieht mich direkt an.

„Sind wir dir Rechenschaft schuldig?"

Das war wohl etwas zickig.

„Pah."

Er wendet sich ab.

„Entschuldige, das habe ich nicht so gemeint, deine Frage war aber auch nicht einfach zu beantworten. Ich stecke doch nicht in meinem Schützling drin. Es ist doch auch egal, wie viel er isst, er völlert ja nicht." „Du hast ja recht, ich bin eben immer so sensibel." „Sensibel mag ja sein aber zimperlich bist du gerade auch nicht, wenn ich das sagen darf, du hast eher die flotte Zunge." „Ja meine flotte Zunge ist meine zweite Natur und du bist ein richtig netter Geist. Schade, wir hätten uns als Mondmenschen kennenlernen müssen, was hätten wir uns gut verstanden und total den Spaß zusammen gehabt."

Könnte es sein, dass bei dem das Komitee nochmals gründlich nacharbeiten muss? Du liebe Zeit, der ist überhaupt noch nicht neutral, wie ist der nur durch die Kontrolle gekommen.

„Ja, kann schon sein."

Etwas lahm, meine Antwort, egal, aber wie die passende Richtung zu ihm finden?

„Liest du gerne Zeitung?" „Ja, sehr gerne, was willst du wissen, Klatsch, Königshäuser, Mode, Kochrezepte?" „Ich denke an Politik." „Ach so, nein, Politik ist zu langweilig, die Königin von England soll diesen Monat noch mit dem zweiten Kind niederkommen, das ist doch viel spannender, findest du nicht?"

Alois ist mit dem Frühstück fertig, welch ein Glück.

„Auf Wiedersehen, bis zum nächsten Mal."

Er winkt mir nach Mein Schützling geht noch einmal zurück auf sein Zimmer, verschwindet im Bad, jetzt zieht er sein Jackett an, prüfender Blick in den Spiegel, ja, er sieht gut aus. -So Alois, komm, hurtig zum Zug.- Im Zug, Pacca ist da. Keine Zeit für mich; ihr Lokführer ist Migränepatient, hat einen Anfall. Trotzdem ist er zum Dienst gegangen, Pacca versucht, ihm die schlimmsten Schmerzen zu mildern. Ich unterstütze sie und bis Lübeck sieht er dann auch ganz entspannt aus. Alois lächelt in seliger Vorfreude auf Elisabeth. Elisabeth winkt Alois schon vom Bahnsteig ebenso selig entgegen und Tessa, von der allgemeinen Seligkeit ergriffen, umarmt mich auch. Ob der Tag noch steigerungsfähig ist? Der Zug nach Hamburg kommt, wir steigen ein und, wie wundervoll, haben ein Abteil allein. Alois und Elisabeth küssen sich, lange, ausdauernd.

„Wie hoch schätzt du deine Chance ein?" „Alois, wenn ich das wüsste, ich habe keine Idee, wer außer mir noch eingeladen ist und ich weiß nicht, was getanzt wird. Wieso sollte die MET uns wollen? Auch das kann ich mir nicht erklären. Ich bin einfach nur neugierig, weil ich mir keinen Vers darauf machen kann." „Das kann ich gut verstehen, bist du aufgeregt? Ich spüre bei dir keine Nervosität?". „Ich fühle eine gewisse Spannung, ja, aber ich bin nicht aufgeregt, und ich habe kein Lampenfieber bei dem Gedanken, alleine auf der Bühne vortanzen zu müssen. Entweder es funktioniert oder es klappt nicht."

Sie schweigen, küssen sich.

„Alois, wenn dein Urlaub vorbei ist, gehst du ja zurück und gestern sagtest du, dass wir schon ein wenig planen sollten. Ich meine, ich sitze ja hier beruflich fest." „Ich hätte das Thema jetzt vor deinem Vortanzen nicht angeschnitten, weil ich dich nicht ablenken will." „Doch, bitte tu es."

Liebevoll schaut Alois auf Elisabeth, streicht ihr über die linke Wange.

sagte ich dir schon mal. Entweder ich beginne etwas Neues, oder ich lasse mich gehen und zum Letzteren tauge ich nicht. Ich bin Bierbrauer und Kaufmann, kein „Also gut: Bevor du mich auf der Bank ansprachst, hatte ich eine Idee, eine Vorstellung von der Zukunft. Ich überlegte mir, in Strandkörbe zu investieren." „Du willst Strandkörbe vermieten?" „Ja." „In Travemünde?" „Ja, sofern sich die Rahmenbedingungen regeln lassen." „Aber Alois, du hast doch eine Bierbrauerei, Strandkörbe sind davon doch ganz weit entfernt?" „Auf den ersten Blick ohne Zweifel. Hör zu, Elisabeth, mein Sohn kommt ohne mich zurecht. Ich würde ein schlechter Seniorchef sein, Wissenschaftler, kein Intellektueller. Ich muss etwas Praktisches machen, etwas das ich kann: Organisieren, verkaufen, Ideen umsetzen. Wenn du so willst, auch mit meinen Händen arbeiten. Ob ich Bier verkaufe oder künftig Strandkörbe vermiete – so groß ist der Unterschied nicht." „Wenn das wirklich deine Überzeugung ist, wer glaubst du, würde sich mehr als ich darüber freuen?"

Sie küssen sich wieder.

„Und ich finde es gut und angenehm, dass deine Überlegung zu einem Zeitpunkt stattgefunden hat, als du mich noch nicht kanntest." „Wieso das?" „Weil deine Planung von mir unabhängig war. Du aus Bayern weg, fort von deinen Kindern und eine ganz neue Geschäftsidee. Daraus ergibt sich für mich, dass ich nie ein schlechtes Gewissen haben muss, falls du das alles wirklich praktisch umsetzen solltest." „Nein, Elisabeth, habe ich dir nicht erzählt, ich sei auf Sinnsuche? Ich fühle mich tatsächlich nicht alt und berufen genug, um auf Sparflamme zu leben. Ich wünsche mir eine neue Herausforderung, die mich in Atem hält, die meinen Ehrgeiz befriedigt, die mir Wachheit und Lebendigkeit schenkt, Elisabeth, kannst du das nachvollziehen?" „Wenn du wüsstest, wie gut. Nimm mich, seit ich – na sagen wir mal acht Jahre alt war – bestand mein Traum darin, Tänzerin zu werden und ich bin es geworden. Übermorgen habe ich meinen vierunddreißigsten Geburtstag. Einen neuen Vertrag kann ich nicht annehmen, nach der kommenden Saison muss ich aufhören, weil meine Rückenprobleme leider eine neue und etwas hässliche Qualität angenommen haben. Es ist so, es ist einfach Schluss, Ende. Da setzt die Gretchenfrage ein, was kann ich danach tun? Choreographie liegt mir nicht so, scheidet folglich aus, was bleibt? Alois, ich möchte eine Tanzschule für Hobbyklassen einrichten, dazu habe ich Lust, wie findest du das?" „Spannend, aufregend, du kannst dir das finanziell leisten?" „Ja Alois, ich bin in der glücklichen Lage, relativ unabhängig zu sein, selbst wenn ich Durststrecken haben sollte, weil nicht genügend Schüler kommen, wird das nicht an die finanzielle Substanz gehen." „Und ich sage dir, Gori, ob du mich ‚ne dumme Nuss' nennst oder nicht, mit deinem Alois stimmt irgendetwas nicht. Wieso macht er nicht einen Biergarten auf, oder eine schöne Kneipe oder sonst was in seinem Dorf? Wieso will ein Mann, wie er, umsiedeln? Da steckt doch etwas dahinter."

Tessa trifft auf den Punkt, was ich denke.

„Du bist eine kluge Frau, ich stelle mir auch gerade so meinen Teil vor und wünschte, ich könnte mir Melvis vorknöpfen, der hat doch lange mit ihm gelebt." „Melvis ist im Schlaf, der wird uns nicht helfen können." „Wer denn, Tessa?" „Ich werde mit meinem Ex reden, vielleicht fällt dem was ein, wir sind da, der Zug hält gleich."

Im Theater
Elisabeth kennt sich in der Staatsoper aus. Der Bühnenraum ist ausgeschildert, wir verlieren keine Zeit mit Suchen. Alois nimmt im Zuschauerraum Platz. Elisabeth stellt sich dem Choreographen vor, der auf der Bühne steht. Er begrüßt sie förmlich freundlich, bittet sie, sich umzuziehen und warm zu machen. Wir warten gespannt, was danach passiert.

„Bitte beginnen sie mit der 'Carabosse'."

Herr Severin sagt das in einem Chefton, die Musik setzt ein, Elisabeth tanzt. Alois ist völlig fasziniert, Tessa und ich auch. Dann tanzt sie die 'Fliederfee', die 'Königin' und zuletzt 'Aurora'. „Sie beherrschen alle weiblichen Rollen, das ist gut. Ja, kurz gesagt, wir sind mit „Dornröschen" eingeladen worden. Die 'Carabosse' ist ausgefallen. Wir fliegen am 15. August nach New York. Wir werden uns gleich noch um die Formalitäten kümmern, die wir zusammen erledigen müssen. Ihr Begleiter kann mitkommen. Sie erhalten eine Gage, Flugticket und Hotelaufenthalt sind für sie kostenfrei. Ach ja, es werden drei Aufführungen sein, sie werden die 'Carabosse' tanzen. Ab 12. August müssen sie vor Ort sein, Hotelkosten bekommen sie erstattet, ja, wir haben dann ab dem 12. zwei Proben am Tag mit dem gesamten Ensemble. Haben sie noch Fragen?"

Nein, haben wir nicht, wir sind glücklich, restlos erschlagen von dem Ereignis.

„Ja, wie lange wird unser Aufenthalt dauern?"

Gute Frage, Elisabeth, daran haben wir noch gar nicht gedacht.

„Am 25. August ist Rückflug nach Frankfurt."

Jetzt ist wirklich alles geklärt, Alois steht auf, Elisabeth zieht sich wieder um. Sie treffen sich zu dritt im Sekretariat des Theaters. Das Ausfüllen von Formularen und Abgeben von schriftlichen Erklärungen hat dann doch noch fast zwei Stunden gedauert. Inzwischen ist es mittlerer Nachmittag. Es gibt gerade keine Uhr, auf die ich blicken könnte, aber Alois und Elisabeth knurren die Mägen laut und deutlich.

„Wo kriegen wir jetzt einen Happen zu essen, Elisabeth?".

„Vielleicht noch bei Karstadt in der Mönckebergstraße, dann sind wir auch gleich wieder am Bahnhof."

Woher will Elisabeth das wissen?

„Komm, nichts wie hin."

Die Speisekarte in dem Karstadt-Restaurant ist nicht üppig. Elisabeth nimmt eine Pastete und der Alois bestellt sich eine Ochsenschwanzsuppe, die ist bestimmt aus der Dose und Kartoffelsalat mit zwei Bockwürsten. Tessa ist zurück von ihrem Ex.

„Gori, negativ, die Personenakten aller Hausners sind einwandfrei, nichts von Tadel zu finden." „Entweder ist es, wie es ist, beziehungsweise Alois will es wirklich so haben, oder, wir haben es mit Manipulation zu tun. Dann existiert ein Vorfall, der mit Billigung aller beteiligten Schutzgeister unerwähnt geblieben ist. Das ist selten, kommt jedoch immer einmal wieder vor."
„So sehe ich es auch."

Tessa seufzt tief, ich mache da mit, wir können im Augenblick nichts tun. Doch, vielleicht.

„Was hältst du davon, bei Elisabeth den Nucleus caudatus mit etwas mehr Cortisol anzureichern? " „Gori, du bist perfide, könnte jedoch klappen. Wenn sie misstrauisch ist, stellt sie ihm unter Umständen die genau richtigen Fragen." „Das ist die Idee, wann fangen wir an, im Zug?" „Im Zug."

Im Zug
„Alois, ich will nicht insistieren, nur ich frage mich, warum will ein Mann, der zwei Kinder in Bayern hat und einen Betrieb, über achthundert km von dort weg. Hast du dir keine Gedanken darübergemacht, was du dort anfangen könntest? Mir kommt das

so seltsam vor. Du nennst deine Kinder auch nie bei ihren Namen, sondern lässt sie fast ein wenig anonym dastehen. Ich denke, wenn es mit uns weitergehen soll, ist eine unbedingte Vertrauensgrundlage Voraussetzung." „Tessa, Alois braucht eine Anhebung seines Oxytocin-Spiegels, schnell!"

Alois steht auf und öffnet die Abteiltür, er geht ein paar Schritte, entspannt sich, kommt zurück, schließt die Tür, setzt sich Elisabeth gegenüber.

„Gut, du sollst die Geschichte erfahren, die mich so belastet, dass ich nur noch ungern zu Hause bin: Es war das Jahr 1943, alle unsere Arbeiter waren bei der Wehrmacht. Ich bekam fünf Zwangsarbeiter zugeteilt, vier Männer und ein sehr junges Mädchen. Das Mädchen, Halbjüdin aus Polen, ein Tscheche und drei Polen. Die Männer waren Herren, zwei Lehrer, ein Herzspezialist und ein Geologe. Wir hatten angenehme Tischgespräche, spannende Schachpartien; aber eine Hilfe waren sie mir im Betrieb nicht. Das Mädchen war tüchtig und half im Haus und in der Küche. Kurz, ich musste viele Mäuler stopfen und hatte für nichts anderes einen Blick. Eines späten Abends, als ich aus München kam, lag das Mädchen im Sterben. Es war schwanger von meinem Sohn, der davon angeblich ebenso wenig wusste wie ich. Meine Frau hatte ihr gemeinsam mit meiner Tochter und deren Verlobten eine Engelmacherin zum Abtreiben besorgt, und zwar unter der Drohung, wenn sie es nicht täte, ins KZ zu kommen. Was auch geschehen wäre, wenn die Schwangerschaft der Gestapo aufgefallen wäre. Und mein Sohn hätte sich dem Bruch des Gesetzes der Blutschande schuldig gemacht. Weswegen er auch inhaftiert worden wäre. Als das Mädchen tot war, habe ich es heimlich begraben und es offiziell vermisst gemeldet. Es ist nie wieder im Hause erwähnt worden; selbst unser Sohn fragte nur kurz nach ihr, und gab sich mit der Erklärung, dass sie geflohen sei, zufrieden."

Er schweigt. Elisabeth setzt sich zu ihm, nimmt ihn in die Arme und wiegt ihn, wie ein Kind; sie küsst ihn, streichelt ihn. Er lässt es zu. Nach einer Weile, macht er sich sanft los, steht auf:

„Kannst du mich verstehen, dass ich da wegwill?"

Auch Elisabeth steht auf:

„Wenn ich deine Sicht des Denkens annehme, Alois, ja. Du bist in eine Situation geraten, die nicht mehr anders zu lösen war. Es ist über deinen Kopf hinweg gehandelt worden. Es bleibt die Frage, was du anderes gemacht hättest, wenn dir die Schwangerschaft bekannt gewesen wäre?" „Die Frage ist hypothetisch und ich habe sie mir schon tausendmal gestellt. Sie versteckt? Ihr einen Arzt für den Eingriff besorgt? Weißt du, was ich glaube? Der Mensch ist völlig unfähig im Nachhinein zu sagen, wie er in einer bestimmten dramatischen Situation wirklich gehandelt hätte. Was ihm zur Beurteilung fehlt, ist die unmittelbare Berührung mit den Akteuren und der Aktion des Dramas. Es mangelt mir genau in dem Maße an Spontanität, die für eine Umsetzung der Lösung notwendig ist. Du kannst hinterher im Kopf keine Entscheidung treffen, von der du überzeugt bist, sie nicht anders getroffen zu haben." „Und genau darum, fühlst du dich gebracht?"

Alois sieht Elisabeth direkt in die Augen.

„Ja, Elisabeth, ich werde es nie erfahren." „Kann es sein, dass deine Frau dich sehr genau kannte, und mögliche Komplikationen vorhersah, wenn sie dich eingeweiht hätte? Frage dich, ob sie wirklich nur die Familie schützen, oder dir auch eine Gewissensentscheidung abnehmen wollte, die für dich kaum lösbar gewesen wäre? Objektiv gesehen, gab es doch gar nicht so viele Alternativen während dieser schlimmen Zeit." „Elisabeth, für mich musste doch keiner die Drecksarbeit erledigen." „Ich denke, es war ein Liebesdienst."

Sie schweigen eine Weile. Elisabeth hebt den Kopf:

„Ich weiß nicht, ob ich dich trösten kann. Mein Mann lag im Sterben und ich hatte eine Probe nach der anderen. Ich hetzte vom Theater in die Klinik und wieder zurück. Statt auf seinen Zustand einzugehen, habe ich ihm meine Probleme und Schwierigkeiten in der Hoffnung geschildert, ihn von sich abzulenken.

Das war falsch. Ich wollte das Sterben nicht sehen. Es war so unbequem. Er starb ohne mich. Ich war wahrscheinlich nie da, wenn er mich brauchte. Hinterher sagte ich mir, ich war zu jung. Ich weiß es nicht, ich habe mir so viele Vorwürfe gemacht. Danach wollte ich aus Hagen weg. Noch heute ist das wie ein schmerzender Dorn, dieses Gefühl, versagt zu haben. Fluchte ich, Flucht du."

„Ja, liebe Tessa, ein klassischer Fall von Manipulation, alle Schutzgeister waren sich in ihrer Entscheidung darin einig, dass es keine alternative Lösung gab. Wenn die Abtreibung erfolgreich verlaufen wäre, hätten die Personenakten ganz anders ausgesehen." „Das ist wohl wahr. Alle Beteiligten sind unmittelbar bis mittelbar in die Folge ihres Handelns geschlittert: Das Mädchen ist gestorben, Frau Hausner erkrankte kurz danach an Tbc, die Ehe der Hausner-Tochter blieb kinderlos." „Kannst du dir vorstellen, weswegen der Schutzgeist des Mädchens sich so kooperativ verhielt?" „Ja, ich glaube Gori, der hat schlicht versagt. Er hätte erstens ihr Hormonsystem beruhigen müssen, hat er nicht getan, er hätte zweitens ihr Kritikvermögen anregen müssen, hat er nicht getan, und so weiter. Der wusste genau, wo seine Verantwortung lag und wo sein Eingreifen gefehlt hat. Es könnte auch ein Pflichtschutzgeist oder Springer gewesen sein, der überfordert war." „So lassen wir die Dinge auf sich beruhen. Wie gefällt dir Alois in seiner Rolle, die er angenommen hat, Tessa?" „Bei mir schrillt eine Alarmsirene ziemlich laut, weil er sich mir als Kontrollmensch darstellt, der nicht verkraftet, wenn ihm Verantwortung entzogen wird."

Damit bin ich nicht einverstanden.

„Das sehe ich so nicht. Ich meine, er braucht Offenheit und Ehrlichkeit in einer Beziehung, und zwar nicht nur in der Ehe. Das könnte sein heutiges Verhältnis zu seinem Sohn erklären. Er vermisst es, offen mit ihm reden zu können, also geht er auf Distanz. Er fühlt sich einer gemeinsamen Basis entzogen." „Gut Gori, es mag möglich sein, dadurch, dass das Mädchen im Hause überhaupt nicht mehr erwähnt wurde, ist Sprachlosigkeit eingetreten, die sich bisher durch kein höherwertiges Ereignis ablösen ließ. Schauen wir nach vorn." „Ja es geht weiter, sie wollen heute Nacht zusammenbleiben – kriege ich eben gerade so mit."

Elisabeth und Alois
Sie küssen sich unterwegs vom Bahnhof zu Elisabeths Wohnung, auf der Treppe zur ersten Etage. Ob das noch funktionieren wird? Schaffen sie es noch, die Haustür aufzuschließen? Ja hat geklappt, jetzt aber ist es mit der Beherrschung endgültig vorbei, sie zerren sich gegenseitig die Kleidung vom Körper, dank des Sommers ist es glücklicherweise nicht zu viel, und beten mitten im Flur die Liebe an. Zum bestimmt weicheren Bett schaffen sie es nicht mehr.

„Ich finde die beiden so süß."

Tessa flüstert, obwohl uns im wahrsten Sinn des Wortes kein Mensch hören kann. Ich kann nicht ganz nachvollziehen, was speziell süß an zwei heftig aufeinander und ineinander wühlenden Wesen sein soll, aber bitte, wenn sie meint. Vorbei, ich bin heilfroh. Da geschieht es: ich sehe es, es sind zwei, Tessa sieht es nicht, ich werde darüber schweigen. Es geht ins Bad, wir bleiben draußen, es geht ins Schlafzimmer, Tessa folgt. Ich bleibe draußen, warum soll ich mir ansehen was ich ungezählte Male selber getan habe, habe tun lassen. Ich kann Tessas Interesse nicht nachvollziehen. Sie fühlt keinerlei Libido mehr, so wie ich. Lieber sehe ich mich in der Wohnung um. Nein, diese Frau ist nicht arm, die Küche ist schön, sie hat einen Mixer, einen Kühlschrank sogar. Ach, ich liebe Küchen immer noch, genau wie früher. Wie gerne habe ich gekocht, geschmort, gebraten, gebacken, garniert, gelitten, wenn ein Teig nicht hochging, gekostet, gewürzt und schließlich genossen. Das ist unendlich lange her, ja gut, sollte ich es deshalb vergessen. Niemals! Schade, ich kann nicht in die Schränke schauen, wie gerne hätte ich mir Elisabeths Geschirr angesehen, einen Blick auf Pfannen und Töpfe geworfen. Die Küche ist extrem aufgeräumt, kann eine Tänzerin überhaupt kochen? Weswegen sollte sie Freude daran haben, wenn sie doch so viele leckere Sachen gar nicht essen kann, und wenn doch, nur in kleinen Mengen? Mir wird gerade bewusst, ich habe noch nie eine Tänzerin oder einen Tänzer beschützt, dies ist meine erste konkrete Berührung mit einer Spezies, die ich bisher nur aus der Ferne sah, Tessa kommt:

„Jetzt mag ich es auch nicht mehr sehen, sie interessiert sich sogar für seine Prostata." „Jede gute Frau sollte sich für die Prostata ihres Partners interessieren, verstehe ich nicht?" „Du bist ein Unschuldsengel, Gori, denk mal darüber nach."

Will ich nicht. Kein Thema für mich, Ich muss sie ablenken.

„Tessa, siehst du hier in der Küche Gewürze?" „Nein, sehe ich nicht, sie hat auch keine im Schrank, sie kocht auch fast nie, sie hat Margot mal erzählt, sie hätte keine Gelegenheit gehabt, es zu lernen." „Wovon ernährt sie sich dann?" „Also, sie isst sehr gerne Rohkost, Obst, Schwarzbrot mit Käse. Hin und wieder brät sie sich ein Stück Fleisch, dazu braucht sie nur Pfeffer und Salz." „Aha, die Ernährung ist ja denkbar übersichtlich."

Tessa lacht:

„So kann man es auch nennen, ich finde es einfach gruselig, Gori, wie gerne habe ich gekocht und gegessen." „Ja, ich auch, was meinst du, haben die zwei nicht bald mal Hunger?" „Ich hoffe, es wird ein bisschen langweilig, nicht?" „Ja, zeig mir doch in der Zeit den Rest der Wohnung."

Ich höre Alois.

„Elisabeth, Liebling, es ist Schluss für heute, aus, finito, ich habe Hunger und Durst und mehr Gelüste wollen mir im Augenblick nicht mehr wachsen. Steig aus dem Bett und zeige mir deine Speisekammer oder deinen Kühlschrank!" „Meinst du das, was du gesagt hast im Imperativ?" „Klang es, wie eine Bitte?" „Nein, Tatsache ist, der Kühlschrank ist nicht gefüllt, eigentlich ist er sehr aufgeräumt, es lohnt sich im Prinzip nicht, ihn zu öffnen." „Das heißt im Klartext, du hast nichts zu essen: keine Eier, kein Steak, kein rein gar nichts?" „Doch zwei Scheiben Schwarzbrot und ein Stück Käse. Das hätte mir gerade gereicht; mit einem Herrenbesuch konnte ich nicht unbedingt rechnen." „Bemerkenswerte Schlussfolgerung, was natürlich einen leeren Kühlschrank hinlänglich erklärt. Und was nun, es ist 22 Uhr, wer hat jetzt noch auf?" „Ganz bestimmt das Lokal am Theater." „Dann spring jetzt in die Kleidung und auf geht's. Falls ich heute noch etwas satt werden sollte, bitte ich auch wieder." „Ist gut, Alois. Ich beeile mich."

Das Lokal ist rammeldicke voll, wohin? Kein freier Tisch, jede Menge Leute vom Theater; die grüßen Elisabeth. Von irgendwo holt der Wirt zwei Stühle, wir landen bei einer sechser Truppe Schauspieler, zwei jungen Frauen und vier ebenfalls recht jungen Männern. Ihre Schutzgeister sehen wie ihre Mütter und Väter aus, benehmen sich jedoch eher betont jugendlich forsch, fragen mich über Alois aus. Elisabeth ist ihnen hinlänglich bekannt, Tessa geht auf ihren Jargon ein, fordert sie auf, den Mund zu halten:

„Leute, lasst uns gefälligst in Ruhe, wir haben zwei schwere Tage hinter uns. Der Alois ist total in Ordnung, mehr müsst ihr jetzt nicht wissen."

Weil Tessa beliebt ist, akzeptiert wird, werden wir ab sofort nicht mehr behelligt. Alois wird ein riesiges Bauernfrühstück und ein halber Liter Bier serviert, Elisabeth bekommt ein Schwarzbrot mit Frikadelle und Senf. Sie entfernt den Belag, kratzt sich die Butter vom Brot runter, und, wir staunen, sie trinkt ein kleines Bier dazu. Elisabeth erzählt von Hamburg, die Schauspieler sind begeistert und beklatschen ihren Erfolg. Als sich die Runde etwas beruhigt, zeigt jemand auf Alois:

„Was sagt dein Freund dazu?"

Alois, jetzt auf dem Wege eine gewisse Sättigung zu empfinden, sieht ihn ganz entspannt an:

„Der Freund dieser tollen Frau freut sich mit ihr darüber."

Die ganze Runde applaudiert, es wird noch ein Bier bestellt, es ist 23 Uhr 45, der Tag sollte sich jetzt schließen. Tessa und ich kitzeln ein wenig den Melatonin-Haushalt unserer zwei Helden; es wirkt, Alois bezahlt, sie verabschieden sich.

Der Tag danach
Der nächste Morgen begann mit Liebe. Tessa und ich hatten es nicht anders erwartet. Es ist jetzt 8 Uhr 15; wir warten im Wohnzimmer. Wie wird es weitergehen? Alois duscht, Elisabeth setzt den Teekessel auf. Alois ist fertig, zieht die Sachen vom Vortag an, er hat nichts anderes. Er hätte sich das Duschen sparen können.
„Liebling, gibt es eine Bäckerei in der Straße?" „Ja, ein Stück hier weiter runter. Ich habe keine Marmelade, der Bäcker auch nicht." „Hast du Honig?" „Ja, oben rechte Schrankseite." „Wie steht es mit Butter?" „Habe ich auch nicht." „Ich nehme deinen Schlüssel mit, dann kannst du inzwischen ins Bad." „In Ordnung."

Alois und ich holen Brötchen, kommen zurück in die Wohnung, er brüht den Kaffee auf, deckt den Frühstückstisch. Elisabeth kommt, sieht in ihren sauberen Sachen frisch und gepflegt aus.

„So viele Brötchen, haben wir Gäste?" „Elisabeth, es sind vier, zwei für dich und zwei für mich." „Ich kann mir nur eine halbe Scheibe Schwarzbrot leisten, nach der späten Sünde gestern, leider." „Wenn du meinst, du hast schließlich vorher auch Kalorien verbraucht."

Elisabeth lacht ihr Elisabeth-Lachen, ein Tagesplanungsgespräch beginnt. Alois will zuerst nach Travemünde ins Hotel und sich mit sauberen Sachen eindecken. Elisabeth hat um 11 Uhr 30 Training, danach muss sie ihre Solopartien der 'Carabosse' tanzen. Alois hat vor, ein Konto in Travemünde bei der Handelsbank zu eröffnen, dann will er nach Lübeck zurück und einkaufen gehen. Elisabeth fällt ein, dass sie morgen Geburtstag hat.

„Wirst du Gäste bekommen?" „Kein Mensch weiß davon, weil mein Geburtstag immer in die Saisonpause fällt. Manchmal wollte ich es erzählen, jetzt bin ich froh, es nicht getan zu haben. Ich habe keine Lust, dich mit anderen Leuten zu teilen."

Alois sagt Elisabeth, er liebe sie ganz wahnsinnig, was Tessa und ich ihm glauben, so, wie er sie dabei ansieht. Elisabeth sagt

Alois auch, sie liebe ihn ganz wahnsinnig, was auch wir ihr glauben, so, wie sie ihn ansieht. Dann wirkt Alois ganz streng:

"Angeklagte, gehe ich recht in der Annahme, dass sie des Kochens unfähig sind?"

Spielerisch tief beschämt senkt die so Angesprochene ihren Blick:

„Ja, Euer Ehren." „Ihr freimütiges Geständnis und ihre offenkundige Reue nimmt das Gericht wohlwollend zur Kenntnis und fällt folgendes Urteil: Solange sie in freundlicher Allianz zu diesem Alois Hausner stehen, sind sie von der Last des Einkaufengehens, und der Verarbeitung von Nahrungsmitteln sowie deren Zubereitung in Form von Mahlzeiten entbunden. Das Urteil ist rechtskräftig, die Gerichtskosten werden übernommen." „Wieso kannst du kochen, Alois?" „Kochen ist wie Bierbrauen. Da gibt es Rezepturen, die werden abgearbeitet und dann hast du ein schönes Bier oder ein gutes Essen." „Na, da bin ich aber neugierig drauf." „Das hoffe ich."

Später
Alois sitzt im Zug nach Travemünde, träumt vor sich hin. Das kann ich mir jetzt auch leisten.

Im Hotel winkt der Portier Alois heftig an die Rezeption.

„Herr Hausner, der Herr Polizeiobermeister Beck hat schon mehrfach nach ihnen gefragt. Jetzt kommt er wohl in ein paar Minuten, das macht er jetzt jede Stunde zur vollen Stunde." „Danke, schön, bitte schicken Sie ihn zu mir rauf."

Alois nimmt, wie immer, zwei Treppenstufen auf einmal, im Zimmer schaut er auf die Uhr und? Ich rätsele gerne; er befindet wohl für sich, ein guter Mann kann sich in zehn Minuten ausziehen, duschen, abtrocknen und wieder anziehen. Die Hoteltür lässt er offen, bestimmt macht er das für Herrn Beck. Er schafft es, sein Programm einzuhalten, sogar die Schuhe bekommt er zu. Es klopft, der Herr Polizeiobermeister Beck ist da. Die Herren begrüßen sich respektvoll mit Handschlag.

„Herr Hausner, ich wollte sie gerne über den letzten Stand der Dinge informieren und sie in dem Zusammenhang noch etwas fragen. Die Todesursache bei dem alten Mann auf der Bank ist schon etwas merkwürdig. Der Mann hatte Magenkrebs aber ein gesundes Herz und keine wesentlichen Verkalkungserscheinungen. Können sie sich erinnern, wie sich die Situation für sie dargestellt hat? Haben sie jemanden in seiner Nähe gesehen?"
„Ich kam aus dem Wasser und strich mir kurz über Gesicht und Augen, als mein Blick direkt auf den Mann auf der Parkbank fiel. Er las Zeitung, dann plötzlich ließ er sie fallen und griff sich an den Hals und brach in sich zusammen. Ich bin sofort losgerannt und habe ihn von der Bank gehievt; ja, den Rest kennen sie. Nein, Herr Beck, ich habe keinen Menschen in seiner Nähe gesehen." „Danke, Herr Hausner, haben wir uns auch schon gedacht. Der Pathologe meinte nur, wir sollten bei ihnen doch noch mal nachhaken." „Schade, ich hätte ihnen gerne geholfen, aber, wie gesagt, da war weit und breit nichts, keine Katze, kein Mensch, kein Hund." „Dann will ich sie nicht länger aufhalten."
„Herr Beck, ich hätte meinerseits noch eine Frage an sie. Ich bin ernsthaft damit befasst, mich hier am Ort niederzulassen und in Strandkörbe zu investieren. Sie als Travemünder, was würden sie mir raten, an wen ich mich wenden sollte?" „Wollen sie nur investieren, Herr Hausner oder haben sie vor, auch deren Vermietung zu übernehmen." „Natürlich auch die Vermietung." „Wären sie auch bereit, einen Bestand zu übernehmen?" „Ja, aber das wäre wohl ein Glücksfall." „Mag sein, ist aber unter Umständen so. Vor einer knappen Woche sprach mich das Ehepaar Oldörp an, die haben ihre Körbe direkt unter ihrem Hotel, also allerfeinste Ecke. Kurz gesagt, der Sohn ist im Krieg gefallen, die beiden Töchter auswärts verheiratet, das Ehepaar hat keinen Nachfolger und sie suchen jemanden, der ihnen die Körbe abkauft. Der Pachtvertrag mit der Stadt würde weiterbestehen. Hätten sie Interesse?" „Na, und ob."

Oberpolizeimeister Beck sieht erfreut aus.

„Dann wäre es mir ein Vergnügen, sie miteinander bekannt zu machen." „Jetzt gleich?"

Alois schaut auf seine Uhr, es ist 12 Uhr 20, eigentlich wollte er doch den 1 Uhr Zug nach Lübeck nehmen, so war es mit Elisabeth verabredet gewesen.

„Herzlich gerne.". „Nur dann, Herr Beck, habe ich wieder ein Zeitproblem. Ich wollte um 13 Uhr 30 wieder in Lübeck sein, das werde ich nicht schaffen. Auf der anderen Seite will ich mir die Oldörps nicht entgehen lassen." „Herr Hausner, ich habe um 14 Uhr einen Gerichtstermin in Lübeck, wir müssten so fahren, dass ich spätestens fünf Minuten vor Termin dort ankomme, geht das?" „Herr Beck, sie sind wieder einmal mein rettender Engel. Geben sie mir drei Minuten, ich packe noch ein paar Sachen zusammen. Die Tasche würde ich, wenn ich darf, gleich bei ihnen im Auto unterbringen, dann gehen wir zu den Oldörps, die ich vom Sehen her eigentlich kenne und dann bin ich pünktlich wieder bei ihnen am
Auto, einverstanden?" „So machen wir das, Herr
Hausner."

Schade, dass ich bisher keine Chance hatte, mich mit dem neuen Schutzgeist von Herrn Beck bekannt zu machen, es reichte nur für eine Kurzvorstellung. Sie heißt Mala und ist sehr attraktiv, hat den gleichen dunkel olivbraunen Hautton wie ich. Das Ehepaar Oldörp sieht uns kommen. Herr Oberpolizeimeister Beck stellt Alois vor, verlässt uns mit Mala. Mein Klient berichtet von seinen Absichten. Es werden ihm alle zwanzig Strandkörbe gezeigt, die zwar etwas betagt, aber in gepflegtem Zustand sind. Alois Miene wirkt zufrieden. Der Pachtvertrag läuft noch fünf Jahre und würde ohne Komplikation auf ihn übertragen werden. Eine Verlängerung sei von der Kurverwaltung garantiert. Binnen kurzer Zeit ist alles besprochen und ein Vorvertrag handschriftlich abgeschlossen. Alois hatte sicherlich mit einer viel höheren Investitionssumme gerechnet. Das Ehepaar Oldörp freut sich ganz offenbar, weil ihr künftiger Nachfolger nicht einmal gehandelt hat. Sie verabreden sich für übermorgen, dann sollen die Einzelheiten und die Abwicklung besprochen werden. -Jetzt wird es höchste Zeit, Alois, Herr Beck hat es eilig.-

Alois schreitet kräftig aus. Im Polizeiauto sitzt der Rasantfahrer Polizeimeister Kühl am Steuer mit seinem alten Türsteherschutzgeist.

Wie angenehm, ich muss nicht auf seinen Schützling aufpassen. Herr Beck sitzt hinten und winkt Alois neben sich. Er stößt sich beim Einsteigen den Kopf, was ihn keineswegs zu irritieren scheint.

„Herr Beck, Sie sind mein Engel, mein guter
Geist hier in Travemünde." „Nein, Alois, das
bin ich!"

Mala schüttelt den Kopf:

„Das kann er nicht wissen."

Wie richtig.

„Es hat also zu ihrer Zufriedenheit geklappt, Herr Hausner?" „Wir haben einen Vorvertrag gemacht, von so einem Glücksfall hätte ich nicht zu träumen gewagt." „Na, das freut mich ja. Haben die Oldörps ihnen erzählt, dass sie ihr Haus auch verkaufen wollen? Soviel ich weiß, haben sie vor, nach Hamburg, zu der einen Tochter zu ziehen." „Aha."

Alois sieht interessiert aus.

„Wollen sie einen Blick darauf werfen, wir kommen daran vorbei, es steht in der Kurhausstrasse." „Sehr gern."

Herr Kühl gibt Gas, das kann er prima, und es geht zügig vorwärts, irgendwann bremst er und hält. Das Haus der Oldörps ist alt und gepflegt, wie deren Strandkörbe. Von außen zumindest.

„Es hat sogar einen kleinen Hof an der Seite."

Kann ein deutscher Polizist gleichzeitig Immobilienhändler sein? Alois fragt, ob er auch die Innenräume kennt.

„Ich bin da ein- und ausgegangen, der Sohn der Oldörps und ich waren eng befreundet. Da gibt es sogar Toilette und Badezimmer im Haus. Oben sind die Schlafräume, vier Stück und das Bad mit einem Klo, unten sind Küche, Wohn- und Esszimmer, Flur, und dann gibt es da noch die Waschküche mit Klo, die zum Hof führt. Die Räume sind nicht riesengroß, reichten den fünf Personen aber sehr gut aus. Sie waren ja fünf, als der Kurti noch da war, der dann leider im Krieg blieb. Das war ein feiner Kerl, Herr Hausner, war gelernter Korbmacher, konnte alles selber reparieren. Wie steht es denn mit ihnen?" „Ich mache auch viel selbst, ohne gleich einen Handwerker zu rufen, das bringt ein Betrieb so mit sich." „Das ist gut und, wie gefällt ihnen das Haus?" „Ja, der äußere Eindruck ist nicht schlecht, schauen wir, ob es für mich bezahlbar ist."

Herr Beck sieht auf die Uhr.

„Oh Mann, Kühl, los jetzt."

Es ist nicht zu fassen, wie der Mann fährt. Ob er in anderen Arbeiten auch so gut ist? Bestimmt. Herr Kühl ist ein Könner. Lübeck erreicht, Herr Beck geht ins Gericht, Alois wird auf dem Schrangen abgesetzt. Auf geht es in das Einkaufsvergnügen.

-Halt, wo rein mit den Lebensmitteln? -

Mein Schützling stutzt, dreht ab, eine große Tasche wird gekauft. Was da alles reinpasst: Spaghetti, Öl, Essig, Tomaten, Gewürze, Knoblauch, Hackfleisch, Zwiebeln, Tomatenmark, Brot, Eier, Butter, Käse, Wurst, Marmelade, Wein und Bier. Alois ist stark, muss er auch sein. Er schafft es, das ganze Zeug in die Wohnung von Elisabeth zu tragen. Die Wohnung ist leer, keine Elisabeth. Alois hat Hunger, ich höre es an seinem Magen. Alois arbeitet in der Küche auf Hochtouren. Er isst ein Stück trockenes Brot. Er deckt den Tisch. Elisabeth kommt, sie sieht ziemlich fertig aus, Alois küsst sie und schickt sie duschen. Das Essen ist fertig. Elisabeth geduscht, mit Höschen und Hemd bekleidet, wirkt schon etwas frischer, freut sich, ihrer Mine nach zu urteilen, auf das Essen. Setzt sich an den Tisch.

Alois füllt Tomatensalat auf die vorbereiteten Teller, Elisabeth probiert und verdreht begeistert die Augen.

„So toll hat ihn mir noch keiner gemacht." „Dann bin ich gespannt, was du zu meiner Bolognese sagst." „Was ist das?" „Liebling, hast du noch nie Spaghetti mit Sauce Bolognese gegessen?" „Ich glaube nicht." „Dann wird es höchste Zeit."

Alois befüllt die Teller, Elisabeth nippt an der Sauce, noch einmal, strahlt:

„Alois, die Sauce, ist die lecker, wie macht man so etwas?" „Pure Alchemie, und ganz großes Geheimnis, aber, wenn du ein offenes Ohr für andere Dinge als Kochrezepte hast, würde ich dir gerne was erzählen." „Du kannst mir alles erzählen, ich hänge an deiner Kochangel wie ein Fisch, kannst du alles so gut?"

Alois grinst sie unverhohlen unverschämt an:

„Möchtest du es jetzt probieren?" „Ach Alois, woran du denkst, habe ich jetzt nicht gedacht, los, Rapport."

Mein Schützling berichtet lückenlos über Herrn Becks Besuch im Hotelzimmer, wie das Gespräch auf Strandkörbe kam und dann von Oldörps.

„Ich habe einen Vorvertrag mit den Oldörps gemacht, der mir auf jeden Fall das Vorkaufsrecht zusichert. So, das ist das eine. Als wir aus Travemünde rausfuhren, zeigte mir
Herr Beck das Haus des Ehepaares, das auch zum Verkauf ansteht. Ich würde es mir gerne genauer ansehen, was meinst du, hättest du noch Zeit dazu?" „Ja sicher, ich frage mich allerdings, was du mit einem ganzen Haus anfangen willst, ich habe hier doch auch noch die große Wohnung?" „Wenn ich mich dauerhaft hier niederlasse, will ich ein eigenes Haus haben und keine Mietwohnung." „Verstehe, du bist es natürlich überhaupt nicht gewohnt, irgendwo zur Miete zu wohnen. Kannte ich früher auch nicht. Und wenn du dir das leisten kannst, ist das völlig in Ordnung."

Jetzt ist kein Halten mehr, sie lassen das schmutzige Geschirr, schmutziges Geschirr sein und hinein geht's ins Schlafzimmer. Tessa und ich bleiben in der Küche.

„Alois hat für Elisabeth noch kein Geburtstagsgeschenk, meinst du, sie kommen vor 6 Uhr noch wieder zum Vorschein?" „Ja, es ist erst 4 Uhr, Tessa."

Braver Alois, er kommt, es ist 5 Uhr, fertig angezogen ist er, steckt sein Portemonnaie ein, verlässt die Wohnung. Tessa kommt mit uns, sie ist zu neugierig und Elisabeth schläft. Zuerst geht es in eine Buchhandlung, mein Schützling kauft ein Buch mit vielen Bildern von New York und einen Reiseführer. Ich finde beides großartig. Tessa gibt sich enttäuscht.

„Das sind doch keine Geschenke für eine Frau." „Nein, es sollte bei dir lieber glitzern, wie?" „Genau." „Ist dir aufgefallen, dass Elisabeth nur ihre Uhr trägt? Nie Ringe, Ketten, das habe sogar ich bemerkt." „Wenn ihr keiner Schmuck schenkt, kann sie ihn auch nicht tragen."

Ja, das nenne ich Logik. Alois lässt die Bücher geburtstagsgeschenklich verpacken und weiter geht es. Nein, direkt zum Juwelier.

-Verräter! -

Tessa freut sich.

„Ich suche eine Brosche, Weißgold mit einem kräftig grauen Edelstein und kleinen Brillanten drum herum." „Ja, da hätte ich etwas, kein neues Schmuckstück, wenn sie es sehen möchten?"

Natürlich wollen wir es sehen.

„Ja, bitte."

Der Schutzgeist des Juweliers klatscht in die Hände:

„Ehrlich Freunde, mein Lieblingsstück, was Edleres kann ich mir kaum vorstellen."

Wie wahr, er hat recht, die Brosche ist wie eine etwas in die Breite geratene Acht geformt, in der Mitte liegt, Tessa und ich lächeln uns an, ein Mondstein mit fünf Brillanten, die Splittergröße hinter sich gelassen haben.

„Gori, ich stelle mir die Brosche auf dem hellgrauen Kostüm vor, ein Traum, verstehst du?" „Hoffentlich kann er sie bezahlen, ich persönlich finde es auch viel sensibler, ihr noch keinen Ring zu schenken, eine Brosche ist genau das richtige."

Er kann zahlen, die Schmuckschönheit wird verpackt und wir können ab sofort den nächsten Morgen nicht erwarten.

Elisabeths Geburtstag
Und der ist schnell gekommen. Was fehlt? Die Blumen. Alois sucht in seiner Reisetasche; na was wohl? Sein Taschenmesser.

„Jetzt geht das Theater wieder los!"

Tessa jammert es nur so aus sich raus.

"Er wird es so lange treiben, bis er erwischt wird und dann ist er vorbestraft." „Tessa, Tessa, Tessa, du hast offenkundig die juristischen Seminare in tiefer Meditation verbracht, sonst wüsstest du, dass kein Mensch deshalb eine Vorstrafe kriegt." „Er ist doch Wiederholungstäter." „Was kein Mensch ahnt."

Es geht auf die Straße, Brötchen werden gekauft, eine Rosenranke wird gefunden. Die Plünderung vollzieht er schnell und geschickt. Das Frühstück wird vorbereitet, die Geschenke neben Elisabeths Teller gelegt und dann mit den Rosen hinein ins Schlafzimmer, das Geburtstagskind wecken, das dauert.

„Hoffentlich ist der Kaffee wenigstens noch lau, Gori." „Das hoffe ich auch, Tessa."

Das nennt sich positiv gefärbter Pessimismus.
Endlich, sie kommen.

„Alois ich dusche nach dem Frühstück, wenn ich jetzt nicht sofort Kaffee bekomme, gehe ich wieder ins Bett und schlafe."

„Toll, sie ist heute gerade mal vierunddreißig geworden, was ist mit ihrer Belastbarkeit in zwanzig Jahren, Tessa?" „In zwanzig Jahren wird ihr Alois kaum so energieverzehrende Morgende bieten, einen Orgasmus steht sie dann durch."

Alois schenkt Kaffee ein, Elisabeth trinkt, freut sich, er ist nicht zu heiß.

„Sind das Geschenke für mich?" „Hat außer dir hier noch jemand Geburtstag?" „Entschuldige, die Frage war reine Verlegenheit, ich habe schon so lange von niemandem mehr etwas geschenkt bekommen." Das ist traurig.

„Natürlich sind sie für dich. Pack aus, mein
Liebling."

Sie packt das kleinste Geschenk zuerst aus, die Brosche. Sie hält sie in der Hand, hebt sie ein Stück hoch, dreht und wendet sie. Elisabeth sieht fassungslos wie ein kleines Mädchen aus. Dann jubelt sie kurz auf und fällt Alois um den Hals.

„Du bist der klügste und sensibelste Mann auf der Welt. Du hast genau gewusst, ich würde mich weder besonders zu einem Ring noch zu einer Kette freuen, weil ich einfach nicht gerne etwas an den Fingern oder um den Hals trage. Du bist auf diese Brosche gekommen. Du hast mein graues Kostüm im Kopf gehabt, stimmt es?"

Alois nickt und wirkt ein wenig gerührt.

„Ich werde mir immer wieder ein graues Kostüm kaufen, nur um diese Brosche tragen zu können, danke Alois, du hast mir eine ganz große Freude gemacht, nicht nur, weil sie schön ist und mir gut gefällt, sondern wegen deiner Gedanken, die du dir deshalb gemacht hast."

Tessa und ich finden Elisabeths Dankesworte des Schmuckstückes würdig. Ein „große Klasse" hören wir, als das Geburtstagskind die USA Bücher auspackt. Dann wird endlich gefrühstückt. Es ist wieder ein heißer sonniger Tag. Elisabeth hat heute um 14 Uhr Training hat, leider für Unternehmungen eher ungeeignet. Unsere zwei Klienten beschließen an den Krähenteich zu gehen. Alois stellt fest, seine Badehose ist in Travemünde. Also geht es noch zu Karstadt. Es ist schon 11 Uhr, sie breiten ihre Decken auf der Liegewiese in der Altstadtbadeanstalt aus. Tessa passt auf, ich möchte Zeitung lesen. Da, ein Mann, er hält eine Ausgabe der „Zeit" in den Händen. „Hör mal", er wendet sich zu seiner Frau, „von Rolf Italiaander, Überschrift: Auch das ist gefährlich: Der SED-Parteitag in Berlin ist vorüber. Zwei Arbeiter sitzen müde in der Straßenbahn nebeneinander und schweigen. Plötzlich sagt der eine: Du, wenn ick mir so überlege......" „Mensch, Emil", unterbricht ihn der andere, „mach dir nich unglücklich!"

Das muss ich sofort Tessa erzählen.

„Gori, das ist ein Witz mit ernsthaftem Hintergrund. Die Sozialistische Einheitspartei Deutschland, abgekürzt SED, lebt die absolute Harmonie. Wer diese Harmonie stört, gefährdet den harmonischen Frieden, ist also ein disharmonischer Störenfried, der ins Zuchthaus wandert, wo er erleben kann was Disharmonie bedeutet. Wenn er dann nach Jahren vielleicht entlassen wird, hat er an der dann immer noch bestehenden Harmonie endlich seine helle Freude." „Ich habe verstanden, du Satirikerin. Die SED lässt Opposition nicht zu, es ist ein unfreier Staat, das vereinbart sich aber nicht mit dem kommunistisch-sozialistischem Weltbild." „Nein, aber jedes Weltbild, das idealisiert wird, ob politisch oder religiös geprägt, kann anfänglich schön, heil und sauber sein. Ist dir diese Idealisierung jedoch so eng wie ein Kleidungsstück, aus dem du herausgewachsen bist, und du opponierst dagegen, bist du ein Abtrünniger, oder Terrorist, und immer aber ein Feind, der bekämpft werden muss, weil sich anders Macht nicht halten lässt. Dann ist die Schönheit und Reinheit eines Weltbildes dahin und entlarvt sich selbst als die Hölle, die es für die Gegner ist. Gori, nichts geht über Demokratie mit Gewaltenteilung und einer gesunden Opposition, damit die Bäume nicht in den Himmel wachsen und natürlich Trennung von Staat und Kirche." „Ich kann dir nicht widersprechen, Tessa und sage dir, das ist genau auch meine Meinung. Ein guter Staat muss alles aushalten und ertragen können ohne vom Rechtsweg abzuweichen."

Tessa nickt, leicht abgelenkt:

„Sie wollen heute Abend noch nach Travemünde und vielleicht das Haus der Oldörps besichtigen." „Oi, was meint Elisabeth, wann sie im Theater fertig ist?" „Das habe ich auch nicht gehört, ich denke wohl um 17 Uhr." „Na, dann wird es wenigstens nicht langweilig, Tessa"

Dann haben sie wenigstens keine Zeit mehr, um im Bett zu landen. Alois hat den Nachmittag mit einem kleinen Schlaf und dann lesend zugebracht.

Es ist kurz nach 17 Uhr, Elisabeth kommt vom Theater zurück. Eine kleine Hetzjagd beginnt: Duschen, anziehen, natürlich das graue Kostüm, die Brosche wird platziert, Reisetasche packen. -Badeanzug nicht vergessen-

Tut sie nicht. Dann mit Tempo zum Bahnhof, Zug erreicht, Sitze gefunden, Elisabeth nickt, wer sollte sich darüber wundern, nach drei Minuten Fahrt ein. Alois schaut aus dem Fenster, träumt offensichtlich. Tessa hat keine Lust zum Reden und ich suche Pacca. Sie ist da, ihr Schützling fährt den Zug.

„Du bist ja schon wieder hier im Zug." „Ich komme mir auch schon wie ein Pendler vor, ja." „Und, alles in Ordnung bei dir?" „Ja, Pacca, im Prinzip schon. Es scheint alles gut zu werden. Elisabeth und Alois verstehen sich, lieben sich, machen ständig Liebe." „Und schon etwas passiert?" „Gleich beim ersten Mal." „Hat Tessa es gesehen?" „Nein, es weiß niemand, außer dir." „Du hast es klar erkannt?" „Ich täusche mich nicht, es sind zwei eingezogen." „Das wird eine harte Nummer für die zierliche Frau." „Die zierliche Frau hat einen gestählten Körper und starke Nerven, ich mache mir Sorgen um Alois. Er ist neunundvierzig, wie wird er reagieren? 1943 hat sich in der Familie ein Drama ereignet, das noch nicht beendet ist. Alois bekam fünf Zwangsarbeiter zugewiesen, darunter ein Mädchen, das schwanger von seinem damals siebzehnjährigen Sohn wurde. Alois und angeblich auch sein Sohn wussten nichts davon. Das Mädchen wurde zur Abtreibung durch Alois Frau, Tochter und jetzigem Schwiegersohn gezwungen. Das Mädchen starb,

Alois hat sie beerdigt und als vermisst gemeldet. Bis heute grollt er damit, weil er nicht weiß, wie er die Situation gelöst hätte, wenn er damals verantwortlich gewesen wäre." „Weißt du was, Gori, der Familie fehlten anschließende Positiverlebnisse, die das schlimme Ereignis ablösen konnten. Vielleicht ist eine neue, junge Familie für Alois heilsam und löst die erstarrten Strukturen auch mit seiner bayrischen Familie langsam auf." „Danke, Pacca, so etwas Ähnliches hat Tessa auch gesagt. Du hast mir Mut gemacht, ich bin froh, dass es dich gibt." „Gori, und ich weiß, du bist immer für mich da." „So wird es auf ewig sein."

Elisabeth erwacht im Bahnhof von Travemünde.
Alois nimmt beide Reisetaschen, sie gehen zum Hotel. In der Rezeption fragt er nach einem Zimmer für Elisabeth; es ist keines frei, nur noch eine Suite. Diese kann er zum Preis eines Zimmers mieten, sie sei ja schließlich für die Frau Reinhard, die in ihren Kreisen freundliche Worte über Hotel und Service verlieren werde. Glaubt der Herr
Hoteldirektor, der unsere Schützlinge sofort an der Rezeption gesehen hat und intervenieren kam. Alois nimmt an.

„Was für ein Glück, Liebling, wir haben heute Nacht ein Doppelbett."

„Das ist sicher das Wichtigste."

Tessa sieht mich mit deutlicher Missbilligung an.

„Du bist prüde und neidisch." „Das wäre viel zu menschlich, vielleicht eine Spur lästerlich, Tessa."

Tessa schüttelt den Kopf, enthält sich eines weiteren Satzes zum Thema. Wir sind auf dem Weg zum Strand. Alois und Elisabeth wollen sich mit dem Ehepaar Oldörp verabreden. Das reagiert überhaupt nicht erstaunt, als Alois seine Frage vorträgt, ob ihr Haus zum Verkauf anstünde. Wahrscheinlich hat Herr Polizeiobermeister Beck bereits für einen kleinen Hinweis gesorgt. Oldörps schließen ihr Wächterhäuschen um 21 Uhr, dann wollen sie zum Hoteleingang kommen, und Alois und Elisabeth, die abholbereit dort stehen sollen, gleich mitnehmen.

„Perfekt, Elisabeth, wir haben noch genügend
Zeit zum Essen."

Elisabeth ist die einzige Frau, die bei Tisch keine Abendgarderobe trägt. Niemand stört sich daran. Die Gäste nicken ihr respektvoll zu, die Kellner überschlagen sich vor lauter Eifer, sie zufrieden zu stellen. Ich stelle fest, mein Alois wird auch nicht übersehen; ich spüre, er genießt die Aufmerksamkeit ganz offensichtlich. Der seltsame Schutzgeistvogel hat offenbar mit seinem Klienten frei, das stört mich überhaupt nicht. Tessa schwatzt über New York auf mich ein, wo wir beide lange Zeit nicht waren.

„Ich fürchte, Elisabeth nicht begleiten zu können. Das Komitee hat mir erklärt, es gäbe Schwierigkeiten mit den Wächtern der Kontinente. Das wäre ein Jammer." „Daran habe ich überhaupt noch nicht gedacht, nein, schön wäre es nicht. Dir würde in den zehn Tagen so viel von ihr entgehen." „Du darfst mit Alois aber nach Bayern gehen oder machen die regionalen Wächter auch Probleme?" „Kann ich mir nicht vorstellen, Bayern ist nicht Ausland."

Wir sind pünktlich. Um 21 Uhr stehen wir im Hoteleingang und sehen jetzt das Ehepaar Oldörp kommen. Ihr gemeinsamer Schutzgeist ist ein Jam-Verschnitt. Wir kennen ihn nicht, wissen nicht, wie er heißt, er zeigt keinerlei
Interesse, mit uns ins Gespräch zu kommen. Soll er sein, wie er ist. Die Oldörps sind redselig, ausgesprochen, sehr offen.

„Das wird eine ganz fabelhafte Saison, Herr Hausner, wir werden an die achttausend Mark kommen. Im letzten Jahr waren es sechstausend. Damit kommen wir gut zurecht, weil wir keine großen Ausgaben haben. Das Haus ist bezahlt, die Gebühren sind bezahlbar, und wir haben treue Stammkunden, die jedes Jahr wiederkommen." „Wo stehen die Körbe im Winter, Herr Oldörp?". „In Ofendorf in einer Scheune. Der Bauer bekommt fünfzig Mark dafür, damit ist er zufrieden."

Wir sind da. Das Haus des Ehepaares. Herr Oldörp schließt die Haustür auf, heißt Elisabeth und Alois willkommen. Wir sehen uns um. Wie Herr Beck schon sagte, es ist nicht groß, aber für eine fünfköpfige Familie ausreichend. Die Küche ist gleichzeitig Essraum, fast geräumiger, als das Wohnzimmer. Das hat einen schönen alten Kachelofen. Hinter der Küche liegt die Waschküche mit einer Tür zu einem nicht ganz kleinen Hof. In der Waschküche ist auch die Toilette; sehr dezent durch eine Mauer vom übrigen Raum getrennt. Wir gehen die Treppe hoch. Oben befinden sich die Schlafräume, das Badezimmer, für 1950 ein echter Luxus. Wir sehen den Oldörps an, wie stolz sie darauf sind.

„Wir haben früh fließend Wasser bekommen, weil es einige Hotels in der Straße gibt. Davon haben wir natürlich profitiert."

Prima, Frau Oldörp. Tessa lächelt mich an, ihr gefällt das Haus, mir auch. Unsere Schützlinge wirken begeistert.

„Es gibt noch einen Boden, den man vom Flur durch eine herunterzulassende Leiter erreicht – kommen Sie, ich zeige es Ihnen –."

Die Demonstration gelingt, Alois und Elisabeth besichtigen den leeren Boden, weiter geht es runter in den Keller. Eine geräumige Speisekammer, Kohlenkeller, Keller mit Holz. Noch ein Raum: die Werkstatt.

„Leider kann ich kein Arbeitsmaterial für die Körbe in der Scheune in Ofendorf lagern."

Warum nicht? Herr Oldörp schweigt. Vielleicht hat er Angst, dass es geklaut wird?

Alois sieht beeindruckt aus. Ob er aus dem gleichen Grunde wie ich beeindruckt ist? Es ist überall sauber und aufgeräumt.

„Setzen wir uns noch einen Moment ins Wohnzimmer?"

Wir nicken alle Frau Oldörp zu, folgen ihr.

„Ja, liebe Frau, lieber Herr Oldörp, jetzt kommen wir zu der wichtigsten Frage, was möchten Sie für das Haus haben?"

Alois sieht das Ehepaar aufmerksam fragend an.

"Wir haben uns auf genau dreißigtausend Mark festgelegt, ohne Handel, ohne Schnickschnack.

Herr Oldörp wartet. Alois, habe ich das Gefühl, schaut erleichtert aus, hat er vielleicht mit mehr gerechnet? Er nickt freundlich:

„Ich würde gerne noch eine Nacht darüber schlafen."

Verabschiedung von den Oldörps, wir schlendern Richtung Hotel.

„Elisabeth, dazu werde ich nicht nein sagen. Ich habe befürchtet, die Oldörps würden den Handel bei vierzigtausend Mark ansetzen und mir einen Spielraum von zwei- bis dreitausend einräumen. Die Immobilie wäre es wert. Das Haus befindet sich in einem tadellosen Zustand, nichts ist marode oder erneuerungsbedürftig." „Und du bist sicher, dass du dich darin wohl fühlst?" „Ganz sicher, die Räume sind schön, der Innenhof gefällt mir, die Lage ist einfach toll." „Falls du mich fragen solltest, mir hat das Haus ganz großartig gefallen." „Also dann, Liebling, lass uns feiern gehen, ich habe noch nie mit einer Tänzerin getanzt." „Die Tänzerin hat nie eine Tanzstunde besucht, sie kann nur hoffen, eine Mindesterwartung zu erfüllen."
Die Kramers machen Stielaugen:

„Sieh mal Herbert, Frau Reinhard tanzt wie ein
Stock, die liegt Herrn Hausner aber nicht gut im Arm." „Mausi, Frau Reinhard ist klassische Balletttänzerin und nicht für Gesellschaftstänze ausgebildet, die sind für sie so wenig gut wie für Opernsänger der Schlager." „Wenn du das sagst, na ja, die Hauptsache, sie ist im Bett nicht so steif." „Helene, ich bitte dich, was hast du für Gedanken!" „Ich habe in den letzten Tagen sehr häufig über das Liebesleben nachgedacht." „Fehlt dir etwas, Mausi?" „Professor Dr. Kinsey sagt, Frauen sollten ihre Bedürfnisse deutlich formulieren, die bekanntlich von dem männlichen Verlangen abweichen." „Wer ist Professor Dr. Kinsey?" „Ein Wissenschaftler, der sogar seine Kinder zum Thema befragt hat. Ich habe einen Artikel über ihn im „Spiegel" gelesen." „Wo hast du denn einen „Spiegel" gelesen?" „Beim Friseur." „Da liegen doch immer nur Klatschzeitschriften aus." „Ich habe mir

den „Spiegel" aus der Herrenabteilung kommen lassen."
„Mausi, möchtest du noch einmal tanzen oder willst du mir oben auf dem Zimmer einmal alles genau berichten?"

„Mausi möchte lieber sofort und alles berichten",

Tessa lacht laut auf.

„das sind doch die Kramers, Gori?" „Ja, wie sie leben und bald vielleicht lieben, das hätte ich ihnen nicht zugetraut."

Ohne Tessa
Wer hätte das geahnt? Das Komitee war da, in tiefer Nacht, Elisabeth und Alois schliefen endlich, Tessa und ich hatten unsere Gedanken bereits abgeschaltet. Kurz und bündig informierten sie uns über einen Notfall. Ein kleines Kind musste operiert werden, hatte keinen eigenen Schutzgeist. In der Familie gab es sechs Kinder, Mutter und Vater und nur vier Schutzgeister. Tessa sollte sofort ihren Dienst antreten. Sie erhielt dafür die feste
Zusage, Elisabeth nach ihrer Rückkehr aus Amerika wieder übernehmen zu dürfen. Wir hatten keine Zeit mehr, ein persönliches Wort zu wechseln. Auf der Stelle wurde ich zum Springer.

„Aufstehen, Elisabeth, die Ostsee ruft!" „Ich habe nichts gehört, aber mein Bett sagt mir, ich soll liegenbleiben." „Bitte Liebling, komm mit, Schwimmen vor dem Frühstück ist ein Erlebnis, davon zehrst du den ganzen Tag."
„Ich will von dir zehren und nicht vom Schwimmen und gehe höchstens mit, um dir eine Freude zu machen." „Das reicht schon aus, also, los jetzt."

Alois trägt schon Badehose, Elisabeth findet ihren Badeanzug, Bademäntel übergezogen, Schuhe, Schlüssel nicht vergessen und runter an den Strand. Oldörps, wir kennen sie jetzt, sind noch nicht da. Und dann hinein ins Wasser. Elisabeth, na wirklich, wie sie es genießt.

„Alois, es ist einfach herrlich!" „Ich wusste, es wird dir gefallen."

Hoffentlich kriegt sie keinen Wadenkrampf. Es geht gut. Zurück am Ufer die faule Tour: hinein in die Bademäntel, Schuhe oben auf der Promenade noch mit sandigen Füßen betreten, zurück ins Hotel. Schnell in die Suite und ab ins Bad, beide. Ich bleibe draußen und denke an Tessa, die mitgegangen wäre. Ich vermisse Tessa, sehr sogar, auch ihr Geplapper, nicht nur ihre klugen Bemerkungen, ihr Wissen, ihre ganze schöne, noch immer vorhandene Mondmenschlichkeit. Die Dusche rauscht, Alois juchzt, Elisabeth gurrt, hoffentlich verletzen sie sich nicht, ob ich sie vielleicht ein wenig bremsen sollte? Da, es hat gerumst, was ist los? Ich muss mich jetzt überwinden, los Gori, schaue nach: Alois liegt in der Wanne, Elisabeth sitzt auf seinem Schoß, oder so ähnlich. Von oben rauscht das Wasser. Irgendwann ist auch das überstanden. Beide angezogen, betreten den Speisesaal. Der Kellner mit meinem Lieblingsschutzgeist hat Dienst.

„Oh, du Armer, hast du jetzt zwei Klienten zu bewachen? Wie anstrengend muss das denn sein." „Wir können tauschen, dann weißt du, wie sich das anfühlt." „Ach nein, lass mal, so genau, will ich es nicht wissen."

Wir schweigen, das Frühstück kommt.

„Dein Balletttraining beginnt heute wieder um 11 Uhr 30, stimmt's?" „Ja, wir nehmen den Zug kurz nach 10, dann schaffen wir es bequem." „Sag mal Liebling, was ich dich schon länger fragen wollte, hast du einen Führerschein, kannst du Auto fahren?" „Ja und ja, ich bin in den letzten Jahren aber nicht mehr gefahren. Als ich nach München ging, habe ich das Auto in Hagen gelassen." „Und da steht es heute noch?" „Ja." „Willst du es nicht mehr haben?" „Alois, irgendwie habe ich es vergessen. Das ist eine gute Idee, ich werde es abholen. Wenn du in Travemünde lebst und ich in Lübeck, wird es mit dem Wagen viel bequemer werden. Und was ist mit dir?" „Ich werde mit meinem Auto nach Travemünde zurückkehren." „Am liebsten würde ich einmal mit dem Finger schnippen und die Trennung, die vor uns liegt, ist aufgehoben." „Elisabeth, mir geht es ähnlich, mir ist auch unwohl. Auf der anderen Seite sehe ich die Situation pragmatisch. Ganz oben steht, dass du dich natürlich auch auf New York freust, und du wirst die Zeit dort genießen. Bitte, das musst du! Dir ist ein unverhofftes Geschenk gemacht worden. Noch so eine Chance wirst du wahrscheinlich nicht bekommen. Das andere ist, ich habe in Bayern und später in Travemünde noch so viel zu klären und abzuarbeiten, da ist es nur gut, allein zu sein." „Ja, so ist es. Ich rufe gleich nach dem Frühstück meinen Anwalt an. Er soll wegen des Autos intervenieren, das heißt, er soll die Werkstatt bitten, sich um eventuelle Reparaturen, und dann um Wiederzulassung kümmern, und er muss ihn bei der Versicherung anmelden. Ich fahre, wenn ich aus New York komme, gleich in Hagen vorbei und chauffiere das Auto hierher." „Klingt nach einem guten Plan, Elisabeth, ja, mach es doch so. Nächster Vorschlag, du gehst mit deinem Anwalt telefonieren, ich laufe zu den Oldörps und sichere mir das Vorkaufsrecht auf das Haus. Danach gehe ich auf mein Zimmer mir frische Sachen holen. Dann treffen wir uns in der Suite und dann müssen wir wahrscheinlich ziemlich zügig los." „Gibt es weitere zwei Menschen auf der Welt, die zusammen so effektiv denken können?" „Kaum anzunehmen, Liebling, komm lass uns jetzt Taten vollbringen."

Mit wem gehe ich jetzt zuerst? Mit Alois, telefonieren ist ungefährlich. Das Ehepaar Oldörp hat gerade neue Strandkorbgäste bekommen, Alois wartet am Wächterhäuschen. Was macht Elisabeth? Sie steht in der Telefonzelle und wartet auf ihre Verbindung. Jetzt hat sie ihren Anwalt.

„Guten Morgen, Herr Dr. Kinkel, Elisabeth Reinhard. Danke, gut geht es mir, ihnen und Ihrer Familie auch? Das freut mich."

Sehr schön, ab zu Alois. Oldörps und er sind noch bei der Begrüßung. Dann setzen sie sich ins Häuschen an den Tisch. Ungefährlich. Ab zu Elisabeth. Sie legt gerade den Hörer auf, geht zur Treppe, steigt graziös Stufe für Stufe nach oben. Sie sucht in der Tasche, was? Ah ja, Alois hat den Schlüssel. Soviel zum Thema Effektivität. Was macht sie jetzt? Runter in die Rezeption, Zweitschlüssel erbitten, bekommen, wieder Treppe hoch, aufschließen. Elisabeth packt ihre Sachen zusammen. Ich muss zu Alois. Der unterschreibt gerade einen kleinen Schriftsatz. Damit ist der Handel beschlossen. Oldörps und er schütteln sich die Hände. Zurück mit Alois ins Hotel. Er geht gleich auf sein Zimmer, sucht seine Wäsche zusammen. Es klopft, Alois öffnet. Polizeiobermeister Beck scheint fröhlich.

„Guten Morgen, Herr Hausner." „Guten Morgen, Herr Beck, wir beide müssen ein Bier zusammen trinken gehen, sobald ich von Bayern hierher zurück bin, ich habe ihnen eine Menge zu verdanken." „Ich sah sie gerade von den Oldörps weggehen, und habe mich gefragt, ob es mit dem Haus auch noch geklappt hat?" „Ja, alles bestens, kommen sie mit rüber zu Frau Reinhard, wir sind auf dem Sprung nach Lübeck."

Mala grinst mich an.

„Genau das wollte er, endlich Frau Reinhard einmal sehen."

Und drüben, in der Suite: Elisabeth begrüßt ihn sehr charmant, Herr Beck schmilzt förmlich dahin.

„Bist du mit beiden allein, Gori? "Ja, seit heute Nacht, das Komitee hat Tessa zu einem Notfall abgerufen, sie bekommt Elisabeth aber nach der USA-Tour zurück." „Gehst du mit ihr?" „Nein, Mala, Tessa hätte auch nicht mitgekonnt, die Kontinenten-Wächter haben sich dagegen ausgesprochen. Die wollen kein Durcheinander von Schutzgeistern haben, nur nicht die Übersicht verlieren." „Ein guter Grund sicherlich, aber nicht nur. Hast du mitbekommen, wie Schwarze heute noch in den Staaten behandelt werden? Ich denke, wir hätten damit unsere Probleme." „Au ja, daran habe ich überhaupt nicht gedacht. Früher, bei uns, war es genau umgekehrt. Wir haben die Unpigmentierten, als sie auftauchten, auch nicht immer mit hohem Respekt behandelt und wollten uns abgrenzen. Es hat ganz schön lange gedauert, bis die Barrieren in Köpfen und Herzen aufgehoben waren." „Es wird in den USA auch nur noch eine Frage der Zeit sein bis das geschehen wird. Bis dahin sind die Kontinenten-Wächter vielleicht gut beraten, es bei Schutzgeisttrennungen zu belassen, Gori."

Wir müssen los, Abschied nehmen, Herr Polizeiobermeister Beck geht, Elisabeth und Alois, auf zum Bahnhof.

„Mann, ist das heiß hier!"

Alois stöhnt als sie den Platz vor dem Lübecker Bahnhof überqueren.

„Ich glaube, wenn du ins Theater gehst, verschwinde ich an den Krähenteich." „Das Wetter hält sich schon seit vierzehn Tagen, ich weiß gar nicht, wann das zuletzt so war. In Travemünde ist es einfach luftiger als hier. Ich könnte auch schon wieder duschen und wenn ich an die drei Stunden - erst Training dann Soloprobe - denke, wird mir auch nicht kühler." „Du Ärmste, du tust mir richtig leid, soll ich mitkommen und deinem Quälgeist die legendäre Qualität meiner Muskulatur vorführen." „Mein Quälgeist ist zwar sehr streng, aber er meint es total gut mit mir. Er war früher ein international anerkannter und sehr bekannter Tänzer und heute ist er ein guter Choreograph. Er gehört nicht zur Elite, dann wäre er nicht in Lübeck, sondern in der großen Welt." „Entschuldige, ich wollte ihm nicht zu nahetreten, es ist die Hitze, du bist es und wir müssen uns trennen, was ich nicht will, was wir aber müssen, weil es nicht anders geht." „Das Thema hatten wir schon in umgekehrter Version, Alois, wir können jetzt nicht alle Stunde abwechselnd klagen." „Warum eigentlich nicht? Es löst den Druck, der auf uns lastet und führt uns vor Augen, was wir voneinander haben, jetzt, und was wir in Zukunft alles voneinander haben werden, wenn das nicht konstruktiv ist?" „Konstruktiv wäre das Thema: was gibt es heute Abend zu essen, oder hast du vor, solange am Krähenteich zu bleiben und wir gehen essen?" „Nö, Liebling, ich könnte ja was kochen oder lieber kalt?" „Du meinst Brot mit Aufstrich?" „Bewahre, ich denke an eine kalte Minestrone vorweg und einen Käsesalat." „Käsesalat kenne ich, Minestrone nicht, vertraue dir aber."

Elisabeths Wohnung ist erreicht, die beiden packen ihre Sachen zusammen. Das wird ein lebhafter Nachmittag für mich, hin und her zwischen Badeanstalt und Theater. Elisabeth kommt gut in ihren Übungssaal, die anderen Schutzgeister stimmen zu, als ich sie bitte, während meiner Abwesenheiten auf sie aufzupassen. Alois findet auf Anhieb den Krähenteich wieder, stolpert auf der Liegewiese beinahe über den rasanten Herrn Polizeimeister Kühl, der mit Frau und drei Kindern seinen freien Tag hier genießt. Alois freut sich über ein bekanntes Gesicht. Herr Kühl erzählt seiner Frau begeistert von den Heldentaten meines Schützlings. Sein Türsteherschutzgeist freut sich mich wiederzusehen, Fol heißt er. Fol stellt mich den anderen Schutzgeistern vor, alle haben einen, die Kinder und die Mutter. Der neuste Klatsch aus dem Krankenhaus wird erzählt, Margot Müller und der Herr Professor sind inzwischen ein Liebespaar. Wer hätte das gedacht? Tessa wird sich freuen.

„Llano sagt, was so ein dummer Unfall doch Gutes angerichtet hat, sie hätten sich sonst doch niemals kennengelernt, Gori, ist das nicht befruchtend?"

Was soll daran befruchtend sein? Ich weiß nicht wirklich, was Fol darunter versteht. Egal, er meint es gut. Ich will ihm brav jetzt freundlich zulächeln. Elisabeth, was macht sie? Sie hängt noch an der Stange, ist mit dem
Exercise beschäftigt. Zurück am Krähenteich:
Familie Kühl und Alois gehen gerade ins Wasser, und das Wasser ist dunkel; einen Grund kann ich nicht erkennen. Die Kinder sind lebhaft, ich könnte auch sagen, sie gehorchen nicht die Bohne. Uns Schutzgeistern stehen symbolische Schweißperlen auf der Stirn, die Eltern und Alois dagegen vermitteln uns einen eher entspannten Eindruck. Mindestens eines der Kinder ist immer unter Wasser. Das vierjährige Mädchen ist noch heftiger als seine großen sechs- und achtjährigen Brüder. Die Kleine hat in ihrer Frühstkindheit bestimmt jeden Härtetest bestanden, zwei größere Brüder, da pell mir einer ein Ei, wer das unfallfrei und psychisch nicht traumatisiert übersteht, hat das Zeug Chefin bei der Deutschen Bank zu werden, oder so was in der Richtung. Irgendwann, endlich, alle sind heil aus dem Wasser, sitzen auf ihren Decken, essen Äpfel. Alois erfährt von den Kühls, dass sie eine Wohnung in Travemünde suchen. Herr Kühl darf auf seiner Dienststelle in Travemünde bleiben. Darüber ist er glücklich, weil er sich besonders gut mit Herrn Beck versteht. Oh Schreck: ich habe Elisabeth vollkommen vergessen. Ich treffe sie jedoch geistig und körperlich unversehrt an, nun bereits im freien Raum schwebende Jetes vollziehend.

Die anderen Schutzgeister sind nett und nicht sauer, als ich ihnen die Situation mit den Kindern am Krähenteich erkläre.

„Alles gut, sie ist keine, die groß Arbeit macht, denk aber daran, wir sind hier bald weg und dann ist sie auf den Ballettmeisterschutzgeist angewiesen, der ist nicht immer ganz flexibel." „Danke." Diese Aussage war hohe Diplomatie.

Ab zu Alois, der schlüpft gerade in seine Hose. Wird auch Zeit, wenn er das Essen fertigbekommen will. Er geht am Haus vorbei Richtung Karstadt. Doch nicht? Er stutzt, dreht um und geht zurück, stürmt die Treppe nach oben. Wildes Räumen, Suchen in der Küche. Wonach? Unten im Schrank findet er was, was ist das? Aha, ein noch original verpacktes Püriergerät. Dass Elisabeth so etwas überhaupt besitzt. Alois sieht auch aus, als wundere er sich darüber. Er grinst und schüttelt leicht den Kopf.

-Jetzt aber schnell zu Karstadt, Alois und die Reste einkaufen, die noch fehlen.-

Ich wechsle zu Elisabeth, die bereits ihre 'Böse-Fee-Rolle' tanzt. Der Schutzgeist des Choreographen nickt mir desinteressiert zu; ich kenne nicht einmal seinen Namen. Dann soll es so sein. Ich werde schnelle Wechsel zwischen Elisabeth und Alois machen, bis sie hier fertig ist.

Alois arbeitet konzentriert in der Küche, verzettelt sich nicht, schneidet sich nicht. Ich bin mit meinen beiden Schützlingen mehr als zufrieden. Ja, und ich empfinde eine gewisse Dankbarkeit über die relative Ruhe nach den vielen Turbulenzen der vergangenen Tage. Elisabeth ist fertig, zieht sich um, geht heim. Alois deckt den Tisch. Elisabeth erscheint, geht duschen, kommt frisch wie ein junger Morgen an den Tisch.

„Alois, morgen haben wir einen anderen Zeitplan. Ich habe um Probe früh um 9 Uhr gebeten und übermorgen, an unserem letzten Tag, um 17 Uhr. Der Gernot war einverstanden, und die anderen Tänzer auch, schon wegen der Hitze in der Mittagszeit und am frühen Nachmittag. Damit haben wir beide ab morgen von 12 bis übermorgen um 16 Uhr Zeit für uns. Ist das toll oder richtig toll?" „Liebling, das ist sensationell toll. Du bist zu unseren Gunsten ein berechnendes Weib." „Ich bin stolz, das sehe ich auch so. Eine Kleinigkeit noch, ist es dir recht, wenn wir kurz bei Margot auf dem Priwall vorbeischauen; ich würde mich gerne von ihr verabschieden." „Gehen wir am Strand entlang oder durch die Gärten?" „Danke, dass du einverstanden bist, ich glaube der Strandweg ist in unserem speziellen Fall die elegantere Lösung. Deine Minestrone ist übrigens ein Traum, genau angemessen bei der Hitze, ist viel Knoblauch drin?" „Ziemlich." „Macht nix, was kümmern mich die hoi polloi." „Na, das nenne ich eine gesunde Lebenseinstellung."

Der Abend findet ein frühes Ende. Sie wollen sich ein wenig ausruhen. Ausruhen, hach, was dabei rauskommt, kann ich mir denken. Um 21
Uhr kommen sie wieder, essen von dem Käsesalat, dann verschwinden sie endgültig. Gut so, der Tag wäre geschafft.

Vorletzter Tag vor der Abreise
Welche Frische am Morgen. Die zwei scheinen gut ausgeschlafen zu haben. Alois geht sich Brötchen kaufen, Elisabeth will eigentlich gar nicht frühstücken, weil sie gleich Training hat, beißt nur von einer Schwarzbrotscheibe ab. Um 8 Uhr 30 wird die Wohnungstür geöffnet. Wer ist das denn? Eine Frau Schadewald, die Putzfee. Umgehend beschließt Alois an den Krähenteich zu gehen, verlässt mit Elisabeth die Wohnung. Um 11 Uhr hat Alois die Badeanstalt satt, geht zurück in die Wohnung. Frau Schadewald ist mit dem Putzen fertig, bügelt jetzt. Alois erfährt, sie kommt immer einmal die Woche für vier Stunden, putzt, wäscht, bügelt. Sie ist sehr freundlich zu ihm, er bietet ihr Minestrone und Käsesalat an. Die Putzfee kennt weder das eine, noch das andere, schmecken tut ihr beides. Ihr Schutzgeist ist ebenfalls sehr freundlich zu mir, ich kann Elisabeth beim Tanzen zusehen. Fertig ist sie, 12 Uhr und kommt in die Wohnung. Ein Hausfrauengespräch wird geführt, wie spannend, was und wann alles gemacht werden soll, während Elisabeth fort ist Irgendwie schaffen wir es, den 1 Uhr Zug nach Travemünde zu bekommen. Pacca, wie verlässlich, ist auch wieder im Zug.

„Wir werden uns ein paar Tage nicht sehen, übermorgen geht es nach Bayern, Pacca." „Dann hoffe ich für dich, du wirst die Reise als gute Abwechslung zur Ostsee empfinden." „Zumindest bin sehr gespannt auf Alois Kinder, und auf die Stimmung im Haus, im Ort, auf die Gespräche." „Ich kann deine Rückkehr und deinen Bericht kaum erwarten, Gori. Ich muss dir auch noch etwas sagen, ich habe beim Komitee um Versetzung gebeten. Die Zeit mit meinem Schützling war angenehm aber extrem eintönig. Ich würde gerne einen Künstler oder Politiker bekommen." „Oho, hast du dir schon jemanden ausgeguckt?" „Nein, was ich mir wünsche, ist etwas mehr Temperament, meine Lokführerfamilie ist mustergültig brav, diszipliniert und, ich glaube, du benutzt den Ausdruck immer, Gori, halblebendig." „Ja, das kann ich gut verstehen, du musst nicht beruhigend auf Herz oder Hypothalamus einwirken, sondern hast die ganze Zeit den neuesten Algorithmus zur Herz- Kreislauferhaltung im Hinterkopf, weil du denkst, bei deinem Schützling setzt gleich die Atmung aus, arme Pacca." „Danke, das spannendste ist noch, wenn er mit Migräne den Zug fährt, dann kann ich ihm wenigstens die Muskulatur entspannen. Übrigens, falls wir uns aus den Augen verlieren sollten, weil ich nicht weiß, wo ich hinkomme, schlage ich vor, wir treffen uns hier in diesem Zug, genau um diese Uhrzeit, sagen wir mal in vierzehn Tagen. Wenn es nicht gleich am ersten Tag klappt, dann an einem der folgenden."

Gute Idee von Pacca, so wollen wir es halten, Abschied von ihr, zurück zu den zwei verliebten Klienten, sie sitzen eng nebeneinander auf der unbequemen Zugbank. Hier in Travemünde ist es nur heiß, nicht stickig, wie in Lübeck. Das Hotel hat für Elisabeth ein Einzelzimmer, ade Doppelbett. Alois und Elisabeth wollen nicht zum Essen gehen. Sie kaufen sich ein Fischbrötchen, jetzt, auf dem Weg zur Priwallfähre. Ich liebe es, Fähre zu fahren. Heute auch. Wen Pacca wohl kriegt? Pacca will Abwechslung. Sie hat immer schon eine Vorliebe für Künstler und Politiker gehabt. Hatte sie nur Glück mit ihnen? Keineswegs. Haben Tessa und ich Glück mit Alois und Elisabeth? Wie es Tessa mit ihrem kleinen Jungen im Krankenhaus wohl geht? Ja, wir haben mit Elisabeth und Alois Glück. Sie sind selig, sich gefunden zu haben. Ich spüre, sie sind dankbar dafür. Kein Wunder, in dieser Zeit. Manchmal möchte ich hinter die Stirn eines Menschen sehen, nur kurz, nachempfinden können, ob meine Einschätzung stimmt. Wären wir dann effektiver für sie? Ich glaube nicht. Letztlich ist das Verhalten eines Menschen von einem Bruchteil der Sekunde abhängig. Fortwährend Gedanken lesen zu können, wäre zu anstrengend. Nee, ich möchte es gar nicht können. Wir Schutzgeister wissen mehr als Menschen, wir können mehr als Menschen, wir haben unendlich viele Dinge lernen müssen, bevor wir als Schutzgeister einsetzbar waren. Manchmal ist das, was wir vermögen, bereits ausreichend im entscheidenden Sinne, oft leider nicht genug. Den Tod können wir nicht verhindern, wenn die Uhr bei unseren Klienten abgelaufen ist. Die Fähre legt an, von Bord geht es, entlang am Strand, entlang am FKK-Strand. Margot strahlt, sie hat nicht mit einem nochmaligen Besuch von Elisabeth und Alois gerechnet. Jetzt wird geredet und sich ausgetauscht. Als schließlich alle interessanten Themen durch sind, schnippt Alois mit den Fingern, es ist ihm etwas eingefallen:

„Frau Müller, sie wohnen doch in Travemünde, wenn sie am Wochenende hier sind; ist das eine Pension oder ein Hotel?" „Oh bewahre, kein Hotel, das ist eine kleine Pension mit Frühstückszimmer. Die Inhaberin ist aber immer bereit, auch Mittagessen und Abendbrot zu servieren. Sie fragt morgens die Gäste, ob jemand eine weitere Mahlzeit wünscht, entsprechend kocht sie mehr, fragt aber nicht, was gewünscht wird. Gegessen wird, was auf den Tisch kommt, aber ich sage ihnen, Herr Hausner, es ist allzeit genießbar."

Alois lässt sich den Namen und die Anschrift geben.

„Aha, Llano, dann will er da einziehen, wenn er aus Bay
ern kommt."

Llano nickt, er kennt die Pension auch nicht, weil er ja mit Margot die ganze Zeit im Krankenhaus war. Llano freut sich auf Margots morgige Entlassung:

„Der Herr Professor fährt sie zuerst in die Pension, damit sie ihre Sachen packen kann und dann zurück nach Lübeck. Ich habe gesehen, er fährt einen Mercedes, ist das nicht riesig?" „Ja, sehr schick."

Ich mache mir nichts aus Autos, aber den qualitativen Unterschied zwischen einem VW Käfer und dem anderen Schlitten kann ich sehr wohl erkennen. Zurück nach Travemünde. Margot hat Elisabeth mit Umarmung und drei Toi's verabschiedet. Kurz vor dem FKK Gelände, was nun? Meine beiden wollen ins Meer, nackt. Elisabeth hat in ihrer riesigen Tasche Handtücher geparkt. Sie sind hier zwar allein, aber in Sichtweite der anderen Nackten. Sie lieben sich im Wasser, schwimmen noch ein wenig, kommen erfrischt ans Ufer.

„Morgen muss ich unbedingt Herrn Beck sprechen, Liebling, ich will ihn nach einer Unterstellmöglichkeit für meine Möbel fragen." „Was willst du mitbringen?" „Das Schlafzimmer. Elisabeth, du schaust so komisch, nicht in Ordnung?" „Alois, ich bin keine Verschwenderin, aber das Schlafzimmer? Bitte nicht, ich habe keine Lust, in einem Bett zu liegen, das dich und mich ständig an deine Ehezeit erinnert. Ich denke, so arm sind wir nicht, dass wir uns nicht etwas Neues, Gemeinsames anschaffen könnten. Mein Bett in Lübeck war männlich unberührt, bist du kamst." „Und mein Schlafzimmer ist weiblich unberührt, ich habe es nach dem Tod meiner Frau neu angeschafft, ist das in Ordnung für dich?" „Ja, das ist völlig in Ordnung für mich. Und was nimmst du weiter mit?" „Also, meinen Schreibtisch, den Schreibtischstuhl, Bücherregale und die Bücher, ein paar Kommoden, den Esstisch, die Stühle dazu, ja, das war es im Wesentlichen. Natürlich noch Kleidung und Wäsche. Ach ja, noch ein paar sehr schöne alte Teppiche und vielleicht das eine oder andere Bild." „Willst du nicht die Oldörps fragen, ob du die Sachen da unterstellen kannst, wo im Winter die Strandkörbe stehen?" „Was einen fliegenden Wechsel nach sich ziehen müsste? Oldörps räumen ihr Haus, ich räume ein, Strandkörbe in die Scheune. Das wird nicht funktionieren, weil ich nicht glaube, dass das Ehepaar vor Saisonende aufhören will. Ich

denke, vor November werde ich nicht in das Haus einziehen können." „An deinen Überlegungen ist natürlich was dran, vielleicht wäre es auch geschäftlich unklug, die Stammgäste der Strandkörbe zu verprellen.

Also, wieder einmal Herr Beck."

Abschiedstag

Meine Schützlinge lassen sich gegenseitige Liebkosungen angedeihen. Was war gestern Abend? Sie sind durch Travemünde gebummelt und haben in einem Fischrestaurant am Hafen gegessen. Beide sagten, sie hätten keine Neigung, sich im Speisesaal des Hotels von neugierigen Blicken anstarren zu lassen, was ich gut verstehen konnte. Irgendwie waren sie im Gespräch noch einmal auf Alois' Kinder zu sprechen gekommen. Ich hatte den Eindruck, Alois wollte bei Elisabeth das Gefühl, er sei vielleicht ein liebloser Vater, nicht im Raum stehen lassen. Wörtlich sagte er:

„Elisabeth, ich liebe meine Kinder, ich würde alles für sie tun, wenn sie mich brauchen. In den letzten Tagen, wenn du nicht bei mir warst, habe ich mir überlegt, ob es Sinn gemacht hätte, sofort nach Kriegsende dem Clemens (also Clemens heißt sein Sohn) die tragische Geschichte mitzuteilen. Hätte er ein Recht darauf gehabt, etwas zu erfahren, wovon er nichts wusste?"
„Alois, wäre ein solcher Schritt entlastend für dich gewesen? Erstens: du hättest deinem Sohn ein schlechtes Gewissen aufoktroyliert, und das zweitens zu einem Zeitpunkt, wo eine Umkehr des Geschehens nicht möglich war, drittens, du hättest ihn belastet und hättest ihm vielleicht seine Lebensfreude genommen, wenn er der moralische Mensch ist, für den ich ihn deiner Aussage nach halte. Viertens, er wäre ein zweiter DU geworden, weißt du, wie ich das meine? Die
Schwangerschaft der jungen Frau ist doch euch beiden, sicher aus sehr guten und nachvollziehbaren Gründen, verheimlicht worden. Vielleicht ergibt sich eine Möglichkeit mit deiner Tochter und deinem Schwiegersohn darüber zu reden. Sage ihnen einfach, wie du dich fühlst. Vielleicht empfängst du durch ein Gespräch mit ihnen neue Impulse, die es dir möglich machen,

mit der Vergangenheit abzuschließen." „Du bist eine wunderbare Frau, Elisabeth und ich würde gerne Groll und Unbehagen verlieren."

Ich werde es erleben, ob er das machen wird. Meiner Meinung nach, das einzig Sinnvolle in der Sache. Endlich, sie stehen auf. Tagesroutine setzt ein, Badesachen, Schwimmen in der Ostsee, duschen, anziehen jeder in seinem Zimmer, Treffen im Flur zum Frühstück, ausgedehnte Mahlzeit. 9 Uhr 30 meine Schützlinge schrecken auf, eilen auf ihre Zimmer, treffen sich kurze Zeit später in der Hotelhalle. Alois will Herrn Beck sprechen; auf der Promenade begegnen uns zwei Polizeibeamte, die mitteilen, der Kollege Beck habe heute seinen freien Tag.

„Und wenn du die Oldörps fragst, Alois, ob sie eine Unterstellmöglichkeit kennen?" „Ja, genau, daran habe ich auch schon gedacht."

Das Ehepaar Oldörp wird aufgesucht und nach herzlicher Begrüßung in der Angelegenheit befragt.

„Die Sachen können Sie doch im Haus bei uns unterbringen, die Schlafräume in der ersten Etage stehen schon lange leer, der Platz wird wohl reichen."

Richtig, die einstigen Kinderzimmer sind ausgeräumt, na, wunderbar, der Alois hat richtig Glück. Überschwänglich bedankt er sich, das wäre also auch geklärt.

„Jetzt will ich mir noch rasch die Pension von Margot Müller ansehen, Liebling."

Wir gehen Richtung Kaiserallee. Die Pension befindet sich in einer alten Villa, die dringend einen neuen Anstrich braucht, der ausgedehnte Vorgarten eine pflegende Hand. Alois klingelt an der Eingangstür, einst hochherrschaftlich. Eine ältere, schlanke, stark ergraute, ernste Frau öffnet, gibt sich nach Alois Vorstellung als die Inhaberin, Helene Fahrbach, zu erkennen.

„Treten Sie ein, Frau Müller war so freundlich und hat sie bereits angekündigt."

Der Eingangsbereich, nicht sehr groß, vielleicht acht Quadratmeter, ist durch eine Tür von einem dahinterliegenden Raum getrennt. Rechts und links neben der Tür gibt es zwei große Fenster, mit einer zauberhaften Glasmalerei. So einladend fröhlich wirken sie mit spielenden Kindern und Blumenmotiven, passt so gar nicht zu der etwas düsteren Stimmung des Hauses. Rechts eine weitere Tür, sie steht offen, führt in die große Küche. Die Tür links ist geschlossen. Frau Fahrbach öffnet die Haupttür, wir stehen in einem großen Raum mit Kamin, Sitzgruppen,
Bücherborden. Eine ausladende Treppe im
Zimmerhintergrund führt in die obere Etage. Rechts neben dem Kamin befindet sich eine weitere Tür mit einem Schild „Privat".

„Ja, Herr Hausner, dies ist das Wohnzimmer für meine Pensionsgäste, die Zimmer sind oben, im ersten Stock."

Frau Fahrbach macht eine einladende Handbewegung Richtung Treppe. Und dann? Mir gefriert fast mein nicht vorhandenes Blut in den nicht vorhandenen Adern: Selm steht da. Wir starren uns an.

„Das glaube ich jetzt nicht."

Was sollte ich sonst eben sagen.

„Ich habe Helene zur Bewährung bekommen, Personalmangel, wenn du verstehst, was ich sage, ich hatte keinen Tag Urlaub. Ihr Schutzgeist vor mir ist plötzlich ausgefallen, warum, hat mir keiner gesagt, und ich musste sie übernehmen, bevor die Befragung vor dem Komitee abgeschlossen war. Wie heißt du?" „Gori. Du bist Selm, habe ich erfahren." „So ist es." „Wir haben über dich gesprochen, Selm, und gehofft, das Komitee würde dir Schlaf gönnen." „Schön wäre es gewesen. Jetzt muss es ohne gehen, das Komitee ist überfordert, die Geburtenrate steigt." „Du bist mit dieser Frau -, was hat sie, trauert sie?" „Eindeutig." „- ebenfalls überfordert. Selm, ich werde Hilfe für dich organisieren. Wir werden abwechselnd deinen Schützling mitübernehmen. Ein paar Tage musst du noch durchhalten. Aber wenn irgendetwas ist, und du brauchst schnell Hilfe, bin ich für dich da."

Selm macht einen Schritt auf mich zu, streckt die Arme nach mir aus, umarmt mich, sie sagt nichts, sie sieht ein wenig entspannter aus, sie tut mir so leid. Ich spüre kaum Energie bei ihr. Ich spende ihr meine volle Energie; fühle tiefe Erschöpfung. Alois und Frau Fahrbach sind sich einig, es wird langsam Zeit für das Mittagessen; Elisabeth muss mit dem 15 Uhr Zug nach Lübeck zurück. Ich muss bis dahin wieder einsatzbereit sein. Ich bin so schwach, das Mittagessen, die Zeit muss reichen, meine Energie auff….

Wo bin ich? Allein im Restaurant, es ist dunkel, was habe ich getan? Zu Alois: er liegt im Bett, schläft. Zu Elisabeth: sie liegt im Bett, schläft. Irgendein Schutzgeist schaut ebenfalls gerade nach ihr. „Alles in Ordnung, wir haben sie übernommen." Zurück zu Alois. Ich möchte mich erneut zurückziehen, es ist alles in Ordnung. Da, das Komitee.

„Warum hast du Selm die hohe Energiespende geleistet, die dich davon abhielt, auf zwei Menschen aufzupassen?" „Weil sie fertig war, weil sie mir leidtat, weil es dringend notwendig war." „So, du weißt also, was gut ist und was gebraucht wird?" „Ja." „Dann ist es richtig, wir glauben dir, es ging alles gut, bleibe stark."

Das Komitee ist wieder fort. Mann, Mann, Mann, die müssen aber in höchsten Nöten sein, dass sie mir die Geschichte durchgehen lassen. Maßlos erleichtert bin ich, auch ein bisschen aufgeregt. Was macht Selm? Sie hat offenbar ihre Gedanken abgeschaltet, Frau Fahrbach liegt mit offenen Augen im Bett. Ein wenig Melatonin aktiviere ich ihr. Sie schließt die Augen, schläft ein. Das war ein guter Tag, ich konnte ein wenig bewegen. Morgen wird es nach Bayern gehen. Zurück zu Alois; ich schalte meine Gedanken aus.

Zeitsprung – Sonntag, 27. August
Alois fährt gut, schon auch schnell, nicht ganz so rasant wie Herr Polizeimeister Kühl, der langsamer fahren sollte wegen

seiner Kinder und seiner Frau. Obgleich der sich mit seinem Blaulicht im Straßenverkehr ganz anderen Respekt verschaffen kann, auch wenn er nur einen armseligen VW Käfer bewegt. Dies hier ist eine Granate namens Borgward. Richtig groß und klotzig. Wir kommen gut voran. Alois fährt konzentriert, lächelt. Schade, Alois spricht wirklich nur sehr selten mit sich selbst, höchstens mal einen Satz. Ich bin sicher, er denkt an Elisabeth. Sie haben gestern miteinander telefoniert. Elisabeth wollte früh schlafen gehen; sie sagte etwas von einem Jetlag, was immer das sein mag. Sie ist in Hagen und durfte das Telefon von ihrem Anwalt benutzen, hat sie Alois erzählt. Sie haben nicht lange geredet, telefonieren ist ziemlich teuer, habe ich erfahren. Sie haben sich aber mindestens fünfmal gegenseitig ihrer Wiedersehensfreude versichert. Keine Ahnung, welcher Schutzgeist bei Elisabeth ist, vielleicht sollte ich doch einen Blick auf sie werfen, wenn Alois an die Tankstelle muss. Während der Fahrt mag ich ihn nicht verlassen. Bald kommt Tessa. Wenn Elisabeths Schutzgeist zuverlässig ist, kann ich ihr vielleicht noch was erzählen. Auweia, hatte ich mit dem Bayrischen Probleme. Uns Schutzgeistern werden alle gängigen Sprachen, aber keine Dialekte beigebracht. Die müssen wir uns im Einsatzgebiet selber aneignen, wenn wir überhaupt wollen. Geht schnell, dauert nicht lange, die meisten von uns brauchen vielleicht vierzehn Tage. Die hatte ich nicht. In den letzten zwei Tagen war ich schon ganz gut, fand ich. Die anderen Schutzgeister haben mich gelobt, sie sagten, ich hätte Sprachtalent fürs Bayrische. Klingt auch gut, aber die Grammatik? Oh je. Alois Eltern wussten um die Probleme mit dem Genitiv und dem mir und mich und was noch alles. Alois Kinder reden kein Hochdeutsch. Konsequent nicht, obwohl sie im Elternhaus nur das gehört haben. Stimmt nicht, der Einfluss des Personals sollte nicht vergessen werden. Das Personal, damals wie heute, spricht nur bayrisch. Der Herr Pfarrer auch und der Hausarzt, die Polizisten, wer eigentlich nicht? Die Zugereisten und Flüchtlinge, ja die nicht. Die kleiden sich auch anders, nicht so dirndlkleid- und lederhosenmäßig. Deren Kinder passen sich jedoch schon wieder ruckzuck an. Ob es Elisabeth da gefallen würde? Sie hat in München gelebt und München ist kein Dorf. Und sie hatte ihr Künstlervolk um sich. Ich weiß es nicht, ob es ihr Spaß machen würde, auf einem bayrischen Dorf zu wohnen, obwohl, ich traue ihr zu, dass sie das Gefühl anders, als die Einheimischen zu sein, gar nicht empfinden würde, weil sie über solche Dinge gar nicht nachdenkt. Elisabeth ist kulturell, sozial und ethnisch nicht irritierbar. Und da passt sie zu Alois, an dem ist nur sein Name bayrisch, finde ich, auch oder gerade wegen der Erfahrungen der letzten Tage. Alois ist unkonventionell, überhaupt nicht auf Tradition bedacht, salopp, ja, aber nicht stillos, was ich schon in Travemünde beobachten konnte.

„Du siehst ja sehr nachdenklich aus, schön dich wiederzusehen."

Tessa da, endlich, eine Freudenwelle überrollt mich. Soll ich sie umarmen – ja.

„Was macht Elisabeth?" „Der geht's prima, sie lächelt die ganze Zeit beim Fahren und sie hat einen ständigen Schutzgeist. In Travemünde ist Ablösung, solange bin ich im Urlaub. Jetzt erzähl mir schnell von Alois, wie war es mit seinen Kindern?" „Also, ich fange mit Dr. Leopold Mayer an, Alois Schwiegersohn, der inzwischen Staatssekretär ist, für das Ressort, warte mal, Kultur, Bildung und
Wissenschaft. Von Haus aus ist er Gymnasiallehrer. Er soll einen guten Stil haben, sagt sein Schutzgeist. Ich habe ihn als beständig freundlich erlebt, dabei eine Spur indifferent. Ob er falsch ist, kann ich nicht beurteilen. Sein weiblicher Schutzgeist erzählte mir des Weiteren, er sei noch sehr in seine Frau verliebt und auch in ständiger Sorge um sie, wegen der ausbleibenden Schwangerschaft. Er schreibt Tagebuch, daher weiß sie es genau. Alois Tochter ist eine schöne Frau, die aufpassen muss, dass sie nicht verbittert. Sie macht oft schmale Lippen und lässt die Mundwinkel sinken. Sie führt einen perfekten Haushalt, versorgt den Garten, hat viele Ehrenämter in Kirche und Gemeinde. Das Haus liegt ein wenig außerhalb von München, recht ländlich, wunderschön übrigens, das hat mir gut gefallen. Du musst dir vorstellen, die Frau ist nicht wirklich dumm, vielleicht ein Quäntchen betulich naiv, was sich aber nicht in ihrem äußeren Erscheinungsbild zeigt. Verstehst du, wie ich das meine?" „Ja Gori, ihre Verpackung ist so perfekt, wie ihr

Haushalt, aber statt schnappender lebhafter Synapsen hat sie Verkehrsberuhigungsschilder im Kopf." „So hätte ich das jetzt nicht ausgedrückt, sie ist auch durchaus selbstbewusst, sie ist nur keine Frau wie Elisabeth, bei der sich Empathie und intellektuelle Übersetzungsmöglichkeit verbinden. Egal, sie leidet unter ihrer Kinderlosigkeit, auf die sie nicht vorbereitet war. Ach ja, sie heißt Veronika, genannt Vroni, und wirkte auf mich unerotisch, als wünsche sie sich eine unbefleckte Empfängnis. Vielleicht kann Pacca da helfen, sie ist Hormonspezialistin." „Wie alt ist sie?" „Sie müsste gut siebenundzwanzig sein, vielleicht achtundzwanzig." „Dann könnte es mit einer Schwangerschaft doch noch klappen." „Ja." „Und der Sohn?" „Der Clemens ist groß, kräftig, starke Ähnlichkeit mit dem Vater, lacht viel, ist charmant, sehr selbstbewusst." „Hat er dir gefallen, Gori?" „Er ist ein Sohn, wie ihn sich Eltern wünschen." „Aha, interessant, und wie war das Verhältnis zwischen Vater und Sohn?" „Auf den ersten Blick durchaus herzlich, auf den zweiten Blick konnte ich, vielleicht nur, weil ich die Geschichte kenne, eine leichte Spannung bei Alois erkennen und bei Clemens ein „mache ich wirklich alles so richtig" Gesicht. Ich hatte den sicheren Eindruck, dass Clemens nicht unglücklich war, als Alois ihm mitteilte, er wolle nach Travemünde umsiedeln und die Strandkorbsache da machen. Er hat nicht einmal den Versuch unternommen, es ihm auszureden." „Hat ihm Alois den Betrieb überschrieben?" „Keineswegs, Clemens ist nur Geschäftsführer, Inhaber bleibt Alois." „Jetzt musst du mir noch verraten, ob Alois mit seiner Tochter gesprochen hat?" „Nein, er hat mit Leopold ein ‚von Mann zu Mann Gespräch' geführt. Alois erklärte ihm, wie er sich fühlt, und wie und was er in der Angelegenheit denkt. Leopold wurde weder rührselig noch aufgebracht. Er wies Alois jedoch sehr bestimmt auf die Alternativlosigkeit zum Schwangerschaftsabbruch des Mädchens hin, wobei er betonte, dass keiner von ihnen mit der Todesfolge gerechnet hätte. Wörtlich sagte er: „Schwiegervater, du mit deinem weichen Herz, hättest uns die Gestapo in Haus gebracht, Louise und Vroni wussten, wie es in dir aussieht."

Alois schwieg eine Weile, dann erzählte er Leopold von Travemünde und seinen Planungen. Sein Schwiegersohn fragte ihn, ob er wegen der Vergangenheit gehen wolle. Vielleicht sei dies ein Grund, jedoch nicht der einzige, ein wichtiger weiterer wäre, dass er zum Seniorchef kein Talent habe. Leopold sagte ihm darauf etwas sehr Schmeichelhaftes:

„Dafür bist du auch noch viel zu jung."

Außerdem dankte er ihm, dass er Veronika aus dem Gespräch gelassen hatte, sie sei zu labil für dieses Thema. Und Tessa, Alois ging extrem nachdenklich aus diesem Gespräch, und er hat etwas sehr Schönes getan. Er schrieb seiner verstorbenen Frau einen Abschiedsbrief. Darin schilderte er ihr die Situation aus seiner Sicht mit allen Zweifeln und Fragen, aber, schon deutlich – wie soll ich sagen – bissärmer. Am Ende bedankte er sich für ihre Fürsorge, bat sie sogar um Verzeihung. Mit dem Brief ist er auf den Friedhof gegangen, hat ihn am Grab vorgelesen und ihn dann verbrannt. Danach wirkte er entspannt und irgendwie fröhlich auf mich. Zuvor hatte er alle Bank- und Versicherungsangelegenheiten erledigt, und die Möbelverpackung geordert. Der letzte Abend, gestern, verlief anregend und gelöst. Die ganze Familie war beisammen, auch Clemens Braut. Alois sagte, er freue sich auf die Hochzeit im Januar. Veronika und Leopold wollen im kommenden Sommer in Travemünde Urlaub machen." „Das hört sich für mich sehr versöhnlich an, hast du ein gutes Gefühl, Gori?" „Im Prinzip ja, ich bin gespannt, wie sich Alois gegenüber Elisabeth dazu äußert." „Hat Alois von Elisabeth erzählt?" „Ja, auch am letzten Abend. Er sagte, er habe in Travemünde eine Lübecker Tänzerin kennengelernt, die gerade in New York sei. Die Intensität ihrer Verbindung konnte keiner daraus entnehmen. Tessa, ich muss dir noch etwas beichten." "Na, dann nur zu, ich höre." „Elisabeth ist schwanger, ich wollte es dir vor der Trennung deshalb nicht sagen, damit du dir keine Sorgen um sie machen musstest, während ihrer Zeit in New York." „Danke Gori, das war sehr anständig von dir, wann ist es passiert?" „Gleich beim ersten Mal, im Flur und halte dich fest, es sind zwei." „Hui, zwei, oh je, Figur dahin, Tanz ade." „Schwarzmalerin, Elisabeth wird es schon gut machen." „Hoffentlich. Ich gehe zu ihr oder gibt es noch was zu besprechen?"

Nein, es gibt nichts zu besprechen. So habe ich es mir vorgestellt, kaum weiß Tessa von Elisabeths Schwangerschaft, ist die Überglucke erwacht. Das wird neun Monate anhalten, bis zur Entbindung, vielleicht nur acht. Zwillinge kommen meistens etwas früher. Nein, nicht gut, die Babys sind schwächer und kleiner. Lieber bis zum Ende durchhalten, auf vier Wochen kommt es nicht an. Selm hat sich die Tage nicht gemeldet, Llano und Mala wollten sich um sie kümmern. Keiner von denen ist bei mir erschienen. Wie es Pacca wohl geht, ob sie ihren Politiker oder Künstler bekommen hat? Wohin fahren wir überhaupt, nach Travemünde oder in Elisabeths Wohnung? Bestimmt dahin, die zwei wollen sicher nicht unter Frau Fahrbachs Augen ihr Wiedersehen feiern, feiern? Kaputt werden sie sein, nichts wird sich heute mehr abspielen. Ich weiß nicht, wie spät es ist und wo genau wir sind. Da ist ein Schild: Lübeck dreiundsechzig Kilometer, also ist das da drüben Hamburg. Alois fährt hundertfünfunddreißig, noch eine dreiviertel Stunde. Er hat Lebensmittel eingepackt, vielleicht kocht er noch was. Jetzt fährt er langsamer. Da, eine Tankstelle, das ist gut. Ich werde zu Tessa wechseln und sehen, wo sie gerade sind.

„Wo seid ihr?" „Vor Hamburg, so zwanzig Kilometer entfernt." „Ist mit Elisabeth alles in Ordnung?" „Alles bestens, Gori, sieht sie nicht glücklich aus?" „Ja und sie ist nicht müde? Ihr braucht noch über eine Stunde mit diesem Vehikel bis Lübeck." „Mach dir keine Sorgen, sie ist hellwach und fährt konzentriert, das siehst du doch selbst." „Du bist allein, hast du den anderen Schutzgeist fortgeschickt?" „Ja natürlich, was sollte er noch hier?"

Das weiß ich auch nicht, sage auch nichts, verschwinde. Alois bezahlt seine Tankrechnung, fragt nach einer Toilette. Die Chance für mich, auf gut Glück nach Pacca Ausschau zu halten. Sie ist im Zug und strahlt mich an.

„Gori, das ist meine letzte Fahrt, du kommst wie gerufen, morgen wechsele ich." „Und zu wem?" „Es ist ein Künstler, ein Maler, Malskat heißt er, Lothar Malskat." „Ist er gut, kann er vom Malen leben?" „Ich kenne ihn noch nicht, er ist ganz sicher bekannt, das Komitee sieht in ihm eine öffentliche Person, dir ist bewusst, was das bedeutet?" „Sie haben dich zur Schweigepflicht verdonnert." „So ist es, viel erzählen darf ich nicht über ihn, seine Intimsphäre muss gewahrt bleiben." „Pacca, viel Glück mit ihm, wo finde ich dich?" „Das wird sich zeigen, ich komme zu dir."

Ich freue mich für Pacca; jemandem beim Malen zuzuschauen ist sicher interessanter als mehrfach am Tag die gleiche Zugstrecke abzufahren. Alois lässt den Motor an, auf in die letzte Etappe. Mein Klient pfeift: „Nimm mich mit, Kapitän, auf die Reise." Das passt ja prima zur Autofahrt, wie kommt er darauf? Wann hört er schon Musik und Schlager? Egal, sicher freut er sich auf Elisabeth. Elisabeth und Alois auf der Bank in der Nähe des Brügmanngartens, noch gar nicht lange her und wie schnell es mit den beiden ging. Ich habe die zwei am gleichen Tag kennengelernt, und jetzt werden sie Eltern und wissen es nicht. Noch nicht, hups, was war das eben? Alois flucht, ein Rad ist platt. Er fährt ganz langsam, kein Parkplatz in Aussicht. Also, muss er auf den Seitenstreifen und da den Wechsel vornehmen. Schöne Bescherung! Denkt mein Schützling bestimmt auch. Der Gepäckraum ist vollgestopft mit Koffern, Taschen, Paketen. Ganz darunter liegt der Ersatzreifen. Da back mir doch einer ein Brot. Schade, ich kann ihm nicht beim Ausräumen helfen. Er bekommt dafür eine kräftige Portion Energie von mir. Was für ein Glück, es ist noch hell draußen. Er kann wenigstens gut sehen und wird von den anderen Autofahrern hoffentlich nicht übersehen.

Ein VW Käfer hält vor uns, ein jüngerer Mann steigt aus, fragt Alois, ob er helfen kann.

„Womit habe ich das verdient?"

Lacht mein Klient ihn an.

„Habe ich frisch aus den USA importiert, wissen sie, da ist alles so unkompliziert."

Während er von seinem Aufenthalt in den Staaten schwärmt, steht flugs der Inhalt des Kofferraums auf dem Seitenstreifen der Autobahn. Werkzeug zum Radwechseln wird glücklicherweise in der untersten Etage gefunden und das Ersatzrad selbst auch. Alois beginnt das streikende Rad zu demontieren und eine knappe viertel Stunde später ist das Ersatzrad montiert, alle Gegenstände liegen wieder im Kofferraum. Alois ist glücklich, verspricht ihm für eine Woche kostenfrei einen Strandkorb im kommenden Jahr. Sie verabschieden sich wie gute Freunde voneinander. Wenn ich nicht so gerne Schutzgeist bei Alois wäre, würde ich mich für Amerika bewerben. Der Mann hat mir richtig Appetit auf die Staaten gemacht: Autofahrer nehmen immer Anhalter mit. Wenn ein Auto am Straßenrand steht, halten drei Fahrzeuge, deren Fahrer alle helfen wollen. Die Nachbarschaft hilft sich auch zu jeder Zeit. Das muss ein kleines menschliches Paradies sein, wenn er uns keine Märchen erzählt hat.

Zu Hause, in Elisabeths Wohnung, Alois deckt den Tisch. Es soll eine bayrische Brotzeit, mit Weißwürstchen und süßem Senf geben und Bier aus eigener Produktion. Das Bier wandert erst einmal in den Kühlschrank. Dann geht die Haustür auf, die Hausherrin kommt, die Luft explodiert. Alois reißt Elisabeth in seine Arme, sie sinkt hinein, sie feiern ihr Wiedersehen in atemloser Liebe.

Oh nein, bin ich kitschig, so zu denken. Doch, ja, ich bin etwas gerührt. Tessa ist es auch und wir lassen die beiden allein.

„Hoffentlich schaden sie den Babys nicht." „Tessa, du hast einen Knall, die paar sich teilende Zellen als Babys zu bezeichnen." „Ja, ist ja gut, ich meine nur so."

Ich muss sie ablenken, erzähle ihr von der Reifenpanne und dem USA begeisterten Mann. Ich komme nicht weit, Mala steht auf einmal bei uns.

„Gori, kannst du zu Selm, sie ist wieder am Ende, ich kann nicht auf sie aufpassen, weil mein Schützling Dienst hat, beeile dich, bitte."

Sie hat recht, Selm steht nur noch da, bewegt sich nicht, sagt nichts, als ich sie anspreche. Das Komitee muss kommen! Das

Komitee sieht dasselbe wie ich, und beschließt auf der Stelle, sie in den Schlaf zu schicken. Mein Herz fühlt sich leicht an. Nicht lange, weil mich das Komitee gerade fragt, ob ich eine Weile Springer zwischen Alois und Helene Fahrbach sein könnte.

… „, weil, wir sind in großer Verlegenheit wegen eines übergroßen Personalmangels. Wir gewähren dir als Gegenleistung auch einen Urlaub nach wohin auch immer du möchtest." „New York?" „Bewilligt, wenn es so weit ist, wird alles für dich arrangiert werden."

Damit meinen sie die komplette Ausradierung von Schwierigkeiten mit den Länder- und Erdteilwächtern und was es noch gibt. Dafür habe ich ab sofort die graue Helene an der Backe, die in der Küche steht und Wurzeln schabt. Das macht sie gut, nicht zu schnell, sie wird sich wohl in den nächsten drei Minuten nicht die Fingerkuppe aufreiben. Wenn doch, kann ich es auch nicht verhindern.

Bei Tessa geht es inzwischen munter zu. Alois und Elisabeth fallen gerade über die Weißwürstchen her, reden mit vollem Mund abwechselnd von New York, Bayern, von der Met, und über Alois Kinder. Ich kann mich nicht in den Sog der Reden fallen lassen, berichte Tessa kurz, was geschehen ist, wende mich wieder Helenes Küche zu. Helene redet auf sich selbst ein:

„Fertig seid ihr Wurzeln, jetzt her mit euch Äpfeln, ein lecker Salat wird aus euch, ihr werdet den Gästen schmecken, ja. Morgen zieht Herr Hausner ein, ein netter Mensch ist das und ein ganz feiner Herr. Herr Beck findet nur angenehme Worte, wenn er von ihm spricht. Ganz Travemünde redet über ihn, was er schon Gutes getan hat in so kurzer Zeit. Frau Müller gerettet, den alten Oldörps den verdienten Ruhestand ermöglicht. Wer weiß, wann sie in diesen Armutszeiten einen Käufer gefunden hätten. Das hat Herr Beck vermittelt, auch so ein feiner Mensch. Wenn ich da an den Strutz denke, seinen Vorgänger, wird mir noch ganz übel. Wenn der in unsere Drogerie kam mit seinem „Heil Hitler". Oh nein, war das eine Zeit. Und wie er mich fragte, ob ich was gegen den Führer hätte, und ich ihm sagte „ein feiner Herr ist das nicht, feine Herren sind nicht so laut und pöbelig", da ist ihm glatt der Kinnladen nach unten gekippt.

Helene lacht leise vor sich hin.

„Frau Fahrbach, sie befinden sich auf eisglatter Straße, passen Sie auf, da kann ein Mensch schnell stürzen." Nur das hat er zu mir gesagt, mehr ist nicht passiert. Ob Herr Hausner diese schöne Tänzerin heiraten wird? Ob die überhaupt Zeit für ihn hat? Die Theaterpause ist fast zu Ende, hat Frau Müller gesagt. Dann sind laufend Proben und die Abendaufführungen bis zu nachtschlafender Zeit. Darüber muss ich mir aber keine Gedanken machen, und es geht mich auch nichts an, wie andere Leute ihr Leben geregelt bekommen. Ich habe genug mit mir selbst zu tun. Wenn wir wenigstens Kinder gehabt hätten, es war uns nicht vergönnt. Ach es ist ein Elend, dieses Leben allein, keine Freunde mehr, alle tot oder weggezogen. Kein Mann, nur noch Hausgäste. Drei sind heute zum Abendessen angemeldet. Es gibt Räucherfisch, den Wurzel/Apfelsalat, Käse, Wurst, Schinken. Was habe ich noch? Nein, das reicht wirklich. Ich werde fragen, wer Bier oder Wein möchte. Ich glaube, die Gäste sind zufrieden hier.

„Hallo",

ein fremder Schutzgeist steht bei mir.

„hast du Selm abgelöst, die war hinüber, nicht?" „Ja, sie war fertig, das Komitee hat sie in den Schlaf geschickt und ich bin als Springer für sie da." „Wenn du willst, übernehme ich sie bis zum Ende der Tischzeit gegen 21 Uhr, sie sitzt gerne noch mit den Gästen zusammen." „Ja, vielen Dank auch, dein Vorschlag kommt unverhofft und ist sehr willkommen."

Fort bin ich. Es ist doch ganz erstaunlich, wieviel ich in der kurzen Zeit über Helene erfahren habe. Selbstgespräche der Schützlinge sind für uns das Wertvollste, was wir uns wünschen können. Von Alois und Elisabeth kennen wir Leben, Wirken,

Hoffnungen, Zweifel, Wünsche, Abneigungen, künftige Risiken nur aus den Gesprächen, die sie führen.

„…ich habe mir außerdem gedacht, den Oldörps in den letzten Saisonwochen über die Schultern zu schauen, und es wäre interessant zu erfahren, ob für das nächste Jahr Vorbestellungen für Strandkörbe vorliegen. Die Pachtfläche lässt mindestens achtzig weitere Strandkörbe zu und mein Budget auch. Ich werde in den nächsten Tagen deshalb zu der Herstellerfirma nach Eutin fahren, und die Konditionen erkunden, meinst du, du kannst mitkommen?" „Keine Ahnung, Alois, morgen ist Montag und Gipfeltreffen im Theater. Morgen erfahren wir die neuen Spielpläne und Probezeiten. Für uns Tänzer ist das insofern doppelt spannend, wer und wie viele von uns noch für die Tanzszenen der Operetten angefordert werden." „Gut, mein Liebling, wenn du mit nach Eutin kommen könntest, würde ich mich freuen. Was wir dringend brauchen, ist ein Telefon für deine Wohnung. Darum werde ich mich morgen früh gleich als erstes kümmern. Was für ein Glück, Oldörps haben Telefon. Danach fahre ich nach Travemünde in mein Provisorium bei Frau Fahrbach." „Meinst du nicht, es wäre praktischer gewesen, bis November von hier zu pendeln?"

Alois grinst und macht einen Dackelblick.

„Sehr praktisch, falls Frau Reinhard nichts dagegen haben, werde ich die Pendelei recht häufig betreiben. Spaß beiseite, Elisabeth, ich habe mir das natürlich auch überlegt, aber ganz ohne eine Bleibe in Travemünde geht es nicht. Ich muss etwas haben, wohin ich mich auch am Tag mal zurückziehen kann, wo ich mittags ein warmes Essen kriege, ohne warmes Essen mittags neige ich zur Übellaunigkeit, kennst du doch." „Ach, nur sehr flüchtig."

Und Elisabeth lacht ihr Elisabeth-Lachen.

„Und wie schön, heute bleibst du bei mir."

Sie küssen sich und ihr Anschlussgeplänkel erfordert Tessas und meine Aufmerksamkeit nicht mehr.

„Hat Elisabeth von New York erzählt?" „Na, was denkst du wohl, Gori, klar, sie hat von den Aufführungen berichtet. Stell dir vor, sie bekam sogar „Standing ovations". Von der Architektur war sie begeistert, und vom Jazz, sie hat Schallplatten mitgebracht, und ganz viele Kleider und Hosen und Pullover eingekauft. Schade, sie wird nicht lange Freude daran haben." „Die Zeit kommt schnell wieder. Bis morgen Tessa, ich muss zurück zu Helene.

Die neue Woche
Tessa muss mit Elisabeth ins Theater, ich springe dann mal zwischen Helene und Alois hin und her. Alois packt seine Sachen für die
Fahrt nach Travemünde. Helene geht zum
Einkaufen. Abends ist unser Liebespaar in Travemünde verabredet. Elisabeth will auf keinen Fall mit Alois bei Frau Fahrbach übernachten, sondern zur Nacht wieder nach Lübeck zurück. Alois zweifelt wohl selber an der Toleranz seiner neuen Wirtin Helene. Sie trennen sich nach vielen Küssen und verbalen Liebesbezeugungen, die ich mir schon gar nicht mehr merken kann. Muss ich auch nicht.

Alois geht auf die Post und beantragt für
Elisabeths Wohnung Telefon. „In sechs bis acht Wochen können sie mit dem Anschluss rechnen."

Gute Aussicht. Alois ist zufrieden, wenigstens kein viertel Jahr. Als wir in Travemünde sind, taucht Tessa neben mir auf:

„Die Bombe platzt!" „Sprich dich aus, Tessa, welche Bombe?" „Also, pass auf. Kaum sieht Elisabeth Margot Müller im Theater, zieht sie sie in die nächste Nische und sagt:

"Margot, ich glaube, ich bin schwanger, ich bin seit fünf Tagen überfällig, was soll ich bloß machen, das kommt so unerwartet. Heute Morgen war mir auch übel und ich fühle mich irgendwie anders." „Kindchen, Kopf hoch und alles der Reihe nach. Du brauchst als erstes Gewissheit; lass einen Test machen, diesen Froschtest in einer Apotheke." „Ich, als unverheiratete Frau?" „Das weiß doch der Apotheker nicht, aber wenn dir das wirklich peinlich ist, bitte ich Richard um den Gefallen, den Test in der Apotheke des Priwall Krankenhauses durchführen zu lassen." „Das würdest du für mich tun?" „Aber sicher doch, ich tue es auch für Alois, meinem Retter. So, und wenn es sein sollte, dass du ein Kind erwartest, sagst du es Alois. Dann heiratet ihr und alles hat seine Ordnung." „Das hört sich einfach an, meine Güte habe ich eine Angst, es Alois zu sagen. Ich kann mir nicht vorstellen, dass er Lust hat, jetzt noch einmal Vater zu werden. Er ist neunundvierzig, ich habe auch nicht mit einer Schwangerschaft gerechnet, meine Ehe war kinderlos." „Was demnach an deinem Mann gelegen haben muss."

„So, jetzt weißt du es, Gori, ich muss wieder los." „Tschüs, Tessa."

Weg ist Tessa, Alois zieht bei Frau Fahrbach ein. Zahlt ihr die volle Miete bis November und gleich auch das Kostgeld. Helene sieht für ihre eher sparsame Mimik fröhlich aus. Alois packt seine Koffer aus, ich begleite Madame in die Küche.

„Ich habe es gewusst, Herr Hausner ist ein wirklich feiner Herr..."

Irritiert sehe ich Jam neben mir stehen.

„Schutzgeist Jam, was tust du hier?" „Ja, so sieht man sich überraschend schnell wieder, ich löse dich bei Frau Fahrbach ab." „Jam, wie schön, dich sprechen zu hören, ich wusste gar nicht, dass du ganze Sätze formulieren kannst. Wieso löst du mich ab, du bist doch für die Kramers zuständig?" „Das hat sich erledigt, sie befinden sich beide im glücklichen Nachlebensschlaf." „Was willst du damit sagen, sind Kramers tot?" „Was denn sonst?" „Aber sie waren kerngesund und munter, wieso sind sie gestorben?" „Auf der B 75, letzte Woche, als sie nach Hause wollten. Ein Reh sprang auf die Straße, er hat das Steuer verzogen, fuhr geradewegs auf einen Baum zu, peng, das hat geknallt, beide waren sofort tot." „Das ist ja grauenvoll, wie ging es dir dabei?" „Mir? - ja gut."

Jam macht mich krank, statt ein Herz, scheint er eine Betonkugel zu haben. Keine Lust mehr, mich mit ihm zu unterhalten.

Mausi Kramer, fällt mir ein, Thomas Mann, die Abende am Tisch, die Begegnung auf der Promenade, Alois Eifersucht. Vorbei, wieder ein Kapitel vorüber. Tod, du hässlicher, immer unwillkommener. Ich weiß nichts über die Kramers. Hatten sie Kinder? Wer wird um sie weinen und trauern? Wem hinterlassen sie eine Lücke? Und dann dieser gnadenlos gleichgültige Jam, jetzt für Helene zuständig. Ich lass ihn stehen, gehe einfach raus aus der Küche, und den Alois habe ich wieder allein. Alois Zimmer im ersten Stock des Hauses besteht aus Bett, Nachttisch, Schrank, Tischchen, rund, mit zwei winzigen Sesseln, Schreibtisch und Stuhl, Waschbecken und Spiegel. Die weißen Wände sind kahl, Balkon mit Meerblick. Draußen, auf dem Flur befinden sich Toilette und Gemeinschaftsbad, es gibt Schlimmeres. Vergleichbar mit seinem Luxuszimmer in den „Vier Jahreszeiten" ist es nicht.

Tessa ist wieder bei mir.

„Margot hat ihren Professor wegen des Urintestes angerufen, weißt du, was er gesagt hat? - ‚sag mal, spinnst du? Soll ich mich im Krankenhaus zum Affen machen? Binnen zwei Stunden wollen alle genau wissen, dass die
Freundin vom Professor schwanger ist und ich Vater werde. Nein, liebe Margot, ohne mich. Deine Elisabeth ist ohne uns schwanger geworden und auch den Rest wird sie brav alleine erledigen' – Margot ist enttäuscht und Elisabeth heult, na das kann ja heiter werden."

Finde ich auch. Weg ist sie; ich wollte noch von Kramers und Jam berichten. Jam steht im Raum: Helene, es geht um Helene.

„…und reden tut sie allein für zwei, das ist nicht auszuhalten, ich kann mich nicht aufs Meditieren konzentrieren, wenn das Komitee kommt, sage ich, glaube ich jetzt, ich gebe sie ab."
„Hör zu, Du Jammerlappen, was willst du sonst haben? Jemanden der richtig anstrengend ist, wie, wie, wie vielleicht eine Opernsängerin, oder sowas? Bleibe bei Helene, du wirst dich an ihre Schrulle schon gewöhnen. Im Übrigen ist sie sehr diszipliniert und pflegeleicht."

Jam gehorcht.

„Ist schon gut, Gori, ich bleibe noch ein bisschen."

Na also, manchmal hilft es, energisch aufzutreten. Alois probiert das Bett aus, sieht zufrieden aus. Schade, er redet so gut wie nie mit sich selbst. Er schreibt auch kein Tagebuch, wie sein Schwiegersohn. Dafür zieht er sich um, Shorts, ob es nicht zu kalt ist für kurze Sachen? Wir verlassen das Haus. Draußen, auf der Promenade, lacht mich die schöne schwarze Mala an, und Herr Beck, Oberpolizeimeister, geht freudigen Gesichtes auf Alois zu. Die Herren begrüßen sich mit kräftigem Handschlag. Ich hauche Mala rechts und links einen Kuss auf die Wange, verliere keine weitere Zeit, ihr von Jam zu erzählen. Mala lässt das gerade so über sich ergehen, weil ihre Nachricht für mich, so sagt sie, viel wichtiger ist: Becks werden wieder Eltern, zum dritten Mal. Gerade habe sich die Schwangerschaft durch Test bestätigt. Sie hoffen diesmal auf einen Jungen, weil sie schon zwei junge Damen haben.

„Mala, das ist richtig gut, Alois wird auch Vater, Beck und er scheinen Freunde zu werden, was gibt es besseres, als zu gleicher Zeit auch noch Väter zu werden."

Herr Oberpolizeimeister Beck ist in Zivil, berichtet Alois von der schweren Sommergrippe Herrn Oldörps.

„Der arme Mann hütet das Bett. Ich sehe so oft es geht nach Frau Oldörp, die ihre Strandkörbe allein betreiben muss. Keine Arbeit für eine Frau in ihrem Alter. Sie ist gesund und munter, ja, aber Kraft braucht sie auch und die hat sie nicht mehr so recht." „Ich war ohnehin auf dem Weg zu den Oldörps, Herr Beck, ich biete sofort meine Hilfe an, was ich sowieso vorhatte, weil ich von ihnen noch lernen möchte."

Sie setzen sich sofort in Bewegung.

„Herr Hausner, Herr Beck, wie schön, Sie zu sehen, meinen sie, sie könnten hier für eine Stunde einhüten, es wird kaum etwas passieren, alle Körbe sind vermietet, es muss nur jemand anwesend sein, falls etwas Unvorhergesehenes passiert? Ich möchte zu meinem Mann und ihm Mittagessen machen, damit er wieder zu Kräften kommt. Diese Grippe hat ihn schier aus den Schuhen gehoben."

Mit Grüßen und Genesungswünschen von beiden Herren für Herrn Oldörp, macht sie sich sofort auf den Weg.

„Zurzeit sind fünfzehn Strandkörbe an Dauergäste oder Dauerpendler vermietet, der Rest an Tagesgäste, das Geschäft ist in diesem Jahr gut gelaufen, sagt das Ehepaar, sie hätten noch viel mehr vermieten können."

Herr Beck freut sich ganz selbstlos.

„Ganz prima, ich wollte für das kommende Jahr neue Körbe anschaffen, haben Sie Lust und Zeit, mich in der kommenden Woche zu der Herstellerfirma nach Eutin zu begleiten?" „Mach ich doch gerne, Herr Hausner, ich habe kommenden Mittwoch frei, wenn ihnen der Tag passt?" „Perfekt, dann ist vielleicht Herr Oldörp auch wieder an Bord."

Und was ist, wenn Elisabeth mit nach Eutin kommen kann, hat Alois sie vergessen? Sie will es ihm heute sagen, weil sie heute erfahren hat, wie ihre Proben fallen. Das war eben kein kluger Schachzug. Wenn er Elisabeth jetzt beleidigt, wo sie dermaßen empfindlich ist, gibt es die dümmsten Komplikationen.

„Was hast du, Gori, du siehst besorgt aus." „Alois hat Elisabeth heute Morgen auch gefragt, ob sie mit nach Eutin kommt, sie konnte es ihm aber noch nicht sagen, weil sie ihre Probezeiten noch nicht kannte."

Mala nickt.

„Na komm, bleibe optimistisch, dann fahren sie halt zu dritt. Elisabeth hat von Strandkörben keine Ahnung und Ferdinand ist mit ihnen groß geworden." „Wenn er schlau ist, könnte er im Ernstfall so argumentieren. Sag mal, Herr Beck heißt Ferdinand?" „Ja, seine Frau nennt ihn Ferdi, klingt hübsch, nicht?" „Ein bisschen sehr zärtlich für einen knallharten Polizisten.

Wenn die bösen Jungs das hören würden, verginge ihnen vielleicht der Respekt."

Mala lacht.

„Er wird nächste Woche Dienststellenleiter, dann ist er nicht mehr so viel unterwegs, und darf Ferdi, der zärtliche Polizeichef von Travemünde sein."

„Herr Hausner, es ist kurz vor 13 Uhr, wollen Sie nicht zum Mittag zu Frau Fahrbach, ich hüte solange ein, muss dann aber zügig los, weil ich ab 14 Uhr Dienst habe." „Danke, Herr Beck, ich beeile mich."

Vor Frau Fahrbachs Haus, was sehen wir? Elisabeth in ihrem Auto vor der Einfahrt parken. Alois klopft ans Fenster, Elisabeth erschrickt, weint sofort los. Alois sieht fassungslos aus. Er öffnet ihr die Tür und zieht sie vom Sitz in seine Arme.

„Liebling, was ist los, hast du keine guten Rollen bekommen?" „Ich weiß gar nicht, ob ich die noch tanzen kann. Ich weiß auch gar nicht, wie ich es dir sagen soll: Alois, es ist sehr wahrscheinlich, das heißt, es könnte gut möglich sein, ach, was soll's, ich glaube, ich bin schwanger. Alle Anzeichen deuten darauf hin. Und Richard, der Professor von Margot, will den Test nicht in der Priwallkrankenhaus Apotheke durchführen lassen, weil er sich nicht zum Affen machen will, weil dann doch alle denken, er macht das für seine Freundin und der Vater sei er. Alois, was soll ich jetzt machen?"

Tessa und ich starren uns an, dann auf Alois, und der ist blass geworden unter seiner Bräune. Er bringt kein Wort heraus.

„Los, Tessa, sein Blutdruck fällt, er braucht einen Adrenalin-Pusch."

Alois Gesichtsfarbe normalisiert sich, er zieht Elisabeth erneut in seine Arme und küsst sie behutsam auf Nase und Lippen.

„Wie lange ist deine Periode überfällig?" „Fünf Tage." „Könnte das nicht durch den langen Flug und die Aufregungen in New York verursacht sein?" „Habe ich auch erst gedacht, habe ich aber noch nie gehabt, immer ganz pünktlich. Seit zwei Tagen tut mir die Brust weh, und ich mag ganz vieles nicht riechen und heute Morgen war mir übel. Ob das alles Einbildung ist?" „Elisabeth, wir lassen einen Test machen, ich werde dich begleiten, keine Angst, wir schaffen alles zusammen und gemeinsam. Ich überlasse es nicht allein dir. Ich werde bei allem an deiner Seite sein."

Das hat er richtig gut gemacht, Elisabeth strahlt und sie gehen ins Haus zum Essen.

„Wir haben nicht allzu lange Zeit."

Alois erzählt Elisabeth von Oldörps, und Herrn Beck, daher verzichten sie aufs Dessert, setzen sich in Bewegung, Herrn Beck bei den Strandkörben abzulösen. Der Herr Oberpolizeimeister ist nicht allein, seine Frau hat ihm Essen und seine Uniform gebracht, seine zwei kleinen Mädchen spielen vor dem Wächterhäuschen im Sand; gut bewacht von einem weiblichen Schutzgeist, den Tessa und ich nicht kennen. Sie stellt sich vor mit „Rein" und wir nennen ihr unsere Namen, die Erwachsenen haben sich gegenseitig vorgestellt und Frau Becks Schutzgeist ist Kor, den wir flüchtig beide kennen, woher? Wissen wir nicht mehr. Frau Beck ist sehr hübsch mit blonden, lockigen Haaren, strahlend blauen Augen, wie ihre kleinen Mädchen. Sie hat eine heitere, warme Ausstrahlung, die Tessa und ich sofort mögen und Alois und Elisabeth ganz offensichtlich auch. Bis auf Herrn Beck verlassen alle das Häuschen, damit er sich umziehen kann. Alois und Elisabeth erfahren von den Kindern, dass sie zweieinhalb und vier Jahre alt sind. Die größere heißt Erika und die kleine
Magdalene. Dann ist Herr Beck umgezogen, die Familie nimmt mit einem fröhlichen: „Wir sehen uns."

Abschied.

Frau Oldörp kehrt zurück, berichtet, dass es ihrem Mann schon sehr viel besser ginge, er gut gegessen habe und seine Temperatur auch wieder normal sei.

„Am liebsten würde er morgen schon wieder mit an den Strand gehen."

Sie freut sich. Alois sichert Frau Oldörp ab 12 Uhr morgen seine Hilfe zu.

„Vorher haben wir noch eine unaufschiebliche
Sache in Lübeck zu erledigen."

Frau Oldörp hat Verständnis.

Einen Froschtest habe ich mir vor etlicher Zeit in einer Apotheke angesehen. Da wird einem Krallenfrosch, der auch gerne Apothekerfrosch genannt wird, weil er von Apothekern benutzt wird, Urin einer mutmaßlich schwangeren Frau unter die Haut gespritzt. Laicht der Frosch innerhalb der nächsten zwölf bis vierundzwanzig Stunden ab, gilt der Test als positiv und die künftige Mutter hat frühe Gewissheit über ihre Schwangerschaft. Nach ein paar Wochen steht der Frosch für den nächsten Test zur Verfügung. Als es den noch nicht gab, lebten die Frauen solange in Ungewissheit, bis der Herzschlag des Kindes hörbar wurde; also bis in den vierten Schwangerschaftsmonat hinein. Es war auch gar nicht üblich, über eine Frühschwangerschaft zu reden. Elisabeth hat ein gutes Körperbewusstsein, sie spürt, dass etwas nicht mit ihr stimmt. Tessa und ich finden Alois großartig, wie er die Nachricht letztlich aufgenommen hat. Sein kleines Schwächeln am Anfang, haben wir prima in den Griff bekommen. Danach war er wieder richtig stark und gütig, ja, ich finde, er hat etwas Gütiges. Ob er sich auf eine Vaterschaft freuen kann? Keine Ahnung. Vielleicht ist Beck in diesem speziellen Punkt eine künftige Hilfe, weil Vorfreude auf ein Kind etwas Ansteckendes haben kann.

„Hach, stell' dir vor, ich werde Papa, ja prima, nicht nur
du, ich auch, was, wir beide zusammen? Ja, im Mai, das haben wir ja prima hinbekommen."

Es ist spät, ich schalte meine Gedanken aus.

Wieder ein neuer Morgen

Am nächsten Morgen, es ist schon recht frisch draußen, nimmt Alois trotzdem seine Gewohnheit des Vorfrühstückschwimmens wieder auf. Ich kann ihm ansehen, wie sehr er das Wasser genießt. Zu meinem Glück fehlt mir eine Tageszeitung. Vielleicht abonniert Alois ja eine, wenn er in der Kurgartenstrasse eingezogen ist. Vorher wird er es nicht tun, weil er die Adresse gleich wieder ummelden muss. Vielleicht lässt er es auch bleiben. Er ist kein politisch ambitionierter Mensch.

Elisabeth auch nicht. Sie müssen auch nicht ambitioniert sein, es reicht aus, über eine Orientierung zu verfügen, und ich kann mir nicht vorstellen, dass Alois aktuell orientiert ist. Dazu fehlen ihm Informationen: was macht Erhard, wie geht Adenauer vor, mehr Politiker kenne ich nicht.

"Gori, hallo, ich wollte mich kurz bei dir melden, wir sind in der Marienkirche." „Pacca, du, wieso in einer Kirche, dein Schützling ist doch Maler?" „Ja er malt Fresken, ziemlich hoch oben auf einem Gerüst." „Aha, und, malt er gut, wie heißt er noch?" „Lothar Malskat, ja, er malt total gut, wunderschön, besuch uns mal dort, und wir wohnen im Deepenmoor bei Schlutup, in einem Haus im Wald, sehr romantisch, da hat er noch ein Atelier, und eine Frau und einen Sohn. Da darfst du nicht hin. Bis bald Gori."

Das werde ich, Pacca besuchen und ihren Maler.
Sie hat mich richtig neugierig gemacht. Sobald Tessa auf Alois und Elisabeth aufpassen kann, werde ich es tun. Jetzt geht es zum Frühstück und danach nach Lübeck, den Froschtest in einer Apotheke machen lassen. Frau Fahrbach hat hinter einer Hecke im Vorgarten eine gusseiserne Außendusche stehen, Alois hat sie erspäht. Er zieht seine Badehose aus, begibt sich unter das kalte Wasser. Ein bisschen verzieht er schon das Gesicht, macht nichts, er erspart sich dadurch das Badezimmer im Flur. Alois frühstückt allein. Bin froh, keine anderen Schutzgeister da, mit denen ich reden müsste. Jam hat sich in Meditation zurückgezogen. Gut so, da kann er wenigstens nichts verkehrt

machen, wenn er schon nichts richtig macht. Nein, falsch, so will ich nicht denken. Aber so, wie er Kramers Tod aufgenommen hat, und schilderte, habe ich Probleme mit ihm. Auf der anderen Seite interessiert es mich, wie er wirklich ist, irgendetwas gibt mir Rätsel auf. So verhält sich kein Schutzgeist. Fort mit diesen Gedanken. Jetzt haben wir andere Sorgen. Alois parkt seinen Borgward vor Elisabeths Haus, nimmt zwei Stufen auf einmal. Elisabeth hat in eine kleine bauchige, ehemalige Kognakflasche uriniert, ist startbereit.

„Hast du die Flasche nach dem Waschen auch gründlich und lange genug mit warmem Wasser ausgespült, wenn nicht, kann das ein Ergebnis verfälschen?" „Ich habe an alles gedacht, Alois." „Na los, dann komm, wir gehen in die große Apotheke am Rathaus, die machen den Test garantiert." „Muss das sein, da hole ich mir immer mein Magnesium, und die wissen auch alle, wer ich bin." „Was schlägst du vor?" „Entweder die am Stadtpark oder die am Bahnhof, da gehe ich nie hin." „Gut, wo ist der Stadtpark, können wir dahin gehen oder nehmen wir das Auto?" „Wir müssen fahren." „Wie geht es ihr heute, Tessa?" „Ich glaube nicht, dass ihr schlecht war, ich denke, es geht ihr gut." „Und sonst, gibt es sonst etwas zu berichten?" „Nein, Gori, es ist rein gar nichts passiert. Elisabeth ist gleich schlafen gegangen und sie hat sich bis heute Morgen nicht gerührt."

In der Apotheke ist es schummrig und menschenleer.

„Guten Tag."

Alois und Elisabeth warten.

Hinter einem Vorhang entsteht Bewegung, ein weißhaariger, weiß bekittelter Mensch schiebt ihn beiseite.

„Guten Tag. Sie wünschen?" „Meine Frau und ich möchten einen Schwangerschaftstest durchführen lassen, geht das bei Ihnen?" „Nein"

Das war eine kurze Antwort. Sein weiblicher Schutzgeist sagt schnell in unsere Richtung:

„Er ist alt und müde, seine Söhne sind gefallen und seine Frau vor 14 Tagen gestorben, er hört bald auf." „Danke."

Alois und Elisabeth sind wieder draußen.

„Also, jetzt zum Bahnhof, da waren wir ja schon lange nicht mehr."

Versuch von Alois Elisabeth aufzumuntern. In der Apotheke am Bahnhof ist es nicht ganz so düster, aber Froschteste werden auch hier nicht durchgeführt.

„Ich glaube, die Apotheke am Rathaus ist die einzige in Lübeck, wo sie einen Schwangerschaftstest durchführen lassen können."

Der freundliche Apotheker sagt, was Elisabeth nicht hören will.

„Oh, Alois, ich glaube es nicht, jetzt müssen wir doch dahin, und das ist mir so peinlich, die wissen alle, dass ich nicht verheiratet bin." „Liebling, ich sehe das ein, ich werde ohne dich gehen und den Test auf den Namen Elisabeth Hausner aufgeben." „Alois, ich hoffe, ich kann mich dafür revanchieren." „Das wirst du ganz sicher, glaube mir."

Alois grinst ein sehr unverfrorenes Grinsen.

„Im Zusammenhang mit einem Schwangerschaftstest finde ich sexuelle Anzüglichkeit unpassend."

Tessa schüttelt den Kopf.

„Kritisiere Alois nicht. Schau dir Elisabeth an, es gefällt ihr."

Ich gebe auf, es geht auch ohne mich.

Alois ist ein kleiner Weltmann. Wir stehen in der großen und lichten Apotheke am Rathaus. Er wird nach seinen Wünschen gefragt, er sagt tatsächlich:

„Meine Frau und ich könnten Eltern werden, möchten sie uns dabei behilflich sein, aus dem Konjunktiv ein glücklich machendes Indikativ werden zu lassen?"

Er hält der Apothekerin die Kognakflasche hin, sie greift zu, lächelnd, einverständlich verständnisvoll.

„Ich führe den Test sofort durch, sie dürfen morgen um diese Zeit nach dem Ergebnis fragen, wenn es noch nicht vorliegt, bitte, nach einem weiteren Tag noch einmal."

Alois lächelt sein charmantestes Lächeln, er hat ein Augenaufleuchten drauf. Ich muss das mal üben und ausprobieren, vielleicht bei Mala und Tessa. Das ist Gold wert, das öffnet Fenster, Türen und Jungfrauenschöße, die mich nicht mehr interessieren. Was sagt Alois gerade?

„Wenn sie das richtige Ergebnis für mich haben, werde ich ihr treuester Kunde."

Das kann ja alles heißen, Alois, ob du Vater wirst oder nicht.

Wieder in Elisabeths Wohnung.

„Liebling, bist du evangelisch oder katholisch?" „Katholisch, aber nicht praktizierend, und du? Und weswegen fragst du?" „Wenn du evangelisch sein würdest, müsstest du zuerst konvertieren." „Aha und wozu?" „Willst du nicht in der Kirche getraut werden?" „Alois, kann es sein, dass du dieses Gespräch irgendwie anders hättest beginnen sollen, können, müssen?" „Wie kommst du darauf?" „Wie ich darauf komme? Kannst du mir bitte mal sagen, was du von mir willst? Fragst mich, ob ich nicht in einer Kirche getraut werden will, wer will mich heiraten und will ich überhaupt?" „Tatsächlich, Liebling, da steht noch die berühmte Frage voran und der Kniefall. So sage mir, Weib, wann willst du mich, den möglicherweise werdenden Vater, bitten, mich zu deinem Ehemann zu erheben?"

Elisabeth lacht ihr helles Elisabeth Lachen, geht in die zweite Ballettposition, dann ein demi plie, verbeugt sich, Kniefall:

„So frage ich dich, Alois Hausner, ob du mir gestattest, aus dir meinen legalen Ehemann zu machen, auf das du dich nicht schämen musst, ein möglicherweise lediger Vater zu werden?" „Wie kann ich deine Großzügigkeit nur wiedergutmachen?" „Ich bin mir ganz sicher, dass wird dir hervorragend gelingen."

Tessa und ich lassen sie allein ins Schlafzimmer gehen. Hoffentlich vergisst er Frau Oldörp nicht, er hat versprochen, sie heute Mittag abzulösen.

„Alois ist ein Charmebolzen, findest du nicht, Tessa?" „Ich mag Elisabeths Schlagfertigkeit; sie steht ihm in nichts nach, sie hat Humor." „Sie passen gut zusammen." „Ja, Gori, es läuft erstaunlich gut, wann wollen wir ihnen Träume schicken, es zumindest versuchen. Irgendwie müssen wir sie darauf vorbereiten, Zwillinge zu bekommen." „Nein, nein, nein, Tessa, jetzt noch nicht, das wird zu viel. Jetzt sollen sie erst einmal heiraten und Alois muss ins neue Haus ziehen. Vielleicht im Dezember. Daran gedacht habe ich natürlich auch schon. Sie kommen schon wieder, das ging ja diesmal zügig." „Elisabeth, ich sehe überhaupt kein Problem. Wir hätten ohnehin relativ schnell geheiratet. Jetzt wird es eben noch ein wenig früher sein." „Aber angenommen, ich bin nicht schwanger, dann könnten wir damit warten." „War das eine Frage oder eine Feststellung?" „Beides, wenn du so willst, anders gefragt, käme eine vorzeitige Eheschließung ohne Notwendigkeit für dich infrage?" „Ja, weil ich Appetit darauf bekommen habe, möchte ich jetzt auch essen." „Na gut, so gesehen, können wir ja vor Mitte Oktober nicht heiraten, das Aufgebot muss sechs Woche im Kasten vor dem Standesamt hängen." „Und du könntest später sagen, das Kind ist ein wenig eiliger auf die Welt gekommen." „Nein, Alois, ich glaube nicht, dass ich das möchte, ich bin keine ängstliche Frau, die sich vor dummem Gerede fürchtet." „Sehr gut, es heißt auch: Until you've lost your reputation, you never realize what a burden it was or what freedom really is." „Was bedeutet das, Alois?" „Frei übersetzt: Ist der Ruf erst ruiniert, lebt es sich ganz ungeniert." „Von dir?" „Margret Mitchell in ‚Vom Winde verweht', ein Bonmot Scarlett O'Hara in den Mund gelegt. Wann hast du Probe?"

Elisabeth schaut auf ihre Uhr.

"In etwas weniger als dreißig Minuten, ich muss mich beeilen, raus mit dir." „Bin schon weg, ich habe Frau Oldörp versprochen, sie heute Mittag abzulösen. Ich gehe heute Nachmittag einkaufen und koche uns was. Hast du auf etwas Bestimmtes Appetit?" „Keine Ahnung, wenn ich keinen Hunger habe, weiß ich nie, worauf ich später Appetit haben könnte." „Ist zwar äußerst unpraktisch, hat jedoch eine gewisse Logik. Mir fällt schon was ein, Liebling, bis dann."

Tessa und ich können kein Wort mehr wechseln, Alois nimmt seine Autoschlüssel, küsst Elisabeth und ist weg.

„Wie schön, dass sie kommen konnten, Herr Hausner, meinem Mann geht es inzwischen wieder richtig gut, und ich denke, er wird morgen darauf bestehen, seine Aufgaben wieder wahrzunehmen." „Liebe Frau Oldörp, es wäre mir dennoch sehr daran gelegen, ihnen und ihrem Mann für den Rest der Saison über die Schultern schauen zu dürfen." „Das bedarf doch keiner Frage. Wir haben übrigens hohe Gäste: Der Herr Professor Feiler ist mit Frau Müller hier, im Korb elf. Bis bald, Herr Hausner." „Tschüs dann auch."

Alois übt sich im Norddeutschen, hört sich gut an, ich freue mich, Llano wiederzusehen und bin auf den Schutzgeist des Herrn Professors gespannt. Alois schaut sich die Liste der Vermietungen an und beginnt einen Rundgang. Er spricht alle Gäste mit deren Namen an und stellt sich selbst als Nachfolger der Oldörps vor. Dabei lächelt er unentwegt und versprüht Charme. Die Gäste scheinen erfreut, lächeln ihn an, einige sagen, sie freuten sich schon auf die kommenden Ferien in Travemünde. Bei Strandkorb 11 ist Stopp. Frau Müller springt auf und drückt Alois beide Hände.

„Richard, hier hast du meinen Retter, Herrn Hausner, Herr Hausner, darf ich ihnen Herrn Professor Feiler vorstellen?"

Die Herren schütteln sich die Hand und Llano und ich begrüßen uns zeitgleich mit einem freundlichen Schulterschlag.

„Herr Hausner, ich freue mich, sie kennenzulernen und möchte auf keinen Fall, dass unsere Bekanntschaft unter einem unguten Stern beginnt. Die Margot wollte mir ihren Schwangerschaftstest aufs Auge drücken. Den konnte ich aber beim besten Willen nicht übernehmen. Was glauben sie, wie in einer Klinik geklatscht wird. Ich kann nur hoffen, dass sie für meine Ablehnung Verständnis haben." „Herr Professor Feiler, ich hätte es umgekehrt auch nicht gemacht, glauben sie mir. Nein, alles ist gut, und auch ich freue mich, ihre Bekanntschaft zu machen." „Ich habe Richard Vorwürfe gemacht, sie sind sehr großzügig mit ihm. Darf ich fragen, wie es Elisabeth geht." „Es geht ihr hervorragend, ich habe die Probe in der Apotheke am Rathaus abgeliefert, weil Elisabeth ihr Magnesium von dort bezieht und das Personal sie kennt." „Siehst du, Richard, es geht doch nichts über einen abgeklärten, lebenserfahrenen Mann. Bravo, Herr Hausner, gute Geschichte."

„Gori, es ist lange her, schau mich an, erkennst du mich wieder?"

Diese Stimme kenne ich, ihr Gesicht, kurzes schwarzes Haar, große braune Auge, kleine Nase, lächelnder Mund mit vollen Lippen.

„He, Du bist Hedi, 1821 im Hause Goethe, du warst Schutzgeist seiner Schwiegertochter, stimmst es?" „Richtig, und du hast damals Pacca für einen Urlaub abgelöst." „Unsere erste Begegnung. Pacca war mit Wolfgang aus Marienbad zurückgekommen und intensiv erholungsbedürftig." „Ja, das war sie. Kaum zu Hause, berichtete sie mir von der neuen Liebe Goethes zu der erst siebzehnjährigen Ulrike von Levetzow und wie aussichtslos sein Ansinnen sei. Pacca ist Hormonspezialistin, es gelang ihr aber nicht, seinen Testosteronspiegel einzudämmen. Sie brauchte wirklich eine Ruhepause." „Für mich waren es einfache und doch abwechslungsreiche Wochen, ich habe immer wieder gerne an die Zeit zurückgedacht. Und jetzt bist du für den Professor zuständig?" „Ich habe ihn schon lange, Gori, viel zu lange, seit er fünfzehn ist. Seit einem Jahr bemühe ich mich um Ablösung, die nicht kommen will. Das Komitee hat Personalprobleme." „Das Komitee hat immer Personalprobleme.

Pacca ist übrigens auch hier, Hedi, vielleicht könnt ihr euch mal treffen." „Das ist eine gute Neuigkeit, wenn du das arrangieren kannst?" „Kann ich, du könntest sie allerdings überraschen, sie ist viel in der Marienkirche in Lübeck, weil ihr Schützling, Lothar Malskat, dort Fresken neu bemalt." „Ach, hat sie wieder einen Künstler? Pacca liebt Künstler und Politiker." „Ja, nach einem sehr ruhigen Lokomotivführer hat sie einen Maler bekommen." „Ich werde sie gleich morgen besuchen, danke Gori, für die gute Nachricht."

Worüber unterhalten sie sich? Jetzt habe ich rein gar nichts mitbekommen. Es muss irgendwie mit Elisabeths Tanzen zusammenhängen.

„Meine liebe Margot, ich sage dir, Elisabeth darf jetzt noch springen, was sitzt, das sitzt. Später, wenn die Frucht schwerer wird, könnten Sprünge eventuell einen Abort verursachen, genau weiß das keiner, weil niemand das tut oder hast du schon mal eine schwangere Tänzerin auf der Bühne gesehen? Und noch ein Hinweis, wenn Erschütterungen eine Fehlgeburt auslösen könnten, dürfte keine schwangere Frau dem Beischlaf frönen. Botschaft angekommen?" „Ja, Richard, deutlicher ging es nicht."

Margot ist pikiert, Alois peinlich berührt, ich sehe es ihm an, wie es in ihm arbeitet.

„Herr Professor Feiler, wir sind ein verklemmtes Volk, ein offenes Wort aus berufenem Mund ist wie ein Sommerregen nach einem zu heißen Tag."

Bei Margot und ihrem Professor senken sich staunend die Kinnladen.

„Herr Hausner, das hätte niemand schöner sagen können."

Margot hat sich gefangen.

„Ja, Herr Hausner und ich würde mich freuen, wenn sie und Frau Reinhard bald einmal unsere Gäste wären, Margot kocht gerne und ganz ausgezeichnet." „Mit größtem Vergnügen."

Alois lacht sein charmantestes Lachen, und wir Schutzgeister sind mit unseren Klienten höchst zufrieden.

Der andere Morgen
„Er fiel um, das ging so schnell, Tessa, er, ein erwachsener Mann, die Nachricht hat ihm buchstäblich die Beine weggezogen."

Wir stehen in der Apotheke über Alois gebeugt, der kreidebleich am Boden liegt. Wir regen gemeinsam seinen Adrenalinspiegel an, die Apothekerin hält ihm Riechsalz unter die Nase. Alois schlägt die Augen auf.

„Mein lieber Herr Hausner, sie haben uns einen tüchtigen Schreck eingejagt, jetzt sind sie, Gott sei Dank, wieder bei uns. Die plötzliche Freude war wohl doch etwas zu viel für sie." „Das haben Sie ganz treffend erkannt, die
Nachricht hat mich umgehauen, ich bitte um Entschuldigung, das ist eine Zumutung für sie." „Aber nicht doch, Herr Hausner, wir möchten sie als Kunden gewinnen, wir haben hier alles für das Baby..." „Jetzt sage mir, wie sich das zugetragen hat, ist der Test positiv, Gori?" „Na sicher, und wie, Ablaichung nach achtzehn Stunden, spricht für einen gewaltigen hormonellen Schub für die Fröschin. Die Apothekerin beglückwünschte ihn, und er fiel um, da habe ich gedacht, du solltest dir das ansehen, jetzt geh lieber wieder zu Elisabeth." „Ja, bis bald."

Alois steht auf der Straße, überlegt angestrengt. Jetzt schaut er auf die Uhr, danach wühlt er in seinem Portemonnaie herum. Er geht zurück in die Apotheke zurück, bittet, ein, zwei Mark Stück in Groschen zu tauschen. Aha, er will bestimmt telefonieren. Wäre Alois wie Frau Fahrbach, wüsste ich jetzt schon mit wem. Auf der Post, in der Telefonzelle, schlägt er das Telefonbuch auf, sucht unter st, Stadt Lübeck, steckt Groschen in den Geldschlitz, wählt die dreier Nummer. Jetzt hat er jemanden dran, bittet um Verbindung mit dem Standesamt. Kriegt er. Auf dem Standesamt sitzt auch jemand am Telefon der ihm wohl sagt, wann er mit Elisabeth das Aufgebot bestellen kann und was er dafür alles mitbringen muss. Morgen darf er kommen. Alois wiederholt den Termin: Donnerstag, 10 Uhr. Auf dem

Marktplatz, draußen, vor der Post, ist Mark. Obst, Gemüse, Fisch, Fleisch, Alois sucht - oh, Blumen. Er kauft einen großen Strauß Rosen, rote Rosen. Schön sind die, sie sehen voll und sinnlich aus und sind mal nicht geklaut. Tessa werden sie auch gefallen. Pacca mag keine Rosen, das weiß ich noch genau. Sie sagt immer, sie sähen so fürchterlich traurig aus, wenn sie zu welken begännen, keine andere Blume würde das tun, nur Rosen. Kann sein, mir sind Blumen nicht so wichtig. Dieses abgeschnittene Zeug hält sich nicht. Ich finde etwas Grünes im Topf richtig gut, das lebt, das genießt das Leben, es fühlt sich verwöhnt, wenn es regelmäßig gepflegt und begossen wird, glaube ich jedenfalls, weil es neue Blätter bildet, die einen schönen Glanz haben. Alois sieht entspannt aus, wie er da so mit seinen Rosen Richtung Elisabeth eilt, seine Augen blicken froh, ich möchte beinahe annehmen, er freut sich darauf, Elisabeth zu sagen „Liebling, du wirst Mama."

„Elisabeth, wir werden Eltern, und morgen bestellen wir das Aufgebot, ich habe gerade mit dem Standesamt telefoniert, hast du alle Papiere bei dir?"

„Gori, das kann doch nicht wahr sein, wie Alois sich benimmt. Kann er nicht eine Information bei ihr erst einmal sacken lassen. Die arme Frau, erfährt, dass sie Mutter wird und soll sofort auf die Papiere reagieren."

Das finde ich auch, Alois ist forsch und die Blumen hat er auch noch nicht überreicht.

„Tessa, ich weiß auch nicht, was mit ihm ist, eben auf der Straße sah er noch ganz heiter und auch entspannt aus. He, he, Tessa, er wird wieder blass, er fällt."

Elisabeth springt auf, und schafft es gerade noch, seinen Kopf abzufangen.

„Alois, Liebster, komm, was ist mit dir, Mist, was mach ich jetzt?"

Sie macht es richtig. Sie nimmt einen Küchenstuhl, legt seine Beine drauf. Alois schlägt die Augen auf.

„Liebling, entschuldige, ich bin weggetreten, das ist mir vorhin in der Apotheke auch schon passiert, nein, ist mir das peinlich."
„Liebster, das ist doch kein Wunder, die letzten Tage waren aufregend und anstrengend, außerdem scheinst du einen etwas niedrigen Blutdruck zu haben. Ich hole meinen Arzt, der soll dich untersuchen, bleib einfach auf dem Boden liegen, da kann nichts passieren, ich bin gleich zurück."

Fort ist sie, Tessa bleibt bei uns. „Wir sollten seinen Blutzuckerspiegel anheben, Gori, er hat noch nicht gefrühstückt, Elisabeth kommt ohne mich zurecht, Alois braucht uns jetzt beide."

Gemeinsam verlegen wir unsere Energie in Alois Bauchspeicheldrüse und nach kurzer Zeit können wir sehen, es geht ihm besser. Seine Wangen verlieren die extreme Blässe, seine Augen glänzen wieder. Er bleibt brav liegen, wir warten.

„Na ja, Tessa, Elisabeth hat es ausgesprochen, die letzten Tage waren nicht ohne, ich denke, er hat schon Zukunftsangst, was sagst du?" „Wir haben früher bei uns gesagt: sein Gemächt ruht auf einer Eisscholle."

Testosteron auf null, Mann hat Angst.

„Guter Gedanke, Tessa, wir könnten seinen Testosteronspiegel leicht anheben, das bringt seinen Blutdruck etwas höher." „Klar, und verfälscht das Blutdruckmessergebnis, wenn der Arzt ihn untersucht." „Stimmt auch wieder, also nicht. Willst du nicht mal sehen, wo Elisabeth bleibt?"

Da, die Tür geht auf, Elisabeth und der Arzt kommen, sein Schutzgeist gleich hinter ihm.

„Ich heiße Peng, der hat sich wohl mit der jungen Frau gehörig übernommen, selbst schuld, sage ich, selbst schuld." „Du bist wohl auch ein richtig kluger Mediziner, brauchst weder Befragung noch Untersuchung, du trägst deinen Namen zurecht, Peng, „peng, peng, ich liefere
Diagnosen frei Haus, geht mir ab, wie ein Maschinengewehr."

Peng guckt mich völlig irritiert an, Tessa gluckst vor Lachen und der Superdiagnostiker ganz unverlegen:

„Was bist du denn für ein Sensibelchen, sage mir bloß, ich irre mich. Der Mann da ist mager und lümmelt mindestens zweimal am Tag mit der Schönheit dort rum. Ja, dann knickt der Blutdruck schon mal ein."

„Herr Hausner, das Herz ist in Ordnung, ihr Blutdruck ist auch jetzt noch extrem niedrig. Hatten sie das schon häufiger? Haben sie in letzter Zeit abgenommen?" „Nein, nur heute Morgen in der Apotheke. Abgenommen, weiß ich nicht, vielleicht, die Hosen sitzen alle etwas locker." „Was wollten sie in der Apotheke, müssen Sie Medikamente nehmen?" „Nein, ich nicht." „Frau Reinhard ist kerngesund, für sie mussten sie nicht dorthin." „Herr Dr. Hoppe, doch, er war für mich dort. Sie hätten es ohnehin in Kürze erfahren, er hat sich für mich nach dem Schwangerschaftstest erkundigt." „Oh, und das Ergebnis hat sie umgehauen, Herr Hausner?"

Uns entgeht nicht der ironische Unterton von Dr. Hoppe. Alois auch nicht. Er sitzt inzwischen am Tisch, sein Gesicht verfärbt sich dunkel.

„Herr Dr. Hoppe, ich danke ihnen für Ihr Kommen, schicken sie mir bitte ihre Rechnung an diese Adresse."

Alois erhebt sich, verbeugt sich knapp, verlässt die Küche.

Peng grinst uns unverhohlen an:

„Ach wie schön, da hätten wir das zweite Sensibelchen, gehört ihr zusammen? Das passt doch."

Ich flüchte zu Alois, der geht im Wohnzimmer auf und ab. Elisabeth kommt nach kurzer Zeit, nimmt Alois in die Arme.

„Tut mir leid, Liebling, Menschen sollten immer respektvoll miteinander umgehen und Ironie ist despektierlich. Wir kannten uns nicht, da sollte niemand die Augenhöhe des anderen verlassen. Wenn sich zwei Leute sehr gut kennen, kann ein bisschen Spott zur Gesprächswürze beitragen." „Alois, deine Reaktion war vollkommen in Ordnung. Dr. Hoppe ist eigentlich ein netter Arzt, aber leider etwas herablassend. Stell dir vor, jedes Mal, wenn ich nach einiger Zeit zu ihm in die Sprechstunde gehe, begrüßt er mich mit den Worten:

„Na, werden immer noch fleißig die Beinchen geschwungen? Ich war nur zu gleichgültig, mir einen anderen Arzt zu suchen. Jetzt ist die beste Gelegenheit, der sieht mich auch nicht wieder." „Gut, Elisabeth, lass uns das Thema beenden, ich habe eine Bitte an dich, wir haben noch nicht gefrühstückt, ich habe die Brötchen vergessen, würdest du wohl gehen? Ich trau mich noch nicht aus dem Haus."

Um 10 Uhr sitzen Elisabeth und Alois endlich am Frühstückstisch.

„Gori, ich sage dir Alois ist sehr empfindlich, wenn er sich nicht richtig angesprochen fühlt, das war nicht das erste Mal, dass er beleidigt reagiert hat." „Was willst du mir damit zu verstehen geben, Tessa? Siehst du darin einen Charakterfehler oder eine Gefahr für die Zukunft?" „Ich stelle einfach nur fest, mehr nicht. Wir sprachen einmal über Elisabeth, wie sie sich in Bayern fühlen würde, sinngemäß, ich weiß nicht mehr genau, worüber wir exakt redeten, sie würde wahrscheinlich gar nicht mitbekommen, sich als „anders" zu fühlen." „Ja, warte, ich erinnere mich, wenn die Bayern sie nicht als ihresgleichen empfinden und behandeln würden, so ungefähr, ja?" „Ja, Elisabeth ist souverän, Alois nicht, wieso? Gerade er müsste es doch sein. Er wuchs als Kind von Brauereibesitzern auf. Außer seinen Eltern hatte er es doch mit Angestellten, Arbeitern zu tun, mit Untergebenen." „Na und, was hat das mit dem Selbstwertgefühl zu tun? Vielleicht ist er als Kind von den Brauereiarbeitern verhöhnt worden, als er sich noch nicht wehren konnte." „Gori, du bist nicht dumm; an diese Möglichkeit habe ich noch nicht gedacht. Vielleicht hat er eine frühkindliche, tiefe Kränkung erfahren, die ihm heute nicht mehr bewusst ist. Das wäre eine Erklärung dafür, dass er spontan mit ‚beleidigt sein' und Rückzug auf – sagen wir mal – auch geringfügige Anmaßung reagiert. Ich frage meinen Ex nach seinem Schutzgeist in den ersten Lebensjahren. Das ist mir die Sache wert, vielleicht können wir sein Verhalten enträtseln." „Liebling, weißt du, was ich beinahe vergessen habe? Ich wollte doch heute mit Herrn Beck nach Eutin zu dem Strandkorbhersteller fahren." „Ich dachte, mit mir?" „Als ich dich fragte, wusstest du nicht, ob du kannst, da habe ich vorsichtshalber Herrn Beck darauf angesprochen, kannst du denn?" „Jetzt nicht, heute Nachmittag." „Das wird viel zu spät und nach dem Training bist du froh, wenn du dich ausruhen kannst." „Gegenfrage, traust du dir zu, jetzt Auto zu fahren?" „Ja, jetzt nach dem Frühstück, und weil ich überzeugt bin, dass sich die Attacke nicht mehr wiederholen wird. Ich glaube, die Nachricht, wir werden Eltern, hat mich tatsächlich von den Beinen geholt. Für dich ist es das erste Mal, und ich? Oder besser gesagt, mir wurde schlagartig bewusst, was uns bevorsteht: die Schwangerschaft, die Geburt, schlaflose Nächte, volle Windeln, Kinderkrankheiten, die ersten Schritte, das Trotzalter, ein Kind aufzuziehen ist immer, wie soll ich am besten sagen, atemberaubend." „Alois, wenn du heimgekommen wärst, und hättest gesagt, eine Schwangerschaft besteht nicht, ich glaube, ich wäre auf der Stelle traurig geworden. Dieses ist vielleicht meine letzte Chance Mutter zu werden. Dass ich vierunddreißig Jahre alt werden musste, um den richtigen Vater für ein Kind kennenzulernen – ich habe in den letzten Jahren gedacht, es wird nichts mehr. Wie auch, der Krieg, so viele Männer gefallen, ja, es gab in den letzten Jahren kaum Männer, geeignete Männer zum Heiraten und Kinder kriegen. Außerdem dachte ich, ich könnte keine bekommen." „Elisabeth, ich wünsche dir, besser uns beiden, jede Zeit und alle Ereignisse gebührend zu genießen. Lass uns dankbar annehmen, was die Natur uns geboten hat." „Ja Alois, und noch etwas, wir müssen beide lange jung bleiben und gesund."

Sie küssen sich, zärtlich, anhaltend. Wider Erwarten haben wir es trotzdem nach Travemünde geschafft.

„Sagen Sie bitte, Frau Fahrbach, wissen sie, wo Herr Beck wohnt?" „Ja, hier links, drei Häuser weiter, in der 1 Etage."

„Danke, Frau Fahrbach." „Sind sie zum Essen heute Mittag hier?"

Alois überlegt, schaut auf die Uhr.

„Herr Beck hatte Nachtdienst, der schläft jetzt ganz bestimmt noch." „Hm, mir hatte er gesagt, heute sei sein freier Tag." „Herr Hausner, ich habe seine Frau heute Morgen beim Einkaufen getroffen. Sie erzählte mir, er hätte Nachtdienst gehabt, wegen der Personalumstellung auf der Wache. Es ging irgendwie nicht anders. Herr Beck wird doch Leiter nächste Woche, und sein noch Chef kriegte im Dienst abends einen Hexenschuss, so musste Herr Beck einspringen, weil wegen dieser Personalumstellung niemand anders einsetzbar war. So ist das gekommen. Sie sind ja leider in Lübeck auch nicht erreichbar." „Na gut, Frau Fahrbach, da ist dann nichts zu machen. Ich esse hier, wenn es Ihnen recht ist."

Frau Fahrbach strahlt:

„Es gibt Brataal mit Kartoffelsalat und Gurkensalat in saurer Sahne." „Das klingt köstlich, ich freue mich."

Das stimmt genau, Alois strahlt auch.

„Frau Fahrbach, dürfte ich bei der Zubereitung zuschauen, ich bin auch ein ganz passabler Koch und Brataal kenne ich nicht." „Aber sicher doch, Herr Hausner, kommen sie reinspaziert in meine Küche."

„Gori, ich würde mich gerne einmal mit dir aussprechen."

Jam steht vor mir, sieht mich bittend an, was ist denn mit dem heute passiert?

„Gut Jam, was kann ich dazu beitragen?" „Du hörst mir zu, mehr will ich nicht. Ich habe immer Dienst in Japan geleistet. Die japanische Mentalität war mir vertraut. Als 1945 die Bombe auf Hiroshima fiel, betreute ich eine Familie mit drei Kindern. Die Kinder waren sofort tot, die Eltern starben später. Es waren gute Menschen und großartige Kinder. Ich habe getrauert, ich war negativ, ich hasste die Amerikaner, die so viel Elend über

Unschuldige zu verantworten hatten. Ich bat um Versetzung nach Deutschland, weil die Japaner immer gut über Deutschland sprachen. Erst hier erfuhr ich, was sich in der Vergangenheit abgespielt hatte, das war bis 1945 in Japan offiziell kein Thema. Ich wollte sofort nach Japan zurück, das Komitee lehnte ab. Ich wurde dem Ehepaar Kramer zugeteilt, und ich zog mich zurück, wollte mit den anderen Schutzgeistern nichts zu tun haben. Dann lernte ich dich kennen, und ganz langsam wuchs in mir der Wunsch, wieder dazuzugehören, mich austauschen zu können, Ratschläge einholen dürfen oder selber Empfehlungen aussprechen können. Ich mochte die Kramers. Ihr schreckliches Ende hat mich tief berührt. Ich wollte es mir nicht anmerken lassen, ich bin immer noch ein wenig japanisiert. Die Menschen dort sind sehr diszipliniert, auch was das Zeigen von Gefühlen anbetrifft. Und wir Schutzgeister sind nicht immer völlig neutral und nehmen sehr wohl die Mentalität unserer Schutzbefohlenen an. " „Jam, ich sage dir, du bist mir und ganz sicher auch den anderen, als Freund herzlich willkommen." „Danke, Gori, deine Worte bedeuten mir sehr viel. Übrigens, mit Frau Fahrbach komme ich inzwischen gut zurecht."

Ich hätte Jam gerne zu dieser schrecklichen Bombe befragt, aber ich tue es nicht, das Gespräch muss hier enden. Alles andere später.

Alois lernt einen Aal in einen gebratenen Aal zu verwandeln. Jam und ich sehen den beiden zu. Frau Fahrbach klopft ihm schon ganz vertraut auf die Schulter.

„Genau so muss der Aal gebraten aussehen. Ich merke, sie haben Übung in der Küche. So und jetzt ab an den Tisch."

Alois isst Unmengen Kartoffelsalat,
Gurkensalat und drei gefällige Brataalstücke.
Danach ist Mittagsruhe. Alois liegt keine fünf Minuten, dann ist er eingeschlafen. Es klopft an der Tür, Alois erwacht, springt auf, öffnet die Tür, Herr Beck ist es.

„Herr Hausner, guten Tag, wie bedauerlich, ich musste sie versetzen." „Kommen Sie rein, Herr Beck, ich grüße sie auch, es war wohl nicht zu ändern." „Nein, wenn ich nicht heute Nacht wieder antreten müsste, wäre ich wach geblieben, aber achtundvierzig Stunden halte ich ohne Schlaf nicht mehr durch." „Nein, das könnte ich auch nicht, wir fahren ein anderes Mal." „Das wird sich nicht so schnell ergeben, weil ich die Dienststelle übernehme. Herr Hausner, ich kann ihnen nur empfehlen, den Herrn Oldörp zu bitten. Ich bin überzeugt, er wird es gerne übernehmen." „Ja natürlich, wenn jemand kompetent ist, dann Herr Oldörp. Ich werde ihn fragen, bevor ich nach Lübeck zurückfahre. Und wie sieht es mit einem Feierabendbier aus, liegt das für sie drin?" „Sehr gerne, vielleicht morgen? Übermorgen habe ich unumstößlich frei." „Abgemacht, ich hole sie um 20 Uhr ab, wenn es ihnen recht ist."

Prima, Mala und ich freuen uns jetzt schon auf einen gemeinsamen Abend.

„Hast du heute was erlebt?"

Tessa sieht mich fragend an, als wir abends mit Elisabeth und Alois in der Küche sind.

„Das kann ich wohl behaupten, du wirst staunen: Jam ist auf mich zugekommen und hat mir seine Freundschaft angeboten. Nein, frag nicht, lass mich das im Zusammenhang schildern. Er hat in Japan gewirkt, bis eine fürchterliche Bombe fiel. Dann ist er nach Deutschland gekommen, und hat vor Ort erst erfahren, was sich hier an Grauenvollem zugetragen hatte. Darauf wollte er nach Japan zurück, was ihm verweigert wurde, und dann hat er dichtgemacht, bis er mich kennenlernte, sagt er. Wie findest du das?" „Großartig, er scheint interessant zu sein, dann hat er in Hiroshima oder Nagasaki gearbeitet, wenn er die Bombe erleben musste." „Was waren das für Bomben?" „Die bisher zwei einzigen abgeworfenen Atombomben." „Wer hat sie abgeworfen?" „Die Amerikaner, am 6. August 1945 auf Hiroshima und drei Tage später, am 9. auf Nagasaki." „Weshalb?" „Die Amerikaner fürchteten, die Sowjetunion würde in den bestehenden Konflikt doch noch eingreifen, wenn die Japaner nicht endlich kapitulierten. Das war der Hauptgrund." „Und wie hat die Sowjetunion darauf reagiert?" „Verbal mit „so was geht nicht", ich

glaube, in Wirklichkeit war Stalin erschrocken, dass er noch nicht so weit war. 1949 gab es auch dort die Bombe und jetzt wird gewetteifert." „Das ist ja furchtbar, da kann
uns noch viel bevorstehen." „Denke nicht darüber nach, Gori, wir können es nicht ändern. Was war sonst noch, war Alois mit Herrn Beck in Eutin?" „Horch, Tessa, Alois erzählt Elisabeth gerade die Geschichte." „Nein, Elisabeth, Herr Beck hatte Nachtdienst, und heute auch wieder, er musste schlafen und hat mir Herrn Oldörp ans Herz gelegt, was völlig in Ordnung ist. Ich fahre Freitag mit ihm dort hin. Sag mal, ist es dir recht, wenn ich mich morgen Abend mit Herrn Beck treffe? Ich würde dann in Travemünde schlafen und gleich um 8 Uhr am Freitag mit Herrn Oldörp nach Eutin fahren." „Das passt mir großartig, weil ich mich mit Margot verabredet habe." „Sehr gut, ich hatte deshalb schon ein schlechtes Gewissen. Hast du für morgen alle Papiere bereit?" „Lückenlos, bei mir herrscht Ordnung, oder hast du jemals eine undisziplinierte Balletttänzerin erlebt?" „Ich kenne nur dich und muss dir alles glauben." „Glaube mir und glaube an mich." „Glaubst du auch, du könntest mir jetzt als gutes angehendes Eheweib in den bequemeren Nebenraum folgen oder möchtest du ungläubig verharrend in der Küche versauern?" „Steh auf, ich folge dir."

Marienkirche
Pacca sieht mich nicht. Sie steht hinter ihrem neuen Schützling, der eine alte Freske fotografiert. Ich will sie nicht erschrecken, zeige mich ihr von vorn.

„Das wird auch Zeit, dass du dich hier blicken lässt, Hedi hat mich besucht, sie hat mich irritiert. Weißt du, was sie gesagt hat? Der Lothar malt nicht die alte Freske nach, er macht etwas Neues daraus." „Ja und, stimmt das?" „Ja." „Ob er das darf?" „Woher soll ich das wissen?" „Spricht er nicht darüber, zu Hause, mit seiner Frau oder Freunden?" „Dem Michael Jary hat er erzählt, er malt die
Fresken schöner." „Michael Jary, ist das der Komponist?" „Ja, und sein bester Freund, er kommt wohl immer mal für ein langes Wochenende ins Deepenmoor. Dann fahren sie nach Schlutup und kaufen Räucherfisch und saure Rollmöpse. Die

Rollmöpse sind für den Frühstückstisch, um den nächtlich erworbenen Kater zu vertreiben, Mann, die vertragen einen Stiefel." „Das kann noch spannend für dich werden, Pacca, warten wir die Zeit ab." „Und, was hast du erlebt?" „Das Wiedersehen mit Hedi ist dir bekannt. Alois und Elisabeth haben ihr Aufgebot bestellt, als sie verbindlich von ihrer angehenden Elternschaft erfahren hatten. Alois hat fünfzig Strandkörbe bestellt, zehn neue und vierzig ältere, die von der britischen Besatzung zurückgegeben worden waren und in Eutin überholt wurden. Im Theater ist Elisabeths Schwangerschaft aufgeflogen, sie ist sofort ins Büro versetzt worden. Jetzt muss sie jeden Tag von 9 bis 17 Uhr am Schreibtisch sitzen, was ihr überhaupt nicht gefällt. Sie hatte gehofft, noch bis zum fünften. Monat als Tänzerin arbeiten zu können."

Pacca lacht vergnügt.

„Ich glaube nicht, dass sie ihre Zwillingsschwangerschaft bis dahin unsichtbar machen kann." „Kaum anzunehmen, jedenfalls ist sie im Büro nicht am richtigen Platz. Für die Requisite ist sie aber auch ungeeignet, weil sie nicht mit Nadel und Faden umgehen kann. Alois hat ihr vorgeschlagen, ganz aufzuhören, und die Zeit dafür zu nutzen, sich nach geeigneten Räumen für ihre Ballettschule umzusehen, und wenn sie die gefunden hat, anzumieten, einzurichten, renovieren zu lassen, was auch immer. Tessa und ich finden die Idee gut, weil, mit den Zwillingen später Umbauarbeiten und die Schule einzurichten nicht einfacher werden." „Wie steht Elisabeth dazu?" „Wir denken, sie wird es machen, richtig gesträubt hat sie sich von vornherein nicht." „Finanziell bestehen keine Bedenken?" „Bestimmt nicht. Pacca, ich habe eine Bitte an dich, meinst du, du könntest dir kurz einmal Alois Tochter ansehen? Sie wirkt auf mich, wie eine Frau, die zwar gerne Mutter werden möchte, sehr gerne jedoch ohne die dazu nötige Befruchtung. Ich vermute bei ihr ein hormonelles Defizit. Vielleicht kannst du dich mit ihrem Schutzgeist kurzschließen, der ist weiblich, wird dir gefallen, ob ihr Zyklus stimmt. Du bist doch die Frau für das Unternehmen." „Aber sicher, Gori, gerne, wenn ich helfen kann, hat sie nie ein Kind bekommen?" „Eben, das ist das Problem." „Wir können Lothar für einen Moment alleine lassen, der malt jetzt hier an dieser Stelle bestimmt noch zwei Stunden ohne Pause."

Ich stelle Pacca Veronikas Schutzgeist vor und bin dann sofort wieder in der Marienkirche. Der Maler Malskat ist begabt, sehr begabt, er hat einen sicheren Blick für Farben, Formen, Perspektiven. Hoffentlich erreicht Pacca etwas bei Veronika. Sie kann die Stärke der weiblichen und männlichen Hormone ausmachen. Durch energetische Stimulation, wie auch immer, ich weiß das nicht wirklich genau, gleicht sie Hormonmängel aus. Ich kann das nicht. Ich habe vielleicht nur die richtige Diagnose gestellt, darin bin ich gar nicht so schlecht, obwohl ich als Mondmensch nie in der Medizin gearbeitet habe. Aber dann, in der Schutzgeistausbildung mochte ich das Fach sofort. Komisch, nie früher darauf gekommen zu sein. Vielleicht lag das an meinen Elternhäusern, die ich hatte. Alle weit weg davon, meine Frauen und Freundinnen hatten auch nichts mit Medizin zu tun. Es sprang kein Funke zu mir über. Ich war überwiegend Schnüffler, entweder im Polizeidienst oder bei der Presse.

„Du hattest mit deiner Vermutung recht, Gori, Veronikas Hypophyse produzierte zu wenig FSH, weißt du, das Follikel stimulierende Hormon, weswegen wiederum nicht genug Östrogene produziert wurden. Also konnte keine Schwangerschaft vorbereitet werden. Deswegen wirkte sie sexuell uninteressiert. Ich habe in der Hypophyse eine energetische Stimulation der Gonadotropine durchgeführt. Das sollte über viele Zyklen anhalten. Rein theoretisch müsste sie rasch schwanger werden."
„Klasse, Pacca, vielen Dank."

Zeitsprung, Sonntag, 15. Oktober 1950
Tessa wollte unbedingt zu ihrem Ex, sollte sie auch. Es ist alles ruhig. Alois fährt, Elisabeth ist eingeschlafen. Endlich habe ich Zeit für mich, und kann meinen Gedanken nachhängen, wie schon länger nicht mehr. Ständig war etwas. Mit Elisabeth fing es an: Sie kündigte im Theater und stürzte sich kopfüber in die Suche nach einer Bleibe für ihre Ballettschule. Die hat sie auch gefunden. Direkt im Haus neben der Schiffergesellschaft. In der Königsstrasse wurde in der ersten Etage eine große Wohnung mit fünf Zimmern, Badezimmer, Extra Toilette und Küche frei.

Dazu gehören noch Bodenräume und Keller. Elisabeth will da auch ein ziehen, und ihre bisherige Wohnung kündigen, sehr vernünftig. Es passen da alle vier rein, wenn alle vier in Lübeck sind, und das werden sie häufig, ganz sicher in den Wintermonaten. Elisabeth, ganz beschäftigt schon mit Umbau und Einrichtung, merkte nicht, dass ihr Alois bedrückt war. Er hat dann mit seinem Freund Ferdinand, er sagt nicht mehr Herr Beck, darüber gesprochen. Was war es? Er hatte Angst, seinen Kindern von der Heirat und Elisabeths Schwangerschaft am Telefon zu erzählen

„Ferdinand, das drückt auf meine Seele, ich möchte ihnen ins Gesicht sehen, ihre Reaktion erleben, das Telefon ist für eine solche Sache nicht geeignet."

Der praktische Ferdi hat ihm eine Hand auf die Schulter gelegt und gesagt:

„Alois, fahre mit Elisabeth zu ihnen, dann lernen sie sie auch gleich kennen."

Elisabeth zierte sich keine Sekunde. Sie erklärte Alois wie angenehm es wäre, auf der Rückreise gleich in Hagen vorbeizufahren, weil sie mit ihrem Anwalt, Dr. Kinkel, noch einiges zu besprechen habe. Tessa und ich hatten auf der Fahrt nach Bayern große Sorge, es könnte ein Familiendrama entbrennen, was dann nicht der Fall war. Die Herrschaften Kinder mit Braut und Ehemann fielen so sehr aus allen Wolken, dass für missbilligende Kritik erst einmal kein Raum war. Elisabeth sorgte dann mit ihrer freundlichen Souveränität für eine gute Stimmung. Hach, sie machte es gut: hier ein Kompliment, da eine Aufmerksamkeit, hier ein Lob und da eine Bewunderung. Schließlich hatte sie die ganze Mischpoke in der Tasche, die dann einstimmig beschloss, zur Hochzeit nach Lübeck zu kommen. Das ist schon ganz bald, in knapp vierzehn Tagen, am 27. das ist ein Freitag. Elisabeth hat noch kein Kleid, sie will sich erst auf dem letzten Drücker eins kaufen, damit es wirklich gut sitzt. Hoffentlich hat sie so kurzfristig eine Auswahl. Sie will kein weißes Kleid für die kirchliche Trauung. Daher brauche sie keine zwei, sagt sie. Sie kann die Kleider später doch nicht mehr tragen, glaubt sie. Alois hat einen schönen schwarzen Anzug, er will keinen neuen. Tessa bleibt aber lange bei ihrem Ex. Sie wollte sich nur schnell bedanken, weil er Alois Schutzgeist ausfindig gemacht hatte, der ihn in den ersten Kinderjahren betreut hat, bevor er Melvis bekam. Mit dem haben wir uns getroffen, und er erzählte uns, dass sich Alois im Alter von drei Jahren kräftig in die Hose gemacht hätte. Zwei Arbeiter mussten das mitgekriegt haben, und nannten ihn seitdem Hosenscheißer, aber nur wenn sie ihn allein trafen, und das über alle Jahre. Irgendwann, Alois war schon fünfzehn Jahre alt, sei dem Jungen der Kragen geplatzt, und er habe die beiden Arbeiter angefahren, ihn nie wieder so zu nennen, sonst würde er ihnen die Mäuler stopfen. Seit dem Tag war Ruhe, und Alois durfte die Erfahrung machen, dass er sich mit einer Mischung aus Arroganz und Grobheit durchsetzen konnte. Nein, grob ist er ganz gewiss nicht.

„Gori, Gori, hör zu! Was ich eben von meinem Ex erfahren habe, sprengt alle unsere Vorstellungen. Was ich dir jetzt erzähle, bitte, Gori, und du musst mir hoch und heilig versprechen, nichts darüber jemals anderen zu sagen, kann ich mich darauf verlassen?" „Allen Ernstes Tessa, weiß dein Ex, dass du es mir erzählen willst, kann ich mit den Tatsachen künftig leben?" „Ja, Gori, er hat es sogar vorausgesetzt, er will aber nicht, dass weitere Schutzgeister informiert werden, bevor es nicht offiziell und amtlich ist. Ich bin sicher, du kannst damit leben, du bist mindestens so stark wie ich." „Gut, ich verspreche zu schweigen." „Das Komitee befindet sich in einer verzweifelten Situation, nicht nur unser Komitee, sondern alle weltweit. Auf ihrer letzten großen Zusammenkunft konnte die Tatsache nicht mehr übersehen werden, dass die Weltbevölkerung jetzt bereits höher ist, als Schutzgeister zur Verfügung stehen, weswegen umfangreiche Reformen unausweichlich werden:
Urlaubssperren, Schlafsperren, Familienzusammenlegungen, also ein Schutzgeist für eine Familie, egal wie viele Mitglieder sie zählt. Hinzukommen soll ein ständiger Wechsel der Schutzgeister, um unsere Aufmerksamkeit auf das wesentliche zu konzentrieren. Hiermit ist noch nicht Schluss. Es ist der Vorschlag gemacht worden, Menschen, die im höchsten Maße alle

Kriterien der Perfektion erfüllen, für die Schutzgeistausbildung zu rekrutieren. Kannst du dir vorstellen, was das für die Zukunft bedeuten könnte, ja? Chaos hier auf Erden, weil die klügsten Köpfe und friedlichsten Herzen nicht mehr als Menschen unter Menschen zur Verfügung stünden, motivierend und Einhalt gebietend nicht mehr wirken dürfen. Was sagst du jetzt?" „Ich bin sprachlos, unglaublich, dazu darf es nicht kommen, das darf einfach nicht passieren, das müssen wir mit allen Mitteln verhindern, die uns zur Verfügung stehen." „Fragt sich nur wie?" „Hat dein Ex gesagt, wann die ersten Maßnahmen beginnen sollen?" „Das steht noch nicht fest, weil zwischen den weltweiten Komitees darüber keine Einigung herrscht. Außerdem kann das Komitee derartige Maßnahmen nur vorschlagen, die Entscheidung darüber treffen die Pontifizes, die für die Erde zuständig sind." „Richtig, und zwischen uns und den Pontifizes befindet sich die breite Hierarchie der Architekten, Baumeister, Anatomietüftler, Ausbilder künftiger Schutzgeister, mit anderen Worten: die gesamte Universität, oder verniedlichend gesagt, die Bastelstube für diesen Planeten." „So ist es." „Tessa, genau da, in der Bastelstube müssen wir ansetzen." „Dir ist bewusst, dass wir diese Hierarchie persönlich nicht erreichen?" „Leider. Wir brauchen Vermittler." „Und wer käme dafür in Frage?" „Meines Wissens allein die Personen des Komitees, denen die Funktion übergreifender hierarchischer Erreich
barkeit zugestanden wurde, vor – ich weiß nicht – unendlichen Zeiten. Ja, einzig das Komitee ist hierarchieübergreifend, weil die Mitglieder unterschiedlichen Planeten
und damit unterschiedlichen Zeitaltern angehören. Wir sollten zusammen mit deinem Ex darüber sprechen." „Da ran habe ich auch schon gedacht, vielleicht könnte Mala unsere beiden Schützlinge übernehmen, oder dieser Jam?" „Denkbar, am besten in Travemünde, wenn sie bei Herrn Beck oder Frau Fahrbach sind. Elisabeth wacht auf." „Alois, ich habe so schön geschlafen, sind wir bald in Lübeck?" „Ja, schau mal, vor uns die Türme, noch dreizehn Kilometer." „Ab morgen haben wir viel zu tun. Mann, mir fällt gerade etwas ein – das Telefon – wir müssen den Anschluss in die Königsstrasse ummelden, was soll ich in der alten Wohnung noch damit, wann soll es kommen?" „Ungefähr in der zweiten Dezemberwoche, dann wohnst

du da nicht mehr. Daran habe ich überhaupt nicht gedacht, du bist eine gute Frau, wusste ich es doch." „War das eben der Versuch eines Komplimentes?" „Nimm es als Belobigung." „Anderen Lob auszusprechen, heißt, es besser zu können." „Äh, wie kommst du auf diese Idee?" „Ist doch klar, Lehrer lobt Schüler, Ballettmeister die Tänzer, Meister den Lehrling, Mann die Frau? Mein Lieber, wir sind auf Augenhöhe, auch wenn ich etwas kleiner als du bin. Du darfst mir artige Komplimente machen und mich zu meiner Scharfsinnigkeit beglückwünschen." „Weib, was fällt dir ein, da habe ich zwar gebeten, von dir geheiratet zu werden, um nicht als lediger Vater auf der Straße zu sitzen, aber mit dem Jawort vor dem Standesamt sah ich mich in der künftigen Rolle deines anbetungswürdigen Gebieters."

Elisabeth lacht ihr Elisabeth-Lachen, das perlt und sich förmlich überschlägt, Tessa und ich lachen mit, dieser Alois!

„Träume schön, mein Liebster, tut bestimmt gut. Über- nimmst du das Telefon?" „Ja, was noch?" „Morgen Nachmittag habe ich den Termin im Architektenbüro, magst du mich begleiten?" „Natürlich, das wird spannend, ich bin neugierig, ob sie deine Vorstellungen umsetzen konnten." „Na, und ich erst mal. Wo wollen wir deine Familie unterbringen? Ich habe mir gedacht, wir schauen uns das kleine Hotel an der Obertrave an, das „Hotel Jensen"." „Obertrave ist vom Bahnhof aus rechts, ja?" „Genau, links ist die Untertrave, da ist das Architektenbüro. Deswegen kam ich auch auf die Verbindung; wenn wir vom Architekten kommen, ist es gegen 18 Uhr, wir könnten im „Jensen" zu Abend essen, dann brauchst du morgen auch nicht kochen. Wir essen heute Abend die mitgenommenen Weißwürstl und morgen Mittag die Reste davon. Hast du die Gläser mit dem süßen Senf, die ich eingekauft habe, eigentlich aus dem Vorratskeller mitgenommen oder stehen sie noch da? Das wäre schade, ich habe richtig Appetit darauf." „Ja, Elisabeth, habe ich, noch etwas?" „Bevor wir nach Bayern fuhren, habe ich mich noch mit Herrn Schulze unterhalten, weißt du, das ist der Hausmeister bei uns im Theater. Er sagte mir, es lägen noch massenhaft alte Ballettstangen im Keller. Sie seien aus massivem Holz und

müssten lediglich einmal vernünftig geschliffen und dann lackiert werden, zum Wegwerfen seien sie ihm immer zu schade gewesen. Die kann ich kriegen. Ich zahle dem Schulze den Arbeitslohn und noch etwas obendrauf, ist das nicht prima?" „Schon, schau sie dir aber an bevor er sie bearbeitet, ob sie wirklich was taugen." „Du musst da bitte auch mit, nicht wegen der Stangen, Schulze hat auch noch ein Klavier. Du spielst doch Klavier?" „Ich bin völlig aus der Übung." „Du wirst es aber anschlagen können, und mir vielleicht sagen können, ob es sich lohnt, es überholen zu lassen, oder?" „Ginge vielleicht gerade noch." „Also, hätten wir das auch geklärt, kannst du eigentlich Klavierstücke fürs Ballett spielen?" „Elisabeth, denke nicht im Traum daran, was du gerade denkst, ich bestimmt nicht." „Alois, es läge doch so nahe. Du im Winter, nichts zu tun, Frau Schadewald passt auf das Kind auf, du sitzt am Klavier und begleitest den Unterricht." „Und spiele zehnmal den
Flohwalzer hin und zurück." „Den nun nicht gerade, du könntest doch, gleich wenn das Klavier frisch gestimmt ist, mit dem Üben beginnen." „Weswegen habe ich dir nur erzählt, ein wenig Klavier zu können?" „Weil es Sinn macht, in den Sommermonaten sehen wir uns sicher nur zum Frühstück, im Winter dann viel häufiger." „Ich muss im Winter auch die Strandkörbe ausbessern." „Ist mir bekannt, das machst du vormittags, da habe ich das Kind. Hach, gerade fällt mir ein, im Sommer kann ich dir vormittags mit den Strandkörben helfen, als Revanche sozusagen." „So, Elisabeth, wir sind da, trage stolz über deine intellektuell organisatorische Leistung unserer Lebensplanung dein Handtäschchen in deine Wohnung, ich, der starke Alois übernimmt den Rest. Traust du dir zu, Wasser mit den Würsten aufzusetzen?" „Bestimmt, auf was soll ich den Gashahn drehen?" „Falls du noch heute essen willst, auf die Stufe fünf, sie dürfen nur langsam erwärmen, sonst platzen sie. Setz bitte auf den Topf keinen Deckel." „Schaff ich glatt. Brauche ich nicht Streichhölzer? " „Wenn du nicht nur den Gashahn aufdrehen und uns per Kohlenmonoxyd Vergiftung ein verfrühtes Ende bereiten willst, eindeutig: ja. Die Streichhölzer liegen gleich neben der Kaffeekanne auf dem Beistelltisch am Herd." „Gut, dass mir das mit den Streichhölzern noch eingefallen ist."

Alois sagt nichts, murmelt ganz leise hinter Elisabeth her:

„Sie hätte schon lange tot sein können."

Tessa und ich widersprechen ihm nicht.

Viel zu tun
Immer, wenn Frau Schadewald mit ihrer heiteren Poltrigkeit die Wohnung betritt, sieht Alois wie ein Nestflüchter aus. Heute hat er Glück, er darf auf die Post, um die Telefonummeldung vorzunehmen.

„Wenn du zurück bist, Alois, habe ich alles mit Frau Schadewald besprochen, und wir können gleich weiter zum Theater gehen."

Alois beeilt sich. Auf der Post steht vor uns eine ganze Menschenschlange. Der bedienende Beamte bewegt sich langsam, sieht mürrisch aus. Als wir endlich dran sind und mein Schützling seinen Wunsch vorgetragen hat, sagt er, so etwas sei ihm noch nie vorgekommen, eine Telefonummeldung während der Anmeldezeit. Jetzt würde es doppelt so lange dauern. In Alois Gesicht zuckt es, seine Augen werden schmal, nein er beherrscht sich, schaltet auf gewinnendes Lächeln um.

„Haben sie eine Tochter?"

Der Beamte seufzt leise auf.

„Nee, drei." „Das ist doch großartig, wenn der Telefonanschluss pünktlich zum Termin kommt, dürfen ihre Töchter eine kostenlose Ballettstunde bei meiner Frau haben, und wenn ihnen der Unterricht gefällt, bekommen sie die nächsten zehn Stunden zum halben Preis." „Na, wenn das so ist, wollen wir mal sehen, was sich machen lässt."

Jetzt ist er richtig freundlich. Bravo, Alois, so geht es eben auch. Zurück in der Wohnung, ist Elisabeths Unterredung mit Frau Schadewald beendet, wir machen uns auf den Weg ins Theater.

Herr Schulze hat graue Haare, einen grauen Schnurrbart und trägt einen grauen Kittel über der gleichfalls grauen Hose. Er winkt Alois und Elisabeth gut gelaunt in seinen Keller, und sein Schutzgeist, ein sehr großer und kräftiger Mann, auch so ein bisschen Typ Türsteher, winkt uns fröhlich zu.

„Herein spaziert, Frau Reinhard, guten Tag mein Herr, wohl der glückliche Zukünftige?" „Hausner, mein Name, Herr Schulze, ich bin auch der glückliche Gegenwärtige."

Tessa meint, dass habe er jetzt nicht verstanden, richtig, Herr Schulze sieht etwas ratlos aus. Sein Schutzgeist umarmt ihn von hinten:

„Er ist der netteste und hilfsbereiteste Mensch, den ich kenne, selbstlos und gütig, ich habe ihn einfach gerne." Wir haben Herrn Schulze auch gerne.

Alois steht am Klavier.

„Oh, ein Sauter, schöner Klang, ein wenig schwer im Anschlag, nichts für Anfänger, da kenne ich mich aus, ich habe auf einem Sauter Unterricht gehabt. Darf ich es ausprobieren, Herr Schulze?" „Ja, sowieso."

Alois fährt die Tonleitern hoch und runter, schlägt Akkorde an, spielt den Flohwalzer.

„Klar, neu gestimmt muss es werden, im Übrigen ist es völlig in Ordnung, wieso wurde das Klavier ausgesondert?" „Als ich hier Hausmeister wurde, stand es schon hier, mehr weiß ich nicht." „Und sie sind sicher, wir können es einfach so haben?" „Ja, sowieso."

Irgendwie ist Alois nicht ganz überzeugt, wir sehen in seinen Augen deutliche Zweifel.

Elisabeth, ganz pragmatisch:

„Wir lassen es abholen, wenn der Ballettraum fertiggestellt ist, Herr Schulze, dann müssen wir es nicht zwischenzeitlich irgendwo unterbringen, ist ihnen das recht?" „Ja, sowieso."

Herr Schulze strahlt Elisabeth an.

„Wollen sie sich jetzt die Stangen angucken, ich mach die ihnen wie neu, wenn sie die wollen?" „Ja, sowieso."

Elisabeth gefällt die Schulze'sche Redewendung. Also begutachten wir jetzt die Stangen, die nach eingehender Betrachtung ebenfalls eine Belobigung erhalten.

„Herr Schulze, sie haben uns heute glücklich gemacht, wenn wir in der Ballettschule Einweihung feiern, sind sie unser Ehrengast." Alois schüttelt ihm die Hände, Elisabeth küsst ihn auf die Wange – das nenne ich einen erfolgreichen Vormittag. Auf der Straße fasst sich Alois mit der Hand an den Magen.

„Wir könnten jetzt einkaufen, dann kochen oder zu Frau Fahrbach nach Travemünde fahren und sehen, was sie zu bieten hat." „Alois, wir haben doch noch die Weißwürstl, wir wollten doch heute Abend im „Jensen" essen?" „Ja, ich weiß, hast du jetzt Hunger auf die faden Dinger?" „Darüber habe ich nicht nachgedacht, mir wäre es egal." „Verstehe ich nicht, du bist doch schwanger, hast du keine Gelüste auf bestimmte Nahrungsmittel?" „Doch, schon, dem gebe ich selbstverständlich nicht nach. Ich bin auch Tänzerin, nicht nur schwanger."
„Toll, ich ziehe meinen Hut vor so viel Disziplin." „Das musst du nicht, ich bin es so gewohnt." „Trotzdem, was ist mit Frau Fahrbach?" „Meinetwegen gerne, wenn es dir hilft, gute Laune zu behalten. Der Tag ist noch lange nicht zu Ende, ich will dich unbedingt bei den Architekten dabeihaben." „Großartig, Tessa, sie sind sich einig, und wir können zu deinem Ex, wenn Jam unsere Schützlinge übernimmt.

Im Vorzimmer des Komitees und zurück
Mir ist diese geballte Form modernster Technik nicht mehr vertraut. Die Wände des gewaltig großen Raumes bestehen aus einem einzigen Bildschirm, jeden Winkel Deutschlands zeigend. Männer und Frauen stehen in gleichmäßigen Abständen voneinander davor und wachen über ihren Abschnitt, der in kurzen Sekundentakten zu unterschiedlichen Arealen wechselt.

„Wir erreichen jeden Winkel von hier."

Ari erklärt. Der Ex von Tessa ist als erster Sekretär des Komitees der verantwortliche Leiter des Vorzimmers.

„Da schaut, euren Schützlingen scheint es zu schmecken. Zentrale Überwachung ist gut, es ermöglicht dem Komitee, wie eine schnelle Einsatztruppe blitzschnell am Ort eines Geschehens zu sein. Unverzichtbar ist auf jeden Fall die individuelle Betreuung der Menschen durch euch Schutzgeister. Und wegen dieses Problems stehen wir hier zusammen. Ich darf euch so viel über die neuste Entwicklung sagen, dass die menschliche Rekrutierung zur Schutzgeistausbildung in Deutschland vom Tisch ist. Wahrscheinlich werden die westlichen Länder Europas folgen und die Vereinigten Staaten, wahrscheinlich auch Australien und Neuseeland. Die Entscheidung der anderen steht noch aus. Ebenso vom Tisch, vorläufig, ist der schnelle Wechsel der Schutzgeister von einer Familie in die nächste. Die Anzahl der Schutzgeister pro Familie soll noch verhandelt werden. Gori, Tessa, damit können wir im Augenblick gut leben, ich kann mir nicht vorstellen, dass wir bessere Ideen haben als das Komitee."

Wir geben ihm recht und verabschieden uns mit Dank.

„Ich bin schwer beeindruckt von deinem Ari Ex, seinen Job möchte ich nicht haben." „Geht mir genauso, Gori, sag mal, findest du auch, Ari sieht Alois ähnlich." „Mm, ja, so vom Typ her, schon. Was hat er als Mondmensch überwiegend gemacht?" „Überwiegend war er Kaufmann." „Kaufmann, hat er Lebensmittel verkauft?"
„Überwiegend Metalle." „Dann war er Industrieller und du eine kleine Prinzessin." „Quatsch, Gori, was denkst du von mir, ich war Schauspielerin und später habe ich Regie geführt." „Das kannst du heute noch ganz prima." „Danke, für die Blumen."
„Welche Blumen?"

Jams Frage ist berechtigt.

„Gori hat mir ein Kompliment gemacht, Jam, ist alles in Ordnung hier?" „Bestens, sie sind alle drei pflegeleicht." „Liebling, lass uns kurz bei den Oldörps vorbeischauen, wir haben sie noch nicht zur Hochzeit eingeladen und meine Möbel kommen übermorgen."

Wegen der Möbel gab es keine Komplikationen mit den Oldörps; wohl mit der Einladung zur Hochzeit, auf die sie schon gerne kommen möchten, aber nicht in die katholische Kirche.

„Liebe Frau Reinhard, bitte nicht böse sein, da kennen wir uns nicht aus, und blamieren uns ganz sicher wegen der Kreuze und dem Weihwasser und der Knieerei, die ich wegen meiner Knie nicht machen kann."

Elisabeth konnte reden und reden, es half nichts, Oldörps, immer hilfsbereit, immer entgegenkommend, blieben aus purer Ängstlichkeit stur. Frau Fahrbach hatten sie auch eingeladen, die wollte gerne mit in die Kirche. Jam erzählte mir, sie erblicke, „erblicke" hat sie gesagt! darin ein Abenteuer. Der Gedanke, etwas ihr bisher gänzlich Unbekanntes kennenlernen zu dürfen, sei wie ein Leuchtfeuer in ihr wenig buntes Dasein gezogen. Die kleinen Mädchen der Becks freuen sich aufs Blumenstreuen, Kühls können nicht kommen, weil Herr Kühl der neue Stellvertreter vom Ferdinand geworden ist, der die Stellung in Travemünde halten muss.

„Tessa, hast du gehört, wo die Feier stattfinden soll?"

„Überhaupt nicht, kein Wort darüber, die Würfel werden heute Abend im „Jensen" fallen, denke ich. Wie viele Personen werden sie insgesamt sein, hast du gezählt? " „Die Bayernfamilie macht vier, dann Margot und ihr Professor, sechs, mit Becks sind es zehn, mit den anderen Travemündern dreizehn, Elisabeths Choreograph und sein Begleiter fünfzehn, wer noch?" „Frau Schadewald natürlich." „Klar, sechszehn, also achtzehn Personen, das ist eine gute Gruppe." „Hätte ich nicht von Frau Oldörp gedacht, Alois. Diese sonst so energische Frau hat Furcht vor einer katholischen Zeremonie, na schön, lieber Onkel, heiraten wir die Tante. Was bin ich froh, dass wir beide demselben Verein Kirchensteuer zahlen, Mann, hätte das anderenfalls Komplikationen gegeben." „Elisabeth, du hast eben die „Heilige Römisch-Katholische Kirche" als Verein bezeichnet, findest du das respektvoll?"

Alois grinst, er meint es nicht so.

„Verein, habe ich Verein gesagt? Natürlich meinte ich Vereinigung." „Im Übrigen hast du recht." „Ja, das Leben ist auch ohne unnötige Komplikationen reich an Überraschungen, ich bin gespannt, wie die Architekten meine Vorstellungen umgesetzt haben."

Zeitsprung nach der Hochzeit
Die Uhr zeigt 3 Uhr morgens an. Elisabeth und Alois schlafen tief und fest. Tessa hat ihre Gedanken abgestellt. Ich will es nicht.

Es war eine schöne Hochzeit. Bis auf Oldörps sind auch alle Evangelischen mit in der katholischen Kirche gewesen. Die kleinen Mädchen der Becks waren zauberhafte Blumenstreuerinnen. Erst wollte es nicht klappen. Die kleinste Beck mochte die schönen Blüten nicht auf den Boden werfen; dann hat sie alle auf einmal aus dem Korb geschüttelt. Ihre Mutter hat ihr daraufhin etwas ins Ohr geflüstert, und sie hat alle wieder in den Korb zurückgesammelt. Dann hat es funktioniert. Selbst der Herr Pfarrer hat sich Lachtränen aus den Augen gewischt. Es war eine putzige Szene. Elisabeth war eine wunderschöne Braut, auch ohne weißes Hochzeitskleid. Sie trug ein eierschalenfarbiges Kostüm, die Jacke verdeckte durch den großzügigen Schoß ihre aufgehobene Taille, nein, Taille hat sie keine mehr, vorläufig vorbei. Am Revers rechts steckte eine gleichfarbige größere Blüte. Die Brosche von Alois hätte nicht gepasst. Unter dem Kostüm trug sie eine weiße, im Rücken geknöpfte, hochgeschlossene Bluse mit aufgestelltem rundem Kragen aus Spitze. Toll ihre Schuhe, beinahe Ton in Ton mit der Farbe des Kostüms und hoch waren die wieder. Ihre Haare trug sie zu einem im Nacken gebundenen Knoten, Mittelscheitel. Darauf ein ovales, den Kopf einrahmendes, Hut oder Schleier ersetzendes, Käppchen, ebenfalls im Kostümfarbton. Alois trug einen schwarzen Anzug, weißes Hemd, weiße Fliege, weißes Tuch in der Reverstasche. Komisch, männliche Garderobe zu beschreiben ist immer langweilig. Daran wird sich wohl nie etwas ändern. Alois Familie fand ich sehr taktvoll, richtig kultiviert, keiner trug etwas Bayrisches und sie sprachen hier alle hochdeutsch. Tessa fand das auch. Sie hat dann kurz mit Pacca getauscht und Pacca meint, Veronika könnte schwanger sein, was auch ihr Schutzgeist bestätigte, weil ihre Regel, die allerdings häufig unregelmäßig gekommen sein soll, seit über einer Woche schon auf sich warten lässt. Hoffen wir für sie – obwohl - die ganze Chose ist nicht ohne Situationskomik. Alois wird Vater und Großvater zugleich. Kann er da Prioritäten setzen? Nein, muss er nicht, das erneute Vatersein wird gefühlsmäßig für ihn überwiegen. Elisabeth schnarcht, sie liegt auf dem Rücken. Sie ist eine Klassefrau: diszipliniert vom Scheitel bis zur Sohle, jammert nie, beklagt sich über nichts. Tessa hat mich auch gefragt, ob ich glaube, sie werde es weiter formvollendet durchhalten. Gute Frage, es hat bisher alles reibungslos geklappt; oder hat alles deswegen reibungslos geklappt, weil die disziplinierte Elisabeth immer klare Vorgaben liefert, die sie im Vorfeld genau auf mögliche Probleme abgeklopft hat? Vielleicht trifft beides zu. Ganz toll, wie sie die Tischordnung eingerichtet hatte, sie brachte die richtigen Leute zusammen, Tessa und ich wussten nicht, dass Margot eine exzellente Rosenkennerin ist, sie hat sich lebhaft mit Veronika ausgetauscht; und Professor Feiler zu Alois Schwiegersohn zu setzen – ideal – der Leopold kennt die Lehrbetriebe an den Universitäten und der Professor unterrichtet noch zweimal in der Woche in Kiel. Frau Schadewald und Frau Fahrbach tauschten zuerst Kochrezepte aus, später erzählten sie sich ihr Leben. Herr Beck wollte alles über Hopfenanbau und Bierbrauerei von Clemens und seiner Braut wissen. Frau Beck und Elisabeth sprachen über Schwangerschaft und Kinder. Oldörps und Alois über das Strandkorbgeschäft. Elisabeths Ballettmeister und sein Partner unterrichteten sich gegenseitig über den neuesten Theaterklatsch.

Vielleicht sollte ich doch noch für einige Zeit meine Gedanken ausschalten.

„Alois, Liebster, Ehemann, aufwachen, bitte, es ist halb neun, wir wollen mit den Kindern um halb zehn frühstücken."

Elisabeth hilft mit Küssen nach, Alois springt nicht an, Elisabeth versucht etwas anderes, Alois lächelt, Tessa und ich gehen raus.

„Viel Zeit haben sie nicht. Wo wollen sie frühstücken, hier oder im „Jensen"?" „Jam, was machst du hier?"

Jam steht zwischen Tessa und mir und strahlt Freude aus, also kann der keine schlimme Nachricht bringen.

„Kinder, was ich euch jetzt erzähle ist eine kleine Sensation: Lilli, also Frau Schadewald und meine Helene haben sich Hals über Kopf ineinander verliebt, na, was sagt ihr jetzt?" „Großartig!"

Tessa und mir ist zeitgenau dasselbe Antwortwort eingefallen.

„Ihr seid euch einig, wie?" „Ja, wie kommst du auf verliebt?" „Also, das ist so, Gori, sie haben sich gegenseitig ihr Leben erzählt, sie beide sind allein und beide sehr einsam. Dann kam die Frage von Alois, ob Frau Fahrbach am Sonntag für zusätzlich sechs Personen Mittagessen kochen könnte, - stopp - hat Margot Müller eingewandt, - acht Personen, wir würden uns gerne anschließen -. Frau Fahrbach dachte nach, wahrscheinlich ging sie im Kopf Ihren Vorratsbestand durch, und während sie noch überlegte, sagte Frau Schadewald – Frau Fahrbach, falls sie Hilfe brauchen, es sind ja ganz besondere Umstände, ich biete mich an – darauf hat Helene – oh danke, oh ja gerne – gesagt, jetzt sollte sie, es war verabredet, mit den Becks zurück nach Travemünde, ist sie nicht, sie ist mit Frau Schadewald gegangen, in deren Wohnung, und da haben die beiden Brüderschaft getrunken und sich verliebt angesehen, sie haben nicht geschlafen, nur geredet, und schließlich hat Helene zu Lilli gesagt, sie solle doch ihren Koffer packen und ein paar Tage ganz mit nach Travemünde kommen. Lilli sagte, sie sei seit Jahren nicht mehr so glücklich gewesen, und Helene sagte

auch, sie sei seit vielen Jahren nicht mehr so glücklich gewesen. Ist das nicht wunderschön?" „Ja, Jam, Tessa und ich finden das auch, und was machen sie jetzt?" „Sie sitzen im Zug, und halten sich an den Händen, sie sind im Abteil allein." „Ist Lillis Schutzgeist bei ihnen?" „Ja natürlich, das ist auch eine sehr nette Kollegin, sie heißt Elvie, ich gehe dann mal wieder, bis später." „Danke fürs Kommen, Jam, bis später." „Ich sehe es voraus, Elisabeth wird sich eine neue Putzfee suchen müssen, wenn Lilli erst in Travemünde lebt, ist aber praktisch, dann kann sie für Alois sorgen." „Gori, du denkst sehr weit voraus, lass uns sehen, was aus der neuen Paarkombination heraus brät." „Horch, die Jungvermählten sind im Bad, wird auch Zeit."
„Elisabeth, hast du zufällig Frau Fahrbach und Frau Schadewald mitbekommen? Die haben sich richtig gut verstanden, Frau Fahrbach ist auch nicht mit Becks nach Travemünde zurückgefahren, wie findest du das?"
„Spektakulär nahezu." „Was heißt das?" „Mein Bauchgefühl sagt mir, die haben sich ineinander verliebt." „Wie soll das gehen?" „Alois, es gibt Männer, die Männer lieben und Frauen, die Frauen lieben, schon mal was davon gehört?" „Selbstverständlich, nur noch nie erlebt, finde ich spannend." „Ist es auch, ebenso spannend ist es, wie wir in zehn Minuten im „Jensen" sein wollen."

Haben sie natürlich nicht geschafft, mit siebenminütiger Verspätung landeten die Frischvermählten im Frühstücksraum des Hotels, wo sie mit Beifall begrüßt wurden. Tessa meinte, sie klatschten nur, damit das Servicepersonal schneller die Wünsche entgegennahm.

„Tessa, schau dir Veronika an, sie sieht aus, wie wird gesagt? – wie blühendes Leben- oder so ähnlich." „Ja, Gori, eine ganz normale junge Frau, sie ist sehr attraktiv." „Wer ist attraktiv, Margot?" „Llano, deine Margot natürlich auch, im Augenblick reden wir von Alois Tochter." „Die ist schwanger." „Wie kommst du darauf?"

Tessa ist verblüfft.

„Sehe ich, fühle ich, hat sich so eingeprägt, dieses Aussehen, Frauen haben weiche Augen, wenn sie schwanger sind." „Vielleicht hast du recht, sonst heißt meine Diagnose für dich „Morbus Balsen"."

Llano schaut mich verständnislos an

„Habe ich irgendetwas versäumt?" „Llano, Balsen ist 'ne Keksfirma." „Pfui Gori, manchmal führst du dich noch wie ein schwarzer Herrenmensch auf, der uns Unpigmentierten nachsagt: keine Farbe, kein Verstand, weicher Keks, ganz toll." „Llano, entschuldige bitte, so habe ich es nicht gemeint, ich habe dich wirklich sehr gerne, und freue mich, dass Margot dich hat." „Danke, Gori, wenn du das so sagst, glaube ich dir – vielleicht wirklich."

Da, was ist los, was ist passiert? Elisabeth hustet, sie ist ganz rot im Gesicht, Alois klopft ihr auf den Rücken.

„Sie hat sich verschluckt, gelacht beim Essen und sich verschluckt, Gori, es ist ernst, sie wird blau, was ist zu tun?"

Professor Feiler springt auf, rennt zu Elisabeth, reißt sie vom Stuhl, er ist viel größer als sie, handhabt sie, wie ein Kind, kippt ihr den Kopf nach unten mit einer Hand, mit der anderen führt er einen Aufwärtshandgriff zwischen Nabel und Rippen durch, ich strecke meine Hände nach ihr aus, ihre Energie schwindet, ihr Herz steht still, der Feiler merkt das nicht, ich weiß, was ich tun muss, ich atme tief ein und dann ....

„Schutzgeist Gori, bist du ansprechbar?" Das Komitee ist da, steht vor mir, stehe ich, nein, ich liege, was ist passiert? Wo sind die anderen? Wo ist Tessa, was ist mit Elisabeth? Ich will sprechen, es geht nicht, ich bin so schwach, vielleicht schaffe ich es, mit dem Kopf zu nicken.

„Gori, du bist noch sehr schwach, wir wollen dir sagen, dass du heute etwas Großartiges geleistet hast. Du hast Elisabeth und ihren Zwillingen das Leben gerettet, als du deine gesamte

Energie in ihren Herzmuskel gelegt hast. Du konntest ihr Herz wieder zum Schlagen bewegen. Danach war für dich keine Energie mehr da, Tessa musste dir von ihrer abgeben. Das hat sie gut gemacht, Llano hat sie unterstützt. Du kannst dich gleich wieder ausruhen. Wir sind hier, um dir eine Freude zu machen. Von ganz hoher Stelle dürfen wir dir etwas übermitteln. Eine sehr seltene Ehre: deine kleine Sarah, um derentwegen du so sehr gelitten hast, und wieder ins Mondmenschliche abglittest, befindet sich ganz in deiner Nähe. Heute durftest du ihr das Leben retten. Du wirst sie wiedersehen. Dank an dich, Gori, aus der Weite des Universums. Wir werden dir zur Unterstützung Pacca schicken, die willst du sicher jetzt am liebsten sehen."

Ich kann mich nicht einmal bedanken, das Komitee ist fort. Habe ich das eben geträumt oder ist es wahrhaftig. Ich muss zu Kräften kommen und schalte meine Gedanken ab. Wieviel Zeit ist vergangen? Pacca bei mir, sie sieht mich nur an, sagt nichts. Ich fühle mich gut, ich fühle mich stark und frisch. Da war doch was gewesen, das Komitee – ich muss jetzt aufspringen.

„Pacca, komm her, lass dich umarmen, es ist etwas sehr Schönes passiert, das Komitee hat mir Mitteilung darüber machen dürfen, dass Elisabeth Sarah austrägt. Ich weiß vor lauter Freude nicht wohin." „Das wüsste ich an deiner Stelle auch nicht, ich freue mich mit dir, sie war ein zauberhaftes Kind. Gori, du hast achtundvierzig Stunden neue Energie aufgenommen, du warst vollkommen leer. Mann hast du ein Glück gehabt, dass Tessa und Llano so gut reagiert haben. Wenn du allein gewesen wärst, vielen Dank, will ich mir nicht vorstellen."

Ich mir auch nicht.

„Weißt du, wie es den anderen geht, was macht Elisabeth?" „Professor Feiler hat ein EKG bei ihr veranlasst, sie hat keinen Herzschaden, es war situationsbedingt, mehr nicht, es geht ihr glänzend. Alois steht allerdings immer noch die Panik in den Augen." „Ich werde mich gleich um ihn kümmern, wie geht es dir, bist du zufrieden mit deinem Maler?" „Lothar Malskat ist interessant, und sehr begabt, er spricht nicht mit sich selbst, führt nur wenige Gespräche, die mir seine Persönlichkeit eröffnen. Ich glaube nicht, dass er ein wirklich glücklicher Mensch ist. Schauen wir, was die Zukunft bringt. Ja, Gori, ich bin zufrieden, es ist keine langweilige Schutzgeiststelle."

Pacca ist fort, es wird höchste Zeit, mich in der Wirklichkeit zu orientieren. Es ist taghell, keine Ahnung wie spät es ist. Was haben wir heute für einen Tag? Wo steckt
Alois? Es muss der 31. Oktober sein, Feiertag, Reformationstag für die evangelischen Christen. Religionen sind respektabel. Ob die Menschen ohne ihre Glauben glücklicher wären? Ich kann es mir kaum vorstellen Die Wirklichkeit ist eher nüchtern und für Menschen vielleicht nicht nachvollziehbar – ein Universum, wimmelnd von ehemaligen anderen Planetenmenschen, die in unterschiedlichen Hierarchieebenen ihre Aufgaben auszuführen haben, wer würde das glauben. Auf zu Alois. Der liegt im Sessel, die Beine auf einem Stuhl, schläft. Seine Armbanduhr zeigt 14 Uhr an. Elisabeth liegt ebenfalls schlafend auf dem Sofa. Tessa hatte offenbar ihre Gedanken abgeschaltet, öffnet jetzt die Augen, lacht mich voller Freude an, springt auf und zieht mich in ihre Arme.

„He, du großer Held, was bin ich froh, dich wiederzusehen." „Tessa, ich bin dir tief dankbar, ohne dein schnelles Eingreifen, na, du weißt schon." „Llano hat auch seinen Anteil daran, er hat dir ebenfalls Energie abgegeben. Gibt es was Neues? Du siehst wie ein frisch beschenktes Kind aus." „Das Komitee hat mir kein Schweigegelübde abverlangt, ich darf darüber reden. Ja Tessa, sie haben mich mit der Nachricht beschenkt, dass eines der Zwillinge Sarah ist." „Oh, Gori, welche Ehre ist dir da widerfahren, so etwas kommt nicht oft vor, wie schön für dich." „Ich bin sehr glücklich, quatsch, ich berste vor lauter Glück. Meine kleine Sarah, ich wünsche ihr eine schöne Kindheit, eine aufregende Jugend und ein sie erfüllendes Erwachsenenalter." „Sie bekommt die besten Eltern, die sich ein Kind wünschen kann, sie hat sich in die richtige Verbindung gezogen, weiß du auch, wer das andere Kind ist?" „Nein, keine Ahnung, ob Junge

oder Mädchen, es wird schon passen, apropos „passt schon", sind die Bayern weg?" „Heute Morgen abgefahren, unsere zwei sind tief erschöpft." „Was ist noch so passiert, Tessa?" „Also, nachdem Elisabeth im „Jensen" wieder stabil war, sind alle nach Travemünde aufgebrochen. Professor Feiler hat ausdrücklich darauf bestanden, Elisabeth mit ins Priwall Krankenhaus zu nehmen, und hat höchstpersönlich ihr EKG überwacht und ausgewertet. Es war vollkommen in Ordnung. Danach gab es einen gemeinsamen Spaziergang über die Promenade. Alois und Elisabeth mussten die Bank zeigen, auf der sie sich kennengelernt hatten. Dann hat Alois den Kindern die Strandstelle gezeigt, auf der im kommenden Jahr seine Strandkörbe stehen werden. Darauf sind sie in die Kurgartenstraße gezogen, und Alois zeigte ihnen sein künftiges Haus. Dann wurde es Zeit für das Mittagessen bei Frau Fahrbach. Sie und Frau Schadewald haben nicht gekocht, sie haben gezaubert: Frische Rindfleischsuppe mit Gemüseeinlage und Reis, dann gab es den Rinderbraten mit Erbsen und Karotten, und zum Dessert eine Zitronenspeise wahlweise mit Vanillesauce oder frischer Schlagsahne. Jam erzählte mir, das die beiden Frauen Angst hatten, das Essen würde nicht reichen, so kräftig haben alle zugelangt. Margot und der Professor sind dageblieben, die Bayern mit Alois und Elisabeth fuhren nach Lübeck auf einen Mittagsschlaf zurück. Um 16.30 Uhr war Treffen im Niederegger zum Kaffeetrinken. Darauf Bummel durch Lübeck, war aber nicht lange, es wurde dunkel. Abendessen in Elisabeths Wohnung, Frau Schadewald war Samstag noch zum Einkaufen gegangen und hatte den Kühlschrank aufgefüllt. So, gestern sind sie nach Schlutup an die Grenze gefahren, unterwegs gegessen. Nachmittags wieder Niederegger,
abends Elisabeth, und dann haben sich die Bayern früh verabschiedet, weil sie noch Kofferpacken mussten. Und früh, heute 5 Uhr, wollten sie fort. Ja das war es in groben Zügen." „Und kein Missklang, keine Kabbeleien?" „Überhaupt nicht, Friede, Freude, Eierkuchen, noch etwas, Oldörps Haus ist geräumt, morgen ist Schlüsselübergabe." „Morgen ist Dienstag?" „Ja, Gori, ach, noch etwas, Herr Beck hat sich ab Mittwoch ein paar Tage Urlaub genommen um Alois helfen zu können, ist das nicht nett?" „Finde ich auch, Elisabeth ist ab 1. November mit

ihren Handwerkern ebenfalls gut beschäftigt, dann sind wir alle prima ausgelastet."

Zeitsprung Sonntag, 20 Mai 1951
Alois ist blass, nervös, appetitlos, frühstücksfrei. Elisabeth liegt in den Wehen, die Hebamme ist bei ihr. Wir warten im Flur. Wegen Professor Feiler wollte sie im Priwall-Krankenhaus entbinden. Sie ahnen, dass es Zwillinge werden. Elisabeth ist kugelrund; sie konnte in den letzten Tagen fast nichts mehr allein verrichten. Alois, Tessa und ich haben sie bewundert, nie hat sie geklagt. Bis vor vierzehn Tagen konnte sie noch unterrichten, dann ging nichts mehr. Ersatzweise ist ein alter Kollege von ihr eingesprungen, führt den Ballettunterricht fort. Elisabeth hat viele Schülerinnen und ein paar Schüler gewonnen, darunter auch die drei Mädchen von dem Postbeamten der Telefonstelle. Pünktlich auf den Tag ist der Anschluss hergestellt worden. Der kleine Ballettsaal ist ganz zauberhaft; die hohe Decke mit dem Stuck, und den venezianischen Prachtleuchten, die schönen großen Fenster zur Straße hin mit weißen Musselingardinen, und zartblauen Vorhängen zum Zuziehen am Abend, wenn die Beleuchtung eingeschaltet werden muss. Weiße Wände, rundherum Spiegel, die sauber von Herrn Schulze aufpolierten Ballettstangen, der schöne helle Parkettfußboden, eine Pracht. Die ganze Wohnung ist schön geworden. Alois sagt immer, er weiß gar nicht, wo er sich besser fühlt, im Travemünder Haus oder in der Wohnung in der Königsstraße. Alois ist angeschlagen, kein Wunder, in den letzten Wochen war er ständig von morgens bis abends auf den Füßen. Am 1. Mai wurden die neuen Strandkörbe angeliefert, die von Oldörps übernommenen aus der Scheune des Landwirtes in Ofendorf geholt. Die ersten Stammkunden wurden willkommen geheißen. Dann ist Elisabeth nach Travemünde übergesiedelt, weil sie nicht mehr unterrichten konnte. Na, da war jemand froh: Frau Schadewald. Sie hat inzwischen ihre Lübecker Wohnung aufgegeben und ist ganz zu Frau Fahrbach gezogen. Lilli hat sich als wahre Freundin erwiesen, hat Elisabeth nicht im Stich gelassen, tagelang bei ihr gewohnt. Putzen muss sie nicht mehr, Elisabeth hat eine neue Putzfee. Frau Schade-

wald kümmert sich jetzt um Alois, wie ich es Tessa vorausgesagt hatte. Im Juli wird Alois Großvater von seiner Tochter Veronika und das junge Ehepaar Hausner erwartet ebenfalls Nachwuchs. Margot Müller und Professor Feiler wollen im August heiraten, und Familie Kühl hat endlich in Travemünde eine Wohnung bekommen. Becks bekamen einen Sohn, der Thorsten heißt. Jetzt kommt der Arzt und sagt zu Alois, es werde nicht mehr lange dauern. Klopft ihm beruhigend auf die Schulter. Alois wird davon nicht ruhig, läuft hin und her. Da muss er durch, ich aktiviere nichts, noch nicht, lasse ihn aber nicht aus den Augen, obwohl ich zu gerne einmal nach Elisabeth gesehen hätte. Tessa kommt auch nicht zu mir. Da, Margot kommt, sie umarmt Alois, packt Thermosflasche und Brötchenpakete aus. Alois trinkt einen Schluck Kaffee, essen kann er nicht.

„Na los, geh schon rein, ich passe auf ihn auf."

Llano macht dazu eine auffordernde Handbewegung, schon bin ich im Zimmer bei Elisabeth, sie hat schon Presswehen.

„Gleich kommt Nummer eins, du kommst gerade zur richtigen Zeit."

Tessa ist ganz aufgeregter Eifer. Elisabeth presst und ich kann schon einen dunklen Haarflaum erkennen, jetzt. Jetzt ist es raus, ein Mädchen. Die Hebamme übernimmt es, zeigt es Elisabeth, Elisabeth strahlt, Tessa und ich strahlen mit ihr. Mein Baby ist da, meine kleine Sarah, sie wird nichts von ihrer Vergangenheit wissen. Welch ein Glück. Sie wird ganz und gar Elisabeths und Alois Tochter sein. Dann kommt die nächste Presswehe, was wird es werden? Ich kann nicht anders, ich wechsle kurz zu Llano, der kommt gut zurecht, schon bin ich wieder im Kreißsaal. Ein heller Haarflaum erscheint, dann das ganze Baby, ein Junge. Etwas zierlicher als das Mädchen. Und dann stehen sie vor uns, die neuen Schutzgeister, dunkel wie ich. Die Frau geht zum Mädchen, der Mann zum Jungen. Sie sind beide etwas aufgeregt. Es ist immer etwas ganz Besonderes, Neugeborene zu bekommen. Tessa und ich übernehmen die Initiative, stellen uns vor. Sie lächeln uns an.

„Ich bin Briesa." „Und ich heiße Kan."

Wir heißen sie willkommen. Die Nachgeburt kommt, Elisabeth wird versorgt, die Babys werden gereinigt, angezogen und schließlich der strahlenden Mutter, die während der Geburt keinen Laut von sich gegeben hat, in die Arme gelegt. Dann darf Alois eintreten, wir lassen sie allein. Draußen auf dem Flur treffen wir auf Hedi mit ihrem Schützling Richard, Professor Feiler, der gerade zu Margot sagt, er wolle bei Elisabeth sicherheitshalber ein EKG machen.

„Margot, ich halte das für wichtig, ich möchte sie hier im Hause gut betreut sehen." „Vielleicht dürfen wir ja bald zu ihr, dann kannst du ihr den Vorschlag machen."

Wir müssen noch eine gefühlte halbe Stunde warten, bis sich die Tür öffnet, ein glückstrahlender Alois winkt uns in den Kreißsaal.

„Kommt rein, jetzt dürft ihr die Heldin und unsere Zwillinge bewundern."

Glückwünsche, Küsse, viele:

„ah, wie süß, die schönsten Babys der Welt" und endlich auch, „wie heißen sie?"
„Darf ich vorstellen? Die junge Dame heißt Sabine, der junge Mann Peter, wie findet ihr die Namen?"

Wir alle finden sie sehr gut, passen beide zu Hausner.

„Elisabeth, bist du damit einverstanden, nochmals eine EKG-Kontrolle zu ertragen, mich würde es beruhigen?" „Beunruhigte Besucher haben auf der Wöchnerinnen-Station nichts verloren, Richard, selbstverständlich bin ich damit einverstanden."

Also wurde Elisabeth nach dem Kreißsaal zuerst in den EKG Raum gebracht, bis sie schließlich in ihr Einzelzimmer einziehen durfte. Professor Feiler war mit dem EKG zufrieden, und kaum lag unser Schützling im Bett, wurden auch die Kleinen zur ersten Nahrungsaufnahme gebracht, Alois bekam den Knaben, Elisabeth das Mädchen. Den Eltern wurden Fläschchen gereicht und los ging es, die jungen Herrschaften zeigten Appetit und ließen sich überhaupt nicht nötigen. Tessa und ich hatten unsere helle Freude. Jetzt bin ich mit Alois, Margot und Richard auf dem Weg nach Travemünde, wo für sie in den „Vier Jahreszeiten" ein Tisch reserviert ist. Das Gespräch dreht sich um Elisabeth und die Zwillinge, die für Neugeborene erstaunliche Schönheiten sind. Llano, Hedi und ich hören schweigend zu, so erreichen wir das Hotel, und was wohl erwartet mich an unserem Tisch? Mein Lieblingskellnerschutzgeist!

„Ja, hallo auch, du hast dich rar gemacht in letzter Zeit, aber nett, wirklich nett dich wiederzusehen, ist dein Klient wieder solo?" „Nö, er ist gerade Vater geworden?" „Vater? Ist der dafür nicht ein bisschen alt? Na egal, es muss jeder wissen, was er will, was ist es denn?" „Es sind Zwillinge." „Nun lass dir doch nicht alles aus der Nase ziehen, die Sorte will ich wissen." „Sorte?" „Hach, du weißt genau, was ich meine, meinetwegen, das Geschlecht?" „Beides." „Nein, ist das schön, ein Pärchen, das will ich sofort den lieben Jungs in der Küche erzählen, die tratschen immer noch über deinen Klienten und seine Tänzerin." „Du darfst das auch den Mädels erzählen." „Wieso?" „Nur so, als Vorschlag." „Danke, du bist heute echt großzügig."

Hedi und Llano staunen mich offenen Mundes an:

„Wie ist der denn drauf, Gori?" „Heute wieder ganz prima, Hedi, der Geist ist eine Sonderanfertigung."

Hedi lacht:

„Zweifellos ist er das, oder hat einer von uns mitbekommen, was unsere (sie hüstelt) hm, Klienten bestellt haben?" „Ich glaube, sie haben alle Wild genommen, Rehrücken, oder so. Wieso sagt der „Klienten", die bezahlen doch nichts für ihren Schutz." „Wahrscheinlich war er während seiner letzten zweitausend Jahre als Mondmensch unentwegt Rechtsanwalt." „Wäre möglich, Gori, trotzdem klingt es befremdlich. Vielleicht

war er auch ganz etwas anderes, würde mich interessieren."
„Also, ich kenne das. Ich habe meistens mehr oder besser gesagt, überwiegend erfolgreich in den rechtsbefreiten Berufen gearbeitet, und ich spreche von meinen Schützlingen gerne als wie von meinen lieben Opfern."

Du liebe Zeit, prachtvolle Grammatik. Den Satz bitte mal übersetzen.

„Llano, warst du Berufsmörder?" „Komm, Hedi, nicht so streng, war auch mal drunter, wohl. Nein, vorwiegend Banker, Makler, ich war auch mal Finanzminister, Geldverleiher war ich sehr oft." „Na dann ist ja alles gut, Llano."

Hedi sieht entspannt aus, und unser Liebling ist zurück, weil sein Schützling den Wein bringt.

„War das ein Spaß eben, die Jungs haben gejohlt, zwei ihrer Klienten haben sich in die Finger geschnitten, drei Verbrühungen gab es, und ein Mann ist ausgerutscht und hat sich wahrscheinlich die Hand gebrochen, alles wegen Alois, seiner Tänzerin und den Zwillingen." „Prima, du kannst richtig stolz auf dich sein, fraglich ist nur, ob das Komitee deinen Humor teilt." „Pah, du bist immer so staubtrocken."

Bin ich das?

„Ist er nicht",

Oh, Llano verteidigt mich.

„und wir sind nicht an unserem Platz, um für Wirren zu sorgen, setz dir das hinter die Ohren." „He, du Kleiderschrank, vor dir habe ich keine Angst, ich habe mächtige Freunde." „Und gleich hast du mächtige Feinde."

Das Komitee ist da.

„Mäßige dich, sonst hast du Urlaubssperre und Nachbelehrung. Und ihr anderen besinnt euch gleichfalls auf eure Aufgaben."

Welch ein schöner Abend, jetzt haben wir alle einen Rüffel kassiert.

Am Tag danach
Alois und ich sind auf dem Weg nach Segeberg, es soll in ein Möbelhaus gehen. Die Kinderzimmer in der Kurgartenstraße und in der Königsstraße sind frisch tapeziert, dekoriert. Die Einrichtung fehlt, der Zwillingskinderwagen fehlt. Hoffentlich bekommen wir das alles rechtzeitig geliefert. In einer Woche müssen die Sachen an Ort und Stelle stehen. Sonst müssen die zwei Würmchen mit ins Ehebett. Danach müssen wir in die Apotheke den Nahrungsbedarf einkaufen, Pflegemittel, Windeln und immer alles für zwei Babys, und zwei Standorte, Alois kriegt das bestimmt gut hin. Heute Nachmittag dürfen wir wieder Elisabeth besuchen. Frau Fahrbach und Frau Schadewald wollen kommen, und die Becks, die gerade ihren kleinen Thorsten bekommen haben, zehn Tage vor uns. Margot kann nicht. Professor Feiler hat Dienst, der schaut bestimmt auch zu ihr rein und die Kleinen an. Elisabeth will nicht stillen, sie hat gesagt, es ginge wirklich nicht, weil sie so schnell wie möglich wieder unterrichten muss. In der ersten Zeit kann sie die Kinder alleine versorgen; füttern, windeln zwischen den Unterrichtsstunden. Abends will Alois kommen, weil Elisabeth an 3 Wochentagen

Erwachsenenklassen hat. Wie er das wohl machen will, wenn er selber erst um 21 Uhr mit seinen Strandkörben aufhören kann. Obwohl, jetzt ist er auch früh fertig und im Juni wird es auch noch gehen. Dann aber wird es eng werden. Elisabeth will ab Juli ein Mädchen einstellen, sie aber nicht in der Wohnung über Nacht behalten. Sie muss jemanden ganz in der Nähe wohnend finden. Ich bin gespannt, wie das funktionieren soll. Tessa meint, sie hätte gleich ein Mädchen einstellen sollen, sie überschätze sich. Tessa beschützte mal eine Zwillingsmutter und kennt sich aus. Na gut, kommt Zeit kommt Rat, wir sind jetzt beim Möbelhaus. Ich bin gespannt, was Alois einkauft. Alois hat zwei weiße Zwillingswagen erworben und weiße Möbel. Der Verkäufer hat ausgesprochen mit sich gerungen; man konnte ihm das Zaudern deutlich anmerken. Irgendwann konnte er wohl nicht mehr, und hat gefragt, ob es Vierlinge seien. Alois hat schallend gelacht und die Situation der zwei Wohnungen geschildert. Hätte er sowieso gemusst, weil es zwei Lieferadressen gibt. Alois hat an jede Kleinigkeit gedacht, an Betten, Kopfkissen, Gummiunterlagen, Bettbezüge, gleich sechsmal für jede Wohnung, Laken, was noch? Ja, Unterlagen für die Wickelkommoden. Es soll alles pünktlich geliefert werden. Das hat viel Geld gekostet; Alois durfte mit einem Scheck bezahlen. Die Apothekerin erkennt Alois nach kurzem Zögern wieder. Kein Wunder, ein Mann der Urin für den Froschtest bringt, und bei Verkündung des Ergebnisses in Ohnmacht fällt, prägt sich ein.

„Herr Hausner, was kann ich ihnen Gutes tun, ist das Ergebnis des Froschtestes schon unter uns?" „Die Ergebnisse, ja, gestern, es sind Zwillinge, Junge und Mädchen." „Wie schön, herzlichen Glückwunsch, und sind sie gesund und munter, die Mutter auch?" „Allen dreien geht es bestens, vielen Dank, ja. Jetzt wird es richtig ernst, ich habe Ihnen vor Monaten angedroht, ihr Stammkunde zu werden, und sie können mir bitte bei der Erstzusammenstellung helfen, was wir alles brauchen. Sie haben sicher Erfahrung."

Sie hat Erfahrung und Alois und ein Lehrling müssen anschließend den Weg von der Apotheke zum Auto zweimal gehen, bis alle Waren verstaut sind. Jetzt ist Eile geboten. Zuerst geht es in Elisabeths Wohnung in die Königstrasse, wo etwa die Hälfte der Einkäufe landen. Dann fahren wir weiter nach Travemünde. Dort wird der Rest in der Kurgartentrasse ausgeladen.

Es ist Mittag. Alois knurrt der Magen, ich höre es deutlich. Er freut sich auf das Essen bei den Damen Fahrbach und Schadewald, bei denen hat er sich heute Morgen telefonisch angemeldet. Das hat er geschafft. Nicht telefoniert hat er mit seinem Sohn und seiner Tochter. Ich bin wirklich gespannt, wann er das machen will. Ich glaube, er telefoniert immer dann nicht gerne, wenn es um emotionale Belange geht. Wenn es darum geht, etwas zu bestellen oder einen Termin abzumachen, hat er keine Probleme. Jetzt muss er sagen, dass die Zwillinge da sind und da kneift er. Soll er das doch Elisabeth überlassen, sie hat damit bestimmt keine Schwierigkeiten, so wie ich sie kenne. Lilli und Helene sehen wie das blühende Leben aus. Helene war beim Friseur und hat sich die Haare färben lassen, weg ist das grau. Ein schöner warmer Braunton ist daraus geworden; sie hat sich auch Wellen machen lassen. Die Haare sind kürzer, die Frau sieht richtig gut aus, sage ich auch gleich Jam, der mich umarmt.

„Gori, es ist schön hier, die Frauen verstehen sich großartig, sie passen einfach gut zusammen, es geht immer harmonisch zu, was ich auch toll finde, ist, sie machen alles gemeinsam, Hausputz, Einkauf, Kochen, alles wird zusammen erledigt. Sie sind den ganzen Tag miteinander und füreinander da. Sie sind lebhaft, beide, aber nicht schwer zu beaufsichtigen, Elvie und ich haben daher wenig zu tun. Die Elvie und ich verstehen uns auch sehr gut, du kennst sie ja schon aus Lübeck."

„Hallo Elvie." „Hallo Gori."

Alois lässt sich von beiden Frauen in die Arme nehmen, die ihn wie ein Kind drücken und herzen, armer Kerl. Er hat doch Hunger.

„Herr Hausner, wir waren heute einkaufen. Es gibt so süße Babysachen, und dann gleich für ein Mädchen und einen Jungen, wir hatten richtig unseren Spaß."

Alois nickt Helene freundlich zu. Er hat Hunger.

„Herr Hausner, hat ihre Frau schon ein Mädchen für die Kleinen?" „Nein, Frau Schadewald."
„Ich hätte einen Vorschlag: meine Nichte Hannelore möchte Kindergärtnerin werden und muss ein Haushaltsjahr nachweisen. Da, wo sie jetzt ist, macht ihr die Hausfrau schwer zu schaffen. Hannelore ist sechzehn, sie arbeitet von morgens 6 Uhr bis abends 8 Uhr, das, so sagt sie, hält sie nicht durch. Das ist ein Schlachtereihaushalt mit drei Kindern und die Schlachtergesellen sitzen mit am Tisch. Da gibt es keine Ruhe, etwas

ist immer los, vierzehn Stunden am Tag. Wenn sie etwas Besseres bekommen könnte, würde sie da sofort aufhören." „Das ist übelste Ausbeutung."

Jam ist strammer Sozialist, seit wann wohl?

„Aber Frau Schadewald, das ist Ausbeutung, das kann doch nicht angehen."

Alois ist auch strammer Sozialist, immer schon?

„Doch, Herr Hausner, so trägt sich das dort zu. Hanne tut uns leid, sie braucht das Haushaltsjahr, aber wenn es einen anderen Platz für sie gäbe, was wären wir dankbar." „Ich verspreche ihnen, so schnell es möglich ist, mit meiner Frau zu reden. Ich muss sehen, wie es ihr geht. Sie ist bislang der Meinung, allein mit den Babys zurechtzukommen, so lange sie noch viel schlafen." „Es kostet sie auch keinen Pfennig, vielleicht sollte ich das noch sagen, nur Kost und Logis." „Das ist nicht das Ausschlaggebende, meine Frau ist es nicht gewohnt, ständig jemanden in der Wohnung zu haben, und auch noch nachts, wie gesagt, Frau Schadewald, ich werde mit ihr sprechen."
„Danke, Herr Hausner."

Endlich darf sich Alois an den Tisch setzen und essen.

Am Nachmittag
Elisabeth hat rechts und links ein schreiendes Baby im Arm.

„Liebling, was haben sie denn?" „Hunger, die Mahlzeit kommt gleich."

Alois küsst seine Frau und dann seine Kinder, nimmt Sabine hoch. Er wandert mit ihr durch das Zimmer. Das Baby beruhigt sich schnell. Jetzt hat Elisabeth eine Hand frei, kann den kleinen Peter besser wiegen, der stellt daraufhin auch das Geschrei ein.

„Und, wie ist die Stimmung, Tessa?" „Hast du doch gehört, Gori, entweder schreien sie, weil sie Hunger haben, eine volle Windel oder Bauchkneifen, Briesa und Kan tun ihr Bestes." „Es fehlen zwei weitere Hände, wie ich sehe." „So ist es Gori, sie haben nicht viel Gewicht, müssen ständig gefüttert werden, vertragen nur kleine Portionen, wie es eben bei neugeborenen Zwillingen üblich ist. Elisabeth schafft das nicht allein." „Hört zu, Alois will einen Vorschlag machen."

„Liebling, Frau Schadewald hat mich auf ihre Nichte angesprochen, die Kindergärtnerin werden will und ein Haushaltsjahr absolvieren muss. Sie ist in dem jetzigen Haushalt unglücklich, weil sie an sechs Tagen in der Woche vierzehn Stunden arbeitet. Das Mädel ist erst sechzehn und mit dieser Arbeitsbelastung völlig überfordert. Was meinst du, willst du sie dir mal ansehen, ganz unverbindlich?" „Gerne, Alois, ich bin nach nur einem Tag sicher, dass ich Hilfe haben muss. Und wenn die Nichte ein wenig Ähnlichkeit mit der Tante hat – wäre das ein Geschenk des Himmels." „Gut, dann soll sich Hannelore morgen krankmelden und ich bringe sie mit."

Die Schwester erscheint mit den Babyflaschen, die Mahlzeit kann beginnen. Briesa und Kan lassen die Babys nicht aus den Augen.

„Tessa, wie geht es Elisabeth sonst?" „Prima, sie hat sich einen engen Hüftgürtel angelegt und packt sich zusätzlich einen Sandsack auf dem Bauch." „Das klingt aufregend." „Nein, das ist nichts Besonderes. Hilft, schnell wieder einen ganz flachen Bauch zu bekommen." „Ist das jetzt gut für sie?" „Es schadet ihr nichts und was dem Aussehen hilfreich ist, bekommt auch der Seele." „Hat sie die Geburt ohne körperliche Blessuren überstanden?" „Bestens, weil die Kinder nicht groß waren." „Klingt sehr beruhigend."

Kurz nach der Mahlzeit werden die Babys abgeholt und im Säuglingszimmer in ihre Ruhebetten gelegt. Dann kommen die Besucher. Herr und Frau Beck, wenig später Frau Fahrbach und Frau Schadewald und, als wäre dies nicht genug, öffnet sich nach Anklopfen erneut die Tür und ein unbekanntes Pärchen stellt sich mit

„Presse, Lübeck vor."

Ja, die Frau Margot Müller habe angerufen, und Mitteilung darübergemacht, dass die bekannte Lübecker Tänzerin und heutige Betreiberin der Ballettschule Elisabeth Hausner, Mutter eines Zwillingspärchens geworden sei. Ob ein kleines Interview und ein paar schöne Fotos von Mutter und Kindern wohl gestattet wären? Bitte auch mit dem Vater, der sich inzwischen in Travemünde einen guten Namen als Strandkorbvermieter gemacht habe.

Elisabeth verlangt Spiegel und Kamm, die Besucher gehen auf den Flur, die Babys werden gebracht, die ausnahmsweise nicht schreien, dann werden Aufnahmen gemacht: Mutter mit beiden Kindern, Vater mit beiden Kindern, Kinder verteilt auf Mutter und Vater und alle vier auf einem Bild. Darauf wird Elisabeth zu ihrer Karriere befragt. Sie berichtet geistesgegenwärtig von ihrem New York Aufenthalt, dem großen Erfolg in der MET. Später erzählt sie von ihrer Ballettschule, kündigt offiziell an, den Unterricht in vierzehn Tagen wieder zu übernehmen. Alois darf von seiner Bierbrauerei berichten und seinem Strandkorbverleih. Dann fällt ihm die morgendliche Anekdote mit dem Verkäufer ein, der glaubte, es müssten Vierlinge sein wegen der zweimal Doppeleinkäufe aufgrund der zwei Haushalte. Das Pressepärchen ist vor Begeisterung hingerissen und verspricht eine tolle Geschichte darüber zu schreiben. Ihre Schutzgeister lächeln Tessa und mich auch hoheitsvoll an, und irgendwann sind sie wieder fort, die Besucher dürfen erneut eintreten.

„Margot ist ein richtig großer Schatz",

-Na, Elisabeth, du jubelst ja richtig! -

„eine bessere Reklame können wir für unsere kleinen Unternehmen nicht bekommen."

Sie reden ohne Unterlass. Irgendwann kommt die Schwester mit der Ankündigung, die Besuchszeit sei zu Ende.

„Frau Schadewald, wir beide haben noch etwas vor. Meine Frau will ihre Nichte am liebsten morgen schon kennenlernen. Wir könnten sofort nach Lübeck fahren und es ihr sagen. Ich würde sie dann morgen zur Besuchszeit abholen und auch wieder nach Lübeck zurückfahren." „Ja natürlich, gerne, was soll Hannelore aber der Hausfrau sagen?" „Kann sie sich nicht krankmelden?" „Und dann holen sie sie ab?" „Stimmt auch wieder. Dann soll sie eben sagen, es handele sich um eine nicht aufzuschiebende Familienangelegenheit." „Ja, so könnten wir es machen, sie muss sich doch noch eine Hintertür offenhalten, falls es bei ihnen nicht klappen sollte." „Das ist vernünftig."

Findet Alois, Elvie und ich auch. Die Schlachterei in der Breiten Straße ist ein großer Laden und proppenvoll, obwohl es auf 18 Uhr zugeht. Die Hausfrau bedient im Laden, Frau Schadewald geht alleine rein. Alois und ich bleiben draußen im Auto sitzen, wir warten und warten. Dann tritt Lilli mit deutlich genüsslichem Grinsen im Gesicht aus dem Laden.

„Ich habe in der Küche die Hanne unterrichtet, und habe dann der Hausfrau gesagt, sie müsse ihr wegen einer dringenden Familienangelegenheit morgen drei Stunden freigeben. Komischerweise hat sie zugestimmt. Ich kann mir vorstellen, dass die Dame doch ein schlechtes Gewissen dem Mädel gegenüber hat, was meinen sie, Herr Hausner, sonst hätte sie doch bestimmt Theater gemacht?" „Unwahrscheinlich ist das nicht. Gut so, wie sie die Sache gedeichselt haben, Frau Schadewald."

Lilli freut sich über das Lob und verspricht Alois ein gutes Abendessen. Wird auch Zeit, ich höre seinen Magen schon wieder knurren. Wir fahren direkt zur Pension Fahrbach. Helene wuselt in der Küche herum, Frau Schadewald nimmt Alois mit, schildert ihr brühwarm den Besuch in der Schlachterei. Es gibt wieder einmal Brataal, und Alois lässt die Frauen reden, wäscht sich die Hände, krempelt die Ärmel hoch, nimmt sich eine Schürze vom Haken und brät und wendet und brät. Jam und Elvie sind beeindruckt, und ich passe jetzt gut auf meinen Klienten auf, dass er sich nicht die Finger verbrennt.

Der Tag ist noch nicht zu Ende. Alois sieht entspannt und sehr glücklich aus, in seinem Haus in der Kurgartenstraße. Er geht zum Telefon, ruft seine Tochter an, danach seinen Sohn. Beide machen ihm Vorwürfe, nicht sofort die guten Nachrichten durchgegeben zu haben, aber die Gespräche verlaufen friedlich und harmonisch. Jetzt freue ich mich auch, in kurzer Zeit meine Gedanken abschalten zu dürfen.

Hannelore
Nein, so nicht, so überhaupt nicht habe ich mir die Hannelore vorgestellt. Vielleicht ein wenig wie ihre Tante, nur viel jünger, robust wie Lilli, die dazu eine brutale Kurzhaartracht trägt. Himmel ist das Mädchen schön, fast überirdisch, die langen weizenblonden Haare sind zu einem seitlichen Pferdeschwanz gebunden, tiefblaue Augen mit zartem Wimpernkranz, helle Augenbrauen, klassisch gerade Nase, nicht allzu üppige, aber schön geschwungene Lippen, ovales Gesicht mit guter Kinnrundung. Sie ist bestimmt etwas über 1 Meter 70 groß, gertenschlank mit schönen Fesseln, die auf gute Beine deuten. Alois geht es wie mir, darauf war er nicht gefasst. Sie lächelt ihm entgegen, schneeweiße Zähne. Auwei, was jetzt?

„Ich bin die Hannelore Schadewald, Herr Hausner?" „Guten Tag, Fräulein Schadewald, ja, Hausner, mein Wagen steht gleich hier vorn."

Alois schließt den Wagen auf, sie sitzen. Hannelores Schutzgeist sieht wie eine nahe Verwandte von ihr aus, nur dreißig Jahre älter.

„Mein Name ist Plena, jetzt hat es euch Männer wohl wieder umgehauen, wie?" „Plena, ich bin der Gori, ja, du sagst es, das Mädchen ist eine Schönheit, wie ist sie sonst?" „Du willst wissen, ob sie charakterlich einwandfrei ist?" „Bitte, nimm es mir nicht übel, sie ist nicht ganz das, was ich mir unter einer angehenden Kindergärtnerin vorstelle. Sie ist erst sechzehn und hat 'ne Ausstrahlung, die geradezu atemberaubend ist. Hat sie noch kein Fotograf entdeckt?" „Wie denn, wo denn? Schule, vier jüngere Geschwister und nun dieser Großhaushalt in der

Schlachterei. Sie ist doch nie auf der Straße. Nein, mein Freund, sie ist eine Gute, bis jetzt."

„Meine Schwester ist vierzehn, die beiden Brüder sind jetzt zehn und acht Jahre und die jüngste Schwester ist erst fünf, Herr Hausner. Die Mama hat mir das Windeln anlegen schon früh beigebracht, und zwei der Schlachterkinder brauchen auch noch welche." „Sind sie das älteste Kind zu Hause?" „Ja." „Toll und sie haben als Schulabschluss die Mittlere Reife gemacht?" „Ja, das ist Voraussetzung für die Aufnahme an der Frauenfachschule." „Wie sind sie auf ihren Berufswunsch gekommen?"

Hannelore lacht hell und herzlich, es klingt gut.

„Büroarbeit liegt mir nicht, ins Krankenhaus möchte ich nicht, und mit kleinen Kindern kenne ich mich aus, da liegt Kindergärtnerin doch nahe." „Das ist auch ein schöner, sehr fraulicher Beruf."

-Was du nicht alles weißt, Alois - Dann schweigt er, Hannelore auch.

„Wie war dein Schützling in der Schule?" „Sie hätte Abitur machen können, sie ist abgegangen, weil sie weg von zu Hause wollte, sage ich dir, sie brauchte Luft. Ständig die kleinen Geschwister, ihre Mutter ist eine Königin, wenn du verstehst, was ich meine, so wunderschön wie sie. Der Mann, also Hannelores Vater, vergöttert seine Frau." „Dann ist sie vom Regen in die Traufe geraten, oder?" „Du sagst es, Gori, ich glaube, sie hat den Schritt schon bitter bereut, wagt es aber nicht, heulend nach Hause zurückzukehren." „Mann, Mann, hoffentlich gibt es mit ihr keine
Komplikationen, hat sie Interessen, ein Steckenpferd?" „Sie lernt gerne Rollen und spricht sie laut, sie träumt davon Schauspielerin zu werden." „Also doch, sie ist für einen normalen Beruf nicht gemacht." „Aber sie liebt Kinder und macht alles gut mit denen." „Ist doch kein Widerspruch, Plena." „Hörte sich nur so an."

„Fräulein Schadewald, darf ich fragen, was ihr Herr Papa beruflich macht?" „Er ist Baurat in Lübeck." „Ah ja, alle Achtung." „Vom Hörensagen durch meine Tante kenne ich ihre Frau schon eine ganze Weile, ich freue mich sehr, sie kennenzulernen, hoffentlich möchte sie mich haben." „Können sie kochen?" „Ja natürlich." „Gut."

Alois sieht freundlich aus, wir sind schon auf der Priwallfähre. Ich bin unglaublich gespannt, wie Elisabeth auf Hannelore reagiert. Für eine knappe Sekunde blitzt in Elisabeths Augen Betroffenheit auf, dann reagiert sie herzlich.

„Liebe Hannelore, kommen sie näher, ich grüße sie."

Und die wunderschöne Hannelore versinkt in Ehrfurcht und knickst sogar leicht bei der Begrüßung.

„Guten Tag, Frau Hausner, wie geht es ihnen?" „Danke, ich fühle mich sehr gut, die Babys kommen gleich, möchten Sie eines füttern?"

Klar hat sie gefüttert und gut hat sie es gemacht. Elisabeth zögerte nicht einen Moment, sie gab ihr „ja". Hannelore darf das Haushaltsjahr bei ihr machen.

„Tessa, Elisabeth ist eine tolle souveräne Frau."

Das ist wirklich meine Meinung, aber Tessa sagte darauf nur, ich würde mich wiederholen. Dann ging es zusammen mit Lilli Schadewald, die ist die Schwester von Hannelores Vater, zur Familie Schadewald. Komisch, Bruder Baurat, sie Putzfee, ob sie mal was anderes gemacht hat? Könnte doch rauszukriegen sein. Na, die Schadewalds waren vielleicht froh für die Tochter und bestimmt auch, weil sie selber ein schlechtes Gewissen haben, weil ihre junge Tochter so hart arbeiten muss. Sie wollen gleich morgen in die Schlachterei und die Sache dort klären. Tessa prophezeite uns Probleme:

„Gori, das Mädchen ist nicht nur hübsch, sie ist zu schön für die Normalität."

Ja, sie hat recht, vielleicht, vielleicht auch nicht, woher soll ich es wissen. Pacca muss mal her, und ihre Hormone einschätzen, nicht, dass sie Alois an die Wäsche geht, wenn die mal alleine sind. Alois ist noch immer ein sehr attraktiver Mann. Was denke ich für ein Zeug, das Mädchen ist erst sechzehn, sie ist ganz bestimmt die Gefährdetere. Nur können wir bei Alois schlecht die Testosteronzufuhr reduzieren. Ich will unbedingt mit Pacca reden, ganz wichtig. Ihr fällt ganz sicher was ein. Wo steckt sie jetzt, die Marienkirche ist zu, im Deepenmoor also. Alois schläft, ich kenne das Deepenmoor nicht, habe da keine klare Orientierung. Nicht gut, da soll ich auch nicht auftauchen. Also warte ich bis morgen, ich schalte meine Gedanken ab.

Tags darauf
„He, es ist Dienstag, ich brauche eine Zeitung!"

War das wirklich mein Alois eben? Er ist es. Er springt aus dem Bett, geht ins Bad, pinkelt, duscht, putzt die Zähne, zieht sich an, Portmonee, Schlüssel, raus aus dem Haus, rein in die nächste Bäckerei.

„Guten Morgen." „Herr Hausner, guten Morgen, welche Ehre für unseren Laden! Sie sind ganz groß in der Zeitung, sie und ihre Frau und die süßen Babys, eine ganze Seite voll. Meinen ganz herzlichen Glückwunsch."

Alois sieht verlegen aus, kauft seine Brötchen und eine Zeitung, bezahlt, und unter Bekundung von Grüßen und Wünschen für Babys und Ehefrau verlässt er eilig das Geschäft. Zu Hause, in der Küche setzt er Kaffeewasser auf und dann, -da da da dam- schlägt er die Zeitung auf – vier Fotos – Wahnsinn – Elisabeth mit den Babys, er mit den Babys, Elisabeth auf der Bühne in einer Jete- Position, er vor seiner Bierbrauerei in Bayern, woher haben die das wohl so schnell bekommen? Das Telefon klingelt, es ist Herr Beck.

„Hast du schon eine Zeitung, Alois? Tolle Fotos, guter Text...."

Ende Telefonat, Alois kehrt zur Zeitung zurück, der Teekessel schrillt, Kaffeekanne, Filter, Filtertüte, Kaffee rein, Wasser drauf, zurück zur Zeitung, „Am Sonntag, dem 20 Mai wurde die bekannte Lübecker Tänzerin Elisabeth Reinhard von einem Zwillingspärchen im Priwall Krankenhaus ent..

Das Telefon klingelt, Margot.

„Alois, hast du schon den Artikel gelesen?
Nein? Ganz toll, mach das jetzt sofort ..."

Würde er ja gern, wenn die Welt ihn ließe. Alois füllt Wasser nach, zurück zur Zeitung. Wo waren wir stehengeblieben? ...von einem Zwillingspärchen im Priwall Krankenhaus entbunden. „Ich fühle mich hier richtig verwöhnt und die ärztliche Betreuung ist vorbildlich." Erklärt uns die strahlende Mutter. Frau Reinhard, heute Frau Hausner, hat vor wenigen Monaten ihre eigene Ballettschule in der Lübecker Königstrasse eröffnet, und verspricht ihren Schülern, bereits in vierzehn Tagen den Unterricht wieder persönlich durchzuführen. ...

Das Telefon klingelt.

„Alois, mein Lieber, sehr nett von euch, ihr habt das Priwall Krankenhaus lobend in der Presse erwähnt, hat mich sehr gefreut, vielen Dank."

Heute schreien alle ins Telefon, sonst verstehe ich nie ein Wort.

„Was, du hast den Artikel noch nicht gelesen? Dann wird es aber höchste Zeit. Würde gern noch mit dir plaudern. Leider, die Visite ruft."

Professor Feiler hat aufgelegt, Alois füllt Wasser nach, zurück zur Zeitung – wo waren wir? – ...persönlich wieder durchzuführen. Ihr Ehemann, Alois Hausner, der namhafte Bierbrauer aus Bayern, der in Travemünde eine

Strandkorbvermietung betreibt, freut sich auf die Vaterrolle, die er lebhaft besetzen will. Wörtlich sagt er: „Ich freue mich auf die Rolle, ein Vater mit Aufgaben sein zu dürfen. Mein Geschäft..."

Das Telefon klingelt – Frau Schadewald.

„Herzlichen Glückwunsch, Herr Hausner, zu diesem wunderbaren Zeitungsartikel, wie? Sie haben ihn noch nicht gelesen? Kann doch nicht angehen. Was ich fragen wollte, kommen sie heute zum Essen? Ja? Ja, sie rufen sonst immer gleich morgens an, wir müssen doch zum Einkaufen. Sie müssen sich nicht entschuldigen, alles gut, bis später, tschüs."

Der Kaffee ist fertig, Alois schenkt sich ein, zurück zur Zeitung, wo waren wir? „...mein Geschäft ermöglicht mir genug Freiraum für die Betreuung der Kinder und zur Entlastung meiner Frau." Lachend berichtet uns der Vater eine reizende Anekdote aus einem Möbelhaus, wo er die Kinderzimmereinrichtung und Wäsche für zwei Haushalte einkaufte. Der Verkäufer habe ihn irgendwann gefragt, ob es Vierlinge seien.

Frau Reinhard, jetzt Frau Hausner, verließ die Lübecker Bühne kurz nach ihrem großartigen Gastspielerfolg in der New Yorker MET, wo sie die Rolle der „bösen Stiefmutter" aus Schneewittchen tanzte. „Ich werde die Bühne vermissen" gestand sie uns, „aber eine Familie zu haben und eine Ballettschule zu führen, sind mehr als ein angemessener Ersatz." Das Ehepaar strahlt vor Glück, die Babys schlafen ruhig und zufrieden, kein Wunder bei den großartigen Eltern, die wir jetzt allein lassen möchten."

Alois strahlt, er kann zufrieden sein. Das Telefon klingelt, diesmal ist es eine Strandkorbanfrage aus Lübeck.

„Ja gerne, Juni, Juli und August, wenn sie den September auch noch möchten, überlasse ich ihnen den Korb zum halben Preis, gut, abgemacht."

Alois schenkt sich eine zweite Tasse Kaffee ein, schneidet eine Semmel auf, wieder klingelt das Telefon, Alois sagt laut:

„Mir langt es jetzt fürs Erste."

Nimmt ab.

„Liebling, du bist es, wie schön, deine Stimme zu hören, ich war schon ganz verzweifelt, wieso? Ja. Ich hatte vor lauter Telefon keine Chance in Ruhe den Artikel zu lesen, kennst du ihn? Das ist nett von Richard, du bist in seinem Zimmer und kannst von da mit mir sprechen. Du hast was? Vom Bürgermeister ein Telegramm, und? Er gratuliert im Namen der Hansestadt Lübeck, na das lass dir einrahmen, für die Kinder und Enkelkinder. Geht es dir gut? Mir? Na ja, ich konnte noch nicht frühstücken. Wieso nicht? Du bist ja richtig lustig, Weib, weil das Telefon dauernd klingelt. Nein, mit dir spreche ich gerne, auch wenn mir der Magen knurrt."

Alois hört zu.

„Sag mal, können wir das nicht heute Nachmittag besprechen? Wie, keine Besuchszeit? Dienstags und donnerstags nicht? Kannst du nicht mit Richard reden, ob wir uns kurz in seinem Büro treffen können?"

Alois wartet.

„Reizend von ihm, sag ihm, ich bringe ihm ein Hausner Pils zum Abendbrot mit. Also bis 15 Uhr, Kuss Liebling."

Alois unterbricht die Verbindung, legt das Telefon nicht auf.

„Nicht noch mal mit mir."

Mein Klient ist heute eine Plaudertasche.

In Richards Büro geht es hoch her. Margot hat aus Lübeck Thermoskannen mit Kaffee mitgebracht und Niederegger Marzipantorte.

„Tessa, Llano, Hedi, ich gehe auf einen Moment zu Pacca, passt mir mit auf den Alois auf, ist das in Ordnung?"

Fort bin ich. Pacca sieht ernst aus.

„Ist was passiert?" „Gestritten haben sie wieder, der Fey und der Lothar." „Wer ist Fey?" „Der Hauptrestaurator, der nichts tut. Malskat malt, der andere redet mit allen und tut so, als ob er der große Künstler sei. Gori irgendwann platzt dem Lothar der Kragen." „Pass auf, dass er nicht vom Gerüst kippt, hast du trotzdem ein Ohr für mich frei?" „Ja doch." „Es geht um ein Mädchen, Elisabeths künftige Unterstützung. Pacca, du weißt es ja noch nicht: Elisabeth hat ihr Zwillingspärchen bekommen. Diese Hannelore ist eine Nichte ihrer Putzfrau Frau Schadewald, daher die Verbindung. Sie ist ungewöhnlich schön, kannst du sie dir ansehen, ich möchte wissen, ob sie irgendwie hormonell sehr aktiv ist?" „Du meinst, ob sie sexuell zur Aktivität neigt." „Genau." „Du verwechselst mich jetzt aber nicht mit einer Puffmutter, Gori?" „Paccalein, ich bitte dich, nicht sauer sein. Ich will doch nur mögliche Komplikationen besser einsortieren können." „Du misstraust Alois?" „Ich würde gerne mit einem klaren Ja oder Nein antworten, wenn ich könnte. Ich habe keine Ahnung. Ich will weder Überraschungen noch Überrumpelungen." „Gori, ich hoffe, du bist dir bewusst, dass ich so etwas für keinen anderen machen würde, wenn ich es denn tue." „Ja." „Angenommen, ich beantworte deine Frage mit Ja, was willst du mit der Information anfangen?" „Das kann ich dir sagen, falls sie mit Alois irgendwann allein sein sollte, würde ich entsprechend auf ihn einwirken." „Gut, Gori, wenn Hannelore bei Elisabeth und Alois ist, schicke Tessa zum Tausch und ich werde sehen."

Mist, Pacca ist nicht von mir begeistert. Wenn ich die Situation mit ihren Augen betrachte, hat sie recht.

„Was wolltest du von Pacca?" „Tessa, wie soll ich das sagen, ich wollte sie dafür gewinnen, sich Hannelore anzusehen, ob sie für Alois gefährlich werden könnte." „Aha, eine bemerkenswerte Intervention." „Hast du eine bessere Idee?" „Abwarten?" „Manchmal kann Vorsorge hilfreich sein, weil das Überraschungsmoment im Falle eines Falles nicht so hoch ist, und ein rasches Eingreifen möglich macht." „Natürlich hast du aus deiner Sicht der Dinge nicht unrecht. Auf jeden Fall aber missbrauchst du Paccas Fähigkeiten für eine zweifelhafte Sache. Da mir jedoch Elisabeths Wohlergehen am Herzen liegt, halte ich meinen Mund." „Gut, ich danke dir. Was war hier los?" „Alois fiel ein, eine Geburtsanzeige in die Zeitung setzen zu lassen; den Text wollte er mit Elisabeth besprechen. Sie haben sich inzwischen geeinigt." „Ach so, sonst war nichts?" „Nein, der Kinderarzt war heute da, die Babys sind gesund." „Schön." „Willst du sie sehen, möchtest du zu ihnen?" „Ja."

Die Kinder sind im Säuglingszimmer, Peter schläft, Sabine greinert vor sich hin. Ich sehe sie an, sie sieht mich an, sie erkennt mich als Schutzgeist, sie entspannt sich, lächelt aus wissenden Augen. Noch kann sie es. Bald schon verliert sich diese Fähigkeit. Ich werde sie nie Sarah nennen, jetzt ist sie Sabine, Tochter von Alois und Elisabeth:

„Schöne Zeit auf Erden, kleine Sabine, werde glücklich und habe ein langes Leben."

Ihre Augen blicken mich klar und furchtlos an.

Wieder ein neuer Tag
Alois ist aufgeregt, die Möbel für die Kinderzimmer kommen einen Tag früher, und an zwei Orten ab 10 Uhr gleichzeitig. Lilli Schadewald hilft. Wir fahren sie nach Lübeck, holen Hannelore auf dem Weg ab, lassen beide in der Königstrasse aus dem Auto. Eilig geht es zurück nach Travemünde. Alois hält vor der Zeitschriften- und Zigarettenhandlung und kauft sich tatsächlich einen „Spiegel". Ich kann so viel Glück nicht fassen. Endlich erfahre ich, was in Deutschland und der Welt gerade passiert. Alois lässt sich Zeit. Er setzt Kaffeewasser auf und bestreicht das vom Frühstück liegengebliebene halbe Brötchen mit Butter und Käse. Jetzt stutzt er. Er geht an die Haustür, öffnet und schließt sie. Der Teekessel schrillt, Alois stellt ihn ab, dreht das Gas ab. Dem ist der Appetit vergangen, autsch, ja, der riesige Zwillingswagen, das ist es, der wird nicht durch die Haustür passen. Bei Elisabeth in der Königstrasse wird es kein Problem

geben, die hat eine Doppeltür. Oh nein, was jetzt? Alois rennt ans Telefon und wählt die Nummer der Travemünder Polizeidienststelle.

„Ferdinand, gut, dass du da bist, grüß dich, Alois hier. Gut, danke, nein, nichts ist in Ordnung. Ich Oberdepp habe nicht daran gedacht, dass der Zwillingswagen nicht durch die Haustür passt. Nein, hier in Travemünde. Elisabeth kann ihren im Treppenhaus unten lassen. Keiner hat daran gedacht; die Tür ist viel zu schmal. Ja, vorübergehend kann ich ihn bei Frau Fahrbach unterbringen, aber das ist keine Lösung. Du meinst einen Eingang zum Innenhof? Und wie lange könnte das dauern? Du schickst ihn mir gleich vorbei? Ferdinand, wenn ich dich nicht hätte? Was macht euer Kleiner? Prima, danke dir, tschüs auch."

Aha, sie wollen einen Eingang zum Innenhof schaffen und dann? Damit ist der Wagen immer noch draußen. Na gut, zumindest Alois scheint etwas ruhiger zu sein. Er setzt den Teekessel wieder auf, beißt vom Brötchen ab, füllt Kaffee in die Filtertüte, nimmt den „Spiegel", schlägt den Hauptartikel auf. Oh nein, eine ellenlange Geschichte über die Oberammergauer Festspiele, es darf nicht wahr sein. Interessiert er sich dafür wirklich? Ich nicht. Der Teekessel pfeift, Alois gießt Wasser in den Filter. Der Artikel interessiert ihn, er lächelt beim Lesen. Die angebissene Semmel hat er vergessen. Es klingelt an der Haustür; die Möbel werden geliefert. Alois zeigt den Möbelpackern den Weg ins Kinderzimmer. Als wir wieder runterkommen, steht in der offenen Haustür ein sehr großer Mann, mit Bart und grauer Haarpracht, weißer Maurerkluft.

„Herr Hausner, bin ich hier richtig? Herr Beck schickt mich her, ich bin Jacob Möller, Maurermeister." „Moin, Herr Möller, ich freue mich, dass sie gleich kommen konnten.
Ich habe ein kleines Problem aber ich muss mit den Herren eben noch mal etwas klären, Sekunde bitte."

Alois wendet sich erneut den Möbelpackern zu, bittet sie, den Zwillingswagen bei Frau Fahrbach abzusetzen, nennt die Adresse. Er gibt ihnen ein reichliches Trinkgeld, gutwillig stimmen sie zu. Darauf geht er ans Telefon und? Aha, er ruft Frau Fahrbach an, die noch nichts vom Zwillingswagen ahnt. Es dauert, bis sie abnimmt, um diese Zeit steht sie in der Küche.

„Moin, Frau Fahrbach, alles gut, ja, oder doch nicht ganz. Hören sie, was mir passiert ist. Vor einer Stunde fiel mir ein, dass der Zwillingswagen nicht durch die Haustür passt; können sie sich vorstellen, was ich für einen Schreck bekam? Liebe Frau Fahrbach, können wir den Wagen für ein paar Tage bei ihnen im Hausflur abstellen? Danke, das ist ganz lieb von ihnen, die Möbelfirma wird ihn gleich bringen. Ich komme dann pünktlich zum Essen. Ja bis dann, tschüs."

Die Möbelpacker sind fertig, verabschieden sich, Alois wendet sich dem Maurermeister zu:

"Sie haben bestimmt mitgekriegt, was das Problem hier ist?"
„Keine Sorge, Möller ist da, jetzt kommt die Lösung."

Guter Spruch, Alois findet das auch und die Besichtigung der Mauer von außen und vom Innenhof beginnt. Sein Schutzgeist hat mir kurz zugenickt, ist an einer Vorstellung aber uninteressiert. Soll mir recht sein. Nach der Besichtigung zeichnet der Herr Maurermeister eine Skizze, überzeugt Alois von seinem Vorhaben und schlägt vor, sofort zu beginnen. Alois übergibt ihm einen Schlüssel für die Haustür. Gut so. Frau Schadewald ruft an, die Möbel seien auch in Lübeck angekommen. Hannelore und sie hätten die Bettwäsche aus den Verpackungen genommen und wären damit abholbereit. Es geht nach Lübeck, Hannelore wird zu Hause abgesetzt. Dann lockt das Fahrbach'sche Mittagessen. Ich nutze die Gunst der Stunde, vertraue Alois Jam an und schaue zu Tessa ins Krankenhaus.

„Schau sie dir an, Gori, es klappt schon wieder."

Elisabeth hat das rechte Bein auf die Stuhllehne gelegt und vollführt Dehnübungen.

„Sie will Montag das Krankenhaus verlassen." „Das weiß Alois noch nicht, oder?" „Keine Ahnung."

Die Tür geht auf, Professor Feiler kommt rein.

„Elisabeth, Elisabeth, habe ich dich auf frischer Tat erwischt, das ist zu früh, bitte, glaube mir, auch wenn ich kein Gynäkologe bin." „Richard, schön dich zu sehen, es geht mir ausgezeichnet. Die Frauen haben früher mitten während der Feldarbeit ihre Kinder bekommen und nach der Geburt gleich weitergearbeitet. Ich hatte vier lange Tage Pause."

Richard lacht:

„Amüsant, wenn sich eine Tänzerin mit einer Bauernmagd vergleicht." „Was die Schwere der Arbeit betrifft, ist der Vergleich naheliegend. Richard, ich habe mich ausführlich mit der Hebamme, einer jungen modernen Frau, besprochen. Sie sagte mir, es gäbe medizinisch keinen Grund nicht zu trainieren. Gut sei es allerdings, grundsätzlich auf Warnsignale des eigenen Körpers zu achten, was ich als Tänzerin immer schon getan habe." „Gut Elisabeth, ich rede dir nicht rein. Etwas anderes, ich habe gehört, du willst uns Montag schon verlassen, weiß Alois davon?" „Nein, ich will ihn überraschen." „Hältst du das für eine gute Idee? Ich weiß von Margot, die heute bei Frau Fahrbach übernachtet hat, dass die Babysachen heute angeliefert wurden. Euer Travemünder Zwillingswagen steht bei Frau Fahrbach in der Diele, weil er nicht durch die Haustür passt. Alois muss heute noch alles in die Wäscherei geben, ob die Sachen bis Samstag fertig sein können?" „Ach du liebe Zeit, daran habe ich überhaupt nicht gedacht, ich glaube, das mit der Überraschung werde ich bleiben lassen. Und sag mal, was passiert jetzt wegen des Kinderwagens?" „Kann ich dir nicht sagen." „Ich glaube es nicht, wir dachten, wir hätten wirklich an jede Kleinigkeit gedacht. Mein armer Mann."

„Tessa, ich muss wieder rüber. Vielleicht essen Margot und Alois zusammen."

So ist es, Margot und Alois genießen bereits den Nachtisch.

„Alois, ich mache dir einen Vorschlag: Wir fahren jetzt gleich rüber zu dir und ich helfe mit den Babysachen. Wie ich Elisabeth kenne, hat sie keine Lust, ihre volle Zeit im Krankenhaus abzuliegen. Es sollte ein Minimum an Wäsche bis Montag fertig sein, was denkst du?" „Kriegen wir das hin?" „Aber selbstverständlich." „Na dann Llano, pass auf Margot auf, dass sie vor lauter Eifer nicht im Waschzuber landet." „Sei nicht so frech, Gori, seit Margot mit Richard zusammen ist, hat sich ihr Temperament vorteilhaft geändert, sie ist viel ausgeglichener." „Ich weiß es doch Llano, du musst dich nicht von mir auf die Schippe nehmen lassen." „Was sagst du, Helene? Frau Müller will Babysachen bei Herrn Hausner waschen. Hast du dich nicht verhört? Das kann sie gar nicht. Ich weiß von Frau Hausner, dass sie alles in die Wäscherei gibt." „Nee, Lilli, verhört habe ich mich nicht, willst du mit ihnen gehen?" „Kannst du mich entbehren?" „Dich weniger, deine Arbeitskraft gerade so eben."

Helene und Lilli küssen sich.

„Sie gehen sehr fürsorglich miteinander um, ist das nicht erfreulich, Gori?" „Ja, Jam, hoffentlich ist ihr Umfeld auch so tolerant, wie wir, wenn durchsickert, auf welche Weise sie zueinanderstehen." „Hör bloß auf, daran mögen wir beide nicht denken."

Elvie nickt.

Alois schläft, das war ein Tag heute! Gut, dass Frau Schadewald die Waschregie übernommen hat. Die zwei anderen standen in der Waschküche, wie die berühmten Ochsen vorm Berg. Eines konnte ihnen nicht abgesprochen werden: willig waren sie. Haben Getränke gebracht, nachmittags Kaffee gekocht. Es gab sogar Kuchen aus der Bäckerei, gleich mit für den Maurermeister, seinen Gesellen und Lehrling. Der Lehrling ist spindeldürr und hat für zwei gegessen. Armer Kerl, wird bestimmt nicht richtig satt, hat mir sein Schutzgeist bestätigt. Was für ein Glück, die Maueröffnung haben sie geschafft. Die ist rund geworden. Gut sieht das aus. Morgen kommen Schlosser und

Tischler; die hat Herr Möller vermittelt. Alois hat die Hauptportion der Wäsche in die Wäscherei gebracht, soll Samstag 16 Uhr fertig sein. Ich will jetzt nur noch eines, meine Gedanken ausschalten.

Neuer Tag
Was jetzt? Mein Klient schon wach? Im Bad. Wie spät ist es? 6 Uhr 30, der Tag fängt früh an. Ja, die Handwerker kommen um 7 Uhr. Ich habe den Wecker nicht gehört; Alois ist von allein aufgewacht. Alois ist im Bad fertig, zieht sich an, runter in die Küche, setzt Wasser auf, nimmt sich Portemonnaie, Schlüssel, auf zum Bäcker. Die Bäckerei macht schon um 6 Uhr auf.

„Herr Hausner, guten Morgen, was denn sie so früh, was hat sie denn aus den Federn geholt?" „Guten Morgen, Frau Sauermann, haben sie es nicht mitgekriegt? Ich habe Handwerker. Können sie es sich vorstellen: ich habe die Breite des Zwillingswagens unterschätzt. Jetzt mussten wir eine Öffnung zum Innenhof schaffen. Um sieben kommen Maurer, Schlosser und Tischler. Ich muss mich mächtig sputen." „Ja, das müssen sie, wie viele Brötchen dürfen es sein?" „Packen sie mir zwanzig ein, der Tag ist lang." „Sehr gerne."

Frau Sauermann wünscht Alois gutes Gelingen. Drei Minuten später fängt mein Schützling an, die Brötchen aufzuschneiden. Der Teekessel meldet sich, Kaffee in den Filter, Wasser drauf, wieder zu den Brötchen. Die Handwerker kommen. Zuerst Herr Möller allein, dann der Tischler, zuletzt der Schlosser, es wird gemessen, gerechnet, beraten, dann kommen die drei in die Küche. Alois bietet Kaffee und Brötchen an, die Herren greifen zu. Mein Klient erfährt den Plan, zeigt sich einverstanden. Die Schutzgeister der Herren nicken mir freundlich zu; bei der Vielzahl ihrer Begegnungen kann ich verstehen, dass sie sich nicht bei jedem Schutzgeist der Kunden gleich namentlich vorstellen.

Es klingelt an der Haustür, Alois ruft laut
„es ist offen". In die Küche kommt Ferdinand Beck, jetzt beförderter Polizeihauptmeister und Dienststellenleiter.

„Morgen, die Herren, morgen Alois. Alois ich bin leider dienstlich hier. Kann ich dich einen Moment sprechen?" „Guten Morgen Ferdinand, wir sind hier fertig, die Herren wollen gerade gehen."

Die Herren Handwerker verabschieden sich mit „bis heute Nachmittag."

Alois sieht gespannt auf Ferdinand, Mala und ich drücken uns die Hand.

„Alois es tut mir leid für dich. Unbekannte haben zwanzig deiner Strandkörbe aufgebrochen. Zwei Beamte haben mir den Schaden vor Minuten gemeldet. Sie wissen, dass wir befreundet sind und wollten es mir überlassen, es dir zu sagen. Willst du es dir gleich ansehen?"

Alois ist wieder einmal wachsbleich.

„Mala, hilf mit, Adrenalin, sonst fällt er um!"

Es geht gut, Alois atmet tief ein.

„Das jetzt auch noch, ja, danke Ferdinand, lass uns gehen." „Alois, mir sieht der Schaden wie eine Warnung aus. Wie hast du deine Strandkorbkollegen empfunden? Waren sie nett zu dir?" "Du sprichst in Rätseln, ich kenne sie doch nicht. Ich wollte jetzt beginnen, mich hier bei ihnen am Strand vorzustellen und freundlich um gute Nachbarschaft zu bitten." „Dann ist es wahr, was mir zugetragen wurde, du warst nicht bei der diesjährigen Strandkorbvermieterversammlung?" „Nein, wann soll die gewesen sein?" „Am 15. Mai, im Clubraum des Seglervereins. Hast du keine Einladung bekommen?" „Keine Ahnung. Weißt du was? Kannst du dir vorstellen, was zu diesem Zeitpunkt los war? Elisabeth konnte sich kaum noch rühren. Die Strandkörbe mussten aufgestellt werden, die Vermietungen liefen an. Ich habe die Post nur auf Kundenanfragen, und nach Rechnungen abgesucht, damit ich nicht säumig werde. Alles andere habe ich auf einen Haufen gelegt." „Da wird deine Einladung wohl auch drunter sein. So guck hin, weswegen in glaube, dass es kein

Racheakt sondern eine Warnung ist. Hier, die Stäbe sind in der Mitte beim Schloss rausgesägt worden, dadurch entstand eine Lockerung, der Rest der Verdichtung ließ sich, ohne weiteren Schaden anzurichten, ganz leicht raushebeln. Verstehst du, was ich meine? Das war keine echte Zerstörung." „Ich sehe es und fühle tiefe Dankbarkeit angesichts dieses Großmutes." „Spare dir deine Spöttelei, ich kenne die Leute hier und weiß, wie sie drauf sind. Kauf
'ne Buddel Rum und geh' schleunigst zum alten Krumbügel, eurem Vorsitzenden, und erkläre deine Abwesenheit bei der Versammlung. Der Mann hat ein gutes Herz und wird es kapieren. Sein Sohn, aber das bleibt unter uns, ist ein anderes Kaliber, dem traue ich was zu. Der hängt zwar bedingungslos an seinem Vater, aber keineswegs an den Buchstaben des Gesetzes. Der wollte dir eins auswischen, gerade nach dem werbewirksamen Zeitungsartikel, über Elisabeth und dich. „Nu wüllt wi mol sehn, wat de fiene Pinkel dor to seggt". So solltest du es sehen."
„Jawohl, Herr Polizeihauptmeister Beck, keine Ironie, dafür eine Flasche Rum, und wenn ich die Kanaille von Krumbügel Junior beim Senior antreffe, kann ich ihn gleich fragen, ob er für mich nach Eutin fahren möchte, um die Verschlüsse für die Körbe nachzukaufen. Das nennt sich, den Bock zum Gärtner machen. Bist du mit mir zufrieden?" „Bist du heute Abend einsam und allein?" „Ja." „Dann hole ich mir ein Bier bei dir ab." „Ja, bitte, wir begießen dann gleich auch die neue Pforte; angeblich soll sie heute Nachmittag fertig sein. Die ist nicht für Dauer bestimmt, sie wird schlicht „zusammengekloppt", wie es hier an der Küste heißt. Schlüssel kriegt sie nicht, nur Ketten, die Hauptsache, das Provisorium hält, bis die richtige Tür gemacht ist."

Alois kauft eine Flasche Rum, seufzt und setzt an, Herrn Krumbügel in seinem Strandwächterhaus seine Aufwartung zu machen. Beim Senior sitzt der Junior, die Herren sagen „guten Morgen", stellen sich vor.

„Herr Krumbügel, ich habe die Einladung zur Versammlung eben gerade gefunden, ungeöffnet. Ich hatte zu dem Zeitpunkt nur Rechnungen und Kundenbriefe geöffnet, weil meine

schwangere Frau sich kaum noch rühren konnte, und ich mit Strandkorbanlieferung, Haushalt und Pflegedienst allein ansaß. Ich bin untröstlich, was kann ich tun, diesen Schnitzer wieder gut zu machen." „Na, dünn gahn se mol mit ner Klorenbuddel een mol de Runn.
Dat mök helpen."

Alois versteht nichts.

„Mein Vater meint, sie sollten mit einer Flasche Klaren einmal die Runde drehen, das würde vielleicht helfen." „Das will ich gerne so machen, und was ist mit ihnen, Herr Krumbügel, darf ich auf ihr Verständnis hoffen?" „Klor ok, se hebbt mi jo wat in de Hänn gäben. Nee, nich de Buddel, jümmers de Saak mit se er Fru, dat hew ich ok erlewt, dor is nix wat twischen uns steit. Up gode Kollegialität und gode Nahbahschaft."

Bei dem Satz steht Herr Krumbügel auf und reicht Alois die Hand. Mein Schützling hat nichts verstanden, interpretiert das Händeschütteln aber genau richtig, und wendet sich mit einem „jo, dann mal tschüs auch und dank auch" ab zu neuen Taten. Ob ich mir Sorgen um seinen sonst so gepflegten Wortschatz machen muss? Junior Krumbügel hat's verschluckt, wo mag der hin sein? Ha, da oben auf der Promenade steht er, wartet offensichtlich. Auf was? Auf Alois, ja. Er sieht ihn, winkt, wir gehen zu ihm.

„Herr Hausner, den Schaden an ihren Strandkörben habe ich angerichtet. Ich komme dafür auf. Ich habe sie für einen arroganten Kerl gehalten, jetzt tut es mir leid. Ich bin nicht immer so. Ich will sagen, ich habe mich schon gebessert, was sagen sie?" „Einsicht ist der beste Weg zur Weisheit." „Sie sind mir nicht böse?" „Ih, woher, ich könnte ihnen nur rechts und links kräftig eine watschen. Als ob ich im Augenblick nicht ganz andere Probleme hätte. Morgen werden sie für mich nach Eutin fahren und die zwanzig Verschlüsse für die Strandkörbe holen, ist das klar? Sie haben einen Führerschein?" „Einen Führerschein habe ich, aber so viel Geld habe ich nicht, die Verschlüsse zu bezahlen." „Habe ich mir gedacht, das werden sie abarbeiten." „Wie denn?" „Sie kommen doch vor Langeweile um; ihr Vater schmeißt das Geschäft fast allein, sie werden mich immer dann vertreten, wenn ich Vertretung brauche, faule Ausreden will ich nicht hören, Hauptpolizeimeister Beck ist mein Freund." „Weiß er davon?" „Darüber dürfen sie nachdenken, es mich aber nicht fragen, haben wir uns verstanden, jetzt und für alle Zukunft?" „Ich habe sie verstanden und bin einverstanden." „Wie alt sind sie?" „Neunzehn." „Haben sie eine Ausbildung?" „Korbflechter." „Und mögen sie ihren Beruf?" „Nein, ich wollte Abitur machen und studieren, Latein- und Französischlehrer wollte ich werden. Mein Vater hat mich vor drei Jahren von der Schule genommen, und in die Lehre gesteckt, er meinte, solche Lehrer braucht das Land nicht. Das war 1948, heute sieht es schon wieder anders aus. Stimmt doch, oder?" „Ich habe im Augenblick keine schulpflichtigen Kinder, erst in ein paar Jahren wieder. Aber ja, Lehrer muss es immer geben. Gibt es noch eine andere Begründung für die Haltung ihres Vaters? Ihr Vater ist nicht mehr ganz jung." „Ich weiß, er hatte Angst er würde sterben und mich ohne Berufsausbildung zurücklassen. Deshalb bin ich ihm auch überhaupt nicht böse, ich habe seine Furcht respektiert." „Sie werden mir immer sympathischer, sie haben doch gar nichts mit einem Raudi gemein?" „Will ich auch nicht sein. Ich bin manchmal verzweifelt, weil ich mit Strandkörben nichts am Hut habe. Ich bin für den Rest meines Lebens verraten und verkauft." „Stopp, junger Mann, nicht so pessimistisch. Es gibt in Lübeck doch bestimmt ein Abendgymnasium, an dem sie ihren Schulabschluss nachholen können. Haben sie darüber mit ihrem Vater gesprochen?" „Nein, natürlich nicht, das Thema ist für ihn doch abgeschlossen." „Dann nehmen sie es wieder auf, sie haben ihren Ausbildungsberuf, diese Tatsache müsste ihren Vater beruhigen und für ihre Pläne milde stimmen." „Das klingt so einfach." „Es ist einfach, wie sagt der Volksmund: wo ein Wille ist, ist auch ein Weg." „Ich finde es gut, sie kennengelernt zu haben, Herr Hausner." „Der Anlass hätte erfreulicher sein können." „Ja, ich könnte mir in den Hintern kneifen. Werden sie es meinem Vater sagen?" „Nee, nicht solange wir beide klarkommen." „Sie können sich auf mich verlassen."

Sie verabreden sich für morgen, Krumbügel Junior bekommt Alois Auto gestellt.

Alois ist jetzt fertig, sturzbetrunken, das musste so kommen. Immer wieder hat er seine Entschuldigungsgeschichte erzählt, und immer wieder mit den neuen Kollegen angestoßen bis die Flasche leer war. Jetzt liegt er in einem seiner Strandkörbe und schnarcht. Gut, dass keine Kunden da sind; vergrault hätte er die. Richtig hat er gehandelt. Die neuen Strandnachbarkollegen waren ohne Ausnahme nett zu ihm. Wenigstens was. Die neue Tür wird jetzt bestimmt geliefert und wir sind nicht da. Kalt wird es bestimmt außerdem; hoffentlich holt er sich hier nicht einen Schnupfen, das fehlte noch wegen der Babys.
Ich möchte wissen, was Krumbügel Junior in der Vergangenheit angestellt hat. Vielleicht kann Mala das wissen. Oh je, Ferdinand will kommen, wie spät mag es sein? Ich sollte versuchen, Alois aus seinem Rausch zu bewegen. Er muss essen und trinken. Lilli und Helene haben heute vergebens auf ihn gewartet. Triumpf, er kommt zu sich und – wirklich gut sieht er nicht aus. Er hat bestimmt Kopfschmerzen, er stöhnt ganz dumpf, armer Mann. Ja, Alois, du armer Mann, jetzt sieh zu, dass du auf die Beine kommst. Er steht, schwankt nicht. Na bitte, so soll es sein. Er schaut auf die Uhr „Schiet", mein Klient übt sich in der plattdeutschen Sprache. Kraftausdrücke klingen viel harmloser, er stürmt vorwärts, sein Bewegungsapparat funktioniert tadellos. Es geht in die nächste Schlachterei. Aha, er verlangt fertigen Kartoffelsalat und drei Würstchen, nicht schlecht. Ich bin gespannt, ob die Tür eingebaut ist. Wir gehen die letzten Meter. Ja, sie ist eingebaut, hat prima geklappt. Alois freut sich, sehe ich ihm an.

Ein etwas volleres Haus
„Alois, siehst du, was ich sehe?" „Ja, Liebling, einen Menschenauflauf vor unserem Haus." „Das hat bestimmt Margot organisiert, die wollen uns ein Willkommensfest zum Einzug von Peter und Sabine schenken." „Großartige Idee." „Meinst du das im Ernst oder ironisch?" „Weiß ich selbst nicht so genau." „Hast du jetzt schlechte Laune?" „Elisabeth, es war in letzter Zeit genug Wirbel. Ich habe bis eben gehofft, wir könnten uns in Ruhe mit

den Babys einrichten und wenn sie schlafen, auch die Beine hochlegen. Guck doch mal hin, was die Herrschaften anbringen, ganze Essensberge, die gehen so schnell nicht wieder."

Wie wahr. Alois hatte recht. Er benahm sich jedoch vorbildlich, spielte den perfekten Gastgeber, weil er außer charmanter Konversation, essen und trinken eigentlich nichts machen musste. Alle waren gekommen, fast alle, die wir kennen: Margot und Richard, die Damen Schadewald und Fahrbach mit Hannelore, die um ein Kind erweiterte Familie Beck, Frau Kühl und ihr wildes kleines Mädchen, die Jungs waren glücklicherweise in der Schule, sonst hätte es bestimmt den einen oder anderen Schaden gegeben. Herr Schulze vom Strandkorbvermieter. Dafür hat bestimmt der Ferdinand gesorgt. Der junge Krumbügel hat die Hannelore mit den Blicken geradezu verschlungen, das mag noch heiter werden. Tessa meint das auch. Soll mir nur lieb sein, besser er als Alois verbrennt sich die Finger an Lübecker Theater, und Herr Krumbügel und sein Sohn als Abordnung der Travemünder
der Schönheit. Der Herr Schulze ist unglaublich! Er hat aus den Tiefen der Theaterrequisite für Sabine einen ausrangierten Standspiegel mit dickem Goldrahmen ausgegraben, auf einen Fahrradanhänger gepackt. Für Peter ein Schwert. Damit ist er nach Travemünde geradelt. Ihm standen noch eine ganze Weile Schweißtropfen auf der Stirn. Da hatten es die Damen Lilli und Helene besser; die konnten den großen Topf mit Gulaschsuppe im Zwillingswagen transportieren. Margot brachte einmal wieder „Niederegger" Nusstorte mit. Organisieren kann sie perfekt, Kuchen backen liebt sie nicht. Frau Kühl kam mit einer selbstgemachten Buttercremetorte und Familie Beck wartete mit Brot, Butter, Käse und Schinken auf. Herr Krumbügels Mitbringsel war eine Flasche Portwein. Na, die wird in diesem Hause so richtig alt werden. Krumbügel Junior, der witziger Weise mit Vornamen Hanno heißt, passt ja gut zu Hannelore, pirschte sich – aber erst als Hannelore mit den Babys nach oben ins Kinderzimmer entschwand – an Alois heran, um ihm zu erzählen, dass sein Vater mit dem Abendgymnasium einverstanden sei. Hanno wird in Zukunft bestimmt nichts mehr an-

stellen, meinten Tessa, Jam und Mala auch, denen ich die Geschichte erzählen musste. Alois hat sich darauf bei ihm für die Anlieferung und den Einbau der Strandkorbverschlüsse bedankt und ihm zehn Mark zugesteckt. Nobel.

Punkt 13 Uhr verzog sich Elisabeth, sie war total fertig. Sie isst so wenig, erschöpft wäre sie trotz mehr Nahrungsmittel aber auch gewesen. Ich mag meine Gedanken gar nicht abschalten, bestimmt wacht eines der Kinder bald wieder auf. Tessa schaut mich an:

„Wollen wir uns abwechseln, wenn du abschalten willst Gori, übernehme ich die Wache, später wechseln wir." „Tessa, gute Idee, bis dann."

Zeitsprung, Donnerstag, 20. Dezember 1951
Elisabeth ist toll! Ihre Weihnachtsgeschichte kommt bestimmt gut an. Sie hat sich die Choreographie selbst ausgedacht, obwohl sie immer behauptet hat, ihr würde das nicht liegen. Zwei Tage noch bis zur Aufführung. Alle sind aufgeregt; ganz besonders Alois, der konzentriert am Klavier sitzt. Morgen ist Generalprobe im Theater. Hoffentlich geht es gut, oder lieber nicht? Gute Generalprobe, schlechte Aufführung, sagen die Theaterleute. Dann besser umgekehrt. Sabine schläft tief und fest auf ihrer Decke in der Ecke des Ballettraumes. Peter nicht, nie schläft er, wenn geprobt wird. Er liegt auf dem Bauch neben seiner Schwester und schaut mit großen wachen Augen zu. Könnte er schon sprechen, würde er bestimmt alles kommentieren. Könnte er schon laufen, möchte ich ihn mir als eines der Häschen vorstellen oder der Sternenkinder. Wäre er noch etwas älter, würde er vielleicht den Josef geben. Tessa und Kan sind auch davon überzeugt, Peter wird tanzen wollen. Aber das kann sich noch ändern, wie sich so viele Dinge ändern, verändern, abgeändert werden, Perspektivitätswechsel, Motivationsdefizite, Zielzersetzung, Gedankenkanalisierung, Synapsenaberration, intellektuelle Kollisionstraumata. Ja, früher wollte ich, jetzt will ich etwas anderes. Margot Müller, jetzt Feiler kommt. Sie wird gesanglich die Choreographie rahmen. Llano winkt mir zu. Er und Hedi sind ein gutes Team, genau wie Tessa und ich.

Die beiden haben sogar auf der Hochzeit von Margot und Richard zusammen getanzt. Sahen für uns Schutzgeister seltsam aus, sie hatten ja keine Ballgarderobe an.

Einen Tag nach der Hochzeit ist Alois Großvater geworden. Gut so, Bayern ist weit weg. Offiziell zeigte er sich hoch erfreut. Vielleicht war er auch nur erleichtert darüber, seine Tochter endlich in der Mutterrolle zu sehen, die sie immer wollte. Im Augenblick ist er viel zu intensiv Vater kleiner Kinder. Kein Mensch kann sich gefühlsmäßig in Vater kleiner Kinder und Großvater noch jüngeren Babys splitten, oder doch? Gehe ich zu sehr von mir aus? War ich je in dieser Situation? Vielleicht irgendwann als Mondsteinzeitmensch, später eher nicht. Ist auch egal, Gedanken kommen und gehen, haben so oft keine Konsequenzen. Sabine schläft immer noch, die Probe ist beendet. Margot singt jetzt das Anfangslied „Vom Himmel hoch". Sie steht bei Alois am Klavier. Elisabeth hat ihre Truppe um sich geschart und gibt leise Anweisungen. Peter hat nichts mehr anzusehen, er dreht sich auf den Rücken, fängt an zu greinen. Davon wacht Sabine auf, bleibt ruhig, Hannelore erscheint wie gerufen und hebt Peter auf. Ohne ihren Bruder neben sich, beginnt jetzt auch Sabine an zu weinen. Elisabeth kommt schnell und nimmt ihre Tochter auf den Arm, geht zurück zu ihrer Truppe, die sie jetzt rasch mit:

„Herrschaften, es ist alles besprochen, morgen um 10 Uhr im Theater, alles klar?"

verabschiedet.

„Ja, Frau Hausner."

Die Kinder gehen sich umziehen, der Geräuschpegel verebbt, Margot singt jetzt „Stille Nacht", das Finallied. Sie hat eine großartige Stimme, klar, tragend mit einem ganz eigenen, sehr warmen Timbre, typisch für Mezzosopran. Alois begleitet besser, als ich befürchtet habe. Lange sträubte er sich gegen einen Einsatz im Ballettraum, und was hat er dann gemacht? Sich für sein Travemünder Haus ein Sauter Klavier besorgt und wundersam fleißig geübt. Und dem Ferdinand sogar erzählt, wie wichtig es ihm sei, jetzt mit Elisabeth etwas Gemeinsames zu haben. Tatsächlich, ihre Reaktion darauf fiel theaterreif enthusiastisch aus, sie gutwillte in den großen Sommerferien. Hat brav mit Alois die Strandkörbe gehütet, ging prima. Es gab nur an drei Abenden Erwachsenengruppen, mit denen sie in Lübeck arbeiten musste. Dann der Hanno, oft kam er, eigentlich ziemlich sehr oft. Hat Sandbaugruben wieder aufgefüllt, Burgen geglättet, wenn Badegastfamilien abreisten, sah sich für Ausbesserungsarbeiten an den Strandkörben zuständig. Natürlich vergaß er nie, mit Hannelore abzuschwatzen, fütterte sogar die Kinder. Auch das noch: Es wurden sich Fahrräder angeschafft und Alois und Elisabeth sind gleich morgens vor dem Frühstück schwimmen gegangen. Toll, so ein Leben. Sind das jetzt zeitweilig sinnvolle Beschäftigungen während eines langes Urlaubs, oder Arbeitseinsätze mit reichhaltigem Freizeitangebot? Schönes Leben, gutes Leben. Den Kindern geht es gut, was macht die Welt, der Koreakrieg, was läuft sonst so? Keine Ahnung.

„Hast du was, Gori, du siehst muffelig aus?" „Überhaupt nicht, Tessa, ich musste einfach mal das Geschehen der letzten Zeit rekapitulieren." „So ernst, wie du aussiehst, war es doch gar nicht. Na gut, ich erzähle dir jetzt Klatsch. Also ich weiß, was Hanno Krumbügel gemacht hat. Er ließ beim Einkaufen Schnapsflaschen mitgehen und Kaugummi. Der Kaufmann merkte es jedes Mal und nach dem dritten Diebstahl hat er es Herrn Beck erzählt. Hanno ist von ihm verwarnt worden und musste den Schaden begleichen. Eine Anzeige und ein Gerichtsverfahren gab es nicht." „Aha, von wem hast du dein Wissen?" „Von Jam." „Woher hat er das?" „Von Rein, dem Schutzgeist der Beck Mädchen." „Und Rein hat es aufgeschnappt, als Becks darüber redeten, doch bestimmt nicht vor den Kindern." „Wohl nicht, kann ich mir nicht vorstellen, warum mag Hanno das getan haben?" „Zu welcher Zeit fand das statt?" „Als er von der Schule genommen wurde und in der Lehre war." „Ach Tessa, aus Kummer ist das passiert, das ist verständlich." „Verständlich? Das war Diebstahl." „Im Prinzip nicht, eher Mundraub." „Gori, ich habe den dringenden Verdacht, dass du das

Gesetz nicht ernst nimmst. Das ging schon los mit Alois Rosengeklaue, das hast du vollständig gebilligt." „Es war immer für einen guten Zweck." „Zweck, auch ein guter, heiligt nicht die Mittel." „Tessa, sei doch nicht so altbacken." „Ich, altbacken? Ja, ich will gerne altbacken sein, wenn es um schädliche Dinge geht, du bist altbacken, wenn es um Sex geht, der ist nicht verboten und völlig harmlos. Da kneifst du und schämst dich sogar." „Stimmt nicht, ich schäme mich nicht. Ich habe nur keine voyeuristischen Ambitionen, wie du." „Das finde ich jetzt von dir sehr schlecht formuliert, ich nehme meine Aufgabe als Schutzgeist eben ernst. Auch beim Sex, wenn du so willst, da kann viel passieren, richtig viel passieren." „Klar, ein Herzinfarkt überholt den nächsten, auch bei kerngesunden Menschen. Pass ja immer schön auf, Tessa." „Ich glaube, du hast extrem schlechte Laune, ich gehe zu Elisabeth." „Ich danke dir."

Verflixt, das war eben nicht nett von mir, es stimmt nicht, was ich sagte, Schnapsklauen ist kein Mundraub, wieso habe ich Tessa den Anarcho vorgespielt? Oh je, ich werde mich bei ihr entschuldigen müssen. Ich habe aber keine Lust dazu, sie fühlt sich dann im Recht und ich stehe im Regen. Sie ist manchmal extrem vernünftig, so obererwachsen, und ich bin der dumme kleine Junge, der um Verzeihung bitten muss. Und Tessa wird sagen „ist schon in Ordnung, Gori und das mit dem Sex kriegen wir auch noch hin".

Habe ich eine Entschuldigung wirklich nötig? Frech oder ironisch war nur mein „ich danke dir" bei ihrem Fortgang. Ich könnte mich für diesen Satz entschuldigen. Ich muss meine unkonventionelle Straftatauslegung vielleicht nicht mehr erwähnen. Genauso mache ich es. Und ich nehme mir hier und jetzt feierlich vor, in Zukunft meine Zunge zu hüten und nichts zu sagen, wenn ich es nicht wirklich so meine. Basta. Aber wieso habe ich schlechte Laune? Tessa hat recht. Ich fühle mich heute seltsam unwohl. Irgendwie schwerfällig, als würde ich am Boden kleben, als hätte ich eine flüchtige Intuition abgewürgt, die mir jetzt im Rücken sitzt. Was kann das gewesen sein? Heute war nichts, absolut nichts, was in mir irgendeine Irritation hätte auslösen können. Gestern? Ja, gestern in Travemünde.

Da war etwas: der alte Krumbügel, als Alois kurz mit ihm sprach. Ich habe eine flüchtige Negativenergie bei ihm gefühlt, und wollte seinen Schutzgeist fragen, ob er krank sei. Alois hatte es eilig und ich kam nicht mehr dazu. Dann vergaß ich es, statt dem bei nächster Gelegenheit nachzugehen. Ich muss sofort zu Tessa.

„Llano, übernimmst du kurz Alois für mich?" „Ja, sicher doch." „Danke." „Tessa, ich muss kurz zum alten Krumbügel. Bitte, entschuldige meine Patzigkeit von vorhin, ich hatte schlechte Laune, weil ich etwas vergessen hatte. Ich bin einer Eingebung nicht gefolgt. Llano passt auf Alois auf." „Alles gut, Gori, ich bin froh, dass du jetzt weißt, was deine Stimmung beeinflusst hat."

Krumbügels
„Er ist seit einer Stunde tot, er hat sich in seinen Sessel gesetzt und ist eingeschlafen, ganz friedlich, ein sehr schöner Tod."

Der Schutzgeist von Herrn Krumbügel zuckt dabei bedauernd die Schultern.

„Tut mir leid, vor allem für Hanno." „Hör zu, mein Schützling hat gestern Abend zusätzlich zu seinem Testament eine Verfügung aufgesetzt. Darin wird Herr Alois Hausner gebeten, die Vormundschaft für Hanno bis zu dessen Volljährigkeit zu übernehmen. Er hat gefühlt, dass etwas nicht mit ihm stimmt. Hanno wird bald hier sein." „Ich komme gleich noch einmal wieder." „Tessa, Herr Krumbügel ist gestorben, Alois soll Hannos Vormund werden." „Ach Gori, tut mir leid für Herrn Krumbügel. Und der arme
Hanno erst und der bedauernswerte Alois. Dicker konnte es nicht für ihn kommen. Gut, dass wenigstens Winter ist und er sich nicht um das Strandkorbgeschäft kümmern muss." „Du sagst es." „Tessa, ich gehe nochmals zu
Krumbügels."

Hanno steht vor seinem Vater. Er ist schockiert, tief schockiert. Sein Schutzgeist ist eine zierliche, langhaarige Blondine, die ein wenig Ähnlichkeit mit Elisabeth hat. Wir hatten nie Gelegenheit, uns miteinander bekannt zu machen.

„Hallo, ich bin Gori, wie heißt du?" „Kali. Dein Schützling soll Hannos Vormund werden." „So ist es. Wollen wir dem Jungen ein wenig Energie geben, damit er handlungsfähig wird?" „Ja, unterstützen wir ihn. Gut so, er nimmt ein bisschen Farbe an."

Hanno steht und überlegt. Eine Minute vergeht. Dann wendet er sich zum Schreibtisch, blättert im Telefonbuch, wählt:

„Ja, guten Tag, Herr Hausner, sind sie es? Ja, ich bin es, Hanno. Herr Hausner, mein Vater ist tot. Ich bin gerade nach Hause gekomken. Was soll ich jetzt machen? Danke, Herr Hausner." „Kali, ich muss weg, wir sehen uns später." „Tessa, wo ist Alois?" „Gut, dass du kommst Gori, Alois zieht sich um, er fährt zu Hanno nach Travemünde, du hast das Telefongespräch gehört?" „Ich stand daneben."

Elisabeth legt die satte, gewickelte, müde Sabine in ihr Kinderbett, Hannelore gleichzeitig Peter in das seinige.

„Hannelore, der Papa von Hanno ist gestorben, mein Mann fährt zu ihm." „Das ist ja furchtbar, was wird jetzt mit Hannos Schulabschluss?" „Es wird sich alles klären, Hanno ist ein prima Junge, wir lassen ihn nicht allein."

„Gori, gehe bitte jetzt, Alois ist allein."

Alois hat eine schwarze Skihose an und einen beigen Rollkragenpullover. Der sieht selbstgestrickt aus, Vorkriegsmodell. Jetzt bin ich gespannt, wie Alois auf seine Vormundschaft reagiert. Ich kann mir nicht vorstellen, dass er ablehnen wird. Alois küsst Elisabeth zum Abschied, Tessa wirft mir eine Kusshand zu, das hat sie noch nie gemacht.

Hanno sitzt am Esstisch und hat offensichtlich geweint. Dann ist der Schockzustand vorbei.

„Gut, dass ihr da seid, Gori".

Kali sieht mich erleichtert an und Alois nimmt Hanno in die Arme, klopft ihm leicht auf die Schulter. Hanno lässt es zu.

„Ich bin so froh, nicht mehr alleine zu sein, Herr Hausner, ich weiß wirklich nicht, was ich machen soll." „Schon gut, Hanno, ich tue das gerne für dich. Sage bitte, hatte dein Vater einen Hausarzt? Den müssen wir anrufen, damit der Totenschein ausgestellt werden kann."

Hanno sucht die Telefonnummer, Alois steht vor Herrn Krumbügel, er sieht betroffen aus. Er faltet die Hände und seine Lippen bewegen sich. Bestimmt spricht er ‚Das Vater unser‘, was sonst, das machen Christen so. Hanno hat die Telefonnummer gefunden.

„Hier, ein Dr. Jürgens." „Gut Hanno."

Alois telefoniert, spricht, hört zu, bedankt sich.

„Dr. Jürgens wird gleich hier sein, hast du Verwandte, Hanno?" „Nein, Papa und ich hatten nur uns. Deswegen wollte mein Vater unbedingt, dass ich einen Beruf erlerne. Er hatte immer die Sorge, mich nicht groß zu bekommen. Er wollte mich nicht hilflos und unselbständig zurücklassen. Herr Hausner, glauben sie, dass er vielleicht etwas ahnte, vielleicht war er schon länger nicht mehr ganz gesund?" „Ich denke, Dr. Jürgens wird uns das sagen. Hanno. Ich muss jetzt unbedingt mit Herrn Professor Feiler telefonieren, er hat einen alten Schulfreund, der als Richter Vormundschaftsangelegenheiten bearbeitet. Wir müssen wissen, wie wir uns behördlich korrekt zu benehmen haben. Ich kenne mich damit nicht aus." „Es klingelt, ich mache auf, das wird Dr. Jürgens sein."

Es ist Dr. Jürgens, groß und sportlich wirkend, wenig über vierzig Jahre alt. Sein Schutzgeist ist mindestens einen Kopf kleiner, zierlich und grüßt Kali und mich mit großer Freundlichkeit. Der Arzt begrüßt Alois und beginnt sofort, Herrn Krumbügel zu untersuchen.

„Ja, das Herz wollte schon länger nicht mehr so richtig, Hanno. Dein Vater ahnte, dass er kein Methusalem werden würde."

Er wendet sich Alois zu:

„Herr Hausner, wissen sie, wer sich um Hanno kümmert und um die Beerdigung? Es gibt keine Angehörigen mehr." „Ich weiß, ich wollte in der Angelegenheit mit Professor Feiler telefonieren, dessen alter Schulfreund als Richter mit Vormundschaftsangelegenheiten befasst ist." „Hanno, hat dein Vater ein Testament hinterlegt? Vielleicht hat er darin einen Wunsch geäußert." „Mein Vater hat mir gesagt, dass er alles testamentarisch für mich geregelt hätte." „Dann schau bitte nach. In deinem Fall ist das wichtig, weil du noch nicht volljährig bist." „Darf ich das machen?" „Ja, Hanno, ich übernehme die volle Verantwortung."

Dr. Jürgens nickt Hanno aufmunternd zu. Hanno geht an den Schreibtisch seines Vaters und öffnet eine Schublade.

„Oh, Herr Hausner, hier liegt ein Brief an sie, auf dem Couvert steht: Herrn Hausner im Falle meines Ablebens."

Er reicht Alois den Brief, Alois öffnet und liest, er sieht ernst aus, wenig später entspannt, nicht unerfreut.

„Hanno, dein Vater spricht mir in dem Brief sein Vertrauen aus, und bittet mich, dich als Mündel bis zu deiner Volljährigkeit anzunehmen. Und das werde ich sehr gerne tun, wenn du es auch möchtest. „Besser geht es nicht, Herr Hausner, ja natürlich will ich das." „Ja, das finde ich ganz großartig von ihnen, Herr Hausner, sie haben sich in Travemünde von Anfang an, einen sehr guten Namen gemacht. Beruhigt mich für dich, Hanno, dein Vater war ein umsichtiger Mann."

Dr. Jürgens ist offensichtlich erleichtert. Er stellt den Totenschein aus, verabschiedet sich.

„Sie haben alles regeln können, Tessa, der Beerdigungsunternehmer kam, eine Grabstelle gibt es neben seiner verstorbenen

Frau, auch dafür hatte Herr Krumbügel gesorgt. Dann wurde der Tote abgeholt. Alois bot Hanno an, mit nach Lübeck zu kommen, aber Hanno bat darum, im Hause bleiben zu dürfen. Kann ich auch verstehen. Alois rief dann doch noch Professor Feiler an, weil er die Korrektheit in der Vormundschaftssache geklärt haben wollte. Es stellte sich heraus, dass der Richterfreund für Hanno zuständig ist. Er rief dann selber Alois an. Das fand ich sehr sympathisch. Sie haben sich für morgen früh im Gericht verabredet, damit noch vor Weihnachten die wesentlichen Dinge besprochen werden können. Hanno kommt morgen mit dem Zug nach Lübeck." „Wann denn? Um 10 Uhr ist Generalprobe im Theater." „Sie treffen sich um 8.30 Uhr im Gericht." „Gut, länger als eine Stunde kann die Unterredung wohl nicht dauern, oder?" „Kann ich mir auch nicht vorstellen, Tessa."

Jetzt weiß ich es besser, es ist bereits 9 Uhr 35. Der Herr Amtsrichter hat sich viel Zeit für Alois und Hanno genommen. Rechte und Pflichten waren erörtert worden, die finanzielle Situation. Alois hat inzwischen seine Bestallung zum ordentlichen Vormund des minderjährigen Hanno in der Hand. Die Waisenrente musste noch eingereicht werden, weitere Amtswege bleiben Alois dank der alten Männerfreundschaft zwischen dem Amtsrichter und Richard erspart. - So jetzt aber Schluss, bitte Beeilung, die Herren, das Theater ruft - Ja, endlich. Der Richter erhebt sich, reicht erst Alois, dann Hanno die Hand, wünscht beiden alles Gute. -Los nun-.

„Hanno, komm mit ins Theater, die Generalprobe ansehen, dann haben wir noch Zeit um für dich zur Rentenstelle zu gehen, die machen erst um 13 Uhr dicht, willst du?" „Natürlich, Herr Hausner." „Sehr glücklich sieht der Knabe aber nicht aus, Kali." „Kann er auch nicht sein. Er hat gerade seinen Vater verloren. Aber Hanno ist sehr dankbar über die Vormundschaft deines Schützlings für sich, er hat gestern laut mit sich gesprochen, daher weiß ich es so genau." „Nein, Kali ich meinte glücklich nicht als Allgemeinzustand, sondern darüber, jetzt mit zur Probe zu müssen." „Och, lass gut sein, vielleicht lenkt ihn das Gehopse ein wenig von seinem Kummer ab." „Das hast du ganz entzückend formuliert, Gehopse. Diese Wortschöpfung sollten wir in unserem ganz kleinen Kreis zu zweit behalten. Wenn Tessa das hören sollte, frisst sie dich auf." „Tut mir leid, war nicht so gemeint, ich habe früher selbst getanzt." „Interessant, und ich finde auch, du hast Ähnlichkeit mit Elisabeth." „Stimmt, Gori, dies ist mir sofort aufgefallen, als ich sie zum ersten Mal sah." „Wo wart ihr so lange, hat es Komplikationen gegeben?" „Nicht doch, Tessa, alles bestens, der Richter war sehr freundlich und hat sich einfach viel Zeit für Alois und Hanno genommen, er hat ihnen sämtliches aufgezählt, was sie wissen müssen." „Na, dann ist ja gut. Hoffentlich kann sich dein Alois jetzt konzentrieren." „Schau'n wir mal." „Hach, ich glaub es nicht, jetzt fängt er mit „Stille Nacht" an, „Vom Himmel hoch", ist dran." „Tessa, er hat es schon gemerkt, ich gehe direkt zu ihm und erhöhe ihm seinen Glucose Spiegel."

Es wirkt, Alois spielt konzentriert. Margots Stimme kommt hier auf der Bühne noch viel besser als im Ballettraum zur Geltung. Die Kinder sind aufgeregt, und alle Schutzgeister stehen hinter ihnen und erhöhen sicher reihenweise die Glucosespiegel. Keiner redet mehr, totale Aufgabenerfüllung. Das Komitee, falls es zuschaut, ist bestimmt hoch zufrieden. Wie komme ich jetzt auf das Komitee? Tessa war schon lange nicht mehr bei ihrem Alex-Ex. Ich würde gerne wissen, ob es Neuigkeiten auf der Weltenbühne gibt. Welches Länderkomitee sich wozu entschieden hat, und ob die nächst höhere Hierarchie es tatsächlich billigen wird. Wenn ich dort schon säße, würde ich es ablehnen, Menschen vorzeitig aus dem Kreislauf von Geburt, Tod und Wiedergeburt zu entlassen, auch wenn diese Menschen recht vollendet sind. Sie fehlen dann als Menschen unter Menschen. Schlimme Folgen kann das haben, überhaupt nicht absehbare Schäden könnten dadurch eintreten. Ich will gar nicht intensiver darüber nachdenken. Das Krippenspiel ist zauberhaft. Elisabeth benutzt die unterschiedlichen Gruppen wie Instrumente: erst tanzen die Waldtiere, dann die Engelgruppe, die heiligen drei Könige, Maria und Josef, ein bisschen wie beim Jazz, wo jedes Instrument seinen Sonderauftritt erhält und mit Szenenapplaus bedacht wird. Elisabeth liebt Jazz und die schwarzen Musiker. Ah, vorbei, jetzt kommt noch einmal Margots Auftritt mit „Stille Nacht" und wenn das Lied gesungen ist, will Alois mit

Hanno zur Rentenstelle und dann nach Travemünde zurückfahren.

Endlich einmal allein zu zweit
„Komm her, mein Liebling, setz dich, es gibt Königsberger Klopse aus der Küche Fahrbach und Schadewald. Hanno hat den Topf heute früh aus Travemünde mitgebracht." „Wie denn das?" „Dein umsichtiger Ehemann hat das gestern noch veranlasst. Also, ich berichte der Reihe nach. Hanno möchte im Hause wohnen bleiben, was ich vollkommen verstehen kann. Er ist gute neunzehn und damit kein kleines Kind mehr, das unter Aufsicht gestellt werden muss. Als ich von ihm weg war, und am Hause von Helene Fahrbach vorbeifuhr, fiel mir siedenheiß ein, Hannos Verpflegungsfrage nicht besprochen zu haben. Also parkte ich, und habe dann mit den beiden Frauen besprochen, dass Hanno, wenn er nicht bei uns isst, bei ihnen sein Mittagessen einnimmt. Du kannst dir vorstellen, bis ich dazu kam, musste ich ihnen vom Tod des Herrn Krumbügel erzählen und mich als Vormund von Hanno vorstellen." „Alois, stimmt's, die beiden Damen haben dich in den Arm genommen, unter Tränen bestimmt, dich gelobt und gepriesen. Ich kann mir die Szene richtig gut vorstellen."

Alois lacht laut heraus.

„Genau so war es. Als der rührende Teil irgendwann abgeschlossen war, kam die Essensfrage zur Sprache, und weil auch diese Angelegenheit zur pekuniären Zufriedenheit der Damen geklärt werden konnte, kam mir die Idee, sie zu fragen, ob sie uns für heute Königsberger Klopse machen könnten. Dann habe ich von dort Hanno angerufen und ihn in Kenntnis gesetzt, uns den Topf heute mitzubringen. Bin ich nur gut oder schon genial?"

Elisabeth setzt sich auf Alois Schoß und küsst ihn.

„Du bist genial und hast sogar Reis gekocht! Habe ich dir schon gesagt, dass ich dich liebe?" „Ich liebe dich auch, meine Elisabeth, setz dich jetzt auf den Stuhl, sonst wird alles kalt."

Alois füllt auf, wünscht „Guten Appetit."

„Die sind lecker. Sag mal und die Waisenrente für Hanno, hat das auch noch geklappt?" „Die Antragsstellung ja, wann die erste Zahlung erfolgt, keine Ahnung, aber egal, er erhält dann eine Nachzahlung." „Kommt Hanno finanziell bis dahin über die Runden, ich meine, hatte Herr Krumbügel Geld?" „Die Einnahmen aus der Strandkorbvermietung sind gar nicht so wenig, und die wird er auch weiterhin brauchen. Außerdem müssen wir für ihn Rücklagen bilden, damit er später das Studium finanzieren kann. Das wird dann etwas problematisch werden, nein, es wird auch in der kommenden Saison problematisch, weil Hanno abends in der Schule sein wird." „Du liebe Zeit, wer soll die Strandkörbe verschließen, das kann er nicht im Dunkeln machen, wenn er von der Schule kommt." „Das ist ein richtiges Problem, ich kann es für eine Weile machen, wenn es gute Gäste sind, sprich Saisongäste, würden die das eventuell übernehmen, wenn sie die Situation kennen, was meinst du?" „Alois, die Krumbügel-Abschnitt ist doch begehrt, sie liegt ganz außen, genau wie unsere." „Das stimmt." „Aber das Areal neben uns, ist mindestens so begehrt, vielleicht hält sich das die Waage." „Könnte sein." „Meinst du, die Neuberts würden tauschen, die wohnen doch oben, in der Nähe des Krumbügel Hauses." „Elisabeth, ich staune und ahne, was du andenkst – die Zusammenlegung der Plätze." „Jo." „Ich könnte ein kleines Strandwärterhaus in der Mitte aufstellen lassen und dann beide Areale elegant bedienen." „So ungefähr, kriegst du eigentlich Geld für die Vormundschaft?" „Es stünde mir zu, ja, ich habe aber offiziell darauf verzichtet, weil ich mich nicht daran bereichern möchte. Nein, Elisabeth, das haben wir wirklich nicht nötig. Ich denke, damit auch in deinem Sinne gehandelt zu haben." „Etwas anderes hätte mich schwer verwundert." „Möchtest du noch einen Klops?" „Unbedingt. Danke." „Ich werde gleich nach der Beerdigung mit Hanno darüber reden." „Wann ist die Beerdigung, wisst ihr das schon?" „Ja, am 27. Dezember, der Donnerstag nach Weihnachten, um 14 Uhr." „Habt ihr mit dem Pfarrer geredet?" „Elisabeth die Prediger der Konkurrenz heißen Pastoren." „Ach ja, habe ich schon mal gehört, habt ihr?" „Nein, der arbeitet an der Weihnachtspredigt und hat jetzt sowieso seine Hochsaison." „Wann soll das dann passieren?" „Schon bald, morgen um 18 Uhr bei ihm im Pastorat." „Dann haben wir Aufführung." „Das ist richtig, ich gehe auch nicht mit. Hanno und der Pastor kennen sich gut, die machen das allein. Sage, liebes Eheweib, ist Hannelore noch hier?" „Alois, wenn es so wäre, säße sie hier mit uns am Esstisch. Wieso fragst du?" „Schlafen die Kinder, Elisabeth?" „Gute Idee, Alois, verschwinden wir dahin, wo wir trocken und warm liegen."

Samstag, 22. Dezember 1951
Das Theater ist voll. Kleine Kinder, größere
Kinder, Eltern, Großeltern. Ist das eine Spannung, vor der Bühne, hinter dem geschlossenen Vorhang der Bühne. Finanziell wird sich die viele Mühe lohnen, das haben sich Alois und Elisabeth ganz plietsch, wie die Norddeutschen sagen, ausgedacht. Die Aufführung ist ein Gastspiel, die Gage geht an Alois, der sehr teuer ist. Elisabeth hat ihrem Ballett Ensemble die Dezembergebühr erspart, und sie macht Minus und spart Steuern. Alois hat schon eine Rechnung für neue Strandkörbe gekriegt und muss für seine Gage auch keine Steuern bezahlen, weil er in sein Geschäft investiert. Margot will nur Ruhm und kein Geld, gut so. Llano ist aufgeregter als Margot, Tessa und ich sind ruhig und zuversichtlich. Es kann losgehen.

Alois sitzt ganz vorne auf der Bühne an seinem Klavier. Er trägt Smoking. Klasse sieht er aus. Ich glaube, es macht sich gut, ihm doch ein klein wenig Energie zu geben, kann bestimmt nicht schaden. Jetzt kommt Margot auf die Bühne, verbeugt sich. Das Publikum kennt sie und klatscht. Jetzt beginnt Alois mit dem Vorspann zu „Vom Himmel hoch" und Margot setzt im richtigen Moment ein. Ob ich vielleicht kurz zu den Kindern schauen sollte, Hanno und Hannelore passen auf sie auf, weil Frau
Fahrbach und Frau Schadewald neben Professor Feiler unten im Theater in der ersten Reihe sitzen.

„Tessa, ich schau kurz bei den Kindern vorbei, ist das in Ordnung?" „Gori, jetzt? Kannst du nicht abwarten, bis Elisabeth die ersten Minuten überstanden hat, sie braucht mich jetzt." „Na gut, dann frage ich Hedi, ihr Richard braucht nur zuzugucken." „Ja bitte, mach das." „Hedi, passt du für einen Moment mit auf Alois auf, ich will kurz zu den Kindern." „Gerne, Gori, muss ich auf etwas achten?" „Nein, er ist gut versorgt, falls sein Blutdruck fällt, weißt du dir zu helfen."

Ist das ein süßes Bild, Hannelore und Hanno füttern die Kinder mit ihrem Abendbrei. Drei Schutzgeister lächeln mich an, wie nett von ihnen, Plena nicht.

„Alles in Ordnung?" „Ja, Gori, mach dir keine Sorgen, wir haben hier alles im Griff, aber wenn du uns gerne kontrollieren möchtest, lass dich ruhig öfter hier bei uns sehen." „Sei nicht zickig, Plena, ich komme nicht als Kontrolleur, sondern als Neugieriger." „Wir könnten doch tauschen, ich kriege Alois, der ist viel aufregender als die schöne langweilige Hannelore. Dann kannst du immer bei den Kindern sein."

Die spinnt wohl, nichts wie weg hier. Die Aufführung ist im vollen Gange, Elisabeth tanzt den Engel, der den Hirten von der Geburt des Messias erzählt. Das ist ihr großer Auftritt. Alois spielt Melodien aus dem Nussknacker, passt ganz hervorragend. So kann es weiterlaufen. Mit Tessa ist jetzt nicht zu reden, Hedi.

„Hedi, kennst du Plena?" „Du meinst die von Hannelore?", „Ja." „Ich bin ihr nur einmal sehr flüchtig an dem Tag begegnet, als Elisabeth aus dem Krankenhaus kam, was ist mit ihr?" „Sie hat mich gefragt, ob ich mit ihr tausche, sie will Alois, dafür soll ich Hannelore haben." „Und, willst du?" „Überhaupt nicht, Plena ist eine Zicke, glaube ich, sie hat sich anfangs seriös über Hannelore geäußert, jetzt findet sie sie langweilig." „Kümmere dich gar nicht um Plena, sie kann gar nichts machen, wenn du Alois nicht freiwillig abgeben willst. Das Komitee hat das sicher mitbekommen und wird ihr vielleicht eine Versetzung anbieten." „Hedi, ich wüsste da was, ich glaube, Pacca ist mit ihrem

Schützling nicht ganz glücklich, vielleicht ließe sich ein Tausch einfädeln." „Als ich mit Pacca das letzte Mal zusammen war, schien sie recht zufrieden zu sein. Ist etwas passiert, wovon ich nichts wissen kann?" „So könnte es ausgedrückt werden. In der Marienkirche geht es nicht ganz mit rechten Dingen zu. Lothar Malskat macht wohl, was er will, aber was er macht, macht er sehr gut." „Aha, dann überzeuge Plena von den Vorteilen des Malers, vielleicht ist sie von ihm angetan." „Das muss bis nach den Festtagen warten. Ich will zuerst mit Pacca darüber sprechen, ob sie einen Wechsel will, und jetzt erreiche ich sie nicht. Ich soll nicht ins Deepenmoor, das ist Geheimzone." „Oh, das ist spannend, was da wohl alles passiert?" „Will ich nicht wissen, mir liegt lediglich Paccas Wohl am Herzen." „Gori, mir auch, wenn du Hilfe brauchst, zähle bitte auf mich." „Dank dir Hedi."

Rauschender Beifall, das Stück ist zu Ende. Bin ich ein Kulturbanause? Sicher, ich bin wieder mit Eigenaktivitäten gut über die Runden gekommen. Jetzt tritt zum Abschluss noch einmal Margot auf. Das Publikum ist gebannt. Ich sehe Tränen, spüre die Rührung bei „Stille Nacht". Als Margots letzter Ton verklingt, herrscht sekundenlange Stille, dann wieder Beifall, Beifall, Beifall, Verbeugungen, so geht es bis nach 3 geschlossenen Vorhängen. Endlich ist Schluss. Alois und Elisabeth fallen sich in die Arme, Tessa umarmt mich jetzt auch noch, was das wohl soll? Der Theaterdirektor kommt.

„Frau Hausner, Herr Hausner, liebe Frau Feiler, dem Beifall ist nichts hinzuzufügen, ich bin beeindruckt, wir sollten uns nach den Feiertagen, im neuen Jahr, zusammensetzen. Ich könnte mir vorstellen, in der Zukunft noch einiges zusammen auf die Bühne zu bringen." „Sehr gerne."

Elisabeth lächelt, aber ihre so schöne und klare Stimme klingt belegt, sie hat bestimmt Durst. Und jetzt kommt auch noch die Presse. Alois geht in die Garderobe und schenkt aus einer Karaffe Wasser in ein Glas. Braver Alois, er ist sensibel. Wenn ich daran denke, was ich in den ersten Minuten, damals im Brügmanngarten, über ihn dachte, überkommt mich beinahe schlechtes Gewissen. Flüchtiger Blick, schnelle Vorurteile, diesem Stadium sollte ich lange entwachsen sein. Tessa ist auch nicht besser als ich, sie dachte über Elisabeth keineswegs objektiv und meinte, sie würde einen Versorger suchen. Es ist sehr unglücklich, dass uns das Komitee nicht mit Informationen über neue Schützlinge ausstattet, woher sollen wir wissen, mit wem wir es zu tun haben. Was wusste Pacca über Lothar Malskat? Gar nichts, nur, dass er Maler ist.

„Gori, was ist mit dir? Du siehst verärgert aus." „Ich hadere mit den Hierarchien." „So, so, jetzt, heute Abend, hast du nichts Besseres im Kopf?" „Weißt du was, Tessa, diese ganze Schutzgeistsituation nervt mich. Erst stopfen sie uns mit Wissen voll, was toll ist, große Klasse, ein großartiger Gewinn. Danach lassen sie uns hängen, und erwarten von uns eine Form der Contenance, die einem Wissenden gegen den Strich geht. Oder, wie siehst du das?" „Ja, ich pflichte dir bei, grundsätzlich entspricht das den Tatsachen. Andererseits bin ich vielleicht nicht ganz so ungeduldig wie du, Gori. Jede Hierarchiestufe ist erneute Schule. Vielleicht waren wir vollendeten Mondmenschen, aber noch keine vollendeten Schutzgeister der Erdmenschen. Wir drehen auch wieder unsere Runden, das macht das Leben interessant, spannend und aufregend. Denke doch mal in Ruhe darüber nach. Wie kommst du überhaupt jetzt darauf?" „Plena findet Hannelore langweilig und will Alois. Ich habe mich gefragt ob der Malskat etwas für sie sein könnte, weil Pacca bestimmt nicht ganz glücklich mit ihm ist." „Jetzt ist mir der
Zusammenhang deiner Gedanken schlüssig, Gori. Du findest es nicht in Ordnung, dass wir keinen Einblick in die Personenakten neuer potentieller Schützlinge erhalten, es sei, wir erschleichen uns einen Weg dahin, wie durch meinen Ex."
„Tessa, ich bin nicht dumm oder verblendet, mir ist bewusst, dass so mancher Erdmensch dann in Folge unseres Wissens nur noch Pflichtschutzgeister bekommen würde, weil keiner ihn haben will. Das Komitee will unsere Unvoreingenommenheit, damit wir einen neuen Schützling in Ruhe kennenlernen können, seine liebenswürdigen Eigenschaften schätzen lernen und so weiter." „Genau, deshalb bin ich mir nicht sicher, ob Pacca

ihren Lothar aufgeben will." „Nein, Tessa, ich ja auch nicht, nach den Feiertagen werde ich sie fragen." „So, es geht in die Königstrasse zurück, Elisabeth hat ihre Truppe verabschiedet."

Sabine und Peter schlafen in ihren Betten im
Kinderzimmer. Hannelore und Hanno sitzen im
Wohnzimmer und hören Radio. Plena hat sich in Meditation zurückgezogen und Kali freut sich, als sie uns sieht. Elisabeth geht ins
Badezimmer, Alois in die Küche, es gibt kalt:
Roastbeef mit Remoulade, Bayrischer
Kartoffelsalat ohne Speck und als Nachtisch Schokoladenpudding mit Vanillesauce. Er räumt und deckt für vier Personen. Ja, sieht alles gut aus, Alois. Frisch geduscht und in ihrem dunkelroten Wollkleid erscheint Elisabeth.

„Liebling, alles fertig, du kannst Hannelore und Hanno zu Tisch bitten." „Kinder, kommt, es gibt Abendbrot."

Die Kinder lassen sich nicht zweimal bitten, die beiden sind richtig hungrig. Alois und Elisabeth erzählen vom Theater, sie sind weniger hungrig, vielleicht auch deshalb, weil sie reichlich abgespannt aussehen.

„Tessa, hast du eine Vorstellung, wie der
Abend weitergehen soll? Gehen die Kinder nach Hause? Hanno doch bestimmt nicht mehr?" „Nein, Hanno bringt jetzt gleich Hannelore nach Hause zu ihren Eltern und schläft dann hier." „Na, dann haben wir einen harmonischen Abend zu erwarten."

Tessa lacht mich aus.

„Du meinst einen sexfreien Abend, mein lieber Gori, den hätten wir heute aber auch ohne Hanno gehabt. Ich glaube nicht, dass den Liebenden danach zu Mute ist, die sind fertig mit der Welt. Schau sie dir nur an, ich hoffe, die Zwillinge schlafen durch."

Es ist eine schöne Nacht, alle schlafen. Tessa hat ihre Gedanken abgestellt, Kali auch, Briesa und Kan wachen im Kinderzimmer über Peter und Sabine. Die Nacht ist wunderbar klar. Mein Heimatplanet leuchtet gemeinsam mit den vielen Sternen im unendlichen Universum. Die Welt ist still, hier jedenfalls. Anderswo ist Tag, die Sonne scheint, anderswo herrscht Unfriede, Krieg, anderswo regiert der Hunger.
Ich bin dankbar. Ich kenne Kriege, alle Kriege, die es je in Europa gab. Das Sterben, den Hunger, die Not, das Elend. Ich bin dankbar. Im Augenblick ist Frieden hier, es werden wieder alle Menschen satt, vielleicht nicht alle so angenehm, wie im Hause Hausner, aber doch eben satt, jetzt, am Ende des Jahres 1951. Was die Bayern wohl machen? Alois hält Kontakt zu seinen Kindern. Sie telefonieren regelmäßig, im Sommer wollen sie gemeinsam nach Travemünde kommen. Ich bin gespannt, wie Alois mit seiner Doppelrolle als Vater und Großvater zurechtkommen wird. Schade, dass sie Weihnachten nicht zusammen verleben können. Ob in Bayern Schnee liegt? Hier nicht, es ist eher regnerisch, fast zu warm für die Jahreszeit. Heute Nacht ist es klar. Alois hat noch keinen Weihnachtsbaum, den will er morgen selbst schlagen. Die Erlaubnis dazu hat er schon eingeholt. Richard kommt auch mit. Hanno will morgen nach Travemünde und sich frische Sachen zum Anziehen besorgen. Dann kehrt er hierher zurück und bleibt. Sein erstes Weihnachtsfest ohne seinen Vater. Er gibt sich nach außen hin tapfer. Vielleicht ist es gut für ihn, viel Ablenkung zu haben. Vielleicht ist es auch unglücklich, weil er keine Möglichkeit des Trauerns findet.

Am 1. Feiertag ist großes Treffen bei Helene und Lilli. Hannelores Familie ist eingeladen und Margot und Richard und wir. Schluss jetzt! Ich schalte meine Gedanken auch aus.

Sonntag, 23. Dezember 1951
„Wer hat dir den Anhänger geliehen, Richard, der ist ideal." „Ein neuer Assistenzarzt, der hat mit ihm seinen gesamten Umzug besorgt. Hast du die Axt und die Säge, Alois?" „Habe ich, hast du an die Stricke gedacht?" „Habe ich und Pausenbrote von Margot." „Großartig, dann kann uns im dunklen Wald nichts

passieren, wo müssen wir hin?" „In den Wesloer Forst, Richtung Schlutup." „Natürlich, so steht es auch auf dem Schein. Da dürfen wir uns Bäume aussuchen." „Gori, wie geht es dem Jungen, wie heißt er noch, der seinen Vater verloren hat?" „Meinst du den Hanno, Hedi? Ja, wie geht es ihm? Er ist ein stolzer Junge, der sich nicht viel anmerken lässt. Sein Schutzgeist sagte mir heute Morgen, wenn er allein ist, tut er sich schwer, weint und grübelt und hofft gleichzeitig, dass er die Schule abschließen und dann studieren kann." „Alois ist sein Vormund und unterstützt ihn dabei?" „Ja sicher, er und Elisabeth haben auch jede Menge gute Ideen, wie sie für ihn das Geld verdienen können, ohne allzu sehr darunter leiden zu müssen." „Interessant, wie soll das gehen?" „Also, das vermietete Areal neben Alois gehört einem Pächterpaar, dessen Haus nahe beim Haus Krumbügel liegt. Vielleicht lassen die sich auf einen Tausch der Mietflächen ein. Dann könnte Alois relativ bequem beide Gebiete mit den Strandkörben verwalten, verstehst du?" „Das wäre natürlich die beste Lösung. Kennst du die Leute, wären die tauschwillig?" „Keine Ahnung, du steckst nicht in einem Menschen drin, gleich nach den Feiertagen will Alois zuerst mit Hanno darüber reden. Er muss dazu auch „ja" sagen können, und dann will er die Neuberts aufsuchen." „Langweilig wird es im Hause Hausner wohl nie? Da geht es bei uns erheblich beschaulicher zu. Llano ist inzwischen kribbeliger als Margot. Er will sich so gar nicht damit zufriedengeben, dass sie nur noch Konzerte geben will. Ich glaube, wir sind da, Gori, ich wünsche euch viel Glück." „Danke, Hedi, ich halte dich auf dem Laufenden."

„Richard, schau mal, da drüben müssen die Tannen stehen, wir lassen das Auto hier, weiter können wir eh nicht mehr fahren." „Gut, parken wir." „Hast du dir einen Kittel mitgebracht?" „Du meinst einen weißen Arztmantel?" „Quatsch, einen Arbeitskittel. Wir wollen die Tannen fällen und nicht untersuchen." „Daran habe ich nicht gedacht." „Dann läufst du Gefahr, dir deinen guten Anzug zu verderben. Also, du kannst meinen anziehen, meine Skihose und der Pullover können es besser ab." „Danke, Alois, ich bin ein Trottel. Hier ist ja keiner, dem ich sagen kann, was er tun soll." „Doch, mir, falls du Vorschläge machen kannst." „Bewahre, ich bin Internist und kein Chirurg. Amputationen sind nicht mein Fachgebiet." „Unter dem chirurgischen Aspekt des Amputierens, habe ich bisher das Fällen einer Tanne noch nicht betrachtet, verleiht der Handlung aber eine gewisse akademische Würde. Also komm, Professor, suchen wir uns etwas Schönes aus."

Sie suchen und suchen, wägen ab, messen mit den Augen, ob das heute noch etwas wird? Na endlich, sie scheinen die richtigen Exemplare gefunden zu haben. Fachgerecht setzt Alois die Säge an, schneidet einen Keil und schlägt dann mit der Axt zu. So ungefähr; von Forstarbeiten habe ich keine Ahnung. Die Tanne fällt, die nächste ist dran. Es geht gut, keiner verletzt sich.

„Prima gemacht, Alois, du hast dir eine Stärkung verdient, hier such dir aus: Ei oder mit Räucheraal?" „Mit Aal, du hast ein Aalbrot?" „Ja, gestern vom Abendbrot übriggeblieben, magst du Aal?" „Brataal sehr, Räucheraal weiß ich nicht. Ich habe mich bisher nicht getraut, mir mal einen zu kaufen. Die sind teuer und erinnern mich an Schlangen, die würde ich nicht essen wollen." „Gibt es in Bayern keine Aale?" „Da, wo ich gewohnt habe, nicht. Es gibt bei uns überhaupt keinen frischen Räucherfisch, den habe ich hier erst kennengelernt." „Los, mein Lieber, beiß rein, koste und sage, was du fühlst."

Richard, Hedi und ich starren gebannt auf Alois, Alois beißt ab, kaut, verdreht die Augen:

„Köstlich, Richard, ein Erlebnis." „Das wollte ich von dir hören."

In der Königstrasse liegt Elisabeth mit den Zwillingen auf einer Decke im Kinderzimmer, macht Fingerspiele mit ihnen. Alois und Richard wuchten den Tannenbaum ins Wohnzimmer. Elisabeth hört den Lärm, schaut zu uns rein. „Alois, guten Tag, Richard, Alois, der ist ja vielleicht groß, ist er nicht zu groß?" „Jo mei, ein großer ist allemal besser, als ein kleiner."

Richard lacht anzüglich, Elisabeth verdreht die Augen.

„Glaubst du. Der will aber auch geschmückt gut aussehen, soviel Bestand habe ich nicht. Letzten Weihnachten hatten wir einen Winzling." „Stimmt, an den Baumschmuck habe ich nicht gedacht, der wächst ja nicht automatisch mit der Größe des Weihnachtsbaumes nach. Und jetzt? Was meinst du, soll ich ihn kürzen?" „Bloß nicht, das wäre ein Jammer. Was können wir machen? Ich gehe morgen früh zu Karstadt und versuche noch etwas zu ergattern. Wir haben auch nicht genügend Kerzenhalter und Kerzen. Wenn bei Karstadt nichts mehr zu holen ist, frage ich Herrn Schulze, ob er noch Material in der Requisite hat. Richard, ist euer Baum auch so groß und habt ihr genügend Schmuck?" „Das weiß ich ehrlich gesagt, nicht so genau. Wir hätten das Thema Baumgröße vorher mit euch besprechen müssen." „Na gut, Richard, Margot und ich haben auch vorher nicht darüber nachgedacht, und zur Not müssen wir wirklich etwas kürzen." „Hoffentlich sieht Margot das auch so gelassen, wie du, Elisabeth." „Alois begleitet dich, das wird sicher glimpflich für dich abgehen."

Vielleicht, vielleicht auch nicht.

„Alois, Richard, was soll das Riesending, seid ihr närrisch, wer soll den schmücken? Schneidet ihn bitte auf der Stelle auf ein erträgliches Maß zurück, dieser Tannenbaum ist Sinnbild männlichen Größenwahns. Ich glaube es einfach nicht.

Wir hatten es doch so gut gemeint.

Montag, 24. Dezember
Elisabeth schiebt den Zwillingswagen, Hanno geht neben her.

„Hanno, bei Karstadt übernimmst du die Kinder, ich gehe rein und schaue, ob ich etwas für den Baum finde. Wenn nicht, geht es gleich weiter in die Beckergrube."

Hanno nickt ergeben; er fühlt sich bestimmt so richtig unwohl. „Der arme Kerl",

Kali schüttelt ihren Kopf,

„Kinderwagen schieben ist in seinem Alter Psychofolter. Er hofft jetzt, niemanden zu treffen, den er kennt." „Kann ich nachvollziehen, Kali, ich gehe zu Alois zurück." „Da muss er jetzt durch."

Höre ich Tessa noch sagen und überrasche Alois beim Geschenke einpacken. Elisabeth bekommt
Schallplatten und ein Parfüm, was steht drauf?

Ah ja, „Chanel Nr. 5". Die Zwillinge sollen Teddys zum Schmusen kriegen, und für Hanno hat er einen Duden angeschafft. Das ist gut, der fehlt ihm noch. Margot kriegt das Buch „Bleibe jung, lebe länger" von einem Herrn Hauser. Oh je, hoffentlich führt der Titel nicht zu Missverständnissen. Richard soll den neuen Thomas Mann auspacken „Der Erwählte", Die Damen Lilli und Helene will er mit Kochbüchern glücklich machen. Gelingt ihm bestimmt. Hannelore bekommt einen Pullover, von Elisabeth ausgesucht. Mehr Personen gibt es nicht zu beschenken. Die Weihnachtspakete nach Bayern hat Alois schon vor Wochen auf die Post gebracht. Marzipan von Niederegger. Für sein Enkelkind einen Teddy. Für Tochter, Sohn, Schwiegertochter und Schwiegersohn je einen dicken blauen Seemannspullover. Wie er auf diese Idee kam, hat Elisabeth auch nicht herausfinden können. Die waren nicht billig, und halten bestimmt schön warm und für die Männer sind sie sicher ein gelungenes Geschenk. Wenn ich mir dagegen seine Tochter und Schwiegertochter in ihren Dirndlgewandungen vor Augen führe, kann ich mir kaum vorstellen, dass die Pullover jemals von ihnen getragen werden. Was denke ich, Schutzgeist Gori: „geiht mi nix an." Vielleicht sollte ich mir den Spaß erlauben, heute Abend mal kurz da unten vorbeizuschauen. Mal sehen, was Tessa davon hält. So, es geht in die Küche, die Geschenke sind verpackt. Was gibt es am Heilig Abend? Nein, was ist das denn? Wann hat Alois das zusammengeschnitzelt? Oder ist das gekauft? Es ist zweifellos ein Salat: da ist Fisch drin und rote Beete. Das ist Roter Heringssalat. Ha, richtig feierlich finde ich den nicht, aber auch das geht mich nichts an. Elisabeth und

Hanno kommen mit den Kindern nach Hause. Jetzt bin ich gespannt, ob genügend Weihnachtsschmuck gefunden wurde.

„Alois, Schatz, ich habe alles, der Baum kann so bleiben, bin ich gut oder phänomenal?" „Liebling, du bist und bleibst ein einziges großes Wunder für mich."

-Mann, Hanno ist dabei, was soll der denken, Alois.-

„Danke, das Kompliment habe ich mir verdient. Hast du den Heringssalat probiert, ist er durchgezogen?"

Mir ist nichts entgangen, Elisabeth hat den gemacht. Wie hat sie das fertiggebracht?

„Tessa wieso kann Elisabeth einen Heringssalat machen?" „Kann sie, gab es immer früher bei den Eltern und ihrer Großmutter, ist sozusagen Tradition." „Dein Salat könnte eine Idee mehr Säure haben, darf ich nachwürzen?" „Ja sicher und beeile dich, du hast die Kleinen jetzt. Ich muss mich um den Baum kümmern." „Habt ihr den Baumschmuck bei Karstadt bekommen oder bei Herrn Schulze, Tessa?" „Kerzenhalter, Kerzen, Lametta bei Karstadt. Engel, Kugeln sowie Kitsch und Co. bei Schulzi aus der Requisite." „Hast du alles bei Karstadt bekommen, Elisabeth?" „Karstadt hatte Lametta, Kerzenhalter und Kerzen, den Rest, sprich den eigentlichen Baumschmuck, habe ich mit Herrn Schulze aus seiner Schatzkammer geborgen. Alois, du wirst staunen, so schöne Sachen, überhaupt nicht kitschig, einfach nur schön." „So ist es Tessa, alles eine Frage der Perspektive, zwei Betrachter, zwei Meinungen." „Gori, da waren Engel dabei mit Pausbacken, dicken Bäuchen und Flügel auf den Schultern." „Ja, wie sich Mensch Engel vorstellt, das sollen wir sein." „Wir sind keine Engel, wir sind Schutzgeister, ohne Harfen, dafür universalgebildete Schönheiten, jedenfalls die meisten von uns." „Donnerwetter, Tessa, jetzt weiß ich endlich, wie du dich siehst: als universalgebildete Schönheit. Ein Mangel an Selbstwertgefühl ist dir nicht nachzusagen." „Stimmt, dazu besteht auch kein Grund. Sieh mal, Elisabeth hängt unseresgleichen auf. Wenn ich mir vorstelle, du hingst dort, nackt, schwarz, attraktiv, oh Gori, keiner käme da auf den Gedanken „Stille Nacht, heilige Nacht" zu singen." „Nun stelle deine erotischen Fantasien in den Hintergrund und pass schön auf, dass Elisabeth nicht von der Leiter kippt."

Bescherung
„Elisabeth, was ist das hier?"

Alois hält eine blaue Hose in die Höhe, seine Augen glänzen.

„Das ist eine Jeans, die ich für dich aus New York mitgebracht habe, und im Koffer vergaß, weil ich wegen der Schwangerschaft meine Sachen auch nicht tragen konnte. Und, gefällt sie dir?" „Ja klasse, ganz ungewöhnlich, ich zieh sie gleich mal an." „Jetzt muss er nicht mehr seine Skihosen in der Freizeit tragen, gefallen sie dir auch, Hanno?" „Ich kann mir nicht vorstellen, wie ich darin aussehe. Sie sind sicher praktisch." „In den USA gibt es sogar schon eine Damenmarke von Levis, mir waren sie alle zu groß, deshalb habe ich keine bekommen." „Na, wie findet ihr mich?"

Alois dreht sich wie ein Mannequin hin und her. Viel zu weit.

„Die sitzt zu locker, Gori." „Ganz genau, Tessa, so nicht." „Alois, Schatz, du hast abgenommen, die bringe ich zur Schneiderin, aber sonst gefällst du mir darin. Schau mal, eine selbstbestickte Kaffeedecke von deiner Tochter, und von deiner Schwiegertochter die passenden Servietten dazu, wie hübsch." „Ja, so was hat uns gefehlt, Idylle auf dem Tisch." „Du bist ein bisschen spitz, Alois." „Nein, Elisabeth, ich bin ironisch, spitz bin ich jetzt nicht."

Hanno wird rot, der arme Kerl, Tessa lacht wie ein Glockengeschirr, die Schutzgeister der Kinder und Kali stimmen ein. Sabine und Peter kauen an den Ohren ihrer Teddys, sie zahnen. Es werden weitere Geschenke ausgepackt, Bücher, Schallplatten, Taschentücher. Elisabeth freut sich über ihr Parfüm, Hanno sieht bedrückt aus, und blättert in seinem neuen Duden, als suche er eine größere Offenbarung, die nicht erscheinen will.

„Auch das schönste Geschenkeauspacken geht einmal und endlich zu Ende." „Tessa, was ist dir denn, entsprach nichts deinem exklusiven Geschmack?" „Das Parfüm ist völlig in Ordnung, der Rest, na ja. Wenn ich an Elisabeths
Brosche denke, die sie als erstes Geburtstagsgeschenk von Alois bekam, werde ich ganz sehnsüchtig." „Natürlich, Prinzesschen, Tischdecken und Servietten sind nichts für dich." „So isses."

Und auch der schönste Heilige Abend geht einmal zu Ende. Dem roten Heringssalat wurde kräftig zugesprochen, die Pellkartoffeln reichten gerade so. Sabine und Peter schlafen schon lange. Hanno auch. Und Tessa und ich warten auf den Tiefschlaf unserer Schützlinge. Ich bin gespannt, was der morgige Tag bringen wird, bestimmt wird es lebhaft.

Dienstag, 25. Dezember
Ob das jetzt so trödelig weitergehen soll?
Elisabeth kommt nicht aus dem Bad. Alois und Hanno spielen mit den Kleinen auf dem Teppich im Wohnzimmer. Es ist halb 12 Uhr, um 12 Uhr sollen wir in Travemünde sein. Wir sind bestimmt wieder die Zuspätkommer. Das liegt nicht an Alois, das ist Elisabeth. Genau, ist sie nur beruflich. Da ist sie strikt auf das Einhalten ihrer Zeiten bedacht. Privat ist sie ein Pünktlichkeitsdebakel in höchster Potenz. Das war früher nicht so, da war sie immer hervorragend organisiert. Ja genau, seit die Zwillinge da sind, ist es so. Vielleicht braucht sie kleine Auszeiten um Luft zu schöpfen. Dummes Zeug, wozu? Sie hat genug Hilfe durch Hannelore und Alois. Hannelore nur noch bis April, dann ist Schluss. Nach den Osterferien geht für sie wieder die Schule los. Mich würde interessieren, wann dieses Thema mal auf den Tisch kommen wird, langsam wird es eng. Alois Saison fängt schließlich auch im Mai an. Nicht, dass die armen Kinder in Margots Obhut landen. Sie hat sich tatsächlich für Notfälle angeboten. Dabei ist Margot selber ein Notfall. Nicht mehr ganz

so schlimm, wie früher, aber für Kinder ist sie immer noch entschieden zu chaotisch. Na, das wissen Elisabeth und Alois nur zu gut. - Mann, Elisabeth, wo bleibst du -?

„Elisabeth, weißt du, wie spät es ist?"

Alois ruft Richtung Bad, die Tür geht auf. Wow.

„Liebling, du siehst bildschön aus!"

Elisabeth verbeugt sich, wie auf der Bühne, ihr Kleid hat Klasse und Chic: eng, grau, weißer Kragen, die Brosche am richtigen Platz, dazu rote Pumps. Sie muss vor und während des Krieges ganze Schuhläden leergekauft haben. Das bewährt sich heute in ‚der schicken Schuhe Mangelzeit' - Nun Leute, los jetzt -

„Da seid ihr ja endlich."

Margots Stimme klingt geringfügig vorwurfsvoll. Sie hat ja auch nicht ganz unrecht. Becks sind auch eingeladen, das haben wir nicht gewusst, für die haben wir keine Geschenke.

„Tessa, hast du gewusst, dass Becks eingeladen sind?" „Nein, ziemlich peinliche Situation. Wer hat diese Unterschlagung auf dem Gewissen?" „Wer wohl, die Damen Lilli und Helene, die Gastgeberinnen." „Und was ist mit Geschenken, Gori?" „Keine da, aber Familie Schadewald bekommt auch nichts, nur Hannelore." „Ist auch völlig normal, oder?" „Ja, Tessa, das ist wirklich völlig normal.
Schau mal, die drei Kleinen sitzen auf einer Decke. Wie heißt das Kind von Becks?" „Woher soll ich das wissen, Becks sind in den letzten Monaten etwas aus unserem Gesichtsfeld gerückt. Elisabeth und Alois waren mit sich und den Kindern voll beschäftigt, und warte, in den Sommerferien war Frau Beck mit den Kindern auf dem Bauernhof ihrer Eltern. Die sind nie am Strand aufgetaucht in der Zeit, als Elisabeth in Travemünde war." „So war es, der Junge muss etwa so alt wie die Zwillinge sein, Mala, hilf uns bitte, wie heißt der Kleine?" „Thorsten."
„Bitte, alle zu Tisch, die Suppe ist aufgetragen."

Helene Fahrbachs Stimme setzt sich durch, alle nehmen flott ihre Plätze ein, der Hunger sorgt für Beschleunigung.

Donnerstag, 27. Dezember
Nicht jeder Tag kann ein Festtag sein. Ich mag Beerdigungen nicht. Die Lebenden nehmen Abschied von einem Verstorbenen, der sich jetzt, da wo er ist, aufgehoben und ganz zu Hause fühlt. Ich wollte mich drücken, ging nicht, Tessa blieb stur. Wollte nicht auf Alois mitaufpassen. Ich wäre lieber zu Pacca in die Marienkirche gegangen. Frau Schadewald ist bei den Kindern. Elisabeth sieht blass aus, sie mag Beerdigungen bestimmt auch nicht. Ganz Travemünde scheint hier zu sein. Herr Krumbügel war beliebt. Wir müssen wegen Hanno, eingerahmt von Alois und Elisabeth, ganz vorne sitzen. Jetzt fangen die Glocken an zu läuten, es geht los. Die Orgel setzt ein, die ‚Fuge in d moll' von Anton Bruckner, guter Anschlag, der Organist ist Liebhaber des Komponisten. Hanno weint, er schluchzt nicht, die Tränen laufen ihm aus den Augen. Kali macht es gut, sie wiegt ihn in ihren Armen, gibt ihm Energie. Der Pastor kommt, die Orgel schweigt, er spricht platt, mein Alois versteht zu wenig, um der Traueransprache folgen zu können. Elisabeths Gesicht drückt gleichfalls tiefe Ratlosigkeit aus. Über die Richtigkeit und Güte des Gesagten wird es später im Hause Hausnerkeine Diskussion geben. Jetzt wird das Vaterunser auch in plattdeutscher Sprache gebetet. Unter „So nimm dann meine Hände und führe mich" endet die Andacht und der Sarg wird hinaus auf den Friedhof getragen. Bald ist es überstanden. Im Seglerverein sind lange Tischreihen gedeckt. Es gibt Kaffee und den norddeutschen Platenkoken. Ein „Freude-Leid-Kuchen" mit viel Butter auf dem Blech gebacken. Ist der gegessen, stehen im Hintergrund schon die Kornflaschen bereit. Dann wird die Stimmung bestimmt wärmer. Alois geht auf das Ehepaar Neubert zu. Will er etwa jetzt mit ihnen über die Zusammenlegung reden? Warum eigentlich nicht. Noch stehen alle unter dem Eindruck der Beerdigung, auch seine Strandarealnach
barn.

„Ingrid, Rolf, schön euch hier zu sehen. Darf ich euch eine Frage, die ihr mir heute und hier nicht beantworten müsst, mit auf den Weg geben?" „Nur zu, Alois."

Herr Neubert sieht meinen Schützling freundlich an.

„Ihr wisst, dass ich den Hanno vertrete, bis er volljährig ist. Er will und soll mit meinem Einverständnis und Unterstützung weiter zur Schule gehen und später studieren. Jetzt haben wir ein kleines Problem. Sein und mein Strandkorbareal liegen so weit auseinander, dass ich beide nicht gleichzeitig bedienen kann. Meine Frage an euch ist die: würdet ihr tauschen wollen?"
„Pass mal auf Alois, du bist ein feiner Kerl und meinst es gut mit Hanno. Nun kann ich dir heute schon sagen, Krumbügels Strandabschnitt ist kleiner und nicht so gut besucht, wie unser. Du müsstest eine Ausgleichzahlung pro Saison entrichten, dann ließe sich darüber reden."

Das wird sich wohl ausrechnen lassen.

Zeitsprung Donnerstag, 6. Januar 1955
Die Kinder schlafen, Alois auch. Elisabeth fährt. In Bayern lag Schnee. Hier, kurz vor Hannover, nicht. Es ist sehr kalt, besser so auf der Fahrt, wenn es nur kalt ist. Die Feiertage mit den Bayern vergingen wie im Fluge allein wegen der ganzen Kinder. Unsere Zwillinge, das Pärchen von Alois Sohn und die zwei Söhne seiner Tochter, die zum dritten. Mal schwanger ist. Da soll einer mithalten. Ich hatte das Gefühl, seine Schwiegertochter ist nicht mehr vermehrungsgewillt. Ist ja auch toll, ein Pärchen zu haben, wie wir. Sabine ist ein goldiges Mädchen mit ihren langen braunen Haaren und den schönen grünen Augen. Sie ist langgliedriger als Peter, der seiner Mutter nachkommt. Blond und blauäugig, etwas kleiner und zierlicher. Süß schaut er auch aus, sehr sogar, alle mögen ihn. Er hat eine sagenhafte Motorik für sein Alter. Darin ist er seiner Schwester überlegen. Dafür spricht Sabine besser, halt, dafür spricht er Elisabeths Ballettanweisungen auf Französisch nach. Peter und Ballett. Seit 2 Monaten macht er mit den jüngsten Schülern mit. Er hat das absolute Talent, sagt jeder, der ihn erlebt hat. Alois ist nicht

ganz glücklich darüber. Er hätte lieber gehabt, Sabine wäre es gewesen. Die aber denkt nicht daran. Sie macht auch mit; wahrscheinlich aber nur deshalb, weil sie in der Zeit des Unterrichtes keinen zum Spielen hat. Peter interessiert sich nicht für Autos, nicht für Baufahrzeuge und auch nicht für Eisenbahnen. Wenn Elisabeth ihn still beschäftigen will, braucht sie ihm nur einen ihrer Ballettbildbände vorzusetzen. Dann ist seine Welt in Ordnung. Sabine interessiert sich auch nicht wirklich für Puppen, benutzt sie eher als Publikum, dem sie Geschichtchen erzählt. Dazu wandelt sie gehörte Sachen einfach ein klein wenig ab. Und sie spielt Büro. Ihr kleiner Kindertisch ist ihr Schreibtisch, und dann malt sie ganz zierliche Gebilde, die Zahlen und Buchstaben sein sollen, mit dem Bleistift auf Papier. Malen tun beide Kinder nicht gerne, auch nicht kneten oder basteln. Geschichten anhören, mögen sie beide, nur keine traurigen. Da brauche ich nur an den Versuch, sie im Kindergarten unterzubringen, denken. Das war ein glatter Versager. Eine Woche ging es gut. Dann wurde ihnen das Märchen von Schneewittchen vorgelesen und am Schluss, als die böse Königin sich in glühenden Schuhen tottanzen musste, fing Peter laut an zu weinen. Sabine weinte mit und das war es. Peter fand die Tötungsmethode grausam und gemein, nie wieder würde er dahingehen, wo so etwas Schreckliches vorgelesen wurde. Glücklicherweise sind Elisabeth und Alois nicht arm; sie haben ein neues Kindermädchen eingestellt. Hannelore kommt oft auf einen Besuch vorbei, ihre Ausbildung ist Ostern um. Plena ist immer noch ihr Schutzgeist. Pacca wollte damals nicht tauschen und sie arrangierte sich wieder mit ihrem Schützling. Ach Pacca, du treue, bist bei diesem Lothar Malskat geblieben. Der hat sich tatsächlich selbst angezeigt. Alles Fälschung, gute Fälschung, bis auf den Truthahn, der zum Zeitpunkt der gedachten Freskenmalerei in Europa noch keinen Einzug gehalten hatte. Das flog auf und so kam seine Selbstanzeige zustande. Die Leute wollten ihm erst nicht glauben, dann hat er ihnen seine Fotos gezeigt. Jetzt wartet er auf seinen Prozess und malt eigene Bilder im Deepenmoor.

Hanno studiert in Hamburg. Nach glänzendem Abitur darf er jetzt in seinen Lieblingsfächern, Latein und Französisch schwelgen. Er und Hannelore gehen zusammen, wie das heutzutage so heißt. Sie halten Händchen und küssen sich, mehr nicht, gut so, sehr brav. Elisabeths Ballettschule hat sich richtig gut etabliert, sie ist praktisch ausgebucht. Alois Strandkörbe gehen weg wie warme Semmel. Er hat viele Stammkunden, die jedes Jahr wiederkommen. Er versorgt immer noch beide Areale. Die Übergabe mit Neuberts hat funktioniert. Sie haben sich derzeit auf drei Prozent geeinigt, die Hanno jährlich an sie entrichten muss. Alois und Hanno sind wie Vater und Sohn. Was ist los? Alois stöhnt und fasst sich an die Brust, verdammt, das ist ernst, sein Herz.

„Elisabeth, wo sind wir?" „Oh, meine Schlafmaus ist erwacht, gleich in Hamburg, ist dir was?" „Ja, ich glaube, ich habe einen Herzinfarkt, du musst mich sofort ins Krankenhaus Eppendorf fahren." „Tessa, blockiere sofort Elisabeths Adrenalinspiegel, sie muss jetzt ruhig bleiben." „Alois, Liebling, sofort, warte, da ist eine Ausfahrt mit Tankstelle. Ich werde ein Taxi bestellen, das soll vorweg fahren."

Alois schweigt, ich aktiviere Dopamin; es gelingt, Alois atmet ruhig. Die Kinder sind nicht aufgewacht, Elisabeth hält vor der Tankstelle, springt aus dem Auto. Tessa mit, ich muss bei Alois bleiben. Sie wird es schon richten. Es dauert nicht lange; ein Taxi biegt ein, Elisabeth gibt die Anordnung, der Taxifahrer nickt mit dem Kopf. Es geht weiter. Es ist schon spät, nicht viel Verkehr auf den Straßen. Wir müssen quer durch die Stadt. Da, Martinistraße, hier ist gleich die Klinik. Der Taxifahrer kennt sich aus, fährt zur Notaufnahme, hält, Elisabeth bleibt hinter ihm stehen. Sie nimmt Geld aus ihrer Börse, steigt aus, bezahlt den Taxifahrer. In der Tür der Notaufnahme erscheint eine Schwester; Elisabeth geht zu ihr, erklärt ihr wohl die Situation. Die Schwester reagiert, läuft ins Haus. Wenig später kommen Pfleger und Trage, ein Arzt erscheint, überwacht, wie die Pfleger Alois aus dem Auto heben und auf die Trage legen. Die Kinder erwachen und noch schlaftrunken:

„Was ist mit Papa?"

Elisabeth reagiert, geht zu ihnen, das ist richtig so. Für Alois wird gesorgt, jetzt muss sie sich um die Kinder kümmern, die sehen ganz hilflos aus.

„Tessa, halte mich irgendwie auf dem Laufenden!"
Dann bin ich an Alois Seite. Jetzt ist er wichtig. Es geht schnell, sie bringen ihn in ein Behandlungszimmer mit EKG. Oberkörper freigemacht, die Elektroden werden angelegt, eine weitere Schwester kommt mit einem Tropf und legt einen Venenzugang. Das EKG läuft. Alois kriegt Sauerstoff. Das EKG zeigt eine Abweichung, welche? Weiß ich nicht. Der Arzt reagiert und gibt Strophanthin, was sonst auch. Jetzt heißt es abwarten, hoffen.

Ich mag diesen Mann, meinen Alois. Er sollte nicht sterben, jetzt, hier. Er ist mir ans Herz gewachsen. Ach, viel zu mondmenschlich, wieder einmal, egal, was das Komitee denkt. Wenn ich einen Schützling habe, will ich für ihn da sein, nicht halb, sondern ganz und gar.

Warten ist grauenvoll, warten darauf, dass etwas geschieht, eine Änderung eintritt, eine Entscheidung fällt. Die Zeit vergeht nicht. Dieses Gefühl –darf ich hoffen – muss ich bangen - das Gewissen, die Vorstellung darüber, es geht nicht um mich, es geht um Alois. Alois kann aber weder hoffen noch bangen in diesem Zustand. Er lebt von einem Atemzug zum nächsten. Der Arzt hat ihm
Morphium gegeben, gut für ihn. Morphium und Strophanthin. Es heißt warten, abwarten auf die Wirkung, das kann dauern, stundenlang, es kann Tage dauern. Was Elisabeth wohl macht? Ob sie nach Lübeck fährt?
Sie muss Sachen für Alois packen, sie muss aber auch die Kinder unterbringen. Oder ob sie telefoniert hat?
Vielleicht mit Margot oder gleich mit Richard? Wieso hat Alois einen Herzinfarkt bekommen? Wieso war er darüber selbst so sicher? Hat es Anzeichen dafür gegeben, die ich nicht gesehen habe? Ist mir irgendetwas entgangen? In Bayern, wie war er in Bayern? Er war normal, wie immer, oder nicht? Vielleicht etwas

ernster, wenn wir mal alleine waren? Er hat sich nie an die Brust gefasst, er hat nie heimlich seinen Puls gefühlt, gab es sonst etwas? Ein Satz fällt mir ein, der kleine Peter sagte einmal zu seinem Vater:

„Du bist ja schon ein Opa, Papa, sollen wir auch Opa zu dir sagen?"

Hat ihm das zugesetzt? Hat ihn das verletzt? Diese Frage von Peter fiel ganz zu Anfang, als seine Enkelkinder ihn jubelnd mit „Opa, Opa", begrüßten.

Zu Elisabeth sagen sie Tante. Tante Lisa! Lisa - Elisabeth ist keine Lisa, Lisa, eine künstlich kleingemachte Elisabeth, passt nicht zu ihr. Egal jetzt. Alois, wie hat Alois reagiert? Er sagte ganz ruhig:

„Nein, für euch bin ich euer Papa." Mehr nicht. Die Kinder wurden nicht recht warm miteinander. Gut, drei-bis vierjährige sind in ihrem Urteil nicht gefestigt. Doch irgendwie standen sie in Konkurrenz zueinander, hatte ich jedenfalls das Empfinden. Sabine und Peter auf der einen Seite, die Enkelkinder auf der anderen. Elisabeth hat die Szene nicht mitbekommen, und Alois hat mit ihr bestimmt nicht darüber gesprochen, also muss es ihn getroffen haben, sonst hätte er es Elisabeth erzählt. Es war demnach eine verschweigungswürdige Sache für ihn. Das passt zu seiner Natur; er reagiert beleidigt, wenn er nicht respektvoll behandelt wird. Das alte Problem, hatten wir schon einige
Male. Peter hat er die Frage überhaupt nicht übelgenommen, das wäre uns Schutzgeistern aufgefallen. Er hat sich, wenn ich genau überlege, mit den Enkelkindern schwergetan. Süße, verspielte, lustige Kinderchen, die ihn ungeniert Opa nennen durften, wie auch sonst? Verflixt und zugenäht, das scheint des Pudels Kern zu sein. Egal, Tessa und ich haben den Vorgang auch nie thematisiert, weil Tessa die Szene nicht mitbekommen hatte, weil sie bei Elisabeth war. Und die reine Sachlage ebenso war, wie sie war: Alois der reizende Vater und der nicht sehr intensive Großvater, weil sich der reizende Vater ständig

um die eigenen kleinen Kinder kümmern musste. Alles war letztlich ganz natürlich. Wir haben nichts gemerkt. Jetzt hat Alois einen Herzinfarkt, und ich frage mich, ob er kein Großvater sein mag. Oder, er empfindet die Doppelrolle vor den Kindern als peinlich, kränkend, sie führt ihm sein Alter vor Augen, aber deshalb einen Herzinfarkt bekommen? Warum nicht, wenn seine Gefühle tief genug gehen. Der Familienbesuch in Bayern war überfällig. Umgekehrt waren die Bayernfamilien zwei Jahre zuvor im Sommer für eine Woche in Travemünde. Da gab es keine Probleme, weil die Kinder jünger waren, noch kaum sprechen konnten, völlig unkritisch waren sie da sowieso. Es war harmlos, zahnlos, bisslos. Alois gehört zu den Männern, die über ihre tiefsten Empfindungen nicht reden, weil sie es nie gelernt haben. Sie nie dazu aufgefordert wurden, vielleicht ein ganz klein wenig auch deshalb, weil ihnen eine Form des Humors nicht liegt: über sich selbst lachen zu können. Wer über sich selbst lachen kann, verzeiht sich selbst, ja, genau so ist es. Und wenn es noch anders ist, und ich einen bestimmten Charakterzug habe, den ich an mir selbst als störend wahrnehme, kann ich ihn dominieren, indem ich sage, so will ich nicht sein. Ich will so sein, wie ich sein möchte, ohne diesen Charakterzug. Das Problem dabei ist, dass das Eingeständnis, zum Beispiel unangemessen beleidigt sein zu können, ein schmerzhafter Prozess sein kann, wenn ich ganz humorfrei den Psychomüll erledigen muss. Ach, Alois, wie gerne möchte ich in deine Gedanken blicken können, wenigstens einen Moment. Niemand kann das, auch das Komitee nicht, nicht einmal die höchsten Hierarchien des Universums.

„Hallo Gori, ich komme nach dir zu sehen und nach Alois, wie geht's?" „Briesa, du? Schickt Tessa dich?" „Gewisser Maßen, wie geht's?" „Ich weiß es nicht genau, wohl ziemlich auf der Kippe, was macht Elisabeth?" „Was soll sie wohl machen, na alles. Versorgt die Kinder und hat Richard angerufen, dann Lilli Schadewald und Hannelore und Hanno. Jetzt packt sie Sachen für Alois zusammen." „Will sie selbst kommen?" „Ja sicher doch." „Und wer bleibt bei den Kindern?" „Frau Schadewald, Hannelore und Hanno, sagte ich doch schon." „Briesa, du hast nur davon gesprochen, dass Elisabeth sie angerufen hat."

„Weswegen wohl, doch nicht zum Plaudern, ist doch selbsterklärend. So, was soll ich Tessa bezüglich des Krankheitsstandes mitteilen?" „Sieh dir Alois an, ist doch auch selbsterklärend, oder?" „Stimmt, er schaut nicht gesund aus. So werde ich es formulieren, mache es gut Gori."

Briesa muss während des langen Medizinstudiums durch Abwesenheit geglänzt haben – er schaut nicht gesund aus – hat einer das schon mal gehört? – er schaut nicht gesund aus – zum Todlachen, dieser Satz, wenn die Situation es erlauben würde. Ich kenne Briesa nur warmherzig und bodenständig. Mit Kranken hat sie es wohl nicht so, ist auch in Ordnung. Ich habe es nicht so mit der Technik.

Hoffentlich kommen die anderen bald. Ich werde müde, ich muss Alois fortlaufend Energie geben, er braucht sie dringend. Es wäre gut, wenn mich Tessa oder Hedi ablösen könnten. Vielleicht sind sie schon auf dem Weg. Alois
EKG sieht normal aus, seine Gesichtsfarbe hat den Grauton verloren, er atmet ruhig. Prima Zeug dieses Strophanthin und Morphium. Gestern schien die Welt noch in Ordnung zu sein, heute steht sie auf dem Kopf. So ist es fast immer. Ich habe so etwas schon oft erlebt. Niemals werde ich mich daran gewöhnen, immer wieder leide ich mit. Egal. Ich stehe nicht zur Diskussion, Alois ist mir wichtig. Ich möchte, ich wünsche mir für ihn ein lebenswertes Leben. Er hat schon lange ein lebenswertes Leben. Es ist anders, ganz anders, diese Situation. Anders als mit Sarah. Sie war erst sieben Jahre alt, Alois ist fünfundfünfzig, jung noch, trotzdem viel zu jung zum Sterben, fünfundfünfzig ist älter und viel besser als sieben, aber zu jung. Hannos Vater war auch nicht wirklich alt, achtundsechzig. Wenn ein Mensch achtzig geworden ist, dann wird es gut, so ab achtzig, dann fünfundachtzig, vielleicht neunzig, es gibt Hundertjährige, die im Kopf richtig prima drauf sind. Ein wenig wackeliger auf den Beinen, macht doch nichts, es ist gut, alt werden zu dürfen. Die Alten werden von den Hinterbliebenen auch vermisst, vorausgesetzt sie waren nett, hilfsbereit, oder hatten eine liebenswürdige Schrulle. Wenn richtig Alte sterben, gönnen die Menschen ihnen den Tod, Alte haben keinen Biss mehr, sie atmen

nicht mehr die Macht des noch Jungseins aus. Und wir machen Fehler im Denken und im Handeln, wenn wir jung sind, zu viel zu tun haben. Nie Kritik erhalten. Wenn wir immer die berühmten Besserwisser sein wollen, die nicht zuhören und nicht reflektieren können, oder wollen, wenn jemand uns kritisch betrachtet. Aber das trifft auf Alois nicht zu, er kann mit Elisabeths Einwänden konstruktiv umgehen, wenn es um die Kinder geht oder um Finanzielles. Vielleicht sieht er sich darin auch nicht kritisiert, sondern gut beraten, und ist weit davon entfernt, sich persönlich betroffen zu fühlen. Im Kern treffen ihn nur Bemerkungen, die er als Beleidigung empfindet: – Alois der Hosenscheißer – Alois ist zu weich, um eine Entscheidung zu treffen, die nicht in die Arme der Gestapo führt – Alois, das Weichei in der Apotheke, wie fragte dieser Dr. Hoppe Alois über seinen Zustand aus? „und das Ergebnis hat sie umgehauen?" – Alois, der in einem Jammertal lebt – Alois, der Opa – Nein, nein, nein, davon bekommt niemand einen Herzinfarkt. Alois muss wohl länger schon einen Bluthochdruck haben und eine Arteriosklerose. Er isst nicht wenig Fleisch und Wurst. Wenn Tessa nur schon hier wäre. Die Schutzgeister vom Arzt und von den Schwestern sprechen nicht mit mir; worüber sollten sie auch.

„Gori, ich bin vorgerückt, Hedi passt mit auf Elisabeth auf, wie geht es Alois?" „Gut, dass du da bist, Tessa, ich glaube nicht ganz so schlecht, er hat Strophantin und Morphium bekommen, ich fühle bei ihm keinen Tod." „Ich auch nicht, aber wieso kriegt er einen Herzinfarkt?" „Seit ich hier bei ihm am Bett bin, denke ich über nichts anderes nach. Er muss einen Bluthochdruck haben, vermutlich schon länger. Alois isst relativ viel Fleisch und Wurst und dann hat er sich wegen dieses Opa-Papa-Dilemmas eine Woche lang dauergeschämt, denke ich, und du?" „Wie, du meinst, er kommt mit der Großvaterrolle nicht klar?" „Tessa, seine Kinder und Enkelkinder sind gleichaltrig, die einen nennen ihn Papa und die anderen Opa. Peter hat ihn gefragt, ob Sabine und er ihn auch Opa nennen sollen, weil er einer sei. Alois hat ihm die Frage nicht übelgenommen, sie hat ihm aber bestimmt nicht gutgetan." „Da kannst du recht haben, das hat wohl wieder sein Ego getreten. Oh je, hoffentlich hat die Geschichte keine Auswirkungen." „Wie meinst du das, noch mehr Auswirkungen als den Infarkt?" „Na klar, auf die Beziehung zu Elisabeth, zu den Kindern." „Tessa, mal den Mondteufel nicht an die Decke, da, sie kommen."

„Nicht, Elisabeth, wecke Alois nicht auf, er ist optimal versorgt, wir können nur warten. So lange er ruhig schläft, ist das das Beste für ihn." „Gut, Richard. Was wird mit Alois, wenn er dies hier übersteht, ist er in Zukunft jeden Tag gefährdet?" „Das kann ich dir beim besten Willen im Augenblick nicht sagen. Alois ist schlanker Sportsmann. Ich weiß nicht, weswegen er Bluthochdruck haben sollte. Ich werde ihn regelmäßig untersuchen. Wenn sein Druck nicht permanent extrem hoch ist, werde ich ihm auch von der obligaten Sympathektomie abraten und ihn bitten, seinen Fleischkonsum zu drosseln und ich werde ihn mit bewährten Naturheilmitteln eindecken. Die zur Verfügung stehenden Medikamente haben viele Nebenwirkungen, die ihn stark einschränken würden. Was war in Bayern los, Elisabeth, gab es etwas, worüber sich Alois geärgert haben könnte, hat er sich über irgendetwas bei dir beklagt?" „Nicht, dass ich wüsste. Beklagt hat er sich nicht, ich habe mich laut vor ihm ein wenig darüber geärgert, dass mich seine Enkelkinder mit Tante Lisa ansprachen, was ihnen von den Eltern vorgegeben sein musste. Ich heiße Elisabeth. Alois schmunzelte darüber und sagte, besser als Opa genannt zu werden." „Margot und ich haben uns auch gefragt, wie er mit seiner Doppelrolle zurechtkommt. Hattest du den Eindruck, dass er bedrückt war?" „Ja, Richard, ganz eindeutig. Mein Mann war bedrückt. Auf der anderen Seite hat er sich viel um Sabine und Peter gekümmert, die mit den anderen Kindern nicht so gut auskamen, was völlig verständlich war. Sie verstanden sich im wörtlichen Sinne nicht; die Kleinen sprechen nur bayrisch. Ich hatte schon meine Probleme damit." „Meine liebe Elisabeth, ich durfte deinen Alois in den vergangenen Jahren ein wenig kennenlernen und habe die Erkenntnis gewonnen, es handelt sich bei ihm um einen hochsensiblen Menschen, der sich im wahrsten Sinne des Wortes, Ungerechtigkeiten zu Herzen nimmt. Kleine Korrektur: was er für ungerecht hält, muss nicht zwangsläufig einen anderen Menschen ebenso treffen. Was ich damit sagen will, mein erster Gedanke, als du mir am Telefon den Herzinfarkt mitgeteilt hattest, war der, was war los in Bayern? Ich bin überzeugt, dass genau da der Auslöser zu suchen ist. Alois hatte früher einen eher niedrigen Druck, das bedeutet, er kann noch nicht lange Hypertoniker sein." „Gori, ja, da war etwas, kannst du dich an den Spaziergang durch das Dorf erinnern, als Jam zu uns stieß, weil er mal nach uns sehen wollte? Er verwickelte dich in ein Gespräch, ihr bliebt hinter uns zurück. Da tauchte dieser sehr alte Pfarrer auf. Er trat Alois in den Weg und fragte ihn auf bayrisch, ob er sich nicht schämen würde in seinem Alter noch einmal Vaterrolle zu übernehmen, obwohl er hier prächtige Enkelkinder hätte. Alois konnte nicht antworten, weil im gleichen Moment Sabine über einen Stein stolperte und hinfiel. Sie fing an zu weinen, und Peter, der darüber erschrocken war, weinte auch. Alois stand mit zwei weinenden Kindern und einem empörten Pfarrer da, den er links liegen ließ, weil er beide Kinder trösten musste. Der ach so christlich gesinnte Pfarrer verschwand dann in sein nahes Domizil." „Und weshalb warst du dabei, Tessa?" „Das war zufällig, ich wollte nach euch sehen. Elisabeth war bei Veronika zum Kaffeeklatsch." „Gut, damit verdichtet sich die Annahme, dass der Bayernaufenthalt Alois Blutdruck in die Höhe getrieben haben muss. Jedoch wissen wir beide, dass gesunde Gefäßverhältnisse einen kurzfristig höheren Druck ausgehalten." „Hör zu, kann es so sein, dass Alois seit längerer Zeit nur sporadisch hyperton ist, vielleicht seit 1943? Immer, wenn er sich über etwas aufregt?" „Ja, kann sein, vielleicht war es heute kein echter Herzinfarkt, sondern eine Abweichung im EKG, die zusammen mit den körperlichen Symptomen aber vorsichtshalber so gedeutet worden ist." „Das könnte so gewesen sein, Gori. Hast du eine Vorstellung, wie es weitergehen wird?" „Nein, keine Ahnung."

Alois ist wieder da

„Herr Hausner, wir können ihnen heute mitteilen, dass sie keinen Infarkt erlitten haben. Die Anzeichen sprachen allerdings dafür. Die eingeleitete Behandlung kann abgesetzt werden. Sie sollten sich in regelmäßigen Abständen Blutdruckkontrollen unterziehen und jedes halbe Jahr einer EKG Untersuchung. Bei Professor Feiler sind sie bestens aufgehoben. Wir dürfen sie entlassen und ihnen alles Gute wünschen."

Interessante Neuigkeit, da haben Tessa und ich den richtigen Riecher gehabt. Alois sieht tief erleichtert aus. Er spürt meine Hand auf der seinen nicht; mir tut die Berührung gut. Gleich nach der Visite wird Elisabeth kommen, ja, da ist sie.

Alois springt aus dem Bett, hebt Elisabeth in seine Arme und dreht sich im Zimmer mit ihr hin und her.

„Liebling, ich bin gesund, es war kein Herzinfarkt, es war eine Abweichung im EKG. Was auch immer der junge Assistenzarzt gesehen haben mag, er hat nicht verkehrt gehandelt, was sagst du?" „Ich liebe dich, mein Schatz, ich bin so froh und erleichtert, dass ich heulen könnte."

Elisabeth küsst Alois, Tessa und ich halten uns die Hände, kann es etwas Schöneres geben, als Schutzgeister zu sein? Alois zieht sich an, Elisabeth packt seine Sachen zusammen und wir verlassen das Krankenzimmer. In der Anmeldung bekommt Alois seine Entlassungspapiere ausgehändigt, weg sind wir. Elisabeths Hotel liegt keine fünf Minuten Autofahrt von der Klinik entfernt. Alois bleibt im Auto sitzen, Tessa geht mit Elisabeth ihre Tasche holen und die Rechnung bezahlen. Wenige Minuten später sind beide wieder bei uns und es geht endlich nach Hause. Ob ich meine Gedanken bis dahin ausschalten kann? Alois und Elisabeth unterhalten sich.

„Da gab es einen Vorfall am letzten Tag, vor der Abreise. Clemens fragte Sabine und Peter, ob es ihnen in Bayern gefallen hätte. Da sagte Sabine:

- ja, sehr, aber es wäre schöner, wenn deine Kinder auch richtig sprechen könnten, wenn wir nächstes Mal kommen, dann können wir auch zusammen spielen-

Clemens war wohl ziemlich verblüfft und sagte dann wütend:

– unsere Kinder sind eben echte Bayern und aus meinem Sohn wird auch kein warmer Bruder gemacht, wie aus deinem -

„Elisabeth, ich konnte mich gerade noch zügeln, Clemens eine Ohrfeige zu geben. In diesem Zustand bin ich ins Auto gestiegen." „Oh je, das nenne ich eine echte Entgleisung, wie kann Clemens so etwas zu einem noch nicht mal vierjährigen Mädchen sagen." „Sabine hat ihn zum Glück nicht verstanden; sie hat auch nicht nachgefragt. Du, ich sage dir, vorläufig bringen mich keine zehn Pferde mehr an diesen Ort." „Hm, ja, es trennen uns schon viele
Dinge, obwohl ich sagen muss, dass mir dein Schwiegersohn wieder gut gefallen hat, er ist konservativ, schon, aber nicht verbohrt und Argumenten gegenüber offen." „Die er dann so lange dreht und wendet, bis sie in seine Schiene passen." „Alois, ich bin weit davon entfernt, ihn zu rechtfertigen. Nachdenklich bin ich aufgrund seiner geschliffenen Argumentation schon geworden, weil wir beide doch extrem unpolitisch sind. Wir haben noch nicht einmal eine Zeitung." „Das ist wohl wahr, soll ich den „Spiegel" oder „Die Zeit" abonnieren, oder beide?" „Beide, dann haben wir für das neue Jahr einen guten Vorsatz: Alois und Elisabeth werden politisch." „Elisabeth, glaubst du, als Mutter und als Tänzerin, dass die Möglichkeit besteht, dass sich unser Peter durch das Ballett nicht normal entwickeln könnte? Ich meine, wird er sich vielleicht zu Männern hingezogen fühlen?" „Du kannst dir denken, dass ich mit vielen Tänzern gearbeitet habe, die gute Ehemänner und Familienväter waren, und solche, die allein waren, oder einen männlichen Partner hatten. Aber alle sagen, eine bestimmte Veranlagung hätte mit dem Tanzen überhaupt nichts zu tun. Sich nicht zu Frauen hingezogen zu fühlen, hat nichts mit dem Beruf zu tun. Einige sagen auch, es gäbe viele Männer in den männlichsten Berufen, die lieber Männer als Frauen mögen. Umgekehrt auch. Es gäbe auch viele Frauen, die lieber mit einer anderen Frau zusammen sein würden. Die Gesellschaft ist dagegen. Wir, vom Theater, gehen etwas offener mit dem Thema um. Ich denke, da wird sich noch so einiges ändern müssen, bevor eine echte gesellschaftliche Anerkennung eintreten kann." „Und wie stehst du dazu?" „Alois, es gibt alles, was es gibt. Wer bin ich, soll ich sagen, das oder jenes hat es nicht zu geben?" „Ach, Elisabeth, ihr vom Theater seid richtig gute Menschen, Klasse statt Rasse, lieber warm als

ein mieser Tänzer." "Genau, zufrieden jetzt?" "Ich muss zufrieden sein, restlos zufrieden wäre ich, gäbe es nicht diesen §175." "Alois, ich bin keine Problemverdrängerin, in diesem Fall möchte ich uns beiden Abwarten anraten. Es hat wirklich Zeit, sich laut, oder leise über Dinge Gedanken zu machen, die überhaupt nicht vorhanden sind." "Einverstanden, was haben wir heute, Samstag?" "Ja, ich habe Frau Schadewald gebeten, für uns einzukaufen, damit wir das Wochenende überleben." "Die gute Lilli, sie ist immer da, wenn sie gerufen wird, wie die Feuerwehr."

"So, Tessa, jetzt wissen wir es, der Clemens war es, der Alois Blutdruck in die Höhe getrieben hat. Sag mal, ist der meschugge. Ich kann das nicht verstehen, wie ein erwachsener Mann so etwas Dämliches zu einem kleinen Mädchen sagen kann. Zum Glück nicht auf hochdeutsch. Ich fass es nicht, Mann, Mann, Mann." "Er ist meschugge und dämlich, humorfrei und ein erbarmungswürdiger Pseudolokalpatriot, ja, das ist er. Kein wirklich Guter. Er war doch sonst charmant, besonders zu Elisabeth. War das gespielt oder vorgetäuscht? Kann ein Mensch zwei so verschiedene Gesichter haben? Mann, oh Mann, bin ich sauer." "Ja und gleich kommt das Komitee und mahnt uns ab." "Bis dahin lasse ich mich weiter aus. Soll ich dir was sagen, Gori, mir schoss ein Gedanke durch den Kopf. Ob die da unten nicht doch etwas sehr arrogant über den Kopf von Alois hinweg verfügt haben; du weißt schon, die Abtreibung und so. Vielleicht wusste Clemens sogar davon und hat nur unschuldig getan. Es kann doch sein, dass Alois das unterschwellig geahnt hat." "Hör auf,
Tessa, wir werden es bestimmt nicht erfahren und es wird keinen geben, der Clemens auf die Folter spannt, um die Wahrheit zu erpressen." "Du musst aber zugeben, dass wir beide nach diesem Vorfall, die Vergangenheit doch aus einer leicht veränderten Perspektive betrachten." "Ich gebe es zu, mein Misstrauen ist geweckt. Alois vertraut seinem Sohn. Clemens ist ein sehr guter Bierbrauer und ein umsichtiger Geschäftsmann. Er vertraut ihm menschlich nicht ganz vollständig, weil er nicht daran denkt, ihm die Firma zu überschreiben. Alois behält sich da

etwas vor, denkst du das auch?" „Das unterschreibe ich dir sofort und auf der Stelle." „Alois, habe ich dir schon erzählt, dass ich Johanna, eine junge Meisterschülerin, für zwei Nachmittage gewinnen konnte. Sie wird die Kleinen unterrichten, ist das nicht großartig?" „Das hört sich gut an, weißt du schon, was du mit der vielen gewonnenen Zeit anfangen wirst?" „Lesen, einkaufen, mich mit Margot treffen, Herrn Schulze im Theater besuchen." „Deinen Mann in Travemünde mit sündigen Gedanken besuchen kommen." „Gestrichen, dafür reicht die Zeit nicht, es sei denn, wir belassen es bei den sündigen Gedanken und verschieben die Umsetzung auf das nächstfolgende Wochenende." „Schade eigentlich. Liebling wir sind da. Wann fängt Johanna bei dir an?" „Im Juni erst." „Dann kannst du dich noch gründlich auf die Freizeit vorbereiten." „Stimmt, aber freuen darf ich mich schon mal darauf." „Tessa, wer ist Johanna?" „Eine ganz entzückende junge Person, sehr begabt, die bringt es bestimmt in den höchsten Balletthimmel, und total nett ist sie und hübsch." „Na dann fehlt ja nichts, kann sie auch sprechen?" „Gori, lass das, ja? Es mangelt ihr, soweit ich das beurteilen kann, auch nicht an Intelligenz. Das wolltest du doch mit deiner Frage wissen." „Tessa, Bayern war anstrengend, die letzten Tage waren noch anstrengender, jetzt darf auch wieder Raum für Entspannung sein." „Den du sofort mit Ironie füllen musst." „Mit Humor, mit meinem spezifischen Humor." „Der grundsätzlich nur menschliche Zielobjekte kennt." „Ach nee, eben waren wir uns noch so schön einig. Ich nehme meine Frage zurück, ich habe sie quasi nie gestellt und konstatiere; ich habe immer gewusst, dass Johanna auch sprechen kann, ich habe …" „Gori halte die Klappe, selbst deine „Quasi Entschuldigung" trieft noch vor Hohn, du kannst gar nicht anders, du pigmentierter Herrenmondmensch, viele Pigmente, viel Geist, denkst du doch immer noch."

Die Kinder schlafen. Frau Schadewald, Hannelore und Hanno müssten inzwischen zu Hause sein, jedenfalls Hannelore. Lilli hat mir gut gefallen, die Frau ist hellwach. Sie hat Alois mit ihren geschickten Fragen alle Krankheitssymptome aus der Nase gezogen. Er wollte erst nicht antworten. Er hat sich gewunden, hat ihm nichts genützt. Dann sagte sie:

„Mein Lieber, das kenne ich nur allzu gut; zuerst der Schmerz in der Brust und im Arm, die Atmung fällt schwer, dann kommt die große Angst, Herzrasen setzt ein, kalter Schweiß, der Blutdruck steigt, der perfekte Herzinfarkt. In einem solchen Zustand habe ich mich zu meinem Hausarzt geschleppt. Der hat reagiert, er hat mich angewiesen, die Arme unter der Brust zu verschränken, hat meine Handgelenke mit seinen Händen gepackt und mich einmal angehoben. Darauf knackte meine Wirbelsäule laut und der Schmerz war weg. Alois, ich gebe dir seine Adresse, der kann dir erklären, wieso und warum was passieren kann, und er sagt dir auch, wie du dich verhalten musst, wenn das noch mal passiert." „Und wie konnte er wissen, dass es kein Infarkt bei dir war?" „Das weiß ich nicht, ich war damals einfach nur froh und dankbar." „Gut, Lilli, es wird nicht schaden, wenn ich mich bei ihm anmelde und mich beraten lasse. Deine persönliche
Erfahrung wäre zumindest eine Erklärung für meine Beschwerden, die mir die Ärzte in Eppendorf nicht genannt haben. Die haben sich in vornehmes Schweigen gehüllt." „Was ich noch sagen wollte, unter dem Morphium hat sich deine Wirbelsäule entspannt. Wenn die Wirkung in den nächsten Stunden ganz weg ist, kriege keine Panik, wenn der Schmerz wiederkommt." „Danke, Lilli, du hast mir sehr geholfen, das Geschehen anders zu betrachten. Und was soll ich machen, wenn es wieder geschieht?" „Bewege dich, bleibe nicht in der Körperstellung, bei der du das bekommen hast, zieh die Schultern zusammen, kreise die Arme, Bewegung hilft immer, dann ist der Spuk ganz schnell weg. Mehr kann ich dir nicht sagen, der Doktor wird dir alles genau erklären, das kann er gut, den versteht auch der dümmste." „Na dann ist er für mich ja genau der richtige."

Der Spruch war gelungen, bis auf Lilli lachten alle, selbst die unwissenden Kinder lachten mit, bis endlich der Lilli ein helles Licht aufging, das ihre Wangen zum Glühen brachte.

„Und was haben wir uns für komplizierte Gedanken gemacht, Gori, da muss nur die Lilli kommen und schon ist alles plausibel erklärt." „Alois, was Lilli sagte, klang alles sehr glaubhaft. Wir müssen aber unbedingt mit Richard klären, woran zu erkennen ist, wann es das Herz und wann es die Wirbelsäule ist." „So sehe ich das auch Tessa, das muss Alois wissen." „Liebling, ja, das kläre ich, schon im eigenen Interesse. Es stimmt jedoch genau, verkrampft war ich schon. Und wenn ich an meinen Sohn denke, verkrampfe ich mich nicht nur, mir ist das Herz auch schwer. Fühlte Clemens sich durch Sabine so verletzt, dass er mit Gehässigkeit darauf reagieren musste, oder ist er auf die jungen Halbgeschwister eifersüchtig? Hat er Sorge, sie könnten ihm etwas wegnehmen?" „Sieh es ganz realistisch, Peter und Sabine nehmen schon einiges weg, den Vater, den Großvater, viel später das Erbe." „Es wird niemand zu kurz kommen." „Emotional auch nicht?" „Du hast es erfasst, ja, und ich gebe es zu, mir stehen natürlicherweise meine Kinder näher, als meine Enkelkinder, die zum Glück die anderen Großeltern haben, die sie verwöhnen können und sollen. Ist das verwerflich, Elisabeth?" „Nein, ich denke, das ist normal, so muss es einfach sein. Es ist deine Aufgabe als Vater, die jungen Kinder zu schützen. Auf deine Enkelkinder wird aufgepasst, die wachsen ebenfalls behütet auf." „Woher kommt dann Clemens Eifersucht oder was immer seine Reaktion ausgelöst hat?" „Kann es sein, geliebter Ehemann, dass dein großer Sohn ein wenig wie du bist?" „Wie darf ich das jetzt verstehen?" „Clemens hat empfindlich reagiert, du reagierst auch sensibel, wenn du etwas zu hören bekommst, was dir nicht in den Kram passt." „Ja, ja, meinetwegen, aber doch nicht bei einem Kind." „Das hat Clemens auch in deine Richtung gesagt, und nicht in Sabines, sonst hätte er hochdeutsch geredet. Alois, er wollte dich und mich treffen, nicht seine Halbschwester. Clemens findet Ballett schlicht überflüssig und blöd und unmännlich sowieso. Das hat er seiner Frau bei unserem ersten Besuch in Bayern gesagt. Ich habe es zufällig mit anhören müssen." „Das hast du mir nie erzählt." „Nein, ich habe es deswegen unterlassen, um dich in der derzeitigen Situation nicht gleich wieder gegen deinen Sohn aufzubringen. Zum anderen ist Ballett Geschmackssache, viele, gerade gestandene Männer können damit nichts anfangen. Damit kann ich gut leben." „Du bist wahrlich nicht kleinlich, das ehrt dich. Weißt du was, ich hätte die größte Lust den Vorgang in eine Schublade zu packen, Schublade zu und abschließen." „So machen wir es, weil wir über das

Besprochene hinaus keine neuen Erkenntnisse gewinnen werden, zumindest jetzt nicht." „Na endlich, langsam kann ich es nicht mehr hören, Gori, die Kinder schlafen, sollen sie doch ..." „Sprich es nicht aus, Tessa, ich will nur noch meine Ruhe haben und meine Gedanken für ein paar Stunden ausschalten." „Als ob du je was anderes tust, wenn die beiden Sex haben."

Sonntag an der Ostsee
„Alois, aufstehen, Helene hat angerufen und uns zum Mittagessen eingeladen. Stelle dir vor, die Ostsee friert zu, komm schon, mach hin." „Aufstehen, Kinder, die Ostsee friert zu, wir fahren gleich rüber nach Travemünde, Helene hat uns eingeladen."

Elisabeth öffnet im Kinderzimmer die
Vorhänge.

„Schaut nur, es sind Eisblumen am Fenster, das habt ihr noch nie gesehen, es ist schrecklich kalt draußen, beeilt euch."

Sie küsst und knuddelt die Kinder ab.

"Ihr könnt euch in der Küche anziehen, da ist es schon schön warm."

Na, das ist doch ein Trost für die armen frierenden Würmer.

„Hast du gesehen, Tessa, die Fenster sind zugefroren, wir haben draußen mindestens minus zehn Grad." „Danke, Gori, du zeigst mir immer so schöne Dinge, wie Eisblumen, wie gut, dass ich dich habe."

Briesa und Kan lachen ungeniert, der Tag fängt wirklich prima an, ich freue mich auf Jam. Wenn mir das vor Jahren jemand gesagt hätte, ich würde mich eines Tages auf Jam freuen, hätte ich nur den Kopf geschüttelt. Jam weiß bestimmt etwas Neues aus der Politik, Jam ist heute mein Hoffnungsträger in diesem Sumpf der Unwissenheit. Die Kinder kämpfen inzwischen mit ihren dicken Gamaschenstrümpfen, die an den Hüfthalter geknüpft werden müssen. Elisabeth hilft. Sabine weint, weil ihr Wollleibchen kratzt. Die Mutter hat Mitleid und holt ihr stattdessen einen weichen Sommerpullover zum Darunterziehen. Sabine strahlt sie glücklich an. Alois kommt fertig angezogen in die Küche, schmiert diensteifrig Brote für die Kinder. Endlich alle angezogen. Brav am Tisch sitzend isst Sabine mit Appetit, Peter bröselt rum. Nie will er frühstücken, er muss erst etwas getan haben, bevor sich bei ihm der Hunger einstellen will.

„Peter, höre mit dem Krümeln auf. Komm, ich packe dein Brot ein, du kannst es später essen. Trinke bitte wenigstens deine Milch, damit dir im Auto nicht schlecht wird." Alois klappt das Brot zusammen und befördert es in eine Brotdose. Stühle rücken, jetzt geht der Klohgang an. Alle noch einmal, fertig. Wohnung abschließen, runter zum Auto, Alois fährt. Tessa, Briesa und Kan sind stumm, die Kinder sind noch müde. Alois und Elisabeth unterhalten sich leise über Planungen der nächsten Woche. Gut, ich werde für meine Kollegen auch nicht den Alleinunterhalter geben, bleibe ebenfalls stumm. Vielleicht sind Margot und Richard auch eingeladen. Hedi weiß vielleicht was Pacca macht. Ich habe sie seit Wochen nicht mehr getroffen. Die Becks sehen wir im Winter auch viel seltener, als in den Sommermonaten. Wir sind in Travemünde, es geht in die Kurhausstraße, bestimmt zu den Öfen, einheizen.

„Liebling, das ist doch wunderbar, ich fahre dich dann morgen nach dem Mittag nach Lübeck zurück, vorher musst du doch nicht da sein, wenn deine erste Stunde um 15 Uhr beginnt." „Das wird wegen des Heizens knapp." „Nein, ich helfe dir, zuerst im Ballettsaal, dann die Wohnung, innerhalb von einer Stunde ist es überall warm." „Bist du sicher, bei den Minustemperaturen?" „Nein, du hast recht, wenn vierundzwanzig Stunden nicht geheizt worden ist, reicht eine Stunde Vorgabe nicht aus. Egal, dann fahren wir eben morgen Vormittag zurück, und ich kann in Ruhe noch zum Einkaufen." „Die Heizerei ist in diesem Jahr ein echtes Problem, kannst du dich erinnern, wann es das letzte Mal so kalt gewesen ist?" „1942 glaube ich, da hatten wir auch zweistellige Minustemperaturen." „Kann sein. Schatz, ich habe eine Idee. Ich werde morgen mit Herrn Schulze sprechen, ob er mir helfen kann; er wohnt quasi um die Ecke." „Wenn er sich darauf einlässt? Hat er überhaupt Zeit dazu? Der hat doch im Theater jetzt genug zu tun." „Schulze ist ein Organisationstalent, und wenn er sich was extra verdienen kann, sagt er so schnell nicht nein."

Endlich, alle Öfen angeheizt, Sabine muss gesäubert werden, sie liebt es mit Kohlen zu spielen. Peter hat in der Zeit sein Frühstücksbrot gegessen. Auf zum Strand. Der ist menschenleer, die Möwen schreien, was auch sonst. Eisschollen türmen sich, sehen jetzt schon gigantisch aus. Die Kinder jubeln, wollen auf die Eisschollen. Alois hat alle Hände voll zu tun. Elisabeth geht manierlich geradeaus, sie ist immer darauf bedacht, sich nicht zu verletzen. Wir kommen nur langsam voran aber pünktlich um 12 Uhr landen wir bei Helene Fahrbach vor der Tür. Der dicke Mercedes von Richard steht auch schon da. Prima, der Plan ist aufgegangen, endlich habe ich etwas Abwechslung. Llano und Jam kommen mir freudig entgegen, Hedi und Elvie winken mir zu, die Erwachsenen begrüßen sich, die Kinder werden abgeküsst. Es ist ihnen zu viel, sie winden sich wie die Aale in der Fischkiste.

„Hat Jam dir erzählt, was hier los war, Gori?" „Nein, was war los?" „Unsere zwei Mädels haben sich von Lillis Bruder beim Knutschen erwischen lassen. Der hat seine Familie genommen und ist mit ihr verschwunden. Er sagte, mit so etwas wolle er nichts zu tun haben, so ein Spießer." „Au Backe, so etwas musste einfach mal passieren, hat er das nicht geahnt?" „Llano hat die völlig richtige Bezeichnung für ihn gewählt, Gori, Herr Schadewald ist ein Vollspießer. Weder sein Verstand noch seine Phantasie haben ausgereicht, bei den Frauen eins und eins zusammenzuzählen." „Hannelore hat erzählt, ihr Vater hätte ihr den Umgang mit der Tante untersagt. Sie hält sich nur nicht daran." „Meine lieben Freunde, wir beide, Lilli und ich, möchten euch etwas sagen. Vielleicht ahnt ihr etwas, vielleicht auch nicht. Mein Bruder hat es wohl nicht gewusst. Es ist so, Lilli und ich sind ein Paar, wir lieben uns und sind sehr glücklich zusammen. Wer von euch jetzt noch bleiben möchte, dem versprechen wir eine kleine Festmahlzeit."

Lilli und Helene schauen ängstlich in die Runde. Margot springt vom Stuhl auf und stimmt an:

„Hoch sollt ihr leben, hoch sollt ihr leben, …"

Alle stehen auf und singen mit. Danach wird dem Pärchen gratuliert, sie werden umarmt und geküsst. Wir Schutzgeister sind erleichtert, keiner von uns ist bei Spießern gelandet.

„Vielleicht fragt ihr euch, warum wir es euch jetzt gesagt haben und nicht schon früher. Es hat einen Vorfall gegeben: mein Bruder hat uns am zweiten Weihnachtstag in der Küche bei einer eindeutigen Umarmung erwischt und hat daraufhin mit seiner Familie empört das Haus verlassen. Auch Hannelore hat Umgangsverbot mit uns, was sie nicht akzeptiert; sie wird nächsten Monat ja auch volljährig. Ihr seid uns in den letzten Jahren sehr ans Herz gewachsen. Wir wollten einfach nicht, dass ihr von uns enttäuscht sein könntet, wenn ihr etwas zufällig erfahrt. Helene und ich waren überzeugt davon, dass ihr unser Zusammensein nicht missbilligen würdet. Habt vielen Dank für eure Glückwünsche."

Helene und Lilli verschwinden Richtung Küche. Margot steht der Hunger in den Augen; sie sollte auf ihre Figur achten. Sie war nie schlank, jetzt, wo sie nicht mehr regelmäßig auf der Bühne steht, ist sie recht üppig geworden. Was soll es, sie ist ein großes Mädchen, und muss selbst wissen, was sie im Spiegel anschauen will.

„Wo bleiben die Kinder, Helene, ihr habt für sie gedeckt, oder habt ihr noch wen anderes eingeladen?"

Alois schaut auf Helene und faltet dabei seine Serviette auseinander.

„Wie spät ist es?" „12.40 Uhr." „Komisch, ich hatte ihnen gesagt um 12.30 Uhr gäbe es Mittag. Na, es würde mich nicht wundern, wenn es im Hause Schadewald eine Auseinandersetzung gegeben hätte. Damit wäre das Zuspätkommen zu erklären. Am mangelnden Appetit der beiden liegt es gewiss nicht."
„Nein",

Margot weiß es.

„die zwei überflügeln sogar mich." „Hat sich Hanno das Auto von Neuberts gekauft?"

Möchte der Herr Professor wissen und schaut Alois an.

„Hat er, ich muss jedoch gestehen, dieses Ereignis ist durch unseren Bayernaufenthalt ziemlich in den Hintergrund gerückt. Ich habe nicht einmal gefragt, ob er mit dem VW zufrieden ist." „Doch Alois, er ist sehr zufrieden mit dem Wagen, und er fährt ganz wunderbar schnell mit ihm. Hanno ist ein richtiger kleiner Rennfahrer."

Freut sich Lilli in die Runde:

"Wir müssen ohne Hanno und Hannelore anfangen, das Essen ist nicht zu halten, bitte langt zu, guten Appetit." „Unverständlicherweise fährt der Bengel wie der Teufel, ich bin zwar erst einmal mit ihm gefahren, das hat mir aber schon gereicht. Der hat sich seinen Führerschein bestimmt bei Neckermann im Katalog bestellt." „Elvie, ein Führerschein kann nicht käuflich erworben werden." „Weiß ich selbst, es fühlt sich bei ihm aber so an. Meine Lilli liebt Schnellfahrten, ich nicht." „Jam, ich kriege ein ganz komisches Gefühl." „Hat sich bei mir auch schon eingestellt, Gori. Willst du nachsehen gehen?" „Auf keinen Fall. Ich weiche Alois nicht von der Seite, wer weiß, was passiert, ich muss mich unbedingt konzentrieren."

Der Sauerbraten wird aufgetragen, dazu gibt es Serviettenknödel und Rosenkohl. Die Gäste strahlen mit den Gastgeberinnen um die Wette. Der Wein wird eingeschenkt, sie stoßen an. Die Tür wird aufgerissen: Ferdinand Beck und Herr Kühl, stehen im Raum, beide mit verstörten Gesichtern, Ferdinand…:

„Schenkt euch einen Schnaps ein, uns auch."

Alois reagiert, ich drossele seinen Adrenalinspiegel und aktiviere sein Dopamin, Alois findet Gläser und den Schnaps, Bewegung ist gut für ihn. Schweigend leeren sie die Gläser. Ferdinand blickt in die Runde, seine Stimme klingt brüchig:

„Ich glaube, ihr ahnt, dass etwas Schreckliches passiert ist. Ein Unfall. Hannelore ist nur leicht verletzt; der Hanno ist auf dem

Weg ins Krankenhaus verstorben. Es tut uns unendlich leid. Es ist vor gut einer Stunde passiert, kurz vor Travemünde. Hannelore konnte uns sagen, dass sie hierher wollten. Die Eltern sind jetzt bei ihr. Alois, du, als sein ehemaliger Vormund, wirst sicher alle notwendigen Schritte einleiten."

Alois nickt kurz, starr, alle Frauen weinen, die Kinder auch, es ist unwirklich, Hanno ist tot.

Danach
Die Welt blieb in den Tagen danach stehen. Sie hörte einfach auf, sich zu drehen. Die Temperaturen fielen auf Minus dreizehn Grad, eisig draußen, Erstarrung im Inneren unserer Lieben. Mechanisch wurden alle Dinge abgewickelt, die abgewickelt werden mussten. Vernünftig. Uneinsichtig in das Schicksal. Verhangene Seelen. Alois und Elisabeth in großer Trauer um einen Menschen, der ihnen zum Sohn geworden war. Sabine und Peter litten stumm neben den Eltern. Abgesagte Ballettstunden, die Wohnung in der Königstraße kühlte aus. Helene und Lilli kümmerten sich um Mahlzeiten, gingen mit den Kindern spazieren. Das alte Travemünde nahm Anteil, kondolierte, kein Trostwort konnten Elisabeth und Alois ins Herz dringen. Und Gott, der in unerschütterlicher tiefer Liebe durch sein Ein- und Ausatmen das unendliche Universum zusammenhält, kann keine Botschaft des Verständnisses senden. Und die Hierarchien haben ihre eigenen Sorgen. Sie kümmern sich nicht um die Kümmernisse der Menschen. Auf Hannos Beerdigung haben wir für unsere Schützlinge die Arme nach oben gestreckt und unermesslich viel Liebe und Energie bekommen. Wir strecken uns zu Gott, Gott beugt sich nicht zu uns nieder.

Am Tag nach der Beerdigung bekam Alois von Hannos Rechtsanwalt und Notar einen Anruf mit der Bitte, ihn in seiner Kanzlei wegen der Erbschaftsangelegenheit aufzusuchen. Elisabeth begleitete ihn. Hanno hatte tatsächlich ein Testament gemacht. Der Anwalt las es vor:

Lieber Alois!

Mein Rechtsanwalt hat mich aufgefordert, ein Testament zu machen. So sei es:

Trotz der schier undenkbaren Vorstellung, ich könnte vor Dir sterben, bestimme ich, im Vollbesitz meiner körperlichen und geistigen Kräfte, dass mein gesamter Besitz an Dich geht. Falls dieser nahezu unwahrscheinliche Fall eintreten sollte, sieh das Erbe als Dank an Dich. Ohne Deine Hilfe, ohne Deine Ideen und ohne Deine unkonventionelle Haltung, hätte ich nie Abitur gemacht, und könnte in Zukunft nicht Generationen von Kindern Latein und Französisch beibringen. Ich hoffe, Du bekommst diesen Brief nie zu lesen, denn dann wäre ich tatsächlich tot.

Dein dankbarer gefühlter Sohn Hanno

Zeitsprung 20. Mai 1956
Die Zwillinge haben heute Geburtstag. Das wird ein Spaß werden. Sabine bekommt ein Puppenhaus, Peter eine Puppenbühne. Tessa und ich sind ganz entzückt über beide Gebäude. Herr Schulze hat sich selbst übertroffen. Er hat beides eigenhändig in was weiß ich wie vielen Arbeitsstunden angefertigt. Dieser Geburtstag wird endlich wieder unbeschwert schön werden. Es hat lange, sehr lange mit der Fröhlichkeit hier im Hause gedauert. Alois und Elisabeth haben sich bemüht, redlich. Ja, es fiel ihnen schwer. Hannos unfassbarer Unfalltod hing wie eine düstere Wolke über den Häuptern unserer zwei liebenswerten Menschen, die Tessa und ich mit ganzen Kraft beschützen. Das Herzeleid konnten wir ihnen nicht nehmen. Seitdem ist mehr als ein Jahr vergangen. Hannelore ist auch ein trauriges Kapitel. Die Beerdigung hat sie noch mit den Eltern besucht, danach verschluckte sie der Erdboden. Elisabeth hat etliche Versuche unternommen, Kontakt zu ihr herzustellen ohne Ergebnis. Schade auch für die Kinder, die immer wieder nach ihr gefragt haben. Wenn ich mich richtig erinnere, wurde es in der Wärme des Sommers etwas besser. Alois hatte viel zu tun, in den Ferien blieb Elisabeth, wie immer, ganz in Travemünde. Keiner hat sich bisher um das Krumbügel-Haus gekümmert. Lilli

und Helene lüften regelmäßig, entfernen Spinnweben, die Möbel sind mit Laken zugehängt. Es ist ein schönes Gebäude mit großem Garten und altem Baumbestand. Toll für Kinder, es ist ein viel besseres Haus, als das in der Kurgartenstrasse. Tessa ist bei ihrem Ex, es gibt schlechte Neuigkeiten. Elisabeth wacht auf, küsst Alois wach, der tut so, als merke er nichts.

„Alois, wach auf, die Kinder haben Geburtstag, wir wollen vor ihnen unten sein."

Das wirkt, der Mann erhebt sich. Elisabeth duscht, Alois putzt sich die Zähne, dann umgekehrt. In den Kinderzimmern ist es noch ruhig. Alois ist schneller als Elisabeth fertig, zündet die Geburtstagskerzen an. Dann geht es in die Küche, Frühstück richten. Helene hat eine Sandtorte mit Schokoladenglasur gebacken, wie Sabine und Peter sie lieben. Gepolter auf der Treppe, sie kommen, stürzen sich den Eltern in die Arme, Gratulationen, Küsse, die Geschenke, die Zwillinge jubeln.

Tessa da, lächelt nicht.

„Gori, sie haben es tatsächlich getan, sie lassen ganz viele Menschen nicht wieder inkarnieren." „Wer, Tessa?" „Die Komitees der Staaten, wo sich Überbevölkerung abzeichnet, China, viele arabische Staaten, afrikanische Staaten, in fünfzig, sechzig Jahren wird sich zeigen, welche Konsequenzen daraus entstanden sind." „Komm, Tessa, lass es gut sein, heute. Sieh dir die Kinder an, wie sie sich freuen." „Ja, Amerika und Europa beteiligen sich nicht, auch nicht die Sowjetunion und Japan." „Das ist doch ein Lichtblick, oder?" „Es wird eine Ungleichheit der Kräfte geben, sagt Alex." „Vielleicht auch nicht, die Komitees sind doch nicht blind." „Nein? Sie haben die besten Köpfe und die gütigsten Herzen aus dem Verkehr gezogen, Gori, das kann nicht gut gehen." „Tessa, wenn du deinen Ex nicht hättest, würden wir es nicht wissen, jetzt müssen wir damit umgehen, besinnen wir uns auf die Gegenwart."

„Kinder, kommt frühstücken, Helene hat euch eine Sand- torte gebacken." „Was tuschelt ihr die ganze Zeit, habt ihr keine

Freude an den Kindern?" „Briesa, wie kannst du so etwas denken, Tessa wollte nur ein paar Neuigkeiten loswerden." „Was für Neuigkeiten?" „Über ein paar Leute, die ihr nicht kennt." „Na gut, schaut mal, sogar unser Peter isst ein Stück Kuchen." „Die Sandtorte schmeckt mit Sahne bestimmt noch besser. Nicht wahr, Elisabeth, Geburtstagskinder?" „Bestimmt nicht zum Frühstück, Alois, die ist für heute Nachmittag." „Meinetwegen, was machen wir jetzt?" „Ich hätte einen Vorschlag. Es wäre an der Zeit, einmal das Krumbügel'sche Grundstück in Augenschein zu nehmen. Heute Mittag sind wir zum Essen bei Lilli und Helene, du musst nicht kochen." „Und wieso ausgerechnet heute?" „Sabine und Peter haben es sich zum Geburtstag gewünscht." „Ist das wahr, Kinder, davon weiß ich gar nichts." „Papa, das ist so schön da im Garten." „Also ja, lasst es uns machen, ich wollte es euch schon länger vorschlagen. Elisabeth, wir müssen irgendwann entscheiden, was wir damit anstellen werden. Heute ist ein guter Vormittag zur Besichtigung, die Sonne scheint, Kinder, wenn ihr fertig seid, hoch ins Bad, die Zähne putzen, Gesicht und Hände waschen, eure Mutter kommt mit, ich räume hier auf." „Tessa, hast du das gewusst? Die Kinder haben es sich gewünscht?" „Ich habe es dir nicht erzählt, ja. Die Kinder sind schon einige Male mit Helene und Lilli dort gewesen, die haben ihnen gesagt, dass Haus und Grundstück ihren Eltern gehören würden, die seien aber wegen Hanno noch traurig. Eines Tages haben sie Elisabeth gefragt, ob sie nicht auch mal mit Papa dort hingehen könnten." „Endlich ist der Knoten geplatzt, Tessa, das ist ein tolles Geburtstagsgeschenk für die Kinder. Hanno würde sich freuen, wenn wieder Leben in das Haus einzieht." „Sicher, eine kleine Chance besteht, allein wegen des Gartens, der ist ein Paradies."

Glückliche, respektlose Kinder. Sie stürmen das Haus, ziehen Laken von den Möbeln, reißen Schranktüren auf, entzücken sich über Accessoires, freuen sich über den großen Globus in Hannos Zimmer.

„Küche und Bad sind total veraltet, die Räume haben einen schönen Schnitt, die Fenster müssten erneuert werden, ja Elisabeth, was meinst du, käme für dich ein Umzug infrage?" „Ja, schon wegen der Kinder." „Der Schulweg ist länger." „Ein Punkt, über den wir noch nicht gesprochen haben, sollen sie in Travemünde zur Schule gehen, oder in Lübeck?" „Ach du lieber Schreck, nein, haben wir nicht, halbe, halbe geht wohl nicht?"

Elisabeth lacht glockenhell.

„Alois, ich fürchte, nein, wir haben keinen Zirkus, nur zwei Haushalte. Das ist schon manchmal Zirkus genug. Sehen wir es realistisch: sie haben vier Grundschuljahre, ein Gymnasium gibt es hier in Travemünde nicht, das bedeutet, spätestens dann müssten sie ohnehin nach Lübeck." „Jo, Liebling, dann gleich Lübeck, ist keine Frage. Sie können Freundschaften schließen, ihren Hobbys nachgehen, Peter weiter bei dir Ballett machen, ja, ganz wichtig, unser Sohn würde Tag und Nacht heulen, wenn ihm die Ballettstunden genommen würden." „Na, dann hätten wir die Schulfrage en passant geklärt. Lübeck ist eine gute Wahl. Gibt es deinerseits Bedenken, Alois, hier einzuziehen?" „Nicht mehr, vor einem halben Jahr hätte ich noch nicht den Mut gehabt, dieses Haus überhaupt zu betreten. In den letzten Wochen kam mir häufig der Gedanke, dass Hanno enttäuscht wäre, wenn hier Fremde einziehen würden und nicht wir." „Ja, das glaube ich auch. Die Erinnerung an Hannos frühen Tod wird in unseren Herzen immer einen Schmerz auslösen. Aber für die Kinder ist dies ein richtiges Zuhause. Sie müssen noch nicht mal über die Straße gehen, raus aus dem Garten und sie sind am Strand." „Und wir haben keinen Anweg mehr, wenn wir morgens im Meer schwimmen wollen." „Gut, mein Schatz, dann locke die Handwerker an." „Tessa, ist das aufregend, wir ziehen hier ein, wie findest du das?" „Darf ich dir etwas verraten? In der Kurgartenstraße fühle ich mich nie ganz wohl, keine Ahnung, woran das liegt. Hier ist es einfach sympathisch." „Komisch, mir geht das ebenso, in Elisabeths schöner großer Wohnung fühle ich mich wohl, in der Kurgartenstraße will sich auch bei mir kein angenehmes Empfinden einstellen. Ich hätte nie darüber geredet, wenn du es nicht ausgesprochen hättest, weil uns das Haus anfangs doch ganz prima gefallen hat. Und was ich noch gut finde ist, Helene und Lilli wohnen nur zwei Häuser vor uns und Becks wohnen auch gleich um die

Ecke." „Klasse Entscheidung, Lilli und Helene werden sich freuen."

Tun sie, und wie, sie klatschen und jubeln.

„Kinder, wird das schön, wir sind dann praktisch Nachbarn. Nur die Kahles wohnen noch zwischen uns."

Und mit diesen Worten hält Helene den Kindern ein Tablett mit Frikadellen hin. Elvie und Jam freuen sich auch, dann kann ja nichts mehr passieren.

Nachmittags
Das Haus ist voll, mehr geht nicht. Die Becks, die Kühls, sechs Kinder, unsere zwei. Acht Kinder und die vielen Erwachsenen. Jetzt gibt es Eierlaufen im Innenhof. He, Peter gewinnt, der ist schnell und geschickt.

„Guten Tag allerseits, ich glaube, heute ist hier eine Geburtstagsfeier."

Hannelore, groß, elegant, strahlend schön.

„Hannelore."

Rufen die Kinder, die Erwachsenen, wir Schutzgeister. Wir starren sie an und fassen es nicht. Sie wird umarmt, geküsst; ihr wird die Hand geschüttelt von denen die nicht umarmen und küssen. Fragen stürmen auf sie ein

„Bitte, gleich werde ich berichten, zuerst die Kinder."

Der überirdisch schöne Engel knuddelt Sabine und Peter, beglückwünscht sie, überreicht ihnen riesige Pakete. Kleine Neidblicke der anderen Kinder. So ist es eben, nicht alle haben heute Geburtstag. Sabine packt eine Schul-Schiefertafel zum Aufstellen aus und ein großes Päckchen mit Kreide. Jubel.

„Danke, Hannelore, danke."

Peter holt einen Holzroller aus seinem Paket, Jubel.

„Danke, Hannelore, danke."

Hannelore hat es richtig getroffen. Die Kinder sind beschäftigt. Sabine hat sie im Griff. Sie zeigt erste Führungseigenschaften. Alle Kinder, die auf der Tafel malen wollen, müssen sich anstellen. Peter ahmt nach, lässt alle, die einmal eine Runde mit dem Roller drehen wollen, anstellen. Die sind für die nächste halbe Stunde gut beschäftigt, jetzt kann Hannelore berichten.

„Also, es war so. Ich fuhr für meinen Kindergarten nach Hamburg, um Spielzeug einzukaufen. Ich schätze, die Leiterin wollte mich wegen Hannos Tod ein wenig trösten. Ich ging durch die Mönckebergstraße, und ein Mann mit einem Fotoapparat kam auf mich zu. Wir waren schon auf gleicher Höhe, da blieb er stehen und sprach mich an: „Darf ich fragen, mein Fräulein, für wen sie laufen?" Eigentlich wollte ich nicht antworten, aber irgendwie war er normal, und nicht frech, und ich antwortete „Für keinen, ich suche Spielzeug für meinen Kindergarten." „Dann sind sie Kindergärtnerin, unentdeckt, kein Mannequin?" Ich kürze die Geschichte ab. Er fragte mich, ob er mich fotografieren, und dann die Fotos zu einer Firma schicken dürfte, mit der er zusammenarbeite. Ich sagte zu, er machte die Fotos, und ich musste ihm meine Adresse geben. So, und dann nach vierzehn Tagen stand er mit einer Frau abends vor unserer Haustür. Die Frau war die Chefin einer Mannequin-Vermittlungsfirma, die mir einen fünf-Jahres-Vertrag anbot. Ihr könnt euch vorstellen, wie meine Eltern reagiert haben. Genau kommt nicht infrage - Aber nicht mit mir. Mir war damals alles ziemlich egal. Hanno war meine Lebensgrundlage gewesen, ihn wollte ich heiraten, und mit ihm eine Familie gründen. Sollte ich einfach so weitermachen, darauf hoffen, irgendwann einem anderen Mann zu begegnen, mit dem ich glücklich werden könnte? Ich sagte zu, packte meine Koffer und war fort von zu Hause." „Hannelore, hattest du keine Angst, irgendwelchen Verbrechern auf den Leim zu gehen?"

So etwas fragt nur Ferdinand, Mala grinst mich an.

„Nein, als ich in die Vermittlungsfirma ging, konnte ich feststellen, dass es sich um ein grundsolides Unternehmen handelt.

Viele Angestellte, eine Wand mit Fotos von lauter schönen Mädchen und einigen Männern. Mein eigenes Foto fand ich dort auch. Sie hatten mich schon vermitteln können und wisst ihr wohin?" „Nein." Nach Paris. Dior wollte mich. Wir flogen zu dritt. Glücklicherweise waren die anderen zwei Mädels bereits erfahren und total nett zu mir. Die haben mir alles gesagt und gezeigt, was ich wissen musste." „Bist du ganz ohne Ausbildung auf die Menschheit losgelassen worden, Hannchen." „Also, Tante Lilli, das war so. In der Firma gab es einen Mann, fragt mich bitte nicht, welche Ausbildung er hatte, der uns Mädchen auf den Laufsteg vorbereiten musste. Der ließ mich gehen, und ich sollte mich drehen und so. Und nach drei Minuten sagte er, ich sei perfekt, er könne mir nichts mehr beibringen. Das habe ich dir, Elisabeth, zu verdanken, weißt du noch, als du immer zu mir sagtest, Hannelore: Rücken gerade, Schultern zurück, Kopf hoch, Arme leicht anwinkeln, Bauch einziehen. Na, und so weiter. Und du hast es bestimmt zehnmal mit mir geübt, da hatte ich meine Mannequin-Lektionen vorweg gehabt. Und als die Kinder noch so klein waren, habe ich häufig beim Ballett zugeguckt und mir was abgesehen." „Das ist eine Märchengeschichte, Hannelore, wie großartig, und bist du noch woanders tätig geworden?"

Frau Beck ist neugierig.

„Ja, ich bin von Paris zurück, habe dann für Neckermann gearbeitet. Der Katalog müsste bald erscheinen. Dann war ich an der Cote d' Azur wegen Bademoden. Dann war ich für ein deutsches Kaufhaus unterwegs. Zwischendrin gibt es reichlich Kleinaufträge, und morgen geht es nach Mailand." „Hast du dich inzwischen mit deinen Eltern ausgesöhnt." „Ja, Elisabeth, du kannst dir vorstellen, dass mein Vater sofort nach Hamburg gekommen ist. Und als er feststellen konnte, dass wirklich alles seriös zuging, bekam ich sozusagen nachträglich auch von den Eltern ein
Einverständnis." „Tessa, Mala, was glaubt ihr, wie lange Alois noch tapfer erträgt, nicht in irgendeiner Form in Erfahrung zu bringen, was ihr das einbringt." „Nicht mehr lange, Gori, Mala, schließt du dich an?" „Ich kenne euren Alois nicht so gut, wie

ihr. Sein Gesicht spricht jedenfalls Bände." „Sage mal Hannelore und finanziell kommst du zurecht? Du hast sicher doch auch hohe Ausgaben?" „Tessa, Mala, das ging noch schneller, als ich dachte." „Mit dem Gehalt einer Kindergärtnerin ist das, was ich jetzt kriege, nicht vergleichbar. Meine Firma handelt die Verträge aus und achtet darauf, dass die Gage maximal hoch liegt, weil sie davon die Prozente bekommt. Der Rest geht auf mein Konto. Flüge, Bahnreisen, Hotel, und was ich zum Leben brauche, muss ich dann davon bezahlen." „Das hast aber du in der Hand und, wie sagte unser guter Freund Henry Ford: „Reich wird man nicht durch das, was man verdient, sondern durch das, was man nicht ausgibt."" „Ja genau, Alois, so sehe ich es auch, ich lebe sehr bescheiden, und spare, wo und wie ich kann." „Am meisten bestimmt am Essen." „Das glaube ich auch, Tessa, sie ist noch schlanker als früher." „So, jetzt wisst ihr alles von mir, seid ihr mir böse, wenn ich jetzt noch ein wenig mit den Kindern spiele?"

Nein, keiner ist ihr böse, Plena lächelt uns würdevoll zu. Sie ist bestimmt mit ihrem Schützling hoch zufrieden. Hätte Pacca mit ihr getauscht, säße sie heute mit Lothar Malskat im Gefängnis Lauerhof, in Lübeck, und Pacca dürfte morgen nach Mailand fliegen. Arme Pacca, ich muss sie unbedingt bald besuchen, Hedi hat erzählt, dass sie eine Einzelzelle haben, wenigstens etwas Positives.

„Ehrlich Gori, irgendwie haben wir doch geahnt, dass Hannelore nicht im Kindergarten Karriere machen wird, oder?" „Sagen wir so, Tessa, wir standen ihr anfangs misstrauisch gegenüber, weil sie ungewöhnlich schön ist. Dann wurden sie und Hanno ein Paar und langsam verblassten die ersten Eindrücke. Ich habe Hannelore als absolut bodenständig erlebt, und ich habe sie nicht als eitel empfunden. Sie hat sich auch nie lange vor dem Spiegel aufgehalten." „Das stimmt alles, was du sagst, trotzdem habe ich sie als tickende Bombe betrachtet, zumindest als passive und auch ganz gewiss nicht als bösartige" „Unsinn Tessa, Zeitbomben sind immer passiv, bis sie gezündet werden und dann wird's immer böse." „Genau das meine ich doch, ich glaube nicht, dass Hannelore jemals irgendeine Initiative ergriffen hätte, sich außerhalb des Kindergartens beruflich umzusehen. Es musste ein Außenimpuls erfolgen. Und genau so war es, sie fährt einmal im Leben allein nach Hamburg und schwupp passiert's." „Richtig, dem ist nichts hinzuzufügen. Du, mein Alois war ja gar nicht neugierig, am liebsten hätte er gefragt, was sie genau verdient, was schätzt du denn?" „Angenommen, ein Auftrag geht über drei Wochen, wird sie dann wohl ihre achthundert Mark verdient haben." „Meinst du, so viel?" „Halte ich für realistisch, schau, sie verabschiedet sich, ob wir sie bald einmal wiedersehen?" „Wenn sie gut im Geschäft ist, bestimmt nicht. Tessa, was denkst du, wird mit dem Haus in der Kurgartenstraße passieren? Ob sie es verkaufen?" „Darüber habe ich noch nicht nachgedacht, ich denke eher vermieten." „Ja, sie sollten es lieber behalten, die Preise werden Jahr für Jahr steigen, wäre doch was für die Beck-Familie, die haben doch nur die winzige Wohnung." „Gori, das lass uns im Auge behalten."

Hektik, Umbau und mehr
Es ist nicht zu fassen, es ist erst 6 Uhr und Alois springt aus dem Bett. Was will er schon? Na, das werde ich schon erfahren. Das Haus ist leer, Elisabeth gibt Vormittagsunterricht in der Königstraße. Wenn Alois was vorhat, ist er nicht zu bremsen. Bestimmt telefoniert er gleich nach dem Frühstück Handwerker an, darüber hat er sich gestern noch mit Ferdi unterhalten. Ferdi ist die ultimative Travemünde-Presse. Er weiß alles, was du wissen willst und was du überhaupt nicht wissen willst. Wer ist zugezogen, wer besucht das Kasino, welcher Koch oder Oberkellner hat wohin gewechselt, und natürlich auch wer warum gestorben ist, wer hat Krebs oder ein Magengeschwür. Lauter erbauliches Zeug. Aber es gibt auch Positivabweichung wie: – nimm den Glaser Peters, der ist schnell und zuverlässig, er kostet etwas mehr als die Konkurrenz, aber die Fenster, die er einsetzt, sind auch dicht- Mehr will kein Mensch, wenn Fenster, dann solche, die kein Wasser und keine Zugluft durchlassen. Oh, Alois frisch geduscht aus dem Bad zurück, anziehen dann Bäckerei, Brötchen, keine Zeitung, wie schreibt sich Resignation?

„Gori, du siehst gelangweilt und irgendwie erschöpft aus, wir sind hier, um dir nochmals den Urlaub anzutragen. Kali würde dich bei Alois Hausner vertreten."

Das Komitee.

„Kali? Lieber nicht, danke." „Was spricht gegen Kali?" „Ich möchte gegen Kali keineswegs etwas Unqualifiziertes sagen. Ich habe früher, vor Hannos Unfalltod, immer gut mit Kali zusammengearbeitet und sie schätzen gelernt. Danach drängte sich mir der Eindruck auf, dass sie leichtsinnig ist. Sie hat nie darüber gesprochen, dass Hanno viel zu schnell fährt, es hat sie überhaupt nicht gestört." „Das ist ein großer Vorwurf." „Eher ein besorgter Einwand, ich habe Kali nach Hannos Tod nicht mehr getroffen, ich hätte es ihr gerne selber gesagt." „Kein Schutzgeist kann Tod verhindern." „Von seltenen Ausnahmen abgesehen, nein." „Gori, du bist ein erfahrener Schutzgeist, manchmal etwas emotional, aber wir wissen deine Fähigkeiten zu schätzen und hören auf dich, wenn du etwas zu sagen hast. Wir fragen dich: denkst du, Kali sollte eine Nachschulung in Gefahrenerkennung und Möglichkeiten zur Gefahrenabwendung erhalten?" „Hohes Komitee, ich beantworte die Frage mit einem klaren Ja." „Dann kannst du nicht in den Urlaub." „Das ist in Ordnung."

Weg sind sie. Kali, ich habe Kali angeschwärzt. Ich habe mich nie mit Tessa oder sonst wen über Kali unterhalten. Ich hatte mir vorgenommen, Kali selbst darauf anzusprechen. Ich bin nie mit Hanno mitgefahren, Alois ist immer gefahren. Wenn ich gewusst hätte, Hanno ist ein Rennfahrer, hätte ich das zur Sprache gebracht. Es ist nicht gut, wenn ein Schutzgeist Risikoeigenschaften seines Schützlings verschweigt. Dann steht er allein da. Andere Schutzgeister holen sich auch Ratschläge, wie damals Llano, als er ganz neu bei Margot war. Das macht Sinn und keiner und niemand muss sich isoliert fühlen. Wir haben alle mal Probleme. Kali braucht eine Nachschulung. Sie muss in der Lage sein, Risiken klar zu erkennen. Wenn ich mir vorstelle, mein Alois wäre ihr ausgeliefert, nein danke. New York kann auf mich verzichten und ich auf New York. Birdland, ich möchte da schon mal hin, richtig guten schwarzen Jazz hören im Birdland, in New York. Das muss ein Traum sein. Ich träume; Elisabeth war da. Sie hat das Lokal gemocht. Ich liebe Elisabeth auch, weil sie Jazz mag. Alois isst sein erstes Brötchen, und hört Catarina Valente zu, die „Ganz Paris träumt von der Liebe" singt. Heiliger Mond, ich leide intensiv. Nein, das ist kein Jazz, das ist perfekt harmonisches Trallala. Ich mag Harmonie, aber kein süßliches Trallala. - Alois, stell das blöde Radio ab! Nein, du willst nicht? Ich lasse es schnarren, dann stellst du es schon ab. Es schnarrt, plopp, der kurze Handschlag hat gesessen. Alois sieht zufrieden aus. Catarina singt, das Radio schnarrt nicht. Ich möchte wissen, was Kali als Mondmensch für Tätigkeiten hatte. Sie hat doch mal gesagt, sie sei Tänzerin gewesen? Tessa muss ihren Alex-Ex fragen, das muss in ihrer Personenakte stehen. Ob ich Alois kurz alleine lasse? Nicht, dass er sich beim zweiten Brötchen in den Finger säbelt. Egal.

„Tessa, du musst etwas in Erfahrung bringen und zwar, welchen überwiegenden Tätigkeiten Kali als Mondmensch nachgegangen ist. Ich erkläre dir später alles."

Alois Finger sind heil, das zweite Brötchen ist dran. Catarina ist verstummt, ein Unbekannter singt auch Trallala. Wieso mag Alois Schnulzen? Nee, das stimmt nicht ganz, er hört so etwas nur morgens beim Frühstück, sonst nie. Fertig, es ist erst 7 Uhr. Was machen wir jetzt? Aha, es geht an den Strand, die Strandkörbe aufschließen. Es ist ein schöner Morgen, vielleicht lockt er den einen oder anderen Gast an. Alois schließt nicht alle Körbe auf, vielleicht jeden dritten, das reicht aus. Das macht trotzdem viel Arbeit. Ich möchte wissen, ob im August die Bayern kommen werden. Ich fürchte, ja, dann können sie in der Kurgartenstraße einziehen. Alois und Elisabeth sind dann bestimmt schon umgezogen.

„Gori, ich habe die Information über Kali, Kali war Pilotin, Taxifahrerin, Rennfahrerin, Mechanikerin, Ingenieurin und oft Tänzerin. Wir sehen uns später." „Danke, Tessa."

Genau das habe ich mir schon gedacht, Kali hat eine andere Einstellung zur Geschwindigkeit, als andere Schutzgeister, weil sie die von früher her gewohnt war. Ist mir auch verständlich. Ich schnüffle ja auch so lange, bis ich weiß, was los ist. Alte Gewohnheiten sind eben sehr liebe Gewohnheiten. Alois ist fertig. Jetzt geht's zurück und bestimmt ans Telefon. Richtig. Alois wählt:

„Moin, Herr Peters, Hausner hier, haben sie Zeit für mich? Können wir uns treffen? Ja im Haus des alten Krumbügel, an der Promenade. Ja, meinetwegen in 15 Minuten."

Später
Heute Nachmittag wollen sie nach Dänischburg und sich Sanitäranlagen und Fliesen ansehen. Elisabeth hat erst abends wieder Unterricht. Herr Peters steigt aus seinem Tempo Rapid, ein Drei-Rad Auto. Trotzdem ein kleiner Lieferwagen, irgendwie putzig. Herr Peters sieht jung aus: blonde Strubbelhaare, freundliche helle Augen. Sein Schutzgeist könnte seine Mutter sein: sie grüßt mich ernst und verschlossen. Die beiden Männer schauen sich die Fenster an, reden, überlegen, einigen sich.

„Gut, Herr Hausner, wenn sie wollen, fangen wir schon morgen an."

Das hört sich gut an, Alois sieht zufrieden aus. - Und wer soll die Sanitäranlagen richten, Alois? -

„Sagen sie, Herr Peters, haben sie gute Erfahrungen mit einem Fliesenleger? Im Hause müssten die Sanitäranlagen erneuert werden, sonst ist alles gut im Schuss." „Hier in Travemünde, leider nein. Als ich unser Badezimmer neu machen ließ, hatte ich eine Klempnerei aus Kücknitz beauftragt. Konrad Busch ist der Chef und Meister, soll ich ihnen die Telefonnummer durchgeben?" „Sehr gern, es geht nichts über Mund zu Mund Empfehlungen."

Finde ich auch.

„So, meine Elisabeth, mit Herrn Peters haben wir den ersten Schritt vollzogen." „Ja, Alois, sehr gut, ich habe mir noch etwas

Schönes überlegt, was hältst du davon, wenn wir vor das Wohnzimmer einen Wintergarten setzten. Die Terrasse müsste dann entsprechend weiter nach vorn zur Promenade rücken. Die kann auch sehr klein geraten, ausreichend für eine Bank. Ich glaube auch nicht, dass ich mich dort aufhalten möchte; dann kann ich mich gleich an den Strand legen." „Liebling, das wird eine teure Suppe, wir brauchen dafür einen Architekten, wir müssen den Bau genehmigen lassen, dann müssen wir den Wintergarten einrichten." „Ja, mit Korbmöbeln." „Aha, du bist bereits bei der Einrichtung, die Bauphase liegt offenbar schon hinter dir." „Nicht direkt, ich habe an die Architekten gedacht, die den Umbau bei mir gemacht haben, soll ich dort anrufen und einen Termin in Travemünde mit ihnen vereinbaren?" „Der Wintergarten wird mich eine volle Strandkorbsaison kosten. Wer wird für meinen Unterhalt aufkommen?" „Alois, du spinnst, wir haben das Geld doch." „Ja gut, Spaß beiseite und wie wollen wir ihn beheizen?" „Mit einem Kamin natürlich, das ist doch klar." „Dann gehst du in den Wald, fällst Baume und sorgst für Kaminholz."

Ich höre von Elisabeth so gerne ihr Elisabeth-Lachen. Alois grinst.

"Gori, jetzt lass die beiden gurren und erzähle rasch, was wegen Kali anliegt, bitte." „Das Komitee tauchte überraschend bei mir auf und bot mir den New York Urlaub an. Kali sollte in der Zeit Alois übernehmen. Tessa, ich bekam einen Schreck und sagte: „nicht Kali". So, natürlich musste ich meine Ablehnung begründen, und ich sagte ihnen, Kali sei mir zu leichtsinnig, es hätte sie nicht gestört, dass Hanno zu schnell fahren würde. Ja und jetzt bekommt sie eine Nachschulung in Risikoeinschätzung. Und deshalb wollte ich wissen, was Kali als Mondmensch so getrieben hatte." „Heiliger Mond, da hast du dir heute eine Freundin fürs Leben geschaffen, Gori." „Ist mir bewusst, was hättest du an meiner Stelle getan?" „Ich habe, ehrlich gesagt, Hannos Unfalltod nicht als Kalis Versagen angesehen. Kein Schutzgeist kann Tod verhindern." „In der Regel nicht." „Gori, du hast das damals mit Elisabeth wirklich sehr gut gemacht, ach, was sage ich, du warst ein Held. Vielleicht war ihre Zeit aber auch noch nicht zu Ende." „Mag sein, ich habe an Llano gedacht, der ist sofort zu uns gekommen, als er anfangs mit Margot Schwierigkeiten hatte, er ließ sich beraten und hat die Frau in den Griff gekriegt." „Gori, Kali hatte kein Unrechtsbewusstsein in Bezug auf Hanno, das macht den Unterschied aus. Hanno fuhr schnell, für Kali war das normal, die kannte es nicht anders. Es gab nichts, was ihr signalisierte: Achtung, pass auf." „Du findest meine Reaktion verfehlt?" „Gori, wir kennen uns schon sehr, sehr lange. Es gibt Sachen an dir, an die ich mich nie gewöhnen werde, und wir haben immer wieder aus gegebenem Anlass unsere, sagen wir mal, Kabbeleien. Das bedeutet nicht, dass ich nicht weiß, wie sensibel und vorausschauend du sein kannst und wie klug du bist. Nein, Gori, dein Verhalten war vollkommen richtig. Die dumme Nuss bin ich, ich habe nicht so weit gedacht." „Tessa, es erfüllt mich mit Erleichterung, dass du mich nicht als Denunzianten empfindest. Es war ausschließlich mein Gewissen, das mich dazu trieb, mich gegen Kali auszusprechen. Ich hoffe, ich habe irgendwann eine Chance, mich mit ihr darüber auszusprechen."

„He, ihr zwei, habt ihr Lust, wieder mitzuspielen?" „Kan, wir bitten um Entschuldigung, haben wir etwas versäumt?" „Das Mittagessen ist fertig, es gibt Bauernfrühstück mit sauren Gurken und danach geht es nach Dänischburg und dann auf dem Wege zurück nach Lübeck über Kücknitz noch bei dem Klempner vorbei." „Das nenne ich volles Programm, danke Kan." „Mit Vergnügen, Gori."

Tessa kichert wie ein kleines Mädchen.

Alois Uhr zeigt 19 Uhr 30 an. Die Kinder liegen im Bett, die waren richtig platt heute Abend. Keinen richtigen Mittagsschlaf, dann die Fliesen und Sanitäranlagen aussuchen, Klempner, Elisabeth in Lübeck abgesetzt. Dann Kinder mit nach Travemünde, gleich an den Strand. Herr Neubert hatte freundlicherweise für uns schon die Strandkorbgebühren der noch wenigen Gäste kassiert. Der Mann sieht wie das leibhaftige schlechte Gewissen aus, sobald er Alois sieht. So ein Unsinn, Alois hat zig Mal versucht, ihn zu beruhigen. Nein, immer wieder kommt der Satz:

- Hätte ich Hanno bloß nicht den alten VW verkauft –

Als ob der Unfall am Auto gelegen hätte und nicht am Fahrer. Hoffentlich vergisst er die Sache irgendwann. Für Alois ist es auch nicht schön, immer wieder daran erinnert zu werden. Kan und Briesa haben nur ihre Köpfe darüber geschüttelt. Es war richtig nett heute mit den beiden, hat mir gut gefallen. Es klingelt, Ferdi kommt auf ein Abendbier, also Klön Abend mit Mala, sehr gut.

Zeitsprung Montag, 25. Aug. 1956
Ja, ja, fahrt dahin, ihr Lieben, die letzte Woche war anstrengend genug mit euch. Jetzt haben wir euren Besuch ohne Panne überstanden. Ist wohl ein Unterschied, ob ich irgendwo zu Gast, oder zu Hause bin. Wir konnten deutlich den Unterschied spüren, keiner war auf Konfrontation aus. Das Wetter hat gut mitgespielt, die Kinder waren den ganzen Tag am Strand, und im Wasser, und im Wasser und im Sand verstehen sich Kinder immer: Burgen bauen, einen Stausee anlegen, Kanäle ziehen, hilfst du mir, helfe ich dir. Entspanntes Erwachsenengeplauder am Abend. Elisabeths Ballettschule hatte noch zu. Was für ein Glück. Montag geht es wieder los, die übliche Pendelei zwischen Travemünde und Lübeck. Am 1. September ziehen die neuen Mieter in der Kurgartenstraße ein. Alois lässt sie aber schon ab Montag ins Haus. Becks sind selig, endlich ein Haus, für jedes Kind ein Zimmer, ein Traum. Elisabeth war auch selig, als der Umzug von der Kurgartenstraße an die Promenade erfolgen konnte. Der neue Wintergarten macht aber auch richtig was her: Marmorfußboden, Kamin in Weiß, weiße Holzbalken, Tür zum Garten, die großen Fenster, breite Fensterbänke für die Pflanzen, in der Mitte der Decke hängt ein venezianischer Kronleuchter. Elisabeth hat dunkle Korbmöbel ausgesucht und sich helle Kissen und Bezüge mit Blumenmuster anfertigen lassen. Und damit sie von der Sonne nicht ausbleichen, können bei Bedarf Jalousien herabgelassen werden. Die Wand zum Wohnzimmer ist weg, stattdessen gibt es eine riesige Flügeltür, die nachts zugeschlossen und gesichert werden kann. Alois hat gemeint, auch wenn es im Winter extrem kalt werden sollte,

wäre die Tür ein Wärmeschutz. Dann hat sich Alois auch noch eine neue Küche spendiert. Krumbügels war in
Würde gealtert und die relativ gute Küche von
Oldörps sollte für Becks in der Kurgartenstraße bleiben. Alois wusste, dass sich die Familie jetzt im Augenblick keine leisten konnte und die, aus der alten Beck-Wohnung, gehörte zur Wohnung. Alois hatte es Ferdi gegenüber so begründet: – wenn meine Frau einen tollen Wintergarten bekommt, leiste ich mir eine tolle Küche – Er wollte um jeden Preis verhindern, dass sich Becks wie Bittsteller fühlen. Beim Umzug hat er einfach die Krumbügel-Einrichtung in die Kurgartenstraße verfrachten lassen und die eigenen Möbel in die neue Bleibe. Jetzt können Becks in Ruhe wählen, was sie davon behalten, oder verschenken wollen. Die Bayern haben nichts von dem Erbe gewusst, wie sie überhaupt auch von Hanno nichts geahnt hatten. Alois hatte nie mit ihnen darüber geredet. Die Situation war schon etwas seltsam, sie sagten, -ach wie schön – und Clemens bemerkte: -der Teufel scheißt immer auf den größten Haufen- Tessa hat sich vor Schreck den Mund zugehalten. Seiner Schwester war das oberpeinlich und sie fühlte sich veranlasst ein: - im Papas Fall war es bestimmt ein Englein – dagegen zu setzen. Alois und Elisabeth sind überhaupt nicht darauf eingegangen, besser so, fanden wir alle. Auf jeden Fall hatten die Bayern ihre eigene Bleibe und alles andere lief gut.

„Gori, mach die Augen auf und winken musst du auch nicht mehr, wir sind wieder unter uns."

Wir stehen noch in der Kaiseralle, unserer eigentlichen Adresse, hinten raus, weil wir immer von der Promenadenseite, das ist für uns vorne, ins Haus gehen.

„Schau, da kommt Helene mit Jam."

Jam winkt uns zu, Alois und Elisabeth begrüßen Helene.

„Was hat Helene, Jam?" „Wohl eine Arthrose im rechten Zeh, sie kann nicht mehr richtig abrollen, der Arzt hat ihr die Pumps verboten. Darauf hat Helene gesagt: -niemals, Herr Doktor, dann lerne ich mit der Arthrose zu leben –

Der Arzt hat laut gelacht und das war es.

Jetzt gehen wir unbehandelt wieder heim." „Wenn Helene sonst keine Sorgen hat, geht es ihr gut." „Ja, Lilli macht sie glücklich, und Lilli liebt Pumps an Helene, so ist es eben, aber ich denke, wenn sie richtig große Beschwerden hat, wird sie sie bestimmt weglassen." „Gruß an Elvie, Jam." „Jo, wird erledigt." „Tessa, was liegt jetzt an?" „Jetzt geht es in das Haus Kurgartenstraße, die Schmutzwäsche einsammeln und dort besenrein machen." „Das klingt wenig spannend." „Warten wir es ab." „Alois, das glaube ich aber nicht, was ich jetzt hier sehe." „Ich auch nicht." „Das ist hier doch kein Hotel mit Service." „Liebling, meine Kinder haben vorausgesetzt, dass wir eine Putzfrau ins Haus schicken." „Selbst unter der Voraussetzung gehört es sich nicht, Schmutzgeschirr auf dem Tisch stehen zu lassen und die Betten nicht wenigstens abzuziehen." „Komm, Elisabeth, ich gehe rüber ins Hotel und bitte, uns gegen gutes Geld einen Putztrupp zur Verfügung zu stellen. Lilli möchte ich dies hier auch nicht alleine zumuten und danach, weißt du, wozu ich Lust hätte? Richtig gut essen zu gehen, am liebsten in „Die Vierjahreszeiten"." „Ich auch, vielleicht heute Abend. Mit Sabine und Peter gehen wir lieber zu Helene, die haben bestimmt etwas für uns übrig." „Einverstanden. Ich laufe jetzt schnell rüber ins Hotel und kläre den Extraservice hier fürs Haus." „Bleib hier, Gori, Tessa will dir etwas sagen, ich gehe mit Alois."

Briesa kann so nett sein.

„Clemens ist kein wirklich Guter, ich sage es dir. Er war hier in diesem: `wir lassen das Aufräumen sein', bestimmt
die treibende Kraft." „Tessa, das hast du schon einmal gesagt, Clemens sei kein wirklich Guter. Wer weiß, vielleicht verrät er sich eines Tages selbst. Ich sitze es aus und kommentiere nicht." „Schade, mir würde jetzt deine scharfe Zunge so richtig guttun." „Tessa, mein Verstand ist scharf, meine Zunge ist lediglich ein williges Instrument, das ist ein kleiner, aber nicht unbedeutender Unterschied." „Du sitzt es aus, damit hast du recht, Spekulationen führen uns nicht weiter, du Mann des

scharfen Verstandes." „Ja, genau, und Alois wird es richtig erkannt haben, die Kinder konnten nicht unbedingt damit rechnen, dass Elisabeth keine Putzfrau zum Aufräumen schickt. Die machen doch sonst auch kaum etwas im Haushalt, Lilli kommandiert und Frau Altmann, die neue Putzfee, führt aus." „Die Hierarchien ändern sich eben, jetzt ist Lilli Freundin des Hauses und als Co-Pensionswirtin ist sie dazu noch Geschäftsfrau und ebenbürtig."

„Weißt du, was Lilli früher gemacht hat?" „Du nicht, Gori?" „Nein, woher?" „Also, die Lilli hat nach der Schule Anwalts- und Notargehilfin in einer damals sehr gutgehenden Kanzlei gelernt und hat sich dort bis zur Leiterin hochgearbeitet. Das ging lange gut. Dann wurde in der Nazizeit aber klar, dass sie sich leider den verkehrten Chef ausgesucht hatte, der war nämlich jüdisch und floh 1941 erfolgreich. Jetzt stand sie ziemlich blass da, weil sie wegen Unterstützung eines Juden angezeigt wurde. Es kam zur Verhaftung. Sie bekam drei Jahre Gefängnis, und konnte sogar froh sein, nicht in einem KZ gelandet zu sein. Als sie freikam, gab es die Nazis immer noch. Lilli hatte keine Chance beruflich unterzukommen. Seitdem verdingt sie sich als Putzfrau. Nach Ende des Krieges bekam sie auch keine Anstellung, weil sie als Vorbestrafte nicht in eine Kanzlei passte und da auch schon die vierzig überschritten hatte." „Wie, das eine hat doch nichts mit dem anderen zu tun." „Doch, Gori, Lilli hätte prozessieren müssen, nun weiß ich natürlich nicht, wie die Anklage genau lautete und worin ihre Schuldfrage lag, die zur Verurteilung führte, weil, allein die Tatsache, dass ihr Chef Jude war, hätte wohl nicht gereicht. Es gab viele jüdische Chefs damals. Lilli sagt, es hätte womöglich sehr lange gedauert, bis ihre Vorstrafe aufgehoben worden wäre. So, deswegen ihr Alter, es stellt doch niemand eine über vierzigjährige ein, die jahrelang aus dem Beruf raus war." „Och, das tut mir leid, arme Lilli." „Die arme Lilli ist sehr glücklich und hat auch den Buchhaltungssumpf von Helene erfolgreich trockenlegen können." „Tessa, das weiß ich, so was kann sie gut, die Pension läuft prima, da steckt jetzt Zug dahinter."

„Kommt Kinder, Elisabeth, Alois, kommt rein, wir haben uns schon gedacht, dass ihr kommen würdet. Es gibt Hühnerfrikassee, das essen eure Zwillinge doch so gerne. Habt ihr schon alles fertig? Ich wäre sonst morgen mit Frau Altmann rübergegangen." „Nein, Lilli, du bestimmt nicht. Wir haben auch gleich wieder kehrt gemacht. Unsere Familie, es sind immerhin mit den Kindern neun Personen, hat uns ungewaschenes Geschirr und nicht abgezogene Betten hinterlassen. Alois ist gleich rüber ins Hotel und hat um eine Servicehilfe gebeten." „Aha, das ist komisch." „Komisch? Nee ein bisschen sehr frech." „Und was meint ihr, wieso sie das gemacht haben?" „Alois meint, sie hätten nicht damit gerechnet, dass wir uns da selber hinbemühen. Aber auch dann hätten sie wenigstens ein gutes Trinkgeld für das Personal auf dem Tisch zurücklassen können." „Na, ärgert euch jetzt nicht darüber, nun kommt erst mal essen." „Helene, deine Pumps sind entzückend, „Marke Vorkriegsmodell", vielleicht ein klein wenig eng inzwischen?" „Wenn ich Frau wäre, hätte ich Alois eine boshafte Antwort gegeben wie …" „Gori, du wolltest neulich doch wissen, wie alt der Thomas Mann geworden ist: achtzig. Die beiden Herren, da in der Ecke, haben sich über ihn unterhalten und weißt du, was ich noch erfahren habe? Der Schutzgeist von ihm ist mit Pacca befreundet, wusste der Schutzgeist von dem Herrn rechts, der mit dem Mann Schutzgeist auch befreundet ist. Jedenfalls will er den Malskat übernehmen, hat er Pacca angeboten, die einen Gefängniskoller entwickelt."

Jam kann sich immer so toll ausdrücken, manchmal habe ich Mühe, ihm zu folgen.

„Bitte, Jam, es ist wunderbar ruhig hier, kannst du mit Tessa vielleicht für ein paar Momente Alois übernehmen? Ich würde gerne nach Pacca schauen." „Gori, geh nur." „Pacca, wie geht es dir?" „Gori, danke, dass du da bist, nicht so gut, schau ihn dir an, er ist mager, raucht ununterbrochen und malt, keine Fälschungen, ganz eigene Sachen."

Lothar Malskat ist ein attraktiver Mann, in der Tat etwas dünn, er ist bestimmt bessere Verpflegung gewöhnt.

„Ich habe gerade gehört, der Schutzgeist vom verstorbenen Thomas Mann, der seitdem Urlaub hatte, will ihn übernehmen?" „Ja, ich bin so froh darüber, ich habe keine Energie mehr, das ist mir hier einfach zu eng." „Hast du schon mit dem Komitee über den Wechsel gesprochen?" „Er ist perfekt und abgesegnet." „Und wen sollst du bekommen?" „Da haben wohl ausnahmslos alle dichtgehalten, du und Tessa, ihr wisst es also nicht?" „Mach es doch nicht so spannend, Pacca, gleich habe ich Schaum vorm dem Mund." „Also, es war so, Kan wollte wechseln, weil er lieber mit Erwachsenen, als mit Kindern arbeitet. Jetzt hat sich für Kan etwas ergeben und ich habe mich sofort beim Komitee für Peter beworben. Na, was sagst du jetzt?" „Großartig, Pacca, meine Pacca, wir haben uns wieder, wie freue ich mich, ganz, ganz großartig, einfach nur toll, komm, lass dich umarmen." „Morgen findet der Wechsel statt. Wie wird Tessa das aufnehmen, wird sie sich freuen oder bedauern, wenn wir wieder so eng beieinander sind?" „Frage mich etwas Leichteres, ich bin mir nicht sicher, wir werden es sehen und jede Situation professionell meistern." „Wirst du es ihr heute schon sagen?" „Wenn du einverstanden bist, ja." „Aber natürlich, ich freue mich, Gori."

Und ich mich erst. Offenbar strahle ich, die anderen schauen mich komisch an.

„Geht es Pacca nicht so schlecht?" „Doch Jam, aber ihr Jammertal ist zu Ende."

Was habe ich gesagt, Jammertal? Kramers sind schon sechs Jahre tot. Alois im Jammertal, wie die Zeit vergeht. Der erste Abend mit Alois im Speisesaal, als ich ihn kaum kannte. Ich wusste nichts von ihm, ich hatte Tessa. Tessa und ich haben uns immer gegenseitig gestützt. Wir haben alles miteinander besprochen, wir haben gemeinsam spekuliert, uns Sachen ausgedacht, wir haben uns miteinander gefreut und haben gemeinsam gelitten. Nein, auch meine Gemeinschaft mit Tessa ist unverbrüchlich, es darf sich in diesem Punkt nichts ändern. Meine Vertraute bei dem Ehepaar Hausner ist und bleibt Tessa, die mich ansieht...

"Gori, alles in Ordnung? Erst strahlst du und jetzt schaust du aus, als trügest du den Mond auf deinen Schultern." „Tessa, allerliebste Tessa, Pacca wird morgen Peter von Kan übernehmen, darüber freue ich mich sehr. Ich möchte aber nicht daran denken, dass du denkst, dass damit unser eheähnlicher Zustand in Bezug auf Alois und Elisabeth aufgehoben sein könnte, und du meinst, weil es Pacca gibt, kannst du dich ein wenig anderweitig amüsieren. Es wird sich nichts ändern, ich meine, zwischen dir und mir. Pacca ist für ein Kind zuständig, wir für die Eltern." „Gori, was denkst du von mir? Ich freue mich für dich und Pacca. Ihr habt die Chance wieder viel häufiger miteinander reden zu können. Soll ich mich deswegen aus meiner Verantwortung stehlen, weil ich annehme, dass du ab morgen alle Probleme mit Pacca besprichst?"

Ich bin ein Idiot und ein richtiger alter Macker.

„Aber nicht doch, Tessa, ich wollte nur Klarheit. Manchmal sind Dinge so selbstverständlich und sie sollten gerade deshalb der Form halber ausgesprochen werden." „Gori, du kleiner Mistkerl hältst mich für eifersüchtig, oder?" „Ih bewahre, niemals." „Du lügst." „Nö." „Doch." „Tessa, ehrlich, ich liebe euch beide." „Das ist gut, Gori, ich liebe auch deine beiden Seiten, die brave und die kriminelle." „Ich bin nie kriminell gewesen, dass kann dein Ex-Alex bestätigen." „Dann hattest du als Schutzgeist viel nachzuholen." „Egal Tessa, was immer du glaubst, wie könnte ich je wieder auf unsere reizenden Dialoge verzichten." „Schiet, wer klingelt um diese Zeit? Es ist 14
Uhr." „Alois, das sind unsere Strandkorbnachbarn und Hausnachbarn Kahles." „Kahles, was können die jetzt wollen?" „Wir werden es gleich erfahren."

Die Kinder halten Mittagsschlaf, Tessa sieht ratlos aus.

„Herr und Frau Kahle, kommen sie rein, was darf ich ihnen anbieten, einen Kaffee, oder lieber Tee?" „Ein Kaffee wäre gut, Frau Hausner."

Frau Kahle lächelt beim Sprechen etwas gequält. Alois steht auf und begrüßt das Ehepaar, bittet sie Platz zu nehmen. Ihr gemeinsamer Schutzgeist, eine blasse, ernsthafte Person, grüßt uns freundlich, sagt sonst weiter nichts. Elisabeth kommt mit dem Kaffee, Alois hat Kaffeegeschirr aus dem Schrank geräumt und verteilt, Elisabeth kommt mit Keksen, die Helene gebacken hat, Kaffee wird eingeschenkt, Milch gereicht, auf Zucker hingewiesen, Kekse werden angeboten.

„Herr Hausner, Frau Hausner, wir sind gekommen, um mit ihnen etwas zu besprechen. Es ist so, meine Frau und ich sind beide fünfundsiebzig Jahre alt und wollen uns zurückziehen. Unsere Tochter hat ein großes Haus mit separater Einliegerwohnung, genau das richtige für uns. Jetzt haben wir uns gedacht, bevor wir einen Makler einschalten, wir fragen sie zuerst, ob sie alles übernehmen würden?" „Haus und Strandkörbe?" „Ja." „Was soll es kosten?" „Alles zusammen fünfundvierzigtausend. Das Haus hat oben drei Schlafzimmer, das Dach ist ausbaufähig, unten sind Wohnzimmer, Küche. Die Küche ist eine Essküche, Speisekammer, voll unterkellert, sie können es jederzeit besichtigen. Am Strand stehen achtzig Körbe, wir haben letztes Jahr noch aufgestockt." „Herr Kahle, wir bedanken uns für ihr Angebot. Meine Frau und ich müssen gründlich darüber nachdenken. Wenn es ihnen recht ist, begleite ich sie nach Hause und schaue mir kurz allein die Räume an." „Sehr gerne, Herr Hausner." „Ob Alois sich das leisten kann, Tessa?" „Klar, ich denke schon, Elisabeth hat auch Geld." „Und was sollen sie mit dem Haus anfangen?" „Was wohl? Entweder im Stück vermieten oder eine Pension draus machen, wie Helene."

Die Kinder kommen polternd die Treppe herunter, Briesa und Kan im Schlepptau. Elisabeth ist beschäftigt, Kahles gehen. Kan bietet an, Alois zu begleiten. Tessa berichtet Briesa vom Schutzgeistwechsel, Briesa kennt Pacca nicht.

Später
„Das Haus ist sanierungsbedürftig, Elisabeth. Die Toilette ist im Garten, das Mauerwerk ist gut, das Dach ist in Ordnung. Was tun, sprach Zeus?" „Alois, lass es uns unterwegs überlegen, wir

müssen jetzt an den Strand." „Unbedingt, nicht dass die Nachmittagsgäste glauben, sie kämen gebührenfrei davon." „Kinder auf, es geht an den Strand, nehmt Jacken mit, bald kühlt es ab."

Elisabeth friert leicht, Alois und die Kinder nicht.

„Liebling, es gibt eine Minimallösung und eine etwas Aufwändigere." „Mein Schatz, ich höre." „Wir könnten das Haus, so wie es ist, vermieten. Wir könnten es aber auch umbauen und eine moderne Pension daraus machen, jedes Zimmer mit einem Bad versehen." „Und du übernimmst das Frühstückmachen für die Gäste?" „Ich glaube nicht, dass mich das überfordern würde. Ich kann nur nicht auf zwei Hochzeiten tanzen, Strand und Pension gleichzeitig versorgen." „Ich habe mich gefragt, Alois, wie willst du alleine drei Strandkorbareale versorgen?" „Kein Problem, ich versetze das Strandwärterhaus noch etwas nach links."
„Lösung eins, wie soll die Lösung für die Pension aussehen?" „Wir stellen ein nettes Hausmädchen ein, das das Frühstück übernimmt und später das Putzen der Zimmer." „Jetzt lass uns mal rechnen, wir haben dann wieviel Zimmer anzubieten?" „Drei in der ersten Etage, drei schaffen wir unten neu und in den zweiten Stock passen nochmals zwei, also acht Zimmer." „Die meisten Gäste wollen um 8 Uhr frühstücken, wie soll ein junges Mädchen sechzehn Gäste bedienen?" „Gut, sehe ich ein, das ist knapp, ja, und dann gibt es Unruhe unter den Gästen. Meinst du, wir finden eine nette gepflegte Frau, die morgens das Frühstück übernimmt und hinterher alles abwäscht und so?" „Ganz sicher." „Wir können Helene und Lilli fragen, ob unsere Gäste bei ihnen den Mittagstisch bestellen können und vielleicht Abendbrot." „Die haben nicht genug Platz, Alois." „Helene hat mich neulich gefragt, was wir für den Wintergarten ausgeben mussten. Ich glaube, sie hat Appetit auf Ausbau." „Wenn wir vom Strand zurückkommen, könnten wie Lilli und Helene die Neuigkeiten berichten und gleich unser Abendbrot einnehmen." „Gute Idee."

„Tessa, wenn du mich fragen würdest, ob Helene zuerst ein bisschen erschrocken war, als unsere Schützlinge ihnen von

Kahles erzählten, würde ich dir glatt mit „Ja" antworten."
„Stimmt, jedenfalls bekam sie kugelrunde Augen, aber ich finde, sie hatte sich schnell wieder gefangen." „Ja, vor allen Dingen sind ihre Additions- und Multiplikationsfunktionen schlagartig angesprungen, als Elisabeth den Vorschlag mit den Mahlzeiten machte. Darauf rückte sie mit dem Wintergarten-Wunsch raus, den Alois schon erwähnte." „Da war wieder etwas spitze Zunge, Gori, aber wahr ist es, seit Lilli die Buchhaltung macht, geht es der Pension deutlich besser. Die haben inzwischen bestimmt einen schönen Überschuss erwirtschaftet, und bedenke, wann sind keine Gäste da? Kaum mal." „Gute, solide Stammgäste, die springen bestimmt nicht ab. Tessa, das Telefon klingelt, wer kann das denn sein, es ist bestimmt schon 23 Uhr?" „Das bedeutet bestimmt nichts Gutes, hoffentlich ist keiner gestorben."

Alois kommt, meldet sich.

„Clemens, hast du auf die Uhr geschaut, was gibt es?"

Schweigen, langes Schweigen.

„Herrschaftszeiten, was hast du dir dabei gedacht?"

Schweigen.

„Nein, Clemens, mir fällt heute Nacht ganz sicher nichts ein, leg dich aufs Ohr, ich rufe dich morgen gegen 10 Uhr an." „Alois, ist etwas passiert?" „Komm mit ins Wohnzimmer, ich glaube, ich brauche eine alkoholische Kleinigkeit, ist da noch irgendwo ein Schnaps?" „Ja, sollte ich auch?" „Besser ist es."

Elisabeth holt die Flasche und Gläser, schenkt ein, sie trinken.

„Der Clemens hat sich mit seiner Bürokraft im ehelichen Bett von seiner eigenen Frau erwischen lassen." „Ach du liebe Zeit, was hat er sich dabei gedacht?" „Das habe ich ihn auch gefragt, er sagte, sie habe so gerne gewollt, einmal da mit ihm zusammen zu sein, wo er sonst schläft." „Das bedeutet, die Geschichte zwischen ihnen ist nicht mehr ganz jung. Und was ist jetzt?" „Die Franzi hat sofort die Koffer gepackt, die Kinder ins

Auto gesetzt und ist heim zu ihren Eltern." „Was hätte sie sonst auch machen sollen." „So was Blödes, im eigenen Schlafzimmer, wenn es im Büro auf dem Schreibtisch gewesen wäre. Frauen können bestimmt das eine oder andere verzeihen, aber nicht im Ehebett. Also, Franzi wollte in die Stadt, kam zurück, weil sie etwas vergessen hatte und ging dazu sofort ins Schlafzimmer."

Elisabeth schenkt die Gläser noch einmal voll.

„Jetzt stelle dir vor, ich hätte Clemens den Betrieb übereignet, dann hätten wir unter Umständen bald nur noch eine halbe Brauerei." „Gibt es keinen Ehevertrag?" „Nein Elisabeth, da hätten die Eltern von Franzi nicht mitgespielt. Eine bayrisch-katholische Ehe hält immer; also nur keine mit Misstrauen schließen." „Meinst du, Franzi geht zu Clemens zurück?" „Schwer zu sagen, es werden sich
Allianzen für und dagegen bilden. Das ist ein Fall, der polarisieren wird." „Alois, du meinst, weil es im ehelichen Bett stattgefunden hat?" „Ja, wenn er sie sonst wo gevögelt hätte, wäre es auch schlimm gewesen, aber so, hat er dem Ganzen die Krone aufgesetzt." „Ja, das sehe ich genauso, das war ein echter Vertrauensbruch."

Alois starrt Elisabeth sekundenlang fassungslos an, dann fängt er laut an zu lachen.

„Elisabeth ein Ehebruch ist bereits Vertrauensbruch." „Ja, aber im Ehebett ist es ein doppelter, finde ich, weil Clemens seiner Frau damit eine Wertschätzung absprach. Das Ehebett ist Tabuzone für ein Techtelmechtel. Es hat dem Akt aber eine Wichtigkeit gegeben, der ihm nicht zukommen dürfte. Deshalb macht es für Franzi die Situation so kompliziert." „Du hast vollkommen recht, Clemens hat es an Wertschätzung mangeln lassen, das ist der richtige Ausdruck."

Alois schenkt nochmals die Gläser voll.

„Trink, Liebling, dann wollen wir versuchen, noch ein wenig zu schlafen."

„So, Gori, jetzt kommst du, was sagst du als Mann dazu?" „Ich denke wie Elisabeth. Es ist dieser Mangel an Wertschätzung, oder das Fehlen von Respekt. Genau das macht den Fall richtig kompliziert." „Ja, dem ist nichts hinzufügen. Ich bin gespannt, was Alois seinem Sohn raten wird." „Was wohl. Bürokraft entlassen, neues Schlafzimmer kaufen und für seine Frau muss es einen Pelzmantel oder Schmuck geben. Sein Schutzgeist ist auch nicht gerade die ganz große Leuchte, der hätte ihn doch mal etwas dämpfen können." „Hat er vielleicht versucht, aber wenn der Testosteronspiegel zu hoch ist, können wir allein auch nichts mehr ausrichten." „Genau, allein nicht, zu zweit ist es dann komfortabler." „Wahr, wie wahr, Tessa, was machen unsere beiden, ich glaube wir aktivieren ihnen ihr Melatonin, damit sie zur Ruhe kommen." „Hallo, ihr zwei, ihr macht mir einen besorgten Eindruck, ist etwas passiert?" „Pacca, schön, dich zu sehen, bist du schon frei?" „Ja, Tessa, meine Ablösung ist da, und ich war froh, gehen zu können." „Pacca, lass dich umarmen, ich freue mich, dich zu sehen, wir erzählen gleich." „Genug der Küsse, ich bin neugierig." „Heute um 23 Uhr ging das Telefon. Gori und ich unterhielten uns gerade über Helene. Am Telefon war Clemens, Alois' Sohn. Der hat mit seiner Bürokraft im Ehebett gelegen und sich von seiner Frau erwischen lassen, die sofort mit den Kindern gegangen ist." „Unangenehm, ungeschickt, geschmacklos. Mich würde interessieren, ob die Freundin schwanger ist." „Das ist noch ein bisschen zu früh." „Für mich nicht, Tessa." „Stimmt, du bist Spezialistin." „Was meinst du, wollen wir der Sache auf den Grund gehen, magst du mich begleiten? Du kennst den Weg."

Geschickter Schachzug von Pacca, Tessa mitzunehmen und nicht mich. Trotzdem wäre ich gerne mitgegangen. Elisabeth und Alois schlafen endlich ruhig und tief. In den Kinderzimmern ist es auch still, Kan und Briesa haben bestimmt ihre Gedanken abgestellt. Was liegt eigentlich morgen an, abgesehen davon, dass sich Alois mit seinem Sohn ins Benehmen setzen muss? Keine Ahnung, ich lasse mich überraschen. Wenn ich mir vorstelle, dass Clemens Geliebte schwanger sein könnte? Oh je, lieber nicht, dann hat er einen richtigen Skandal am Hals. Gut, dass wir so weit weg wohnen und dem Elend nicht jeden Tag zuschauen müssen. Es ist ein Ärgernis, wenn auf solche Weise Familien auseinandergerissen werden. Kinder brauchen Väter und Mütter. Ja, wenn ein Elternteil stirbt, muss es auch gehen. Nicht nur: wenn sich Eheleute fortwährend streiten, leiden die Kinder auch darunter, dann doch besser Trennung.

„Gori, die Frau ist noch sehr jung und schwanger, Clemens betrinkt sich in der Küche, sein Schutzgeist will sich ablösen lassen." „Mehr Negatives kann kein Schutzgeist in so kurzer Zeit erfahren, Pacca." „Clemens Schutzgeist ist ein armes Schwein, immer allein mit ihm. Wenn er Beistand gehabt hätte, wäre es vielleicht anders abgelaufen. Auf jeden Fall haben wir Til Unterstützung zugesagt. Das fand er wohl doch etwas tröstlich. Tessa und ich empfanden ihn als sehr engagiert, wenn auch jetzt resigniert." „Mädels, die Nacht geht bald zu Ende, schalten wir für kurze Zeit unsere Gedanken ab, damit wir frische Energie tanken." „Guten Morgen, mein Liebling, ich habe mich gefragt, wie wir überhaupt noch schlafen konnten." „Guten Morgen, mein Schatz. Was für ein Glück, die Kinder sind auch schon wach. Was steht auf dem Pflichtprogramm?" „Clemens und das Ehepaar Kahle. Heute Abend ist im Seglerverein Saisonausklangversammlung der Strandkorbinhaber." „Bravo, die Versammlung hatte ich ganz vergessen, da musst du hin." „Leider. Sind wir uns überhaupt einig, ob wir das Angebot der Kahles annehmen wollen?" „Wachsen oder halten?" „Elisabeth, wer hält, bleibt stehen, also wachsen wir?" „Es macht Spaß, ja. Ich rede mit den Architekten und verhandle einen Termin, ist das in Ordnung?" „Jo, auf jetzt." „Kan, ich wünsche dir viel Glück für deine neue Aufgabe, ich übernehme Peter sehr gerne von dir." „Pacca, wir sehen uns bestimmt einmal wieder, dir auch, alles Gute."

Ja, wunderbar, alle sind wir nett zueinander, die Familie frühstückt, sie reden gut gelaunt Neutrales, was für Kinderohren bestimmt ist. Peter freut sich jetzt schon auf Montag, weil endlich das Ballett wieder anfängt. Sabine ärgert sich, weil sie nach Lübeck soll, und Montag eine neue Aufpasserin, wie sie es ausdrückt, anfangen wird. Kan ist fort.

„Alois, wie schade, ich bin jeden Nachmittag ausgebucht, dann habe ich zwei Vormittagskurse und drei Abendkurse. Ich werde mich wenig um den Umbau kümmern können. Wie schade, dass die Johanna nicht von den Eltern akzeptiert worden ist – wenn sie mich bezahlen, soll ich auch unterrichten –. Ich muss mir da etwas einfallen lassen, aber mir will keine Idee kommen." „Das ist auch ganz schwierig, vielleicht hilft ein Trick, wenn du meinst, dass du es dir leisten kannst. Du streichst 2 Nachmittage, am besten, an denen du auch keine Abendkurse hast, Dienstag und Freitag, war doch so?" „Ja." „Dann könntest du Montag, Mittwoch und Donnerstag neue Kurse zu anderen Zeiten anbieten." „Das wird die einzige Möglichkeit sein, daran habe ich natürlich auch schon gedacht." „Und du sagst, du hättest keine Idee. Dann mach es doch!" „Ja, ich tu es." „Kann ich dir sonst noch helfen?" „Nö, alles gut. Wann rufst du Clemens an?" „Ich weiß überhaupt nicht, was, oder wozu ich ihm raten soll." „Er soll sich sofort einen Rechtsanwalt nehmen, bevor er irgendetwas Dummes sagt oder tut. Mehr kann er im Moment nicht machen." „Natürlich, Liebling, klar, du bist gut, er soll sich sofort einen Rechtsbeistand suchen, das werde ich ihm sagen. Und wenn ich das Gespräch mit Clemens hinter mir habe, suche ich Kahles auf. Davor muss ich an den Strand, da treffe ich sie wahrscheinlich. Und was machst du?" „Ich sehe in der Kurhausstraße nach, ob alles fertig ist, hole die Schmutzwäsche ab und gebe sie in die Wäscherei. Dann übergebe ich Frau Beck den Schlüssel, ist das in deinem Sinne?" „Ja, wunderbar, nimmst du die Kinder mit?" „Papa, wir wollen lieber an den Strand, das ist so warm draußen, wir wollen baden." „Gut Sabine, dann kommt mit mir." „Wenn ich fertig bin, komme ich sofort nach, Lilli und Helene machen heute Kartoffelsalat und Würstchen, ich bringe uns das Mittagessen mit."

Elisabeth verschwindet im Bad, Alois räumt die Küche auf, die Kinder schauen sich zusammen ein Buch an. Briesa und Pacca unterhalten sich, sie wollen sich kennenlernen. Elisabeth kommt zurück, geht zum Telefon.

„Alois, soll ich die Architekten jetzt anrufen, oder willst du das Gespräch mit Kahles noch lieber abwarten?" „Ruf ruhig an, wer weiß, wann sie kommen können."

Sie wählt die Nummer, spricht, lauscht, fragt, antwortet, ich verstehe sie nicht, sie ist zu weit weg.

„Montag um 18 Uhr, Alois, es geht doch schnell." „Das ist doch prima, worauf warten. Ich rufe jetzt Clemens an."

Alois wählt, es klingelt, es dauert.

„Clemens, na endlich, wie hörst du dich an, hast du einen Kater? Unter den Umständen kann ich es verstehen. Ob ich eine Idee habe? Ja natürlich, du musst dir auf der Stelle einen Anwalt besorgen, und deine Karten offen bei ihm auf den Tisch legen, was anderes nutzt nix. Sie wird jetzt nicht mit dir sprechen wollen, mach dir nichts vor, das ist zu frisch. Du brauchst jetzt professionelle Hilfe, alles andere kannst du vergessen. Ja, tu das, der ist gut, lass dich jetzt nicht gehen, hörst du! Gut, halt mich auf dem Laufenden. Ja, du auch, tschüs." „Und, war er vernünftig?" „Er war verkatert, dann hat er seinen Kopf eingeschaltet. Er ruft einen alten Freund von mir an, der sich mit Konflikten dieser Art in der Upperclass einen Namen gemacht hat." „Ui, das wird teuer." „Liebling, Clemens verdient auch gut und ist am Umsatz beteiligt. Mann, bin ich froh, dass ich ihm noch nicht Haus und Hof überschrieben habe. Diese Tatsache könnte auch Franzi zu bedenken geben, es ist nicht viel zu holen." „Hast du eine Ahnung, ob Clemens ein Testament gemacht hat?" „Hat er, zusammen mit Franzi als Vitus geboren wurde." „Also ein Testament auf Gegenseitigkeit?" „Hat er gesagt." „Na gut, das hat auch jetzt nichts mit der Sache zu tun, es fiel mir gerade ein, Schatz, ich bin weg, bis später." „Ich finde es für Ende August ungewöhnlich warm, du nicht, Gori?" „Hm, fast schon sonderbar, das gibt bestimmt was von oben, wenn nicht heute, dann morgen, Pacca." „Das glaube ich auch, ich habe Phantomschmerzen im rechten Unterschenkel, da war vor undenklichen Zeiten ein Bruch." „Wenn du das sagst, Briesa."

Pacca sagt nichts, sie schüttelt nur mit dem Kopf.

„Manches vergisst der Kopf nie." „Gut, dass unsere Köpfe vergessen haben, was Hunger und Durst sind, ein gelegentlicher Phantomschmerz ist dagegen sicher tolerierbar." „Gori, du hast häufig eine gewisse ironische Ader, ich weiß gar nicht, was ich sagen soll." „Lass es gut sein, Briesa, ich bin im Kern meines Charakters extrem gutmütig, das muss nicht jeder sofort spitzkriegen." „Ach, so habe ich das nicht gesehen, du verbirgst dich hinter der Ironie, dann ist das ein psychologischer Trick." „Nein, Briesa, er ist ein Zyniker, nie um eine Ausrede verlegen, nimm ihn nicht ernst, dann kommst du gut mit ihm zurecht."

Na warte, Pacca, bis es dunkel ist.

„Briesa, die Kinder laufen zum Wasser, komm, wir müssen aufpassen."

Alois kassiert die Tagesgäste ab, danach will er zu Kahles. Im Strandkorb Nummer 11 sitzt Margot, an der kommt Alois nicht so schnell vorbei, Llano winkt mir zu, soll Alois mit Margot plaudern, ich setze in der Zeit Llano auf den neusten Stand der Dinge.

„Das war heute ein ruhiger Tag, Tessa, alle Verpflichtungen erfüllt, Kahles hoch erfreut, die Versammlung lief gut, Alois ist jetzt Vorsitzender der Strandkorbinhaber, den Antrag hat er gerne angenommen, hatte ich den Eindruck. Jetzt schlafen unsere Helden schon." „Ja, Gori, gib Ruhe, lass uns unsere Gedanken auch ausschalten."

Unglück schläft nicht
„Elisabeth, ich werde noch vor dem Frühstück an den Strand gehen, schau dir den Himmel an, der gefällt mir gar nicht." „Da braut sich etwas zusammen. Was hast du vor, Alois, soll ich mitkommen?" „Das weiß ich selber noch nicht genau, vielleicht die erste Strandkorbreihe etwas nach hinten verlegen." „Ich bringe dir dein Frühstück an den Strand, das kann dauern, bis du damit fertig bist. Nein, ich schmiere Brote und komme mit den Kindern, dann frühstücken wir alle am Strand." „Das klingt fast bedrohlich, ich hoffe, du kommst ohne chirurgische Notversorgung mit der ungewohnten Aufgabe klar." „Alois, das werde

ich wohl noch schaffen, raus jetzt." „Klarer Fall von Zynismus, Gori, dein Schützling passt großartig zu dir, ihr nehmt euch nichts."

Wo Briesa recht hat, hat sie recht. Es donnert, noch weit in der Ferne. Erste Blitze zucken.

„Elisabeth, geh bitte mit den Kindern nach Hause, ich brauche noch fünfzehn Minuten, dann bin ich hier fertig."

Die Kinder maulen vergebens, heim geht es. Alois arbeitet schnell und konzentriert. Er hat Hilfe von Dauergästen. Der Himmel sieht bedrohlich aus. Wind ist nicht aufgekommen, es blitzt und donnert ständig. Noch fällt kein Regen; die Wolken sind noch nicht über uns. Alle Strandkorbgäste sind fort. Herr Kahle ist auch nicht mehr zu sehen, fertig. Alois bedankt sich.

„Morgen gebe ich ein Bier aus."

-Morgen ist noch weit, Alois, sieh zu, dass du noch trockenen Fußes dein Haus erreichst.- Elisabeth nimmt die letzte Wäsche von der Leine. Endlich, alle sind drinnen. Und dann geht es los: Stockdunkel ist der Himmel, schwarz, die Blitze überholen sich gegenseitig, das Donnern reißt nicht mehr ab, es ist so laut. Es regnet in Bächen, die Kinder weinen vor Angst. Alois und Elisabeth haben alle wichtigen Papiere in kleinen Koffern neben sich, wir sind in der Küche. Im Wohnzimmer war die Geräuschkulisse noch bedrohlicher. Die Kinder sitzen fest an ihre Eltern gekuschelt. Kaum zu glauben, dass es jetzt gerade Mittag ist. Finster ist es, gleichzeitig immer wieder gespenstisch hell durch die zuckenden Blitze, als ob die Welt untergehen will. Es dauert lange, viel zu lange. Es ist unwirklich. Alle schweigen. Es ist windstill. Das Gewitter hat sich breitgemacht, tobt sich aus, sitzt fest, kann nicht vor und nicht zurück.

Gelöstes, allseitiges Aufatmen, das Gewitter Vergangenheit. Draußen klart der Himmel auf. Das Telefon ist tot. Alois will bei Kahles und dann bei Helene und Lilli vorbeischauen, ob alles in Ordnung ist. Wir gehen. Der Redebedarf ist bei den Menschen nach überstandenen Katastrophen besonders hoch, ist mir immer schon aufgefallen. Kahles reden, Lilli und Helene reden.

Eine halbe Stunde geht locker dahin, bis wir wieder zu Hause sind. Elisabeth steht verstört im Wohnzimmer, was ist jetzt schon wieder passiert? Tessa sieht mich auch nur mit runden Augen an.

„Alois, ein Telegramm von Clemens, ihm und den Kindern geht es gut. In Franzis Elternhaus schlug der Blitz ein. Es war nichts mehr zu machen, alles abgebrannt." „Ja, und was ist mit Franzi und ihren Eltern, konnten sie sich retten?" „Nein, alle tot, der Bruder auch, alle vier tot."

Alois stöhnt auf, sagt nichts, liest das Telegramm immer wieder durch, versucht zu begreifen. Er geht in die Küche, trinkt ein Glas Wasser, die Kinder lachen laut im Kinderzimmer. Über Nacht hat es sich abgekühlt. Es ist grau und regnerisch an diesem Sonntag. Wir gehen zum Essen zu Helene und Lilli. Wir sind mit ihnen allein; alle Gäste wollten so schnell wie möglich bei sich zu Hause nach dem Rechten sehen. Alois und Elisabeth sind bedrückt, aber nicht, wie einst bei Hanno, in tiefster Trauer. Kein Vergleich. Was für ein Glück, vor allem für die Kinder. Alois und Elisabeth berichten, was geschehen ist.

„Gori hier, lies, dasteht: an diesem Katastrophensamstag, dem 27. August, sind 13 Menschen ums Leben gekommen. Viele Höfe abgebrannt, Blitze schlugen in Viehställe ein, die Feuerwehren kamen teilweise nicht an ihre Ziele. Es wird jetzt endlich der Ruf nach Verbesserung der Infrastruktur in ländlichen Gebieten laut. Also gestern, wäre ich nicht ausgebildeter Schutzgeist, nee, egal was du denkst, irgendwie hatte ich auch richtig Schiss." „Jam, du bringst die Dinge immer knallhart auf den Punkt, ich schätze dich sehr, Alois Sohn hat gestern seine Frau verloren." „Das ist furchtbar." „Sie hat ihn verlassen, nachdem sie ihn in flagranti mit einer Angestellten erwischte. Sie ist mit den Kindern zu ihren Eltern gegangen. Die waren glücklicherweise zum Spielen bei Nachbarskindern als das Unwetter einsetzte. Der Blitz schlug ins Haus und erschlug sie, die Eltern und den Erbbruder." „Interessant, auf welche Weise sich Probleme lösen können." „Ja." „Mehr fällt dir dazu nicht ein?" „Jam, lass sausen, im Augenblick nicht."

Jetzt ist Jam mittelmäßig beleidigt. Tut mir leid. Wir haben es alle bisher vermieden über den Vorgang zu spekulieren. Keiner von uns hat etwas darüber gesagt. Es ist zu frisch. Die Situation fühlt sich unecht an: ein Unwetter löscht vier Menschen auf einmal aus. Wir wissen auch nicht genau, wie sie umgekommen sind; ob der Blitzschlag sie gemeinsam getroffen hat, als sie um einen Tisch herumsaßen. Ach, ich will mir das nicht vorstellen, es ist zu unschön.

"Ich werde, unabhängig davon, ob das Telefon wieder geht und ich Clemens gesprochen habe, oder nicht, heute Abend zu ihm fahren. Ich fahre die Nacht durch, dann bin ich morgen früh vor Ort." „Elisabeth, du bleibst hier?" „Ja, Helene, ich habe morgen Stunden und die neue Praktikumskraft fängt an. Ich muss sehen, wie sie mit Sabine und Peter zurechtkommt. Vielleicht kann ich zur Beerdigung runter." „Also, hier ist es ruhig, die Kinder könnten auch zu uns kommen." „Danke dir, vielleicht komme ich gerne darauf zurück."

So ein Mist, jetzt muss ich mit Alois wieder allein fahren.

„Gori, du siehst gebeutelt aus, stimmt's, du hast wenig Neigung, allein nach Bayern zu müssen?" „Ja, Tessa, dass kannst du wohl glauben. Wer weiß, was uns da erwartet, und ich habe niemanden zum Reden." „Wenn es ruhig ist und wir in größerer Runde sind, komme ich auf einen Sprung zu dir." „Dieser Umstand könnte mich beinahe trösten." „Alois, gerade fällt mir ein, was ist mit Kahles, ihr wolltet am Dienstag zum Notar?" „Kannst du das übernehmen?" „Dann laufen das Haus und der Strandabschnitt auf meinen Namen." „Wäre das schlimm?" „Natürlich nicht, wenn das für dich in Ordnung ist?" „Liebling, wir haben überall, auch bei den Banken, gegenseitige Vollmachten, es ist alles durchdacht und geregelt." „Gut, dann übernehme ich den Notarbesuch. Tu mir nur einen Gefallen und setze Herrn Kahle davon in Kenntnis." „Elisabeth, morgen Abend musst du auch wieder hier sein, wegen der Architekten." „Das werde ich nicht schaffen, Alois, den Termin werde ich verlegen. Ich habe um 20 Uhr noch eine Abendgruppe." „Gut, dann werden wir jetzt noch Helenes Nachtisch genießen und dann den Rest regeln." „Wer kümmert sich um den Strand?" „Da habe ich einen jungen

Mann, der hat noch Semesterferien und freut sich, wenn er etwas verdienen kann, Lilli."

In Bayern
„Papa, ich bin dir so dankbar, dass du gekommen bist."

Clemens umarmt Alois und weint, wie ein Kind. Keine Heuchelei, der Mann ist fertig. Mein Schützling sieht erschüttert aus, so hat er den Sohn bestimmt noch nicht erlebt.

„Clemens, das ist doch selbstverständlich, dass ich jetzt an deiner Seite bin. Komm, mein Junge, lass uns ins Haus gehen, ein starker Kaffee täte mir gut." „Gori, ich wollte ihn schon abgeben, das kann ich jetzt nicht. Er tut mir leid. Er macht sich die schlimmsten Vorwürfe. Wenn die Kinder nicht wären, hätte er sich bestimmt aufgehängt." „Til, was redest du da, was kann Clemens dafür?" „Wenn er nicht mit dem Mädel rumgemacht hätte, wäre seine Frau während des Unwetters hier im Haus gewesen und nicht bei den Eltern." „Eine ganz andere Frage, hat irgendjemand mitbekommen, dass seine Frau gegangen ist und weshalb?" „Wer denn, es war weiter keiner in der Nähe." „Was ist mit dem Mädel selbst?" „Die ist weg. Clemens hat sie sofort weggeschickt. Die ist gleich nach München mit dem Autobus."

Hoppla, da stimmt was nicht, Pacca hat sie hier noch angetroffen.

„Wann genau ist sie weg?" „Gleich nach dem Unwetter, als der Autobus dann endlich fahren konnte."

Ich glaube, bei Til muss ich vorsichtig sein, mit der Genauigkeit hat er es nicht so doll.

„Und von den Arbeitern hier, hat keiner etwas mitgekriegt?" „Gori, am Samstag arbeitet hier keiner."

Stimmt, das ist mit dem Strandkorbbetrieb anders, da ist besonders viel an den Wochenenden los.

„Daran habe ich nicht gedacht. Am Freitag, als Clemens Frau mit den Kindern ging, hat sich keiner gewundert?" „Wieso das denn? Franzi hat häufig mit den Kindern die Eltern besucht, ist doch normal." „Hast du mit Franzis Schutzgeist noch einmal gesprochen?" „Du meinst, als alle tot waren?" „Ja." „Ja." „Was hat sie erzählt, wie sind die Menschen umgekommen?" „Es war der Blitz, sie saßen zu viert mit gepackten Koffern auf der Treppe in der Diele. Dem heiligen Mond sei Dank, die Kinder waren drüben beim Nachbarn. Es war ein schneller, sauberer Tod, keiner hat gelitten, ist das nicht schön, Gori?" „Ich hätte eine etwas andere Formulierung gewählt, Til, aber im Prinzip, wie wahr, es ist tröstlich zu wissen, dass sie nicht verbrannt sind." „Doch, ziemlich verkohlt, sie waren da nur schon tot." „Das meine ich."

Ein Freund fürs Leben wird Til nicht für mich werden; es mangelt ihm extrem an Empathie. Wie Jam zuerst. Jetzt habe ich das Gespräch zwischen Alois und Clemens nicht verfolgt. „Wie lange kannst du bleiben, Papa?" „Wir werden versuchen, bis zur Beerdigung alles zu regeln. Hast du jemanden für die Kinder?" „Rosi und Vitus dürfen noch solange bei den Nachbarn bleiben, bis das geklärt ist." „Gut, versuche mir jetzt der Reihe nach zu schildern, was passiert ist." „Dieser verfluchte Freitag, ja, Franzi kam zurück und hat uns erwischt. Sie hat nur gesagt, sie geht jetzt mit den Kindern zu ihren Eltern. Sie hat wenig mitgenommen. Ich habe der Babsi, dem Mädel, gesagt, es müsse gehen. Am Samstag, ich glaube um 14 Uhr, geht ein Autobus nach München, solange sollte sie bleiben. Dann kamen der Samstag und das Unwetter. Als es ein wenig abnahm, kam der Nachbar, weil, das Telefon war kaputt, und sagte, was passiert ist. Ich bin mit ihm mit. Die Feuerwehr war da, das Haus abgebrannt, die Toten lagen alle zusammen, sie hatten bestimmt auf der Treppe in der Diele gesessen, als der Blitz einschlug. Ich sollte sie nicht sehen. Die Nachbarn waren sehr besorgt um mich. Franzi hat ihnen nichts erzählt, sie glaubten an einen ganz normalen Besuch."

Clemens Körper wird vom lauten Schluchzen geschüttelt. Ich aktiviere etwas Dopamin, Til ist eine Pfeife, er starrt ihn nur mitleidig an. Clemens beruhigt sich.

"Dann sind wir ins Dorf und ich habe das Telegramm an euch aufgegeben. Franzi hatte keine Papiere bei sich, die sind hier. Dann bin ich hier her, das Mädel war fort. Der Pfarrer kam, der hält mich für einen guten Ehemann." „Clemens, eine Frage kann ich dir nicht ersparen: hat es zwischen dir und der Franzi nicht gestimmt?" „Nix hat gestimmt mehr nach der Rosi. Sie wollte kein Kind mehr, ist auch in Ordnung. Sie hat sich rar gemacht, wenn du verstehst, was ich meine. Einmal im Monat, wenn sie ihre Periode gerade gehabt hatte, sonst nicht. Sie hat gemeint, alles andere sei zu gefährlich. Dann kam die Babsi zu uns. So war es." „Ich verstehe, Clemens. Für gute Katholiken kommt eine Scheidung natürlich nicht in Frage." „Ich war so weit. Wir haben uns überhaupt nicht mehr verstanden und wenn die Franzi uns nicht gerade im Ehebett erwischt hätte, traue ich ihr zu, sie hätte getan, als ob nichts gewesen wäre. Sie hätte sich nicht trennen wollen. Sie hatte alles, was sie brauchte: Kinder, ein großes Haus, einen schönen Haushalt, genug Geld, hohes Ansehen in Kirche und Dorf."

Oh je, wenn ich mir vorstelle, wie oft Alois und Elisabeth sich lieben. Alois versteht sich auf den Absprung. Wie heißt der Ausdruck? Coitus interruptus. Sonst hätten die beiden bestimmt auch mehr Kinder.

„Clemens, an deiner Stelle würde ich eure Probleme nicht in der Öffentlichkeit erwähnen. Ich kann mir nicht vorstellen, dass Franzi, ihre Eltern oder der Bruder das gewollt hätten. Dein Verhalten ist menschlich nachvollziehbar. Das mit dem Ehebett war, ich meine, nicht ganz klug. Für das Unwetter und den Tod kannst du nichts. Kümmere dich um deine Kinder, sei ein guter Vater." „Papa, wegen meines Fehlverhaltens mussten 4 Menschen sterben. Das kann ich mir nie verzeihen." „Nein, mein Sohn, wenn du mir die Wahrheit gesagt hast, und nichts als die Wahrheit, ist Franzi zur Hälfte selbst dafür verantwortlich, dass du ihr nicht treu warst. Der Rest ist, sagen wir, schicksalshaft." „Ist das deine Überzeugung?" „So wahr ich dein Vater bin, Clemens." „Danke, Papa, Deine Worte tun mir gut. Du tust mir gut." „Los Sohn, an die Arbeit jetzt."

Alois muss todmüde sein. Ob alles stimmt, was Clemens gesagt hat? Was würde Tessa dazu sagen? Sie hört und sieht weiblich. Was würde Pacca sagen? Sie sieht und hört auch weiblich aber weiblich-wissenschaftlich. Pacca denkt wissenschaftlich. Pacca würde einen Vortrag über weibliche und männliche Hormone halten und begründen, warum und weswegen wer nicht anders handeln konnte, als er, sie gehandelt hat. Tessa würde zuerst Franzi beistehen und mutmaßen, dass Clemens nicht gut im Bett war. Dann würde ihr Clemens leidtun, weil Franzi ein Fisch war, berechnend. Ich weiß es nicht besser. Til ist kein Gesprächspartner, wie der nur durch alle Prüfungen kommen konnte. Vielleicht ist er abgestumpft, das gibt es häufiger, als Schutzgeist kann ich mir nicht alles zu Herzen nehmen. Es gibt Grenzen, die tun sich schnell auf, wenn keine Freunde da sind. Auch Schutzgeister brauchen enge Freunde. Wir haben keine Familie, die uns auffängt. Das Komitee ist keine Familie. Das sind alles gute Leute. Ich kann nicht sagen, dass das Komitee, zumindest bei mir, und bei ganz vielen anderen Schutzgeistern, die ich je kennengelernt habe, ungerecht war. Vater und Sohn sind sich heute ganz nah. Sie gehen Papiere durch. Die Beerdigung muss vorbereitet werden. Alois und Clemens müssen eine Frau für die Kinder finden. Und dann noch der Hopfenbetrieb, den Clemens erbt. Hauptsache ist, dass niemand Clemens mit Misstrauen begegnet, das wäre für ihn und vor allem für die Kinder eine Katastrophe. Alois ist kein Kleinkrämer und kein Moralapostel. Er hat sich seinem Sohn gegenüber nicht nur fair verhalten; quatsch, er ist ein Segen für ihn, weil er zur richtigen Zeit den richtigen Ton traf.

Vater und Sohn haben richtig gut gearbeitet. Sie sind sich nicht unähnlich. Beide gehen systematisch vor. Eine Sache nach der nächsten haben sie abgewickelt. Eine angehende Kindergärtnerin, die ihr Haushaltsjahr machen muss, wurde gefunden. Was für ein Glück, keine Hannelore, die sich bestimmt unheilvoll auf Clemens Testosteronspiegel ausgewirkt hätte. Die Leute behandeln Clemens sehr respektvoll, kein Misstrauen, keine Skepsis. Alle Arbeiter der Brauerei und alle Dorfbewohner wissen, dass Clemens den Hopfenbetrieb seiner Schwiegereltern erbt. Ist auch kein anderer mehr da. Irgendwie wundere ich mich darüber, nirgendwo ist Neid zu spüren. Nö, überhaupt nix davon. Morgen früh kommen Elisabeth, Margot und Richard. Morgen ist Samstag und Beerdigung. Das wird einen Menschenauflauf geben. Die Kinder sind trauerresistent, wie alle Kinder in diesem Alter. Mama, Oma, Opa, Onkel sind im Himmel, passen auf alle auf. Keinen Gute-Nacht-Kuss von Mama? Ein paar Tränchen, schnell wieder getrocknet. Sabine und Peter sind zusammen mit dem neuen Kindermädchen bei Lilli und Helene untergebracht. Leopold und Veronika erwarten Kind Nummer vier; von denen ist Hilfe für Clemens nicht zu erwarten. Eigentlich hat er keinen Menschen. Die alten Kumpels sind alle verheiratet und auch Familienväter. Gut, dass es die Woiczikowskys gibt. Er ist Hausmeister, sie putzt das Haus und führt ihm jetzt den Haushalt, extrem unbayrisch. Es hat sie aus Bautzen hierher verschlagen, viel gutes Polenblut in ihnen. Fromme Katholiken, wie die Bayern, nur um Längen charmanter. Ich freue mich so auf Tessa und Hedi, klar, auf Llano auch. Kerle in die zweite Reihe. Alois hat sich noch nicht geäußert, wann er mit Elisabeth abfährt. Schätze mal, er will sehen, wie Clemens nach der Beerdigung drauf ist. Es ist Ruhe im Haus, ich schalte meine Gedanken aus.

Samstag
Alois umarmt Elisabeth, Elisabeth umarmt Clemens.

„Richard, Margot, wie schön euch zu sehen, es ist so tröstlich, dass ihr kommen konntet." „Das haben wir gerne gemacht, Alois, wie geht es euch?" „Den Umständen entsprechend. Wir haben eine Menge geschafft. Heute noch die Beerdigung, wir werden sehen, wie Clemens den
Tag verkraftet." „Na, mein Gori, war es schlimm für dich, so ganz alleine?" „Schlimmer, Tessa, ohne Freunde ist ein Schutzgeist nur ein halber." „Wir haben dich auch vermisst. Was ist mit Clemens, kommt er klar?" „Er und Alois hatten gleich am ersten Morgen eine längere Aussprache, danach ging es mit ihm bergauf. Er und seine Frau hatten sich auseinandergelebt. Ich erzähle dir heute Nacht in aller Ausführlichkeit alles, was ich

weiß. Nimm es jetzt so, wie ich es sage. Clemens war kein Bruder Leichtfuß. Er hatte sehr reale Probleme, nachvollziehbare Probleme. Ich glaube, dass er die ganze Situation tief bedauert, Trauer über den Verlust seiner Frau kann er im Augenblick bestimmt nicht empfinden. Ich denke, er ist zutiefst entsetzt" „Aha, klingt schon sehr anders, als von Travemünde aus betrachtet."
„War für Alois und mich ebenso frisch und neu. Hallo, Hedi, hallo, Llano, seid ihr zum ersten Mal hier in Bayern? " „Nein, aber lange nicht mehr hier gewesen, und du, Hedi?" „Ich auch nicht, Llano. Scheint sich aber nichts verändert zu haben."
„Frau Feiler, Herr Professor Feiler, Elisabeth, kommt rein, Frau Woiczikowsky hat Frühstück gemacht, Vitus und Rosi sitzen schon hungrig am Tisch." „Alois, wer ist Frau Woiczikowsky?" „Liebling, eine sehr charmante Polin, die Clemens seit einer Woche den Haushalt führt. Ihr Mann ist Hausmeister, sie hat früher das Haus geputzt." „Und wer ist das junge Mädchen bei den Kindern?" „Das ist Waltraud, eine angehende Kindergärtnerin, die ihr Haushaltsjahr hier macht." „Das ist doch großartig, da konntet ihr zwei ganz wesentliche Posten schon besetzen, was ist mit Veronika, konnte sie nicht einspringen?" „Nö, habe ich dir am Telefon nicht erzählt, ich werde wieder Großvater." „Herzlichen Glückwunsch. Einen Tusch auf die Fruchtbarkeit." „Elisabeth, so kenne ich dich gar nicht, so, so leicht lästernd." „Entschuldige, Alois, ich bin nur übermüdet, überarbeitet und zugegeben geringfügig übellaunig, weil du mir gefehlt hast. Ich möchte am liebsten mit dir allein sein und mir graust es vor der Beerdigung."

Alois nimmt seine Frau in die Arme, Tessa schaut mich an und zuckt mit den Achseln.

„Sie hat ein straffes Arbeitsprogramm hinter sich: Notar, doch noch Architekten, mit allen Eltern gesprochen, sich zwei freie Tage geschaffen, dienstags und freitags hat sie jetzt ab Mittag frei."

Was ist denn das um alles in der Welt? Wie kommt der Typ hier her? Frau Woiczikowsky hatte gestern noch einen weiblichen Schutzgeist, jetzt steht der da hinter ihr, grinst mich frech an.

"Na, da staunst du wohl, mich hier zu sehen, wie? Ich hatte die „Vier Jahreszeiten" ja wohl so was von satt. Das Komitee hat mir diese zauberhafte Klientin zukommen lassen. Ihre Biene wollte nach Bautzen zurück. Oh Mann du, ihr habt euch gar nicht mehr bei uns blicken lassen, ist euch der Zaster ausgegangen oder Kleinkinderpause? Na, jedenfalls bin ich nicht unerfreut dich zu sehen oder seid ihr umgezogen, meine kleine Schnullebacke?"

Tessa kreischt laut los, Hedi und Llano halten sich die Bäuche vor Lachen.

„Hach, du Süßer, du, ich habe dich auch vermisst, du hast ganz unwiderstehliche Redewendungen, die machen mich immer schwach. Herzlich Willkommen im erzkatholischen Bayern, hier wird es dir so richtig gut gefallen." „Stopp, das hast du nicht ernst gemeint, meinst du, ich bin hier nicht gut aufgehoben?" „So könntest du es auslegen." „Und was soll ich jetzt machen, lass mich jetzt bitte nicht im Stich, ich trage viel Weibliches in mir und bin auf Schutz angewiesen." „Bitte das Komitee um Rückversetzung." „Passt mal auf, vielleicht lässt sich ein Tausch machen." Llano meldet sich: „Ich mag Margot sehr, hätte aber nichts dagegen, sie gegen Frau Woiczikowsky auszutauschen, weil ich Til eben bei Clemens Hausner wiedergesehen habe, meinen ganz alten Schutzgeistfreund."

Das Komitee steht vor uns.

„Fem, Llano, seid ihr beide tauschwillig? Wir, das Komitee, haben keinen Einwand."

Die Tauschwilligen wechseln die Klientinnen, Fem geht sofort zu Margot, hebt die Arme, sein Gesicht ist ganz konzentrierte Aufmerksamkeit. Er hat nichts Komisches mehr an sich. Offenbar sondiert er ihre Energiefelder, er nickt, als habe er etwas verstanden oder begriffen, entspannt sich.

„Ts, ts, ts, au weia, die Dame hat Hummeln im Hintern." „So ist es Fem, Margot ist sehr temperamentvoll." „Du heißt Gori, ist es so?" „Ja, Fem, auf gute Zusammenarbeit." „Ja, will ich auch sagen, wir haben bestimmt jede Menge Spaß zusammen, sehen wir uns oft?"

Du liebe Zeit, was soll ich ihm darauf antworten?

„Komm an mein Herz, Fem, vor allen anderen sind wir beide jetzt ein Paar, ich bin Hedi." „Oh, schick, Hedi, mein Schatz, komm mal mit zum Spiegel, ich glaube, wir stehen uns gut." „Gori, der hat eine Vollmeise, auch wenn er lustig ist." „Ich glaube, Tessa, wir sollten ihn nicht unterschätzen, ich habe das Gefühl, er hat eine Menge drauf. Vielleicht wird er für uns alle zur echten Bereicherung." „Zur verbalen Bereicherung hat er bereits jede Menge Stoff geliefert."

Die Beerdigung, Leopold und Veronika waren natürlich auch gekommen, war sehr katholisch, pompös, sehr feierlich. Ich glaube, wir haben noch niemals eine größere Beerdigung erlebt. Als ob ein Staatsoberhaupt zu Grabe getragen wurde. Die Kapelle war viel zu klein, um die unglaublich vielen Leute aufzunehmen. Die Kapellentür blieb offen, damit auch die Menschen, die draußen standen, noch etwas von der Trauermesse mitbekamen. Sie ging vorüber. Die Kondolanten zogen ab. Wir fuhren nach Hause. Clemens Frau beigesetzt in deren Familiengruft, nicht in der, der Hausners. Es ist warm, fast schwül, Gewitter liegt in der Luft, die Trauerkleidung ist viel zu schwer für die Personen, die sie tragen. Zu schwer und zu schwarz. Der Hopfen steht gut, er hat das Unwetter überstanden. Die Stauden stehen unversehrt rechts und links der Straße. Ein freundlicher Anblick. Ein Anblick, der an gutes Bier erinnert und gutes Geld verheißt. Clemens wird ernten, Clemens wird Geld von der Versicherung bekommen. Sein Schwiegervater war gut versichert. Hat ihm nichts genützt, ist das traurig? Ja, es ist traurig, es lässt das Herz schmerzen. Die Menschen sind fleißig, sorgen sich, sorgen vor, denken, sie haben noch viele Jahre zu leben. Dann ein Blitz und dann der Tod. Eine schöne pompöse Beerdigung, gute Nacht, ruht in Frieden.

Zeitsprung, Montag, der 29. April 1957
Heute werden die Zwillinge eingeschult. Gut drei Wochen noch, dann werden sie sechs Jahre alt. Sie sind beide gut entwickelt,

wir machen uns keine Sorgen um sie. Sie werden die Schule schaffen, auch als die jüngsten in der Klasse. Peter vielleicht der kleinste. Er ärgert sich, seine Schwester ist einen halben Kopf größer als er. Er sieht aus wie ein Engel, wie seine Mutter: blonde lockige Haare, tiefblaue Augen, muskulöser Körper, durchtrainiert vom Ballett. Das mit dem Ballett soll in der Schule keiner wissen.

„Die denken dann, ich bin mädchenhaft."

Seine Schwester wird ihn bestimmt nicht verraten, sie liebt ihren Bruder innig. Sabine ist ein ernsthaftes Kind. Klar ist sie fröhlich, singt und lacht. Sie ist ernsthaft von ihrem Grundcharakter her. Und eine Schönheit mit ihren langen braunen Haaren und den ungewöhnlich grünen Augen, wie Smaragde, ganz wie Alois. Zwei wunderbare Kinder, Alois und Elisabeth sind so stolz auf sie, und wir sind stolz auf Alois und Elisabeth. Sie bereiten sich gegenseitig ein schönes, lebenswertes Leben. Seit Franzis Tod ist alles ruhig geblieben. Veronika hat ihr viertes Kind bekommen; endlich ein Mädchen nach drei Buben. Keine offizielle Schwangerschaft bei der Babsi von Clemens oder wir wissen nichts darüber. Pacca irrt sich eigentlich nie. Vielleicht wurde die Schwangerschaft abgebrochen, oder es kam zu einer Fehlgeburt. Clemens hat für den Hopfenbetrieb einen Verwalter, kümmert sich aber intensiv um alles Geschäftliche. Es geht ihm wohl gut, Alois und er telefonieren oft. Vitus kommt erst nächstes Jahr zur Schule; er ist acht Monate jünger, als die Zwillinge, wäre für ihn zu früh gewesen. Er hat irgendwann, so Mitte oder Ende September Geburtstag; ich weiß es nicht genau. Alois und Elisabeth packen das Geburtstagspaket immer rechtzeitig, weil es lange mit der Post unterwegs ist. Die neue Pension ist gut angelaufen. Lilli und Helene haben ihren Wintergarten bauen lassen. Der kann genug Gäste aufnehmen. Die zwei haben richtig viel zu tun. Frau Beck besorgt das Frühstücksgeschäft bei Alois, macht sie prima. Anneliese, das Hausmädchen, hilft und putzt dann die Zimmer. Richard und Margot wollen zur Einschulung kommen. Sie haben auch die Ränzel und die Schultüten bezahlt, ist so lieb von ihnen. Zum Mittagessen geht es in die „Vier Jahreszeiten". Helene und Lilli sollen auch dabei sein. Frau Beck übernimmt für sie den Mittagstisch. Es sind noch nicht viele Gäste da. Vielleicht sollten die Herrschaften jetzt mal erwachen. Tessa öffnet die Augen.

„Gori, hast du schon länger deine Gedanken eingeschaltet? Du siehst so entschlossen aus." „Ich habe nachgedacht, über die Kinder, über Elisabeth und Alois, über die Entwicklung der letzten Monate, was einem guten Schutzgeist früh morgens halt in den Kopf kommt." „Prima, hat Alois vergessen, den Wecker zu stellen, es ist schon 6 Uhr 30." „Wann ist Einschulung?" „Um 9 Uhr." „Bleib ruhig Tessa, die Kinder werden bestimmt gleich von allein wach und übernehmen den Weckdienst." „Ja, die Schule ist auch nicht weit weg. Ich finde es gut, dass sie hier in Travemünde bleiben. Die Schule in Lübeck sah
furchtbar aus, richtig gruselig. Die hier ist viel freundlicher."
„Das haben Elisabeth und Alois glücklicherweise auch frühzeitig genug erkannt und schnell umdisponiert. Aha, horch, die Kinder."

Sabine und Peter stürmen das Schlafzimmer, knuddeln die Eltern. Sie sind hellwach, aufgeregt, eiliges Treiben setzt ein: Badezimmer, Küche, Frühstück. Danach ziehen die Kinder ihre neuen Sachen an: Rock aus Schottenmuster, weiße Bluse, Strickjacke für Sabine, Peter zieht seine neue dunkelgraue Hose an, weißes Hemd und Strickjacke, beide Strickjacken sind dunkelblau. Perfekt, sie sehen gut aus. Pacca und Briesa sehen zufrieden aus. Nichts ist schlimmer, als Kinder durch falsche Kleidung zur Lachnummer bei anderen Kindern zu machen.
Richard und Margot kommen, es ist schon 8 Uhr 15. Fem hat lässig den Arm um Hedi gelegt, die beiden verstehen sich richtig gut.

„Mögt ihr noch einen schnellen Kaffee?" „Nein, danke Elisabeth, wir wollen noch Fotos machen, Kinder, seid so gut, Ränzel um, Schultüten gepackt, raus in den Garten."

Margot hält eine Box-Kamera in der Hand, Richard drapiert die Kinder unter einer Birke. Alois sucht seinen Fotoapparat, findet ihn, findet auch einen Film, legt ihn ein. Erwischt, Fotos zu machen, hätte er bestimmt vergessen. Margot und Alois fotografieren, Richard spielt den Regisseur, Elisabeth mahnt zum Aufbruch. Es geht zur Schule, der Ernst des Lebens beginnt. Auf dem Schulhof ist es voll. Es wimmelt von Eltern und Kindern. Alois findet die Klassenlehrerin der Zwillinge. Lenkt die Kinder zu der Kindergruppe, die dasteht und wartet, auf das, was passieren wird. Die Schulglocke klingelt, laut, schrill, unüberhörbar. Die Lehrerin klatscht in die Hände:

„Kinder in Zweiergruppen mir nach."

Einige Kinder fassen sich an. Sabine sucht Peters Hand, er will aber nicht. Er ist der einzige, der mit einem Mädchen geht. Sie sind drin, wir sind draußen. Ich möchte auch mitbekommen, was drinnen los ist, Tessa auch.

„Gut Gori, du zuerst, zehn Minuten, dann bin ich dran."

Die Kinder sitzen schon in den Bankreihen, immer vier auf einer Bank. Peter sitzt zwischen den Jungen, Sabine neben Mädchen. Geschlechtertrennung. War im und vor dem Krieg auch schon so. Die Lehrerin hat Pappschilder mit Namen beschrieben und fragt sie jetzt ab, ordnet Pappschild für Pappschild dem richtigen Kind zu. Sehr sinnvoll, jetzt kann sie sofort jedes Kind beim Namen nennen. Sabine ist die einzige Sabine, Brigitte heißen zwei Mädchen, was jetzt? Die Lehrerin hat den Anfangsbuchstaben der Nachnamen dazugeschrieben, so wird es gehen. Brigitte H. und Brigitte P. Meine Zeit ist um, Tessa kommt. Hedi und Fem schauen mich wissbegierig an:

„Es sind zweiunddreißig Kinder, achtzehn Jungs und vierzehn Mädchen. Die Lehrerin hat Pappschilder mit Namen beschrieben und sie den entsprechenden Kindern zugeordnet. Mehr weiß ich nicht, da waren die zehn Minuten rum." „Sitzen Sabine und Peter zusammen?" „Nein Hedi, es herrscht Geschlechtertrennung." „Gibt es immer noch die Viererbänke, die einmal verstellbar sind. Alle müssen entweder im vorderen Raster sitzen oder alle im hinteren?" „Ja, Fem, die gibt es noch, die Lehrerin hat deshalb die Kinder nach Körpergröße verteilt. Die großen

275

Kinder mit den langen Beinen sitzen zusammen. Dann gibt es keinen Streit wegen des Tischabstandes." „Ach ja, die Tische und Bänke sind ja zusammen, wer hat sich so einen Blödsinn bloß ausgedacht?" „Ich denke schon, dass das Sinn macht, weil der Tisch auf diese Weise unverrückbar ist. Wäre er solo, würde das eine Kind ihn näher als ein anderes heranziehen wollen."

Tessa ist da:

„Es hat einen Eklat gegeben, die Lehrerin hat Zettel und Stundenpläne verteilt, und hat gesagt, die Uhrzeiten und Fächer müssten auf den Stundenplan übertragen werden. Sabine fing sofort an zu weinen. Die Lehrerin hat sie gefragt, was sie hätte. Darauf sagte Sabine, sie habe nicht gewusst, dass sie schon lesen und schreiben können muss, sie habe gedacht, sie würde es hier lernen. Alle Kinder haben laut gelacht und Peter hat von hinten gerufen -Du dusselige Kuh, das machen doch die Eltern für uns- Darauf musste sich Peter mit dem Rücken zur Klasse in eine Ecke stellen. Da fing er an zu weinen, aber so diskret, dass keiner es mitbekam. Was sagt ihr jetzt?" „Oh je."

Es klingelt zur Pause, die Kinder kommen heraus. Peter von den anderen Jungs umringt, er scheint jetzt schon ihr Held zu sein. Sabine allein. Briesa händeringend hinter ihr. Keine Zeit für Fragen und Antworten. Der Schulrektor erscheint und begrüßt offiziell die Erstklässler und deren Eltern. Darauf erscheinen die Viertklässler und singen ein Lied. Keine Ahnung, nie gehört. Die Vorstellung ist damit nicht zu Ende. Jetzt geht es gemeinsam rüber zur Kirche, zum Einschulungsgottesdienst. Was das wohl wieder abgibt. Alle Kinder und Eltern setzen sich. Nur Sabine bleibt im Gang Richtung Altar stehen und knickst und bekreuzigt sich. Alle starren sie an, als wäre sie eine Extraplanetare. Auch das noch, kein guter Anfang für Sabine. Die Lehrerin winkt Sabine zu sich, sie darf neben ihr Platz nehmen. Gut gemacht, liebe Lehrerin, ihr Schutzgeist sieht atemberaubend aus. Fem hat auch schon Stielaugen, obwohl sie eigentlich nicht seinem Beuteschema entsprechen dürfte, groß, Haut wie Mala und ich, schwarze Lockenmähne, sie nickt uns freund-

lich zu. Sie hat ja nichts zu befürchten, keine männliche Anmache. Wir sind geschlechtsneutral, aber den Unterschied zwischen gut und noch viel besser, den sehen wir immer noch.
Ein Mann spielt auf einem Harmonium; Orgel gibt es nicht. Der Pastor erscheint, ein Lied wird gesungen, dann wird gebetet. Danach spricht der Herr in Schwarz mit weißer Halskrause. Die Kinder werden unruhig, es ist langweilig für sie. Dann endlich vorbei. Die Lehrerin geht mit Sabine zu Elisabeth und Alois. Sie berichtet, was vorgefallen ist ohne Peters verbalen Ausrutscher zu erwähnen. Sehr anständig. Peter kommt hinzu und ergänzt die Berichterstattung, um sich dann nahezu formvollendet bei seiner Schwester zu entschuldigen. Er hat wirklich einen guten Tag heute. Die Lehrerin ist sichtbar von seinem guten Benehmen angetan und verabschiedet sich schnell mit einem freundlichen:

„Tschüs, dann bis morgen."

Alois, Elisabeth, Margot und Richard sind über Peters Verhalten leicht verblüfft, lassen die Sache aber im Raum stehen. Wir sind auf dem Weg zu den „Vier Jahreszeiten". Vor dem Eingang stehen Helene und Lilli, beide im feinsten Zwirn. Sie gratulieren den Kindern zum Schulanfang, der bestellte Tisch wird eingenommen. Fem vermisst seinen ehemaligen Klienten, der hat wohl frei heute.

„Gori, kannst du dir Peters Benehmen in der Schulklasse erklären?" „Ich glaube ja, Pacca, er will auf keinen Fall zimperlich oder mädchenhaft erscheinen. Ihm ist bewusst, dass er wegen seines Ballettunterrichtes als einschlägig belastet gilt. Wer will schon mit einem Jungen spielen, der herumhopst." „Das wird er auf Dauer nicht verbergen können." „Ganz bestimmt nicht, aber bis dahin will er sich einen Namen als knallharten Jungen verschaffen." „Da stehen mir aufregende Zeiten ins Haus." „Er ist noch so klein, so jung." „Wie meinst du das? So wie du das sagst, Gori?" „Ich frage mich, ob seine Schutzmechanismen instinktiv oder bewusst sind, Pacca." „Peter ist ein intelligentes, durch den Ballettunterricht diszipliniertes Kind. Ganz sicher aber ist er arglos." „Tatsache ist, dass er seinen Ballettunterricht in der Schule verschweigen will, hat aber die Person heute angegriffen, von der er sich Verschwiegenheit erwartet." „Sabine würde nie darüber reden." „Pacca, wir werden sehen." „Nein es war nicht schön, erst habe ich geweint, weil ich dachte, ich müsste schon lesen und schreiben können. Dann hat mich Peter 'dusslige Kuh' genannt und dann hat mir keiner gesagt, dass ich mich in einer evangelischen Kirche nicht bekreuzigen muss." „Ich habe mich auch nicht bekreuzigt." „Ja du, Peter, du bist ja oberschlau." „Bin ich gar nicht, die anderen haben sich auch nicht bekreuzigt." „Kinder, streitet euch nicht, wir hätten euch auf den heutigen Tag besser vorbereiten müssen. Wir sind blauäugig gewesen. Sabine, wie kamst du darauf, dass du schon lesen und schreiben können musst?" „Weil die Lehrerin sagte, die Unterrichtsfächer müssen in den Stundenplan eingetragen werden, sie hat nicht gesagt, eure Eltern sollen das tun."

Elisabeth sieht ganz bestürzt aus.

"Dann hast du auf solche Feinheiten in der Sprachführung geachtet?" „Ja, wieso nicht, das mache ich immer." „Stimmt, Elisabeth, das macht deine Tochter immer, sie springt sofort an, wenn etwas nicht ganz klar ist." „Ist das denn schlecht, Papa?" „Überhaupt nicht, Sabine, du bist richtig schlau. Ich rate dir aber, das in der Schule vielleicht nicht so oft zu machen." „Du meinst, ich soll nicht sagen, wenn ich etwas unklar finde?" „Elisabeth, hilf mir doch bitte." „Sabine, dein Papa meint, du solltest dich in Zurückhaltung üben, damit du nicht ein Fräulein „Ichweissesimmerbesser" wirst." „Dann sind wir wieder vereint, der Peter und ich. Wir haben beide ein Geheimnis, er will nicht, dass die anderen Jungs über ihn lachen, weil er Ballett macht, und ich soll nicht dauernd verbessern und so." „So ungefähr"

Alois nickt zu seinen Worten, nimmt seinen Löffel.

„Lasst euch die Suppe schmecken, guten Appetit." „Papa, das ist doch keine Suppe, das ist eine Bouillon mit Einlage, das weiß ich von Tante Helene." „Meine Tochter! Da durftet ihr eben ein praktisches Beispiel genießen." „Wo sie recht hat, hat sie

recht." „Helene, es geht nicht ums Rechthaben, es geht um Widerspruch. Keiner sagt etwas, Sabine ja. Wenn sie sich so in der Schule aufführt, fängt sie sich einen einschlägigen Ruf ein."
„Moment bitte, Alois"
Margot wirkt erregt, Fem sollte aufpassen.

„Es ging in diesem Gespräch primär nicht um Sabines Widerspruchsfreude. Es ging um die nicht ganz glückliche Formulierung ihrer Lehrerin, aus der Sabine schloss, sie müsse bereits lesen und schreiben können. Mein gesunder Menschenverstand sagt mir, das eine hat nichts mit dem anderen zu tun."
„Das ist ganz offenkundig scheinbar richtig, Margot. Es geht schlicht darum, dass wenn keiner etwas sagt, Sabine sich jedoch äußert, ohne ein Zögern, ohne abzuwarten, ob sich die Situation nicht alleine klärt. Das kann der Stoff sein, sich sehr schnell unbeliebt zu machen." „Hach, Alois, weil sie ein Mädchen ist, wie würdest du darüber urteilen, wenn Peter der Widerspruchsheld wäre." „Margot, ich bitte dich, das kannst du Alois nicht unterstellen, Alois ist doch kein Mann, der eine Frau anders betrachtet als einen Mann."

Jetzt ist Richard erbost, die Kinder völlig fasziniert Gesprächsmittelpunkt der Erwachsenen zu sein, wenn das nur gut geht.

„Nicht im normalem Leben oder geschäftlich, wie auch immer. Er macht aber Unterschiede im Auftreten und Benehmen. Da findet er Elisabeth gut, weil sie zurückhaltend ist und nicht so forsch, wie ich." „Da hast du es, Elisabeth ist eine Dame durch und durch." „Glücklicherweise nicht immer und überall."

Diese, sehr leise Bemerkung konnte sich Alois wohl nicht verkneifen. Richard lächelt ganz dünn.

„Und Alois möchte, dass auch seine Tochter eine Dame wird." „Margot, ich danke dir, dass du dich für unsere Tochter einsetzt. Du und ihr Herren, habt auf eure Weise alle Wahrheiten ausgesprochen, die ich bis zu diesem Zeitpunkt nicht klargesehen habe, weil es dazu keine Notwendigkeit gab. Natürlich kommt es im Leben darauf an, entweder Zurückhaltung zu wahren, wenn ich bestimmte Berufstätigkeiten ausübe, oder im Gegenteil couragierten Widerspruch zu leisten. Was ich sagen will, im Dienstgewerbe verbietet sich genau das, was beispielsweise als Staatsanwalt, Rechtsanwalt, Bankdirektor berufsnotwendig ist." „Elisabeth, deine Sicht der Dinge, Verhalten aus dem Aspekt ausübender Berufstätigkeiten abzuleiten, ist ebenso richtig. Aber, ich, der Vater, habe unrecht. Das habe ich eben in aller Deutlichkeit erkannt, weil Widerspruch lebensnotwendig ist, gesellschaftlich und gerade auch politisch. Zivile Courage, couragierter Widerspruch, das waren die Stichworte für mich, müssen in der Gesellschaft grundsätzlich den höchsten Stellenwert einnehmen. Wo übt sich so etwas? Natürlich in der Familie. Hier, in der Familie, lassen sich auch die besten Regulatoren setzen, damit ein Widerspruch ein Widerspruch bleibt und nicht im Widerspruch zum alten Knigge steht. Margot, habe ich etwas Falsches gesagt, du schüttelst mit dem Kopf." „Das habe ich jetzt ehrlich gesagt, nicht ganz verstanden." „Wir, die Erziehenden, müssen darauf achten, dass Kritik erlaubt sein muss, aber auch Kritik darf stilvoll sein." „Ah ja, widersprechen, aber nicht frech." „Margot, du hast es auf den Punkt gebracht, lasst uns darauf anstoßen und dann nochmals guten Appetit, der Rinderbraten duftet ganz köstlich." „Pacca, was sagst du dazu?" „Zum Diskussionsverlauf oder zu Sabine?" „Egal, schieß los." „Ich bin beeindruckt, Sabine hat die richtigen Eltern. Sarahs Eltern waren dagegen pädagogische Urgesteine. Alois hat aus der Geschichte gelernt und spätestens heute Mittag erkannt, Widerspruch als notwendig anzusehen. Sarahs Eltern widersprachen nicht und haben Widerspruch seitens der Tochter sanft aber bestimmt abgelehnt. Sarah darf sich als Sabine endlich entwickeln, sie darf seelisch wachsen." „Dem habe ich nichts hinzuzufügen." „Elisabeth ist so klug, findest du nicht auch, Gori, sie hat mit einer kleinen Bemerkung dem Gespräch eine ganz andere Richtung gegeben und viele Denkprozesse ausgelöst." „Ja, Tessa, und ich finde Alois toll, weil er den Mut hatte, sich öffentlich selbst zu korrigieren. Das zeugt von menschlicher Größe." „Ja, ja, beide sind gut, hoffentlich schaffen die Kinder das auch." „Es war eine sehr gute Diskussion heute, weil sie die Eltern sensibilisiert hat, mit dem Nachwuchs noch bewusster umzugehen, denke ich." „Margot ist eine Kinderversteherin, schade, dass sie keine hat." „Margot hat ein kindliches Gemüt, Tessa, auch weil sie keine Kinder hat und für Kinder keine Verantwortung tragen muss. Sie genießt die Freizügigkeit, Dinge aus der Vogelperspektive betrachten zu dürfen. Eltern sind nie frei von Furcht. Sie wissen, dass sie nicht alles richtig machen können und wollen aber nicht allzu viel falsch machen." „Findest du richtig, dass Elisabeth und Alois Peter erlauben, den Ballettunterricht zu verschweigen?" „Ja, wieso denn nicht? Soll er sich vor die Klasse stellen und sagen, liebe Klassenkameraden, ich nehme Ballettunterricht, damit ihr das mal wisst?" „Quatsch, so habe ich es nicht gemeint." „Kritisch wird es erst, wenn er es leugnen würde, spräche ihn darauf jemand an. Auf diese Situation sollte Peter innerlich vorbereitet sein. Vorauseilenden Gehorsam muss er nicht üben." „Gori, hast du mitbekommen, dass Margot und Richard Hannelore in Hamburg auf einer Modenschau getroffen haben? Hedi hat mir das erzählt, Fem kannte sie bis dahin nicht. Jedenfalls hat sie, also Hannelore, Margot erkannt, sie saß mit Richard in der ersten Reihe vor dem Laufsteg. Sie hat ihnen einen Zettel überbringen lassen mit einer Einladung zur anschließenden kleinen Feier. Die soll ganz aufregend gewesen sein und wenn das Hedi sagt, stimmt das auch. Fem war völlig hin und weg. Das war seine Welt. Na, was ich noch sagen wollte, Hannelore will zum Geburtstag der Kinder kommen, wenn sie es irgendwie einrichten kann." „Großartig." „Ist das alles, was du dazu sagst." „Ja, Tessa, der Worte sind genug gewechselt, lass uns unsere Gedanken ausschalten." „Dann ruhe sanft mit deinem Faustzitat."

Der Alltag beginnt und noch was
„Habt ihr alles in euren Ränzeln? Tafel, Griffel im Griffelkasten, Schwamm, Trockenläppchen, Lesebuch, Rechenbuch? Steckt euer Pausenbrot ein und den Groschen für Milch." „Ja, Mama, ich habe alles." „Du auch, Peter?" „Ich suche den Griffel." „Ist der nicht im Griffelkasten?" „Nein."

Elisabeth läuft zu Peter ins Kinderzimmer.

„Peter, es ist nicht ein Griffel im Kasten, was hast du damit gemacht?" „Ach ja, ich weiß jetzt."

Peter verschwindet unter seinem Bett und taucht mit sechs Griffeln wieder auf, grinst seine Mutter an.

„Ich habe Mikado damit versucht, als Papa mir gute Nacht sagen kam, habe ich sie unters Bett geschoben." „Lieber Junge, die sind zerbrechlich. Los jetzt, ihr müsst euch in Bewegung setzen, sonst kommt ihr am ersten richtigen Schultag zu spät."

Verabschiedung, Küsse, das Haus ist leerer. Elisabeth und Alois sitzen am Küchentisch.

„Schatz ich muss um 9 Uhr los nach Lübeck. Heute fängt mein neuer Vormittagsunterricht für die reifere Generation an." „Ich weiß, wie hast du ihn noch genannt?" „Ballett ist Haltungssache. Es haben sich sage und schreibe fünfzehn Teilnehmerinnen angemeldet. Das hätte ich nie gedacht." „Was in alles in der Welt wirst du ihnen beibringen?" „Wie sie richtig stehen, gehen, sich bewegen müssen. Viele wissen nicht, wohin mit den Händen auf einem Stehempfang, wie stehen die Füße beim Sitzen, dazu kommen leichte Übungen an der Stange. Ich muss sehen, was ich ihnen abverlangen kann." „Viel Spaß auch. Was sind das für Frauen, kennst du sie?" „Damen der Lübecker Gesellschaft, Margot ist auch dabei, sie will etwas für sich tun." „Mach keinen Witz, das hat sie mir verschwiegen." „Also, dann schweige das Thema ihr gegenüber tot, bis sie es dir selber sagt." „Ich könnte mich ans Klavier setzen, wie früher." „Nö, lass mal lieber. Ich bin überzeugt, die Damen wollen unter sich sein, ohne Herren. Außerdem kommen die Kinder früh aus der Schule, sie haben heute nur zwei Stunden. Was hast du vor?" „Endlich die Gästezimmer auf Schäden absuchen. Vorher könnten wir uns noch darauf besinnen, das Haus für uns zu haben."

Sie verlassen die Küche, Tessa und ich nicht.

„Bist du auch neugierig, was in der Schule passiert, Gori?" „So mittel." „Darf ich kurz?" „Ja, aber wirklich nur kurz."

Es klingelt, es ist Lilli, wie peinlich jetzt.

„Wo sind deine Leute, Gori?" „Na, wo wohl, Elvie?" „Um diese Zeit?" „Warum nicht, was will Lilli?" „Mit nach Lübeck. Da kommt Elisabeth."

Elisabeth sieht entspannt aus, war wohl gerade Schluss.

„Morgen Lilli, komm rein." „Morgen Elisabeth, kannst du mich mit nach Lübeck nehmen? Uns sind Gewürze ausgegangen, die ich hier nicht kriege." „Selbstverständlich, um 9 Uhr muss ich los, ist das in Ordnung?" „Ja gerne, ich bin um 9 Uhr zurück. Ich glaube, du musst dich sputen."

Das stimmt genau, eine kleine Hetzjagd beginnt, zwanzig Minuten für Dusche, Anziehen, Sachen packen. Tessa, wo bleibt Tessa? So spannend kann es unmöglich in der Schule sein. Alois trödelt zum Schreibtisch, sieht Rechnungen durch.

„Entschuldige, Gori, ich habe einen alten Kumpel getroffen, den ich seit Jahren nicht mehr gesehen habe, deshalb habe ich mich in der Zeit vertan, ist etwas passiert?" „Nein, ihr fahrt mit Lilli nach Lübeck, die Damen brauchen Gewürze. Wie machen sich Sabine und Peter im Unterricht?" „Gut natürlich, sie schreiben den Großbuchstaben I auf die Tafel." „Sensationell, ist ja aufregend." „Nein, gar nicht. Der alte Kumpel hat mir erzählt, in Ostdeutschland gibt es einen Staatssicherheitsdienst, der auf Staatsfeinde angesetzt wird. Er hatte keine Lust mehr, da zu bleiben und hat sich nach Westdeutschland versetzen lassen. Er sagt, es fliehen nicht nur Menschen von dort, sondern auch die Schutzgeister, weil der Staat nicht demokratisch ist." „Das ist doch prima für das Komitee, dann hört der Personalmangel auf." „Gori, bist du schlau, das Komitee ist auch für Ostdeutschland zuständig, und das Komitee ist unpolitisch."

Da hat sie recht, Ostdeutschland ist kein Ausland.

„Entschuldige, Tessa, das war ein schlechter Scherz, Lilli kommt, ihr müsst los."

Alois füllt Überweisungsträger aus. Die Spannung will heute Morgen nicht abreißen. Er ist fertig, dann können wir endlich nach drüben gehen und die Gästezimmer auf Schäden absuchen. Das wird auch nicht aufregend werden, aber zumindest eine Abwechslung. Draußen öffnet Alois den Briefkasten, obwohl die Post noch nicht da war. Vor 11 Uhr kommt der Briefträger nicht. Er holt ein Blatt raus, wie bitte, was steht da?

„Wenn ihre Kinner leben sollen, müssen sie 5000 Mark in den Strandkorb 7 tun, diese Wahnung ist ernst."

Alois schaut auf die Uhr, es ist 9 Uhr 20. Er geht ins Haus zurück, holt den Wagenschlüssel. Er will bestimmt zu Ferdinand. So ist es. Wir halten vor der Polizeistation, Ferdinand ist da.

„Guten Morgen, Ferdinand." „Guten Morgen Alois, wie siehst du denn aus, hast du ein Gespenst gesehen?" „So was Ähnliches, guck dir das an."

Ferdinand liest den Text und sieht Alois ernst an.

„Ja, mein Lieber, willkommen im Klub, du bist nicht der einzige. fünf andere Geschäftsleute haben auch Post bekommen. Wir stehen im Augenblick vor einem Rätsel, es ist noch nichts passiert. Die Gefahr ist allerdings gegeben. Es werden in den anderen Briefen entweder auch Kinder oder Ehefrauen bedroht. Wie du siehst, sind die Buchstaben aus der Zeitung ausgeschnitten und aufgeklebt, damit kann die Polizei wenig anfangen." „Was soll ich jetzt machen?" „Fürs erste, die Kinder nicht aus den Augen lassen und natürlich nicht zahlen. Wir werden dich
und die anderen Betroffenen ständig auf dem Laufenden halten." „Gut, Ferdinand, ich danke dir."

Alois geht.

„Gori, passt auf die Kinder auf." „Mala, in Ordnung, danke."

Der Erpresser ist nicht orthographiesicher oder täuscht er das vor, damit er nicht als einer erkannt werden will, der aus der Bildungsschicht kommt? Ist es einer oder sind es mehrere? Es müssen mindestens zwei sein. Wie will einer allein mit zwei zappelnden und schreienden Kindern fertig werden? Stopp, von Entführung steht nichts da. Will er sie aus dem Hinterhalt erschießen, wenn der Vater nicht zahlt? Das wäre allerdings noch eine Steigerung, das wäre nahezu unberechenbar. -Los Alois, setz dich in Bewegung, auf zur Schule-

Wir sind nicht zu früh. Die Schulglocke läutet. Inmitten einer größeren Kinderschar kommen Sabine und Peter auf die Straße. Hier gezielt ein Opfer treffen? Fast unmöglich. Das könnte nur ein Scharfschütze. Erpresser sind keine Scharfschützen, dummes Zeug. Alois winkt die Kinder ins Auto. Die sehen enttäuscht aus. Sie wollten bestimmt mit den anderen Kindern zu Fuß nach Hause, ganz selbständig, wie Erwachsene.

„Mädels kommt rein, es gibt eine schlechte Neuigkeit. Alois hat einen Drohbrief bekommen, er soll fünftausend Mark in den Strandkorb Nummer sieben hinterlegen oder die Kinder sind in Lebensgefahr. Er war damit bei Ferdinand, der berichtete, insgesamt fünf weitere Geschäftsleute hätten ähnliche Drohungen erhalten, mal Kinder, mal Ehefrauen betreffend. Seltsam ist, von Entführung ist keine Rede." „Was schließt du daraus, Gori? Kriminalistik ist doch dein Fach." „Zuerst die Fakten: Der Brief wurde nicht mit der Hand geschrieben, was zum falschen Deutsch gepasst hätte, wenn es sich um einen Täter aus der sozialen Unterschicht handeln würde. Er wurde auch nicht mit einer Schreibmaschine verfasst, dessen Typ feststellbar gewesen wäre. Es wurden Buchstaben aus der Zeitung ausgeschnitten. Das kann bedeuten, dass der Täter seine soziale Herkunft bewusst verschleiern will oder es handelt sich um einen kopfkranken Täter. Strandkorb Nummer sieben, was bedeutet die Zahl für ihn. Warum nicht Nummer acht. Was will er uns mitteilen? 'Ich hatte Pech, jetzt soll die sieben meine Glückszahl werden'?" „Weiteres haben wir nicht?" „Leider nicht, Pacca, Alois hat Ferdinand keine Fragen gestellt, weil er schleunigst zur Schule musste." „Papa, warum müssen wir mit dem Auto nach Hause, die anderen Kinder gehen auch zu Fuß." „Sabine, ich dachte, ihr freut euch." „Nö." „Schade."

Es herrscht Ruhe im Auto. Alois muss so schnell wie möglich mit Elisabeth sprechen.

„Wir fahren nachher nach Lübeck. Ich muss etwas mit eurer Mutter besprechen." „Wegen uns?" „Peter es heißt unseretwegen. Nein, nicht euretwegen. Es ist etwas Geschäftliches. Peter, du kannst dann noch deine Stunde nehmen. Habt ihr Hausaufgaben auf?" „Peter und ich nicht, wir haben die ganze Tafel vollgeschrieben." „Das finde ich bonfortionös." „Ja und jetzt, was machen wir jetzt, Papa?" „Wir gehen ins Gästehaus und sehen uns die Zimmer auf Schäden an, Sabinchen." „Papa, ich gehe jetzt zur Schule und bin kein „chen" mehr." „Entschuldige bitte, das mit dem Schulmädchen ist noch so frisch für mich, da werde ich schon mal rückfällig." „Na, gut." „Du bist immer „chen", weil du ein Mädchen bist."

Ganz schön schlau von Peter.

„Das ist nicht das gleiche, Mädchen ja, Sabinchen ist kein Wort."

Sehr gut gekontert.

„Ha, ha, ha „chen" ist „chen"." „Streitet euch nicht, ihr habt beide nicht unrecht, das „chen" hinter Sabine angefügt ist eine Verniedlichung, die lieb gemeint ist, aber bei großen Mädchen keinen Eindruck macht. Im Bayrischen sagen wir Madel, da entfällt das „chen"."

Wir sind da und steigen aus, gehen ins Gästehaus.

Alois hat nichts gesagt vom Drohbrief, einfach nichts gesagt. Helene und Lilli sind unwissend. Die Kinder waren ja auch dauernd dabei, er hätte gar nichts sagen können, das ist vielleicht eine dumme Geschichte, völlig undurchsichtig, was will der Erpresser mit sechs Bedrohten, will er einfach nur für Unruhe sorgen, meint er es überhaupt so, wie er schreibt? Wir kennen die anderen Drohbriefe nicht, wie hat er sich da ausgedrückt? Schade, dass Alois keine Einsicht nehmen konnte, die Zeit war dafür auch zu knapp. Jetzt sind wir gleich in Lübeck; ich bin gespannt, was Elisabeth sagen wird. Hoffentlich bleibt sie ruhig, ich wage nicht einzuschätzen, wie sie sich verhält, wenn es um die Kinder geht, es ist früher Nachmittag, Elisabeth ist allein.

„He, die ganze Familie, was macht ihr denn hier?" „Elisabeth, ich muss etwas mit dir besprechen, Kinder, geht spielen."

Tessa sieht mich völlig verdutzt an.

„Was ist passiert, Gori?" „Hör zu, was Alois gleich erzählt." „Elisabeth, ich bin ziemlich außer mir. Warum, um alles in der Welt muss uns in regelmäßigen Abständen etwas ins Haus kommen, was wir weder erwarten noch irgendwie nachvollziehbar verdient haben, wir sind doch keine Ungeheuer." „Alois beruhige dich und sage, was los ist, ist jemand gestorben?" „Du warst gerade weg, ich habe Überweisungsträger für anstehende Rechnungen ausgefüllt, wollte dann rüber ins Gästehaus und danach schnell auf der Bank vorbei um pünktlich wieder im Hause zu sein, wenn die Kinder aus der Schule kommen. Wie immer habe ich in den Postkasten geschaut und was war? Ein Briefbogen steckte drin, ohne Kuvert. Es war ein Drohbrief. Wenn die Kinder leben sollen, dann fünftausend Mark in den Strandkorb Nummer sieben." „Ja, um Himmels willen, Alois, das ist ein Albtraum, was hast du gemacht?" „Ich bin sofort zu Ferdinand gefahren, der hatte bereits von weiteren Personen, ähnliche Drohbriefe. Er meinte, ich solle die Kinder nicht aus den Augen lassen. Ich habe sie darauf von der Schule abgeholt, was jetzt, was sollen wir machen?" „Die Kinder nicht aus den Augen lassen, was sonst?" „Müssen wir es ihnen sagen?" „Nein, Alois, kommt überhaupt nicht infrage, die kriegen einen Schock fürs Leben, das müssen wir anders regeln. Weißt du, wer die anderen Betroffenen sind?" „Nein, ich konnte weder länger warten, noch neue Fragen stellen, weil die Schule aus war." „Etwas ganz anderes, Alois, traust du dem Ferdinand zu, dass er für die Ermittlungen die notwendige Ausbildung hat?" „Auch das ist mir schon durch den Kopf gegangen. Ferdinand ist ein sehr guter Polizist, die Travemünder sind mit ihm als Dienststellenleiter einverstanden und durch die Bank zufrieden, in wieweit er sich aufs Kriminalisieren versteht, ist mir nicht bekannt." „Also, mein gesunder Menschenverstand sagt mir, wir müssen die Drohbriefe auf eventuelle Gemeinsamkeiten prüfen, die uns einen Hinweis auf den Absender liefern. Hat Ferdinand erzählt, wie viele andere Leute betroffen sind?" „Ja, fünf." „Sechsmal fünftausend Mark, sind dreißigtausend Mark, das hat was. Hast du im vergangenen Jahr ein oder mehrere Male mit irgendjemandem irgendeinen Disput gehabt?" „Sagen wir jein, natürlich gibt es auf den Versammlungen von uns Strandkorbinhabern immer mal ein Diskussionsthema über das Verhalten der Kurverwaltung, über den Reinigungsdienst, ja, aber brisant geht es da nicht zu. Geärgert habe ich mich im letzten Jahr über eine Düsseldorfer Familie, die Abend für Abend ihren gesamten Müll neben dem Strandkorb aufstellte, den ich dann entsorgen durfte, die bekommen von mir keinen Korb mehr." „Ja, darüber hast du dich oft genug beklagt. Bleibt noch etwas; wer von den Travemünder Geschäftsleuten muss aus immer auch welchen Gründen seinen Laden schließen oder hat seit kurzem sein Geschäft verloren?" „Gegenfrage Elisabeth, warum kaprizierst du dich auf Travemünder, könnte es nicht auch ein auswärtiger Erpresser sein, der sich in Travemünde gut auskennt?" „Selbstverständlich, das ist überhaupt nicht auszuschließen, dennoch macht es Sinn, zuerst in der nahen Umgebung zu suchen, bevor der Kreis erweitert wird. Wir beide kommen hier und jetzt ohnehin nicht weiter. Wirst du Ferdinand nochmals aufsuchen, oder willst du abwarten?" „Wenn ich die Kinder habe, kann ich nur abwarten. Ich darf sie auch nicht bei Helene und Lilli lassen, es sei denn, wir weihen sie ein." „Nein, lass das, Alois, je weniger Leute davon wissen, desto ungestörter können die Ermittlungen laufen. Du könntest zu Ferdi, wenn sie in der Schule sind." „Ach so, ja, was meinst du, versprichst du dir etwas davon?" „Hör zu, mein Schatz, Ferdinand hat viel für uns getan, ihr seid Freunde, ich kann mich lebhaft darin hineinversetzen, dass du keine Lust hast, ihm auf den Schlips zu treten, sprich seine Kompetenz infrage zu stellen. Ich plädiere dafür zuzuwarten. Was meinst du, soll ich meine Unterrichtsstunden für eine Weile aussetzen?" „Nein, Elisabeth, ich schaffe das schon, die Saison hat noch nicht begonnen, außer den täglichen Kleinigkeiten, habe ich im Augenblick nicht viel zu tun. Viel schlimmer ist, wie machen wir es den Kindern plausibel, dass sie nicht alleine zur Schule können und auch wieder abgeholt werden, das ist unser Hauptproblem." „Da muss eine faustdicke Lüge her, die ihrer Einsicht entspricht. Sage ihnen, in Lübeck seien zwei Kinder auf dem Schulweg von einem Auto erfasst worden und lägen jetzt im Krankenhaus. Sage ihnen, dass du sie für kurze Zeit begleiten willst, damit wir, die Eltern, sicher sein können, dass sie sich auf der Straße verkehrssicher benehmen." „Das kriege ich hin. Und was ist mit den Nachmittagen, wenn sie sich verabredet haben und irgendwo hinwollen?" „Unternimm du etwas mit den Kindern, kommt nach Lübeck, fahrt nach Schlutup in den Wald, besucht den Fischereihafen, es kann doch keine Ewigkeit dauern, bis der Fall gelöst ist. Und ich bin ja auch noch da." „Natürlich, darauf hätte ich auch selbst kommen können. Du musst gleich arbeiten, es ist kurz vor 3 Uhr, die Schüler kommen bestimmt schon. Peter nimmt am Unterricht teil, Sabine nehme ich mit, ich gehe hier auf die Bank."

Sie küssen sich.

„Meine Güte, Gori, was hat das alles zu bedeuten? Das ist ja furchtbar." „Tessa, ich kann leider nicht mehr dazu sagen, du hast alles Wesentliche gehört. Pacca, Briesa und ich haben uns auch schon die Köpfe zerbrochen, Tatsache ist, wir haben keine vernünftigen Anhaltspunkte, die hat Ferdinand." „Du kannst doch gut mit Mala, willst du sie nicht mal aufsuchen?" „Das wäre eine Möglichkeit herauszufinden, was in Ferdinands Kopf vorgeht." „Also, Pacca passt auf Elisabeth und Peter auf, ich gehe mit Alois, und du bittest Mala um Auskunft." „Cori, gestehe, du hast das Warten nicht mehr ausgehalten? Du willst wissen, wie der Stand der Ermittlungen aussieht?" „Mala, schönste aller Frauen, wie weise du bist." „Komm, du Schmeichler, nennen wir die Dinge beim Namen: sicher willst du wissen, ob Ferdi die nötige Fähigkeit hat, einen Kriminalfall zu lösen, oder ob auch ich es für sinnvoll halte, wenn die Kriminalpolizei Lübeck eingeschaltet wird?" „Ja, kann er es, Mala?" „Nein." „Mist, das habe ich mir gedacht, was machen wir?" „Ihn außer Gefecht setzen, fragt sich nur wie?" „Kann ich euch behilflich sein, ich weiß, worum es geht, mein Schützling hat zu seiner Frau auch gesagt, dass Ferdi sich mit dem Fall überfordert, dafür ist er nicht ausgebildet worden." „Gerne, Fol, wenn dein Herr Kühl die richtigen Schritte veranlasst, wenn Ferdi außer Gefecht gesetzt ist, dann kannst du uns helfen." „Was habt ihr vor Gori?" „Wir werden ihm so viel Energie entziehen, dass er einschläft, einfach nur tief und fest schläft." „Genial, dann muss mein Schützling eingreifen." „Das ist der Plan."

Ferdinand Beck schläft, den Kopf auf dem Schreibtisch, er schnarcht leise, seine Kollegen stehen um ihn herum, offenkundig unsicher, was sie mit ihm machen sollen.

„Können wir ihn nicht nach Hause fahren oder sollen wir einen Arzt rufen, Herr Kühl?" „Beides, wir rufen einen Arzt, der feststellen soll, dass der Kollege Beck nicht krank ist, gleichzeitig benachrichtigen wir seine Frau, und bringen ihn nach Hause, wenn der Arzt keine Einwände erhebt." „Mala, kann ich dich mit ihm alleine lassen? Ich glaube, es wird Zeit für mich." „Du kannst gehen, Gori, tu mir aber bitte den Gefallen und schaue hin und wieder vorbei, du oder Pacca, Tessa, egal." „Versprochen, Mala." „Na, du warst lange weg, der Unterricht hat schon begonnen, jetzt erzähl aber rasch, was los war."

Pacca und Briesa schauen mich gespannt an.

„Ja, es war aufregend. Mala hat unverblümt eingeräumt, dass sich Ferdinand mit dem Fall überschätzt. Wir haben ihn mit Hilfe von Fol, ihr erinnert euch, der Türsteherschutzgeist von Herrn Kühl, sanft eingeschläfert. Jetzt soll ein Arzt kommen, der feststellen muss, dass er nicht krank ist, dann wollen ihn die Kollegen nach Hause fahren." „Das nenne ich Courage, eine andere Möglichkeit habt ihr nicht gesehen?" „Überhaupt nicht, Pacca, Fol hat uns bestätigt, dass Herr Kühl die Lübecker Kriminalpolizei einschalten wird und darauf kommt es jetzt an."

Alois und Sabine kommen in die Wohnung, Briesa nickt mir zu, sie geht Tessa informieren. Das Telefon klingelt, Alois geht ran, ich kann nicht hören, mit wem er spricht, ich muss näher ran.

„Herr Kühl, haben sie Dank, ich kümmere mich sofort darum, ja, gerne geschehen, auf Wiederhören." „Was ist denn, Papa?" „Onkel Ferdinand ist unpässlich, er soll ins Priwall Krankenhaus, ich muss Onkel Richard anrufen."

Alois wählt.

„Richard? Ja, Alois hier, ja, auch hallo und guten Tag, es geht, lass uns später darüber reden. Ich habe eine Bitte, gleich wird der Ferdinand bei euch eingeliefert, der schläft, wie? Ja er schläft, sagt Kühl. Der Arzt, den sie gerufen haben, hat behauptet, er sei sturzbetrunken. Nein kann nicht sein. Ferdinand trinkt nicht, ja klar, ich meine, er betrinkt sich nie und schon gar nicht im Dienst. Kannst du zu ihm? Prima. Ich? Nein, leider unmöglich, ich kann auf keinen Fall. Weißt du was, kann ich dich heute Abend, sagen wir etwas nach 21 Uhr anrufen? Gut, dann bist du zu Hause, ich störe dann auch nicht? Danke, Richard, du darfst gespannt sein, ja, bis dann." „Papa, Onkel Ferdinand ist betrunken?" „Nein, er schläft, Onkel Richard soll nach ihm sehen." „Warum schläft er jetzt?" „Das wird sich herausstellen, hoffe ich." „Warum kannst du nicht zu ihm?" „Weil ich euch nicht alleine lasse. Wir müssen gleich nach Hause." „Pacca, schau mal zu Mala, ob sie klarkommt." „Dann schau du auf Peter." „Ja."

Mann, ist das wieder ein Tag heute.

„Tessa, willst du nicht kurz bei Fol vorbei, was der Kühl jetzt macht? Briesa kann auf Alois achten, Sabine ist bei ihm." „Na, gut, bis gleich." „Gori, Mala kommt klar, Ferdi schnarcht im Krankenbett. Seine Frau ist bei ihm." „Danke, Pacca."

Tessa ist schon mindestens zehn Minuten weg, was da wohl vorgeht. Peter ist faszinierend. Er tanzt mit einem ganz süßen Mädchen ein kleines Pas de deux, goldig, die zwei. Elisabeth lächelt ganz fein, sie sieht, was ich sehe. Ihr macht der Sohn Freude.

„Na endlich, Tessa." „Schneller ging es nicht, ich wollte nicht ohne Ergebnisse zurückkommen, also: Kühl hat mit dem Lübecker Polizeichef, der auch für Travemünde zuständig ist, telefoniert und um Dienstanweisung gebeten. Er ist jetzt offizieller Vertreter von Ferdi. Dann hat Herr Kühl die Erpresserbriefe erwähnt und um Unterstützung durch die Kriminalpolizei gebeten. Darum wollte sich der Polizeichef sofort kümmern. Das war es." „Sehr gut, Tessa, dann kommt der Stein ins Rollen."

Die Unterrichtsstunde ist vorbei, die kleinen Mädchen und Jungen gehen nach Hause.

Elisabeth übt mit Peter noch eine Drehung. Alois ist ungeduldig.

„Liebling, kannst du bitte kommen, ich muss dir noch etwas sagen."

Er zieht Elisabeth in die Küche, schließt die Tür, die Kinder bleiben draußen.

„Herr Kühl hat mich angerufen. Ferdinand ist mitten im Dienst am Schreibtisch eingeschlafen. So, jetzt kommt es: Herr Kühl wollte nichts verkehrt machen, und hat einen Arzt angerufen, der feststellen sollte, dass Ferdinand schläft aber gesund ist. Der Arzt hat aber behauptet, er sei sturzbetrunken und hat einen Krankenwagen gerufen. Darauf habe ich Richard alarmiert, er kümmert sich." „Was ist das denn für eine komische Sache? Ob Ferdinand so erschöpft ist, betrunken ist er gewiss nicht. Willst du nach ihm sehen?" „Wie denn, mit den Kindern?" „Bitte doch Anneliese zu kommen, die spielt doch immer gerne mit Sabine und Peter." „Das ist eine Möglichkeit, die stellt auch keine Fragen, ich fahre auf dem Weg bei ihr vorbei." „Gut, mein Schatz, wir telefonieren heute Abend." „Ich weiß nicht, diese Anneliese erklärt sich mir nicht ganz von allein." „Wie meinst du das, Pacca?" „Sie hat etwas an sich, was ich nicht durchschaue." „Du meinst, sie ist nicht authentisch, oder was?" „Sie ist einerseits still und bescheiden, sehr lieb mit den Kindern, immer höflich zu den Gästen, andererseits horcht sie an Türen, guckt alle Gästeschränke und Schubladen durch: Damenwäsche, Garderobe, Schmuck. Nein, Gori, du brauchst nicht fragen, sie hat nie etwas geklaut. Ihr Schutzgeist verhält sich auch immer indifferent, ich hatte häufig das Gefühl, er missbilligt, was sie treibt." „Frau Beck ist mit Anneliese sehr zufrieden, und die Zimmer sind tadellos." „Ja, Gori, alles gut."

Anneliese ist mir nie aufgefallen, weil sie unauffällig ist. Sie macht ihre Arbeit prima. Aber hallo, ich kenne Pacca, wenn sie jemanden im Visier hat, ist da meistens etwas dran. „Pacca, darf ich laut nachdenken?" „Immer, Gori." „Anneliese spricht ein

breites Hochdeutsch, versetzt mit plattdeutschen Ausdrücken. Sie sagt nie, Kinder kommt mit, sie sagt Kinners kommt. Auf dem Drohbrief stand nicht Kinder, sondern Kinner. Jetzt müssten wir die anderen Erpresserschreiben kennen, um festzustellen, ob sie ähnliche Merkmale aufweisen." „Das ist der Gori, den ich kenne, ja, die anderen Briefe zu kennen, wäre hilfreich." „Wie gefährlich ist Anneliese für die Kinder, Briesa, Pacca, was meint ihr?" „Ich halte sie für ungefährlich, so lange sie sich in Sicherheit wiegt. Wenn jemand in Panik gerät, ist sein Verhalten stets unberechenbar." „Gut, Briesa, was denkst du, Pacca?" „Ich schließe mich Briesa an, Anneliese sehnt sich nach schönen Dingen. Sie hat in der Winterhälfte kaum etwas zu tun, wenig Geld. Ich halte sie nicht für eine gefährliche Kriminelle." „Aus Langeweile Drohbriefe schreiben und dann schauen, was passiert?" „So ähnlich, Gori." „Wie verhalten wir uns, wenn die Situation eskalieren sollte, wenn Anneliese mit den Kindern alleine ist?" „Es wird nichts passieren, Gori, Briesa, du nickst, du bist auch meiner Meinung? Schließlich und endlich haben wir ja auch nur eine Hypothese aufgestellt,
vielleicht ist der Täter ein ganz anderer."

Die Kinder wollen mit Anneliese „Mensch ärgere dich nicht" spielen. Sie sieht völlig arglos aus. Sie hat sich richtig gefreut, als sei sie froh, aus der engen Wohnung rauszukommen. Kann sein, vielleicht ist sie neugierig, aber bestimmt nicht kriminell. Ich kann das nicht glauben. Pacca ist Hormonspezialistin, ist sie eine gute Menschenkennerin? Manchmal denke ich, wenn ich sie mit Tessa vergleiche, Tessa ist die bessere Psychologin. Schade, dass sie bei dem Gespräch nicht dabei war. Jetzt wollen wir sehen, was mit dem Ferdinand passiert. Alois ist mit dem Auto los. Wir stehen schon auf der Fähre. Der Betrieb interessiert mich heute nicht. Habe ich wegen Ferdinand ein schlechtes Gewissen? Natürlich, was denn sonst. Was wir mit ihm gemacht haben, war gegen die Ordnung. Tessas Alex-Ex hat uns bestimmt gedeckt, sonst hätte sich gewiss das Komitee eingeschaltet. Andererseits hatten wir keine andere Möglichkeit. Sein eigener Schutzgeist war auf unserer Seite. Ohne Mala hätten wir die Sache gar nicht durchziehen können. Ich muss mich gleich mit Mala besprechen, wann wir ihn aufwachen lassen. Er kann ja nicht tagelang schlafen. Wir sind da. Alois geht an die Anmeldung; er will sicher fragen, wo Ferdi liegt. Es geht eine Treppe hoch. Alois nimmt, wie immer, zwei Stufen auf mal. Zimmer zweihundertvier, aha, na dann.

„Herr Hausner, wie schön, dass sie kommen konnten." „Liebe Frau Beck, ich grüße sie, wissen sie schon mehr?" „Es ist alles in Ordnung. Herr Professor Feiler hat ein EEG und ein EKG machen lassen, Blutdruck ist niedrig, aber normal. Er hat auch Blut abgenommen bekommen, um zu beweisen, dass er nicht betrunken ist oder war. Wissen sie, Herr Hausner, ich habe gestern noch zu Ferdi gesagt, er solle sich mehr Zeit zum Ausruhen gönnen. Ich finde, er hat einfach zu viel gearbeitet. Es ist doch kein Wunder, wenn er das nicht durchhält und irgendwann holt sich der Körper, was ihm zusteht, ist doch so." „Hat er nicht genug Schlaf gehabt?" „Eben nicht. Nachdienst, dann den Vormittag weitergemacht, das geht doch nicht." „Dann haben wir wenigstens nichts falsch gemacht, Mala. Sein Schlaf ist zumindest für seine Frau absolut plausibel." „Das wusste ich doch, Gori. Ich will meinen Schützling behüten und ihn nicht schädigen. Prima, dass er hier ins Krankenhaus kam und Richard eingreifen konnte." „Wie lange soll er noch schlafen, Mala?" „Ich denke, bis morgen früh, dann wacht er ausgeschlafen und allseits orientiert wieder auf."

Es klopft an der Tür, Richard.

„Alois, bist du doch gekommen, wir können Freunde haben, was? Da hat er sich in den letzten Tagen wohl etwas zu viel zugemutet, absoluter Erschöpfungszustand, klare Diagnose. Ich werde, wenn er wach ist, ein ernstes Wort mit ihm reden." „Richard, sehr gut, dass du ihn übernehmen konntest, wir können doch klar beweisen, dass Ferdinand stocknüchtern war?" „Das versteht sich von selbst, Alois, er wird keine Probleme bekommen." „Danke, Richard, was ist, hast du noch Dienst oder jetzt frei?" „Ich bin für heute hier fertig, war das eben eine versteckte Einladung zum Abendbrot?" „Du sagst es." „Angenommen mit vielem Dank. Ich ziehe mich um und bin in ein paar Minuten fertig." „Wenn ich eins und eins im Kopf zusammenzähle, steckt ihr hinter seinem Zustand?" „Ja, Kor, es ging nicht anders. Hat Ferdinand zu Hause etwas von den Erpresserbriefen erwähnt?" „Natürlich. Mala und ich waren uns einig, dass er damit total überfordert ist. Deshalb habt ihr wohl den Notanker runtergelassen?" „Wenn du es so maritim ausdrücken möchtest, ganz richtig." „Gut gemacht, Schlaf hat er dringend nötig, Valerie hat schon mit ihm geschimpft."

Aha, Frau Beck heißt Valerie, ein schöner Name.

"Ich gehe jetzt auch nach Hause, Herr Hausner, ich muss dringend sehen, was die Kinder machen." „Sind sie mit dem Auto hier?" „Nein, Herr Kühl hat mich hergefahren." „Darf ich sie dann mitnehmen?" „Sehr gerne auch, danke." „Alois, ich bin wieder da, wir können gehen." „Gut, Richard, wir nehmen Frau Beck gleich mit." „Jetzt seid bitte so gut, und versetzt mich in Kenntnis, was Hintergrund der Schlaferei ist." „Jawohl, liebe Hedi. Insgesamt sechs Travemünder Kaufleute haben Erpresserbriefe erhalten mit der Aufforderung, Geld an bestimmten Stellen zu hinterlegen, sonst würde ihren Kindern oder Ehefrauen etwas passieren. Ferdinand wollte den Fall lösen, hat aber die Ausbildung dazu nicht. Deshalb musste er außer Gefecht gesetzt werden, damit die Geschichte vernünftig aufgeklärt werden kann." „Wieso macht Ferdinand so etwas? Das hat er doch nicht nötig. Er ist ein prima Polizist aber kein Kriminalist." „Ich weiß es nicht, vielleicht hat ihn der Teufel geritten." „Wer passt jetzt auf die Kinder auf, ist Elisabeth zu Hause?" „Nein, Anneliese, das Zimmermädchen, ist bei ihnen." „Hm, Pacca hat mir gesagt, die sei ihr nicht ganz koscher, so wie sie ist." „Wie ist sie denn?" „Nicht authentisch und neugierig." „Dazu sage ich jetzt nichts, Hedi. Ich finde nur, du und Pacca seid ein wenig klatschmäulig." „Was soll das denn sein?" „Ihr klatscht, ihr
seid Tratsch-Tanten." „Gori, nur du schaffst es, aus streng analytischem Denken eine verbale Lappalie zu machen."

Mist, ich glaube Hedi ist etwas beleidigt, das war jetzt unfair von mir. Ich habe mich vorhin ja auch am Klatsch beteiligt, und wenn Pacca so etwas Hedi erzählt; Hedi und Pacca sind die seriösesten Frauen, die ich kenne, muss vielleicht doch etwas an der Sache sein. Wäre bloß Tessa bei mir. Hoffentlich habe ich mich nicht zu weit aus dem Fenster gelehnt, als ich mich für Anneliese verwandte.

„Vielen Dank, fürs Mitnehmen, Herr Hausner und guten Abend." „Ihnen auch einen guten Abend, Frau Beck." „Schau mal, Richard, da steht ein fremder Wagen bei uns in der Einfahrt, was hat das zu bedeuten?"

Das kann Richard nicht wissen, wir gehen ins Haus. Zwei Männer sitzen auf dem Sofa und spielen mit Anneliese und den Kindern „Mensch ärgere dich nicht". Das ist ja ungeheuerlich. Sie stehen sofort auf.

„Wir bitten unser Eindringen zu entschuldigen, Herr Hausner. Wir sind von der Kriminalpolizei Lübeck. Ihre junge Hausdame sagte, sie würden ganz bald zurück sein, deswegen haben wir auf sie gewartet." „Guten Abend, die Herren, Richard, Anneliese, geht doch schon mit Peter und Sabine rüber zu Helene und meldet uns zum
Abendbrot an, ja? Bitte."

Sie gehen, wir bleiben. Wie erfreulich, die Herren haben hochpigmentierte Schutzgeister, wir schenken uns gegenseitig ein strahlendes Lächeln.

„Herr Hausner, mein Name ist Sommer, mein
Kollege, Herr Techel. Ja, wir haben heute den Fall mit den Erpresserschreiben übernommen, und sind gleich zu ihnen gefahren, weil sie das jüngste Opfer sind. Die Situation ist nicht neu für uns, weil seit Wochen solche Drohbriefe in Lübeck, dann in Schlutup und jetzt also auch in Travemünde kursieren. Ist ihnen in letzter Zeit irgendetwas aufgefallen, haben sich Fremde hier aufgehalten, geklingelt, hat irgendjemand Erkundigungen eingezogen?"

Alois sieht beinahe amüsiert aus.

„Herr Sommer, ich bemühe mich, ihre Frage nicht als Witz zu verstehen. Wir leben von Fremden, wir hoffen darauf, dass die Klingel geht, und erwarten Erkundigungen, auf das die nächste Saison eine gute wird." „Oh, darf ich fragen, was sie mit der

Saison zu tun haben?" „Gerne, dort drüben steht unser Gästehaus, unsere Strandkörbe befinden sich unterhalb des Brügmanngartens."

Die Herren Sommer und Techel lachen herzhaft und laut. Was anderes wäre mir an ihrer Stelle auch nicht eingefallen.

„Kein Wunder, unsere Frage muss ihnen komisch vorgekommen sein. Also ist ihnen etwas Ungewöhnliches nicht aufgefallen?" „Absolut nicht. Mir ist etwas anderes aufgefallen, was ich anfangs für Orthographiefehler hielt. Der Drohbrief selbst. Es stand da nicht „Kinder" sondern „Kinner", plattdeutsch, und statt „Warnung" stand da „Wahnung". Wurden solche in Anführungsstrichen Fehler auch in den anderen Briefen gefunden?"

Die Herren sehen sich an, schütteln ihre Köpfe.

„Nein, was sie erwähnen, ist schon merkwürdig, das ist uns natürlich auch aufgefallen. Wir gehen dem nach." „Herr Sommer, Herr Techel, was ist mit den Kindern, wie hoch schätzen sie die Gefahr ein?" „Passen sie auf sie auf, ist besser so."

Mit dem Ratschlag lässt sich doch ganz wunderbar leben. Alois sieht etwas ratlos aus, als er die Herren nach draußen begleitet und verabschiedet.

„Pass auf, mein Schützling hat gesagt, euer Drohbrief ist nicht vom gleichen Täter, achtet auf euer Umfeld."

Herr Sommers Schutzgeist hat mir da etwas verraten, auf das wir nicht alleine gekommen wären.

„Danke dir."

Helene und Lilli haben gedeckt, alle warten auf Alois.

„Alois, was wollte denn die Polizei von dir, ist was passiert?" „Nein, es ging um einen Gast des letzten Jahres, Lilli, nichts von Bedeutung. Kommt, lasst uns mit dem Essen beginnen, mir knurrt der Magen. Anneliese, bleib sitzen, du isst selbstverständlich mit uns."

Jam und Elvie sind bereits bestens informiert, alle Kollegen starren mich neugierig an. Sie wollen den Rest erzählt bekommen.

„Es ist nicht ganz ausgeschlossen, dass wir es in unserem Falle mit einem Trittbrettfahrer zu tun haben." „Wieso flüsterst du, Gori?" „Annelieses Schutzgeist muss mich nicht hören, Jam" „Hast du einen Verdacht?" „Das ist noch zu früh, vielleicht täusche ich mich auch. Wisst ihr, was Annelieses Eltern machen?" „Ihr Vater ist Invalide und bezieht eine winzige Rente, ihre Mutter putzt." „Elvie, weißt du wo?" „Sie hat mehrere Stellen, auch die Polizeistation. Sie putzt da immer abends bei Schichtwechsel. Dann kommt meistens ihr Mann mit, jedenfalls wenn es dunkel ist." „Sieh mal an, das ist doch ein Hinweis. Also könnten Annelieses Eltern rein theoretisch die Drohbriefe gesehen und gelesen haben."

Hedi lacht in unsere Überlegungen.

„Klar konnten sie das, Ferdinands
Ordnungsliebe ist legendär." „Du glaubst, er hat die Dinger offen liegen lassen?" „Kann ich mir auch vorstellen, Valerie beschwert sich auch immer über ihn, weil sie ihm zu Hause alles nachräumen muss." „Gut, Elvie, noch ein Hinweis." „Was willst du tun, Gori, wie können wir helfen?" „Alois und Richard werden sich nach dem Abendbrot unterhalten. Wir werden sehen, wie weit die beiden kommen."

Anneliese geht nach Hause, die Kinder dürfen noch spielen. Alois und Richard genehmigen sich ein Hausner Bier. In kurzen Sätzen hat Alois die Tagesereignisse vor unseren Ohren noch einmal zusammengefasst.

„Und als ich den Beamten die Sache mit den beiden Wörtern „Kinner" und „Wahnung" berichtete, erwiderten sie mir, ihnen sei das ebenfalls aufgefallen und sie würden dem nachgehen. Was immer das bedeuten mag." „Alois, ich bin Internist und manchmal muss ich in meinem Beruf ein Detektiv sein, um Symptome meiner Patienten richtig deuten zu können. Kann es sein, dass dein Drohbrief von einem anderen Täter geschrieben worden ist?" „Jo, daran habe ich auch gedacht, ein Trittbrettfahrer." „Genau, der muss entweder davon gehört oder sie gesehen haben." „Letzteres, Ferdinand ist bekannt für seine Ordnungsliebe." „Wer kommt als Täter infrage, Alois. Ein Polizist, der chronischen Geldmangel hat, ein zufälliger Besucher, wer noch?" „Warte mal, da fällt mir etwas ein. Annelieses Mutter putzt die Polizeistation. Ich weiß von Anneliese, dass ihr Vater die Mutter häufig begleitet, weil sie durch den kleinen Park muss. Der Vater ist Invalide, das seinen Mitmenschen leidtut. Er ist aber nicht das, was einen Sympathieträger auszeichnet. Das Paar lebt isoliert. Anneliese fühlt sich zu Hause nicht wohl, sie ist immer froh, wenn sie bei uns sein kann. Dennoch, kommen ihre Eltern dafür in Frage?" „Noch einmal, Alois, das ist mir zu vage, was hat Annelieses Vater an sich, was ihn nicht sympathisch macht?" „Er streitet, was das Zeug hält, immer politisch. Alle haben unrecht. Es gibt kein Thema, das er nicht dafür benutzt. Du kannst über Rosenzucht reden; er dreht dann von der Zucht auf die Züchter und das sind dann alles bösartige Kapitalisten, die ihn um seine Lebensziele gebracht haben. Das erträgt kein Zuhörer." „Verstehe, er fühlt sich betrogen, Alois, ich glaube, dass musst du unbedingt und unverzüglich den Beamten berichten. Die müssen eine Hausdurchsuchung auf Bastelreste durchführen." „Bastelreste?" „Reste der Zeitung, Kleber, ausgeschnittene Buchstaben, so was eben. Du hast diesen Brief erhalten. Wenn es ein Trittbrettfahrer ist, muss es jemand aus deinem Dunstkreis sein." „Das ist alles durchaus plausibel, heute noch, oder bis morgen warten?" „Jetzt, gleich." „Gut, ich fahre los, du bleibst bei den Kindern?" „Natürlich."

Fahren wir also auf die Polizeistation. Haben wir Glück, sind die beiden Herren Sommer und Techel noch da? Ja,
sie sind es.

„Herr Hausner, was können wir für sie tun?" „Professor Feiler und ich haben eben laut überlegt. Es geht um die kleine Andersartigkeit des Drohbriefes. Wenn der Täter ein Trittbrettfahrer ist, kann es nur jemand aus meiner Umgebung sein. Gleichzeitig muss er die Polizeistation kennen, weil nur hier kann er die anderen Drohbriefe gesehen haben." „Aha, ein Polizist?"

„Die Putzfrau kommt oft in Begleitung ihres Mannes. Der Mann ist unzufrieden mit seinem Leben, er fühlt sich betrogen." „Herr Kühl, können sie das bestätigen?" „Aber ja, der geht uns allen auf den Wecker mit seinem Geschimpfe auf Regierung und Kapitalisten, die ihn angeblich um sein Vermögen gebracht haben. Er hat wohl mal eine Erfindung gemacht, die nicht anerkannt worden ist, und ein anderer hat an seiner Stelle das perfekte Modell eingereicht und ist wohlhabend geworden." „Das reicht, ich brauche einen Durchsuchungsbeschluss für die Wohnung des Mannes. Wo bekomme ich den so schnell jetzt noch her."
„Darf ich kurz telefonieren, ein Freund Professor Feilers ist Richter am
Amtsgericht, der kann vielleicht helfen."

Alois telefoniert mit Richard. Wir warten, dann ruft der Richter an. Er darf ein solches Papier ausstellen. Der schnelle Herr Kühl will es holen. Wir fahren nach Hause. Dort eingetroffen, was für ein Glück, endlich Elisabeth mit Margot und Tessa. Die Kinder sind immer noch auf, macht nichts, morgen ist der 1. Mai und Feiertag.

„Dein interessanter Klient hat heute einmal mehr für anhaltenden Gesprächswirbel gesorgt, Schätzchen. Seid ihr jetzt mit dem Thema durch oder haben wir noch eine aufregende Nacht vor uns?" „Du darfst Gori zu mir sagen, ein Schätzchen haben wir hier nicht, Fem." „Womit du meine Frage keineswegs beantwortet hast, du Grobian, ich will doch nur nett sein." „Du bist nicht nett, du bist respektlos." „Ih woher, ich doch nicht. Ich habe vor dir ganz viel Respekt und überhaupt nenne ich nicht jeden Schätzchen, das ist eine Liebkosung." „Ja, Fem, ist gut, ich habe verstanden, ich bin nervös heute Abend. Das war ein langer Tag, der noch nicht zu Ende ist. Bestimmt sagt uns die Kriminalpolizei nachher noch Bescheid, ob sie fündig geworden ist." „Wo sind sie denn hin, lass dir nicht alles aus der Nase ziehen." „Kennst du Anneliese?" „Natürlich kenne ich Anneliese, die interessiert sich wenigstens für Mode. Die guckt immer in alle Schränke und hält sich schicke Sachen an den Oberkörper, ob ihr die stehen. Margot hat viele schicke Sachen. Ich finde es immer ganz toll, dass sie trotzdem noch putzen kann."

Fem kann so ernsthaft sein, zuverlässig und gewissenhaft, aber in mancher Beziehung hat er eine an der Waffel, ich fasse es nicht.

„Was ist, was ist mit Anneliese, sag es schon." „Mit Anneliese ist nichts, es geht um ihren Vater, der wahrscheinlich den Drohbrief an Alois verfasst hat." „Ach, na das ist dann ja nicht so schlimm, nur der Vater. Dann bin ich beruhigt."

Irgendwie hat er recht; ich bin auch froh, dass nicht Anneliese die Verdächtige ist. Elisabeth und Tessa kommen, die Kinder liegen wohl endlich im Bett.

„Gori, geht es dir gut?" „Im Prinzip ja, praktisch faktisch könnte es für fünf Pfennig mehr sein." „Meinst du, es passiert heute Abend noch irgendetwas." „Rein theoretisch müssten die Kriminalbeamten inzwischen bei Annelieses Eltern in der Wohnung sein. Falls sie Beweismaterial finden sollten, könnte ich mir vorstellen, dass sie Alois das mitteilen möchten, damit er beruhigt schlafen kann. Damit wäre zumindest der Fall Hausner aus der Welt." „Das wäre nicht schlecht, die Kinder sind extrem beunruhigt und misstrauisch. Sie haben sich erzählt, dass ihnen etwas vorenthalten wird." „Auf der anderen Seite konnten die Eltern ihnen auch nicht die Wahrheit sagen, das hätten sie nicht problemlos verkraftet."

Es klingelt, Elisabeth steht auf, geht an die Tür.

„Anneliese, komm her, mein Kind, weine nicht, alles wird gut. Komm rein, zu uns."

Sie nimmt sie in den Arm. Anneliese weint und schluchzt. Margot, Richard und Alois sind betroffen aufgestanden und jeder streichelt ein wenig Hand oder Schulter der jungen Frau.

„Sie haben beide mitgenommen, meine Eltern kommen ins Gefängnis. Meine Mutter hat es gewusst, sagte sie der Polizei, der Vater hat „nein" gesagt, sie hat das nicht gewusst, er sagt, er hat den Erpresserbrief allein gemacht. Ist das alles furchtbar, was soll ich jetzt nur machen?" „Hast du die Wohnung bei euch abgeschlossen, Licht ausgemacht, brennt irgendwo noch

Feuer, Anneliese?" "Nee, nichts ist an." "Dann geh jetzt in die Küche, mache dir eine Milch mit Honig und dann legst du dich oben im Gästezimmer schlafen, einverstanden?" "Ja, Frau Hausner, danke." "Richard, für uns wird es auch Zeit und Elisabeth und Alois wollen gewiss den heutigen Tag in Ruhe ausklingen lassen."

Margot und Richard gehen. Fem winkt mir betont wohlwollend zu, soll er doch. Das Telefon klingelt, Alois hebt ab.

"Hausner. Guten Abend, Herr Techel, ja, wir haben den Ausgang schon von der Tochter erfahren. Sie übernachtet bei uns, ja, bitte. Gern geschehen, gute Nacht."

Elisabeth sieht Alois fragend an.

"Sie haben sich bedankt und ich habe ehrlich gesagt, die Nase für heute voll von der Geschichte. Erzähle du mal, wie ist dein Prominententraining gelaufen?" "Klasse, die Damen waren konzentriert bei der Sache. Für mich war es auch neu. Ja, was soll ich sagen, die Stunde hat mir richtiges Vergnügen bereitet. Margot war die beste mit ihrer langen Bühnenerfahrung. Sie hat Haltung und braucht das nicht zu lernen. Was ist, teilen wir uns ein Hausner Bier und dann ab ins Bett?"

Tag der Arbeit 1. Mai 1957
"Anneliese, tu uns allen einen Gefallen und höre bitte auf zu weinen. Wir können den Kindern die wahrheitsmäßige Geschichte nicht erzählen. Wir sagen ihnen, deine Eltern haben wohl etwas Falsches gegessen und mussten ins Krankenhaus. Mein Mann wird sich gleich morgen um einen Rechtsanwalt für sie kümmern, einverstanden?" "Ja, Frau Hausner, danke."

"Hör zu, du Schlafpinsel von Schutzgeist, dessen Namen ich nicht kenne. Möchtest du bei dem Mädchen nicht die kleinen rosa Glückpillen, die sich Dopamin nennen, aktivieren, oder hast du dich während dieses Kapitels in deiner Ausbildung in Meditation geübt?" "Mein Name ist Kerst, du Zyniker, und wenn du glaubst, die Welt und alles Unheil könne durch kleine rosa Glückpillen wieder hell und freundlich werden, musst du wohl die Naivität für dich extra gepachtet haben. Ein Mensch muss unangenehme Situationen durchstehen lernen. Dann geht er gestärkt daraus hervor. Das gilt hier für Anneliese. Lass nur, rege dich nicht auf, dir geht es ausschließlich um die Kinder, die keine weinende Anneliese sehen sollen, und mir geht es um Anneliese persönlich. Noch etwas?" „Und du musst bei der Vergabe von Arroganz dreimal hier gerufen haben. Ist dir klar, dass die Kinder knapp sechs Jahre alt sind und deine Anneliese zweiundzwanzig? Spiel mit der Stärkung ihrer Seelenkraft wann immer du lustig bist, aber nicht hier im Hause. Haben wir uns verstanden?" „Du tust, was du für richtig hältst, ich mache, was ich für richtig halte. Du hast nicht den Anspruch auf Vormachtstellung, nur weil du hier zugeordnet bist. Du darfst einen Rat erteilen, aber keine Befehle geben. Das müsste dir eigentlich selber bewusst sein." „Ja, Gori, es reicht, Kerst hat recht und du hast unrecht. Das Komitee hat von euren eigenmächtigen Manipulationen absolut genug. Kerst hat in vielen seiner Mondmenschenleben als Sozialarbeiter, Psychologe, Psychiater und Traumatologe gearbeitet. Er dient nicht, wie ihr anderen, den sozial privilegierten Schichten, sondern übernimmt sozial Schwache. Und das macht er sehr gut. Halte dich zurück. Ich hoffe, du hast uns verstanden."

Das Komitee ist weg, Kerst guckt ernst, nicht hämisch. So ein Mist, da habe ich den Bogen überspannt. Wieso ist mir das passiert?

„Du bist wegen der Kinder in Sorge. Ich kann das nachvollziehen. Anneliese kann auch weinen, weil ihre Eltern im Krankenhaus sind, aber sie muss weinen, weil ihr danach ist. Ihr jetzt Dopamin zu aktivieren, wäre fatal. Du kannst nicht alles wissen, Gori, so heißt du doch, oder? Was für die eine Gattung Mensch gut sein mag, ist für andere ganz schlecht. Anneliese muss etwas aus dieser
Lebenssituation lernen. Dazu gehört, dass sie durch ein finsteres Tal muss. Sie wird lernen, das Leben auch ohne Eltern bewältigen zu können. Sie wird die Notwendigkeit zur Emanzipation erkennen. Diese Chance müssen wir ihr geben." „Es tut mir unendlich leid, ich bitte dich in aller Form um Verzeihung. Ich

habe die Lage ausschließlich aus unserer Perspektive beurteilt."

Tiefer kriege ich die Hosen nicht mehr runter.

„Gemach, alles ist in Ordnung, hadere nicht mit dir, sei dir meines Verständnisses sicher."

Was bin ich für ein mieser Typ. Da steht er da: selbstlos lächelnd dieser Überschutzgeist, unpigmentiert, dunkelblond, dürr, so attraktiv wie eine Ruine im Regen, aber seine Augen sind groß, klar und tiefblau, irgendwie sehr schön.

„Gori, kommst du bitte, Alois schneidet Brot und Elisabeth gießt Kaffee auf. Ich fühle mich überfordert." „Bin schon da, Tessa."

Was für ein Glück, fort von Kerst, keiner soll von meiner tiefen Niederlage erfahren. Das werde ich nicht mal Pacca erzählen.

„Ich fahre nach dem Frühstück zu Ferdinand, hast du was dagegen?" „Natürlich nicht, Alois, wie kommst du darauf?" „Nur so, irgendwie bin ich nach gestern nicht gut drauf." „Ihr habt alles wunderbar gemeistert, wo drückt der Schuh." „Annelieses Eltern sind arme Schweine, das deprimiert mich. Jetzt sitzen sie in Untersuchungshaft, weil sie arme Schweine sind." „Alois, ja, aber mussten sie deshalb kriminell werden? Dazu hat sie keiner gezwungen." „Rational ist das eine korrekte Feststellung. Elisabeth, aber aus der Perspektive des Empathischen kann ich mich darin hineinversetzen, dass anhaltende soziale Misere weder Moral noch Ethik fördern." „Diese Einstellung halte ich nicht für ungefährlich, weil du damit theoretisch einer ganzen Gesellschaftsschicht vorauseilende Absolution erteilst, falls sie entgleisen sollte, du asozialisierst sie. Aber arm und unterprivilegiert muss eben nicht mit asozial und kriminell gleichzusetzen sein." „Das sehe ich nicht ganz so, ich habe lediglich behauptet, dass anhaltende soziale Misere der Moral und Ethik nicht förderlich sind." „Das habe ich auch genau so verstanden. Du kannst aber nicht Menschen, die in schlechten Verhältnissen leben einen potentiell asozialen Stempel aufdrücken." „Nein, Elisabeth, so habe ich das überhaupt nicht gemeint, das siehst du für meine Begriffe zu entschieden scharf." „Vielleicht, vielleicht nicht, wenn ein Mensch entgleist, also kriminell wird, ist das immer ein Einzelfall und nicht Folge oder Ausdruck einer Gesellschaftssituation. Sieh dir doch die richtig Reichen an, was machen die denn, handeln die in Würde und Anstand mit ihren Wirtschaftsdelikten und was es da sonst noch für moralische Fallstricke gibt? Nein, die kommen aber besser weg, weil sie mit Politik und Justiz Champagner auf dem Golfplatz trinken." „Da sprichst du nichts Falsches an, ich stimme dir zu. Vielleicht haben Leute, wie du und ich die größte Chance am wenigsten kriminell zu werden, weil wir nicht zu viel und nicht zu wenig haben. Die Mittelschicht als moralischer Stützpfeiler der Gesellschaft, wie hört sich das an?"

Elisabeth lacht ihr Elisabeth-Lachen, das Eis ist gebrochen. Der Tag kann beginnen, die Kinder kommen im Nachtzeug. Anneliese erscheint angezogen mit verweinten aber trockenen Augen. Kerst sieht mich an.

„Habe ich da eben einen Disput vernommen?" „Unwichtig, Kerst, sie haben sich auf einen Konsens geeinigt." „Gori, Gori, da hast du es eben wieder gehört. Alois Herz schlägt für das Kriminelle, weil er selber klaut und den Hanno hat er auch moralisch freigesprochen, damals, als es um Schnaps und Kaugummi ging. Er hat viel Sympathie für menschliche Fehltritte, die du verteidigst und unterstützt."

Tessa ist so blöd, fällt mir vor Kerst in den Rücken. Ich will hier raus. Ich sage einfach nichts mehr. Beschissener kann ein Morgen wohl nicht sein.

„Komm, Tessa, sei nicht albern, was soll Alois entwendet haben?" „Rosen, liebe Pacca, immer wieder Rosen, aus öffentlichen Anlagen, aus Gärten für Elisabeth, für Margot." „Das ist natürlich eine unglaubliche Verfehlung, die geahndet werden muss. Tessa, das meinst du nicht im Ernst, das ist doch nicht unter kriminell zu verstehen."

Tessa ist beleidigt, Briesa grinst, Kerst schaut aus dem Fenster, Pacca an die Decke, dicker kann die Luft nicht sein. Hoffentlich ist das Frühstück bald zu Ende.

„Pacca, es ist eine schmale Gradwanderung zwischen Unrechtsbewusstsein und dem, was die Justiz unter kriminell versteht. Tessa ist sehr gradlinig und der Alois nimmt sich etwas heraus. Wenn das alle täten, hätten wir in privaten Gärten und in den öffentlichen Anlagen einen Kahlschlag. Das würde niemand mehr für eine Form individueller Freigeisterei halten. Das bitte ich euch zu bedenken."

Wieso trifft Kerst immer den Nagel auf den Kopf? Der Mann ist richtig gut. Ich mag ihn. Tessa sieht erfreut aus, Pacca nachdenklich.

„Kerst, ich muss zugeben, dass ich deiner Aussage nichts entgegensetzen kann. Wir machen es uns zu leicht, wenn es um die sogenannten Kavaliersdelikte geht. Tessa, nichts für ungut."
„Es ist immer und grundsätzlich eine Frage der Perspektive. Ihr seid Schutzgeister einer Gesellschaftsschicht, in der Kriminalität überhaupt kein Thema ist. In euren Kreisen wird ein Kavaliersdelikt als delikates Amüsement bedenkenlos akzeptiert. In der Gesellschaftsschicht, in der ich tätig bin, wird sich nicht mit kleinem Schabernack aufgehalten." „Sondern?" „Da geht es um Delikte." „Bis du aus deiner bisher gemachten Erfahrung zu der Erkenntnis gelangt, dass eine arme und unterprivilegierte Gesellschaftsschicht immer auch asozial ist?" „Schwere Frage, Gori, kurze Gegenfrage, was verstehst du unter asozial?" „Die Abkehr von gesellschaftlichen Normen." „Das ist für dich dann ein bewusster Schritt, für den sich ein Mensch entscheiden kann?" „Ja, wenn er geistig zurechnungsfähig ist." „Gut, der geistig zurechnungsfähige Wohlstandsmensch klaut eine Rose aus den öffentlichen Anlagen, weil er jemanden hat, dem er sie schenken möchte, der geistig zurechnungsfähige Unterprivilegierte klaut bei Karstadt eine Flasche Schnaps, um vergessen zu können, dass er niemanden hat, dem er eine Rose schenken könnte. Damit ist das eine ein Kavaliersdelikt, das andere die Straftat eines Asozialen." „Du meinst, beide haben sich aus der

sozialen Norm gestohlen, in dem sie etwas stahlen, was Eigentum eines anderen war?" „So ist es." „Kerst, und was ist mit den ganz Reichen und deren Delikten wie Korruption, unrechtmäßige Preisabsprachen, Wirtschaftsdelikte wie Steuerhinterziehung, sie weichen auch ab von der gesellschaftlichen Norm." „Genau Gori, asozial hat nichts mit einer bestimmten Gesellschaftsschicht zu tun. Das ist eine Form der Einstellung oder Gesinnung, wenn du so willst." „Kerst, diese Morgenerkenntnisse werde ich nie mehr vergessen, habe Dank." „Mit Vergnügen geschehen, Gori." „Und wieder haben sich Elisabeth und Alois in ihrer Beurteilung über die gesellschaftliche Mittelschicht geirrt, sie ist nicht moralischer Stützpfeiler der Gesellschaft." „Wieso nicht, Tessa?" „Sieh dich um, Gori, Feilers bezahlen ihr Hausmädchen schwarz, Lilli will hier und da keine Rechnung haben, weil es ohne billiger ist. Alois ist notorischer Falschparker in Lübeck, Elisabeth gibt nicht alle Schülerinnen an, und so weiter, und so weiter." „Damit besteht die gesamte westdeutsche Gesellschaft überwiegend aus Asozialen im strengen Sinne der Wortdeutung." „Du hast es erfasst, Briesa." „Wusste ich doch."

Pacca nickt ihr freundlich zu, es kommt so selten vor, dass es von ihr Diskussionsbeiträge gibt. Wieso hat sie 'westdeutsche Gesellschaft' betont? Verstehe ich nicht.

„Aber nur die kriegen den Stempel, die ungebildet sind, dringend zum Friseur müssen, schlechte Kleidung tragen und kein Geld haben." „Achtung, Leute, allgemeiner Aufbruch, ich glaube, keiner von uns weiß, was wer tun will. Wir sind asoziale Schutzgeister."

Gelungene Feststellung von Pacca. Alois läuft aufs Klo, Elisabeth und Anneliese räumen die Küche auf. Peter und Sabine sollen Zähne putzen, sobald das Bad frei ist. Das hat ein Fenster, wird wohl nicht zu schlimm für die Kinder werden, wenn Alois es verlassen hat.

Später
Ferdinand sitzt im Bett, er sieht ausgeschlafen aus. „Moin, Alois, gibt es neue Nachrichten?" „Moin, Ferdinand, ich kenne

deinen Wissensstand nicht." „Kühl hat berichtet, dass die Schuhknechts als sogenannte Trittbrettfahrer den Erpresserbrief an dich richteten, mehr weiß ich nicht." „Ich auch nicht, mit dieser Nachricht, war gestern der Tag vorbei. Wie geht es dir?" „Wie soll es mir gehen? Prima, ich habe ausgeschlafen, bekam ein gutes Frühstück, und Richard hat mich zehn Tage krankgeschrieben, damit ich mich gründlich erholen kann. Das ist auch in meinem Sinne. Ich will mit diesem Erpresserkram nichts zu tun haben. Ich hätte ihn sofort abgeben müssen, das war nicht meine Aufgabe." „Es wäre wohl müßig zu fragen, warum du es dennoch getan hast?" „Irgendwie ein Missverständnis. Als ich den ersten Brief bekam, habe ich
bei der Kripo angerufen; der zuständige Beamte war nicht da, ich bat um Rückruf, der nicht kam. Da dachte ich, die wollen damit nichts zu tun haben und habe die Dinger dann gesammelt, das ist alles." „Ich werde morgen den Schuhknechts einen Rechtsbeistand besorgen." „Das ist aber sehr großmütig von dir." „Ich mache das wegen Anneliese, sie tut uns leid." „Ach ja, die arbeitet ja bei dir." „In der Saison, sonst habe ich keine Verwendung für sie. Im Winter putzt sie alle vier Wochen einmal die Räume durch, lüftet, mehr ist nicht zu tun. Ich habe in Zeitungen Werbung gemacht, und hoffe, dass ich dadurch mehr Gäste auch außersaisonal gewinnen kann. Es ist nicht schön, wenn die Zimmer von Oktober bis Mitte Mai leer stehen." „Aber Lilli und Helene haben doch ständig Gäste." „Ja, Stammgäste, ihre Pension ist älter. Den Bestand muss ich mir erst aufbauen." „Mala, hör zu, ich habe vom Komitee wegen unserer Manipulationen einen kräftigen Rüffel einstecken müssen." „Ach du Schreck, damit bin ich auch gemeint." „Das gilt für unsere ganze Gruppe. Wir werden in nächster Zeit die Füße ganz stillhalten. Ich wollte dir das nur sagen." „Und warum sagen sie es dir?" „Ich schätze, weil sie mich für den Anführer halten." „Bist du auch, wenn du etwas sagst, oder willst, hören wir auf dich." „Ich habe heute einiges gelernt. Ich brauche etwas Zeit und muss alles gründlich durchdenken." „Gori du hast mir nicht alles erzählt?" „Nein, Mala, ich bitte um Verständnis, ich werde heute auch nichts mehr sagen." „Schade, ist aber in Ordnung." „Alois, ich bekomme gleich meine Entlassungspapiere, kannst du mich nach Hause fahren?" „Deswegen bin ich praktisch hier. Nein,

guck nicht so, ich hatte doch keine Ahnung, wie es dir heute geht. Ich freue mich für dich, dass du nach Hause darfst." „Irgendwie kann ich nicht nachvollziehen, einfach eingeschlafen zu sein. Das war wie ein Fadenriss, kannst du dir das vorstellen?" „Ehrlich gesagt, nein, ich hatte auch noch keinen. Ich trinke immer nur so viel, wie ich vertrage." „Ja, der Arzt, den die Kollegen gerufen haben, hat behauptet, ich sei sturzbetrunken, weswegen er mich auch eingeliefert hat." „Willst du ihn wegen Verleumdung anzeigen?" „Bloß nicht, mein neuer Hausarzt wird er aber auch nicht werden. Seine Diagnosen sind mir zu voreilig." „Deine Entscheidung kann ich nachvollziehen. Willst du dich nicht schon mal umziehen?" „Wäre eine Möglichkeit."

Ferdinand steigt aus dem Bett und zieht seine Uniform an, wie dumm ist das denn. Da hat die gute Frau Beck vergessen, ihm ziviles Zeug mitzubringen.

„Kein Wunder, die Dame seines Herzens war gestern etwas verwirrt. Ich bin sehr froh, dass sein Einschlummern glaubhaft war. Ferdinands Zustand konnte mit schwer erledigt bezeichnet werden. Ich mag den Professor Feiler sehr gerne, er ist immer souverän und klar, kein Hitzkopf, kein Quatschkopf. Schade, dass er in den Ruhestand geht." „Das weiß ich noch gar nicht, Mala, woher willst du das wissen?" „Er hat es Ferdinand erzählt, heute früh auf der Visite. Hat sich irgendwie ergeben." „Was will er dann mit sich anfangen? Hedi hat mir auch nichts gesagt, Alois weiß es bestimmt auch noch nicht." „Gori, ein Ruhestand ist doch keine Katastrophe." „Sage das nicht, für manche Menschen schon. Das habe ich in der Vergangenheit immer wieder erlebt. Gerade die Männer tun sich oft schwer, eine neue Rolle zu entdecken, die ihnen eine ähnliche Befriedigung wie die ehemalige Berufstätigkeit, verschafft." „In der Saison sind er und Margot bestimmt in Travemünde, dann kann er ja Alois mit den Strandkörben helfen." „Mala, genau daran habe ich auch gerade gedacht."

Eine Schwester kommt, reicht Ferdinand die Entlassungspapiere. Wir können gehen. Die Fähre ist voll, das Thermometer zeigt gerade sieben Grad an. Es ist bestimmt kalt, und das im Mai, milder Frühling sollte es sein. Ferdinand steigt aus und plaudert mit dem Kapitän, Alois bleibt im Auto sitzen, er hat keinen Mantel an. Mala lacht mit dem Schutzgeist des Kapitäns, scheint ein ganz charmanter Vogel zu sein. Hoffentlich passiert heute nichts mehr, meinetwegen darf der Rest des Tages in höchster Langeweile vergehen.

„Peter, Sabine, wir gehen rüber zum Mittagessen, zieht euch Jacken über, es ist kalt."

Alois hat schon eine Ewigkeit nicht mehr gekocht. Entweder vergessen sie zum Einkaufen zu gehen, oder haben keine Zeit, oder keine Lust. Inzwischen müssen sie sich bei Lilli und Helene vom Essen abmelden, anstatt anzumelden, wie es früher Sitte war. Egal, dann sehe ich Jam, den einzigen Schutzgeist, der politisch auf der Höhe der Zeit ist. Obwohl, das ist auch übertrieben, allgemeinpolitisch erfahre ich von ihm nicht viel. Er hat es mit den Amerikanern und deren Atombombenversuche im Pazifik. Das ist sein großes Trauma. Kein Wunder, er musste Hiroshima erleben. Mit der deutschen Wiedervereinigung wird es auch nichts. Die Ostzone befindet sich fest in sowjetischer Hand, wir, in Westdeutschland, sind Anhänger der Vereinigten Staaten. Von wem auch sonst? Die Deutschen sind mitten im Wirtschaftsaufbau. Im Übrigen dümpelt die Politik vor sich hin.

Oh, Margot und Richard sind auch hier. Herzliche Begrüßung. Lilli und Helene hatten sicher schon vorher Tische zusammengeschoben. Wir sitzen zusammen, die Suppe kommt, frische Suppe mit Gemüseeinlage und Markklößchen. Lecker. Alois erzählt von Ferdinand, vorsichtig, nicht das Thema Erpressung berührend. Die Kinder haben große Ohren. Dann gibt es Rinderbraten mit Erbsen, Wurzeln und Salzkartoffeln.

„So, meine Lieben, ich habe euch heute etwas zu berichten."

Na, Richard, was denn?

„So spannend, Richard?" „Vielleicht, Elisabeth, vielleicht für euch etwas überraschend. Ende des Monats beginnt mein Ruhestand." „Wie, du bist doch noch so jung." „Danke, Alois, ich werde neunundfünfzig und, um es gleich vorweg zu nehmen, habe ich nicht vor, die Arbeit einzustellen. Ich werde hier in Travemünde, gleich hinter den „Vier Jahreszeiten" in der Kaiserallee eine kleine Privatpraxis eröffnen. Wir haben in der Villa zwei Etagen gemietet. Unten kommt die Praxis rein, in der ersten Etage

werden Margot und ich wohnen, was sagt ihr?" „Großartig, sehr gute Idee, Richard."

Elisabeth kann sich immer für gute Ideen begeistern.

„Ich nehme eine Schwester vom Priwall-Krankenhaus mit. Margot hat Lust die Anmeldung und Termine zu machen. Es soll alles sehr exklusiv und teuer aussehen, damit sich auch die Reichen und Schönen in den Räumen wohl fühlen. Ich rechne damit, auch aus Lübeck Patienten gewinnen zu können." „Bestimmt, du hast überregional einen sehr guten Ruf. Frage, Richard, was macht ihr mit dem Lübecker Haus?" „Das bleibt vorläufig unangetastet, Alois. Falls die Rechnung mit der Praxis nicht aufgehen sollte, ziehen wir uns wieder dorthin zurück." „Das klingt sehr vernünftig, wann willst du eröffnen?" „Am ersten Juni. Die Handwerker beginnen morgen mit den Praxisräumen, es muss nur neu gemalt werden, der gesamte Fußbodenbereich besteht aus Parkett, die schöne große Diele hat einen Kamin und Fliesen. Dann gibt es ein sehr geräumiges Sprechzimmer mit zwei Kachelöfen, die eine Hälfte wird das eigentliche Sprechzimmer, die andere, vordere Hälfte wird die Anmeldung beherbergen, eine Umkleidekabine und eine Untersuchungsliege mit dem EKG. Das Wartezimmer liegt hinter der Anmeldung." „Habt ihr schon jemanden, der die Öfen versorgt und Hausmeisterdienste leistet, Richard?" „Der Hausmeister hat eine kleine Wohnung im Souterrain, praktischer geht es nicht, Alois." „So sehe ich das auch, herzlichen Glückwunsch, das ist eine ganz wundervolle Neuigkeit." „Seid ihr eigentlich privat versichert?" „Wir ja, einschließlich der Kinder, Helene glaube ich auch, Lilli, weiß ich nicht." „Egal, Lilli kriegt ihren Blutdruck auch umsonst gemessen."

Also nichts da, von wegen Richard als Strandkorbhüter. Sehr schön, aber dann sind Helene und Lilli zwei Stammkunden zum Übernachten los. Was soll's, es werden bestimmt neue nachwachsen.

„Ist das nicht ganz furchtbar schick, Gori, wir rutschen noch ein bisschen näher aneinander, unsere Klienten meinen es gut mit uns." „Fem, rede kein dummes Zeug, unsere Klienten wissen nichts von uns, die können es nicht gut mit uns meinen." „Aber schlecht meinen sie es auch nicht mit uns, Margot und Richard hätten auch nach Hamburg ziehen können."

Mir fällt nichts mehr ein.

„Femilein, du avancierst zum Sprechstundenschutzgeist, hoffentlich wirst du dich dabei nicht übernehmen." „Darüber mache dir bitte keine Gedanken, Paccachen, ich kann dir mit Stolz versichern, mich noch nie in meinem Leben übernommen zu haben, so etwas kommt für mich nicht infrage." „Kann ich mir durchaus vorstellen, sage uns bitte, lieber Freund, was bist du früher, als du noch aus Fleisch und Blut bestandst, so gewesen?" „So ganz überwiegend war ich Entertainer." „Wie? Alleinunterhalter auf einer Bühne?" „Auf einer Bühne eher nicht." „In Bars oder Kneipen?" „Sehe ich so aus?" „Wo denn?" „In den Haushalten meiner Mäzene natürlich." „Was hast du da denn geboten?" „Was wohl? Bist du ein wenig hinterm Mond, Pacca?" „Ich bin vom Mond, nicht hinterm Mond, du warst Strichjunge, stimmst?" „Aber bewahre, das hatte ich nie nötig, ich ging weg wie eine warme Semmel."

Ich habe es immer gewusst, er war käuflich, ein Mann für schöne Stunden für den Mann. Das Komitee hat keinerlei Versuch unternommen ihm seine Identität zu nehmen, finde ich irgendwie richtig gut. Fem ist Fem.

„Fem, warst du mit deiner Rolle immer zufrieden?" „Ja sicher doch. Ich habe viel gelernt, viel gesehen, viel erlebt. Es gibt doch nicht nur Arbeit. Ich hatte sehr gute Aufgaben, liebe Pacca. Du kannst dir nicht vorstellen, was einen guten Entertainer ausmacht. Wenn dich das Fach interessiert, berichte ich dir gerne darüber." „Nein, lass nur, alles gut. Ich wundere mich nur darüber, dass das, was du gemacht hast, Entertainment genannt wird." „Ich habe meine Mäzene unterhalten, allein wohlbemerkt, immer, also bin ich Alleinunterhalter. Irgendeinen schicken Namen für meine anspruchsvolle Tätigkeit musste ich doch finden, oder?" „Unbedingt du Paradiesvogel." „Das hast du schön gesagt, Gori, mit dir hätte ich früher viel Spaß gehabt, du hättest auch für mich sorgen dürfen." „Wäre mir eine Ehre gewesen."

Was habe ich da gerade gesagt? Tessa schüttelt nur noch mit dem Kopf.

„Was ist mit euren privaten Möbeln, wollt ihr die mit nach Travemünde nehmen?" „Die Möbel aus meiner alten Wohnung kommen mit nach Travemünde. Ich war doch komplett eingerichtet." „Das hatte ich völlig vergessen, Margot, wie gut, dass du nichts verkauft hast. Du hast so schöne Sachen." „Ja, Elisabeth, jetzt sind wir sehr glücklich darüber. Unser Spediteur freut sich auch, er lag mir schon in den Ohren, dass er den Platz dringend braucht." „Braucht ihr Hilfe?" „Jemand zum Putzen und Geschirr abwaschen, zum Einräumen." „Sollen wir Anneliese fragen? Nachmittags hätte sie Zeit, die Saison beginnt am 15. Mai, sie ist bis 14 Uhr bei uns." „Gerne, Elisabeth, vielen Dank." „Der Nachtisch ist fertig, schaut her, Peter und Sabine haben geholfen und ihn mit Sahne verziert."

Helene strahlt, die Kinder auch.

„Ich liebe Sahne!"

Margot klatscht in die Hände.

„Wir müssen uns durch sie bis zum Nachtisch durchessen."

Elisabeth rollt mit den Augen, nicht gerade das Wahre für sie.

„Wo wir gerade so nett beieinandersitzen, sagt mal, wisst ihr schon Näheres, weswegen genau die Schuhknechts von der Polizei abgeholt worden sind?"

Helene, wie gedankenlos ist das denn, was sagt jetzt Alois dazu? Dem ist bestimmt der Appetit vergangen.

„Ich bin glücklicherweise schon häufiger von der Polizei abgeholt worden, soviel ich weiß, hatten die Schuhknechts einen verdorbenen Magen."

Unter dem Tisch stößt Elisabeth Helene an, die spontan begreift, mit ihrer Frage ein Tabu-Thema berührt zu haben.

„Wie gut unsere Travemünder Polizei doch für uns alle sorgt."

Sie lächelt etwas sehr verkrampft, die Kinder schlecken Sahne, das ist wohl eben an ihnen vorübergegangen.

„Ich hatte gehofft, dass Richard und ich im Sommer nach Rimini fahren würden. Das wird aber nichts, aber auf die Praxis freue ich mich auch. Für Mitte Juni haben wir eine Einweihungsfeier geplant. Wir müssen sehen, wen wir alles dazu einladen. Was meinst du, Elisabeth, könntest du nicht ein gutes Wort bei der Presse für uns einlegen? Du hast doch einen feinen Draht dahin?" „Gori, die Kinder sollten die Wahrheit wissen, bevor sie morgen in die Schule gehen, ich möchte wetten, dass das Thema „Schuhknecht" Nummer eins in Travemünde ist." „Leider sehe ich das genauso, Tessa, ich bin sehr gespannt, ob das den Eltern auch noch aufgeht." „Meinst du nicht, wir sollten ihnen eine gesunde Portion Skepsis eingeben?" „Auf keinen Fall, ich muss dir etwas sagen. Ich habe vom Komitee eine Abmahnung bekommen, das hat von unseren Manipulationen gewusst. Ich bin angehalten worden, sie zu unterlassen." „Ach du liebe Zeit, Gori, das ist richtig unangenehm. Soll ich deswegen mit meinem Ex reden?" „Im Augenblick halte ich das nicht für erforderlich, eventuell wenn es total brenzlig kommt." „Wie du willst." „Alois, kannst du bitte etwas abschmecken kommen?"

Alois folgt Helene und Lilli in die Küche.

"Alois, das mit dem Abschmecken war ein Vorwand. Ich muss mit dir reden. Die Anneliese hat geplaudert, ganz Travemünde weiß von der Verhaftung. Ich konnte nicht ahnen, dass Sabine

und Peter noch ohne Information sind. Bevor eure Kinder morgen damit in der Schule konfrontiert werden, solltet ihr es ihnen besser schonend beibringen." „Du liebe Güte, Helene, gut, dass du das sagst, genau das hätten wir nicht getan. Wieso hat Anneliese geredet, weißt du das?" „Sie ist direkt auf die Festnahme ihrer Eltern durch die Polizei angesprochen worden und hat sofort wahrheitsgemäß darauf geantwortet." „Was grundsätzlich lobenswert ist. Da steht uns dann noch etwas bevor."
„Siehst du, Tessa, es ging auch ohne Manipulation."

Später
„Sabine, Peter, bitte setzt euch zu eurer Mutter auf das Sofa, wir müssen mit euch etwas besprechen. Also, hört zu: Ihr wisst sicher schon, dass nicht alle Menschen richtig gut und nett sind..." „Ja, die Nazis sind schlimm, sie sind braunes Gesocks, sagen Tante Lilli und Tante Helene. Wir haben solche in der Zeitung gesehen, die waren ganz braun und lachten und hatten ganz weiße Zähne." „Oh, Peter, nein, das waren sicher Amerikaner, Soldaten, die Hautfarbe hat damit nichts zu tun. Lilli und Helene meinen die braunen Uniformen." „Ach so, dann sind das nette Menschen, die eine braune Farbe haben?" „Wir kennen sie nicht, das lässt sich aus der Ferne nicht beurteilen." „Woran sollen wir die netten und unnetten Menschen denn erkennen?" „Äußerlich geht das nicht..." „Auch nicht, wenn sie braune Uniformen tragen?" „Peter, das war einmal, es gibt keine unnetten Menschen in braunen Uniformen mehr." „Die Uniform von dem braunen Mann war hellbraun, Papa." „Sabine, fang du nicht auch noch an, es geht nicht um die Farbe braun, ob hell oder dunkel..." „Alois, nimm Platz! Kinder, Herr und Frau Schuhknecht sind gestern Abend von der Polizei mitgenommen worden, weil Herr Schuhknecht uns einen Drohbrief geschrieben hat, in dem stand, dass euch etwas passiert, wenn wir nicht Geld in einen Strandkorb legen. In der Wohnung von Schuhknechts hat die Polizei Beweise für dieses Tun gefunden, habt ihr das verstanden?" „Ja, Herr Schuhknecht ist kein netter Mensch, obwohl er von Anneliese abstammt, die doch aber immer noch nett ist, oder?" „So ist es, Peter." „Was ist denn mit

der Mama von Anneliese?" „Sie hat gesagt, sie hätte davon gewusst und es nicht gemeldet, sie ist damit eine Mittäterin, Sabine." „Die kann doch gar nicht lesen und nicht schreiben." „Woher weißt du das denn?" „Hat sie mir selber gesagt, neulich mal. Sie hat gesagt,- sei schön fleißig in der Schule, damit du später schön lesen und schreiben kannst und nicht auf andere Leute angewiesen bist, wie ich -, also kann sie es nicht." „Das ist interessant, Alois, das solltest du unbedingt dem Rechtsanwalt mitteilen." „Unbedingt, Kinder, was sagt ihr jetzt dazu?" „Wozu denn?" „Zu der Situation, der Drohbrief und so." „Ist doch nix passiert." „Peter, sage bitte nicht immer nix, es heißt nichts." „Ja." „Habt ihr etwas daraus gelernt?" „Ja, unnette Menschen haben keine braunen Uniformen an, weil es die nicht mehr gibt, nur noch hellbraune mit braunen Gesichtern, die können auch nett sein. Herr Schuhknecht sieht nicht hübsch aus und hinkt. Wer nicht hübsch aussieht und hinkt ist unnett." „Um Himmels willen, Peter, nein, das betrifft Menschen, die ein Unrechtsbewusstsein haben, die können auch hübsch aussehen." „Du bist ziemlich hübsch, Papa und hast auch das, das Unbewusstsein für Rechts. Wenn das Telefon klingelt und du glaubst, Tante Vroni ruft an, dann sagst du, Sabine, geh ans Telefon, wenn das Tante Vroni ist, ich bin nicht zu Hause und du weißt nicht, wann ich wiederkomme, dann bin ich deine Lügerin."

Elisabeth lacht ein dreifaches Elisabeth-Lachen und wir Schutzgeister stimmen ein.
Nein, ist das ein Spaß, in dem Eltern-Kinder-Gespräch ist so ziemlich alles schräg gelaufen, da müssen die Erwachsenen wohl nochmals gründliche Aufklärungsarbeit leisten.

„Wunderbar, ich habe den Eindruck, die Kinder sind weder verstört noch traumatisiert, meine Ehefrau ist köstlich amüsiert. Warum und weswegen habe ich mir Gedanken gemacht?" „Wieso hast du dir Gedanken gemacht, Papa?" „Sabinchen, weil deine Mutter und ich uns gefragt haben, wie ihr es aufnehmt, wenn wir euch sagen müssen, dass es da diesen Drohbrief gab und ein Mensch aus eurer nahen Umgebung hat ihn angefertigt." „Herr Schuhknecht ist nie nett zu uns. Peter und ich finden ihn auch nicht nett, der ist nicht so schlimm." „Was wäre denn schlimm für euch?" "Wenn Onkel Richard uns bedroht hätte. Der ist so nett, den mögen wir so gerne." "Das ist ein klarer Standpunkt, kommen wir zum Ende. Bitte lasst euch abschließend sagen, kein Mensch kann es einem anderen ansehen, ob der nicht etwas Böses tut, plant, oder gemacht hat. Habt ihr noch eine Frage?" "Kommt Herr Schuhknecht ins Gefängnis und Frau Schuhknecht auch?" "Das weiß ich nicht, Peter. Ich werde ihnen morgen einen Rechtsanwalt suchen, der sie bei Gericht vertritt." "Brauchen sie nicht selbst dahin?" "Doch, natürlich, ein Rechtsanwalt spricht nur für die Angeklagten. Das ist besser, weil der sich im Recht auskennt. So, ihr zwei, geht spielen." "Mein lieber Scholli, warum lässt du dich verleugnen, wenn deine Tochter anruft?" "Elisabeth, ich telefoniere oft und gerne mit Veronika. Himmel, die Frau hat inzwischen vier Kinder, was glaubst du, was da jeden Tag abläuft? Ich habe eben auch nicht immer die Nervenstärke, mir das anzuhören. Sie hat doch die vielen Kinder gewollt. Wir mussten mit Zwillingen fertig werden, obwohl wir beide uns kaum kannten. Das war eine zwischenmenschliche Großoffensive." "Gegen wen hast du denn gekämpft." "Gegen den Dämon Zweifel, gegen den Dämon Kleinmut?" "Ach du armer Kerl." "Ja, nicht? Finde ich auch." Dieser Tag endet gnädig.

Donnerstag, 2. Mai 1957
"Mama, wo ist Papa?" "Nach Lübeck gefahren, er sucht einen Rechtsanwalt auf. Warum seid ihr so aufgeregt, Sabine?" "Das war so toll heute, wir waren die einzigen Kinder, die alleine zur Schule kamen und wieder gingen. Die Lehrerin hat auch von den Erpressungen geredet, wir sollten keine Angst haben, unsere Eltern würden uns schützen. Die wissen noch nicht, dass Herr Schuhknecht im Gefängnis sitzt. Wir haben das nicht erzählt." "Was für ein Glück. Passt mal auf, das ist so, andere Leute haben auch solche Briefe bekommen, aber der, den Herr Schuhknecht gemacht hat, war anders, deshalb konnte Herr Schuhknecht überführt werden. Der andere Erpresser läuft noch frei herum." "Ih, und woher soll der andere Erpresser wissen, dass wir schon einen anderen Erpresser hatten, der im Gefängnis sitzt, bei den vielen Kindern auf dem Schulhof?"

„Mein kluges Mädchen, ab morgen kommt euch euer Vater begleiten, bis auch der andere Erpresser geschnappt ist." „Wieso bist du hier, Gori?" „Tessa wollte lieber Alois begleiten, falls hier etwas los sein sollte, was sie nicht richtig einschätzen könne, hat sie gesagt, Pacca." „Wie lange ist Alois schon weg?" „So lange, dass er jeden Moment wiederkommen sollte, Elisabeth schaut schon andauernd auf die Uhr, sie hat um 11 Uhr Unterricht."

Es klingelt, Elisabeth geht an die Tür.

„Anneliese, guten Morgen, komm rein, wie geht es dir?" „Guten Morgen, Frau Hausner, es geht mir gut. Ich habe lange nachgedacht. Was meinen sie, ob ich die mittlere Reife nachmachen kann?" „Ja, warum nicht? Das ist eine großartige Idee." „Dann, danach, will ich eine richtige Lehre machen." „Und was schwebt dir vor?" „Buchhalterin." „Buchhalterin?" „Ja, ich kann gut rechnen, da hatte ich immer eine eins Deutsch ist nicht so mein Fach." „Anneliese, sei sicher, mein Mann und ich werden dich unterstützen. Hast du jetzt etwas vor?" „Nein." „Kannst du auf die Kinder aufpassen, bis mein Mann zurück ist, ich muss nach Lübeck zum 11 Uhr Unterricht?" „Ja, gerne, sind sie oben?" „Ja, dann gehe ich mich jetzt verabschieden, kommst du gleich mit?" „Ist sie nicht toll, Gori?" „Respekt, Kerst, ganz ohne Drogen?" „Ganz ohne Drogen." „Wie ist es dazu gekommen?" „Zuerst hat sie noch geweint, dann hat sie mit der Faust auf den Tisch geschlagen und „Schluss" gesagt und „ich will kein Hausmädchen bleiben, ich mach die Schule nach, und ich will Buchhalterin werden, das ist mein Traum, den Traum erfülle ich mir." Dann hat sie ihre alten Diktathefte rausgesucht und hat Diktate abgeschrieben bis sie müde war." „Tolle Leistung, kann sie es schaffen?" „Das kann ich auch nicht beantworten, ich kann es nur für sie hoffen."

Elisabeth kommt die Treppe runter, ich muss mit ihr nach Lübeck.

„Bis später, ich muss mit Elisabeth."

Wir sehen auf der Landstraße Alois Auto kommen, er, scheint uns auch zu sehen, wir halten, er hält, kommt zu uns rüber.

„Liebling, tut mir leid, hat etwas länger gedauert. Ich habe einen Anwalt, wir sind gleich zusammen in die Untersuchungshaft gefahren. Herr Schuhknecht war wenig begeistert, mich zu sehen, hat nach einigem Zögern aber doch den Anwalt akzeptiert. Der meint, er bekomme Frau Schuhknecht wegen ihres Analphabetismus raus, und wenn ihr Mann bei seiner Aussage bleibt, dass er es alleine war." „Gut, Alois, ich muss mich jetzt beeilen, Anneliese ist bei den Kindern, ich komme heute Abend auf jeden Fall nach Hause, so gegen halb zehn."

Tessa und ich tauschen unsere Klienten, ich fahre mit Alois zurück. Alois pfeift ein Lied, die Melodie kenne ich, aus Carmen dieses „Auf in den Kampf Torero" Ob das seiner momentanen Gefühlslage entspricht? Ich glaube doch nicht. Jetzt pfeift er „Die Liebe vom Zigeuner stammt". Bizet wusste, weswegen er die Stammheimat der Liebe nicht in Schleswig-Holstein oder Bayern angesiedelt sehen wollte. Es ist Mai und kalt hier. In 13 Tagen wird die Saison eröffnet. Alle Geschäftsleute hoffen auf gute Umsätze. Alois hält vor der Polizeistation, steigt aus. Wir gehen rein, Alois grüßt; die Herren, Kühl, Sommer und Techel springen auf und reichen ihm nacheinander die Hand.

„Herr Hausner, gibt es etwas Neues von den Schuhknechts?"

Herr Sommer sieht Alois erwartungsvoll an.

„Der Rechtsanwalt, mit dem ich zu Herrn Schuhknecht in die Untersuchungshaft gefahren bin, meint, seine Frau würde als Mittäterin wegen ihres Schreib- und Lesemangels entlassen werden, wenn der Ehemann bei seiner Aussage bleibt, dass sie nichts davon gewusst hat." „Das ist anzunehmen, und sonst?" „Und sonst, Herr Sommer, wollte ich gerne ihre Einschätzung erfahren, ob für unsere Kinder durch den anderen Erpresser eine Gefahr drohen könnte. Meine Frau und ich haben sie heute Morgen alleine zur Schule geschickt. Hinterher habe ich mich gefragt, ob das klug war." „Die Frage ist berechtigt. Außer

Drohbriefe zu versenden, hat der Täter bisher nichts unternommen. Wir fragen uns, ist das ein in Anführungszeichen dummer Streich, oder was wird daraus. Von Vater zu Vater sage ich, bitte, lieber die Kinder begleiten bis der Spuk vorüber ist."
„Danke, Herr Sommer, das ist eine klare Aussage."

Alois verabschiedet sich und geht. Es ist Mittagszeit, wir biegen in die Kaiserallee ein. Die Straße ist leer um diese Zeit, nichts los. Ein Mann schiebt auf dem Fußweg sein Fahrrad, das ist kein Feriengast, ein Fremder. Er trägt einen langen Lodenmantel, das muss auf dem Fahrrad unbequem sein. Auf dem Rücken hat er einen Rucksack. Alois mustert ihn auch genau, wir überholen ihn, dann sind wir zu Hause. Alois steigt aus, er schließt den Briefkasten auf. Heute mal keine Post. Die Kinder haben das Auto gehört und stürmen die Treppe herunter. Anneliese kommt langsam hinterher. Begrüßung, Küsse.

„Kinder wir gehen rüber zum Essen. Anneliese, sie kommen auch mit. Los alle Mann, ich habe Hunger."

Alois hungert nicht gerne, dann kann er ungnädig werden. Das liegt an seinem Blutzuckerspiegel, sinkt der, sinkt seine Laune. Heute ist Donnerstag und Donnerstag ist Auflauftag. Vorweg gibt es eine Milchsuppe und nach der Hauptmahlzeit eingelegtes Obst zum Dessert.

„Bei euch passiert immer was, bei uns nie."

Jam ist bei der Begrüßung eher mürrisch, Elvie nickt.

„Das einzig Spannende, was bei uns passiert, ist, wenn ihr kommt." „Jetzt sind wir da, beklagt euch nicht." „Und, was gibt es Neues?"

Was soll ich Elvie darauf antworten, es gibt eigentlich nichts zu erzählen außer:

„Der eigentliche Erpresser läuft noch rum. Die Kinder gehen ab morgen wieder in Begleitung zur Schule. Frau Schuhknecht kommt vielleicht bald aus der Untersuchungshaft, meint ihr Anwalt. Mehr weiß ich nicht." „Gori, mal ehrlich, der Erpresser hat doch eine Vollmeise, schreibt zig Drohbriefe und weiter passiert nichts. Dazu die geforderte Summe bei allen über fünftausend Mark. Wer macht so etwas, hat jemand darüber nachgedacht?" „Ich ja, Jam, und ich neige dazu, einen schlechten Scherz dahinter zu vermuten." „Genau, so sehe ich es auch. Ein richtiger Erpresser hätte eine Geisel genommen und mindestens fünfzigtausend Mark verlangt, oder so ähnlich. Vielleicht war die Taktik von Herrn Beck, in Ruhe abzuwarten, gar nicht so verkehrt." „Ob er diese Einstellung tatsächlich hatte, wissen wir nicht, gesagt hat er es nicht." „War so eine Idee von mir." „Ist grundsätzlich auch nicht verkehrt, Jam. Wann kriegt ihr die ersten Gäste?" „Wochenende, ich glaube am Samstag und ihr?" „Genau am 15. Mai. Was macht die Politik?" „Sie plätschert vor sich hin, die deutsche Wirtschaft wächst im gleichen Maße, wie die Hoffnung auf die deutsch-deutsche Wiedervereinigung schrumpft. Der Warschauer Pakt steht, sowjetische Truppen befinden sich in Ostdeutschland, bald wohl auch in Ungarn, als letztes Land. Westdeutschland ist wiederbewaffnet, Herz, was willst du mehr." „Und der Zynismus gedeihlich sprieße." „Das hast du schön formuliert, Gori, danach ist mir auch."

Helene und Lilli tragen das Milchsuppengeschirr zurück in die Küche. Es klingelt an der Haustür. Alois steht auf, geht an die Tür, öffnet, Frau Schuhknecht.

„Guten Tag, Herr Hausner, ist Anneliese zufällig hier?" „Guten Tag, Frau Schuhknecht, ja. Wir essen, kommen sie mit rein, es ist genug da."

Frau Schuhknecht hat Hunger, ich sehe es ihr an, sie will nicht eintreten, aber der Hunger ist mächtiger als ihre Schüchternheit. Sie ist allein, wo ist ihr Schutzgeist? Wahrscheinlich haben sie und ihr Mann einen gemeinsam. Lilli und Helene scheinen sich nicht über ihre Ankunft zu freuen, sie spielen jedoch ganz höflich mit. Anneliese umarmt ihre Mutter.

„Liesi, ich hatte keinen Schlüssel. Ich habe dich gesucht, sonst wäre ich nicht hergekommen." „Ist doch gut, Mutter, Herr Hausner hat dich eingeladen, setz dich doch." „Danke auch, Herr Hausner, wegen dem Anwalt, der war sehr nett und konnte mich schnell helfen." „Es war sehr vernünftig von ihnen, sich helfen zu lassen und nicht auf ihrer Aussage zu beharren, die sie zwangsläufig als Mittäterin einstufen musste."

Frau Schuhknecht versteht Alois nicht, sie schaut hilflos ihre Tochter an.

„Mutter, Herr Hausner sagt, es war gut, dass du nicht mehr gesagt hast, dass du was von Vaters Drohbrief gemerkt hast, wo du doch nicht lesen kannst." „Ach so, ich wollte den Papa nicht allein lassen. Wir waren aber in dem Gefängnis nicht zusammen, die haben uns gleich getrennt." „Sippenzellen gibt es bei uns nicht." „Das wusste ich nicht, Frau Schadewald. Ich habe gedacht, Ehepaare werden zusammengesperrt." „So, Mutter, nun ess mal, schmeckt gut."

Eine Weile ist es ruhig.

„Herr Hausner, was ist denn jetzt mit meine Putzstelle bei der Polizei?"

Woher soll Alois das wissen.

„Wollen wir nach dem Essen hinfahren und nachfragen?" „Ja gerne, wenn sie so frei sein wollen?" „Bin ich, Frau Schuhknecht." „Gori, ob sie eine Chance auf Fortsetzung ihres Arbeitsverhältnisses hat?" „Da reicht meine Vorstellungsfähigkeit beim besten Willen nicht aus, Kerst." „Was würde dagegensprechen?" „Das schwebende Verfahren gegen ihren Ehemann und der nicht abgeschlossene Erpressungsfall." „Hm, sehe ich ebenso." „Hast du was von Ferdinand Beck gehört?" „Jam erzählte, was er von Elvie hörte: Frau Schadewald und Frau Beck hätten sich beim Einkaufen getroffen. Dem Ferdi ginge es sehr gut. Er würde endlich richtig ausschlafen." „Hervorragend." „Habt ihr in der Sache mitgemischt, Gori?" „Wie darf ich das verstehen?" „Ob ihr ihm Energie entzogen habt, als er urplötzlich am Schreibtisch einschlief?" „Wir haben sein natürliches Schlafbedürfnis geringfügig beschleunigt." „Ihr habt manipuliert." „Modifiziert." „Manipuliert." „Modifiziert." „Hör uff, Gori, ihr seid selbstherrliche Manipulatoren." „Was nützt eines Beschützenden großer Geist, wenn der sich nicht um Hülfe kreist?" „Guter Mond, du kriegst die Schuhe nicht zu, lass gut sein, mein Lieber."

Kerst lacht mich an, seine blauen Augen strahlen voller Vergnügen, er hat Humor. Ich mag ihn, sehr sogar.

Später
Herr Kühl ist mittelprächtig überfordert.

„Ja, ich weiß nicht, Frau Schuhknecht, was soll mit ihrer Arbeitsstelle sein? Gestern Abend haben die Kollegen hier geputzt, das hat ihnen gar nicht gefallen. Was sollte dagegensprechen. Sie machen doch sehr gut rein. Kommen sie ruhig heute Abend, dann freuen sich alle."

„Das mag so sein, ob die Polizeidirektion das ebenso sieht, wage ich zu bezweifeln, Gori. Ich muss zu Anneliese zurück, kannst du sie übernehmen?" „Mach ich, Kerst, bis dann."

Hoppla, wer ist das? Ein dürres Männchen steht da, unpigmentiert, wässrige Augen, schütteres weißes Haar, krummer Rücken, mehr Geist als Schutz.

„Ich bin Boll, tut mir traurig, ich wurde leider in dem Notfallhotel festgehalten. Ich sehe, der jungen Dame geht es wohl. Passt du auf? Hab Dank auch schön."

Er wollte nicht mal wissen, wer ich bin. Wie kommt er auf den Ausdruck 'Notfallhotel'? Es gibt unter den Schutzgeistern jede Menge schräger Vögel, herrlich, faszinierend.

„Papa, fahren wir jetzt endlich nach Hause?" „Was willst du da, Peter?" „Das was alle Kinder tun, wenn sie nicht davon abgehalten werden: spielen." „Willst du auch spielen, Sabine?" „Was wohl sonst, ich habe eine Epemie im Puppenhaus." „Was ist das denn?" „Wenn ganz viele sich anstecken, ist das eine Epemie." „Verstehe, kann es sein, dass das Wort Epidemie heißt?" „Ja, woher weißt du das? Irgendetwas fehlte mir an dem Namen." „Ich bin ein Papa, ich muss so etwas wissen, ist doch

klar." „Weiß Mama so was auch?" „Aber natürlich, eine Mama weiß genauso viel, wie ein Papa." „Immer?" „Vielleicht nicht immer, bei uns ist das so." „Onkel Richard weiß aber mehr als Tante Margot, nicht?" „Wie kommst du darauf, Peter?" „Onkel Richard nennen die Leute doch Herr Professor Feiler und Tante Margot Frau Feiler." „Rein theoretisch könnte
Tante Margot auch Professor sein, weil sie Gesang studiert hat. Hätte sie einen Ruf als Lehrkraft an einer Hochschule für Gesang erhalten, wäre sie Frau Professor Feiler." „Was für einen Ruf?" „Sagen wir, ein Angebot, an einer Hochschule zu unterrichten." „Aber Onkel Richard ist doch ein Doktor, ein Arzt, das ist doch nicht wie singen." „Aber das Gesangsstudium ist auch sehr schwer, bis sich jemand ausgebildete Sängerin nennen darf." „Tante Margot und Onkel Richard sind keine Mama und kein Papa, dann können sie nicht so viel wissen wie du und Mama."

Pacca strahlt und reibt sich die Hände.

"Jetzt bin ich gespannt, wie er da rauskommt."

„Hört zu, es gibt rein berufliches Fachwissen, Richard als Arzt, Margot als Sängerin, eure Mutter als Tänzerin, und ich als Kaufmann und Bierbrauer, haben das. Dann gibt es noch das Wissen, das nichts mit dem Beruf zu tun hat, dann sprechen wir von Allgemeinbildung. Allgemeinbildung erwirbt sich der Mensch durch lesen, zuhören, anschauen, ja, so in etwa." „Das hat doch nichts mit Mamas und Papas zu tun, das kann doch jeder." „Ja, Peter, ich hätte nicht sagen dürfen „ein Papa weiß so etwas", ich hätte sagen müssen, „ein Mensch mit guter Allgemeinbildung weiß so was"."

Peter scheint zufrieden, Sabine nicht.

„Zu uns sagst du immer, wir sollen erst überlegen und dann reden."

Armer Alois.

„Genau, das hätte ich selbst heute machen sollen, sind die jungen Herrschaften jetzt zufrieden?"

Sabine schüttelt den Kopf.

„Nein, kannst du oder Mama Professor werden?"

Alois stutzt, denkt wohl nach, wie er darauf eingehen soll:

„Bierbrauerei und der Tanz sind Ausbildungsberufe, die ein Studium nicht voraussetzen. Nein, Mama und ich könnten keine Professoren werden." „Findet ihr das schade?" „Nein, Sabine, in keiner Weise. Jeder Mensch möchte einen Beruf, der ihm gefällt, und er wünscht sich eine Tätigkeit, die ihn befriedigt und die er als seinen persönlichen Traum ansieht. Dabei spielt es keine entscheidende Rolle, welcher Abschluss dafür erforderlich ist." „Wenn ich Arzt werden will, muss ich dieses Abtur haben, nä, Papa?"

Alois seufzt.

„So ist es, ja."

Schweigen.

„Was meinst du, Pacca, ist es zu Ende?" „Ich glaube nicht, warten wir es ab."

„Ich will Professor werden, Papa." „Prima, Sabine, nichts sollte diese Laufbahn stören." „Ich will Tänzer werden, Papa, Mama weiß das auch." „Wunderbar, Peter, behalte dein Ziel im Auge. Liebe Kinder, dann ist ja alles klar für euch. So, wir sind da, ihr geht spielen, ich mache einen kurzen Besuch bei Onkel Ferdinand, ist das in Ordnung für euch? Und falls es klingelt, lasst keinen ins Haus, verstanden?" Zweifaches „Ja".

„Alois, moin, komm rein." „Ferdinand, moin, du siehst erholt und frisch aus, bekommt dir die Krankschreibung also?" „Kann ich behaupten, welch ein Luxus, dieses Ausschlafen können. Jetzt erzähl mal, gibt es etwas Neues? Ich erfahre hier zu Hause rein nichts." „Du hast auch rein nichts versäumt, deine Kollegen treten auf der Stelle." „Ich konnte mir von Anfang an darauf keinen

Vers machen. Diese Erpresserbriefe haben etwas Unwirkliches an sich, verstehst du, sie fühlen sich nicht echt an." „Woran denkst du, Ferdinand, an einen Scherz?" „In Zusammenhang mit Erpressung gibt es den Begriff 'Scherz' wohl kaum, Alois, das kann es nicht sein, vielleicht ein Versuch der Unruhestiftung." „Bitte, entschuldige, der Ausdruck 'Scherz' ist mir herausgerutscht, er sollte ein Synonym für schlechten Streich sein." „Habe verstanden. Ja, ich glaube, es möchte jemand Aufsehen erregen, keine Ahnung, in welche Richtung der Schuss abgehen wird. Ich sehe dem mit einer gewissen Spannung zu, wenn auch etwas distanzierter." „Dann kann ich dir zu deiner Einstellung nur gratulieren, mein lieber Ferdinand. So, die Kinder sind allein. Ich muss heim, ich wollte mich nur davon überzeugen, dass du wohl auf bist. Wenn dir danach ist, hole dir doch abends gelegentlich ein Hausner Bier ab." „Das mache ich sehr gerne. Grüß Elisabeth und die Kinder." „Du die deinigen auch, Servus."

Und Mala und ich haben uns nur angeschaut, weil wir den Dialog der Herren nicht versäumen wollten.

Danach
„Glaubst du, Herr Schuhknecht bekommt eine Gefängnisstrafe?" „Schwer zu sagen, Liebling, vielleicht kommt er mit Bewährung davon, falls er keine Vorstrafe hat, was ich nicht genau weiß." „Dann muss ich dir noch was zu Anneliese sagen. Stell dir vor, sie will die mittlere Reife machen und dann eine Ausbildung zur Buchhalterin." „Soll sie doch, sie ist noch jung genug und sonderlich hübsch ist sie auch nicht." „Was willst du damit sagen?" „Das sie nicht so schnell einen Mann findet." „Hör mal, Anneliese ist nicht hässlich." „Habe ich auch nicht gesagt, sie ist nur nicht sonderlich hübsch." „Ach, egal, ich will jetzt nicht streiten, gehen wir, die Kinder schlafen." „Willst du mich zu etwas einladen?" „Ja, ich finde, du siehst bedürftig aus. Bedürftig, aber so hübsch, dass eine Frau sich deiner annimmt." „Wieso habe ich bei dir manchmal das Gefühl der Unterlegenheit?" „Denk nicht darüber nach, mein Schatz, vom Denken bekommen Männer Falten und die machen unattraktiv." „Ich finde, mir stehen Falten gut." „Die sind ja auch vom Lachen, Alois, das

Denken überlässt du doch gerne den großen Mädchen." "Na warte, Frau ……..

„Hier geblieben, Tessa, der Rest geht uns nichts an."

Die Aufklärung
Die Alltagsmaschine läuft an, alle stehen auf. Elisabeth schmiert Pausenbrote, die Kinder zanken im Badezimmer, Alois zieht sich an, ruft eine Ermahnung. Er ist fertig, löst Elisabeth in der Küche ab. Elisabeth eilt nach oben, kümmert sich um die Haarpracht ihrer Tochter. Peter findet einen Schmutzfleck auf seiner Hose, will eine andere. Die andere ist neu und hat noch ein Preisschild dran. Elisabeth sucht eine Schere. Sabine ist schon in der Küche und jammert über ihre Milch, die eine dicke Haut hat. Alois schöpft sie mit einem Löffel ab. Endlich sitzen alle am Tisch und essen ihr Marmeladenbrot, bis auf Elisabeth. Elisabeth isst eine halbe Schnitte Schwarzbrot ohne Butter mit Käse. Als alle gegessen haben, ist der Kaffee fertig. Alois will ihn später trinken, die Kinder müssen in die Schule gefahren werden. Großartige Organisation heute. Wenigstens freuen sich die Kinder auf die Schule, die Fahrt ist schnell vorbei. Heim zum Kaffee, die Haustür aufgeschlossen, das Telefon klingelt, Alois nimmt ab:

„Hausner, moin, Herr Techel, aha, wie bitte? Soo, na, so was, ja. Vielen Dank für die Information, Wiederhören."

„Elisabeth, Elisabeth, wo bist du?" „Hier oben, was ist?" „Ich komme."

Alois rennt die Treppe hoch.

„Elisabeth, hast du das Telefon nicht gehört?" „Ich habe geduscht, nein, was ist denn?" „Das war die Polizei, sie haben ihn." „Wen?" „Na, wen wohl, den Erpresser, sie haben ihn erwischt." „Sehr gut, wobei?" „Sie hatten einen Verdacht und haben ihn verfolgt, und dabei gesehen, wie er einen Standort für die geforderte Geldablage aufgesucht hat, und darauf die nächste. Dann haben sie ihn festgesetzt. Im Verhör hat er sofort alles gestanden." „Das ist doch großartig." „Was für ein Glück, das Thema ist erledigt." „Hoffentlich bekommen wir Einzelheiten raus, Gori, irgendwie finde ich das nicht befriedigend, das ist mir zu schlicht." „Ich finde es auch nach wie vor etwas sehr komisch, ob der Mann zurechnungsfähig sein kann?" „Genau, das habe ich mich auch gefragt. Alois fährt bestimmt bei Herrn Kühl vorbei, um Einzelheiten zu erfahren. Er ist viel zu neugierig, um sich geschlagen zu geben." „Alois, wenn ich es mir genau überlege, findest du, dieser Mensch hat sehr rational gehandelt? Irgendetwas stimmt doch nicht mit ihm." „Ja nicht? Ob ich nachher, bevor ich die Kinder von der Schule abhole, Herrn Kühl ins Verhör nehmen sollte?" „Unbedingt, mein Schatz, das solltest du. Was hast du sonst heute vor?" „Farbe kaufen, Pinsel und was sonst dazu gehört. Drei Räume müssen etwas ausgebessert werden. Da klebt Blut von Mücken an den Wänden. Ich habe mir überlegt, ob ich besser als Mückenschutz ein Feindrahtgespann in die Fenster kleben sollte." „Kleben, wie soll das gehen?" „Geht nicht, nä?" „Nee, Alois, das muss genagelt werden." „Damit mach ich mir das Holz kaputt." „Ach was, so fix geht das nicht." „Also ich mach es dann so, es gibt nichts Schlimmeres als Mücken im Schlafzimmer." „Dann denke daran, es bei uns auch zu machen." „Wir haben doch keine." „Wirklich nicht? Nur weil sie dich nicht angehen, wenn ich neben dir liege. Ich kriege sie ab, du nicht." „Gut, dann bringe ich auch welche bei den Kindern an." „Damit dürftest du für den Rest des Monats ausgelastet sein. So, ich bin fertig, auf geht es nach Lübeck. Ich bin früh zurück."

Sie küssen sich, dann ist Tessa mit Elisabeth fort. Alois besichtigt die Fensterrahmen im Schlafzimmer und überlegt. Was wohl? Er fängt an zu suchen, was sucht er nur? Wohnzimmer, Ecke, aha, Elisabeths Nähkorb, der jungfräulich unberührte. Elisabeth bringt alle Nähsachen zu Helene. Alois sucht und findet ein Zentimetermaß, gute Idee, er will die Fenster ausmessen. Hoffentlich schaut er auch mal zur Uhr und vertrödelt sich nicht. Nein, es geht schnell. Wahrscheinlich hat sich sein kluger Kopf überlegt, dass die Fenstermaße überall gleich sind. Er muss nur noch ein wenig rechnen, fertig. Es geht zum Auto und weiter zur Polizeistation. Herr Kühl ist ganz allein, das trifft sich höchst vortrefflich.

„Moin, Herr Kühl, hier ist Ruhe eingekehrt, welch eine Wohltat."
„Moin, Herr Hausner, dass können sie gerne laut sagen, ich hatte die Nase schon richtig voll, gut, dass sie den Täter haben." „Wissen sie, was das für einer ist?" „Na, sicher, ein stadtbekannter Spinner, der sich über alles beklagt. Er war wohl im Krieg wegen Unruhestiftung inhaftiert. Er behauptet, er hätte gegen die Nazis protestiert. Er wollte eine Entschädigung, die ihm vom Gericht nicht zugesprochen worden ist. Er hat ausgesagt, dass er sich erhofft hat, durch breites Streuen der Erpresserbriefe, hier und da Geld vorzufinden. Ein völliger Schwachsinn. Er meinte, die Polizei könne schließlich nicht gleichzeitig überall sein. Wenn sie mich fragen, Herr Hausner, ist das ein Fall für die Klapsmühle und nicht für das Gefängnis." „Sehen sie es so, Herr Kühl, nicht jeder, der eine kriminelle Absicht hat, ist zum perfekten Verbrecher geboren."

Herr Kühl lacht, sein Schutzgeist, Türsteher Fol, lacht mit. Alois hat genug gehört und verabschiedet sich. Es geht zur Schule, die Kinder stehen im Hof, es hat schon geklingelt, was ist da los? Was ist mit Peter? Der steht da mit sechs anderen Jungen und die reden auf ihn ein. Peter schüttelt den Kopf. Jetzt redet er. Dann macht er Kniebeugen und dann, ja, was macht der Bengel denn da, er fällt in einen eleganten Spagat, die anderen Jungen klatschen begeistert und klopfen ihm auf die Schulter. Na, das kann ja heiter werden. Wo ist Sabine? Sie steht mit einem anderen Mädchen und dessen Mutter zusammen. Alois weiß offensichtlich nicht, ob er zuerst zum Sohn oder zur Tochter gehen soll. Dann geht er zu Sabine und grüßt.

„Guten Tag, Hausner." „Guten Tag, Herr Hausner, ich bin Frau Völker. Ich glaube, unsere Mädchen haben sich angefreundet, darf die Sabine heute Nachmittag zu uns kommen? Wir wohnen gleich am Bahnhof, wir haben das Café dort." „Dagegen spricht überhaupt nichts, Sabine, möchtest du?" „Ja, gerne, Evelin, dann bis 3 Uhr." „Tschüs Sabine, bis drei."

Frau Völker geht mit Evelin davon. Sabine und Alois schlendern zu Peter, der Sprünge vorführt. Die Jungenrunde applaudiert wieder, was ging dem voraus? Peter war offenbar geständig, Ballett zu machen, wie kam es dazu?

„Pacca, was ist geschehen?" "Die anderen Jungen haben ihn gefragt, ob er mit Fußball spielen möchte. Darauf hat Peter gesagt, dass sich Fußball nicht mit Ballett vertrage, weil die Verletzungsgefahr zu hoch sei. Dann haben ihn die anderen ausgelacht und gemeint, Ballett sei was für Mädchen und so Mädchenjungs. Darauf hat er ihnen jetzt mal gezeigt, was er kann. Die Mäuler sind gestopft, wie du sehen kannst." „Kommt doch nach dem Fußball zu uns an den Strand, wir können Steine ins Wasser schleudern." „Ja, wenn wir dürfen, kommen wir."

Peter läuft auf uns zu, seine Augen strahlen.

„Ich habe es gesagt, Papa, was sagst du jetzt?" „Du bist ein toller Junge, Peter, ich bin sehr stolz auf dich. Und was glaubst du, wie sehr sich deine Mama freuen wird." „Und ich habe eine Verabredung mit meiner neuen Freundin." „Das finde ich richtig klasse, Sabine, ich bin sehr stolz auf dich, deine Mama wird sich riesig darüber freuen, nach deinem etwas unglücklichen ersten Schultag."

Die Kinder sind selig.

„Er findet meistens die richtigen Worte, nicht Pacca, nicht Gori?" „Ja, Briesa, tut er." „Ja Briesa, tut er." „So, ihr Helden, wir müssen noch Besorgungen machen, ich brauche weiße Farbe, und alles was zum Malen dazu gehört und feinsten Maschendraht für die Fenster als Mückenschutz." „Alles noch jetzt?" „Tut mir leid, Sabine, das kann ich euch nicht ersparen. Dafür kann ich euch etwas Neues erzählen, was noch lange nicht alle wissen." „Was?" „Sie haben den Erpresser gefunden." „Dann dürfen wir wieder alleine gehen?" „Ja, Peter, ab sofort." „Dann kannst du uns doch hier rauslassen, wir warten dann bei Tante Helene auf dich." „Großartig, sehr nett von euch, jetzt soll ich alleine einkaufen?" „Bitte, ja."

Alois knurrt, wie ein Hund, die Kinder steigen lachend aus dem Auto. Pacca und Briesa winken mir zu, natürlich, die zwei freuen sich auch.

Mit Alois Malerartikel zu erwerben, macht ungefähr so viel Spaß, wie mit Elisabeth ein Kleid einzukaufen. Es dauert lange, kostet Nerven und sonst was. Mir fehlt dazu der Sportgeist. Ich hätte mit Pacca tauschen sollen, sie ist eine begeisterte Einkäuferin. Bei den Kindern und Briesa wäre es bestimmt unterhaltsamer. Die sitzen jetzt bei Helene und Lilli in der Küche und sehen zu, wie das Mittagsessen Form und Gestalt annimmt. Heute ist Fischtag, ich tippe auf Maischolle mit warmem Kartoffelsalat. Vorweg gibt es eine Rohkostplatte und zum Nachtisch einen Karamellpudding. Endlich hat Alois alles beisammen, er zahlt. Der Lehrjunge schleppt den Maschendraht zum Auto, toll, in einem Stück. Den muss Alois noch in Portionen schneiden. Na gut, er wird schon wissen, was er sich zumuten kann. Das wäre keine Arbeit für mich. Zu Hause wird alles gleich ins Gästehaus gebracht. Alois schaut auf seine Uhr, Mittagszeit. Sein Magen hat pünktlich im Auto geknurrt. Wir gehen rüber zu Helene und Lilli. Was ist hier los? Was ist das für eine Stimmung?

„Hier ist dicke Luft." „Was ist passiert, Pacca?" „Du wirst es bestimmt gleich beim Essen hören, dann muss ich es nicht vorweg erzählen."

Toll, spann mich auf die Folter, Jam und Elvie sehen so ernst wie ihre Schutzbefohlenen aus. Ob Lilli sich in eine andere Frau verliebt hat, oder Helene?

„Lilli, Helene, was ist euch über die Leber gelaufen? So kenne ich euch nicht. Ist etwas Unangenehmes geschehen? Seid ist pleite? Haben Gäste abgesagt?" „Alois lang zu, Kinder ihr auch. Ich habe ein überraschendes Angebot vom Kaufhaus Engels, genauer gesagt von Frau
Engels, bekommen. Sie sucht eine Buchhaltungskraft, die sich gut mit Arbeitsverträgen und Gesetzen auskennt. Nun ist es ja so, dass ich nicht genug für meine Rente einbezahlt habe.

Wenn ich aber noch mal zehn Jahre gut verdiene, kann ich beruhigt das Alter erwarten. Mir würde es viel Freude machen. Helene ist strikt dagegen." „Ja, warum wohl, wir wären den ganzen Tag getrennt, ich wäre wieder allein." „Ja, Herzi, von 8 bis 16 Uhr bist du hier allein, aber du bist nicht einsam, ich bin dann doch wieder da." „Ich habe immer gedacht, du wärest hier glücklich." „Das stimmt doch auch, ich bin glücklich mit dir. Ich bin aber über meine Tätigkeit nie glücklich gewesen. Ich helfe dir, hier bei den Gästen, in der Küche, ich mache den Papierkram. Zufriedener wäre ich in einer regelrechten Berufsarbeit mit eigenem Geld."

Alois sieht nachdenklich aus.

„Helene, Lilli, ich kann euch beide verstehen, aber Lilli verstehe ich etwas mehr. Wenn ich mir vorstelle, ich hätte das Gästehaus und die Strandkörbe nicht, und sollte Elisabeth in Lübeck zuarbeiten am Klavier und dies und das, würde mir das auf Dauer auch nicht gefallen, obwohl ich Elisabeth liebe. Und schaut doch, wir sind auch jeden Tag über viele Stunden getrennt." „Du hast doch noch die Kinder." „Helene, du die Gäste, mittags kommen wir auch noch zu dir." „Ich habe auch Angst, dass ich das hier nicht mehr alleine schaffe." „Musst du auch nicht, nimm dir jemand zur Verstärkung. Ich habe eine Idee, warum vereinbart ihr nicht eine Probezeit von sechs Wochen. Wenn Lilli in der Zeit merkt, dass ihre neue Berufstätigkeit nicht so toll ist, wie sie dachte, und du, Helene, mit einer neuen Haushaltskraft unglücklich bist, könnt ihr die Sache doch wieder rückgängig machen. Damit vergebt ihr euch doch nichts." „Ja, los, Probezeit, Glückshormone für Helene. Vielleicht geht dann endlich hier mal wieder die Post ab. Elvie ist so unkommunikativ."

Jam ist ganz aus dem Häuschen, Pacca und Briesa schütteln ihre Köpfe, Elvie tippt sich an die Stirn.

„Und stell dir vor, Helene, wieviel wir uns gegenseitig zu erzählen haben, wenn wir nicht mehr alles gemeinsam erleben." „Gibt es dann auch pünktlich Mittag?"

Helene lacht, na also, es wird besser.

„Aber sicher, Sabine, das schaffe ich schon. Alois, wüsstest du jemanden für mich?" „Für die Putzarbeiten könnten wir Frau Schuhknecht fragen, für Küche und Service? Vielleicht Frau Kühl, ich glaube, die hat früher in der Gastronomie gearbeitet." „Frau Kühl ist eine feine Frau, mit der kann ich es mir vorstellen."

Das ist doch schön.

„Lilli, erzähl doch bitte, wie das Angebot überhaupt zustande gekommen ist. Woher kennst du Frau Engels?" „Frau Engels ist fast immer im Laden. Wir haben schon häufig ein paar Sätze getauscht. Ich will sagen, sie weiß, wer ich bin. Gestern nun hat sie mir erzählt, dass ihre langjährige Buchhaltungskraft in den Ruhestand geht, und sie auf der Suche nach einer Nachfolgerin sei. Dann hat sie mich gefragt, ob das nicht etwas für mich sein könnte. Weil sie ja wusste, was ich früher gemacht habe, und dass ich auch hier die Buchhaltung mache. So war das, es ist also noch ganz frisch." „Toll, Lilli, du warst mit deiner Person eine gute Eigenwerbung, andere müssen für so ein Angebot Schlange stehen." „Ja, Lilli ist natürlich toll, ich bin im Grunde genommen auch stolz auf sie, aber vermissen werde ich sie." „Helene, es ist alles noch nicht spruchreif. Vielleicht ist das Kaufhaus auch schlicht eine Nummer zu groß für mich." „Jam, haben die zwei in letzter Zeit irgendwelche Probleme?" „Überhaupt nicht, sie sind ein Herz und eine Seele. Ich hatte aber immer schon das Gefühl, dass sich die Lilli bei der Arbeit nicht so ganz wohl fühlt. Sie hat von Anfang an freiwillig viele Putzarbeiten übernommen, um sich nützlich zu machen. Gefallen tut ihr das gewiss nicht, wenn du mich so fragst." „Kochen macht ihr doch Freude." „Ja, das ist aber nicht alles." „Dann können wir gespannt sein, wie sich die nächste Zukunft entwickelt." „Was du nicht sagst, Alois, sie haben den Erpresser, was ist das für einer?"

Alois berichtet; die Kinder essen reichlich, der warme Kartoffelsalat ist eines ihrer Lieblingsgerichte.

Zeitsprung 1. September 1959 in tiefer Nacht
„Selm, ich würde lügen, wenn ich behauptete, ich würde mich über die Situation freuen. Tessa mit Elisabeth, der Alois und ich, wir waren bisher eine gut funktionierende Einheit. Tessa und ich waren sehr gute Partner. Nimm das bitte nicht persönlich, es hat überhaupt nichts mit dir zu tun, wenn ich sage, Tessa ist ein Verlust für mich." „Gori, es tut mir so leid, dass das Komitee so und nicht anders entschieden hat. Ich wäre gerne dort in der Ostzone in den Haushalt gegangen. Das Komitee hat gemeint, ich sollte am Anfang mit vertrauten Schutzgeistern arbeiten. Es hat gedacht, du würdest gut für mich sein, weil du damals so viel für mich getan hast. Wenn ich mich jetzt bewähre, ist vielleicht bald ein Austausch möglich." „Ja, Selm, vielleicht. Tessa hat eine ganz schwierige Familie übernommen, beziehungsweise der Vater, das Familienoberhaupt, ist problematisch. Die Eheleute weichen ideologisch stark voneinander ab. Lass uns jetzt nach vorne sehen. Selm, du und ich, wir wollen das Beste aus der Situation machen." „Danke, Gori, mir tut deine Offenheit gut. Möchtest du deine Gedanken jetzt ausschalten?"
„Nicht unbedingt, du willst wissen, was sich in den Jahren ereignet hat, stimmt's?" „Wenn du das als Zumutung betrachtest, lieber nicht." „Nein, Selm, ich weiß nur zu gut, wie es mir 1950 ging, nachdem ich sieben Jahre geschlafen hatte. Ich will versuchen, dir einen Überblick zu verschaffen, mit dem du hoffentlich etwas anfangen kannst. Wir gehen zurück in das Jahr 1950: Mitte August, du gehst in den Schlaf. Elisabeth fliegt auf eine Gastvorstel-
lung nach New York, Alois packt in Bayern seine Sachen. Er siedelt von Bayern nach Travemünde um. Du kannst dich an die Oldörps erinnern? Von denen hat Alois die Strandkorbverpachtung und auch das Wohnhaus übernommen. Elisabeth kommt zurück, sie ist schwanger, das Paar heiratet, Zwillinge werden geboren. Elisabeth eröffnet in Lübeck eine Ballettschule für Hobbyklassen. Befreundet ist das Paar mit Margot Müller und Professor Feiler, die inzwischen verheiratet sind, mit Ferdinand Beck, der seit ein paar Jahren Leiter der Polizei in Travemünde ist, mit Helene Fahrbach und ihrer Lebensgefähr-

tin Lilli Schadewald. Alois hat Vater und Sohn Krumbügel beerbt. Ihr Wohnhaus ist heute das Gästehaus der Hausners. Alois ist Vorsitzender der Travemünder Strandkorbbetreiber. Eine im vergangenen Jahr angetragene Mitgliedschaft in der SPD hat er ausgeschlagen. Elisabeth und Alois sind unpolitische Menschen." „Bitte, halt mal Gori, das geht mir jetzt zu schnell. Was ist bei den Krumbügels passiert, mein Schützling und die Familie standen sich sehr nahe." „Entschuldige, Selm. Herr Krumbügel erlag einem plötzlichen Herztod, nachdem er seinem Sohn Hanno die abgebrochene Schulausbildung nachholen zu dürfen, zugesprochen hatte. Hanno starb dann einige Jahre später durch einen selbstverschuldeten Autounfall. Er war leider ein etwas zu schneller Fahrer." „Ach, das ist tragisch, tut mir leid." „Ja, das war eine schlimme Zeit, weil Elisabeth und Alois den Hanno wie einen Sohn liebten. Die Trauer im Hause Hausner war damals riesengroß." „Meine Güte, wenn ich mir vorstelle, wie oft der alte Krumbügel darüber geklagt hat, er könnte Hanno wo möglich nicht erwachsen bekommen, weil er schon so alt sei. Gut, dass er den Tod des Sohnes nicht erleben musste." „Alois hat auch Angst davor, er wird nächstes Jahr sechzig." Selm lacht hell, wie ein junges Mädchen. „Was er uns gestern Abend im Bett geboten hat, hätte ein dreißigjähriger auch nicht besser hinbekommen." „Prüde scheinst du nicht zu sein." „Ich, überhaupt nicht, auch wenn ich vielleicht so aussehe. Ich kann mich heute noch darüber ärgern, wie ich aussehe. Als ich damals abberufen wurde, war ich gerade auf einem Kompetenztrip, den graue Haare unterstreichen sollten. Welch ein Unsinn, angegraut und ungeschminkt für den Rest in Ewigkeit. Schade, schade, schade." „Selm, nein, da wird sich doch was machen lassen. Hast du mit dem Komitee darüber gesprochen? Die sind in solchen Dingen doch ungemein großzügig." „Nein, das habe ich einfach nicht gewagt." „Gleich sorgen wir dafür, dass du dein Wunschaussehen bekommst, versprochen." „Das würde mir sehr viel bedeuten. So jetzt berichte weiter, was muss ich fürs Erste noch wissen?" „Westdeutschland geht es wirtschaftlich immer besser, die Grenze zum Ostblock mit der Deutschen Demokratischen Republik hat sich stabilisiert. Von Wiedervereinigung keine Rede. Kriege? Ja, Kriege gibt es, weit entfernt von hier. Sonst hat sich eigentlich nicht viel getan. Es plätschert alles vor sich hin, strömen tut eigentlich nichts." „Wie machen sich die Zwillinge? Ich habe sie gestern Abend nur kurz gesehen" „Sie sind so, wie sie aussehen, Selm, hellwach, meistens guter Laune, Sabine ist in der Schule ehrgeizig und will ganz vorne mitspielen, am liebsten die Nummer eins sein. Peter ist gut, weil er intelligent ist, er stellt keinen Ranganspruch. Er entwickelt sich tänzerisch immer weiter. Das kannst du gar nicht wissen. Peter macht Ballett seit seinem dritten Lebensjahr. Trotzdem wird er von den anderen Jungen respektiert, weil er ein sehr männlicher Junge ist und nichts Mädchenhaftes hat. Sabine ist ein Sportmuffel, sie liest, wann immer sie kann, und hat eine gute Freundin, die ihr in nichts nachsteht. Sie weiß jetzt schon, dass sie in zwei Jahren aufs Katharineum möchte und mit Latein anfangen will." „Gab es nie Probleme in den Jahren?" „Natürlich, Selm, mit Clemens, Alois Sohn aus erster Ehe, der seine Frau verlor, dir das aber alles genau wiederzugeben, dazu reicht die Nacht nicht aus. Glücklicherweise wurde bisher jedes Problem gelöst. Ja, das sollte ich noch sagen, kennst du die Schuhknechts?" „Nie gehört, die sind bestimmt zugezogen, sonst wäre mir der Name bekannt." „Herr Schuhknecht hat Elisabeth und Alois erpresst. Die Erpressung ist aufgeflogen, und Herr Schuhknecht hat, weil er nicht vorbestraft war, eine Bewährungsstrafe bekommen. Alois beschäftigt ihn heute als Hausmeister, und bei den Strandkörben, weil er ein sehr fähiger Handwerker ist. Die Tochter Anneliese hat inzwischen ihre Mittlere Reife gemacht und lernt jetzt Buchhaltung im Kaufhaus Engels, wo Lilli Schadewald als leitende Bürokraft und Prokuristin tätig ist. Alois Sohn Clemens und Anneliese haben sich jetzt im August hier kennengelernt, und ich glaube, wenn mich meine Sinne nichtgetäuscht haben, ineinander verliebt. Clemens Kinder sind vernarrt in Anneliese, die viel mit ihnen und den Zwillingen im Urlaub unternommen hat. Anneliese liebt Kinder. Diese Geschichte ist noch lange nicht vorbei." „So viel heile Welt, Gori, wo gibt es die sonst noch." „Elisabeth und Alois sind die Stabilisatoren. Das Paar ist ein Herz und eine Seele, gemeinsam strahlen sie viel positive Energie aus. Alle Menschen, die sich in ihrem Umkreis befinden, können gar nicht anders, als es ihnen gleichzutun. So habe ich es mir zusammenphilosophiert." „Lass mich noch bitte fragen, Helene und Lilli sind ein richtiges Paar?" „Ja, sie haben sich auf der Hochzeit von Elisabeth und Alois kennengelernt und sind seitdem nicht mehr getrennt aufgetreten, außer zur Arbeit und zum Einkaufen." „Wissen das alle Leute?" „Im Prinzip schon, ich persönlich glaube, dass aber die meisten biederen Travemünder mit lesbischer Liebe ebenso wenig anfangen können, wie mit vegetarischer Küche." „Ich verstehe, was du meinst." „Den Becks geht es gut?" „Ja, sehr gut, Frau Beck hat eine ganze Weile bei Alois den Morgenservice im Gästehaus gewuppt. Seit einem Jahr ist sie wieder in ihrem alten Beruf als Krankenschwester bei Professor Feiler tätig. Wir wussten nicht, dass sie das ist, alle dachten, sie käme auch aus der Gastronomie oder Hauswirtschaft, weil ihre Eltern einen Bauernhof haben. Professor Feiler hat sich vor zwei Jahren hier in Travemünde mit einer sehr schönen Praxis selbständig gemacht, die wirklich sehenswert ist." „Wie darf ich das verstehen?" „Sie ist Luxus pur. Du musst sie dir ansehen." „Geht die Ballettschule von Elisabeth gut?" „Ja, sie hat viele Schülerinnen, einige männliche Schüler und darüber hinaus gibt sie Unterricht für Upperclass-Damen in Sachen Haltung, wie soll ich sagen, so, im eleganten Auftreten auf dem Parkett." „Verstehe, das macht sich wohltuend auf dem Bankkonto bemerkbar." „Elisabeth und Alois sind Glückskinder, sie waren beide von Haus aus nicht arm und konnten finanziell ganz entspannt an ihre Projekte gehen. Beide sind sozial engagiert, sie haben keinen Standesdünkel und sind frei von Arroganz, was sie total sympathisch macht."

Selm schweigt, ich vermisse Tessa. Selm mag ich, sie ist nach dem langen Schlaf entspannt, strahlt Liebe und Heiterkeit aus. Ihr Äußeres passt wirklich überhaupt nicht zu ihr.

„Selm, wenn du jetzt im Augenblick keine Frage hast, rufe ich in deiner Sache das Komitee."

Alois und Elisabeth schlafen, Selm ist mit dem Komitee fort, ich bin sehr neugierig, wie sie zurückkommen wird.

„Gori, ich wollte nach dir sehen, bist du traurig?" „Pacca, danke für deine Frage, ich weiß es nicht, ich fühle mich indifferent. Irgendwie glaube ich nicht, dass Tessa lange dortbleiben muss. Und Selm ist total in Ordnung; sie ist mit dem Komitee zur Kosmetik gegangen." „Ach, ist nicht wahr, er zähle." „Sie ist über ihr graues Aussehen frustriert. Als sie derzeit abberufen wurde, war sie, wie sie mir sagte, auf einem Kompetenztrip. Dazu gehörten sachliche Garderobe, graue Haare und ein ungeschminktes Gesicht. Pacca, dein Silberhaar ist wundervoll, es passt zu dir, zu deiner ganzen eleganten Erscheinung. Bei Selm sieht das angegraute Haar einfach nur schmuddelig und doof aus." „Doof?" „Entschuldigung, meinetwegen unkleidsam." „Hast du gehört, ob Clemens Anneliese noch etwas gesagt hat?" „Er wollte ihr gleich schreiben, mehr weiß ich nicht." „Das kann er noch nicht gemacht gaben, die Zeit ist zu kurz. Wie geht es Anneliese, hat Elvie was gesagt?" „Ja, Lilli hat ihre Mühe mit Anneliese.
Sie ist verliebt und rechnet falsch zusammen. Kerst versucht, sie ohne Manipulation, in den Griff zu bekommen, wie immer. Ich bin gespannt, wann er uns um mentalen Beistand bittet." „Mentalen, oder manipulatorischen Beistand?" „Du, ich bin ganz vorsichtig nach der letzten Ermahnung durch das Komitee, nicht zu schnell, nur in äußerster Not." „Haben sie sich eigentlich geküsst?" „Ja sicher doch, soweit waren sie schon. Hoffentlich kriegt Anneliese die Lehre zu Ende geführt. Pacca, sie ist in einem Alter, wo die Kindlein anklopfen." „Du bedienst dich heute einer schlichten Ausdrucksweise, mein Freund." „Ich bin schlicht." „Dir fehlt eine Mütze Abschaltung, huch, wer ist das?" „Da, da, da, da."

Selm ist es, wirklich. Selm, dreht sich um sich selbst, die Haare kurz und knallig rot, enges grünes Minikleid, aus was? Sieht aus wie Kaschmirwolle, mit halblangen Ärmeln. Dazu hochhackige Stiefelchen bis zu den Knöcheln. Schwarze lange Kette, Ring mit schwarzem Stein. die grünen Augen auf Katze geschminkt, tolles Make-up, nee, nicht, glaub ich nicht.

„Eh, Schönheit, welcher Planet hat dich freigegeben?" „Was sagt ihr, so sah ich früher, bevor mein Irrtum begann, immer aus." "Du siehst ganz bezaubernd aus, Selm, herzlichen Glückwunsch." "Ja Selm, wenn du nicht so schauderhaft unpigmentiert wärest, könnte ich mich glatt in dich verlieben, ganz libidofrei." "Danke, Gori, ein netteres Kompliment kann kein Mann einer Frau machen." "Was ist das für ein Krach bei euch, huch, wer ist das?"

Briesa zeigt auf Selm.

"Die verwandelte Selm, so sah sie früher immer aus, bevor sie einen Kompetenzfimmel bekam." "Briesa, Gori drückt sich heute etwas schlicht aus, stimmt aber im Wesentlichen." "Gefällt mir, Selm, du siehst jetzt wie eine richtige Frau aus, nicht mehr wie eine graue Maus." "Dann bin ich dieses Image hoffentlich los." "Liebe Frauen, was haltet ihr davon, wenn wir alle unsere Gedanken bis zum Weckerklingeln abschalten würden, der kommende Tag wird es uns danken."

Der nächste Tag
"Heute ist wieder Sabines Lieblingstag in der Schule, heute haben die Mädchen Handarbeiten." "Peter, warum musst du deine Schwester ärgern?" "Will ich nicht, sie ärgert sich doch, weil sie das Fach nicht mag, Mama." "Ich mochte Handarbeiten auch nicht, ich hatte immer eine vier, genau wie Sabine." "Ich finde Werken gut, ich kriege eine zwei." "Na und, dafür kriege ich in Deutsch, Rechnen und Heimatkunde eine eins und du?" "Ich kriege überall zweien, in Sport eine eins und was kriegst du in Sport?" "Ich weiß noch nicht, vielleicht auch nur eine vier." "Tolles Zeugnis." "Schluss, Peter, Sabines Leistungen in den 3 wichtigen Fächern ist überragend, Sport und Handarbeiten liegen ihr nicht."

Alois sieht seinen Sohn grimmig an.

"Ist ja gut, Papa, Handarbeiten sind unwichtig und Sport ist für mich wichtig, nicht für Sabine. Als Frau Professor hat sie Leute, die sich für sie bewegen müssen."

Jetzt sieht Alois aus, als würde ihm dazu nichts einfallen, Elisabeth wirkt auch nicht intelligenter.

„Genau so wird es sein, Peter. So, ich gehe jetzt meine Sachen packen."

Sabine hatte das letzte Wort, sie geht vom Tisch. Briesa zuckt die Schultern. Wenig später bemüht sich auch Peter hinauf ins Kinderzimmer.

„Alois, ich werde auch fahren, ich muss mit Schulzi die Heizsaison besprechen. Ich muss Holz und Kohlen bestellen, Rechnungen muss ich auch noch anweisen. Das mache ich zuerst, dann kann ich sie auf dem Weg zu Schulzi bei der Bank abgeben. Bargeld muss ich auch noch einzahlen. Was machst du heute?" „Liebling, du hast viermal muss gesagt? Wird dir was zu viel?" „Das ist mir nicht aufgefallen, nein, alles gut, mir ist nichts zu viel." „Was hältst du davon, in den Herbstferien zu verreisen, einmal weg von hier, dahin, wo es noch warm ist, oder immer warm ist?" „Ist das dein Ernst?" „Ja, ich habe an Gran Canaria gedacht." „Alois, das wird viel zu teuer, allein der Flug für vier Personen wird uns mindestens dreitausend Mark kosten. Dann Hotel, Essen, Getränke, Ausflüge, das können wir uns nicht leisten." „So teuer? Woher kennst du die Preise?" „Alois, in der Stadt gibt es Reiseveranstalter, ich sehe die Plakate." „Frieren wir den Gedanken wieder ein?" „Ja, wir haben doch nichts davon, wenn wir uns einmal etwas sehr Teures leisten, was es auch koste. Dann kommt das nächste Jahr und dann haben wir wieder nichts. Vielleicht sieht es bald auf dem Reisemarkt freundlicher aus. Warten wir die Zeit ab. Und sieh es doch mal so, wo können Kinder schönere Ferien als direkt bei uns vor der Haustür machen?"

Die Kinder gehen, Elisabeth geht duschen, Alois räumt die Küche auf. Er sieht nachdenklich aus, ganz bestimmt ärgert er sich über die hohen Flugpreise, oder macht er sich Sorgen wegen Elisabeth? Muss er nicht, sie hat genug Urlaub, sie macht immer dicht in den Ferien. Durcharbeiten lohnt sich nicht, ganz viele Schüler sind weg, verreist, wollen nicht, können nicht, das gilt auch für die Erwachsenenklassen. Jedes Mal freut sie sich, wenn die Ferien zu Ende sind und sie wieder arbeiten darf.

„Alois, hast du nicht heute bei Richard einen Termin zum EKG?"
„Ach du liebe Güte, den hätte ich vergessen. Gut, dass du das sagst, die ganze Zeit hatte ich im Hinterkopf: da war doch heute was." „Also dann, grüß bitte Margot und Richard, ich bin weg."

Sie küssen sich, Alois ist allein, er räumt zu Ende auf, geht hoch ins Schlafzimmer, lüftet die Betten. Frau Schuhknecht wird später den Rest erledigen. Alois ist unschlüssig, sucht etwas, findet seine Shorts, zieht sich aus, tauscht die lange Hose gegen die kurze. Es ist noch sehr warm draußen für September. Alois ist fertig, wir verlassen das Haus, runter an den Strand. Alois sieht auf seine Uhr, es ist 9 Uhr, um 10 soll er bei Richard sein. Mein Klient begrüßt alle Strandkorbvermieter, die er antrifft, beantwortet Fragen, gibt Auskünfte, das dauert seine Zeit. Herr Schuhknecht flickt einen Sitz im Strandkorb Nummer sieben; in dem wollte er mal das Geld sehen. Herr Schuhknecht ist kein anderer Mensch geworden, aber die regelmäßige Arbeit tut ihm gut. Boll sagt, der junge Mann sei zufriedener. Boll ist der älteste Schutzgeist, den ich kenne, bestimmt achtzig oder fünfundachtzig Jahre. Er bewegt sich flink wie ein Wiesel und strömt unablässig wohlwollende Zerstreutheit aus, wenn er denn da ist, weil es noch Frau Schuhknecht gibt, die gleichzeitig bedient werden muss. Für Boll sind alle jung, was sagt mir das? Alles ist eben eine Frage der Perspektive. -Los, Alois, beeil dich, Richard wartet.- Er tut es jetzt, verlässt mit großen Schritten den Strand, überquert die Promenade. Es geht durch den Brügmanngarten, vorbei am Casino, rein in die Kaiserallee, wo Richards Praxis ist. Margot empfängt Alois, mich Fem.

„Gori, gut dich zu sehen, kannst du dir bitte Margot ansehen. Die Frau läuft in letzter Zeit nicht rund. Hedi sagt, sie hat nichts, ich finde, sie ist bedrückt."

Da ist er wieder, der sensible Fem, ohne Allüren, ganz Ernsthaftigkeit, wie wir ihn selten erleben.

„Gerne, Fem."

Margot benimmt sich wie immer: lachend, herzlich, Alois ganz zugewandt, und doch, etwas ist anders: ihre Augen leuchten nicht, sie scheinen verhangen. Fem hat recht, etwas stimmt nicht mit ihr.

„Sie spielt ihre Margot-Rolle, Fem, du hast richtig beobachtet. Ich glaube, ich sehe, was du gesehen hast. Gibt es einen Verdacht?" „Ja, die Arbeit passt ihr nicht mehr. Sie weiß nicht, wie sie sich hier auf und davon machen kann. Sie hat von Medizin keine Ahnung, das macht ihr zu schaffen. Andererseits hat sie ihren Bonus, den sie anfangs hatte, inzwischen verloren." „Entschuldige, welchen Bonus?" „Den Bonus als Frau Professor Opernsängerin. Das interessiert inzwischen die Stammpatienten nicht mehr." „Ach du lieber Mond, na klar, das kann ich mir vorstellen." „Gori, die Praxis geht hervorragend. Richard will eine Röntgenabteilung einrichten, damit die Patienten nicht woanders hinmüssen, wenn eine Untersuchung mit diesen Strahlen notwendig ist, und er hat noch andere Sachen im Kopf. Margot ist ihm keine Gesprächspartnerin. Sie hat die Zeit, sich in das Medizinfach einzuarbeiten, nicht genutzt. Sie hat ihre Arbeit als Spielerei angesehen, als Abwechslung vom Alltag. Sie hat einen Brief von der Musikakademie bekommen. Sie wird gefragt, ob sie Gastdozentin für das nächste Semester werden will. Richard weiß nichts davon." „Das ist großartig, wieso zögert sie, es ihm zu sagen?" „Ich bin überzeugt wegen Richard, wegen der ganzen Umstände, die sie mit ihrer Berufstätigkeit verursachen würde. Denk doch mal, es sind doch nicht nur die Zeiten des Unterrichtes, es kommen Proben und Aufführungen dazu, ergo Gori, sie wird bei Annahme der Gasteinladung mehr Zeit in der Musikakademie, als hier in Travemünde verbringen. Und in dem Semester darauf wird sie womöglich kein Gast, sondern ordentlicher Professor sein, das ist doch immer so, in diesen Branchen, wenn ich mich richtig besinne." „Puh, jo, dann viel Spaß. Das wird schwierig. Das ist eine Situation, in der wir Schutzgeister leider überhaupt keine Möglichkeit der Einflussnahme haben. Wir können nur zusehen." „Ja, so ist es. Tatsache ist auch, dass Margot aus der Anmeldung und aus der Praxis verschwinden muss, um einer Fachkraft Platz zu machen. Dafür wäre es gut, wenn sie ein eigenes Betätigungsfeld hätte, damit ihr Abgang ohne Gesichtsverlust passieren kann." „Das siehst du richtig, Fem. Vielleicht ist Alois aufmerksam und sieht, dass mit Margot nicht alles in Ordnung ist und alarmiert Elisabeth. Margot braucht jetzt eine Freundin."

Alois ist fertig, Hedi winkt mir zu. Keine Zeit für ein Gespräch. Richard sieht Alois zufrieden an, dann hat der Patient bestimmt alle Prüfungen bestanden. Verabschiedung. Wir bleiben in der Kaiserallee. Alois geht schnell, er will nach Hause, keine Ahnung, was er vorhat. Die Kinder kommen um 12 Uhr aus der Schule, dann geht es zum Mittagessen, Peter muss um 15 Uhr bei Elisabeth zum Unterricht erscheinen. Wir sind zu Hause, Alois geht sofort zum Telefon, dann sieht er auf die Uhr und schüttelt kurz den Kopf. Wollte er Elisabeth anrufen? Hat er etwas gemerkt? Elisabeth gibt jetzt Ballettstunde, es muss so sein. Jetzt läuft er im Zimmer auf und ab, er weiß nicht, was er machen soll. - Die Post, schau mal in den Postkasten, ob Anmeldungen für Strandkörbe oder Zimmer gekommen sind.- Genau, das fällt ihm ein. Er geht zum Postkasten. Na bitte, ein Packen Briefe. Alois lächelt. Sehr schön, er kann sich damit die Zeit vertreiben. Die Haustür geht auf, polternd, die Kinder kommen. Sabine stürmt auf Alois los und weint, Alois nimmt sie in die Arme. Peter bleibt stehen, er sieht betreten aus.

„Kind, was ist los, was ist passiert?" „Sie hat mich geschlagen." „Wer hat dich geschlagen?" „Frau Heimann." „Und weswegen?" „Wegen Lug und Betrug." „Sabine, was hast du gemacht?" „Ich zeig dir das."

Sabine macht sich los, geht zu ihrem Ränzel, und holt einen Topflappen heraus, hält ihn hoch.

„Sabine, hast du den gemacht?" „Nein, ich habe es aber gesagt." „Oh, das ist nicht korrekt, der ist sehr hübsch, der Topflappen, der ist von Helene." „Papa, ich schäme mich so, den hätte ich nie so hingekriegt, was soll ich jetzt machen?" „Hast du dich bei Frau Heimann entschuldigt?" „Ja, sofort." „Hast du eine Auflage bekommen?" „Auflage?" „Ja, sollst du etwas machen?" „Ich soll bis nächsten Mittwoch selber einen häkeln." „Das ist doch in Ordnung, dann tust du das eben." „Ich kann das nicht." „Wir fragen Helene, ob sie dir helfen kann." „Ich glaube, ich werde krank." „Quatsch, wegen eines Topflappens wird kein Mensch krank. Was du gemacht hast, war nicht in Ordnung; es gibt aber Schlimmeres im Leben. Merke dir für alle Zeiten, dass du nie wieder fremde Arbeiten für dein Eigentum ausgibst. So, jetzt wasche dir das Gesicht, wir wollen zum Essen. Ist was, Peter?" „Nein, ich finde es aber nicht gut, dass Sabine eine geknallt gekriegt hat." „Frau Heimann hat es bestimmt nicht so gemeint." „Ha, das konnte sie aber gut verbergen."

Alois dreht sich schnell herum, er kann sich kaum ein Lächeln verkneifen.

„Peter, du bist ein sehr guter Bruder." "Sabine ist auch eine sehr gute Schwester." „Ich freue mich, zwei so gelungene Kinder meine eigenen nennen zu dürfen." „Du findest es nicht so schlimm, wie? Was wird Mama dazu sagen?" „Bestimmt etwas Ähnliches wie ich." „Wir kriegen von euch nie Strafen." „Sabine ist doch schon bestraft, sie hat eine Ohrfeige bekommen, und muss jetzt auch noch Topflappen häkeln, schlimmer geht es doch nicht."

Was für ein Segen, dass Tessa nicht hier ist. Sie hätte mir wieder einen Vortrag darüber gehalten, wie wenig rechtstreu Alois ist.

„Andere Kinder aus der Klasse bekommen für Vergehen trotzdem Stubenarrest, oder zehnmal Abwaschen, oder Kinoverbot." „Peter, jetzt mach aber bitte mal halblang, du hörst dich an, als würdest du Strafen vermissen. Das ist doch irgendwie nicht zu fassen." „Ich will nur sagen, dass ihr anders seid, als andere Eltern." „Wir wissen eben, dass es auch ohne Strafe geht, oder glaubst du etwa, Sabine würde sich das mit den Topflappen ein zweites Mal einfallen lassen, oder wenn es sich nicht um Topflappen dreht, eine andere Arbeit als ihre eigene ausgeben?" „Nö, niemals, die ist kuriert." „Na also, was sollte dann eine zusätzliche Strafe bewirken?" „Das musst du mal den anderen Eltern erzählen. Die anderen Kinder kriegen für so was welche mit dem Ausklopfer verpasst und dann noch Stubenarrest oder so, ja." „Danach sind die Kinder auf die Eltern wütend, und haben darüber vergessen, was sie eigentlich angestellt haben, Peter, das ist unklug." „Und warum seid ihr so klug?" „Ich weiß nicht, ob wir klug sind, deine Mutter und ich, wir haben einen gesunden Menschenverstand. Sabine, bist du fertig?" „Ja, ich habe noch den Topflappen gesucht."

Sabine kommt die Treppe runter, und hält einen angefangenen, was auch immer es sein soll, Topflappen in der Hand mit Häkelnadel und Wollknäuel.

„Kind, was soll das sein, das Gebilde sieht aus wie Kraut und Rüben." „Glaube mir, Papa, ich würde lieber einen Aufsatz schreiben – Wie wird ein Topflappen gehäkelt - Im Kopf kann ich das genau." „Kommt, wir gehen jetzt rüber, vielleicht hat Helene einen Tipp für dich, wie die Maschen gleichmäßiger werden. Ah, nein, ich wollte noch telefonieren. Egal, Peter, ich fahre dich nachher, du musst nicht mit dem Bus."

Pacca und Briesa gackern die ganze Zeit, wie die Hühner, sie müssen einen Humor haben, den ich nicht teilen kann. Sabine bleibt bei Helene: Handarbeitsstunde. Wir anderen fahren nach Lübeck. Elisabeth hat nur mit Peter gerechnet und strahlt Alois freudig an. Wie schön, nach so vielen Ehejahren. Alois umarmt seine Frau und erzählt von Sabine, Selm lässt sich die Geschichte von Briesa erzählen. Peter zieht sich um.

„Deswegen bin ich aber nicht gekommen und eigentlich wollte ich dich deshalb angerufen haben. Es geht um Margot." „Alois, wie waren die Untersuchungen?" „Alles sehr gut, ich bin gesund. Hör zu, Margot war eigentlich, wie sie halt immer so ist: nicht ganz leise, herzlich, du kennst sie ja. Dann lag ich auf der Liege wegen des EKG's, das dauert ja ein bisschen, und ich muss ruhig liegen und darf nicht reden. Margot saß an ihrem Schreibtisch und ließ die Mundwinkel nach unten fallen, starrte aus dem Fenster. So kenne ich sie nicht. Ich habe mir gedacht, ich sag dir das, und du wirst schon wissen, was zu tun ist." „Allerdings, Alois, ich rufe sie sofort an und verabrede mich mit ihr." „Mach das. Elisabeth, ich fahre gleich zurück, vielleicht

kommst du erst noch schnell nach Hause und küsst und umarmst Sabine für den erlittenen Schaden." „Klar, ich setze Peter noch ab und komm ins
Haus."

Später
„Elisabeth, dich schickt der Himmel, wenn du dich heute nicht gemeldet hättest, wäre ich zu dir gekommen, komm rein." „Wo ist Tessa, Gori, wieso kommst du mit?" „Das kannst du nicht wissen, Tessa hat seit gestern einen Fall im Osten, Selm ist jetzt für Elisabeth da und sie hat gemeint, ich solle mitgehen." „Danke, Margot, nur Kaffee, keine Torte." „Ich bin unglücklich wie selten in meinem Leben. Diese Praxis hängt mir zum Halse raus. Zuerst war alles richtig nett, die Patienten waren respektvoll. Jetzt, nach gut zwei Jahren, bin ich nur noch die Frau in der Anmeldung, die nicht richtig organisieren kann. Und jetzt ist etwas passiert: Ich habe von der Musikakademie eine Einladung für eine Gastdozentur im nächsten Semester bekommen. Ich weiß nicht, wie ich das Richard sagen soll." „Margot, gratuliere, das ist doch großartig! Nimm sofort an, Richard wird das verstehen." „Die Praxis ist sein Baby, ich kann doch nicht sagen, dass ich dieses Baby hasse." „Lege ihm den Brief vor, sage ihm –lies, was da steht- und schau ihn an." „Und dann?" „Im besten Fall gratuliert er dir. Im schlimmsten Fall sagt er, - das willst du doch wohl nicht? -" „So würdest du es machen?" „Ja, wenn ich du wäre." „Und als Elisabeth?" „Ich bin nicht du, Margot. Als Elisabeth hätte ich mich doch niemals auf dein Unternehmen in der Praxis eingelassen. Ich helfe in den Ferien Alois auch mit den Strandkörben und in der Pension. Das macht mir auch Freude. Im Übrigen habe ich mein eigenes Geschäft. Und genau das brauchst du auch. Du bist keine Krankenschwester, und ich bin keine Pensionswirtin, ganz einfach."
„Wenn du es so sagst, hört es sich unglaublich einfach an. Ich mach es so, heute Abend noch." „Genau, dann hast du es hinter dir und am
Wochenende wird gefeiert, abgemacht?" „Abgemacht." „Fem, du musst mir sagen, wie das heute Abend ausgeht, ich platze sonst heute Nacht vor Neugier." „Versprochen, mein Süßer, ist

doch echt Ehrensache, ich such dich auf, wenn die Sache gelaufen ist. Dein Alois hätte mir früher auch gefallen, er sieht schnuckelig aus und ist so sensibel. Ist es nicht schade, wie wenige nette Jungs unsereins haben kann, es gibt so viele."

Gefahr vorüber, fast vorüber, es bricht wieder durch, Fem ist Fem.

„Alois steht auf Frauen, Fem." „Ist doch egal, ich kann auch träumen." „Fem, du hast keine Libido, genau so wenig wie ich." „Ha, was zählt ist die Erinnerung, die stirbt nie." „Du passt zu Tessa, schade, dass sie kein Mann ist." „Was macht Tessa da im fernen Osten?" „So fern ist der Osten nicht, ich glaube, sie ist in Rostock." „Auf jeden Fall ist der Osten nicht sehr schick, irgendwie so dumpf, was einem so zu Ohren kommt." „Dumpf? Was verstehst du darunter?" „Na, irgendwie puritanisch, puristisch, öde, langweilig, kein Konsum, keine schicken Sachen, so unerotisch, wie die Leute aussehen. Noch schlimmer sind die Chinesen mit ihrer Kitteltracht. Sowas geht ja gar nicht. Wozu gibt es die Haute Couture in Paris. Die im Osten können sich da doch mal was abgucken. Schau dir Elisabeth an, die ist schick. Margot ist schick, leider ein bisschen zu schwabbelig. Trotzdem macht sie was her. Und dann diese Politik da, dieser Sozialismus. Klingt schon, wie eine ansteckende Krankheit, wie nennt sich das? Arbeiter- und Bauernstaat. Als ob es keine Intellektuellen gäbe, Künstler, als Alleinunterhalter findest du da bestimmt keinen Mäzen. Oh nein, Gori, Schatz, nicht für alles Geld der Welt würde ich mich dahin versetzen lassen. Da kann ein Mensch wie ich nicht leben, höchstens vegetieren." „Fem, du bist Schutzgeist, nicht Mensch." „Ist doch einerlei, ich brauche ein wenig Luxus um mich herum, alles andere löst bei mir unverzüglich eine Paranoia aus. Ich werde davon zum Häschen, das schnell flüchtet. Findest du das etwa frivol?" „Überhaupt nicht, nein."

Meint er jetzt, der unluxuriöse Staat sei nicht frivol, oder seine mögliche Flucht. Ich will lieber nicht nachfragen. Elisabeth verabschiedet sich, wir gehen. Alois beantwortet Briefe, die Kinder sind in ihren Zimmern. Selm, Pacca und Briesa sehen mir erwartungsvoll entgegen.

„Hört zu, was Elisabeth Alois erzählt." „Alois, du hast ganz richtig beobachtet. Margot ist bedrückt. Sie will aus der Praxis raus und hat ein Angebot von der Musikakademie für das nächste Semester. Es ist eine Gastprofessur, die durchaus Chancen hat in eine ordentliche Professur in dem darauffolgenden Semester umgewandelt zu werden. Ich bin der Meinung, sie sollte zugreifen, eine solche Chance kommt nicht noch einmal. Für Margots Tätigkeit in der Praxis findet Richard Ersatz. Was sagst du?" „Große Klasse, dann ist sie auch eine richtige Frau Professor." „Ja, auch. In erster Linie geht es aber um Margots berufliche Perspektive, die steht im Vordergrund. Sie hat in der letzten Zeit wenige Konzertangebote bekommen. Ich denke, das hat sie unzufrieden gemacht." „Ist nachvollziehbar. Wird Richard glücklich darüber sein?" „Bestimmt." „Was macht dich so sicher?" „Richard wird froh sein, sie aus der Praxis zu bekommen. Ich weiß von ganz vielen Leuten, also Patienten, dass Margot mehr zur
Unterhaltung beiträgt als zur Arbeitsbewältigung, und Valerie hat ihre liebe Not, ihre organisatorischen Fehlpässe in Tore zu verwandeln."

Alois lacht laut und herzlich.

„Hoch lebe die Musikakademie, Retterin der Ärzte, Krankenschwestern und Patienten."
„Wollt ihr euch ansehen, was ich gemacht habe?"

Sabine steht oben auf der Treppe und hält etwas in die Luft.

„Aber sicher, komm runter."

Elisabeth lächelt ihrer Tochter entgegen. Strahlend hält Sabine einen frisch gehäkelten Topflappen in der Hand, der so krumm und schief ist, dass er umfallen würde, auch wenn er zwei Beine hätte.

"Ach du armer Vater."

Selm zieht hörbar die Luft ein, Briesa sieht komplett betreten aus. Können Eltern ihr Kind so sehr lieben, dass sie es für ein der gestaltetes Monstrum noch loben können? Elisabeth und

Alois ringen um Fassung, und nach Worten, wir sehen es ihnen an.

„Ich bin ein Mann, ich verstehe nichts von Handarbeiten."

Prima, Alois, das hätte ich jetzt vielleicht auch gesagt.

„Ja, Sabine, was soll ich sagen, wieso bist du nach oben hin immer schmaler geworden?" „Och, Mama, das hat so lange gedauert, ich habe nebenbei auch gelesen und war froh, als ich fertig war." „Du musst dir bewusst sein, dass du keine gute Zensur dafür kriegst." „Nein?" „Nein, dafür hätte der Topflappen gerade sein müssen." „Schade." „Du hättest den Topflappen als Rechenübung nehmen können, schön Maschen zählen, und zum Schluss hättest du ein Ergebnis gehabt, wie viele Maschen es insgesamt sind." „Toll, Papa, das hättest du mir vorher sagen können, dann hätte es mir wenigstens etwas Spaß gemacht." „Du kannst es doch unter diesem veränderten Gesichtspunkt noch einmal versuchen." „Den ganzen Topflappen noch einmal?" „Was spricht dagegen?" „Ich könnte anfangen, und wenn ich nicht mehr kann, habe ich den hier." „Genau, so machst du es."

Mann, Alois, Glückwunsch.

„Mädels, ist er nicht gut?" „Alois, das war eine diplomatische Glanzleistung, darauf wäre ich nicht gekommen." „Liebling, ich bin ein Mann, ich kann so was."

Elisabeth lacht ihr Elisabeth-Lachen, Selm stimmt ein.

Es ist spät, ob Fem noch kommt? Vielleicht hatte Margot heute keine Chance Richard zu beichten. Wenigstens ist der Topflappen fertig geworden. Sehr anständig sogar. So ist es, wenn banale Dinge mit einem höheren Pathos versehen werden. Alois hat seine Korrespondenz abgearbeitet, Peter und Elisabeth haben Karten gespielt. Jetzt warte ich, alle schlafen. Fem kommt.

„Schätzchen, kurz und gut: Richard hat den Brief von der Musikakademie gelesen und ein riesiges Theater gemacht. Er wolle das nicht, er fände alles, wie es ist, angenehm und gut.

Jetzt strebe sie außer Haus, sie würden sich nur noch unregelmäßig sehen und so weiter. Dann ist Margot ebenfalls bühnenreif in Tränen ausgebrochen und hat ihre zunehmende Unzufriedenheit in der Praxis angeprangert. Kurz, sie sei am Ende ihrer Nerven, weil sie für diese Tätigkeit keinerlei Qualifikation habe und sich als Belastung im Arbeitsalltag betrachte. Ihr Selbstwertgefühl entspräche vergleichsweise einer Stecknadel im Heuhaufen und anderenorts wäre sie die Frau Professor. Er solle doch Erbarmen zeigen. Darauf hat Richard Margot in die Arme geschlossen und ihr gratuliert. Wenn du

mich fragst, hat er ganz schön kokettiert." „Wieso sollte er?" „Seine Empörung war gespielt. Margot macht zu viele Fehler in der Terminvergabe und andere Sachen auch falsch. Ich fand es nett von Richard. Er konnte sich großzügig zeigen, und war in Wirklichkeit froh, dass sich die schwierige Situation mit Margot in der Praxis von selbst gelöst hat." „Ende gut, alles gut, Fem, danke dir." „Und nicht zu vergessen, Gori, Margot konnte sich doppelt wichtig fühlen, von zwei Arbeitgebern gleichzeitig umworben zu werden."

Da ist etwas Wahres dran. Fort ist Fem, ich schalte meine Gedanken ab.

Tessa, die DDR und eine frühmorgendliche Reflexion
Ich träume so schön, Tessa ist bei mir. Ich träume nicht, Tessa ist da.

„Gori, mach die Augen auf, ich bin's" „Tessa, wieso? Was machst du hier, es ist tiefste Nacht." „Eben, deshalb bin ich hier, weil es tiefste Nacht ist, alle schlafen, ich konnte weg." „Komm, wir gehen an den Strand. Wie geht es dir, fühlst du dich sehr allein?" „Natürlich fühle ich mich allein. Der Schutzgeist von der Frau ist nett zu mir, sie hat mir einiges über die dortigen Verhältnisse erzählt, sie ist aber nicht immer da, weil sie mit der Frau mitmuss, die als Ärztin im Schichtdienst arbeitet." „Hat sie keine Praxis, wie Richard?" „Nein, die gibt es fast gar nicht mehr. Die medizinische Versorgung ist verstaatlicht worden, wie alles andere auch. Sie arbeitet aber sowieso im Krankenhaus auf der Säuglings- und Kinderstation." „Verstaatlicht, so wie in einem christlichen Orden?" „Gori, spinnst du? Ein Orden ist nicht verstaatlicht, wer hat dir sowas erzählt?" „Entschuldige, ich muss mich sammeln. Nein, ich meine es in dem Sinne, dass das Eigentum nicht einem einzelnen Menschen gehört, sondern dem Orden, und damit allen, die zum Orden gehören." „So ungefähr. Es ist eine Klasse der Besitzlosen." „Gibt es kein Geld, wovon sich die Leute etwas kaufen können?" „Doch schon, sie verdienen ungefähr alle gleich; die Ärztin, der Bauarbeiter, die Ingenieurin, größere Unterschiede gibt es nicht. Davon bestreiten sie ihr normales Leben: Essen, Getränke, Kleidung und was sonst dazu gehört." „Du hast keine Möglichkeit, mehr zu verdienen?" „Nein, du kannst dir auch nicht viel kaufen, weil es ganz viele Dinge nicht gibt. Wenn du ein Auto haben willst, musst du es bestellen; vielleicht kriegst du eins in zehn oder fünfzehn Jahren." „Ach du liebe Zeit, darüber kann so mancher Besteller zu Tode kommen." „Kann passieren." „Ja, was finden die Leute denn da so gut, warum laufen sie nicht alle weg?" „Es gibt viele Männer und Frauen, die von dem politischen System, das hinter diesen Unzulänglichkeiten steht, tief überzeugt sind. Sie fühlen sich als die besseren Menschen. Außerdem wird ihnen von der Politik eingeredet, dass die DDR 1961 den Lebensstandard der BRD überflügelt haben wird." „Das ist doch Quatsch, wir haben jetzt 1959, das wird nie hinkommen können." „Genau, Gori, es gibt immer noch Lücken, selbst bei der Lebensmittelversorgung. Mein Schützling glaubt an die DDR. Seine Frau nicht, die elfjährige Tochter glaubt, der fast neunjährige Bruder ist ungläubig. In der Familie steht es zwei gegen zwei. Der Schutzgeist der Frau sagt, so sähe es in vielen Familien aus. Der Mann sagt, der Westen sei dekadent. Die Frau sagt, er sei ein Träumer. Sie hört auch heimlich Westradio. Er leitet eine Pioniergruppe, darüber weiß ich noch nicht viel. Was gibt es bei euch an Neuigkeiten?" „Margot wird im nächsten Semester Frau Professor in der Musikakademie." „Das ist doch toll, einfach so?" „Sie hat die Einladung von dort zu einer Gastdozentur erhalten. Richard hat zugestimmt nach viel Gebrüll und bla, bla. Fem hat mir vorhin die gute Nachricht überbracht. Sie war in der Praxis unglücklich und suchte einen Ausstieg." „Freut mich für sie, Margot ist schwer in Ordnung. Gori, ich muss los, macht Selm alles gut mit Elisabeth?" „Ja, sie

ist in Ordnung. Ihr ist die Situation etwas peinlich. Sie hofft, wenn sie sich bei uns gut bewährt, dass sie dich ablösen kann, und du hierher zurückkommen darfst." „Gori, glaube mir, ich kann es kaum erwarten. Ich mag die ganze Atmosphäre in der DDR nicht. Das Wort, das du am häufigsten hörst, ist Kollektiv. Nächstes Mal erzähle ich dir mehr. Grüße bitte alle von mir."
„Lass dich drücken, Tessa, bleib mit uns am Ball."

Fort ist sie, was soll ich machen, meine Gedanken wieder abschalten? Ich fühle mich frisch, Tessa hat mir gutgetan.
Alois schläft, Elisabeth auch, Selm wacht mit ausgeschalteten Gedanken. Der Strand ist leer, die Möwen schweigen. Draußen fahren Fischerboote. Jetzt, um diese Zeit holen sie die Netze ein. Bald kehren sie zurück, fahren in den Hafen, laden ihre Waren aus. Frischfisch für den Ort, für die Restaurants. Es ist noch dunkel, mein Heimatplanet ist eine Scheibe, die Sterne leuchten noch, keine Spur von der Sonne. Ich war nie Fischer, nie Bauer, höchstens in der Mondsteinzeit. Jeder Planet hat eine Steinzeit, irgendwann ist sie überstanden, Dörfer und Städte entstehen. Steinzeitmenschen bleiben. Sie gehen zum Friseur und tragen Haute Couture, benutzen teure Parfüms und fahren teure Autos und sagen immer noch: -du glaubst, was ich nicht glaube, du bist gleich tot- du anders, du musst weg- Andere Steinzeitmenschen tragen Uniformen, wallende Gewänder, Trachten. Du siehst es ihnen nicht an, wenn du ihnen begegnest. Sie sehen seriös und freundlich, oder jugendlich übermütig aus. Sie glauben an sich, sie können lachen und weinen, lieben? Ja, warum nicht? Sie bekommen Kinder und können Kinder zeugen, wie alle Menschen zu allen Zeiten gebären und zeugen konnten. Und sie können töten, nicht unbedingt, indem sie zustechen, prügeln, erschießen, vergasen, erwürgen. Sie töten, in dem sie Gesetze zum Töten schaffen. Sie lassen töten und fühlen sich gut dabei, jemanden zu töten, der es nicht besser verdient hat. Und wenn das jetzt ein Mörder ist? Einen rechtens verurteilten Mörder hängen, erschießen, köpfen? Dazu gehört eine Kaltblütigkeit, die ich, glaube ich, nie aufgebracht habe. Und das denke ausgerechnet ich, der einen Wächter tötete mit meiner vergifteten Negativenergie? Ja, das denke ich. Ich wollte ihn nicht töten. Es geschah ohne Absicht, zählt das

nicht? Was ist anders, was sollte mich von einem Mörder mit Steinzeitmentalität unterscheiden? Die Vorsätzlichkeit. Ich habe etwas Grauenvolles getan, ich schäme mich heute unendlich dafür. Aber ich tötete nicht aus Vorsatz, das ist der Unterschied. Richtiger Krieg ist auch etwas anderes. Da gibt es Gegner, die eine gute Chance haben, mich zuerst zu treffen, dann habe ich Pech gehabt. Bin ich schneller, überlebt der Gegner nicht. Ein inhaftierter und verurteilter Mörder hat überhaupt keine Chance mehr. Eines Tages wird er getötet, nachdem Menschen mit einer Steinzeitseele ihn zum Tode verurteilt haben, kühlen Herzens, reinen Gewissens. In tiefer Überzeugung ihrer Rechtschaffenheit. Was ist eine Steinzeitseele, was heißt für mich Steinzeitmentalität? Die Unfähigkeit zum Mitgefühl, das Fehlen einer Hingabe zum Menschlichen? Ja. Der Steinzeitmensch wurde in eine Umwelt hineingeboren, in der das bloße Überleben zählte. Er schlug zu, bevor er erschlagen wurde. Angstvoll auch, sicher. Roh selbstverständlich, ohne Unrechtsbewusstsein, wie im Krieg. Der zivilisierte Steinzeitmensch ist sich der Rohheit seines Gemütes nicht bewusst. Er lässt töten ohne jede nachvollziehbare Notwendigkeit dazu. Das tut mir weh, das ist kaum zu ertragen.

Die Sterne werden blasser. Drüben da, ganz in der Ferne, wird ein schmaler roter Streifen sichtbar. Bald wird die Sonne aufgehen, ein neuer Morgen, eine neue Hoffnung, aber worauf? Auf neue Menschen? Die Menschen meiner Umgebung haben keine Steinzeitmentalität. Alois nicht, oh je Alois, was macht er? Er schläft, Selm sieht mich an.

„Wo warst du die ganze Zeit, Gori?" „Tessa war bei mir, danach bin ich noch am Strand geblieben, ich soll dich von ihr grüßen." „Danke, was erzählt sie?" „Die Familie ist gespalten, der Mann und die Tochter liegen ganz auf der sozialistisch politischen Linie, Frau und Sohn eher nicht. Die Gehälter von Arbeitern und Akademikern unterscheiden sich kaum. Das sei eher auch unwichtig, weil es nicht viel zu kaufen gäbe. Wenn du da heute ein Auto bestellst, wird es dir in zehn oder fünfzehn Jahren geliefert." „Na sowas, ist kaum nachvollziehbar, woran mag das liegen?" „Keine Ahnung, viel mehr wusste Tessa nicht. Sie hat

mich auf ein nächstes Mal vertröstet. Ich habe ihr kurz von Margot berichtet. Halt stopp, Fem war noch bei mir. Da hattest du deine Gedanken schon abgeschaltet und deshalb kennst du das Ergebnis auch noch nicht. Margot nimmt die Gastdozentur an. Richard hat anfänglich ziemlich dagegengehalten und dann doch zugestimmt." „Das ist doch wunderbar. Und was hat dich so lange am Strand aufgehalten?" „Selm, es war eine Betrachtung über kultivierte Steinzeitmenschen. Bitte, frage mich nicht, wie ich darauf gekommen bin. Es waren eher unerfreuliche Gedanken. Ich bin froh, dass wir unter menschlichen Menschen leben dürfen." „Guten Morgen Selm und Gori, bei euch geht es ja schon lebhaft zu, ist etwas geschehen?" „Moin Briesa, Fem war gestern noch da, Margot nimmt die Gastdozentur an. Dann kam Tessa und berichtete über den Arbeiter- und Bauernstaat." „Gori, wenn du das so sagst, klingt es herablassend. Ich persönlich bin überzeugte Sozialistin, und habe noch die Anfänge des Aufbaus drüben in der DDR
erleben dürfen, bis ich zu Sabine kam." „Ist nicht wahr, du warst bis 1951 in der Ostzone?" „Sehr gerne sogar. Mein Schützling ist leider plötzlich verstorben und für Sabine wurde gesucht." „Was bitte, Briesa, ist so gut am Sozia- lismus, kannst du uns das verraten?" „Ich bin keine politische Demagogin, Selm, vielleicht klingt es aus meinem Mund nicht so geschliffen: ich finde es gut, wenn ein Staat die Grundbedürfnisse der Bevölkerung garantiert und erfüllt wie Vollbeschäftigung, Unterbringung der Kinder, zehn Schuljahre für alle, wenn nicht das Abitur angestrebt wird, keine Probleme mit Lehrstellen, Kinder- und Jugendprogramme, wie sie die Pionierarbeit vorsieht, Betreuung auch in den Schulferien, Kultur- und Freizeitangebote für Erwachsene, oft kostenfrei, Freundschaft am Arbeitsplatz, da es kein Konkurrieren unter den Mitarbeitern gibt, dagegen viel Zusammenhalt und Gemeinschaftsbewusstsein innerhalb der Arbeitsbrigaden, die gegen andere Arbeitsbrigaden im Wettbewerb stehen, sich aber nicht gegenseitig kaputt machen können, geregeltes Gesundheitssystem." „Sehr schön, atmen muss aber jeder selber, oder?" „Mach dich nur lustig, Gori. Ich finde das System überzeugend." „Die Vorteile sehe ich, die Nachteile liegen jedoch auch klar auf der Hand. Du überschreitest deinen, für dich vorgesehenen Gehaltspegel nicht, also

musst du beruflich nicht sonderlich ehrgeizig sein, weil du dir nie eine Motorjacht kaufen kannst, die du sehr gerne hättest, um damit im Sommer nach Ibiza zu fahren um schönen Mädchen zu imponieren." „Das genau ist westliche Dekadenz." „Briesa, ich sehe durchaus Vorteile des sozialistischen Systems, das kann aber nur funktionieren, wenn alle davon überzeugt sind und jeder für sich größtmöglichen Gewinn daraus erzielen dürfen. Am Anfang mag alles gut sein, nach einigen Jahren wollen Menschen vielleicht etwas anderes, mehr Geld, mehr Erfolg, andere Entwicklungsmöglichkeiten. Was ist dann, was passiert dann mit ihnen, was geschieht, wenn die Hälfte der Bevölkerung lieber eine freie Demokratie hätte? Das Briesa, kann ich dir sagen. Es kommt zur gewaltsamen Unterdrückung dieser Menschen. Ein totalitäres System, ist nur so lange ein gewaltfreies System, so lange jeder mitspielt." „In der SED können die Genossen ihre Meinung sagen, auf jeden wird gehört, alle Interessen werden vertreten." „Entschuldigt, was ist die SED? Ich habe die Jahre verschlafen." „Sozialistische Einheitspartei Deutschland, Selm. Was nützen fünf Parteien unterschiedlicher politischer Prägung, was sich nicht auch in einer Partei an Meinungsvielfalt niederschlagen kann?" „Das, meine liebe Briesa, liegt wohl auf der Hand. Eine einzelne Stimme ist dünn, ein guter Argumentator bringt sie sofort zum Schweigen. Wenn aber eine ganze Partei dahintersteht, lassen sich Standpunkte und andere Anschauungen nicht einfach vom Tisch wischen. Hinter jeder Partei stehen Wähler, die sich vertreten sehen wollen." „Es kommt eben auf die Argumente an, Gori, wenn diese stichhaltig sind, werden sich viele Stimmen dahinter stellen." „Ich kann das Gegenteil hier und jetzt nicht beweisen, möchte aber daran starke Zweifel anmelden, zudem ich ausschließe, dass die SED Parteimitglieder einen Eid auf die Moral abgelegt haben, wie die Mediziner auf Hippokrates. Und das Gewissen einzelner Menschen hat sich bisher als äußerst elastisch erwiesen." „Liebe Leute, wenn ihr nicht gleich und auf der Stelle bei euren Schützlingen seid, mache ich von einem nicht vorgesehenen Streikrecht gebrauch. Ich bin mit vier Personen überfordert."

Arme Pacca, wir waren total unaufmerksam, die Familie sitzt bereits am Frühstückstisch.

Was in der Woche noch geschah
„Alois, was meinst du, wollen wir Margot und Richard als Mitbringsel eine kleine Räucherfischplatte mitnehmen?" „Wie kommst du jetzt darauf?" „Ich würde gerne wieder einmal nach Schlutup fahren." „Also von mir aus, dann will ich aber unbedingt noch an den Hafen. Wann bist du hier?" „Muss ich unbedingt erst herkommen? Wir könnten uns doch am Behnturm treffen, da ist eine gute Parkmöglichkeit, sagen wir um 15 Uhr 30. Wenn ich von Lübeck erst nach Travemünde fahre, verlieren wir eine ganze Stunde." „Du meinst, dann ist die beste Ware ausverkauft, wenn wir später kommen?" „Könnte gut sein." „Also machen wir es so. Kinder, was ist mit euch, wollt ihr mit?" „Ja, sicher!"

Das war deutlich von Sabine und Peter, ich ahne auch warum. In der Räucherei bekommen sie immer eine kleine Schillerlocke geschenkt, die lieben die Kinder über alles. Elisabeth fährt nach Lübeck zum Unterricht,
Peter und Sabine gehen zur Schule, was machen Alois und ich? Auf zu den Strandkörben, Boll wuselt da herum, jetzt kommt er mir auch noch entgegen.

„Hör mal zu, Jungchen, die Anneliese hat heute Nacht geweint. Der feine Sohn von dem da meldet sich nicht bei ihr." „Und, hast du einen Vorschlag, was ich dagegen, oder dafür unternehmen könnte?" „Nö, nö, weißt du was?" „Was sollte ich wissen?" „Warum das so ist?" „Vielleicht weil ein Brief mindestens eine Woche braucht und vielleicht ist er in den ersten paar Tagen nicht zum Schreiben gekommen. Der hat da einen Riesenbetrieb." „Papperlapapp, wo ein Wille ist, sind auch Feder und Papier und eine Briefmarke sowieso." Da hat er nicht einmal unrecht. „Soll ich kurz nachsehen gehen, ob in Bayern die Welt in Ordnung ist? Du müsstest dann auf Alois aufpassen, schaffst du das?" „Sehe ich etwa wie ein Penner aus?" Irgendwie schon. „Boll, du siehst gut aus."

Ganz wohl ist mir nicht, soll ich doch gehen? Ja, nur kurz. Clemens ist nicht im Haus, Clemens steht mit Handwerkern vor der Bierbrauanlage. Etwas ist mit der nicht in Ordnung, er schimpft laut, hört sich an wie: „Seit drei Tagen erzählt ihr mir eins vom Pferd..."

Schnell zurück.

„Boll, die Bierbrauanlage ist kaputt. Das ist die Erklärung. Was sagt denn Kerst wegen Anneliese und zu der Angelegenheit?" „Kennst du Kerst? Ja? Nein? Wenn Kerst bezahlt bekäme, würde ich sagen, er verdient die Mäuse im Schlaf. Der Fatzke ist ein Moralapostel, kein Schutzgeist. Hast du den mal gehört, wenn er sein Nichtstun erklärt? Wenn er mit seiner Rede fertig ist, hältst du dich für den größten Drecksack aller Zeiten. Geh mir ab und los mit Kerst."

Das scheint große Liebe zu sein, Bolls Erfahrung durfte ich auch bereits genießen.

„Das Komitee schwört auf ihn." „Das Komitee geht immer den Weg des geringsten Widerstandes, Jungchen, das solltest du doch wohl wissen." „Boll, ich widerspreche dir ungern, aber diese Ansicht kann ich nicht nachvollziehen. Ich habe das Komitee noch nie ungerecht erlebt." „Na, da hast du es doch, sie sind zu allen nett."

-Alois beeil dich, ich will hier weg, wenn ich noch fünf Minuten länger mit Boll zusammen bin, habe ich vergessen, wie ich heiße.- Der Kerl dreht alles um. Alois ist fertig, wir gehen, wohin? Zu Helene auf einen Kaffee. Helene ist in der Küche.

„Alois, nimm dir einen Kaffee, Sabine hat den Topflappen ganz prima zu Ende bekommen..." „Gori, stimmt es, dass du dich mit Briesa gestritten hast?" „Wer sagt das denn, Jam?" „Pacca. Briesa hat sich bei ihr beklagt." „Und woher weißt du das so schnell?" „Wir hatten heute Morgen alle den gleichen Weg, die Kinder, Lilli und Helene." „Briesa hat ein Hohelied auf den Sozialismus gesungen, mein Bariton passte nicht dazu." „Wie,

357

Briesa findet den Sozialismus gut?" „So ist es. Ich neige bei allen guten Ideen, die idealisiert werden, eher zur Skepsis, weil das Verfallsdatum schon im Paket gratis mitgeliefert wird." „Verstehe, warum tauscht Briesa nicht mit Tessa, wenn sie sich im Osten so wohl fühlt? Selm passt doch prima zu uns anderen." „Das klingt nach einer guten Lösung. Das will ich im Auge behalten. Danke, Jam." „Nichts zu danken, Selm ist sehr schick." „Weißt du, dass sie Schutzgeist bei Helene war?" „Was?" „Ja, sie war damals ziemlich fertig. Das Komitee hat sie in den Schlaf geschickt, dann kamst du." „Will sie vielleicht wieder zu Helene?" „Das glaube ich nicht, ich könnte mir vorstellen, dass sie mit Sabine sehr glücklich wäre, sie mag Kinder."

Der Einfall hätte mir gestern schon kommen können. Tessa tauscht mit Briesa, ob Briesa wohl möchte? Warum hat sie beim Komitee noch nicht interveniert? „…du hast vollkommen recht, Helene, ich habe es mir auch vorgenommen, wenn die nächste Saison gut wird, kommt uns das auch ins Haus."

Was soll ins Haus?

„Jam, weißt du, was ins Haus soll?" „Ja, eine Heizung, eine Zentralheizung, damit hätten die Öfen ausgedient."

Später
„Kennt ihr die junge Frau da am Straßenrand, die den Daumen hebt? Wollen wir sie vielleicht zu uns einsteigen lassen?" „Lieber nicht, Papa, sie sieht wie eine Straßenräuberin aus." „Ich frage sie, Peter." „Sie, junge Frau, sind sie vielleicht die berüchtigte Straßenräuberin Elisabeth Hausner, die es auf brave Ehemänner und deren unschuldige Kinder abgesehen hat?" „Die bin ich, öffnen sie sofort die Beifahrertür und lassen sie mich mit dem Raub beginnen."

Elisabeth steigt mit den Knien auf den Vordersitz ein, beugt sich zu ihren Kindern und küsst beide herzhaft ab. Dann ist Alois dran, dann sitzt sie richtig.

„Was gibt es Neues?" „Ich habe eine eins im Aufsatz, Peter eine zwei." „Klasse, Sabine, klasse, Peter. Wie viele Einsen und Zweien gab es?" „Sabine hat die einzigste eins und zwei außer mir eine zwei." „Peter, von einzig gibt es keine Steigerung, einzigste gibt es nicht, einzig ist genug. Das Ergebnis ist doch toll für euch." „Ja, die Frau Lehmann hat aber zu mir gesagt, ich soll mich in Handarbeit mehr anstrengen. Es schickt sich nicht für ein Mädchen, da so schlecht zu sein, hat sie gesagt. Und da habe ich gesagt, ich habe nicht vor, meine Zeit, jetzt oder später, mit Handarbeiten zu verbringen. Da hat sie gesagt, was soll später mein Mann sagen, wenn ich keinen Knopf annähen kann und seine Strümpfe nicht stopfen kann. Mama, Papa, ich bin da richtig wütend geworden und habe gesagt: meine Mama kann das auch nicht, sie lässt so etwas machen. Da hat Frau Lehmann gesagt, -das ist ja schön, wenn ihr euch das leisten könnt-. Und dann ist sie gegangen." „Oh je, meine Süße, die ist beleidigt. Meinst du, ich soll mit ihr reden und den Sachverhalt ins richtige Licht rücken?" „Ja, bitte, sonst gibt sie mir vielleicht schlechte Zensuren, und ich kann nicht aufs Katharineum." „Das kann nicht passieren, weil die Aufnahme davon abhängig sein wird, wie du in der Aufnahmeprüfung vor Ort abschneiden wirst." „Was? Ich muss eine Prüfung ablegen?" „Ja sicher, alle Kinder, die auf eine weiterführende Schule wollen, werden an der Schule geprüft, auf die sie möchten. Wer die Prüfung nicht besteht, wird nicht angenommen." „Ist das bei den Mittelschulen auch so?" „Mittelschulen sind auch weiterführende Schulen, die sortieren auch vorher aus. Das ist doch gut so, dann gibt es später keine Enttäuschungen." „So, ihr Lieben, wir sind da, jetzt geht es zu den Sinnings in die Räucherfische. Alle aussteigen." „Hier stehen aber viele Autos, guck mal, Papa, was ist das für einer mit HH hinten." „Ein Wagen aus Hamburg, ein Opel Kapitän, großartig, was sagst du, Peter?" „Der sieht toll aus, ist bestimmt teuer, was?" „Ja, der ist richtig teuer."

Wir gehen in die Räucherei. Richtig hell ist es hier nicht. Es sind bestimmt acht Leute vor uns. Der Verkaufstisch steht direkt vor den riesigen Räucheröfen. Das Inhaberehepaar bedient die Kunden scherzend und gut gelaunt, das Geschäft läuft wohl prima.

„Herr Malskat, was darf es sein?" „Pacca, das ist doch Lothar Malskat." „Ja, ist er mit seinem Freund, Michael Jary." „Alois, stell, dir vor, da ist Michael Jary, wir sind uns 1949 in Hamburg begegnet. Seine Tänzerin, Germain Damar, erkrankte, und ich sprang für sie ein. ‚Tanzende Sterne' hieß der Film. Das war eine aufregende Woche."

Dieser Herr Jary dreht sich um, schaut unserer Elisabeth direkt ins Gesicht.

„Verzeihung, wir kennen uns doch. Ich vergesse nie ein Gesicht, sie sind Tänzerin, helfen sie mir bitte, wenn ich mich irren sollte." „Sie irren sich nicht, Herr Jary. Es ist lange her, 1949 in Hamburg. Ich sprang damals für Germain Damar in ‚Tanzende Sterne' ein." „Ja, genau, ich erinnere mich ganz genau. Wie ist noch gleich ihr werter Name?" „Elisabeth Reinhard, jetzt Hausner, das hier ist meine Familie." „Einen schönen guten Tag, sehr erfreut, Jary, hübsche Kinder, Zwillinge?" „Ja, Sabine und Peter." „Und was macht das Ballett?" „Ich habe eine eigene Schule in Lübeck." „Das ist sehr erfreulich, dann haben sie erfolgreich Karriere gemacht auch ohne die ‚Tanzenden Sterne'. Hast du alles, Lothar? Lothar, das ist Frau Reinhard, sie hätte beinahe die Hauptrolle in ‚Tanzende Sterne' bekommen. Germain kam gerade noch rechtzeitig wieder zur Probe zurück."

Lothar Malskat deutet eine Verbeugung an, lächelt, er sieht gut aus. Er hat das Gefängnis ohne Schaden überstanden, zumindest äußerlich.

„Sehr erfreut, gnädige Frau, Malskat, Lothar Malskat." „Guten Tag, Herr Malskat, mein Mann Alois Hausner." „Herr Hausner, der Name klingt nicht gerade nordisch." „Nein, ich komme aus Bayern, ich habe mich 1950 in Travemünde wegen dieser entzückenden Tänzerin niedergelassen."

Alle lachen, die Kinder verziehen ihre Gesichter.

„Das klingt interessant, was macht ein Bayer in Travemünde?" „Wir haben ein Gästehaus und Strandkörbe." „Wenn wir im Sommer in Travemünde sind, werden wir an sie denken. Jetzt muss ich eine Frage stellen, Maler sind von Natur aus neugierig: Was haben sie früher in Bayern gemacht? Doch bestimmt etwas mit Bier?" „Haargenau, ich habe eine Bierbrauerei, die mein ältester Sohn leitet." „Ich liebe Bier, kann man ihres hier kaufen?" „Noch nicht, vielleicht bald." „Dann lassen sie es mich wissen."

Sie verabschieden sich, die Herren Jary und Malskat verlassen die Räucherei.

„Sie haben eine Tanzschule in Lübeck, Frau Hausner?" „Ja, Herr Sinning, habe ich." „Wir haben eine Tochter, die gerne Ballett machen möchte. Leider kann sie Busfahrten nicht ab, ihr wird regelmäßig übel, und ich kann sie nicht fahren, weil ich nachmittags die Fischgeschäfte beliefern muss. Sie wird sich gedulden müssen, bis es anders ist." „Dann gibt es mich hoffentlich noch, alles Gute für ihre Tochter."

Sabine und Peter haben eine Schillerlocke bekommen. Die Schutzgeister des Ehepaares lächeln uns an. Elisabeth sucht Fische aus. Alois und Elisabeth verabschieden sich mit „bis bald einmal wieder".

„Liebling, du wärest um ein Haar berühmt geworden, wenn du die Rolle damals bekommen hättest. Das hast du mir nie erzählt." „Nein, das ist richtig. Irgendwie habe ich diese Episode meines Lebens verdrängt. Das war eine unwirkliche Woche. Ich weiß nicht, ob du dir das vorstellen kannst? Bei einem Film mitzuwirken ist etwas ganz anderes, als auf der Bühne zu stehen. Ich wusste von Anfang an, dass ich gehen muss, wenn Germain wieder da sein wurde. Trotzdem habe ich ein bisschen geträumt, dass ich die Nummer eins wäre." „Da bin ich aber froh, dass du es nicht geworden bist, sonst hätten wir uns nie kennengelernt." „Genau, und Mama hätte uns nicht bekommen, nicht Mama? So, ist es doch viel schöner, als sonn' Film." „Recht hast du Peter, ohne euch wäre das Leben eine leere Hülle. Ein Film ist eine Scheinwelt, das Leben ist das, was sich richtig anfühlt. Apropos richtig anfühlt, Alois, hat der Herr Malskat seine Gefängnisstrafe schon abgesessen?" „Ja natürlich, das war doch schon 1956, wenn ich mich nicht irre. Lilli und Helene haben den Prozess penibel verfolgt. Wenn es nach den beiden gegangen wäre, hätte Malskat eine Auszeichnung verdient gehabt und keine schwedischen Gardinen." „Wenn du mich fragst, hätte es eine Bewährungsstrafe auch getan. Ich fand die Justiz sehr kleinlich." „Ja, das Ansehen der Kirche steckte auch dahinter, so etwas kann doch nicht ungeahndet bleiben." „Jesus hätte ihn nett ermahnt und es dabei belassen. Was sagte er: wer dann frei von Schuld ist, der werfe den ersten Stein. Oder so ähnlich." „Das hast du dir prima gemerkt, meine Elisabeth. Ganz richtig, mit der Justiz hatte der Herr es nicht so gehabt, der war mehr für die anarchistische Alternative. Dafür lieben wir ihn auch." „Was ist anarchistische Alternative?" „Das heißt so viel wie Entscheidung zur Herrschaftslosigkeit, wir würden heute sagen Obrigkeitslosigkeit, Sabine." „Ist das etwas Gutes?" „Eigentlich schon, weil Anarchie im Ursprungssinne nicht gleichzusetzen ist mit Rücksichtslosigkeit. Leider funktioniert eine Gesellschaft nicht ganz ohne Regeln. Anarchie kann nur dann funktionieren, wenn alle Menschen gleich gutartig, gleich intelligent und gleich wachsam sind." „Und warum?" Ein Beispiel: Wir stehen mit dem Auto an einer Kreuzung, wer fährt zuerst? Wenn der Straßenverkehr nicht durch feste Vorfahrtsregeln geregelt wäre, würde es zu Verunsicherungen bei den Autofahrern kommen und die Unfallhäufigkeit würde zunehmen. So verhält es sich mit allen Dingen des Lebens, wenn viele Menschen auf einem Fleck leben. Wir brauchen Regeln, oder, wenn ihr so wollt, Gesetze, die das Miteinander des täglichen Lebens möglichst eindeutig festlegen." „Aber auf einer einsamen Insel könnte ich ohne Regeln und Gesetze leben, oder?" „Klar, Peter, wen oder was wolltest du da beschimpfen, bestehlen, wessen Miete unterschlagen, da ist doch niemand sonst." „Und wenn ich da zu zweit wäre?" „Zu zweit bedarf es schon einer Menge Regeln. Zwei Leute müssen sich über, wer macht was, einig werden, wer welche Aufgabe erhält und vieles mehr."

Peter mault.

„Allein hilft mir Anarchie auch nicht, dann ist es auch keine mehr." „Da hast du recht, mein Sohn. Wie sind wir auf das Thema gekommen?" „Durch Malskat." „Ach ja, Elisabeth, dem du das Gefängnis erspart hättest, wärest du seine Richterin gewesen." „Genau. Gehen wir jetzt und laden Helene und Lilli zum

Räucherfischessen ein. Ich habe so viel gekauft, das essen wir auch mit Margot und Richard nicht auf."

Alle wollen es, das wäre geklärt.

„Alois, eher ich es vergesse, als Lothar Malskat sich erkundigte, ob er dein Bier hier kaufen könnte, sagtest du „noch nicht, vielleicht bald". Hast du eine Idee im Kopf?"
„Ja, schon ewig. Ich hatte nur nie Zeit, zu Ende zu denken, wie ich es anstelle, das Bier hier in Norddeutschland zu verkaufen. Die meisten Hotels und Gaststätten sind an ihre Brauereien gebunden." „Die Gaststätten schon, aber die Hotels doch nicht und auch nicht die Läden." „Ja, das stimmt, ich müsste überall hingehen und persönlich nachfragen, ob Interesse besteht." „Oder jemanden haben, der das für dich übernimmt." „Das würde eine teure Suppe werden." „Ich könnte das übernehmen." „Du, Elisabeth, wie denn, wann denn?" „Zwischen meinen Unterrichtsstunden. Also, ganz im Ernst Alois, ich hätte Lust dazu. Ich bin schon lange nicht mehr ausgelastet, seit die Kinder zur Schule gehen." „Mama mag doch gar kein Bier." „Doch Sabine, ein Hausner-Bier trinke ich ganz gerne mal." „Gut, gut, das müssen wir genau durchdenken und besprechen." „Pacca, jetzt wo wir hier versammelt beim
Abendbrot sitzen, müsste ich kurz mal mit Tessa reden." „In Ordnung, Gori, geh nur." „Ach, wie dumm von mir, ich weiß doch gar nicht, wo ich sie finde, egal, dann muss das warten." „Was ist denn los?" „Jam meinte heute, vielleicht möchte Briesa gerne wieder in die DDR. Ich wollte Tessa fragen, ob sie mit Briesa tauschen würde, bevor ich mit Briesa rede." „Möchte Selm Sabine übernehmen, hat sie sich schon zu dem Kuhhandel geäußert?" „Ich frage sie noch einmal." „Selm, kommst du bitte mal. Angenommen, Briesa möchte gerne wieder in die DDR und mit Tessa tauschen, hättest du Interesse, Sabine zu übernehmen?" „Aber sicher doch, Gori, nichts lieber als das. Sabine ist ein Mädchen ganz nach meinem Geschmack." „Dann hätten wir das geklärt."

Das Komitee.

„Gori, Selm, Pacca, Briesa, wir haben einen Notruf von Tessa erhalten, die dringend von ihrem jetzigen Schützling entbunden werden möchte. Briesa, du warst lange in der DDR bevor du Sabine übernommen hast, wie sieht es aus, würdest du mit Tessa tauschen wollen?" „Verehrtes Komitee, ich bin sehr gerne Schutzgeist für Sabine. Auf der anderen Seite würde ich nichts lieber tun, als in die DDR zurück zu kehren. Ich kann mich dort ausgezeichnet mit den Menschen und ihren Interessen identifizieren." „Danke, Briesa, dann sei es so."

Das Komitee geht, Briesa verabschiedet sich von uns, geht. Tessa ist da, unsere Tessa, der Jubel ist groß, wir umarmen und küssen sie. Tessa ist gerührt, Lilli hat sich in den Finger geschnitten und blutet.

„Leute, wir müssen uns konzentrieren, Selm, pass gut auf Sabine auf, sie ist etwas ganz Besonderes." „Versprochen, Gori." „Alois, hast du zufällig mit Clemens in den letzten Tagen telefoniert?" „Nein, warum?" „Anneliese fragt sich, weshalb er nicht schreibt." „Die Bayern sind doch noch nicht lange weg. Ich denke, Clemens hat reichlich Arbeit nach dem Urlaub." „Könntest du nicht vielleicht doch mal nachhaken, ob irgendwo der Schuh drückt?" „Ja, klar, ich wollte ihn sowieso heute Abend anrufen." „Du musst Anneliese auch nicht erwähnen. Sie wird jeden Tag nervöser. Lilli hat ihre Not mit ihr, es geht nur um etwas mehr Klarheit." „Es wird mir nicht schwerfallen, Anneliese unerwähnt zu lassen, liebe Helene." „Du magst Anneliese nicht." „Das würde ich anders formulieren: ich kann sie sehr gut leiden, und finde es ganz großartig, was sie bisher aus sich gemacht hat. Aber sie steht meinem Herzen nicht unbedingt so nahe, dass ich mir nichts sehnlicher wünsche, sie als Schwiegertochter zu bekommen." „Sie ist dir nicht attraktiv genug, stimmt es?"

Lilli hat sich den Finger zugepflastert und sieht Alois vor- wurfsvoll an.

„Kann sein, meine Traumfrau ist sie nicht. Aber bitte, ich stehe hier nicht zur Debatte. Wenn Clemens sie will, habe ich überhaupt nichts dagegen." „Lilli, ich möchte bitte für Alois um Verständnis werben. Anneliese war unser Hausmädchen, hilfsbereit, willig, sehr sympathisch im Umgang mit den Kindern. Im Übrigen war sie das, was ich als farblos, unauffällig und entwicklungsfähig bezeichnen würde. Durch die Ereignisse um ihren Vater ist sie richtig munter geworden, hat die Mittlere Reife nachgemacht und ist jetzt auf dem Weg Buchhalterin zu werden. Eine so positive Entwicklung, hätten wir ihr vor ein paar Jahren nicht zugetraut. Was soll ich sagen, nicht für möglich gehalten. Sie ist schlanker geworden, ihr Gesicht hat dadurch an Kontur und Ausdruck gewonnen und ihre Umgangssprache hat heute ein sehr gutes Niveau. Clemens hat sie genauso kennengelernt. Die ehemalige Anneliese ist ihm unbekannt. Wir tragen sie noch in uns. In ihr jetzt eine Schwiegertochter zu sehen, fällt einfach nicht so leicht." „Elisabeth, Alois, bitte entschuldigt, ihr seid im Gegensatz zu Helene und mir gefordert, eine ganz neue Art der Nähe für Anneliese entwickeln zu müssen. Für uns ist sie die Nachbarin und das Lehrmädchen. Und mit den Schuhknechts anverwandt zu sein, ist sicher nicht das, wovon ihr geträumt habt." „Darüber haben wir uns noch keine Gedanken gemacht, Lilli. Aber ganz recht, diese Aussicht ist nicht gerade reizvoll. Wenn es wirklich soweit kommen sollte, werden Alois und ich schon vernünftige Regelungen finden."

Sabine und Peter hören mit gespitzten Ohren zu, ich bin gespannt, wie die Erwachsenen dieses kleine Problem zu lösen gedenken. Dieses Gespräch ist für Kinder nicht unbedingt geeignet.

„Wird Anneliese dann unsere Halbschwester?" „Sabine, worüber wir geredet haben, sind ungelegte Eier. Was hier im Raum gesagt worden ist, bleibt bitte hier und taucht nirgendwo anders auf. Habt ihr mich verstanden?" „Ja, ist ja gut, verstanden." „Hoffentlich und ab sofort kommt das Thema erst wieder auf den Tisch, wenn es dafür einen Grund gibt, alle einverstanden?"

Es sagt natürlich niemand „nein" oder „wie schade, lieber Alois".

„Weiß Clemens von der Erpressungssache damals?" „Kann ich mir nicht vorstellen, Selm, es sei denn, Anneliese selbst hat es ihm erzählt." „Was meint ihr, was hat Clemens an Anneliese gefallen?" „Ihre Natürlichkeit. Wenn ihr genau hinschaut, ist sie überhaupt nicht unak- traktiv und ihre Lippen mit der etwas hochgezogenen Oberlippe lassen sie richtig sinnlich aussehen. Dann ihre blonden Kräusellocken, die hohen Wangenknochen, ich finde, sie hat etwas, was nicht jede hat." „Gut beobachtet, Pacca, außerdem passt eine Buchhalterin gut in einen Geschäftshaushalt." „Elvie, ja, Pacca, ja, Selm, ja, wollen wir uns nicht Alois anschließen und die Angelegenheit als ungelegtes Ei betrachten, wir müssen nicht aufgeregter leben und denken, als unsere Schützlinge."

Meine Tessa, ein klares Wort zur richtigen Zeit.

„Clemens, ist alles in Ordnung bei dir? Nicht? Wieso? Was? So ein Mist und jetzt? Überhaupt nichts mehr zu machen? Dann musst du sofort einen Neuen bestellen, ist doch klar. Hast du schon, sehr gut. Trotzdem, das Bier ist nicht zu retten; kannst du die Lieferungen erfüllen? Ja, ja, Klasse, sehr gut. Was machen Rosi und Vitus? Klingt beruhigend. Brauchst du sonst irgendetwas, Geld ist doch genug da? Prima, lass von dir hören, Servus, ja, mache ich." „Elisabeth, wo bist du?" „Ich komme, was ist, hast du mit Clemens gesprochen?" „Ja, ein Kessel hat Totalschaden, er wird übermorgen einen neuen bekommen. Und stell dir vor, er kann trotzdem alle Lieferungen erfüllen, er hat genügend Reserven" „Das hört sich sehr gut an, was ist mit den Kindern?" „Die mussten am ersten September wieder in die Schule, Frau Woiczikowsky hat beide gut im Griff." „Hast du irgendwie Anneliese angesprochen?" „Spinnst du? Die haben genug damit zu tun gehabt, das Bier aus dem Kessel zu kriegen; wegen Verunreinigungsgefahr konnten die Leitungen nicht benutzt werden." „Dann ist sein Schweigen selbsterklärend." „Ja, pardon, Liebling, ich wollte nicht grob sein, aber das Gerede von Helene und Lilli hat mir zugesetzt. Ich habe keine Lust darauf, dass sie von mir denken, ich sei ein arroganter Pinsel, der ich wirklich nicht bin. Auf der anderen Seite muss ich zugeben, dass mir der Gedanke familiärer Nähe zu den Schuhknechts nicht wie Öl runtergeht." „Mir auch nicht, da kannst du ganz sicher sein. Wir sollten uns aber keine Blöße geben, denn die Anneliese kann nichts für die Eltern." „Vielleicht geschieht ja ein Wunder und der Kelch geht an uns vorüber. Wollen wir das Thema wechseln?" „Nur zu, was ist mit der Handelsvertretung für Hausner Bier?" „Gegenfrage, wie stellst du es dir vor?" „Ich gehe in die Hotels, in die Gaststätten und Restaurants, die keiner Brauerei verpflichtet sind, in die Läden, die Bier verkaufen. Da stelle ich mich vor, und wenn Interesse besteht, vereinbare ich einen Termin zur Bierprobe." „Also vorerst nur in Lübeck?" „Travemünde natürlich auch." „Elisabeth, du kannst jederzeit wieder damit aufhören, doch bevor du beginnst, musst du noch ein paar Lektionen über unser Bier lernen, damit du deinen Zuhörern etwas Gescheit's erzählen kannst." „Abgemacht, du Lehrer, ich Schülerin." „Weißt du, Gori, wie mir die zwei vorkommen? Wie die Hamster im Laufrad: Arbeiten, schaffen, raffen, Neues planen, wieder mehr Arbeit, mehr Gewinn, weniger Zeit. Das geht seit neun Jahren so. Ich bin gespannt, wann der erste von ihnen eines Morgens erwacht und fragt: was mache ich eigentlich?" „Ja, Tessa, da sprichst du etwas an, was ich tief im Hinterkopf habe. Neulich dachte ich, sie meinen es mit einem Urlaub ernst, nö, ratzi fatzi war das Thema beendet, bevor es näher betrachtet wurde: zu teuer, geht nicht, aus. Alois und Elisabeth sind aufrichtige, tolle, fleißige Menschen, sehr, sehr gute und fürsorgliche Eltern, verlässliche Freunde, verträgliche Nachbarn, unkonventionelle, rücksichtsvolle Arbeitgeber, mehr Lob fällt mir im Moment nicht ein. Was sind sie weiter: Politisch uninteressiert und damit letztendlich vertreten sie auf typische Weise den Menschenschlag ihrer Altersgeneration in diesem Jahrzehnt in dieser Bundesrepublik. Ja, das fällt mir zu den beiden ein." „Dem habe ich nichts hinzuzufügen, du hast ausgesprochen, was ich denke. Die nächste Generation wird anders werden, sie werden Fragen stellen, Antworten wollen. Ich bin keine Hellseherin, ich denke aber, es wird alles das nach oben kochen, was in diesen Fünfzigern hübsch unter dem Teppich geblieben ist." „Ja, irgendwann wird die Ära Adenauer zu Ende gehen, und im nächsten Jahr werden wir seit zehn Jahren bei Alois und Elisabeth sein, denkst du manchmal an einen Wechsel?" „Nein, Gori, auf keinen Fall. Wenn nicht etwas eintritt, was mich darüber anders denken lässt, bleibe ich, vielleicht bis zum Schluss." „Gut, Tessa, mir geht es ebenso. Die ganze Situation ist natürlich auch durch unsere Freundschaft untereinander eine so famose Geschichte: Du, Pacca, Selm, Fem, Jam, Hedi und selbst die etwas tutige Elvie, der tolle Boll und auch Kerst, wir passen gut zusammen." „Ja, Gori, wir haben eine glückliche Zeit. Ich weiß das zu schätzen." „Meinst du, Elisabeth weiß, worauf sie sich mit ihrer Bierhandelsvertretung einlässt?" „Bestimmt nicht, das ist es ja gerade, was ihr schmeckt: Das Unbekannte." „Hältst du sie für eine Abenteuerin?" „Ja, aber für eine sehr strukturierte." „Alois und Ferdinand kommen nicht mehr oft zusammen." „Wie kommst du jetzt darauf, Gori?" „Durch die Gedanken über Freundschaft. Im Nachhinein denke ich, es war eine Zweckfreundschaft. Alois war Ferdinand dankbar. Dann hat er sich quasi mit der Hausverpachtung revanchiert, seitdem sind sie nicht mehr häufig zusammen." „Vielleicht wäre es anders, wenn Peter und Thorsten in eine Klasse gingen, dann wäre über die Kinder eine Gemeinsamkeit da." „Vielleicht, Tessa, Thorsten geht auf eine andere Schule. Es fehlen Gemeinsamkeiten, das ist wahr." „Auf jeden Fall hat sich Alois vorbildlich um Ferdinand gekümmert, als die Sache mit den Erpresserbriefen lief." „Richtig, ihre Freundschaft besteht aus gegenseitigem Kümmern. Mit Richard ist es etwas anderes." „Und was, Gori, verbindet Richard und Alois?" „Die echte Freundschaft ihrer Frauen. Elisabeth und Margot sind miteinander tief vertraut. Sie erzählen sich gegenseitig, was in ihnen vorgeht, was sie wollen. Hinzu kommt die Gemeinsamkeit ihrer Bühnenjahre." „Du meinst, Richard und Alois würden sich ohne die Frauen nicht sehen?" „So ist es. Was verbindet denn die beiden? Nichts. Weder ihre Berufstätigkeit noch gemeinsame Steckenpferde." „Dafür unterhalten sie sich doch immer lebhaft miteinander." „Miteinander? Da pass mal genau auf, wie das abläuft. Zuerst spricht Richard über Röntgengeräte, neue Medikamente und wie viele Privatpatienten er hat. Dann ist er höflich genug Alois zuzuhören, wenn der über die Kurverwaltung meckert und über die Probleme bei der Strandreinigung. Über Autos wird nicht geredet, weil Alois sich überhaupt nicht für Autos interessiert, über

Kinder können sie auch nicht reden, weil Richard kein Papa ist. So, da hört es auf. Intellektuelle sind weder Alois noch Richard, es wird sich weder über Bücher, Filme noch Philosophie unterhalten. Darin sind sie sich einig, weil beide davon keine Ahnung haben." „Gori, dennoch, ich glaube, wenn Alois in Not wäre, würden sowohl Ferdinand als auch Richard ihm sofort und auf der Stelle zur Hilfe eilen. Und etwas hast du vergessen, sie unterhalten sich beide gerne übers Essen, wo was gut einzukaufen geht, wie was zubereitet wird. Und dann reden sie noch über Zinsen, welche Bank mehr gibt " „Tessa, du hörst besser zu, in der Zeit quatsche ich immer mit Fem ab, der ist so amüsant. Ja, mit Ferdinand könnte Alois nicht über Bankzinsen sprechen, weil der bestimmt eher im Soll als im Haben steht." „Seit seine Frau Superschwester bei Monsieur Professor ist, sieht ihr Konto doch bestimmt freundlicher aus." „Auch wieder richtig." „Haben wir jetzt alle durchgehechelt? Solange Alois über Bier spricht, versäumen wir nichts, wer soll unser nächstes Opfer sein, Gori, such dir jemanden aus." „Helene spricht schon lange wieder mit sich selbst, zumindest wenn sie in der Küche steht und kocht, erzählt Jam." „Tolle Neuigkeit, mit wem sollte sie sich auch unterhalten, wenn Lilli nicht da ist. Was macht eigentlich Hannelore?" „Hannelore ist das Titelfoto auf der letzten „Vogue", die dürfte inzwischen richtig Geld verdienen, Fem hat mir das erzählt. Dann ist sie noch das Gesicht von „Rubinstein". Schadewalds platzen vor Stolz, sagt Helene, das weiß ich von Jam." „Ja, ja, Helene hat sich wieder mit der Familie ausgesöhnt. Ich möchte wissen, was sie dafür bezahlen musste." „Wie kommst du darauf?" „Ist so eine Ahnung."

Mittwoch, 23. Dezember 1959
Es ist eng im Auto: Alois fährt, Elisabeth sitzt neben ihm, hinten sitzen die Kinder und Anneliese. Weihnachten in Bayern mit Anneliese, wir wissen nicht, was wir davon halten sollen. Anneliese das erste Mal nach Bayern und dann auf ein Familienfest. Sie haben sich jede Woche geschrieben, dicke Briefe, ja, manchmal telefoniert. Das ging immer nur mit fester Verabredung, weil Annelieses Eltern kein Telefon haben. Anneliese ist verliebt. Sie kann sich jetzt wenigstens wieder auf ihre Ausbildung konzentrieren. Lilli sagt, sie lebt nur für die Briefe: für die,

die kommen und die, die sie schreibt. Wenn ein Telefongespräch mit Clemens ansteht, kann sie nichts mehr essen. Sie ist noch schlanker geworden, und selbst Alois hat das bemerkt und anerkennend genickt. Elisabeth hat sie unter ihre Fittiche genommen und gibt ihr Haltungsunterricht. Seitdem bewegt sie sich etwas eleganter, und geht auch nicht mehr so, so, wie soll ich sagen? Bodenständig robust. Kerst sieht mich die ganze Zeit an, will er mit mir reden?

„Gori, wollen wir draußen weiter mitfahren, ich finde es eng hier." „Von mir aus gerne. Wir machen es uns oben auf dem Dach bequem." „Ich wollte mit dir alleine sein, es geht um die Eltern von Anneliese, genau um ihren Vater. Gori, du weißt, ich bin kein Schwätzer, aber ich habe den Eindruck, Heribert Schuhknecht hat etwas im Sinn und zwar nichts Gutes." „Wie darf ich das verstehen? Ist das
ein Gefühl oder etwas Konkretes?" „Es sind einige Dinge: Ganz bedenklich finde ich, dass er von Annelieses Firmenschlüssel einen Abdruck genommen hat. Damit ist er extra nach Hamburg gefahren und hat dort einen Schlüssel machen lassen." „Ja guter Mond, Kerst, das ist kriminell, schon wieder, was hat er vor?" „Ich glaube nicht, dass er das jetzt schon weiß, weil die Eingangstür nachts durch eine Alarmanlage gesichert ist. Diese wird ausgeschaltet, bevor die Putzkolonne kommt." „Woher hat er seine Kenntnis?" „Von Anneliese, diese Informationen hat sie ganz naiv preisgegeben." „Dagegen ist im Prinzip nichts einzuwenden, oder? Das ist doch kein Betriebsgeheimnis." „Nein, Gori ist es nicht. Des Weiteren hat er Anneliese unter irgendwelchen Vorwänden mehrfach in der Firma aufgesucht und sich in dem Büroraum mit Stielaugen umgesehen. Lilli hat ihn jeweils kurzerhand vor die Tür gesetzt. Dann hat er versucht, sich mit dem Hausmeister anzufreunden. Der wusste von seiner Vorstrafe und hat ihn abblitzen lassen. Zu seiner Frau hat er gesagt, seine Stunde käme noch. Und dann noch das: Als sich abzeichnete, dass seine Tochter Weihnachten in Bayern verbringt, und eventuell auch dort später einheiraten könnte, meinte er, dass dann der Alois seine feine Melkkuh werden wird." „Kerst, ich danke dir für deine Offenheit. Was sagt Boll zu den Geschichten?" „Boll? Boll spricht praktisch

nicht mit mir, vor allem nichts Intimes." „Das ist unschön, dann gibt es zwischen euch keine Zusammenarbeit." „Bedauerlicherweise nein." „Du hast uns; unsere Hilfe hast du auf jeden Fall, oder willst du, dass das Thema vorläufig unter uns bleibt?" „Nein, Gori, du kannst dich gerne mit den anderen besprechen. Ich wollte unten im Auto nur keine Diskussion darüber entfachen." „Was ist mit Anneliese? Hat sie auch wirtschaftliche Interessen in Bezug auf Clemens?" „Lass es mich so formulieren: Wäre Clemens der nette, aber arme Mann mit zwei Kindern von nebenan, hätte ihn Anneliese möglicherweise nicht weiter beachtet. Ich glaube, sie hat sich in das 'Gesamtpaket Clemens' verliebt." „Verstehe. Anneliese wusste von einem ganz bestimmten Tag an, was sie will." „Und sie will von den Eltern weg, am liebsten weit weg. Außerdem möchte sie in guten Verhältnissen leben." „Gut, Kerst, halten wir uns gegenseitig auf dem Laufenden, damit wir im Falle eines Falles einen möglichen Schaden eingrenzen können."

Endlich da, Clemens stürmt aus dem Haus, Rosi und Vitus folgen mit ihren Schutzgeistern Celi und Sem, die uns freudig begrüßen. Jeder umarmt jeden. Die Kinder umarmen sich auch, sie verstehen sich inzwischen gut, sie mögen sich. Was für ein Glück, wenn ich mir die anderen Zeiten ins Gedächtnis hole. Til begrüßt uns herzlich. Anneliese sieht ganz selig aus, Clemens auch? Er wirkt freudig erregt, ja, selig? Nö, jetzt kommen auch Herr und Frau Woiczikowsky aus dem Haus und mit ihnen Llano. Jetzt haben wir einen zu umarmen. Llano erkennt Selm nicht wieder, kein Wunder. Tessa klärt ihn auf, wer könnte das besser als sie. Llano ist alleiniger Schutzgeist des Ehepaares Woiczikowsky. Die Sonne geht unter, der Schnee glänzt. Koffer werden ausgeladen, Zimmer werden verteilt. Frau Woiczikowsky drängt zum Essen. Es gibt bayrische Weißwurst mit polnischem Kartoffelsalat. Ich möchte wissen, ob da Krakauer Wurst eingearbeitet ist und wie sich die mit der Weißwurst verträgt. Und es gibt Piroggen. Alois genießt sein erstes Bier nach der langen Fahrt. Sabine ist zappelig; Rosi hat ihr von dem Wurf junger Kätzchen erzählt, die will sie sehen. Der Nachtisch, Schokoladenpudding mit Vanillesauce, wird nebensächlich. Annelieses Augen sind auf ständiger Wanderung: das schöne Geschirr, die Kristallgläser, der weihnachtliche Schmuck, das ganze Esszimmer, es gefällt ihr alles. Die bäuerliche Einrichtung, nee, dafür gibt es noch einen anderen Begriff, heißt der nicht „Landhausstil"? Bäuerlich wären braune Holzmöbel. Die hier sehen zwar auch urgemütlich groß aus, sind aber aus weißem Schleiflack mit Sitzpolster und Bezüge, die Mohnblumen mit grünen Blättern haben. Die Tischdecke ist grün und das Geschirr blauweiß; oh je, passt nicht, egal, jedes einzelne Teil für sich sieht gut aus. Sieht sich Anneliese bereits als Herrin im Haus? Rührend, wie sich die Menschen Engel vorstellen: Rauschelocken, Flügel, kindlich anmutig. Kein Mensch würde uns als Weihnachtsdekoration aufstellen, uns, die echten Schutzgeister oder Engel: Selm und Tessa als kleine Sexgöttinnen, Pacca, die elegante Frau von Welt, Kerst, der aussieht wie der ewige Student, jugendlich, bärtig, zerzauste üppig braune Haarpracht und von mir, Til und Llano? Ich will gar nicht überlegen, wie wir uns als Tischschmuck ausmachten. Irgendjemand hat sich irgendwann ausgedacht, wie ich nackt am Weihnachtsbaum hänge. Warum eigentlich nicht, ich finde, ich sehe sehr gut aus. Wie ein Engel? Weniger, eher wie ein Mann, von dem die Frauen träumen, oder so, hoffe ich wenigstens. Rosi und Sabine dürfen den Tisch verlassen, es wird ins Wohnzimmer gewechselt, Herr Woiczikowsky verabschiedet sich, seine Frau und siehe da, Anneliese räumen den Tisch ab. Vitus und Peter verschwinden auch.

„Til, erzähl doch mal, findet dein Schützling keine einheimische Braut?" „Er könnte zehn haben, will er aber nicht, er hat sich in die Anneliese verguckt." „Hat er mit jemanden über sie gesprochen?" „Ja, mit seinem Kumpel Schorschi, mit dem er hin und wieder im Gasthaus ein Bier trinken geht." „So? Das ist interessant, was spricht er denn so über sie?"

Til sieht mich an und schüttelt langsam den Kopf.

„Neugierig bist du gar nicht, wie? Willst mir was aus der Nase ziehen, oder wie?" „Mir reicht deine Erzählung, aus der Nase will ich dir nichts ziehen." „Na gut, er findet sie eben gut und sehr hübsch. Die Kinder mögen sie auch." „Aha und etwas Erschöpfenderes fällt dir nicht ein?" „Ich höre nie genau zu, weil ich mich auch unterhalte. Schorschis Schutzgeist ist ein Freund von mir." „Das erklärt dein lückenhaftes Wissen vollständig."

Aus dem ist nichts herauszuholen, vielleicht weiß Llano mehr, er grinst mich schon an.

„Gori, was macht Margot, kommt Fem mit ihr klar?" „Fem macht das prima mit ihr. Margot blüht langsam wieder auf. Sie geht als Dozentin in die Lübecker Musikakademie. Die Periode der Magen-, Herz-, Nieren-Diagnostik wird sie kalt lächelnd hinter sich lassen." „Ja, Celi und Sem konnten mir einiges berichten, aus Til ist nicht viel rauszuholen." „Das ist wahr, das habe ich eben auch wieder bemerkt. Hast du eine Ahnung, wie ernst es Clemens mit der Anneliese ist?" „Er spricht von ihr. Er hat ein Mitteilungsbedürfnis über sie zu reden, wie hübsch sie ist, wie tüchtig sie ist, wie gut sie mit den Kindern umgehen kann. Ich glaube, es ist ihm sehr ernst, sonst wäre er nie auf den Einfall gekommen, sie hierher einzuladen." „Das habe ich befürchtet." „Gori, du sagst das irritierend, stimmt was nicht mit dem Mädchen?" „Wir sind uns nicht sicher, Kerst, ihr Schutzgeist, auch nicht." „Habt ihr einen konkreten Anhalt?" „Nicht wirklich, Kerst meint, sie hätte sich in Clemens als Gesamtpaket verliebt, eben auch mit seinem wirtschaftlichen Hintergrund." „Das soll häufiger vorkommen und nicht immer werden das schlechte Ehen." „Es gibt noch einen etwas dubiosen Vater zur möglichen Braut, der Alois erpressen wollte, was jedoch rechtzeitig aufgedeckt wurde. Dieser Mensch ist schon wieder aktiv geworden, hat sich einen Schlüssel zur Firma der Tochter heimlich nachmachen lassen." „Ui, das klingt nicht gut, hat ja aber mit Anneliese nichts zu tun, oder?" „Llano, ich weiß es im Augenblick noch nicht. Jedenfalls ist die Familie kein Sorgenfreipaket, eher ein Freifahrtschein für Endlosprobleme." „Wollt ihr was dagegen unternehmen?" „Im Moment können wir nur aufmerksam sein. Clemens und Anneliese haben sich in Travemünde gerade zehn Tagen gesehen. Es kann noch viel passieren." „Gori, ich muss zu meinem Schützling, wir reden ein andermal weiter."

Zuerst müssen die Kinder ins Bett; etwas später verabschieden sich Elisabeth und Alois. Anneliese bleibt mit Clemens allein zurück, dann werde ich die Zeit nutzen um meine Mitstreiter über das Gespräch mit Kerst zu informieren.

„Selm, Pacca, Tessa, hört bitte zu. Ich hatte ein Gespräch mit Kerst. Aus dem ging hervor, dass er meint, Anneliese hätte an Clemens auch wirtschaftliche Interessen. Diese Information sollten wir vorbehaltlich nehmen. Eine zweite Information dagegen ist bedenklich: der Herr Schuhknecht hat sich einen Abdruck von Annelieses Firmenschlüssel gemacht und sich in Hamburg einen Schlüssel daraus anfertigen lassen. Dann hat er sich zum Verhältnis seiner Tochter dahingehend geäußert, dass im Falle einer Heirat, Alois für ihn zu einer Melkkuh werden wird, was immer das heißen mag. Meine Frage an euch ist die, abwarten oder Störfeuer setzen?" „Wie sähe ein Störfeuer aus?" „Müdigkeit, Tessa, Antriebslosigkeit." „Das sind Aktionen, die wir nur gemeinsam angehen können. Wir können eine Schilddrüsenunterfunktion auslösen oder eine fraktionierte Insuffizienz der Hypophyse, die allerdings mit erniedrigtem Herzschlag und Blutdruck verbunden wäre, also eine gesundheitliche Schädigung in Folge auslösen kann." „Ja, Pacca, das ist richtig." „Wäre mir zu kompliziert. Wir könnten ihn in Schlaf versetzen, wenn er etwas Konkretes plant, das erscheint mir harmloser." „Ja, Selm, ich schließe mich an. Müdigkeit ja, gesundheitliche Schädigung kommt nicht in Frage." „Haben wir von Boll Hilfe zu erwarten, Gori?" „Normalerweise nicht, jedenfalls nicht ohne weiteres. Vielleicht müssen wir mit ihm darüber sprechen. Kerst dagegen wird uns helfen." „Wenn wir keine Hilfe von Boll kriegen, müsste einer von uns, oder abwechselnd einer von uns, nach Herrn Schuhknecht sehen, ob er friedlich ist, oder etwas im Schilde führt." „So wird es werden. Wenn wir merken, Tessa, dass er konkret etwas plant, müssen wir schauen, ihn in den Griff zu bekommen." „Jetzt über die Feiertage besteht aber kein Hinweis darauf?" „Ich denke nicht."

So, mehr konnte ich nicht tun, und ich bin froh, dass wir uns einig waren. Jetzt müsste Tessa gleich von Clemens und Anneliese zurück sein; ich bin gespannt, was sie zu berichten hat. Nur keine Überraschungen zum augenblicklichen Zeitpunkt.

„Gori, sie haben sich geküsst und rumgeschmust. Dann hat Anneliese über ihren Vater gesprochen. Sie hat nichts ausgelassen und nichts beschönigt. Am Schluss sagte sie, sie wolle nicht, dass Clemens von einem anderen Menschen davon erfahre. Clemens hat sich für ihr Vertrauen bedankt. Dann hat er ihr gesagt, wie tüchtig er sie findet und tapfer sei sie auch noch. Dann haben sie sich wieder geküsst und jetzt gehen sie schlafen. Jeder für sich." „Das war von Anneliese ein kluger Schachzug; sie hat nichts zu verheimlichen. Hast du mit Kerst oder Til gesprochen?" „Nein, ich hielt mich versteckt." „Auch gut, Alois und Elisabeth schlafen, lass uns unsere Gedanken ausschalten, wir haben es uns verdient, Tessa."

Heilig Abend
Frau Woiczikowsky ist nicht nur charmant, sie ist auch eine exzellente Organisatorin. Am Frühstückstisch erhält jeder seine Aufgabe: Elisabeth und Anneliese sollen den Weihnachtsbaum schmücken, Herr Woiczikowsky hat Küchendienst an ihrer Seite. Er kennt das schon, ihm macht das wohl nichts aus. Alois und Clemens sollen sich um die Kinder kümmern. Klare Ansage, kein Widerspruch. Die Kinder kümmern sich um sich selbst, die Mädchen gehen zu den Katzen, die Jungs wollen mit dem Bogen schießen. Wunderbar, Alois und Clemens haben Zeit für sich, sie gehen in die Brauerei. Alois begutachtet den neuen Kessel, der größer als der alte ist und daher mehr Bier brauen kann.

„Papa, die Anneliese hat gestern Abend über ihren Vater gesprochen. Ihr habt damals nichts davon erzählt." „Das Leben ist schnelllebig, Junge, das war ein Vorkommnis, kam schnell und ging schnell vorüber und hat weiter keine Spuren hinterlassen."
„Ein Plauderer bist du jedenfalls nicht."

Alois lacht.

„Nicht bei den teuren Telefongesprächen, da beschränke ich mich auf Wesentliches." "Anneliese erzählt, du beschäftigst ihren Vater neuerdings bei den Strandkörben?" „Ja, das hat sich so ergeben und das macht er auch gut. Er ist ein fähiger Handwerker, und bearbeitet Sachen, zu denen ich keine so große Lust habe. Arbeitslos bin ich dadurch nicht, weil wir außerhalb der Hauptsaison inzwischen immer noch vereinzelte Gäste haben, die ich morgens zum Frühstück versorge. Frau Schuhknecht macht dann am späteren Vormittag sauber und putzt auch die Küche." „Wie ist Annelieses Mutter denn so?" „Hast du nie im Urlaub mit ihr gesprochen?" „Nein, ich habe sie flüchtig ein-, zweimal gesehen." „Wie ist sie? In Ordnung, so. Sie sieht die Arbeit von allein, fragt nicht viel, packt zu." „Rein privat stellt sie sich dir nicht dar?" „Über Platons Vorstellung über einen idealen Staat wirst du dich nicht mit ihr unterhalten können." „Ich lese zwischen der Zeile, was du mir zu verstehen geben willst. Ist nicht schlimm, Platon war auch nicht so mein Fall." „Ja, so richtig erschöpfend ist er am Ende nicht. Junge, Clemens, setz dich wegen Anneliese nicht unter Druck. Gebt euch Zeit, euch miteinander vertraut zu machen. Wenn es aber zu einer Verbindung kommen sollte, sorge dafür, einen vernünftigen Ehevertrag aufsetzen zu lassen. Ich denke, du hast deine Lektion gelernt." „Oh ja, das habe ich. Was ist eigentlich mit dir, hast du einen Ehevertrag?" „Nein, Elisabeth und ich leben in der Zugewinngemeinschaft. Ich habe aber ein lückenloses Testament, darin ist festgelegt, was mit meinem Erbe passieren soll. Die Brauerei, das Haus geht allein an dich. Wenn du vor deinem Sohn zu Tode kommen solltest, geht das Anwesen auf Vitus über. Alles andere ist aufgeteilt, es wird niemand zu kurz kommen. Was Elisabeth und ich in Travemünde erwirtschaften, geht an unsere Zwillinge." „Du bist ganz großartig, Papa, danke für deine Offenheit. Ich habe in der Tat aus meinen Fehlern gelernt. Es vergeht kein Tag, an dem ich nicht an Franzi denke, und was geschah, tut mir unendlich leid. Als ich im letzten Sommer, in Travemünde, Anneliese kennenlernte, habe ich zum ersten Mal wieder daran gedacht, vielleicht doch noch einmal eine Bindung eingehen zu können. Sie hat den Knoten nicht zum Platzen gebracht, aber der Strick sitzt schon etwas lockerer." „Tue, was immer du für richtig hältst. Ich hätte mir nie Vorschriften machen lassen, ob oder wen ich heirate." „Anneliese ist nicht allein auf der Welt, wie würdest du mit dem Ehepaar Schuhknecht als angeheiratete Verwandte zurechtkommen?"

Alois schaut seinen Sohn an und verdreht die Augen.

„Keine Ahnung, ganz ehrlich, ich weiß es nicht. Ich vertraue da ganz auf Elisabeth. Sie wird schon eine passende Richtschnur montieren, an der ich mich entlang hangeln kann."

Sie schweigen einen Moment, dann leuchten Alois Augen auf.

„Apropos Elisabeth. Sie will die Handelsvertretung für unser Bier übernehmen. Was sagst du dazu?" „Elisabeth? Hat sie dafür Zeit?" „Sie sagt ja, zwischen ihren Ballettstunden. Früher hatte sie die Kinder oft in Lübeck, da war sie ausgelastet. Jetzt sind Peter und Sabine überwiegend
in Travemünde, weil sie in die Schule gehen. In zwei Jahren, wenn sie aufs Gymnasium kommen, läuft die Sache wieder umgekehrt. Ich bin gespannt, was sie in der Zeit schafft." „Auf jeden Fall ist das eine tolle Neuigkeit. Was passiert, wenn sie Erfolg hat? Hast du ein Lager?" „Nein, noch nicht. Ich habe mir natürlich schon Gedanken darüber gemacht, weil ich zwei Standorte brauche: in Travemünde und in Lübeck. Aber langsam, langsam, das wird sich finden, wenn Elisabeth Abnehmer gefunden hat. Sind es sehr wenige, wird sich der Aufwand nicht rentieren." „Dann wünsche ich viel Glück."

Der Baum ist geschmückt, das Essen vorbereitet, auch für morgen, wenn die Großfamilie anrückt. Die Woiczikowskys haben frei, sie verabschieden sich, heiter, erleichtert. Sie erwarten ihre eigenen, schon erwachsenen Kinder. Alois übernimmt die Küchenübergabe, Anneliese assistiert, Elisabeth hält sich im Hintergrund. Das Wohnzimmer ist abgeschlossen, die Geschenke liegen unter dem Weihnachtsbaum. Die Familie bleibt im Esszimmer. Die Kinder langweilen sich nicht. Kaffee wird gekocht, es gibt Kuchen, Nüsse, Obst, um 15 Uhr ist Kirche. Danach soll es Goulaschsuppe geben mit Brot, weil es den Kartoffelsalat gestern schon gab. Wenn die Mahlzeit überstanden ist, kann endlich, der absolute Tageshöhepunkt erfolgen, die Bescherung. Mein Weihnachtsgeschenk habe ich von Tessa schon bekommen: ich darf ein paar Stunden zu Llano.

Zeitsprung Freitag, 16. Februar 1962
Es ist eine seltsame Nacht, der Himmel ist dunkel verhangen, mein Heimatplanet nicht zu erkennen. Ich kann meine Gedanken nicht abschalten. Sie fließen sprunghaft durch meinen Kopf. Vielleicht waren es die Abendnachrichten in der Tagesschau. Es wurden erste Bilder von der Nordseeküste und von Hamburg gezeigt. Das Wasser steigt, der Sturm, der schon seit Tagen anhält, flaut nicht ab. Vielleicht werden Deiche brechen, Menschen werden in Gefahr sein. In Travemünde ist es ruhig, windig, ja, nicht stürmisch. Das passiert auf der anderen Seite Schleswig-Holsteins. Die Kinder dürfen die Tagesschau nicht sehen, besser so, sie könnten die vielen Bilder zur Nacht nicht verarbeiten.

Es sind gute und sensible Kinder. Nach langem hin und her wollen sie jetzt doch gemeinsam aufs Katharineum, allerdings nicht in dieselbe Klasse. Peter wird mit Englisch beginnen, Sabine mit Latein. Die Eltern sind froh, die Kinder nicht auf zwei verschiedene Schulen verteilen zu müssen. Für Pacca und Selm wäre das auch nicht der Traum gewesen, aber was ist schon ein Traum? Ein Traum ist, wir haben seit einem halben Jahr einen Fernseher, keine Zeitung, nein, einen Fernseher. Das ist ein
Gewinn. Ich bin politisch, wirtschaftlich und kulturell endlich auf dem Laufenden. Nur und ausschließlich positiv ist das nicht, weil es die Verbrechen gibt, die Kriege. Die Welt ist auf einmal kleiner geworden.

Der Mauerbau war das Erste, was ich sehen konnte. Eine Mauer mitten durch Berlin. Am 13. August 1961 haben sie damit angefangen. Das weiß ich noch genau, weil am 12. August Clemens und Anneliese bei uns in Travemünde geheiratet haben. Alle waren hier, Anneliese ist evangelisch, deshalb haben sie nur standesamtlich geheiratet. Schuhknechts waren sehr glücklich, so viel tolle Verwandtschaft.

Heribert klaut, er klaut im kleinen Stil und sehr diskret. Es fällt kaum auf. Den Kaufhaustresor hat er sich wohl aus
dem Kopf geschlagen, aber er kennt sich gut im Kaufhaus aus; mal nimmt er sich eine Krawatte, ein neues Hemd, Socken.

Wertvolleres nie. So macht er es auch bei den Strandkorbgästen. Er stiehlt ihnen aus den Geldbörsen winzige Beträge, drei Mark, höchstens mal fünf Mark, mehr nie. Die Leute denken, falls ihnen überhaupt auffällt, dass ihnen Geld fehlt, sie hätten sich wohl verzählt, oder nicht richtig hingeschaut. Es hat sich noch keiner beklagt. Trotzdem kriegt er immer genug zusammen, und weil er immer sehr freundlich ist, gerne hilft, geben sie ihm noch Trinkgeld. Boll ist verzweifelt. Lange wollte er es nicht wahrhaben, was sein Schützling treibt; dann konnte er es nicht länger übersehen, hat sich bei uns ausgeweint. Wir haben ihn getröstet und ihm versprochen einzuschreiten, falls Heribert übermütig werden sollte. Alois hat er bislang in Ruhe gelassen. Alois und Elisabeth sind den Schuhknechts gegenüber sehr respektvoll, lassen sich Alois und Elisabeth nennen und sagen Heribert und Theresa. An offiziellen Tagen, auf denen Anneliese und Clemens mit den Kindern zu Besuch sind, werden sie mit eingeladen, alleine nie. Anneliese ist immer noch nicht schwanger, Pacca meint, sie würden irgendwie verhüten, weil Anneliese erst in diesem Jahr mit ihrer Ausbildung fertig ist, die sie in Bayern fortgesetzt hat. Familie Beck ist nach Lübeck gezogen. Ferdinand fiel die Karriereleiter hoch; er hat es zum Dezernatsleiter in Lübeck geschafft und darf sich jetzt Polizeirat nennen. Herr Kühl ist sein Nachfolger in Travemünde geworden, hat auch gleich das Haus in der Kurhausstraße übernommen. Becks haben sich ein eigenes Haus gebaut. Valerie arbeitet noch halbtags für den Professor, der sie, sagt er, über alles schätzt und richtig gut bezahlt. Das kann Richard auch, weil Richard so viele Privatpatienten hat, dass er beinahe schon chronisch überarbeitet ist. Jedenfalls hangelt er sich von einem Urlaub in den nächsten. Die liebe Margot ist jetzt ordentliche Frau Professor und genießt ihren Status, wie nur sie allein etwas genießen kann. Sie zelebriert ihn:

„Hier ist Frau Professor Feiler"

Ja, wer hat, der kann, trotzdem ist sie immer noch die alte Margot, die nette und sensible Freundin, Gastgeberin. Ich konnte sehr gut beobachten, dass ihre Studenten sie nicht nur respektieren, sondern richtig gernhaben. Sie tritt selbstbewusst auf, gibt ihr Wissen ohne zu zaudern weiter und ist bei der Arbeit total unprätentiös. Ein echter Reinfall war der Biervertrieb. Lag es am Bier oder an Elisabeth? Tessa meint, es lag an Elisabeth, zierlich, wie sie ist, ihre schicke Garderobe und dann bayrisches Bier, irgendwie vollzog sich das nicht zu einer Symbiose authentischer Glaubwürdigkeit. Nach einem knappen halben Jahr wurden die Versuche stillschweigend abgebrochen. Ich glaube, Alois war ziemlich enttäuscht. Vielleicht hat er sich auch geärgert, keinen professionellen Handelsvertreter, so einen richtigen strammen Kerl, damit losgeschickt zu haben. Jedenfalls hat er seiner Frau nie einen Vorwurf gemacht. Wäre auch ungeschickt gewesen.

„Liebe Frau Hausner, sie sind doch Tänzerin, ach das Bier ihres Gatten? Dafür werben sie, wie nett"

Und das war es meistens. Ist auch egal, ihre Ballettschule läuft nach wie vor bestens. Sie gibt viele Kurse Haltungsunterricht, die haben sich buchstäblich von alleine vermehrt, sind zum Renner geworden.

Ein Renner nach wie vor ist auch Hannelore, die kreuz und quer und überall auftritt, läuft, fotografiert wird, Zeitschriften schmückt. Sie hat immer noch nicht geheiratet. Wie alt ist sie inzwischen? Als die Kinder geboren wurden war sie sechzehn, also ist sie heute bestimmt fünfundzwanzig. Dann wird ihre Zeit bald zu Ende gehen, hoffentlich findet sie noch ein privates Glück, so eines, das sie sich an Hannos Seite einmal gewünscht hatte. Nicht auszudenken, wenn sie und Clemens einmal aufeinandergetroffen wären. Ob Clemens sich in sie verliebt hätte? Dumme Frage, die ich mir nicht stellen sollte. Vielleicht sind inzwischen Deiche gebrochen, Menschen in Gefahr. In Berlin sind Menschen erschossen worden, die über die Mauer klettern wollten. Republikflucht, die Mauer Schutzwall vor dem Imperialismus. Die DDR sagt auch „antifaschistischer Schutzwall" zur Mauer. Für die Bewohner Berlins ist es einfach nur ein Hindernis von A nach B zu kommen und Freiheitsbeschneidung. Dafür, dass er auch den Antiimperialisten angehört und sich selbst Atheist nennt, wurde Staatschef Fidel Castro vom Papst..., wie heißt er? ich glaube Pius, die Exkommunikation ausgesprochen aber bis jetzt nicht vollzogen. Vor Anschaffung des Fernsehers hatte ich nie von dem siegreichen Helden Kubas gehört. Auf jeden Fall hat er es auf Kuba immer warm. Die Karibik muss ein Paradies sein. Ich war da noch nie, Tessa auch nicht. Wir alle waren da noch nie, ich kenne keinen Schutzgeist, der die Karibik kennt. Ein wenig Karibik haben wir inzwischen auch; wir haben jetzt eine Gaszentralheizung. Ist das ein Luxus! Kein Einheizen mehr, kein Kohlenstaub mehr, niemand, der aufpassen muss, dass das Feuer in den Öfen nicht ausgeht. Elisabeth hat in den letzten großen Sommerferien in ihrer Ballettschule auch eine Heizung bekommen. Wurde auch Zeit, Schulzi wird langsam alt. Elisabeth erzählte, er hätte mit sichtbarer Erleichterung reagiert, als sie ihm von der neuen Heizung berichtete. Im Stich hätte ich sie nie gelassen, Frau Hausner, sowieso, aber eine Heizung ist schon schön." Heizung und ein Fernsehgerät. Wenn Alois alleine ist, wirkt er oft nachdenklich. Ich habe den Verdacht, dass ihm sein Geschäft zu eng geworden ist. Es fehlt ihm eine Entwicklungsmöglichkeit. Vielleicht irre ich mich auch. Er sollte das Leben genießen, er ist letztes Jahr sechzig geworden. Kann er nicht genießen? Nein, kann er nicht, weil er auch nie wirklich von der Arbeit ausgelastet oder abgespannt ist. Ich bin überzeugt, dass er sich vom Biervertrieb eine Menge versprochen hatte. Jetzt ist die Chance womöglich auf Jahre vertan, weil er an Stelle Elisabeths nicht gleich einen neuen Mann auf Werbetour schicken kann. Da wurde er sich lächerlich machen. Irgendetwas überlegt er sich aber doch, wenn er alleine ist. Was könnte das sein? Es ist zwecklos, ich komme nicht drauf.

„Gori, was ist los mit dir? Kannst du deine Gedanken nichtabschalten?" „Ich weiß es auch nicht, Tessa, vielleicht lag es an den Abendnachrichten. Jetzt kam ich von einer Person auf die nächste, von einem Ereignis zum anderen. An Alois bin ich hängengeblieben." „Was ist mit Alois?" „Sag mal ganz ehrlich, findest du, er sieht so richtig glücklich und entspannt aus?" „Wenn er mit Elisabeth im Bett ist schon. Sonst, hm, du liegst nicht ganz verkehrt, er hat etwas im Sinn." „Ich glaube, er fühlt sich beruflich nicht ausgelastet, irgendwie reicht ihm das bisher gemachte nicht aus. Der Strandkorbbetrieb und die Pension sind beide Sackgassen. Die Anzahl der Strandkörbe kann er nicht mehr erhöhen, die Bettenzahl und damit die Menge der Gäste auch nicht. Schluss. Das gefällt ihm nicht. Außerdem bin ich überzeugt, dass er sich heute darüber ärgert, nicht einen echten Handelsvertreter für sein Bier eingesetzt zu haben. Elisabeth war nicht die richtige Person für das Unternehmen. Er wollte Geld sparen, jetzt hat er die Quittung dafür." „Vielleicht ist noch nicht die Zeit für bayrisches Bier hier im Norden gekommen. Ich habe Elisabeth begleitet und weiß, dass sie sich nicht dumm angestellt hat. Sie kann sehr beredt sein und fachlich waren ihre Vorträge auch immer stimmig. Ich bin mir nicht sicher, ob es wirklich mit ihrer Person zusammenhing, obwohl ich das behauptet habe. Es wurden auch gerade die ersten Italien-Restaurants eröffnet, die einheimischen Gastronomen wollten vielleicht nicht noch mehr Fremdem zu diesem Zeitpunkt Einlass gewähren, wenn ich das so ausdrücken kann." „Stimmt, Tessa, dein Gedankengang erklärt nicht alles, kann aber durchaus eine Rolle gespielt haben. Jetzt mal rein theoretisch, spekuliere einfach mal mit, was könnte Alois vorhaben?" „Er wird keinen bayrischen Biergarten aufmachen; er wird auch kein neues Haus kaufen. Ich denke, seine Vorstellungen kreisen immer noch um das Bier und an welchem Standort er eine Werbung aufziehen könnte. Lübeck ist vorerst ausgenommen, weil Elisabeth mit ihrer gescheiterten Aktion im Gedächtnis der Leute noch in zu frischer Erinnerung ist. Was meinst du?" „Ist an Logik nicht zu übertreffen. Ich habe dem nichts entgegen zu setzen und bin gespannt, was er sich ausdenkt."

„Was ist euch denn heute Morgen über die Leber gelau- fen, habt ihr schlecht geschlafen?" „Ich habe geschlafen, Papa. Peter, du auch? Ja." „Also, wo drückt der Schuh?" „Wir haben nächste Woche Aufnahmeprüfung und ein Mädchen hat erzählt, die weiß das, weil ihr Bruder aufs Katharineum geht, da ist alles doppelt so schwer, wie auf unserer Schule und viel länger." „Was soll länger sein, Sabine?" „Die Diktate und es gibt mehr Aufgaben im Rechnen, da soll auch was vorkommen, was wir noch nicht hatten, sagt das Mädchen. Deswegen geht sie lieber auf die Ernestinen Schule, da sind nur Mädchen." „Was willst du mir damit sagen?" „Ich und Peter auch, wir wollen ja aufs Katharineum. Jetzt haben wir aber Angst vor der Prüfung." „Das kann ich gut verstehen. Schlimmsten Falles fallt ihr durch, dann suchen wir eine andere Schule." „Wir wollen aber nicht durchfallen." „Ach, Sabine, das hat doch nichts mit Wollen oder dem Willen zu tun. Das Katharineum ist für seine erhöhten Ansprüche bekannt. Thomas Mann, der berühmte Schriftsteller und Nobelpreisträger, hat auch nicht auf dem Katharineum seinen Abschluss geschafft. Er hat es trotzdem im Leben weit gebracht." „Er hat aber die Aufnahmeprüfung bestanden." „So, jetzt hört mir mal gut zu. Es ist sehr gut möglich, dass ihr gerade am Anfang auf dem Gymnasium euren jetzigen Zensuren Stand nicht halten könnt und ihr ein bis zwei Noten nach unten wandert. Das wird sich wahrscheinlich wieder geben. Die Prüfungsanforderungen sind deswegen so hoch, damit ausgeschlossen werden kann, dass leistungsschwache Schüler aufgenommen werden." „Woher weißt du das?" „Als eure Mutter und ich euch angemeldet haben, wurde uns, von anderen Dingen abgesehen, auch diese Tatsache mitgeteilt." „Ach so. Kannst du uns nicht mal ein langes und schweres Diktat diktieren, damit Peter und ich wissen, wie das ist?"

Peter macht kugelrunde Augen.

„Nee, ohne mich, ich gehe nach draußen." „Willst du nicht wissen, wie das ist?" „Ich bin nicht so neugierig, wie du, ich merke das am Montag. Wenn ich durchfalle, ist das auch nicht so schlimm." „Ich respektiere eure beiden unterschiedlichen Meinungen. Peter geht spielen, Sabine kriegt ein Diktat." „Alois, Kinder, ich habe oben eben noch Nachrichten gehört, es sollen wohl Deiche gebrochen sein, der Strom ist ausgefallen, Telefone gehen deshalb auch nicht und der Hamburger Bürgermeister ist im Urlaub." „Wie, ist Hamburg betroffen?" „Ja, der Wind hat die Wassermassen in die Elbe gedrückt." „Oho, das klingt nicht gut. Nach dem Frühstück stelle ich das Radio an." „Erst das Diktat, Papa, mit Radio kann ich mich nicht konzentrieren." Gut, so wird es gemacht, erst Diktat." „Hast du mitbe-

kommen, was passiert ist, Tessa?" „Nein, ich habe nur das gehört, was Elisabeth sagte." „Hoffentlich ist das keine Katastrophe, da, in Hamburg." „Ja. Warum will
Sabine Diktat üben?"

Pacca mischt sich ein.

"Sie fürchtet die Aufnahmeprüfung. Ihr macht jetzt schon die Vorstellung zu schaffen, nicht gut genug zu sein. Das ist doch ungewöhnlich für ihr Alter, oder?" „War jemand von euch mal bei einer Aufnahmeprüfung dabei?"

Wir schauen uns alle gegenseitig an und schütteln dann den Kopf.

„Sabine, wieso willst du Diktat mit Papa üben?" „Das soll auf dem Katharineum sehr lang sein, und ich will wissen, wie ich dann bin." „Du meinst, ob du dann mehr Fehler machst?" „Nein, das meine ich nicht, ich will wissen, was das mit mir macht."

Elisabeth stutzt, dann leuchten ihre Augen kurz auf.

„Du möchtest deine Reaktion darauf kennenlernen, damit sich das Schulerlebnis nicht überraschend für dich anfühlt." „Ja, Mama, genau, das ist es, was ich wissen will. Wenn ich jetzt meine Reaktion kennenlerne, dann ist mir das in der Schule nicht mehr neu." „Und was hast du davon, lang ist eben länger als sonst." „Stimmt nicht, Peter. Du sitzt im Diktat, dann denkst du, gleich ist es zu Ende, weil du so irgendwie die Zeit in dir hast. Das Diktat geht aber weiter und dann verschläfst du vielleicht was, weil du immer denkst, es müsste vorbei sein." „Quatsch, ein Diktat ist dann vorbei, wenn es vorbei ist und nicht gefühlt schon früher vorbei sein müsste." „Das ist ja schön, wenn du dir darüber keine Gedanken machst." „Ich mache mir andere Gedanken." „Worüber?" „Wie ich eine schwere Schule und Ballett gleichzeitig schaffe."

Sabine sieht ihren Bruder ganz bestürzt an.

„Daran habe ich jetzt nicht gedacht, du hast es viel schwerer als ich. Ich will dir immer helfen, ehrlich und fest versprochen." „Sind das nicht tolle Kinder, Gori, schau mal, Elisabeth hat eine kleine Träne im Auge." „Hoffentlich bleibt es so, die Zeit der großen Veränderungen wird noch kommen." Jetzt schüttelt Pacca den Kopf. „Ich bin ganz sicher, die beiden werden immer eine Einheit bilden, was sagst du, Selm?" „Davon bin ich auch überzeugt, sei nicht pessimistisch, Gori."

Frauenüberschuss, was soll ich da noch sagen? Wartet ab, ihr werdet es noch sehen? Nee, ich bin doch nicht dumm, ich halte mich schön zurück. Das Diktat ist vorbei, Sabine hat es gut überstanden. Alois ist stolz auf seine Tochter. Sie hat nicht viele Fehler gemacht, das habe ich schon gesehen. Alois schaltet das Radio an, wir hören, dass der Hamburger Innensenator Helmut Schmidt das Krisenmanagement übernommen hat. Ein wichtigerer Mann steht nicht zur Verfügung. Der Bürgermeister ist im Urlaub. Es scheint ziemlich schlimm zu stehen; Hamburg Wilhelmsburg steht unter Wasser, Strom gibt es nicht, daher auch kein Telefon, Funkamateure informieren, andere Möglichkeiten gibt es nicht. Die Lage ist unsicher, Menschenleben sind in Gefahr. Jetzt sind wir angespannt, was will der Innensenator machen? Es sollen wohl tausende Menschenleben in Gefahr sein. Die Kinder, Alois und Elisabeth bleiben im Wohnzimmer, immer auf neue Nachrichten wartend. Helmut Schmidt hat Bundeswehrhubschrauber angefordert und um Hilfe bei der Air Force gebeten. Pioniertruppen mit Sturmbooten kommen, das Technische Hilfswerk auch, das Rote Kreuz; es sollen auch fünfundzwanzigtausend zivile Helfer im Einsatz sein. Immer mehr Informationen sickern durch über Menschen, die auf ihren Häuserdächern auf Hilfe warten. Tote werden gefunden, von sogenannten Schwallwellen erfasst. Sie starben in ihren Kellern, wurden von ihren einstürzenden Häusern erschlagen. Der Tag verläuft schleppend, will kein Ende nehmen. Am Abend zeigte die Tagesschau erste Bilder der Katastrophe, gewagte Rettungseinsätze per Hubschrauber, über Boote. 315 Tote gab es allein in Hamburg. Die Hamburger hatten Glück im Unglück; wäre dieser beherzte und couragierte Helmut Schmidt nicht gewesen, wären es wohl unvorstellbar mehr.

Prüfungen
Pacca und Selm sind nervös. Montag erster Prüfungstag in der neuen Schule. Peter will nicht frühstücken, Sabine hat auch keinen Hunger. Elisabeth und Alois sind hilflos. Die praktische Helene kommt mit Eierkuchen, das ist eine gute Idee, Eierkuchen sind unwiderstehlich. Es funktioniert. Peter isst einen halben, Sabine schafft einen ganzen mit Zucker und Apfelmus. Hoffentlich wird ihr nicht übel, Apfelmus am Morgen? Aufbruch, sie fahren mit zwei Wagen. Elisabeth hätte erst später losgemusst. Sie will aber auch mit zur Schule, die Kinder begleiten. Draußen ist es schietig. Der Himmel weiß nicht, ob er Regen oder Schnee schicken will und wechselt sich ab. Die Stimmung ist nicht heiter. Sie parken in der Königstraße vor Elisabeths Haus. Der kurze nasse Spaziergang durch die Pfaffenstraße rüber in die Breite Straße bis zum Katharineum tut den Kindern gut. Ihre Wangen röten sich, der Kopf ist klarer, denke ich mir. Frische Luft tut immer gut. Vor der Schule Verabschiedung. Andere Eltern verabschieden ihre Kinder. Elisabeth nickt zwei anderen Frauen freundlich zu, vielleicht Schülerinnen von ihr. Es wird nicht viel geredet. Alois hakt Elisabeth unter, sie gehen um zu warten.

„Hast du auch eine Prüfung machen müssen?" „Nein, brauchten wir damals nicht, es ging streng nach Zensuren und den Willen der Eltern. Außerdem war es eine Frage des Einkommens, höhere Schulen kosteten, die Volksschule war frei." „Ja, Alois, das war zu meiner Zeit auch noch so, wir hatten bei uns aber Stipendiaten. Also leistungsstarke Schüler von zahlungsunfähigen Eltern, ihr nicht?" „Kann sein, dass es das auch bei uns in Bayern gab. Ich hatte zu vielen Mitschülern keinen Zugang, weil sich nie ein außerschulisches Treffen mit ihnen ergab, die Dörfer lagen viel zu weit auseinander. Wir hatten immer nur wenige Kumpel aus dem eigenen Ort. Es gab Jahrgänge, die ganz allein aufs Kreisgymnasium gingen." „Das war in Hagen natürlich etwas anders. Egal, wollen wir hoch zu mir, oder gehen wir ins „Kaffee Junge", die haben schon auf?" „Ich weiß überhaupt nicht, was ich will, Liebling. Ich will keinen Kaffee, kein Wasser, ich will nur, dass die Kinder aus der Prüfung kommen und uns sagen, es war gar nicht so schlimm."

Elisabeth lacht ihr schönes und befreiendes Elisabeth-Lachen und ich glaube, Alois Herz wird dadurch vielleicht etwas leichter.

„Tessa, Alois tut sich schwer mit der Prüfung." „Wenn das nicht spannend ist, weiß ich nicht, was sonst spannend sein soll. Ich habe nachgedacht und bin zu dem Schluss gekommen, dass ich das auch zum ersten Mal so hautnah erlebe." „Hautnah, du meinst unmittelbar." „Sei nicht so spitzfindig, ja, so etwas gab es doch früher nicht. Egal, ob die Kinder dumm oder klug waren, die Schule richtete. sich nach dem Einkommen der Eltern. Oder, sie mussten ins Kloster." „Mann, Tessa und da haben sich Dramen abgespielt. Welcher Bub wollte denn ins Kloster? Schuld war die Vielkinderei. Zu viele Kinder, ab ins Kloster mit den letzten." „Ja, so war es, kein Wunder, dass früher die Katholische Kirche zu Zweidritteln ihre Priester, Bischöfe und Päpste aus Personen rekrutierte, die eigentlich mit der Kirche nichts am Hut hatten und trotzdem versuchten, ihrem Dasein noch eine wenig Freude abzugewinnen." „Freude? Nennst du die Inquisitionen Freude? Sadisten waren das." „Ja, Gori, die gibt es heute noch im Überfluss und auch diejenigen, die es zulassen. Es sei denn, es handelt sich um kleine und unmündige Kinder, die wirklich nichts für ihre Peiniger können." „Was machen unsere beiden jetzt?" „Sie gehen hoch zu Elisabeth." „Hoffentlich dauert die Warterei nicht so lange." „Bist du aufgeregt?" „Ich habe wegen Peter ein seltsames Gefühl." „Wieso?" „Tessa, Peter ist nicht halb so ehrgeizig wie Sabine, und er ist ihr von der Intelligenz her unterlegen. Bedenke, wie gut er mit den vielen französischen Begriffen aus dem Ballettunterricht umgeht, und er hat schon lange einen großen Wortschatz. Trotzdem frage ich mich, ob er überhaupt auf diese, wie er selber sagt, schwere Schule will." „Gori, jage mir keinen Schrecken ein, meinst du, er fällt freiwillig durch?" „Nicht unbedingt bewusst, vielleicht lässt er sich einfach ein klein wenig gehen, oder so ähnlich." „Das Gymnasium und die Ballettausbildung werden ab Klasse 10 ein riesiges Problem, nicht wahr?" „Todsicher ein riesiges Problem, kaum zu vereinbaren." „Jetzt hast du mich so richtig munter gemacht, Gori. Was wäre mit Mittelschule?" „Ideal, er wäre mit Schulabschluss pünktlich für die

Ballettausbildung bereit." „Weißt du, ob er zu dieser Bundeswehr muss?" „Bestimmt nicht. Also ganz genau bin ich mir nicht sicher, aber was soll die Bundeswehr mit einem Tänzer anfangen?" „Wüsste ich auch nicht. Warte mal, Elisabeth spricht das Thema auch gerade mit Alois an." „…deswegen habe ich mich schon mehr als nur einmal gefragt, ob unser Peter nicht besser auf einer Mittelschule aufgehoben wäre, Alois." „Er kann doch dann abgehen, wenn er 10 Klassen rumhat. Stell dir vor, etwas noch nicht Vorstellbares tritt in den nächsten Jahren ein und Peter denkt im Traum nicht mehr daran, Tänzer werden zu wollen. Stattdessen besinnt er sich auf seinen Kopf und bedauert, nicht gleich auf ein Gymnasium gegangen zu sein." „Er verliert im Höchstfall ein Jahr, Alois, er kann nach der Mittleren Reife immer noch Abitur machen. Dafür hat er es auf der Realschule erheblich leichter und kann, wahrscheinlich ohne seine Leistungen zu gefährden, seine Ballettstunden weitermachen wie bisher, vielleicht sogar noch aufstocken." „Ja, ja, beide Möglichkeiten haben Vor- und Nachteile für ihn. Warten wir ab, wie er die Prüfungen schafft." „Wieso sprechen wir das Thema erst heute so genau an, frage ich mich?" „Weil wir gedankenlos waren. Wir haben Peter die Möglichkeit mit der Mittelschule gar nicht eröffnet." „Lieb- ling, du nennst uns gedankenlos. Es ist doch aber Tatsache, dass seine Leistungen mehr als geeignet sind, zuerst an ein Gymnasium zu denken." „Ja, ich habe gestern einen gehörigen Schreck bekommen, als Peter sagte, er mache sich andere Gedanken, nämlich wie er Ballett und eine schwere Schule schaffen soll. Darauf habe ich mir erstmals Gedanken gemacht." „Bleiben wir für jede Möglichkeit offen, es wird sich alles zeigen." „So wird es sein, mal sehen, was uns Pacca und Selm später berichten, sie erleben, wie viele Fehler die Zwillinge machen." „Ja, wir sind den Eltern eine Nasenlänge voraus, falls die beiden Damen aufpassen sollten. Vielleicht haben sie eine Unmenge Bekannte getroffen und denken nicht im Traum daran, Fehler zu zählen."

Donnerstag, 22. Februar 1962
Es war wirklich so, sie dachten nicht im Traum daran, Fehler zu zählen.

„Wir wollten uns doch nicht die Spannung nehmen."

Stattdessen haben sie viele alte Bekannte getroffen, mit jedem wurde eine Kleinigkeit gesprochen. Da ist eine Schulstunde natürlich schnell rum und angeregt und voller Neuigkeiten ging es mit den Kindern zurück. Das war Dienstag und Mittwoch nicht anders. Jetzt haben wir Donnerstag und wir warten auf die Ergebnisse. Zur Verkündigung dürfen die Eltern anwesend sein. Nein, ist das nervenaufreibend. Wir sitzen in der Aula, warten, was wird passieren? Jetzt betritt ein Mann die Bühne, er sieht freundlich aus, nicht zu alt, ob das der Schuldirektor ist? Jetzt will er reden:

„Meine sehr verehrten Damen und Herren Eltern, liebe künftige Schüler. Wieder einmal haben viele hoffnungsvolle Viertklässler hier an unserem Gymnasium ihren Qualifikationsnachweis erbracht, um als würdige Sextaner in unseren Reihen aufgenommen zu werden. Meine herzliche Gratulation gilt gleichermaßen den Kindern und ihren Eltern." „Heißt das jetzt, keiner ist durchgefallen?" „Hört sich so an Pacca, oder der Durchfall wird einfach unter den Tisch gekehrt." „Ein einziges Mädchen sitzt unter uns, welches das Kunststück fertiggebracht hat, das Diktat mit null Fehlern zu überstehen. Das hat es an dieser Schule seit 5 Jahren nicht mehr gegeben. Liebe Sabine Hausner, ich hoffe, wir werden in den kommenden Jahren noch viel Gutes von dir hören. Wo sitzt das Kind?"

Alois, Elisabeth, Peter und Sabine sind wie vom Donner gerührt. Wir auch. Dann steht Sabine auf.

„Hier."

Alles klatscht, Sabine lächelt, gequält, total verlegen, was für ein Start.

„Großartig, Sabine, bitte weiter so."

Der Herr Schuldirektor redet weiter, wir verstehen nichts mehr, Sabine hat uns überwältigt.

„Kinder, lasst uns feiern gehen, was wollt ihr, ein Stück Torte? Es ist 10 Uhr durch, Niederegger hat auf." „Kann die Torte auch ein Brötchen sein, Papa?" „Natürlich Peter, ihr habt ja wieder so gut wie nichts gefrühstückt. Elisabeth, was ist mit dir, du hast Unterricht?" „Ja, leider, ich wäre so gerne mitgekommen. Jetzt ist es 10 Uhr 15, um Viertel vor 11 Uhr spätestens stehen die ersten Damen vor der Tür. Peter, was ist mit dir, bleibst du in Lübeck oder fährst du zwischen?"

Peter ist unschlüssig, zaudert, dann:

„Das lohnt nicht, ich bleibe hier und fahre nach dem Ballett mit dem Bus zurück." Elisabeth freut sich.

„Prima, Peter, dann gehen wir beide heute Mittag zum Essen, dann habe ich auch noch was wenig von der Feier."

Alois und Sabine verabschieden sich von Elisabeth, donnerstags bleibt sie in Lübeck, weil sie bis 22 Uhr arbeiten muss. Wir gehen auseinander.

Freitag, 23. Februar 1962
Es ist noch früh, Pacca kommt ins Schlafzimmer.

„Gori, mit Sabine stimmt etwas nicht, sie stöhnt, sie fasst sich an den Kopf. Schau mal mit, ich muss zurück."

Sabine ist weiß wie die Wand, sie richtet sich auf und erbricht im Schwall ins Bett, was ist los? - Alois, wach auf-,

„Papa, Papa!"

Alois springt aus dem Bett, rennt ins Mädchenzimmer. Peter steht im Flur, hilflos, besorgt.

„Sabinchen, mein Engel, was hast du?" „Mir ist so übel und der Kopf tut mir weh und mir ist schwindelig."

Alois zieht die beschmutzte Bettdecke weg, zieht seiner Tochter das schmutzige Nachthemd aus, holt ein neues, zieht es ihr über, nimmt sie auf den Arm und trägt sie ins
Schlafzimmer, legt sie in Elisabeths Bett.

„Peter, bleibe bitte weg von Sabine, vielleicht ist es etwas Ansteckendes. Wie spät ist es?" „Gleich halb sieben." „Sabine, ist dir noch schlecht?" „Ich weiß es nicht genau." „Peter, hole einen Eimer!"

Macht er, Alois stellt ihn Sabine ans Bett.

„Papa, mein Kopf tut so weh, ganz weh." „Ich rufe Onkel Richard gleich an, der soll vor der Sprechstunde nach dir sehen. Peter, mach dich fertig für die Schule, ja?" „Sabine, ich lasse die Tür weit offen, ich muss mit Mama und Richard telefonieren, aber ich höre dich, wenn du rufst." „Ja."

Alois rennt runter ins Büro zum Telefon. Schmeißt erst Richard aus dem Bett, der sofort kommen will, dann Elisabeth.

„Fieber? Weiß ich nicht, ja, mache ich sofort. Ja, ich habe ein dummes Gefühl. Nein, sie hat sich nicht den Magen verdorben. Das ist vielleicht wirklich besser, ja. Gut, bis bald."

Aha, Elisabeth wird kommen, Alois sucht das Fieberthermometer, hat schließlich Erfolg.

„Sabine, Mama kommt gleich, Richard auch, miss bitte mal Fieber!"

Reicht ihr das Thermometer, Peter ist angezogen.

„Schreibst du mir für Sabine eine Entschuldigung, oder soll ich es so sagen?" „Oh Peter, ich glaube, es ist besser, wenn du heute zu Hause bleibst. Richard soll erst sagen, was Sabine hat, falls das ansteckend ist. Schau nicht so bedrückt, mein Junge, ich weiß es auch nicht besser. Gehen wir deshalb lieber auf Nummer sicher." „Gut, Papa, soll ich Tee für Sabine kochen?" „Das machst du, danke, ja." „Soll ich dir Kaffee kochen?" „Ja, gerne, du bist ein Schatz."

Peter freut sich, er kann sich wenigstens nützlich machen.
Selm sieht mich an:

„Gori, kannst du meine Energie verstärken, wir wollen ihr den Kopfschmerz etwas lindern."

Ich helfe Selm, die Haustürklingel geht, Richard, Mantel über dem Schlafanzug, unrasiert, höchst wahrscheinlich auch ungewaschen. Hedi bei ihm:

„Was macht ihr denn für eine Panik am Freitagmorgen?" „Sieh doch selbst, wir wissen nicht, was mit Sabine ist."

Richard nimmt Sabine das Fieberthermometer aus der Hand, er erschrickt sichtlich.

„Alois, Sabine muss sofort in die Klinik, ich rufe einen Krankenwagen. Es gibt einen Verdacht, ich fahre mit ihr. Packe ihr Sachen zusammen, du kannst nachkommen."

Sabine ist es egal, was um sie herum geschieht; sie sieht so elend aus.

„Pacca, hast du einen Verdacht?" „Leider ja, du auch?" „Pacca, mein kleines Mädchen soll nicht schon wieder so früh sterben, nicht noch einmal." „Ruhig, Gori, wir sind nicht im Mittelalter, sie wird nicht sterben. Richard macht es richtig, sofort ins Krankenhaus." „Was sie hat ist gefährlich." „Hör zu jetzt, ihre Anzeichen sind nicht ganz typisch, mach dich nicht verrückt, warte die Diagnose ab." „Ich habe eine Scheißangst, mir kocht alles hoch." „Nein, Gori, das lass ich nicht zu, du wirst auf der Stelle ruhig ein- und ausatmen und deine Gedanken abstellen. Ich sehe nach Alois." Pacca hat recht, ich ziehe mich zurück.

Es ist ruhig, sehr ruhig, es geht mir besser, ich fühle mich neutralisiert. Wo bin ich? Im Schlafzimmer. Wie spät es ist? Alois Wecker steht auf morgens 3 Uhr 15. Er ist da, schläft, Elisabeth auch. Tessa legt mir eine Hand auf die Schulter.

„Alles wird gut, Gori, Sabine ist stabil, sie hat ein Antibiotikum und noch etwas bekommen. Es handelt sich wohl nicht um eine bakterielle Meningitis. Symptome und bisheriger Verlauf sind nicht typisch. Sicherheitshalber wird sie aber so behandelt, als hätte sie eine. Und jetzt zu dir, wie fühlst du dich?" „Es geht mir wieder gut, ich hatte kurzfristig die totale Panik, Tessa. Ist mir peinlich, geht gar nicht." „Gori, wir verstehen dich, du bist zwar Alois Schutzgeist, mit Sabine fühlst du dich aber aus bekannten

Gründen eng verbunden. Du kannst beruhigt sein, Selm macht alles vorbildlich mit ihr." „Ich weiß, ich habe großen Respekt vor ihr. Wie geht es den Eltern und Peter?" „Die haben beide von Medizin nicht viel Ahnung und haben sich von Richard beruhigen lassen. Peter hat sich in den Schlaf geweint. Er ist so sensibel, wir haben ihn bedauert." „Danke, Tessa, ich gehe etwas vor die Tür, ist das in Ordnung?" „Geh nur."

Woher sollte Sabine eine bakterielle Meningitis haben? Die liegt doch nicht auf der Straße. Ich habe ein komisches Gefühl. Sabine ist ungewöhnlich ehrgeizig, ob das die Prüfungen waren? Hatte sie Angst, sie würde es nicht schaffen? Kann eigentlich nicht angehen. Es ging für sie nicht um das ob, höchstens um das wie sie bestehen würde. Trotzdem, es waren ihre Nerven, glaube ich. Nein, ich bin mir ziemlich sicher. Morgen rede ich mit den anderen darüber. Tessa hat es mit der Psyche nicht so; mal sehen, was Selm und Pacca von meiner Theorie halten. Untergegangen ist, was mit Peter wird. Will er auf die Schule? Das mag in den nächsten Tagen spannend werden.

Am frühen Morgen
Es muss kalt sein, es beginnt zu schneien. Himmel, waren das wieder Tage: die Prüfungen, Sabine, die Flutkatastrophe mit den vielen Toten, ob der clevere Helmut Schmidt in der Zukunft noch von sich hören macht? Der Mann hat Talent, es könnte noch viel aus ihm werden. Hoffentlich wird er von seinen vielen Zigaretten nicht krank. Er hat im Fernsehen immer eine brennen. Hier rauchen nicht viele. Alois nicht, Elisabeth sowieso nicht. Nein. Richard raucht, relativ mäßig, Ferdinand raucht, sonst in meiner Umgebung nicht so viele. Ja, die Strandkorb-Gäste rauchen fast alle, die Schuhknechts, beide, sehr viel. Anneliese mag das nicht. Lieber Morgen, komm herbei, ich kann es kaum erwarten, von Sabine zu hören, wie sie wohl die Nacht überstanden hat? Vielleicht sollte ich wieder zu Tessa gehen? Nein, zum Philosophieren ist mir nicht zumute. Tessa hat ihre Gedanken nicht abgeschaltet.

„Gori, du weißt es noch nicht, Peter hat gesagt, er will auf die Schule, weil er, falls das Ballett es erforderlich machen sollte, mit der 10. Klasse abgehen kann. Ich finde die Entscheidung sehr gescheit, was sagst du?" „Ich auch, schulisch abspecken kann er immer noch, aufstocken ist schwieriger. Das ist eine gute Nachricht und eine Sorge weniger." „Bist du auch immer so froh, wenn sich so eins nach dem nächsten in Wohlgefallen auflöst?" „Tessa, findest du deine Frage sehr originell? Soll ich sagen, nein, Tessa, überhaupt nicht, ich finde nur Baustellen aufregend." „Sei doch nicht gleich so grob, ich wollte doch nur sagen, dass mich positive Entwicklungen und schöne Auflösungen freuen." „Ja doch, ich weiß, dein Nachname lautet Harmonie." „Weshalb hast du plötzlich schlechte Laune?" „Ich habe keine schlechte Laune, ich fühle mich ungeduldig, weil ich wissen will, wie Sabine die Nacht überstanden hat, das ist alles. Tessa, entschuldige, eigentlich ist mir nicht zum Reden." „Na gut, dann schweige noch ein wenig."

Tun wir auch, ich mag mich selbst nicht leiden, wenn ich zu Tessa garstig bin, auch wenn sie manchmal albern oder kindisch ist. Wieso sagt sie so was? Soll ich auf eine solche Frage ein enthusiastisches ‚ja' hauchen? Clemens würde sagen -a Schmarrn is dös-, Clemens hat sich in den Jahren positiv verändert, finde ich. Vielleicht liegt es auch nur daran, weil er reifer geworden ist? Nein, ganz trifft das nicht zu, er hat etwas abgestreift. Ja genau, er hat an Anmaßung verloren. Er ist eine Spur demütiger geworden. Wie war er? Er war nicht wirklich arrogant, er hatte vielmehr das Selbstbewusstsein eines jungen Mannes, das in bestimmter Hinsicht, zum Beispiel beruflich, durch Fleiß und Können, durchaus eine Berechtigung hatte. Und diese Siegeraura baute er flächendeckend um sich aus. Ja, so ungefähr. Dann kam das Drama mit Franzi, und er gewann durch die tragischen Erlebnisse an menschlicher Verletzlichkeit. Diese neue Bescheidenheit steht ihm gut. Ich glaube, er ist auch dankbar dafür, dass seine Umgebung von seiner Ehekrise nichts erfahren hat. Was für ein Segen, vor allen Dingen für die Kinder. Alois rührt sich, er schaut auf die Uhr, es ist 6 Uhr 40. Elisabeth wird auch wach.

„Wir müssen aufstehen." „Ja, Liebling, dir auch einen gu

ten Morgen." „Schauen wir, erst konnte ich nicht einschlafen, dann ging es doch, und du?" „So ähnlich. Ich koche Kaffee, du kannst ins Bad."

Peter sitzt schon in der Küche, keiner von uns hat ihn gehört.

„Morgen, Papa, ich habe schon Kaffee aufgesetzt. Wie es wohl Sabine geht? Will Onkel Richard gleich heute Morgen zu ihr?" „Gute Morgen, mein Sohn, ja, Richard sieht gleich in der Frühe nach ihr und sagt uns dann sofort Bescheid, wie sie die Nacht überstanden hat." „Papa, was hat sie eigentlich? Alle haben gestern drum herumgeredet." „Der Befund war auch nicht eindeutig, weil aber der Verdacht auf eine Hirnhautentzündung bestand, ist sie auch darauf sofort behandelt worden." „Ist das ansteckend?" „Ja, im Prinzip schon, alle, die mit Sabine in Kontakt standen, müssen beobachtet werden. Richard hat gestern noch den Schulrektor benachrichtigt." „Sabine hatte mit keinem Kontakt; wir saßen alle allein an unseren Tischen. Ich habe Sabine in den letzten Tagen nicht angefasst und nicht geküsst." „Gut zu wissen, Peter, aber ich glaube nicht, dass Sabine etwas Ansteckendes hat. Ich denke, sie hat sich überanstrengt." „Kann so was, so was machen?" „Natürlich, das kommt nicht selten vor."

Kluger Alois, der Tisch ist gedeckt, Elisabeth kommt geduscht und im Bademantel und knuddelt Peter ab, dem das nicht passt.

„Mama, nicht so doll, vielleicht bist du ansteckend." „Das glaube ich nicht, Peter, dein Vater und ich meinen, dass sich Sabine zu sehr angestrengt hat." „Das hat Papa mir eben schon gesagt." „Gut so, lasst uns frühstücken, Richard kommt bestimmt bald vorbei." „Heute ist aber Sonnabend, vielleicht kommt er später. Dürfen wir Sabine heute Nachmittag besuchen?" „Ja, es gibt eine neue Richtlinie in den Krankenhäusern, Privatpatienten können immer besucht werden." „Immer? Solange wir wollen? Dann könnt ihr mich doch gleich zu Sabine fahren und da bei ihr lassen." „Peter, du bist so lieb und du meinst es sicher sehr gut, aber das geht nicht. Deiner Schwester ging es gestern schlecht, sie wollte lieber alleine sein. Ihr tut doch der Kopf so weh, da mag keiner reden oder spielen." „Ach so, daran habe ich nicht gedacht." „Ist nicht schlimm, deshalb wollen wir abwarten, was Richard uns berichtet."

Pacca streichelt Peter den Rücken, er entspannt sich und isst sein Brot. Tessa ist leicht eingeschnappt wegen heute Nacht. Es klingelt an der Haustür.

„Richard kann das nicht sein, bleib sitzen, Alois, ich gehe." „Elisabeth, guten Morgen, ich musste einfach kommen, gestern habe ich es nicht gewagt. Was ist passiert, ich habe den Krankenwagen gesehen." „Komm rein, Morgen,
Helene, magst du einen Kaffee?"

Jam winkt uns zu.

„Ja, gerne. Hach, es ist Sabinchen, was hat die Kleine?" „Guten Morgen, Helene." „Guten Morgen, Tante Helene." „Ja euch auch, Gott zum Gruße, was ist jetzt?" „Wir wissen es noch nicht genau, Sabine hatte Fieber, Kopfschmerzen und sie musste erbrechen. Richard hat sie sofort ins Krankenhaus geschickt." „Hatte sie auch Nackensteife?" „Nein, eben nicht, es fehlen wichtige Merkmale, weswegen wir nicht von einer Hirnhautentzündung ausgehen. Sie wurde gestern im Krankenhaus aber vorsichtshalber einleitend so behandelt." „Ich sage euch was, das sind die Nerven bei dem armen Kind. Lilli und ich haben das kommen sehen. Lilli hat immer noch mal mit ihr gerechnet und ich musste ihr was diktieren." „Alois, das kann doch nicht wahr sein, dann hat sie bei Helene und Lilli auch nur gelernt." „Ja, Sabine hat gesagt, sie will nicht mit den Zensuren runterrutschen. Sie will so bleiben." „Peter, wann hat sie das gesagt?" „Als ihr euch zum ersten Mal darüber mit Tante Margot und Onkel Richard unterhalten habt." „Pacca, hast du das nicht gewusst?" „Nein, leider, ich habe mich mit Fem unterhalten." „Das war vor gut vier Wochen, als wir die Feier für Weihnachten und Sylvester zusammen bei Lilli und Helene nachgeholt haben." „Wenn das keine Erklärung ist, dann stand meine Tochter vier Wochen lang im Trommelfeuer." „Ja, Alois, das ist vielleicht die richtige Metapher." „Also, ich bin zwar noch ein Kind und habe nicht so viel Erfahrung, was ich so meine ist das: wir müssen dafür sorgen, dass Sabine nicht nur die Schule und ihre Zensuren im Kopf hat. Ich bin anders, ich habe das Ballett." „Du bist ein fast weises Kind, mein Sohn, was könnte deiner Meinung nach Sabine gefallen?" „Mir fällt nichts ein, weil sie zum Sport doch nicht viel Laune hat." „Hm, was wäre mit Tennis? Das machen nicht so viele." „Nee, bestimmt nicht." „Ja wieso, fragt doch Sabine, wenn sie wieder gesund ist. Vielleicht hat sie einen Wunsch." „So machen wir das, Helene." „Ja, Helene, gute Idee. Alois, willst du ins Bad?" „Wenn es sein muss."

Alois geht, ich mit. Peter hat recht, Sabines
Interessen sollten sich nicht nur auf die Schule konzentrieren. Wofür interessiert sie sich noch? Eigentlich für alles: Zahlen, Geschichte, sie liest ständig, wenn sie nicht lernt. Sport wäre gut für sie; sie braucht etwas, was ihr den Kopf frei bläst, sie muss raus, was könnte es sein? Interessiert sie sich für Pflanzen? Keine Ahnung, wie sollte ich das Alois eingeben? Geht nicht, gärtnern oder botanisieren? Dafür ist sie noch zu jung, eigentlich, oder? Ich weiß es auch nicht. Alois hat fertig geduscht, er zieht sich an. Helene ist immer noch da. Sie hofft bestimmt Richard mitzubekommen, wenn sie lange genug bleibt.

„Jam, alles in Ordnung?" „Klar, Gori, eure Sabine, ich weiß, sie mag kleine Kinder, wenn wir mal mit ihr gehen, guckt sie in jeden Kinderwagen." „Stimmt das, Pacca?" „Ja, das stimmt, zum Kinderaufpassen ist sie aber noch zu jung."

Es klingelt, Richard kommt, sie begrüßen sich, Richard sieht entspannt aus.

„Ja, ich habe euch nichts Unerfreuliches zu berichten. Die Kopfschmerzen sind besser, das Fieber ist rückläufig, es sind keine weiteren Symptome hinzugekommen. Damit hat sich der schwere Anfangsverdacht nicht erhärten kön- nen. Sabine ist sichtbar wieder auf gutem Weg. Sie freut sich schon auf heute Nachmittag, wenn ihr sie besuchen kommt."

Und wie sie sich freut, als wir einschließlich mit Lilli und Helene ins Zimmer treten. Noch jemand freut sich: Margot ist bei ihr.

„Fem, was macht ihr denn hier?" „Schätzchen Gori, ganz ruhig, du wirst es gleich hören."

Begrüßung, Fragen, Antworten, hin und her, und dann endlich geht es zum Kern, was Margot schon hier will, wollte, wie auch immer. „Elisabeth, Alois, ich habe mir erlaubt, etwas mit Sabine zu besprechen, was ich schon seit vorgestern vorgehabt habe. Der Lübecker Theaterchor sucht dringend für den Kinderchor Sopranstimmen. Als ich das hörte, habe ich sofort an Sabine gedacht. Ich weiß, dass sie einen sehr schönen Sopran hat. Ja, und Sabine hat zugesagt, oder habt ihr was dagegen?" „Nein, überhaupt nicht."

Das war Peter, die Eltern sagen ebenfalls:

„Wunderbar, nein, gar nicht."

Heiliger Kosmos, du bist genial. Ich umarme Tessa, die mich schweigend versteht, dann Pacca und Selm, Fem kriegt einen Kuss und versteht die Welt nicht mehr.

„Fem, das ist eine längere Geschichte. Margots Vorschlag mit dem Chor war sozusagen die Rettung schlechthin." „Ach, na das finde ich aber beruhigend, wenn sonst nichts ist." „Elisabeth, ich hätte eine Kleinigkeit mit dir zu besprechen, wollen wir kurz vor die Tür gehen?" „Gerne, Margot."

Tessa winkt mir zu, ich solle mitgehen. Sie redet gerade intensiv mit Jam.

„Hör zu, Elisabeth, ich hatte natürlich ein schlechtes Gewissen, weil ich euch übergangen habe. Aber das war Berechnung. Als mir Richard von Sabine erzählte, wurde mir auf der Stelle klar, dass sie ein Nervenfieber hat, wie ich als Kind auch. Sabine ist mir nicht unähnlich. Das mit dem Chor stimmt, der sucht tatsächlich Stimmen. So, wenn ich es euch vorab gesagt hätte, wäre die Chance groß gewesen, dass Sabine sich nicht ernst genug genommen gefühlt hätte. Ihr wäret sofort darauf angesprungen, und Sabine hätte keine Wahlmöglichkeit mehr gehabt. Verstehst du das, Elisabeth?" „Margot, du bist meine beste Freundin, ich wusste schon gar nicht mehr wie sensibel und intrigant du gleichzeitig bist. Das hast du fabelhaft eingefädelt und ausgeführt. Danke, danke, danke."

Elisabeth küsst Margot ab.

„Margot, wir haben uns zu Hause gefragt, wie wir Sabine ein kleines Stück von Schule und dem Lernen entfernen könnten. Es ist uns nichts eingefallen. Keiner von uns hat an ihre Stimme gedacht, die wirklich recht hübsch ist." „Da fällt mir ein Stein vom Herzen, dann habe ich nichts falsch gemacht?" „Ganz sicher nicht." „Richard fand es nicht gut, euch zu übergehen. Richard hat aber auch keine Ahnung von Kinderpsychologie."

Fem und ich lachen laut los.

„Wie gut, dass Margot den großen Durchblick hat." „Ja, Fem, ein Hoch auf deine Margot."

Wieder im Krankenzimmer will Margot gleich noch etwas erklären.

„Weißt du, was noch richtig gut ist, Sabine? Für jede Probe gibt es dreißig Pfenning und pro Aufführung eine Mark. Damit wirst du nicht reich, aber ein kleines Taschengeld kommt da schon zusammen." „Ist das wahr, Tante Margot?

Damit habe ich nicht gerechnet. He, habt ihr das gehört? Ich werde Geld verdienen. Peter, frage Mama mal, ob sie dir pro Probe auch ab jetzt dreißig Pfennig zahlt." „Wie bitte, du kannst froh sein, dass du mich nicht bezahlen musst. Ich bin Privatwirtschaft, Sabines Chor ist Stadt." „Oh, nö, ist das ungerecht." „Das ganze Leben ist ungerecht, Peter. Ich mache dir einen Vorschlag. Du kannst dir am Wochenende bei mir Geld verdienen, indem du abends die Strandkörbe mit verschließt." „Ehrlich Papa, das darf ich? Kriege ich pro Abend auch dreißig Pfennig?" „Die sollst du haben." „Mensch, Sabine, wir werden reich."

Dreißig Pfennig, klingt eher nach Ausbeutung, als nach Reichtum, Mann, Mann, Alois, da hättest du zwanzig Pfennig draufzahlen können. Für einen kleinen Jungen ist das Schwerstarbeit. Ist es das? Wenn ich mir Peters Muskeln ansehe, eher speziell für ihn wohl doch nicht.

„Du Gori, dein Alois ist ganz schön geizig, ich finde fünfzig Pfenning hätte er Peter bieten können." „Warte die Zeit ab, Fem, vielleicht muss er schon bald nachlegen. Schüchtern ist Peter nicht."

Mittwoch, 2. Mai 1962
Mittwochs ist ein voller Tag. Schule, dann hat Peter Ballett und Sabine Chorprobe und dann noch die vielen Schularbeiten. Die ganze Welt ist wie verdreht. Sie leben überwiegend in Lübeck, mittwochs geht es dann nach Travemünde, aber sonst? Es wird in Lübeck geschlafen, das geht ja noch. Aber die Mittagessen sind eine einsame Katastrophe. Elisabeth und die Kocherei, feindseliger können sich zwei nicht gegenüberstehen. Dabei nimmt sie schon Fertigportionen von Helene mit. Alles fertig, bis auf die Kartoffeln. Was macht Elisabeth? Setzt sie auf und vergisst sie. Wenn die Kinder kommen, sind sie zu glühenden Kohlen im Topf mutiert. Die Küche steht noch, ist noch nicht abgebrannt; auch dieser Umstand sollte lobend erwähnt werden. Gut, dass ich mir das nicht mit ansehen muss, mir reicht schon, was Tessa berichtet. Wir, Alois und ich sind am Dienstag und Donnerstag über Nacht in Lübeck. An diesen Tagen schließt Herr Schuhknecht abends die Strandkörbe zu und kann Beute machen. Ich bin mehr als gespannt, wann er erwischt wird. Auf ewig kann die Klauerei nicht gut gehen. Alois grübelt im Augenblick nicht viel. Die Situation mit den Kindern, mit der Schule, dem hin und her, wer schläft wann wo, ist so frisch und neu, daran muss er sich gewöhnen. Sabine machen die Chorproben viel Spaß. Selm hat mich einmal mitgehen lassen. Der junge Chorleiter ist eine Kanone, der hat es drauf, die Jungen und Mädchen davon zu überzeugen, dass sie die allerwichtigsten im Theatervolk sind. Keine Ahnung, wie er das anstellt. Das genau ist gut für Sabine, egal, wie sie die Schule packt, sie ist im Chor wichtig und damit wichtig für das ganze Lübecker Theater. Klar nimmt sie die Schule ernst, ist fleißig, lernt, was das Zeug

hält, aber dieser überbetonte, brennende Ehrgeiz hat sich relativiert. Wir sind alle froh und dankbar dafür. Ein anderes Mädchen aus Sabines Klasse geht auch in den Chor. Ein ernstes Geschöpf mit spirrligen Haaren, Brille und einer etwas stämmigen Figur. Sie wohnt in Schlutup und Sabine bringt sie an den Mittwochmittagen immer mit, weil sich ein Zwischenfahren nicht für die Mechthild lohnt. Sie singt alt und hat einen weiblichen Schutzgeist, der so schön ist, dass er uns sofort an Hannelore erinnert hat. Die zwei passen überhaupt nicht zusammen, finden wir. Lupa ist aber nicht nur schön, sondern auch klug und charmant und ich liege ihr seit dem ersten Blick und dem bis jetzt auch letzten, zu Füßen. Deshalb ist Tessa eifersüchtig und Pacca und Selm lachen mich aus. Mir egal. Alois hat heute seine halbjährliche Untersuchung bei Richard, die hält er brav ein. Wahrscheinlich aber nur, weil Richard sein Arzt ist. Am Strand sitzen vereinzelte Leute in den Strandkörben, meistens ältere Paare, einige Solisten, wenig junge Eltern mit Kindern. Es ist noch zu früh, um an der Ostsee Urlaub zu machen, zu kalt, zu windig, besser zu kaltwindig. Mehr ein Wetter für hartgesottene Menschen. Alois ist oft allein, weswegen ich auch immer ziemlich alleine bin. Mittags geht es zu Helene und Jam, die einzige wirkliche Tagesabwechslung, der Tageshöhepunkt. Na gut dann geht es nach Lübeck oder die Lübecker kommen. Dieser Zustand wird jetzt über Jahre gehen, wenn ich mir das vorstelle.... Jetzt freue ich mich auf Hedi, die habe ich auch schon längere Zeit nicht mehr gesehen. Alois klingelt, eine junge Frau, eher ein junges Mädchen, öffnet und Alois nennt Ihr seinen Namen. Er wird nicht ins Wartezimmer geschickt, er darf im Flur vor dem Kamin Platz nehmen. Der Kamin brennt nicht, es ist maifrisch. Valerie Beck taucht nicht auf, sie ist bestimmt beim Röntgen, in der Dunkelkammer oder im Labor. Die Tür geht auf, Richard.

„Alois, mein Lieber, ist es wieder so weit, komm rein, komm, setz dich einen Moment, so oft sehen wir uns nicht." „Ja, Richard, gerne, Margot und du, es geht euch gut?" „Margot geht es großartig, ich vermisse sie, wie ich damals befürchtet hatte, sie ist kaum noch zu Hause." „Was machst du mittags, gehst du hier in der Nähe essen?" „Auf keinen Fall, soll ich mich durch die Klatschpresse ziehen lassen? Guckt mal, der Doktor, so allein, blablabla."

Alois lacht:

„Ich bin froh, dass ich Helene habe und auch nicht irgendwo essen gehen muss. Wieso kommst du mittags nicht schnell rüber?" „Wieso? Weil ich daran nicht gedacht habe. Zuerst war Margot immer gegen 14 Uhr hier, dann haben wir eben etwas später gegessen. Jetzt bleibt sie wegen der Spätkurse gleich in Lübeck. Also ehrlich, passen tut mir das nicht. Aber was soll ich machen? Margot ist glücklich und sehr zufrieden. Immer bleibt einer auf der Strecke." „Diesen Zustand pflegen Elisabeth und ich bereits seit Jahren. Es gibt für manche Dinge keine gescheite Lösung. Du glaubst gar nicht, wie ich am Tag die Kinder vermisse, morgens beim Aufstehen, mittags, wenn sie nicht mehr aus der Schule kommen. Dann die ständige Fahrerei. Ach, es ist zum Mäusemelken." „Ich sehe, dir geht es nicht besser als mir, wir armen alten Säcke." „Also, was ist mittags mit Helene? Wir können uns treffen und uns ausjammern." „Alois, so machen wir das in Zukunft, sagen wir um 13 Uhr, bis dahin bin ich mit der Vormittagssprechstunde durch." „Wunderbar, das ist eine gute Idee." „Hedi, ist das alles wirklich so arg?" „Eindeutig ja. Das geht nicht mehr lange gut, dann platzt dem Richard der Kragen, der ihm jetzt schon eng am Hals sitzt. Stell dir vor, Margot mittags in der Theaterklause mit anderen Professoren, die pfeifen sich da fröhlich zum Imbiss schon einen halben Liter Wein und Kurze wie Kognak rein, damit sie alle frisch und entspannt in die Nachmittagskurse gehen können. Fem findet das nicht schlimm, er fühlt sich wohl in Künstlerkreisen. Ich frage mich aber, wohin das führen soll." „Oh je, wie kann ein Mensch da noch ernsthaft arbeiten?" „Siehst du, das habe ich mir auch gesagt. So, der Alois ist auch nicht glücklich?" „Elisabeths Abwesenheiten ist er von Beginn an gewohnt, er vermisst wirklich besonders die Kinder. Ich auch, es ist oft schlicht langweilig. Im Sommer, mit vielen Gästen, wird das hoffentlich wieder anders sein." „Ganz bestimmt und sonst?" „Nix, mir fällt nichts ein, wenigstens ist Elisabeth immer zufrieden."

„Sie macht das, was sie auch ohne Alois gemacht hätte. Vielleicht liegt es daran. Alois und die Kinder sind ihr zusätzliche Bereicherung. Gori, ich denke, Alois hat zu wenig zu tun." „Das ist eine richtig dumme Geschichte, Hedi, im Sommer ist er total ausgelastet, also in der Saison, und in den ruhigeren Monaten, vor allem im Winter, lungert er von einer Kleinstbeschäftigung zur nächsten. So ist es, wenn sich Arbeit nicht richtig verteilt." „Fällt dir eine Lösung ein?" „Wenn Alois eine normale Frau wäre, würde er die Hausarbeit selbst übernehmen, könnte einkaufen und kochen, dann wäre der Tag ausgefüllt." „Manchmal ist das Geschlecht Hindernis für ein ausgefülltes Leben." „Hedi, das war ein Scherz. Alois kocht gern, er geht auch gerne zum Einkaufen. Im Übrigen fehlt ihm eine sinnvolle Tätigkeit, die ihn mit Freude und Spannung erfüllt. Es geht nicht darum, nur den Tag rumzukriegen." „Was ist denn mit dem Biervertrieb, ist das Thema gestorben?" „Wenn ich das wüsste. Alois grübelt im Augenblick nicht so viel, weil die Situation noch frisch ist - könnte ich mir vorstellen, wenn er sich eingewöhnt hat." „Alois, an dir kann kein Arzt Geld verdienen, du bist gesund." „Das höre ich gerne, danke für deine Mühe, Richard. Wir sehen uns dann bei Helene? "Ja doch, melde mich bitte an."

Abends vor dem Kamin
Alois hat im Wintergarten den Kamin angemacht, es ist anheimelnd, der schöne Raum, die wohlige Wärme. Elisabeth kommt mit Gläsern und Rotwein, es ist bestimmt schon 21 Uhr. Die Kinder schlafen.

„Wie war die Untersuchung bei Richard?" „Er sagte, er könne kein Geld an mir verdienen."

Elisabeth nickt erfreut:

„Das höre ich gerne, geht es ihm auch gut?" „Hm, ich glaube nicht so richtig. Er vermisst Margot. Auf jeden Fall essen wir beide zukünftig zusammen bei Helene zu Mittag." „Warum hat er das nicht schon früher gemacht?" „Angeblich ist er nicht darauf gekommen, egal. Elisabeth, ich muss mit dir reden." „Alois, ist es ernst?" „Ja und nein. Es betrifft die Kinder, mich, weniger dich. Ich frage mich, wie ich diese Situation die ganzen kommenden Jahre aushalten soll. Es ist mir zu einsam." „Bist du

sicher, dass du weißt, was du da sagst? Morgens Frühstück, dann bis Mittag, oft 13 Uhr, Schule, Peter hat montags und mittwochs Ballett, Sabine hat montags jetzt immer eine Verabredung mit zwei weiteren Klassenkameradinnen, dienstags und donnerstags am Spätnachmittag kommst du, mittwochs und freitags fahren wir zu dir, das Wochenende sind wir zusammen. Ja, Alois, die Situation ist neu, ist anders, wo aber sähest du die Kinder häufiger, wenn sie in Travemünde wären? Zum Frühstück, nur zum Frühstück. Ja, montags, gut, das ist der einzige Wochentag, an dem wir uns abends nicht sehen. Wo drückt dein Schuh wirklich?" „Der Schuh heißt auch Schuhknecht. Ich kann den Mann nicht halten, Liebling. Ich habe es noch niemandem erzählt, wem auch, wenn nicht dir. Ich habe ihn neulich beobachtet, wie er aus der Geldbörse eines Urlaubers, der mit seiner Frau noch ein paar Schritte am Strand entlang ging, etwas rausnahm. Das heißt, ich muss ihm sagen, dass er zu Hause bleiben kann und dann kann ich nicht mehr zu euch kommen." „Ach du liebe Zeit, das wirft mich jetzt um." „Wieso weißt du das nicht, Gori?" „Ich weiß es im Prinzip ja, ich habe aber nicht gesehen, dass Alois ihn dabei gesehen hat." „Ja, genau, mich hat das auch umgehauen. Jetzt haben wir die Situation, vor der ich mich so gefürchtet habe. Was sollen wir machen?" „Mit Clemens und Anneliese reden? Vielleicht kann Anneliese die Eltern überreden, nach Bayern zu ziehen." „Damit er da sein Unwesen treiben kann?" „Wenn du das so ausdrücken willst, ja, warum nicht." „Das wäre natürlich die eleganteste Lösung, ihn hier vor einer Straftat zu bewahren, die ihn garantiert ins Gefängnis bringt, wenn er erwischt wird, weil er vorbestraft ist." „Allenfalls wäre es ein Versuch. Die andere Frage wäre, ob
Schuhknechts von hier wegwollen." „Auf jeden Fall kann ich dann hier nicht mehr weg." „Das ist richtig, dann ist die Angelegenheit ein Problem. Du musst als erstes mit Anneliese reden. Und dann müssen wir sehen, wie wir die Sache am besten auflösen können." „Eigentlich müsste ich mit Heribert reden, kannst du mir sagen, weshalb ich mich genau davor fürchte?" „Ja, weil er schleimig ist, aber auch flegelhaft, alles abstreiten wird, dir mit irgendetwas drohen würde, worin du deinen guten

Ruf gefährdet sehen müsstest, etwa so." „Ja, der Mann ist unberechenbar, ein normales Gespräch ist mit ihm nicht denkbar. Heribert ist eigentlich dumm, hat aber diese gewisse Schläue, die ihm Sachen eingibt, auf die ich nicht im Traum käme." „Was sagt uns das? Wenn du mit ihm reden musst, weil Anneliese blockt, was ich durchaus verstehen könnte, darfst du nicht mit ihm allein dabei sein." „Sauber, Mädel, das ist ein Punkt, ich sollte nicht mit ihm allein sein. Pass auf, warte, lass mich eine Sekunde überlegen. Ich glaube, ich habe jetzt eine konkrete Idee: Ich werde morgen früh als erstes den Dr. Wiesener, der ihn vor Gericht verteidigt hat, anrufen und die Sache mit ihm besprechen. Wenn der seinerseits keinen konkreten Vorschlag anzubieten hat, werde ich mir die Option vorbehalten, ihn darum zu bitten, bei dem Gespräch anwesend zu sein. Dann informiere ich Anneliese. Wenn Anneliese nicht intervenieren will, kann oder möchte, ziehe ich das mit Dr. Wiesener durch." „Und was willst du Heribert anbieten, oder willst du ihm nur drohen?" „Langsam Elisabeth, ich werde ihn, wenn er nicht nach Bayern umziehen will, auffordern, Travemünde zu verlassen, damit er in seinem eigenen Interesse nicht für Klatsch im Ort sorgt, warum und weshalb ich ihn nicht mehr beschäftige. Anbieten werde ich ihm, die Umzugskosten zu übernehmen." „Das hört sich gut an, klingt jetzt nach einem handfesten Plan." „So, wenn das erledigt ist, muss ich mir überlegen, auf welche Weise ich meine Familie zu Gesicht bekommen werde." „Du brauchst einen Schuhknecht-Ersatz." „Wir brauchen ein Ehepaar, das mir ermöglicht, nur noch zu den lebhaftesten Tageszeiten hier vor Ort zu sein." „Frage Frau Woiczikowsky, ob sie nicht eine nette Schwester und einen patenten Schwager anzubieten hat." „Liebling, wir waren gemeinsam wieder so kreativ, was hältst du davon, den Schlaf unserer Kinder auszunutzen." „Sollte das ein liebevolles Angebot sein, kann ich gar nicht ablehnen." „Tessa, bleib hier, das können die beiden alleine.

Die ganz unverhoffte Wende am Donnerstag, 3. Mai 1962
Was für ein Glück, die Kinder müssen donnerstags erst zur zweiten Unterrichtsstunde. Elisabeth und Alois schauen etwas gequält aus, da müssen sie jetzt durch, ist wohl etwas später geworden. Tessa und ich schauten nicht mehr auf die Uhr, sie

sehen sich an, lächeln sich an, verliebt, die gequälten Gesichtszüge verschwinden.

„Sabine, bei Tisch wird nicht gelernt, du kannst bestimmt deine Lektion." „Ja, bestimmt alles nicht, der Test heute ist so wichtig, wenn ich den mit null Fehlern mache, kriege ich in Latein eine eins, Papa." „Streberin Schwester, Streberin Schwester." „Peter, lass Sabine in Ruhe, Sabine, pack die Vokabeln bei Seite, ja? Bitte." „Ja, das Telefon klingelt." „Alois, gehst du? " „Ja." „Wer kann das morgens so früh sein, bestimmt nichts Gutes." Alois meldet sich, "Guten Morgen, Herr Kühl, was verschafft mir die Ehre zu so früher Stunde? Wie bitte, sie haben was? Ich glaube das jetzt nicht. Ja, das kann ich. Was ist mit seiner Frau? Ach du liebe Zeit, wo liegt sie? Ja, ja, wir kümmern uns. Danke auch, ja, ihnen auch." „Alois, was ist jetzt schon wieder passiert?" „Unwesentlich, ich rufe dich an, nicht jetzt vor der Schule und vor den Kindern, fahrt jetzt los." „Gut, oder soll ich dich anrufen, wenn ich in Lübeck bin?" „Besser noch, ja, mach das, tschüs, mein Liebling Kinder, es geht los, Sabine, viel Glück, Peter, halte dich wacker."

Keine Zeit, Tessa muss ohne Information aus dem Haus. Alois sieht auf die Uhr, es ist 7 Uhr 50, was will er jetzt machen? Um wen ging es eben? Bestimmt um Schuhknechts, wer sonst, was kann passiert sein? Wen will Alois jetzt anrufen, lange Nummer, bestimmt Bayern, also doch.

„Clemens, guten Morgen, ja ich weiß, es ist früh, das verspricht nichts Gutes. Leider, mein Sohn, tut mir aufrichtig leid, ja. Es geht um Annelieses Vater, bitte nicht erschrecken, ja? Er wurde heute Morgen festgenommen. Er kam aus dem Kaufhaus. Ja, mit eigenem Schlüssel. So ganz genau, weiß ich es auch nicht. Die Polizei hatte einen Hinweis bekommen, sie haben ihn wohl schon länger observiert. Heute war es so weit. Annelieses Mutter hat einen Zusammenbruch erlitten und liegt im Priwall-Krankenhaus. Ja, natürlich wäre es gut, wenn deine Frau käme. Natürlich, bis dahin kümmere ich mich. Ich rufe gleich um 9 Uhr den Rechtsanwalt an und hole dann Helene, die soll für Theresa alles Notwendige für das Krankenhaus packen. Für Heribert packe ich Sachen zusammen. Ich halte dich auf dem Laufenden, ja, mach du es auch gut. Gib mir Nachricht, wann Anneliese hier sein wird."

Alois legt auf und telefoniert gleich wieder, aha, Helene, ob sie mal kurz kommen könnte. Helene hat wohl zugestimmt. Alois sucht etwas in seinen Unterlagen, bestimmt die Telefonnummer von dem Rechtsanwalt.

-Alois, die hast du bei den Rechnungen von 1957-.

Prima, er erinnert sich jetzt auch. Es klingelt an der Tür, Helene und Jam.

„Grüß dich, Helene, schön, dass du gleich kommen konntest." „Mach es nicht so spannend, Alois, wo brennt es?" „Willst du Kaffee?" „Nee, jetzt nicht, danke." „Es brennt die Schuhknecht-Hütte. Heribert wurde heute Morgen erwischt, als er aus dem Kaufhaus mit frischer Ware spazierte. Theresa musste ins Krankenhaus gebracht werden, als sie die Botschaft erhielt." „Ach du heiliger Strohsack, na so etwas musste wohl mal geschehen. Kann ich irgendwie behilflich sein?" „Du kannst. Wir holen den Wohnungsschlüssel von der Polizei und fahren dann mit einem Beamten in die Wohnung. Du packst dann Sachen für Theresa zusammen und ich für Heribert, ist das in Ordnung für dich?" „Ja sicher, das mache ich, soll ich Theresa die Sachen ins Krankenhaus bringen?" „Das machen wir zusammen, kannst du jetzt mit?" „Das ist mir sogar ganz lieb, weil ich Mittagsgäste habe. Besser jetzt, als später."

„Gori, Gori, was halten wir davon?" „Ich würde sagen, dieses Ereignis kommt wie gerufen. Gestern haben sich Elisabeth und Alois noch gefragt, wie sie die Angelegenheit mit Schuhknecht handhaben sollen. Jam, er hat die Strandkorbgäste beklaut, so was kann auf Dauer nicht gut gehen. Jetzt sind meine Leute erst einmal aus der Schusslinie." „So kannst du es natürlich auch betrachten. Und was wird weiter?" „Keine Ahnung, jetzt gilt es abzuwarten, was sich Schuhknecht für seine kostenfreien Einkäufe einfängt. Mit Bewährung wird es dieses Mal bestimmt nichts." „Theresa tut mir schon leid, für sie wird es finanziell doch auch eng, oder?" „Das ist richtig schlimm für sie, Jam, weil sie auch weder lesen noch schreiben kann. Anneliese wird kommen. Was werden soll müssen Mutter und Tochter klären." „Stimmt, Anneliese ist ja nicht ganz aus der Welt, hat sie schon Prüfung gemacht?" „Das wird ein Problem, sie müsste jetzt in der Vorbereitung stecken, was bedeutet, sie wird nicht lange bleiben können." „Also haben Alois und Helene sie an Hose und Rock." „Das sehe ich auch so. Viel wird Anneliese nicht ausrichten können. Aber die Hauptsache, sie kommt und stellt vielleicht die Weichen für die Zukunft." „Was macht Alois denn jetzt ohne seinen Hilfsmann?" „Jam, du kannst Fragen stellen, woher soll ich das wissen? Aus dem Hut lässt sich keiner zaubern." „Helene, ich bin nicht wirklich entsetzt über diese Situation. Elisabeth und ich haben uns gestern gefragt, wie wir das Problem mit Heribert lösen könnten. Von seinen Einkaufstouren hatten wir natürlich keine Ahnung." „Lilli hat erzählt, es gab im Betrieb Gemunkel darüber, weil immer mal etwas fehlte: Hemden, Krawatten, Unterhosen, Unterhemden, immer unauffällige Sachen, niemand konnte es sich erklären. Es waren auch nicht viele Waren und immer in größeren Abständen." „Ich bin gespannt, wodurch Heribert aufgeflogen ist."

Die Wohnung der Schuhknechts ist nicht sauber, sie ist rein. Aufgeräumt, mit Seltsamkeiten bestückt wie Kuckucksuhr, Häkeldecken, unechtem Tigerfell, aber gemütlich. Hätte ich nicht gedacht. Helene und Alois verstauen Waschzeug und Unterbekleidung in großen Taschen. Heribert trägt Anstaltskleidung, der braucht nicht viel, Theresa auch nicht, sie trägt ein Krankenhausnachthemd. Ein junger Beamter sieht ihnen zu, schnell sind sie fertig, die Tür wird abgeschlossen, der Polizist übernimmt wieder den Schlüssel und kehrt zurück in seine Dienststelle. Helene und Alois fahren sofort zur Priwallfähre. Im Krankenhaus geben sie für Theresa die Tasche ab, besuchen dürfen sie sie um diese Zeit nicht. Zurück in Travemünde hat Helene es eilig in ihre Küche zu kommen. Alois weiß noch nicht, ob er mittags da sein kann. Mein Schützling eilt ans Telefon, es ist 9 Uhr durch, Dr. Wiesener ist im Büro und freut sich über den neuen Auftrag. Ich kann hören, wie er sich laut für das Vertrauen bedankt. Dann ruft Elisabeth an.

„Ja, Liebling, erstens kommt es anders und zweitens als du denkst. Die Polizei hat heute in den frühen Morgenstunden Heribert festgenommen, als er aus dem Kaufhaus spazierte. Bitte, frag mich das nicht, das konnte Herr Kühl mir nicht sagen. Ja woher, sicher hat er damals vom Schlüssel seiner Tochter einen Abdruck gemacht, dann kannst du dir vorstellen, wie lange das Spiel bereits ging. Ob ich froh bin? Sagen wir, ich fühle mich zwar erleichtert, weil ich nicht mit ihm reden muss, andererseits ist die Sache jetzt richtig peinlich. Der Vater meiner Schwiegertochter sitzt im Gefängnis. Ja, ich weiß, ich werde offen damit umgehen, es gibt nichts zu beschönigen und nichts abzuwerten, was soll's. Nein, Elisabeth, ich kann natürlich nicht kommen, oder, vielleicht doch. Wenn es nicht regnet, sitzen drei befreundete Paare immer bis zum Dunkelwerden in ihren Körben. Vielleicht können die selber abschließen. Ich rede mit ihnen. Ich muss auf jeden Fall dem Heribert seine Tasche mit Waschzeug und Unterwäsche nach Lübeck bringen. Ja, also, lass dich überraschen, sonst telefonieren wir heute am späteren Abend noch einmal."

Alois legt den Hörer auf, überlegt, was macht er als nächstes? Er wählt noch einmal: Richard.

„Richard, einen schönen guten Morgen. Ich habe eine Bitte, kannst du deine Kollegen im Priwall mal anrufen und fragen, wie es mit Theresa Schuhknecht steht, die hatte heute Morgen einen Zusammenbruch. Weshalb? Richard, ich berichte dir in aller Ausführlichkeit später. Nur so viel, ihr Mann wurde festgenommen. Jetzt muss ich schleunigst an den Strand. Heute Mittag, ich weiß ehrlich noch nicht, ob ich hier bin, sonst sehen wir uns bei Helene, tschüs."

Wir gehen, das Telefon klingelt.

„Ja, Clemens? Heute schon, wann? Um 20 Uhr 10 in Travemünde. Ich hole Anneliese ab, ja sicher doch, warte mal. Hat Anneliese noch einen Wohnungsschlüssel? Ja? Gut. Nein, sonst hätten wir nicht reingekonnt, weil die Polizei ihn hat. Trotzdem muss ich auf der Dienststelle fragen, ob Anneliese da wohnen und schlafen darf, wegen des Diebesgutes. Ja, deshalb. Mach's gut, bis dann."

Also fällt Lübeck heute Abend aus, dann muss Alois mittags rüber, um die Tasche an den Mann zu bringen.

Tagesrückblende
Toller Tag heute. Anneliese schläft im Kinderzimmer von Sabine, Alois schläft inzwischen auch, Kerst nicht.

„Na, Kerst, kannst du deine Gedanken nicht abstellen?" „Im Augenblick will es mir nicht gelingen, wie sieht es bei dir aus?" „Ich lasse die Ereignisse des Tages gerade auch noch einmal Revue passieren. Mein Schützling tat mir heute auch etwas leid." „Das ist nachvollziehbar. Mir ging es mit Anneliese ganz ähnlich. Sie hat sich so unglaublich gut entwickelt, alles läuft hervorragend und nun diese eiskalte Dusche." „Kerst, es wird sich alles finden. Heribert kommt mit dem Rechtsanwalt gut zurecht. Jetzt wo ihre Tochter da ist wird sich Theresa schnellstens wieder fangen und der Rest wird auch über die Bühne gehen." „Sicher ist, Heribert wird im Gefängnis bleiben und eine Haftstrafe bekommen. Was soll aus Theresa werden? Sie ist wegen ihres Analphabetismus auf Unterstützung angewiesen." „Am besten wäre es, die Wohnung hier aufzulösen und runter nach Bayern zu ziehen." „Das wäre sicher im Sinne von Alois und Elisabeth." „Klares Ja. Die Polizei wird Theresa als Putzhilfe nicht mehr beschäftigen, könnte ich mir vorstellen. Nein, Kerst, das wird hier in Travemünde zu kompliziert für sie." „Ob Anneliese auch auf die Idee kommt, ihrer Mutter den Umzug anzubieten?" „Dafür wird Alois schon sorgen. Heute hat er sich diesbezüglich aus guten Gründen zurückgehalten." „Sag mal Gori, hat Heribert nicht auch für Alois gearbeitet?" „Jo, ganz prima sogar. Neulich hat Alois ihn dabei erwischt, als er sich aus der Geldbörse eines Gastes bediente und überlegte seitdem laut, wie er ihn loswerden könnte." „Wieso hat er das gemacht? Ob er früher auch schon so war? Aus Boll ist nie etwas rauszukriegen, der bekommt auch rein gar nichts mit, oder er will es nichtmitbekommen. Einerlei jetzt. Wie geht es den anderen? Pacca, Selm und

Tessa? Was machen die Kinder und Elisabeth?" „Wir hatten wegen Sabine eine kleine Krise, die dann glücklich gelöst wurde. Sabine hatte sich im Februar wegen der Schulprüfung so strapaziert, dass sie mit den Krankheitszeichen einer Hirnhautentzündung reagierte. Margot hatte darauf die grandiose Idee, sie in den Theaterchor zu holen. Das Ergebnis ist, dass sich ihre Auf- merksamkeit verteilt hat, sie ist nicht mehr einseitig nur auf Schule fixiert. Der Chorleiter ist ein genialer Psychologe, der den Kindern eingeflößt hat, sie seien die Säulen des Lübecker Theaters."

Kerst Lachen ist herzerfrischend. Es ist schön, mit ihm zu plaudern.

„Gut, das war ein kurzfristiges Problem, sonst herrscht aber bei euch Stabilität und Eintracht?" „Ich glaube, dass Elisabeth die Familienstabilisatorin ist. Peter weiß nicht genau, wie lange er Schule und Ballett noch unter ein Dach bekommt, Alois erscheint mir unzufrieden, aktuell über die familiäre Situation, vorher hatten wir das Gefühl, er sucht nach einer beruflichen Herausforderung, Sabine geht es im Augenblick gut. Sonst hat sich seit unserem letzten Abschied nicht viel getan. Wie sieht es in Bayern aus?" „Eitel Freude und Sonnenschein, bis heute Morgen. Die Kinder akzeptieren Anneliese als neue Mutter, sie sagen auch Mama zu ihr. Sie haben nicht mehr viele Erinnerungen an ihre leibliche Mutter. Clemens ist ein guter Vater und zwischen Anneliese und ihm existieren kaum einmal Uneinigkeiten. Leopold träumt von einem Ministeramt, Veronika hat mit den vier Kindern einen vollen Haushalt. Ich finde, sie löst ihre Aufgaben sehr elegant, aber so häufig haben die Familien wegen der vielen Kinder und der vielen übrigen Arbeit keine Zusammenkünfte. Ja etwas Spektakuläres kann ich nicht berichten." „Was, mein Freund, hältst du von einer kleinen Pause?" „Du hast recht, ich muss zu Anneliese, ich glaube, jetzt können wie unsere Gedanken abschalten."

Schön wäre es gewesen, Tessa und Pacca stehen wie der leibhaftige Vorwurf vor mir.

„Gori, du hättest doch auch kommen können, wir erfahren so gut wie nichts, was hier wirklich los ist. Nur die einseitigen Gespräche zwischen Alois und Elisabeth. Also, rede!" „Ach, Tessa, gerade wollte ich Pause machen. Na gut. Heute Morgen hat die Polizei Heribert erwischt als er mit Diebesgut aus dem Kaufhaus kam. Er soll wohl länger beobachtet worden sein, wie er sich zu früher Stunde dort in der Nähe herumgedrückt hatte. Sie haben ihn nur nicht erwischt. Bei der Nachricht von der Verhaftung ihres Mannes ist Theresa zusammengebrochen und ins Priwall-Krankenhaus gekommen. Helene und Alois haben Sa- chen für die Eheleute aus der Wohnung geholt, Alois hat mit dem Rechtsanwalt telefoniert, mit Richard, Clemens, Elisabeth. Dann ist Anneliese heute Abend gekommen und muss hierbleiben, weil die Wohnung noch wegen Diebesgut untersucht werden muss. Mehr und Konkreteres kann ich euch nicht sagen, es ist auch so schon genug." „Sehr gut, morgen kommen wir nach Hause, dann ist Wochenende."

Die Mädels sind weg, jetzt will ich wirklich nichts mehr sehen oder hören und nichts mehr erklären.

Freitag, 4. Mai 1962 der Tag danach
„Dies ist das zweite Mal, dass ich hier übernachte und jedes Mal wurde mein Vater verhaftet. Was hat er sich nur dabei gedacht? Ich kann mich einfach nicht in ihn hineindenken." „Ich kann das auch nicht nachvollziehen. Ich hätte dich ohnehin seinetwegen heute angerufen, Anneliese. Ich habe ihn vor ein paar Tagen dabei erwischt, wie er sich aus der Geldbörse eines Strandkorbgastes bediente. Ich kann mir nicht vorstellen, dass das zum ersten Mal geschah. Ich wollte mich mit dir deshalb besprechen." „Was? Auch das noch. Du hättest ihn entlassen müssen, wenn die Verhaftung nicht gekommen wäre." „So habe ich das leider auch gesehen." „Das geht alles gar nicht mehr, meine Mutter muss von hier weg, was meinst du?" „Völlig richtig, sie kann im Prinzip zwar alleine leben, aber Amts-, Behörden- und Finanzsachen, dafür braucht sie Unterstützung." „Alois, ich sage dir eines ganz offen, ich will die Eltern nicht in unserem Dorf haben, gerne irgendwo in der Nähe in einer Kleinstadt, wo nicht unbedingt mehr jeder jeden kennt. Meine

Mutter wäre kein Problem für Clemens und mich. Die Kinder würden sich vielleicht sogar freuen, aber wenn mein Vater aus dem Gefängnis kommt..., nein, das will ich einfach nicht. Wer weiß, was er sich noch alles einfallen lässt. Da ist räumliche Distanz schon gut." „Ja, das siehst du sehr vernünftig, ich stimme dir absolut bei, aber wegziehen von hier, das sollten sie." „Ich werde heute sehen, wie es meiner Mutter geht und wenn sie klar im Kopf und ruhig ist, werde ich das Thema anschneiden. Ich habe in drei Wochen Prüfung, die lasse ich mir von keinem und durch nichts auf der Welt nehmen. Deswegen jetzt ein halbes Jahr nachlernen, nein, Alois, das will ich unbedingt verhindern. Ich habe weiß Gott zu Hause genug zu tun. Frau Woiczikowsky ist eine klasse Frau und glücklicherweise kommen wir beide ohne Reibereien miteinander aus, nicht zuletzt deswegen, weil ich ihr im Haushalt alle Freiheiten lasse. Aber die Buchhaltung im Betrieb bereitet Probleme. Der Herr Peters geht in Rente und wenn ich seinen Posten nicht antreten kann, müsste Clemens eine Neueinstellung vornehmen, was sich für ein halbes Jahr kaum lohnt." „Anneliese, wenn deine Mutter grundsätzlich umzugswillig ist, kannst du sofort nach Hause fahren. Ich werde mich um die Dinge hier kümmern und Clemens soll ihr eine Wohnung beschaffen. Dann hast du deinen Kopf frei." „Das wäre zu schön um wahr zu sein, drücken wir uns gegenseitig die Daumen."

Anneliese fährt mit Alois' Auto nach Lübeck. Klar doch, wenigstens einmal muss sie ihren Vater in der Untersuchungshaft besuchen. Leicht fällt es ihr nicht, das konnte ich ihr deutlich ansehen. Wir gehen an den Strand, ein Spießrutenlaufen, alle Strandkorbpächter wollen von Alois wissen, was mit Schuhknechts passiert ist. Toll, so haben wir uns den Tag vorgestellt. Wie denn? Die Menschen sind, wie sie sind, neugierig eben, manchmal anteilnehmend. Sie mögen Alois, sie sind nicht hämisch, nicht boshaft. Es ist nichts los am Strand. Keine Gäste, zu kalt, nicht sonnig. Alois schaut auf die Uhr, sieht sich um, was soll er hier? Er weiß es auch nicht, er wirkt unfroh, sogar finster. Das ist sein Tag nicht. Das war ihm heute Morgen nicht anzumerken. Wann kam der Umschwung? Hier, am Strand: die Fragen, zu kalt, keine Gäste. Er wendet sich ab, verlässt den

Strand; es wäre schön, wenn er Elisabeth jetzt hier hätte - er hat Helene. Zu ihr geht er, er will sich bestimmt bei ihr ausheulen, so sieht er jedenfalls aus. Helene ist zu Hause, in der Küche.

„Du siehst aus, als sei dir eine Laus über die Leber gelaufen, Alois." „Ach, Helene, die Welt ist heute grau in grau." „Willst du einen Kaffee oder einen Klaren?" „Hast du was Süßes?" „Einen Kakao?" „Eine heiße Schokolade, die wäre genau richtig." „Mach ich dir, und jetzt erzähl, ist was passiert?" „Ich habe mich heute Morgen am Frühstückstisch mit meiner Schwiegertochter sehr gut verstanden, wir sind uns in den wesentlichen Dingen einig. Dann fuhr sie weg, ich ging an den Strand, und mich überkam das Gefühl totaler Planlosigkeit: die Fragen der Kollegen, keine Gäste, dieses Mistwetter, das nicht weiß, was es will. Ich gehe in die elfte Saison, auf einmal habe ich die Nase voll, Helene. Ich habe keine Lust mehr dazu. Was soll ich bloß machen?" „Trink deinen Kakao und traue deinen Gefühlen nicht. Der Zustand geht vorbei. Ist es das erste Mal, dass du so empfindest?" „Nee, aber es war vorher weniger schlimm." „Dann musst du es zumindest ernst nehmen und dich fragen, was dir fehlt." „Das Strandkorbgeschäft, die Pension, erfüllen mich nicht mehr mit Spannung, wie früher. Es geht nur noch um möglichst reibungslose Abwicklung. Und Gäste gibt es genug." „Ja, Alois, dass das mal kommen würde, habe ich ehrlich gesagt vorausgesehen. Strandkörbe verpachten ist auf Dauer nicht spannend, höchstens am Anfang, in der Aufbauphase. Du hast längst deine vielen Stammgäste, die restlichen Strandkörbe gehen weg wie warme Semmel, und was noch hinzukommt, deine Zimmerverpachtung läuft praktisch ohne dich ab. Du machst die Einkäufe, die Begrüßung und die Rechnung. Da ist nichts, was dich beruflich befriedigen könnte. Jetzt hast du auch noch vor Augen, dass du abends nicht mehr nach Lübeck kommst, und Elisabeth und die Kinder seltener siehst, ist doch so, oder?" „Das stimmt alles und es stimmt, dass alles eben nicht mehr stimmig ist. Es ist, wie ich es mir nicht vorgestellt hatte. Und daraus muss ich Konsequenzen ziehen. Was ich brauche, ist ein zuverlässiges Hausmeisterehepaar." „Ja, das ist doch ein Ansatz. Es ist ein Jammer, die Schuhknechts hätten das doch machen können." „Nein, Helene, hätten sie nicht, die müssen schon auch g'scheit ausschauen und ein bisschen reden können. Das wäre nie gegangen." „Ist auch wieder richtig, mit Gästen stehen sie auf der Bühne und nicht dahinter. Hast du eine Idee, woher du ein geeignetes Ehepaar bekommen könntest?" „Überhaupt nicht, ich werde eine Anzeige in die Zeitung setzen." „Angenommen, du findest, was du suchst, wie stellst du dir deine Zukunft vor?" „Ich will was mit Bier machen, irgendetwas, es ist noch nicht zu Ende gedacht."

„Gori, was ist ein Mensch ohne Freunde, sieh dir Alois an, es geht ihm jetzt schon viel besser." „Wohl wahr, Jam, Helene hat ihm gutgetan. Heute Morgen mit Anneliese war seine Welt noch in Ordnung, dann kam der Strand und seine Stimmung kippte um. Aber gären tut es bei ihm schon länger. Auch wenn die Kinder in Travemünde wären hätte sich daran nichts geändert, weil er eine berufliche Veränderung sucht. Ihm ist langweilig, das steht im Vordergrund." „Andere Männer in seinem Alter gehen in Rente." „Sieh ihn dir doch an, schaut er wie ein Ruheständler aus?" „Er wirkt jünger als er ist, das machen die Kinder und vor allen Dingen Elisabeth. Elisabeth hat wohl nie Probleme, oder?" „Wenn sie welche hat, zeigt sie das nicht, jedoch weder Tessa noch ich glauben das. Ich bin überzeugt, sie macht genau das, was sie will. Hinzu kommt Peter, sie hat in ihm so etwas wie einen Nachfolger. Vielleicht übernimmt er sogar ihre Tanzschule, falls der ganz große Erfolg für ihn ausbleiben wird. Das ist doch eine Perspektive. Alois hat keine." „Das lässt sich so nicht sagen, er hat nicht nur zwei junge Kinder, er hat auch sechs Enkelkinder. Soll ich dir sagen, was ihm fehlt? Abends das Gefühl, richtig fix und alle zu sein. Abgearbeitet ist er nie, es läuft doch fast von allein." „Aber was will er wegen des Bieres unternehmen, glaubst du, bayrisches Bier kommt hier an?" „Ich habe keine Vorstellung, wie es schmecken könnte, es soll etwas süßlich sein. Dann lag es vielleicht wirklich nicht an Elisabeth, dann lag es am Geschmack. Die Sorte kommt in Norddeutschland nicht an." „Dann wird weder ein tüchtiger Handelsvertreter noch Alois selbst etwas daran ändern können." „Diese Möglichkeit hat noch keiner von uns in

Erwägung gezogen." „Wie denn auch, wir können Bier nicht probieren."

„Helene, du bist eine wahre Freundin, es geht mir schon wieder viel besser. Danke für die Schokolade. Ich gehe jetzt die Post durchsehen, wir kommen heute Mittag zum Essen."

Alois geht, der Briefkasten ist voll. Alois hat zu tun. Alois denkt nicht daran; er geht ins Büro, lädt die Briefe ab und nimmt das Telefon, wählt:

„Ferdinand? Ich bin's, Alois. Danke, wie geht es dir? Prima. Hast du gerade viel zu tun? Ja, weißt du, ich habe da mal eine Frage, meinst du, mein Bier kommt in Norddeutschland unter Umständen nicht gut an? Ja, komm, ziere dich nicht. Aha, ja, ja, gut. Warum? Ach Ferdinand, mir ist langweilig, ich glaube, dieser Ausdruck trifft am besten auf meinen Seelenzustand zu. Was meinst du? Ist das dein Ernst? Und woher weißt du das? Gerne, ja, am liebsten würde ich mich sofort mit dir treffen. Nur, die Anneliese ist gerade hier, sie haben gestern ihren Vater verhaftet. Ja, dieser dumme Mensch hat sich offenbar schon länger mittels eines nachgemachten Schlüssels im Kaufhaus bargeldlos bedient, Herr Kühl rief mich gestern Morgen an. Ja, das stell' dir nur vor. Jetzt liegt seine Frau im Priwallkrankenhaus. Es sind die Nerven. Morgen ist Samstag, warum nicht, treffen wir uns um 18 Uhr? Ja, ich komme direkt da hin. Ferdinand, ich freue mich, bis dann."

Stimmt, Alois sieht erfreut aus, ein bisschen wie ein Kind, dem eine Überraschung versprochen wurde. Ich konnte Ferdinands Stimme nicht verstehen, keine Ahnung, wo rum es im Gespräch ging, Anneliese kommt zurück, ich höre das Auto und - Anneliese sieht angegriffen aus.

„Oh, Alois, es war mehr als unschön, so schlimm habe ich es mir nicht vorgestellt. Ich will gar nicht von dem ganzen Aufstand in der Untersuchungshaft sprechen: das Warten, dieses Aufundzugeschließe, die abfälligen Blicke der Wärter. Nein, es war mein Vater, völlig uneinsichtig, verstockt, hämisch, ein Albtraum." „Das war leider zu befürchten, hoffentlich bekommt ihn

Dr. Wiesener zurechtgebogen, sonst wird er sich kräftig was einfangen." „Er hat sich nur genommen, was ihm zusteht. Er ist nicht zurechnungsfähig. Er hat eine völlig verschrobene Ansicht von Recht und Unrecht. Das ist doch nicht mehr normal." „Komm, Anneliese, denke im Augenblick nicht darüber nach. Dein Vater ist im Moment nicht maßgeblich für dich und auch nicht für deine Mutter. Er kann euch weder schaden und erst recht nicht helfen. Schaut zu, dass ihr eine gemeinsame Basis findet. Heribert wird sich mit seinem Rechtsbeistand arrangieren müssen, und der wird nicht zimperlich mit ihm umgehen. Lass uns zum Essen zu Helene gehen."

Abends am Kamin

„Anneliese, magst du auch ein Glas Rotwein oder bist du ganz auf Hausner-Bier eingeschworen?"

Anneliese lacht, was für ein Glück, sie kann es noch.

„Nein, ich trinke gerne einen Rotwein mit, Alois, ich werde ihn heute ganz besonders genießen. Nein, was war das für ein Tag." „Er war nicht ohne Erfolg." „Ja, Elisabeth, das Gespräch mit meiner Mutter war völlig in Ordnung. Das letzte was sie will, ist, weiter hier in Travemünde wohnen und arbeiten. Sie sehnt sich nach einer Umgebung, wo niemand sie kennt." „Eine völlig fremde Umgebung birgt andererseits große Tücken für Theresa, oder?" „Sie kann hier nicht lesen und wird dort auch nicht lesen können, wo ist der Unterschied? Ich lasse sie nicht allein, ich zeige ihr alles, was sie für das tägliche Leben braucht. Außerdem wird sie ein Telefon bekommen." „Ja, Elisabeth, ich sehe da auch nicht schwarz, Theresa ist nicht dumm, sie macht nie Fehler bei Reinigungsmitteln, verwechselt nie Flaschen. Und sie weiß sich zu helfen. Sie sagt, sie hätte ihre Brille zu Hause vergessen und lässt sich Texte oder Rezepturen vorlesen." „Wie werdet ihr Heribert den Umzug beibringen. Wie wird er reagieren, wenn ihm bewusst wird, dass ihr ihn nicht besuchen könnt?" „Das wird meinen Vater schockieren, da bin ich mir ganz sicher. Ob es ein vielleicht sogar heilsamer Schock sein wird, muss sich zeigen." „Kommt für deine Mutter eine Scheidung infrage?" „Das glaube ich nicht, Alois. Heribert war kein schlechter Ehemann. Meine Mutter will nicht von meinem Vater weg, nur raus aus Travemünde." „Also, ich will mich nicht in eure Planungen einmischen, nur ein kleiner Vorschlag. Wäre es nicht sinnvoller, sie bliebe so lange hier, bis ihr Mann aus dem Gefängnis kommt?" „Du meinst in Travemünde, Elisabeth?" „Nicht unbedingt, sie könnte für die Zeit nach Lübeck ziehen. Bei mir im Haus vermietet eine Frau ein möbliertes Zimmer. Wäre das nicht eine gute Zwischenlösung?" „Angenommen, sie würde dem zustimmen, wo sollen wir dann mit den Möbeln hin?" „Theresa könnte die Wohnung gleichfalls untervermieten, wenn der Vermieter keine Einwände hat." „Eine streng terminierte Untervermietung ist kompliziert, unmöglich nicht. Ich könnte Dr. Wiesener fragen, wie wir das mietrechtlich lösen können. Anneliese, was sagst du zu der kreativen Elisabeth?" „Auf die Idee wäre ich nie im Leben gekommen. Ich stelle mir vor, dass das meiner Mutter gut gefallen könnte. Zwischen den Zeilen, hatte ich heute bei ihr das Gefühl, sie habe ein schlechtes Gewissen, Heribert hier im Norden allein zu lassen." „Dann würde ich euch einen Vorschlag machen. Bevor du, Anneliese, darüber mit deiner Mutter sprichst, sollte mit eurem Vermieter die Erlaubnis zur Untervermietung abgeklärt sein. Was wollen wir die Pferde wild machen, wenn das Vorhaben schon in der ersten Instanz scheitert." „Ich kann mir vorstellen, dass ihm das egal sein wird, solange er sein Geld kriegt, weil er in dem Haus nicht wohnt." „Anneliese, es mag so sein, wissen werden wir es genau, wenn er das bestätigen wird." „Alois, ich werde sofort morgen mit ihm reden, abgemacht." „Gori, Elisabeth hat sie nicht alle. Ob ihr nicht bewusst ist, was sie sich da aufhalst? Theresa in ihrer unmittelbaren Nähe. Wie unklug ist das denn?" „Ruhig, Tessa, es ist noch nicht so weit, Theresa muss auch noch zustimmen. Dies hier ist eine Vereinbarung am grünen Tisch. Das hat noch keine Konsequenzen." „Und du triffst dich morgen mit Ferdinand?" „Ja, um 18 Uhr, er will mir etwas vorstellen?" „Etwas Geheimnisvolles?" „Liebe Schwiegereltern, der Wein hat mich angenehm müde gemacht, entschuldigt ihr mich, das Bett ruft nach mir."

Anneliese wird in Gnaden entlassen, jetzt wird es richtig spannend, Tessa und ich platzen vor Wissensdurst.

„Willst du noch ein Glas?" „Wenn es hilfreich ist, die Offenbarung zu verdauen?" „Es war heute folgendes. Ich war nicht richtig gut drauf, bin zu Helene gegangen und habe mich mit einer Schokolade trösten lassen. Dann kam mir der Gedanke, frage mich bitte nicht wieso, Ferdinand anzurufen, und ihn zu fragen, ob mein Bier hier in Norddeutschland ankommen könnte. Er hat glattweg nein gesagt, es sei für den hiesigen Geschmack zu süßlich. Ich habe ihm weiterhin erzählt, ich würde mich langweilen. Dann hat er mir gesagt, dass für das „Zentrum" ein neuer Pächter gesucht wird, ob ich mir das nicht mal ansehen will." „Alois, er meint das Kino?" „Ja." „Du würdest ein Kino wollen?" „Rein theoretisch, ja, warum nicht?" „Wir gehen nie ins Kino, du interessierst dich doch gar nicht für Filme." „Ich hatte mich früher auch nicht für Strandkörbe und Zimmervermietung interessiert." „Jetzt willst du mir sagen, ein Kino sei auch nichts anderes als Strandkorbvermietung und Bierbrauen?" „Geschäft ist Geschäft." „Ich will gar nicht behaupten, dass ich es dir nicht zutraue, nur, du wirst dich, sobald das Projekt Gestalt annimmt, mit der Materie intensiv beschäftigen müssen." „Was spricht dagegen?" „Wie soll es in Travemünde weitergehen?" „Elisabeth, Liebling, hör zu: Ob ich das Kino pachten kann ist ungewiss, aber so oder so will ich ein Ehepaar, dass sich um die Travemünder Geschäfte kümmert." „Travemünde bist du über? Ganz und gar?" „Die Zimmervermietung nicht, die Strandkörbe ja. Die sind was für Leute, die sich gerne von Mai bis September von morgens bis abends draußen aufhalten. Das war toll in der Zeit als die Kinder klein waren und zur Grundschule gingen. Das war einmal. Jetzt sitze ich da überwiegend alleine, außer in den großen Ferien und wenn die Bayern kommen. Wenn es schön ist, hocken die Leute bis zum Dunkelwerden in ihren Körben und ich darf sie um 23 Uhr endlich verschließen." „Ja, das ist lästig, hat dir aber gutes Geld eingebracht." „Was willst du mir damit zu verstehen geben? Ich sollte die Strandkörbe weitermachen und das Kino lassen?" „Gegenfrage, meinst du, es wäre für dich vorteilhaft, wenn ich von vornherein und sofort auf der Stelle jubeln würde? Wenn du etwas wirklich willst, wirst du die richtigen Argumente dafür finden." „Es ist zu frisch, zu neu. Ja, mir fehlen die richtigen Argumente. Es ist nichts weiter als ein Andenken, nicht spruchreif. Elisabeth, ich kann dir nur genau sagen, was ich nicht will, alles andere muss sich erst finden. Das Kino-Projekt wäre eine mögliche Überlegung. Dass ich für Filme nicht gerade brenne, ist mir auch klar. Die Idee dazu ist noch keine zehn Stunden alt." „Entschuldige, Alois, ich wollte dich mit meiner Intervention keineswegs unter Druck setzen. Du hättest die Sache ebenso gut solange für dich behalten können, bis du dir sicher gewesen wärest, das Kino absolut zu wollen. Und ich halte zu einem Zeitpunkt dagegen, wo wirklich noch nicht die kleinste Kleinigkeit spruchreif ist. Ich glaube, ich habe mit dir so weitergemacht, wie ich mit Anneliese und Theresa geendet habe. Ob das von mir eine gute Idee war, darüber will ich lieber noch nicht nachdenken." „Da muss ich dir ehrlich sagen, dass hätte ich nicht gemacht. Wenn es wirklich darauf hinausläuft, hast du Theresa am Ballettrock hängen." „Alois, ich bin ein Schaf." „Bravo, Elisabeth, das habe ich Gori auch schon gesagt, Gori sie spinnt heute komplett." „Pscht, Tessa." „Na komm, sei nicht so streng mit dir, meckern tun die anderen genug über dich, wenn es schiefläuft." „Und ich bin die einzige, die sich nicht beklagen darf. Krieg ich noch ein halbes Glas Wein?" „Gerne. Jetzt sage ich dir eines, besorge Theresa irgendwo in der Nähe ein möbliertes Zimmer oder eine kleine Wohnung, aber nicht bei dir im Haus. Biege diese Geschichte ab. Sonst kann es passieren, dass du dich unglücklich machst. Und wenn ich überwiegend in Lübeck sein sollte, will ich sie auch nicht jeden Tag in der Wohnung haben." „Ja, ich war zu spontan. Meinst du, ich sollte mit Anneliese reden, dass sie Theresa diesen Floh gar nicht erst ins Ohr setzt?" „Wäre überlegenswert. Anneliese gefällt mir zunehmend, niemals hätte ich ihr eine so gute Entwicklung zugetraut." „Anneliese hat in der Nacht, nachdem ihre Eltern wegen der Erpressung verhaftet wurden, einen Schalter bei sich umlegen können; oder wie soll ich das formulieren? Sie hatte die Nase voll, für alle Zukunft Opfer sein zu müssen. Und sie hat den Weg über mehr Bildung und Ausbildung gewählt, rein theoretisch hätte sie auch auf die schiefe Bahn geraten können." „Wie hätte sie das denn anstellen sollen, so wie sie damals aussah?" „Alois, jetzt bist du gemein. Jeder Mann hat einen anderen Geschmack." „Mag sein, was ich meine ist, sie hatte nicht die allergeringste sinnliche

Ausstrahlung. Sie war eine Antivenus." „Aha." „Stimmt das, Gori?" „Natürlich, Tessa." „Es gibt doch viele schiefe Bahnen, nicht nur die Prostitution." „Ja, Elisabeth. Anneliese hat ganz wunderbar die Kurve gekriegt und hat gleichzeitig an Hüftschwung gewonnen. Sie hat alles richtig gemacht. Heute bin ich ihr Schwiegervater, eine ansehnliche Karriere für ein Hausmädchen." „Alois, du hast doch sonst keine Standesdünkel, wieso jetzt?" „Ich hatte vorher Standesdünkel auch nicht nötig, ich war nicht gefordert." „Huch, ich wusste nicht, dass man dazu Übung braucht." „Erfahrung, Liebling, Erfahrung. Erfahrung baut auf Erfahrung und irgendwann bist du so erfahren, dass du rein gar nichts mehr erfahren willst. Dann bist du bereit abzutreten." „Abzutreten? Du meinst, dann stellt sich eine ganz natürliche Todessehnsucht ein?" „Bestimmt, sofern du geistig vollkommen gesund bist. Es geht doch immer so weiter, es gibt keinen Stillstand. Ich denke, irgendwann hat der Mensch die Nase voll, er will seine Ruhe und die findet er nur im Grab." „Meinst du, auch dann, wenn um dich rund herum alles harmonisch ist?" „Wie sollte alles harmonisch sein? Einen solchen Zustand gibt es nicht. Es gibt Zeiten der Harmonie, Zeiten absoluten Glücks, dann geschieht etwas, was in keiner Weise vorhersehbar war. Vorbei der Traum, die Wirklichkeit hat dich wieder, was nicht bedeuten muss, dass du einen tiefen Sturz erfährst. Es bedeutet aber, dass du dich mit einer Situation ins Benehmen zu setzen hast, die du dir nicht gewünscht hast, die dir unangenehm ist und vielleicht auch tiefe Sorge bereitet." „Für dich sind es die Strandkörbe." „Elisabeth, verstehe mich bitte nicht falsch. Ich bereue nichts, die Sache mit den Strandkörben war richtig und fühlte sich lange Zeit gut an. Diese Phase ist vorbei, ich wünsche mir eine neue berufliche Herausforderung. Nimm Richard, ständig stockt er irgendetwas in der Praxis auf, damit er nicht in einer Sackgasse landet. Ich kann ihn gut verstehen." „Ich glaube, ich verstehe, was du meinst: Sowohl die Strandkörbe als auch das Gästehaus sind Sackgassen, du hast keinerlei Expansionsmöglichkeit, wie Richard mit neuen Untersuchungsgeräten und verbesserten Behandlungsmöglichkeiten. Ich kann mir auch vorstellen, dass dir die Situation keine tiefe Sorge bereitet, ich denke, sie ist dir schlicht und ergreifend unangenehm, zudem die Schuhknecht-Sache noch hinzukam.

Dann die veränderte Situation mit den Kindern, damit endete eine harmonische Phase." „Du hast es richtig zusammengefasst. Ich werde mir morgen das Kino ansehen, dann eine Zeitungsanzeige aufgeben und irgendetwas wird sich schon ergeben." „Gut, mein Schatz, meinen Segen hast du allemal. Ich werde morgen früh gleich mit Anneliese sprechen." „Gehen wir schlafen." „Sofort und auf der Stelle." „Gori, ich finde …" „Liebe Tessa, bitte heute nicht mehr, ich muss dringend meine Gedanken für ein paar Stunden abstellen."

Samstag, 5. Mai 1962
„Anneliese, ich muss noch eine Sache mit dir klären. Ich habe gestern etwas voreilig gesagt, dass im Haus ein möbliertes Zimmer zur Vermietung zur Verfügung steht. Ich habe eine Nacht darüber geschlafen und meine, dass so viel Nähe zwischen deiner Mutter und mir nicht ratsam wäre. Ich kenne sie nicht gut genug um zu ahnen, wie…"

Elisabeth stockt, was soll sie auch sagen.

„Elisabeth, ich verstehe dich: Meine Mutter ist sehr anhänglich, wenn sie sich gut angesprochen fühlt. Das ist auch der Grund, weswegen ich die Eltern nicht unbedingt gleich um die Ecke im Dorf unterbringen möchte. Du musst dich überhaupt nicht rechtfertigen, ich selbst hätte dich noch darauf angesprochen." „Anneliese, ich danke dir für dein Verständnis. Wir werden schon etwas Passendes für sie finden. Wann willst du mit dem Vermieter sprechen?" „Ich denke, ich gehe um 11 Uhr zu ihm." „Eine gute Zeit." „So ist es fein, lieber Gori, du bist neugierig, wie ein kleines Kind. Ich konnte deinen Alois eben noch gerade davor bewahren, sich kräftig beim Rasieren zu verletzen. Sag: Danke, liebe Tessa." „Danke, liebe Tessa." „Ist das alles?"

Ich glaube, sie erwartet von mir, in den Arm genommen zu werden.

„Das ist lieb von dir, so habe ich es gerne. War Anneliese sauer?" „Nein, im Gegenteil, sie will ihre Mutter auch nicht in unmittelbarer Nachbarschaft haben. Wir reden später, ich gehe zu Alois, der ist heute bestimmt nervös."

Ist er, gerade lässt er ein Messer fallen.

„Papa, jetzt kriegen wir noch mehr Besuch." „Kann nicht sein, wer sollte kommen?" „Abwarten, wer ein Messer fallen lässt, kriegt immer Besuch." „Von wem hast du diese Weisheit, Sabine?" „Von Helene." „Helene kriegt keine Besucher, sie hat ständig Gäste, die zählen nicht." „Wir kriegen aber Besuch."

Alois sieht seine Tochter genervt an.

„Hast du schon vergessen? Mechthild kommt heute Mittag." „Das geht mich nichts an. Die kommt zu dir." „Ja, ihre Eltern bringen sie her und du musst sie heute Abend wieder nach Schlutup bringen." „Ach, du liebe Zeit, das habe ich total vergessen. Wir müssen deine Mutter fragen, ich bin um 18 Uhr mit Ferdinand verabredet. Elisabeth, hörst du? Kannst du heute Abend die Freundin von Sabine wieder nach Schlutup fahren?" „Ja."

Begeistert klang das nicht, immerhin hat sie nicht nein gesagt. Endlich beginnt das Frühstück, Sabine erzählt von Mechthild.

„Das Gespräch ging gestern Abend lange, haben wir etwas versäumt?" „Hast du mitbekommen, dass Alois an einem Kino Interesse zeigt, Pacca?" „Wie bitte? Nein, erzähl!" „Alois hat die Strandkörbe satt, er wollte „was mit Bier" machen, rief Ferdinand an, und der sagte, bayrisches Bier läuft nimmer hier im Norden. Er hätte da ein Kino für ihn und das schauen sie sich heute Abend an." „Alois interessiert sich doch nicht für Filme." „Noch nicht, Pacca, wird er dann wohl müssen." „Was will er jetzt mit den Strandkörben machen?" „Na ja, Kerst, er sucht ein Hausmeisterehepaar, der Mann soll die Strandkörbe bewirtschaften und die Frau das Gästehaus." „Dann sucht er die Stecknadel im Heuhaufen." „Der Mann kann doch gerne Invalide sein." „Kaum, Gori. Wie soll er mit Holzbein und Krücken im weichen Sand Strandkörbe rangieren und was außerdem noch an Arbeit anfällt?" „Stimmt, mit einem Arm geht das auch nicht. Invalide fällt aus." "Na gut, wo ein Wille ist, wird sich auch eine Lösung finden." „Hoffentlich in der richtigen Zeit, ungeduldig, wie Alois ist." „Anneliese, was willst du deiner Mutter vorschlagen?" „Ich habe mir überlegt, ob es tatsächlich vernünftig ist, Alois, das Pferd von hinten aufzuzäumen. Ich werde sie fragen, ob es ihr etwas ausmacht, den Papa nicht über den Prozess und seine Gefängnisstrafe hinweg begleiten zu können. Daraus wird sich bestimmt etwas ergeben." „Klingt diplomatisch, du überlässt ihr damit die Entscheidung."

Anneliese sieht Elisabeth an.

„Findest du das auch gut?" „Sehr gut sogar, ich glaube, so hätte ich das auch angestellt. Was ganz anderes, Peter, was hast du vor?" „Ich? Heute? Ich weiß nicht, nichts eigentlich." „Dann hätte ich etwas für dich, mein Sohn. Du darfst mich als Entschädigung für einen langweiligen Nachmittag heute Abend begleiten. Natürlich nur, wenn es dir passt." „Wie, Papa, ich dürfte mir mit dir das Kino ansehen? Das ist ja Wahnsinn, ja, danke, toll." „Das finde ich sehr anständig von Alois, sonst hätte er mit den Mädels nach Schlutup gemusst, was seine Laune gewiss nicht in die Höhe getrieben hätte. Hach, Gori, und wir beide sind dabei." „Ja, liebe Pacca, was mir noch in den Sinn gekommen ist, der Ferdinand Beck ist ein echter Tausendsassa, woher hat er den Tipp mit dem Kino? Irgendwie schafft er es immer, dass ihm neben seiner Arbeit, Informationen über sein gesamtes Umfeld zur Verfügung stehen. Er ist wie ein Geheimpolizist."

Meine Kumpel lachen, Kerst schnippt mit den Fingern.

„Würde mich interessieren, ob er in die dunklen Machenschaften der Lübecker auch so gut involviert ist, damit würde er seinen Posten exzellent ausfüllen." „Kann ich mir nicht vorstellen, Ferdinand ist kein echter Kriminalist. Er hätte Makler werden sollen, damit hätte er richtig Geld gemacht." „So schätze ich ihn auch ein, Gori; erinnern wir uns nur an den Schuhknecht Fall erster Teil. Wenn wir nicht eingegriffen hätten, säße er heute nicht auf seinem Posten in Lübeck." „Pacca, ich frage bewusst nicht, was ihr mit ihm angestellt habt." „Kerst, das ist vorbei, vorüber, Schwamm darüber." „Sabine, was glaubst du, ob Mechthilds Eltern erwarten, dass wir sie ins Haus bitten, wenn sie die Tochter bringen?" „Bestimmt nicht, Papa, Mechthild sagt, sie wollen nicht aussteigen. Vielleicht kommt der Vater auch allein mit ihr. Frau Kaufmann hat immer viele Kopfschmerzen, sie sagen Migräne dazu. Sie sieht auch sehr alt aus und traurig." „Oh je, dann hat deine Freundin wohl kein heiteres Zuhause?" „Nee, die Mutter lacht nie und küsst nie." „Und was macht unsere Mama, sie knutscht uns ständig ab, als wären wir Babys." „Ja, für mich bleibt ihr eben klein." „Mama, ich finde es schön." „Danke Sabine. Peter, wenn es dir weniger gefällt, kann ich mich auch zurückhalten." „So habe ich das nicht gemeint, ist ja gut."

Tagesrückblende
Endlich Nacht, endlich schlafen alle und alle Schutzgeister haben ihre Gedanken abgestellt, Tessa neben mir auch. Das war ein Wuseltag heute. Ich muss ihn für mich selbst Revue passieren lassen, damit ich nicht so viel davon vergesse. Alois und Peter spielten nach dem Frühstück Schach. Wir kennen das nicht, da wo wir herstammen; hat es auf dem Mond nicht gegeben. Schade, Kerst findet das auch, wir hätten es mit Begeisterung gespielt und deshalb spielen wir mit Begeisterung die Partien mit. Ich hatte mit Peter den weißen König gezogen, Kerst mit Alois den schwarzen. Peter übt sich seit einem Jahr im Spiel, er ist nicht schlecht, Alois ist besser. Selm mag kein Schach und schaute Anneliese über die Schultern, die eifrig irgendetwas lernte. Sabine und Elisabeth sortierten Wintergarderobe aus, macht Sinn im Mai. Dann war es 11 Uhr, die Damen mit den Kleiderschränken gerade fertig und Mechthild schneite ins Haus. Das Kind sieht extrem intelligent aus, ein schöneres Kompliment ist ihr leider nicht zu machen. Lupa dagegen strahlt pure Erotik aus. Gut, ich habe keine Libido mehr, sonst hätte ich sie gnadenlos angebaggert. Kerst grinste mich wissend an, war mir aber nicht peinlich. Um 12 Uhr ging es zum Mittag rüber zu Lilli und Helene. Lupa war ich sofort los, die sah Jam, Jam sah sie, Lupa steht nicht auf Pigmente, so ist das Leben. Es gibt ja noch Mala. Das Mittagessen zog sich endlos hin; viele Fragen, viele Antworten, Erklärungen. Mechthild kriegte brühwarm die gesamten Familienprobleme mit. Vielleicht fand sie die nicht schlimm, sie hat bestimmt auch genug davon. Lupa meinte nur, Kriminelle gebe es bei Kaufmanns keine. Elisabeth fuhr Anneliese später ins Priwall-Krankenhaus.

Ja und das Gespräch zwischen Mutter und Tochter war wohl ein ziemlicher Klopfer: Sie, Theresa, was solle sie in Lübeck? Käme überhaupt nicht in Frage. Ihren Mann besuchen? Allein? Sie allein ins Gefängnis? Niemals, was da alles passieren kann. Zwecklos, alle Argumente starben. Die Sache selbst war gestorben. Theresa wünscht nach Bayern umzusiedeln. Der straffällige Ehemann könne anschließend folgen. Schade um die ganze Diskussion vorher, hätten sich die Beteiligten sparen können. Kerst erzählte mir, Anneliese sei ein bisschen, nee, reichlich pikiert gewesen, was ihr wohl die Energie gab, Klartext mit ihrer Mutter zu reden. Sie sagte:

„Mutter, hör mir zu: Selbstverständlich bist du bei Clemens und mir willkommen, auch regelmäßig gerne einmal in der Woche. Bitte nicht jeden Tag, das passt nicht in den Haushalt, weil wir alle Hände voll zu tun haben. Du musst dir auch in Bayern ein eigenes Leben aufbauen. Du bekommst Telefon und kannst uns anrufen, wenn du Hilfe brauchst. Darüber solltest du dir im Klaren sein, bevor du umziehst und hinterher enttäuscht darüber bist, bei uns keinen vollen Familienanschluss geboten zu bekommen."

Boll hüpfte daraufhin wie ein kleiner Bock umher und schimpfte laut über die Grausamkeit der Tochter. Theresa selbst brach in Tränen aus und lamentierte über Annelieses Undankbarkeit. Sie, ihre Mutter, hätte schließlich alles für sie getan.

„Ja", hat Anneliese gesagt, „damit ich als Hausmädchen ende."
„Woher hätten dein Vater und ich wissen sollen, was für einen Vogel du hast mit Schule und besserem Beruf, das war dir nicht in die Wiege gelegt. Jetzt bist du zwar verheiratet, hast aber immer noch keinen Beruf und mit einem Kind klappt es auch nicht." „Gori, weißt du was ich gemacht habe, ich habe Anneliese beruhigt, sie tat mir leid, ich ließ alle guten Vorsätze fallen."

Ich habe Kerst anerkennend auf die Schulter geklopft. Nach Theresas Rede verstummte Boll. Er ist weder ein Ignorant noch dusselig, sagt Kerst. Anneliese ist nicht auf den Satz ihrer Mutter eingegangen, wohl dank Kerst Unterstützung, sonst wäre sie bestimmt auf der Stelle explodiert. Sie hat dann nur gesagt:

„Mutter, wenn wir uns über die Bedingungen einig sind, helfe ich dir gerne beim Umzug. Du musst dich nicht jetzt und auf der Stelle entscheiden, falls du es dir doch noch überlegen solltest, erst mit Vater gemeinsam nach Bayern zu ziehen, wenn seine Haftstrafe vorüber ist."

Dann habe sie sich verabschiedet und ist gegangen. Im Auto hat sie Elisabeth das Gespräch wiedergegeben, und Tessa meinte, Anneliese sei auch gekränkt gewesen, weil ihre Mutter nicht nur eingeschränkt denken kann, sondern auch eingeschränkte Empfindungen hat. Ich meine, dass sind sehr zartfühlende Bemerkungen für Grobheiten. Elisabeth hat Anneliese daraufhin in den Arm genommen, und sie gedrückt, und gestreichelt und dann sagte sie ihr, wie ich finde, etwas sehr Schönes: „Anneliese, du bist eine junge und sehr kluge Frau, ich freue mich für Clemens, dass er es mit dir so gut getroffen hat."

Kerst und Tessa sagten beide, dieser Satz habe Anneliese auf der Stelle aufgebaut und sie für das vorangegangene Gespräch entschädigt.

Rückblende
Mala wollte mich erst gar nicht wieder loslassen, so lange hatten wir uns nicht gesehen und gesprochen. War das schön, ade Lupa, ich stehe auf pigmentiert. Die Herren haben sich lange und kräftig die Hände geschüttelt. Peter wurde herzlich von Ferdinand begrüßt, und dann ging es ins Büro des Kinopächters, der alt und sympathisch hinter seinem Schreibtisch saß. Ja, ich fand ihn sofort sympathisch mit seinem weißen Haarkranz, den klugen blauen Augen mit Brille und einem kleinen Bauch, der leicht hüpfte, als er sich erhob und die Besucher begrüßte.

„Ich bin mit Leib und Seele Kinomann, Herr Hausner, gerne gebe ich das „Zentral" nicht auf, glauben sie mir, aber ich muss. Meine Frau kränkelt, ich kann sie nicht mehr dauernd allein zu

Hause lassen. Sie war mir immer eine gute Partnerin, jetzt muss ich auch etwas davon zurückgeben."

Dann wurde über Filme geredet, über das Personal, über die Höhe der Pacht, über Expansionsmöglichkeiten. Peter langweilte sich keine Sekunde, er hing jedem an den Lippen.

„Lieben sie Filme auch so sehr, Herr Hausner?"

Ups, mein Alois sah angestrengt aus, wenn er den Mund aufgemacht hätte, wäre der Schaden wohl irreversibel gewesen. Ferdinand sprang blitzgeschwind in die Bresche.

„Er brennt für Filme, er liebt die Kinoatmosphäre, ein Jugendtraum von ihm, ein Kino zu haben."

Braver Ferdinand, Alois nickte voller Begeisterung:

„Das hätte ich nicht treffender zum Ausdruck bringen können, Herr Tauber, mein Freund kennt mich manchmal besser als ich mich selbst."

Der sympathische Herr Tauber strahlte übers ganze Gesicht.

„Wissen sie, Herr Hausner, das Kino, das „Zentral" ist mein Baby, mein Kind. Ich habe es gehätschelt und gepflegt, ich will es in guten Händen wissen. Zum Kino gehört Liebe, was sage ich, Leidenschaft, dann wird etwas draus. Wenn da jemand kommt, und hat nur ein Geschäft im Kopf, nein, den will ich als Nachfolger nicht haben. Sie scheinen genau die Motivation mitzubringen, die ich mir gewünscht habe."

Sie verabreden, sich ein zweites Mal zu treffen, Herr Tauber will Alois dann umherführen, dem Personal vorstellen und Einzelheiten durchsprechen. Mala, Selm und ich sind uns sicher, ohne Ferdinand hätte Alois bereits die erste Sitzung voll vergeigt. Der Schutzgeist von Herrn Tauber hat immer wieder sehr irritiert auf Alois geguckt. Ich glaube, der hat gemerkt, dass mein Schützling kein Cineast ist. Es war überstanden, Alois, Ferdinand und Peter gingen ein paar Häuser weiter in eine Bar, die gerade aufgemacht hatte. Es war noch nichts los, die Herren bestellten sich ein Bier, Peter bekam eine Bluna.

„Ferdinand, ich wusste nicht, was ich sagen sollte, mir fiel nichts ein, du bist an Geistesgegenwart nicht zu überbieten, vielen Dank." „Nein, mein alter Freund, ich habe mich lediglich bemüht, einen Fehler wieder gut zu machen. Ich hätte dich auf das Gespräch mit Tauber besser vorbereiten müssen. Ich wusste, wie er denkt und was er sich wünscht. Er will keinen Nachfolger, der nur das Geschäft im Kopf hat. Das hätte ich dir sagen müssen." „Wie auch immer Ferdinand, es ist alles gut gegangen. Zu unserem zweiten Treffen werde ich lückenlos vorbereitet sein. Und, wer weiß, vielleicht wird aus mir noch ein leidenschaftlicher Kinomann."

Dann wurde Privates beredet, Peter wurde einbezogen und Mala und ich bekamen auch noch unsere Chance zu plaudern. Später, im Auto auf der Heimfahrt, sagte Peter zu seinem Vater:

"Papa, ich kann Herrn Tauber gut verstehen, ich finde auch, was ein Mensch macht, muss er mit Leidenschaft machen, was anderes ist für ihn selbst, glaube ich jedenfalls, nicht so gut, weil er sich sonst immer ein bisschen leer fühlt. Ich will leidenschaftlich gern Tänzer werden." „Das wirst du auch, mein Sohn, du schaffst das ganz bestimmt. Kannst du dann auch verstehen, dass ich selbst ein ganz leidenschaftlicher Geschäftsmann bin? Für mich ist es einfach schön, wenn sich eine Idee umsetzen lässt, ich mit der Idee Erfolg habe, Gäste und Kollegen zufrieden sind, ich Menschen, die für mich arbeiten, gut bezahlen kann, und die deshalb gerne für mich arbeiten, glaubst du mir das?" „Hm, vielleicht, warum eigentlich nicht? So habe ich das noch nie gesehen." „Peter, was immer ein Mensch tut, singen, tanzen, eine gute Buchhaltung machen, als Arzt kranke Menschen versorgen, sich als Polizist für die Rechte und Sicherheit der Bürger einsetzen, sich als Geschäftsmann für eine neue Idee begeistern, das ist egal, es kommt immer auf das Gleiche raus: er braucht Liebe und Leidenschaft dazu. Herr Tauber sieht das ganz richtig. Er will aber die Liebe zum Film betont sehen, ich sehe den Erfolg, den ein Film einbringen kann. Wenn ich ihm das gesagt hätte, ich denke, er wäre nicht mit mir einverstanden gewesen." „Das glaube ich auch nicht, Papa,

Onkel Ferdinand ist ganz schön clever, das Wort habe ich aus dem Englischen."

Alois musste lachen.

„Ich hatte auch mal englisch, Peter, ist mir nicht unbekannt. Es ist im Deutschen nur sehr verpönt, kein deutsches Wort zu benutzen, wenn eines dafür zur Verfügung steht. Ich finde clever lässt sich schwer übersetzen." „Unsere Englischlehrerin sagt das auch, weil ein bisschen was vom jüdischen Chuzpe und deutscher Pfiffigkeit hineinspielt, ohne dass es das ist, weißt du, was ich meine?" „Ich glaube, clever ist intelligent ohne Anspruch auf Intellektualität, ein wenig frech ohne Gemeinheit und ein wenig pfiffig unter Einbeziehung von Geistesgegenwart. Hach, stimmt es, so ungefähr?" „Denke schon, so ein Wort gibt es bei uns nicht, clever ist eben clever." „Ja, Ferdinand war clever." „Was willst du wegen der Filme machen, die jetzt neu sind und die du alle nicht kennst?" „Ich muss in eine Buchhandlung, und mir Zeitschriften besorgen und mich erkundigen, woher ich einschlägiges Material beziehen kann."

So ging das Gespräch bis Travemünde weiter und endete im Wintergarten bei Anneliese, Elisabeth und Sabine. Die erzählte gerade, dass Mechthild Klavierunterricht habe und noch im Kirchenchor sänge. Nein, sie, Sabine wolle kein Klavier, der Theaterchor würde ihr reichen. Die Freundin sei auch nicht besonders gut in der Schule, sie würde klüger aussehen, als sie ist. Habe ich was vergessen, etwas ausgelassen? Keine Ahnung, es wurde nicht diskutiert, nur erzählt. Jetzt will ich nicht mehr, ich schalte meine Gedanken ab.

Wieder eine glückliche Wende
Das Telefon klingelt, es ist Sonntag noch vor dem Frühstück. Clemens ruft an, will seinen Vater aber nicht sprechen, sondern seine Frau, soll er. Alois telefoniert nicht gern mit nüchternem Magen. Er geht gleich in die Küche zurück, deckt weiter auf, kocht Kaffee, für die Kinder Kakao. Fertig, wir sitzen am Tisch, Anneliese sieht ernst aus:

„Erstens kommt es anders und zweitens als man denkt." „Was ist passiert, Anneliese, etwas Unangenehmes?" „Ja, Alois, wenn ihr so wollt, zumindest für Clemens und mich. Ihr werdet euch vielleicht sehr freuen." „Mach es nicht so spannend." „Die Tochter von Woiczikowskys ist mit einem Ingenieur verheiratet, der Schiffe entwickelt, oder Motoren für Schiffe, ich weiß es nicht genau. Jedenfalls hat er hier in Lübeck auf einer Werft die Stellung gefunden, die er immer haben wollte. Der Sohn des Ehepaares lebt schon länger in Hamburg. Es hält Woiczikowskys nichts mehr in Bayern, sie haben gekündigt und wollen hier her. Frage: Wollt ihr sie haben?" „Ja, ja, ja, sofort."

Elisabeth und Alois sind sich einig.

„Haben Clemens und ich uns gedacht. Sie könnten die Wohnung von meiner Mutter übernehmen und meine Mutter kommt vorläufig zu uns, weil ich ohne Hilfe im Haushalt nicht klarkomme." „Oh Anneliese, war das jetzt nicht voreilig?"

Elisabeth schaut besorgt aus.

„Nö, ja, wahrscheinlich schon. Ich werde einen
Vertrag mit ihr machen, indem ihre Rechte und Pflichten festgelegt werden. Genauso." „Was sagt Clemens dazu?" „Schatz, so lange sie nicht abends mit uns im Wohnzimmer hockt und mit ins Bett will, mach, was du für richtig hältst." „Ein Risiko wird es bleiben, Anneliese." „Ja, Alois, ich bin nicht naiv und werde sehr klar und eindeutig das regeln, was ich auch nur annähernd übersehen kann. Ein wenig wird die Sache dadurch erleichtert, weil die Kinder in Theresa eine Großmutter sehen und sie merkwürdiger Weise richtig gernhaben. Umgekehrt liebt Theresa die Kinder. Zumindest in diesem Punkt sind Probleme nicht zu befürchten." „Theresa sieht Arbeit, ich musste sie nie auf etwas hinweisen, kochen, sagst du selbst, kann sie auch sehr gut. Hat sie einen Fernseher?" „Nein, dazu reichte das Geld wohl nicht." „Dann kauf ihr einen, ich spendiere ihn." „Danke, Alois, sehr gerne. Dann hat sie abends Unterhaltung." „So dachte ich es mir. Soll sie in die Wohnung der Woiczikowskys ziehen?" „Ja sicher, dann ist sie auf unserem Gelände." „Das war derzeit eine gute Idee von Clemens, über den Garagen eine Wohnung zu bauen." „Ja, für meine Mutter ist sie viel zu groß, aber schön mit der kleinen Dachterrasse,

die wird ihr gefallen." „Jetzt musst du ihr deinen Gesinnungswechsel nur noch clever verkaufen." „Juppi, Papa hat clever gesagt, das hatten wir gestern erst, der Ferdinand war gestern richtig clever und da habe ich das Wort benutzt." „Alois ist wie ausgewechselt, seine Augen strahlen, er sieht Land, sein Plan geht auf, was Gori?" „Du sagst es, Tessa, wenn es mit dem Kino auch noch klappt." „Hast du Bedenken?" „Wenn er sich mit Filmen intensiv beschäftigt und bei Herrn Tauber Überzeugungsarbeit leistet, kann es funktionieren."

Samstag, 7. Juli 1962
Es hat alles funktioniert, die Woiczikowskys kamen bereits am 1. Juni. Clemens hat zeitgleich seine Schwiegermutter abgeholt. Alois organisierte im Vorfeld den Umzug und las sich quasi parallel in die Welt der großen Kinofilme ein. Herr Tauber war mit ihm zufrieden, die Übergabe fand am 15. Juni statt. Mein Schützling hat sich notariell das Vorkaufsrecht auf das Filmhaus gesichert. Die Presse war da und hat über ihn einen Artikel geschrieben

„Ein Bayer macht in Lübeck von sich reden", Auch Elisabeth wurde als seine Ehefrau sowie Tänzerin und Inhaberin ihrer Ballettschule erwähnt. Es war aufregend, spannend. Das Kino läuft gut, Alois will regelmäßige Matineen mit ausgesuchten Filmen veranstalten, hat er der Zeitung erzählt, was er auch macht. Filme für Leute, die sich die schicken Glitzerstreifen nicht ansehen wollen, hat er nicht gesagt, wie hat er das gleich noch ausgedrückt?

-Filme für ein Publikum, das sich gerne Kostbarkeiten anschaut-

Also Sachen, denke ich mir, die künstlerisch wahrscheinlich extrem hochwertig sind, keine Liebhaber in großer Masse finden und allesamt Kassennieten sind. So was also. Die Plätze kosten mehr, dafür gibt es Kaffee und Helenes selbstgebackene Plätzchen gratis. Tessa findet das umständlich, ich finde es gut, da eine häuslich intime Atmosphäre geschaffen wird und es ist nahezu raffiniert, weil es das hochinteressiert intellektuelle Publikum miteinander verbindet. Kekse und Kaffee, auf die Idee soll erst mal einer kommen. Vielleicht gibt es im Anschluss an die Filme bald noch Diskussionen bis in die Mittagszeit. Wie wäre es dann mit Helenes Gulaschsuppe? Anneliese ist mit ihrer Mutter bisher nicht unglücklich, sagt sie. Kerst hat es mir bestätigt. Ich wollte es am Anfang kaum glauben und habe vor Ort nachgeschaut. Anneliese hat ihre Prüfung mit „gut" bestanden, tolle Leistung. Kerst war so stolz auf sie, kam sofort nach Bekanntgabe kurz zu uns. Da kannten wir das Ergebnis mal vor allen anderen. Ich glaube, Llano hat sich am meisten darüber gefreut, wieder in Travemünde zu sein. War das ein tolles Wiedersehen mit ihm. Llano liebt Frau Woiczikowsky und nun zusammen mit ihr in Travemünde, er war völlig überdreht und wir mussten ihm helfen, damit er seine Aufgaben erfüllen konnte. Herr Woiczikowsky hat immer noch keinen eigenen Schutzgeist; er muss sich um beide Eheleute kümmern. Die Woiczikowskys sind von ihren neuen Aufgaben schwer begeistert, erzählt uns Llano. Der Mann heißt mit Vornamen Jerzy und sie Krystina. Jerzy ist kein Biertrinker und mochte den Biergeruch nie, liebt aber frische Luft, die Ostsee und einen netten Plausch mit Gästen. Darin ist er großartig, weil er diesen unwiderstehlichen polnischen Charme hat, mit dem er einem Ehepaar auch 2 Strandkörbe vermieten könnte, tut er aber nicht, weil er gleichzeitig sehr katholisch ist. Und das war ein kleines Problem. Er will sonntags in die Messe, seine Frau auch, das war etwas knifflig, und musste gelöst werden, weil Alois um die Zeit der katholischen Messe im Kino seine Matineen veranstaltet. Wie gut, er hat Familie, und was für eine. Eine sehr heroische, die gerne auf sonntägliche Messen verzichtet und sich diensteifrig bekundet hat: die unmündigen Kinder erklärten sich für den Strandkorbdienst bereit und die unfähige Hausfrau Elisabeth zur Versorgung des Gästehauses. Ist ja auch nur für knapp zwei Stunden von 9 Uhr 30 bis 11 Uhr 30, sehr viel Unheil können sie nicht anrichten. Die Kinder haben sich gut bewährt, Elisabeth ist immer noch in der ersten Einarbeitungsphase. Sie kann aber schon Kaffee kochen, Tee aufgießen, mit den Eiern klappt es inzwischen auch schon, weil sie das Zimmermädchen zur Seite hat, das sehr umsichtig und tüchtig darauf achtet, dass sie sich keine Schnitzer leistet. Das muss ich mir jedoch nicht ansehen, weil ich mit Alois im Kino bin und mir schwere Filme ansehe, die die meisten Menschen für verzichtbar halten. Aber immerhin zwischen zwanzig und fünfzig Lübecker nicht. Atheisten, die auch nicht in die Kirche wollen, dafür unverdauliche Filme schauen bei Kaffee und Helenes selbstgebackenen Keksen. Alois ist anwesend, er schenkt selbst nicht aus, dafür hat er Abiturienten, die auch gerne solche Filme gucken und gratis gucken dürfen gegen den Ausschank von Kaffee und Keksen. Alois macht nach der Vorführung auf einen, durch die Reihen ziehenden Hohepriester, der sich nach der Matinee gerne für seinen guten Geschmack bei der Auswahl der Filme lobhudeln lässt. Das Matineepublikum wurde auf diese Weise seine persönliche Sonntagsgemeinde. Hinterher geht es nach Travemünde und zu Helene und Lilli speisen. Hier finden sich meistens auch Margot und Richard ein und seit der Kinogeschichte auch hin und wieder das Ehepaar Beck. Valerie und Richard streng voneinander getrennt, weil sich die beiden zusammensitzend erfahrungsgemäß für die übrige Tischgesellschaft als nicht sonderlich ansprechbar erwiesen haben. Sie genügen sich mit ihrer Medizin selbst. Margot ist da schon ein wenig eifersüchtig drauf, obwohl alle wissen, dass sie das überhaupt nicht nötig hat. Sie hat sich ihre Eskapaden mit ihren Professoren Kollegen mittags in dem Theaterrestaurant auch schnell wieder abgewöhnt und kommt brav nach Hause. Fem schweigt sich zwar darüber aus, dafür hat Hedi geplaudert und uns erzählt, dass Richard kräftig auf den Tisch geklopft hat. Das konnte doch nicht gut gehen, dieses mittags schon trinken und den armen Mann vernachlässigen. Ein nicht armer Mann hat heute Geburtstag, Alois ist einundsechzig geworden. Sieht ihm keiner an. Sein schönes volles Haar ist zwar inzwischen weiß, steht ihm aber gut. Er bekommt von Elisabeth eine Reise geschenkt. Sie haben es nie geschafft, einmal an die Westküste zu fahren. Auf die Insel Norderney soll es gehen. Kenne ich nicht. Herr Sinning, von der Fischräucherei, kannte Norderney auch nicht persönlich, dafür die Schwester einer seiner Arbeiterinnen, die auf Norderney ein Müttergenesungsheim leitet und zufällig auch im Laden war, als Elisabeth Räucherfisch zur Begrüßung der Woiczikowskys dort einkaufte.

Irgendwie kam das Gespräch auf Geburtstage und Elisabeth erzählte, sie wolle ihrem Mann eine kleine Reise an die Westküste schenken, woraufhin die Norderneyer Müttergenesungsheimleiterin vorschlug, auf die Insel zu kommen. Sie kenne dort ein gemütliches Hotel. Telefonnummern wurden ausgetauscht und unsere Elisabeth setzte zu organisatorischen Höchstleistungen an. Alles musste lupenrein abgesichert werden: Kino, das Gästehaus, Strandkörbe und die Kinder, die sollten nicht mit. Nur sie und Alois. So war der Plan. Lilli hat letztes Jahr einen Führerschein gemacht, sich einen Volkswagen gekauft und will das Kino übernehmen. Ich bin auf Alois Gesicht gespannt, sie kann das bestimmt. Hoffen wir jedenfalls. Die Kinder rühren sich schon, wollen bestimmt den Frühstückstisch decken, Kerzen anzünden, die Geschenke ablegen. Tessa setzt ihren Denkapparat in Bewegung.

"Schon alle wach?" „Die Kinder und wir." „Aha, das ist gut, horch mal, das Telefon klingelt." „Ich geh mal, bleibst du hier?" „Ja."

Alois Uhr zeigt noch keine 8 Uhr an, wer kann das sein? Unmöglich Gratulanten.

„Hier spricht Peter Hausner, ach, Onkel Ferdinand, willst du Papa haben, der schläft noch, der hat doch heute Geburtstag. Ja, ich wecke ihn." „Papa, Papa.

Peter läuft ins Schlafzimmer, Alois und Elisabeth fahren aus dem Schlaf.

Papa, Onkel Ferdinand will dich dringend sprechen."

Alois springt aus dem Bett, läuft die Treppe runter ins Büro.

„Ferdinand, moin, was gibt es? Ja, danke dir, deshalb rufst du aber nicht an? Was soll ich, mich setzen? Ich sitze und höre. Wie? Das ist jetzt nicht dein Ernst? Was ist das denn für eine Sauerei, wie konnte das passieren? Ferdinand, ich bedaure dich, immer musst du solche Nachrichten überbringen. Ja, du, klar. Ja, ich kümmre mich. Hab trotzdem Dank. Nein, schlimmer geht's nimmer. Ja, erstmal tschüs." „Papa, was ist passiert, was richtig Schlimmes?" „Ja, Peter, Heribert Schuhknecht ist heute Morgen tot in seiner Zelle aufgefunden worden. Er hat sich aufgehängt." „Wieso das denn?" „Er wollte nicht mehr leben." „Alois, was ist los?" „Heribert hat sich aufgeknüpft, Elisabeth. Ferdinand hatte die Telefonnummer von Clemens nicht. Er bekam die Nachricht von Herrn Kühl, der meinte, es sei besser, wenn er der Überbringer sei." „Du liebe Zeit, ist das gruselig. Komm, ich schenke dir einen Kaffee ein, soll ich dir ein Brot machen, bevor du Clemens anrufst?" „Ja, einmal abbeißen, vielleicht." „Und wann sollen wir Papa zum Geburtstag gratulieren?" „Gleich, wenn das Telefongespräch überstanden ist, Peter. Geh deine Schwester trösten."

Sabine weint, wegen Schuhknecht? Ich glaube eher, weil der Tag so ganz anders begonnen hat, wie sie es sich es vorgestellt hatte.

„Musste Alois den Kindern sagen, dass sich Heribert aufgehängt hat?" „Ja, Selm, ich glaube, dass das richtig war. Die Kinder wissen von Selbstmorden. Es ist gut, wenn sie es auf völlig natürliche Weise erfahren, sie sind elf Jahre alt." „Na, Gori, wenn du meinst."

Alois beißt vom Brot ab, kaut, trinkt einen Schluck Kaffee und wählt Clemens Nummer.

„Guten Morgen, Clemens, nein, ich hätte deinen Anruf abwarten können, danke, ja. Weswegen ich anrufe, ist mehr als unangenehm, es geht um deinen Schwiegervater. Er ist tot, er hat sich aufgehängt. Ja, das war so, er hatte eine Verletzung am Arm, der Ferdinand Beck meint, die habe er sich wohl schon selbst zugefügt. Den Verband hat er benutzt, der hat gerade ausgereicht. Ja, echte Sauerei. So, du armer Kerl, du darfst es jetzt den Frauen sagen. Er wird mit Sicherheit obduziert, immer in solchen Fällen. Ihr wolltet doch ohnehin in vierzehn Tagen kom- men. Vielleicht lässt sich die Beerdigung bis dahin schieben. Ich mache mich schlau, welche Schritte im Einzelnen von uns erwartet werden. Vor Montag wird sich nicht viel tun, es ist Wochenende. Ja, wir können gerne am Nachmittag noch einmal sprechen. Ich rufe nachher Ferdinand an und frage, ob aktueller Handlungsbedarf besteht. Gut, dann bis dann." „So, meine Lieben, ich mache euch einen Vorschlag: Ich gehe jetzt hoch duschen, und wenn ich wieder runterkomme, bin ich Geburtstagskind, einverstanden?"

Eine richtige Geburtstagsstimmung kam nicht auf. Alois und Elisabeth bemühten sich wegen der Kinder heiter und entspannt zu wirken. Schade, um die schönen Geschenke: die Reise, von den Kindern ein Bildband über berühmte Filme und einen Reiseführer Norderney.
Trotzdem, wir konnten erkennen, dass sich Alois darüber freute; wie hätte er sich ausgelassen gefreut, wenn das mit Schuhknecht nicht gewesen wäre. Was Boll wohl ohne Schuhknecht macht, der könnte doch zu uns kommen. Theresa wird von Kerst mitversorgt. Jerzy braucht einen eigenen Schutzgeist. „Pacca, Selm, Tessa, was meint ihr, sollte ich wegen Boll beim Komitee intervenieren, Jerzy Woiczikowsky hat keinen eigenen Schutzgeist?" „Warum nicht, irgendwie finde ich Boll drollig." Typisch Tessa, ich rufe das Komitee. „Gori, wir wissen es, nein Boll geht eine Weile schlafen, wir haben aber einen anderen Schutzgeist für Herrn Woiczikowsky, wir glauben, ihr werdet euch sehr freuen." Das Komitee ist verschwunden. Melvis steht vor uns, breitet seine Arme aus.

„Freunde, kommt an meine ausgeschlafene Brust, wie schön, euch hier zu sehen."

Schuhknecht hin, Schuhknecht her, wir hatten allen Grund zum Jubeln, unser alter Freund war wieder unter uns, kurz, er trat sofort seinen Dienst bei Jerzy an, was Llano veranlasste, kurz zu uns zu stoßen, um die näheren Zusammenhänge zu erfahren. Pacca wechselte freiwillig

zu Krystina und wir erzählten Llano, was sich heute Morgen zugetragen hatte. „Was für ein Schicksal, der arme Boll, der war bestimmt fertig, wie?" „Anzunehmen, wenn er sich Hilfe geholt hätte, wäre Schuhknecht vielleicht zu retten gewesen." „Was hättet ihr denn gemacht, Gori?" „Zu dritt hätten wir ihn in Schlaf versetzen können." „Wie, das geht?" „Ja, wenn sich der Freundeskreis der Schutzgeister einig ist, kann es klappen." „Habe ich noch nie von gehört." „Haben wir auch erst ein einziges Mal praktiziert." „Und das Komitee?" „Bekommt immer alles mit und manchmal wird Eigeninitiative nicht abgestraft. Du kriegst es nur irgendwann mal brühwarm aufs Butterbrot geschmiert und darfst dich abgemahnt fühlen."

Selm schaut auf einmal betroffen aus.

„Wer ist denn jetzt bei Frau Schuhknecht
Schutzgeist, der Boll hat doch beide versorgt? Gori, willst du nicht mal nachsehen gehen, was in Bayern los ist? Wir übernehmen Alois." „Kerst versorgt sie mit. Ich sehe trotzdem mal nach."

Sei's drum, Bayern, wo ist Kerst?

„Kerst wie ist die Lage bei euch?" „Schau sie dir an, die Frau ist untröstlich, ich hatte sie schon länger mit übernommen. Boll war nicht mehr zu gebrauchen. Theresa bereut es jetzt, hierher gezogen zu sein. Sie jammert, sie habe ihren Mann im Stich gelassen, was nicht falsch ist. Richtig ist es aber auch nicht, weil es ihr Mann war, der die Familie allein gelassen hat, indem er auf Diebesgut aus war. Warum, um alles in der Welt, kann das hier niemand der Frau beibringen?" „Was sagt Anneliese dazu?" „Anneliese steht unter Schock, von ihr ist zumindest heute keine vernünftige Reaktion zu erwarten. Gleich kommt der Hausarzt, er soll ihr was zur Beruhigung geben, also der Theresa." „Brauchst du Hilfe, Kerst?" „Sagen wir mal so, wenn ihr es einrichten könnt, wäre ich sehr erleichtert, wenn einer von euch immer mal hierherkommen könnte." „Kerst, das ist ein klares Wort, so werden wir es halten. Was ist mit Clemens, ist von ihm etwas Vernünftiges zu erwarten?" „Was ist für dich vernünftig?" „Das er zum richtigen Zeitpunkt das richtige sagt? "Nicht wirklich, er schiebt Arbeit vor und ist meistens unsichtbar. Wann wird die Beerdigung sein?" „Wenn die Pathologie ihn freigibt." „Was soll der Leichnam Schuhknechts in der Pathologie?" „Ich denke, das ist immer so." „Ja, wenn Fremdverschulden anzunehmen ist. Diese Sache war doch eindeutig." „Mist, stimmt auch wieder, dann gibt es richtige Probleme, weil Elisabeth und Alois nächste Woche für vier Tage an die Nordsee fahren. Kerst ich muss gehen. Wir machen es so, wie abgesprochen." „Na, was machen die Bayern?" „Anneliese hat einen Schock, Tessa, Theresa wartet, dass sie vom Arzt was zur Beruhigung kriegt, sie macht sich Vorwürfe, ihren Mann im Stich gelassen zu haben und Clemens läuft vor den Frauen weg." „Großartig. Und Kerst?" „Kerst hat Theresa weiterhin und wäre für gelegentliche Besuche von uns sehr empfänglich. Er hat mich darauf gebracht, dass Heribert gar nicht in die Pathologie kommt, weil offenkundig kein Fremdverschulden vorliegt. Dann gibt es ein Problem wegen der Beerdigung." „Hoffentlich ruft Alois Ferdinand nochmals an und lässt sich das von ihm sagen." „Wieso hat er Ferdinand nicht zu seinem Geburtstag eingeladen?" „Hast du das nicht mitbekommen, weil er Dienst hat." „Ach so, dann kommen heute Mittag nur Margot und Richard zum Essen zu Helene und Lilli." „So ist es, Gori." „Wo sind die Kinder?" „Am Strand bei Jerzy." „Alois, willst du Ferdinand nicht noch mal anrufen? Irgendwie bin ich wegen des ungewissen Verlaufes beunruhigt."

Alois schaut sich sein neues Filmbuch an.

„Mach ich, Liebling, jetzt gleich?" „Ja, bitte."

Alois seufzt, so ein gemeiner Geburtstag für ihn, er wählt:

„Ferdinand, hier Alois, du, ja, ich musste die Nachricht etwas sacken lassen. Sag mal, hast du eine Ahnung, wie das jetzt weitergeht? Ach, du kriegst die Tür nicht zu, böse, böse. Wieso? Elisabeth hat mir doch eine kleine
Reise nach Norderney geschenkt; wir sind ab Dienstag für vier Tage fort. Nee, das ist fest gebucht. Was kannst du machen? Echt? Ferdinand, ich wüsste nicht, was ich ohne dich anfangen soll. Du bist mit das Beste, was mir im Leben widerfahren ist. Willst du lebenslange Kinofreikarten? Sowieso. Ich habe übermorgen noch Zeit, alles zu organisieren. Danke, mein Lieber, vielen, vielen Dank."

„Was war das denn jetzt, Alois?" „Erstens kommt Heribert nicht in die Pathologie, zweitens kennt Ferdinand den Leiter des Gefängnisses gut und bittet ihn, die Leiche erst am Montag freizugeben. Das wird hundert Prozent klappen. Dann können die Bayern am Montag anreisen und am Dienstag sollte die Beerdigung stattfinden. Maßarbeit." „Was ist mit der Trauerrede? Wir kennen doch seinen Lebenslauf gar nicht." „Nein Elisabeth, ich fühle mich nicht verpflichtet, mich auch noch für die Predigt verantwortlich zu fühlen. Das soll bitte schön Anneliese machen. Das kostet dann eben mal etwas Telefongeld, oder? Wie siehst du das?" „Ich bin völlig deiner Meinung, du hast wirklich genug Ärger mit Heribert gehabt und Zeit und Geld investiert." „Danke, Liebling, so ist es. Ich werde die Nummer vom Pastorat raussuchen und sie Clemens durchgeben." „Endlich, meine Tessa, hat sein Altruismus eine klare Grenze erkannt. Den Rest müssen die anderen machen." „Hoffentlich können sich unsere beiden noch auf die Reise freuen." „Kommt spätestens am Dienstag, wenn sie ins Auto steigen." „Irgendwie war es doch noch ein schöner Geburtstag, nicht Gori?" „Die Trauer über Heribert hielt sich jedenfalls bei allen Anwesenden in engen Grenzen." „Ist es nicht schlimm, wenn jemand geht und kaum jemand sagt: wie schade?" „Tessa, vielleicht sollte zu Lebzeiten darüber nachgedacht werden, hinterher ist das zu spät." „Ja, schon, aber darüber denkt doch vorher kein Mensch nach, oder?" „Was für ein Glück, wie soll ein Mensch leben, wenn er nur seinen Tod vor Augen hat und wer dann um ihn trauert." „Klar, er würde sich unnatürlich verhalten." „Weswegen sich ein Mensch jedoch auch nicht so verhalten sollte, dass sein Ableben auf Zustimmung stößt." „Was denn nun, du widersprichst dir." „Quatsch, ich widerspreche mir nicht. Wenn ich morgen tot wäre, würdest du mich doch vermissen, stimmt es?" „Ja sicher doch, du bist mein Freund, mein Gefährte." „Siehst du, wenn du weder Freundschaften pflegst, noch für andere Leute etwas Positives bewirkst, keine liebende Frau oder liebenden Mann hinterlässt, keine Kinder, die dich vermissen werden, dann hinterlässt du Leere." „Frau Schuhknecht hat jetzt ein schlechtes Gewissen." „Ja, Tessa, nicht ganz zu unrecht. Er hat sich immer um seine Frau gekümmert, sie sich nicht um ihn, als er ins Gefängnis kam. Damit muss sie jetzt fertig werden." „Wenn er sich nicht strafbar gemacht hätte, wäre er nicht ins Gefängnis gekommen. Er war doch vorgewarnt und hat das ignoriert." „Richtig, Frau Schuhknecht trifft nicht die Schuld daran. Er allein war Verursacher seiner Situation. Und wenn du mich fragst, hat er sich nicht deshalb umgebracht. Er ging aus dem Leben, weil er nicht mehr wollte. Er muss schon lange krank gewesen sein. Kein Mensch bringt sich um, um anderen die Schuld für seinen Freitod zuzuschieben. Dazu gehört viel mehr. Trotzdem würde sich die Theresa besser fühlen, wenn sie in Lübeck geblieben wäre und es dann trotzdem so passiert wäre. Das ist das Schöne am Menschsein, sich verantwortlich zu fühlen." „Gori, das ist ein Dilemma." „Ja, es macht reifer. Theresa wird einen Menschen finden, der ihr das erklären wird. Da bin ich mir ganz sicher." „Sag mal, war sie überhaupt noch mal bei ihm, bevor sie nach Bayern ging?" „Doch, sicher, sie hat es ihm auch erklärt. Sie hat ihm gesagt, dass sie nicht für die Zeit seiner Haft allein in Lübeck leben kann. Sie müsste dann ständig fremde Menschen bitten, für sie dieses und jenes zu tun, zum Beispiel ihr Schriftliches erklären und so weiter. Offiziell hat Heribert dem auch zugestimmt." „Hat er irgendetwas hinterlassen?" „Tessa, ich weiß auch nicht mehr als du, ich glaube nicht." „Dann ist sie doch moralisch aus dem Schneider." „Ja, warum nicht. Aber, denke noch etwas tiefer: Theresa ist keine dumme Frau. Warum hat sie sich nie bemüht Abschied von ihrem Analphabetismus zu nehmen? Wenn sie Lesen und Schreiben gekonnt hätte, wäre sie unabhängig gewesen. Das Alleinleben in Lübeck wäre keine Frage gewesen, und damit hätte sie ihren Mann regelmäßig besuchen können." „Du glaubst, soweit denkt sie?" „Nicht an der Oberfläche ihres Verstandes, ganz tief unten, vielleicht im Augenblick völlig unbewusst. Ich bin mir aber sicher, dass dieses Wissen bei ihr vorhanden ist." „Also, zusammengefasst denkst du, dass es ein schlechteres Gewissen unterhalb des schlechten Gewissens gibt." „Wissenschaftlich klingt das nicht, aber egal, ja. Die eigentliche Ursache ihres Fortganges von hier war ihre Lese- und Schreibunfähigkeit." „Gori, wollen wir jetzt unsere Gedanken abstellen oder gibt es noch etwas zu bereden?" „Nein, Tessa, auf morgen."

Am Morgen danach
„Pacca, Selm, haben die Kinder heute Nacht ruhig geschlafen?"

Selm lächelt.

„Ja, ganz prima, sie haben sich gestern Abend noch eine Weile über Tod, Freitod und Herrn Schuhknecht unterhal- ten. Dann war das Thema offenbar erschöpfend behandelt und abgeschlossen." „Sabine hat Peter Unmengen historisch festgehaltener Selbstmorde großer Persönlichkeiten aufgezählt, und von daher war Heribert keine große und schon gar keine erschreckende Sensation mehr. Eben einer von vielen. Warst du besorgt, Gori?" „Jetzt bin ich erleichtert, ja." „Gori, Peter und Sabine sind keine Babys mehr, sie sind aufgeklärt, glauben nicht an den Klapperstorch, und wissen darüber hinaus, dass es Tod, Unglück und natürlich auch den freiwilligen Tod gibt. Die Eltern haben alles richtiggemacht." „Danke, Pacca, ich bin nur ein dummer Mann." „Und ein ganz koketter dazu."

Llano kommt zu uns.

„Ich muss mal ganz was Dummes fragen. Als ich bei Margot war, hatte Helene Fahrbach kurzfristig einen Schutzgeist mit Namen Selm bekommen, dem es nicht sehr gut ging. Sie sah auch schlecht aus. Diese äußerst attraktive Person heißt auch Selm, ist das Zufall?"

Stimmt, Llano kann die Verwandlung Selms nicht ahnen, da müssen wir ihn aufklären. Ich will, das macht Spaß:

„Llano, dies ist Selm, die alte und gleichzeitig die dem Jungbrunnen entstiegene neue. Selm war in der Kosmetik und Umkleide. So, wie jetzt hat sie früher immer ausgesehen, bevor sie noch auf dem Mond einem Sozialengagement erlegen war. Der hat sie grau und unkleidsam erscheinen lassen, worin sie damals aber eine Kompetenzunterstreichung sah. Diesen Entschluss bereute sie. Attraktivität und Intelligenz schließen sich nun einmal absolut nicht aus. Schönheit erfreut die Sinne, Intelligenz streichelt den Geist. So, wird es immer sein." „Toll. Selm, herzlichen Glückwunsch, danke Gori."

Llano ist wieder verschwunden; Selm muss kräftig an ihm genagt haben.

„Nach dem Frühstück werde ich als Erstes mit Clemens telefonieren und mit ihm lückenlos die gesamte Situation klären." „Papa, der weiß doch nicht, dass ihr in Urlaub fahrt." „Genau, Sabine, er weiß es nicht." „Du hast ihn gestern Nachmittag auch nicht mehr angerufen, Alois, wolltest du das nicht?" „Ja, schon, ich hatte dazu überhaupt keine Motivation. Theresa und Anneliese waren nicht ansprechbar. Es hätte sich keine neue Perspektive ergeben. Heute ist das vielleicht schon anders."

Das Frühstück ist vorbei, Elisabeth und die Kinder räumen den Tisch ab. Alois geht telefonieren. Ich bleibe zurück, weil Elisabeth gerade etwas über Norderney erzählt, was ich nicht weiß, nicht einmal, wo die Insel genau liegt. Schon fast in Holland, wer hätte das gedacht. Da müssen wir ganz schön lange fahren und dann mit einer Fähre übersetzen. Tessa strahlt mich an.

„Gori, ich freue mich, das wird endlich mal eine verdiente Abwechslung für uns. Irgendwie schade, dass die Kinder mit Selm und Pacca nicht dabei sind."

Was soll ich dazu sagen, Alois kommt zurück.

„So, meine Lieben, es haben sich Änderungen ergeben. Heribert soll eingeäschert werden, hier. Dann nehmen sie die Urne mit nach Bayern, da soll er sein Begräbnis erhalten. Theresa will ihren Mann sozusagen mit an den neuen Wohnort nehmen. Soll mir auch recht sein. Ich habe Clemens gesagt, dass die Leiche noch nicht freigegeben wurde, und ich habe ihm gesagt, dass wir von Dienstag bis Samstag nicht erreichbar sein werden. Jetzt muss Theresa zum Notar und sich von ihm ihren Wunsch nach Einäscherung beglaubigen lassen. Das kann sie frühestens am Montag machen. Dann geht das beglaubigte Schreiben ans hiesige Amtsgericht, und ich werde darin verfügt, die Einäscherung Heriberts vornehmen lassen zu dürfen, sprich, wenn die Leiche freigegeben wird, und das geschieht nicht vor Montag in einer Woche, weil Ferdinand dafür sorgt. Das bitte, Ehefrau und Kinder, muss unter uns bleiben, ist das klar?" „Keiner darf das wissen, auch Helene und Lilli nicht und die anderen?" „Niemand, Peter, bitte, euer großes Schweigeehrenwort."

Alle, auch Elisabeth, heben die Hand zum Schwur. Na, hoffentlich geht das gut und keiner plaudert unbedacht eine Bemerkung aus. Wenn die Bayern die Mauschelei erfahren, würden die Wogen der Empörung zum Himmel steigen.

Dienstag,10. Juli 1962
Wunderschön: Charlie Parkers „Lover Man" tönt aus dem Radio. Nicht lupenrein, wird von einem Autoradio auch nicht zu erwarten sein, aber immer noch so gut, dass ich träumen kann. Jazz habe ich erst hier auf diesem Planeten durch Elisabeth kennengelernt. Bei uns gab es auch schöne Sachen, ja, doch, sicher. Jazz ist göttlich, einmalig, schade, vorbei. Elisabeth und Alois haben auch zugehört. Sie hören oft abends Jazz, wenn sie Zeit dazu haben. In letzter Zeit weniger, alles war neu und anders. Alois ist nicht die ganze Zeit im Kino, er schaut vorbei, kommt wieder in die Wohnung, und geht dann nur zum Ende hin und sieht nach, ob alles in Ordnung ist und, nicht zu vergessen, bringt die Abendkasse in den Safe. Gestern hat Lilli das schon gemacht, damit Alois schlafen konnte. Die zwei sind um 4 Uhr aufgestanden und haben sich leise fertiggemacht. Die Kinder schliefen tief und fest.

Die Woiczikowskys im Gästezimmer auch. Krystina und Jerzy sind die Einhüter. Das hatte sich so ergeben. Helene hätte umständlich Platz schaffen müssen, sie ist ausgebucht, ihr Haus ist voller Gäste. Was für ein Glück, ihr Geschäft blüht, unser Gästehaus ist ebenfalls restlos belegt, was Alois und Elisabeth freut. Die Bayern rücken diesmal mit elf Erwachsenen und Kindern an. Theresa kommt natürlich auch mit. Elf Leute im Hause. Gut, dass Anneliese und natürlich in diesem Fall auch Theresa dabei sind. Die werden schon für Ordnung sorgen. Veronika lässt lieber arbeiten, jedenfalls was schnöde Hausarbeit anbetrifft. Kennen wir inzwischen, da hat sie Ähnlichkeit mit Elisabeth. Ich kann mir aber gut vorstellen, dass sich Anneliese nicht von ihr einzulullen gedenkt; sie wird der Vroni schon sagen, wo es langgeht, trau ich ihr inzwischen zu. Pacca kommt, was ist jetzt schon wieder passiert? Oh nein.

„Gori, wir wechseln bitte, das ist mir zu brenzlig, geh zu Sabine und Peter, bitte schnell." „Aber Onkel Ferdinand hat Papa doch gesagt, die Leiche bleibt bis Montag, wo sie ist. Was machen wir jetzt? Wir müssen ihn anrufen." „Weißt du, wo Papa die Telefonnummern aufgeschrieben hat?" „In seinem Notizbuch, Peter." „Das hat er mitgenommen, und jetzt?" „Onkel Richard! Vielleicht kann der uns helfen." „Die Nummer hab ich im Kopf." „Dann mach."

Peter wählt, wer meldet sich?

„Hier ist Peter Hausner, könnte ich bitte den On., nee Herrn Professor Feiler sprechen, ja, bitte, es ist sehr dringend. Nein, ich bin nicht krank, privat, es ist privat. Doch bitte, sagen sie ihm doch bitte, am Telefon ist Peter, ja?"

Pause

- „Die Frau wollte mich nicht durchstellen, die kenne ich noch nicht, die kennt uns auch nicht-

Ja, Onkel Richard, hier ist Peter. Nein, wir sind alleine, Mama und Papa sind heute Morgen ganz früh gefahren. Weswegen ich anrufe: wir haben eben einen Anruf vom Gefängnis gekriegt, die Leiche von Herrn Schuhknecht kann abgeholt werden. Ja, der ist tot, ach so, das wusstest du nicht? Das war doch auf Papas Geburtstag, da warst du doch auch. Der hat sich aufgehängt. Papa hat mit Onkel Ferdinand verabredet, dass er bis Montag bleibt, wo er ist. Ja, im Gefängnis, und jetzt sagen die im Gefängnis, er soll abgeholt werden. Wir haben die Telefonnummer von Onkel Ferdinand nicht, deine kenne ich auswendig. Ich weiß nicht, ob er jetzt im Dienst ist, vielleicht ist er auch zu Hause. Ja, ich warte. Sabine, er fragt Valerie, ob ihr Mann zu Hause oder im Dienst ist. Ja, ich höre, Onkel Richard, aha, er ist im Dienst, ich schreibe …, vielen Dank. Das mach ich, ich melde mich, sonst sehen wir uns heute Mittag bei Tante Helene. Tschüs. So, Sabine, jetzt rufe ich Onkel Ferdinand an."

Peter wählt erneut, Selm rollt mit den Augen.

„Da ist ja wohl richtig was in die Grütze gegangen, oder wie siehst du das, Gori." „Jo, offenbar eine Frage der Nichtkommunikation." „Onkel Ferdinand, hier ist Peter. Nein, wir sind allein, Mama und Papa sind heute früh los. Ich habe aus dem Gefängnis eben einen Anruf gekriegt, die Leiche soll abgeholt werden. Ihr hattet doch verabredet, dass er bis Montag dableiben kann, oder? Ja, ich warte hier. Er ruft jetzt im Gefängnis an, Sabine. Und dann ruft er hier wieder an." „Gut, ich laufe rüber und sage Krystina, dass wir gleich zum Frühstück kommen. Sie macht sich bestimmt schon Sorgen, wo wir bleiben, es ist gleich 9 Uhr." „Mach das, Sabine, ich warte hier."

Peter ist nervös. Er beißt seine Zähne in einen Bleistift, mit dem er spielt. Das Telefon klingelt.

„Peter Hausner, ja, Onkel Ferdinand. Ach, das ist ja nicht so gut, was soll ich denn jetzt machen? Die Hotelnummer? Nein, Papa oder Mama wollen sich heute Abend melden. Ich rufe einfach in der Fischräucherei an, die haben die Nummer von der Frau, die das Hotel empfohlen hat. Ja, ist gut, ich melde mich dann bei dir."

Peter blättert im Lübecker Telefonbuch, sucht, findet, wählt.

„Guten Morgen Herr Sinning, hier ist Peter Hausner, wissen sie, wer ich bin? Ja, genau, jetzt ist es so, ich muss dringend mit meinem Vater reden, habe aber die Nummer von dem Hotel nicht. Ach, das ist nett. Ja, ich warte.
Ja, ich schreibe, danke schön. Tschüs."

Armer Peter, er ist erst 11 Jahre alt und erfüllt heute Morgen die Aufgaben einer gestandenen Sekretärin. Er ist wirklich gut. Sabine kommt zurück.

„Krystina wollte wissen, was los ist. Ich habe gesagt, wir haben ein wenig verschlafen und du duschst noch." „Ist gut, jetzt habe ich die Nummer von der Frau auf Norderney, die Mama und Papa das Hotel gesagt haben, kannst du die anrufen? Ich habe inzwischen genug telefoniert." „Mach ich, wie heißt die Frau noch, was mit einer Farbe auf Plattdeutsch." „Gehl, nicht gelb, Gehl heißt sie."

Sabine wählt:

„Sabine Hausner, guten Morgen, kann ich bitte Frau Gehl sprechen? Danke.... Frau Gehl, hier ist Sabine Hausner. Sie haben neulich in der Fischräucherei meiner Mutter ein Hotel auf Norderney empfohlen. Ja, ja, das ist so, wir müssen in einer dringenden Sache mit unseren Eltern reden. Die wollen uns aber erst heute Abend anrufen, dann ist es zu spät. Das würden sie tun? Das ist sehr nett, vielen Dank und tschüs. Peter, Frau Gehl ruft im Hotel an, und sagt da Bescheid, dass Papa uns anruft, sobald er da ist." „Dann müssen wir den ganzen Tag beim Telefon bleiben, wer weiß, wann das ist." „Mist, ja, was machen wir mit Frühstück und Mittag?" „Wir gehen jeweils allein, einer bleibt hier, geh du zuerst, Sabine." „Was soll ich Krystina sagen, warum du nicht mitkommst?" „Sag ihr, mein Hunger ist noch nicht so groß, ich brauch noch ein bisschen Zeit." „Na gut, bis dann."

Sabine geht, Selm geht mit. Wir warten, das Telefon klingelt.

„Peter Hausner, hallo, Onkel Ferdinand, aha, wie heißt das? Schüttler, hast du die Telefonnummer, dann kann ich sie Papa später sagen. Ja, ich schreibe. Na gut, dann so. Ja, sage ich ihm, er ruft dich dann an. Wann bist du zu Hause, oder wie lange bist du noch im Büro? Gut, du bist dann ab 17 Uhr 30 zu Hause. Sag ich ihm alles, vielen Dank. Ja? Findest du? Nee, ich habe noch nicht mal gefrühstückt, Sabine ist zuerst gegangen. Vielen Dank für alles, tschüs."

Sabine kommt zurück.

„Sabine, Onkel Ferdinand hat gerade angerufen, dass hier alles ist so: die Leiche muss jetzt abgeholt werden, weil heute Nachmittag im Gefängnis eine Infektion stattfindet."
„Quatsch, Peter, da findet bestimmt keine Infektion statt. Das Wort soll bestimmt Inspektion heißen. Wenn du auch Latein genommen hättest, wüsstest du so was." „Du immer mit deinem blöden Latein, Infektion oder Inspektion ist doch piep egal." „Ist

es eben nicht, Inspektion ist eine Kontrolle, Infektion ist Ansteckung durch eine Krankheit." „Schön, interessiert es dich nicht, was jetzt mit Herrn Schuhknecht passiert?" „Natürlich, doch." „Onkel Ferdinand hat ein Beerdigungsinstitut angerufen, die holen ihn ab und lagern ihn." „Wenn das so einfach ist, wieso ist das dann nicht gleich so gemacht worden?" „Sabine, Gegenfrage, warum müssen Erwachsene immer so umständlich sein?" „Weil sie immer so super schlau sein wollen. Gehst du jetzt zum Frühstück, sonst gibt es gleich nichts mehr."

Peter verschwindet mit Selm. Ich bleibe bei Sabine, die das Telefon hütet. Tessa kommt.

„Was ist hier eigentlich los, du kommst gar nicht wieder, Pacca sagte, ich solle dich fragen." „Dumme Geschichte: das Gefängnis kriegt heute eine Inspektion, deshalb sollte Schuhknechts Leiche verschwinden. Jetzt hat, nachdem Peter kreuz und quer rumtelefonierte, Ferdinand ohne Rücksprache ein Beerdigungsinstitut beauftragt, die Überführung vorzunehmen. Alois hat alles viel komplizierter gemacht, als es in Wirklichkeit gewesen wäre. Das ist eigentlich alles. Tessa, die Kinder sind wirklich helle, auf die ist Verlass." „Na schön, und worauf wartet jetzt Sabine?" „Auf den Anruf von Alois, wann seid ihr da?" „Wir stehen an der Fähre." „Das beantwortet meine Frage nicht." „Die Fähre fährt in zwei Stunden, die Überfahrt dauert auch eine knappe Stunde, also am frühen Nachmittag." „Gut, was ist mit Pacca, will sie noch bei Alois bleiben oder tauschen wir wieder?" „Ich soll dir sagen, sie würde heute Abend dann tauschen, wenn wirklich restlos alles geklärt ist." „Einverstanden." „Dann gehe ich jetzt wieder." „Warte, wenn etwas Besonderes ist, meldet euch und war einer von euch inzwischen in Bayern?" „Das machen wir regelmäßig alle Stunde, es ist ruhig da." „Gut, dann geh und grüße."

Tessa ist fort und das Telefon läutet.

„Sabine Hausner. Hallo Papa, das ist schön, dass du an
rufst, seid ihr da? Ach so, an der Fähre. Ja, nein, eigentlich nicht so ganz. Heute rief das Gefängnis an, weil die die Leiche loswerden wollten wegen einer Inspektion. Ja, was ich gemacht

habe? Also Peter und ich haben rumtelefoniert und Onkel Ferdinand hat ein Beerdigungsinstitut beauftragt. Ja, die holen ihn ab und behalten ihn. Die Bayern haben sich nicht gemeldet, nein. Was soll ich sagen? Die Wahrheit, ist gut. Tschüs, Papa. Nein, Papa, noch etwas. Im Hotel sagen sie dir, dass du uns anrufen sollst, das stimmt jetzt nicht mehr, weil wir uns gesprochen haben. Ja, genau, denn jetzt wirklich tschüs."

Damit dürfte wohl alles abgeklärt sein, jedenfalls kann ich mir nicht vorstellen, was sonst noch fehlt, oder? Oder doch? Was ist mit diesem Beerdigungsinstitut, geben die sich mit dem zufrieden, was Ferdinand ihnen gesagt hat? Alois ist hoffentlich so schlau, seinen Freund anzurufen. Ja, macht er bestimmt. Peter lässt sich viel Zeit, frühstückt wohl für zwei, und Selm hat Zeit genug, Llano brühwarm in den neusten Wissensstand zu versetzen. Dann haben es spätestens heute Abend alle mit uns befreundeten Schutzgeister mitgekriegt. Wie ganz wundervoll, dass wir untereinander keine Geheimnisse haben. Ah, Peter kommt endlich zurück.

„Papa hat sich gemeldet, die stehen an der Fähre, er weiß jetzt, was los ist." „Was für 'n Glück, können wir jetzt zum Strand?" „Geh ruhig, ich will noch den „Schatz im Silbersee" zu Ende lesen, der wird jetzt verfilmt, hat Papa erzählt. Wenn der Film kommt, den will ich sehen." „Wird der Film jetzt gedreht?" „Ja" „Toll, ich auch, ich will den auch sehen, das Buch ist toll. Tschüs, ich komm gleich vom Strand aus zu Helene." „Tschüs, Peter."

Karl May steht bei den Zwillingen gerade hoch im Kurs, kann ich gut verstehen. Ich kenne alle Bücher, die sind so gut für Kinder. Es gibt in den Inhalten auch Trauriges und Tragisches. Das ist auch völlig in Ordnung.
Siegen aber tut am Ende immer das Gute, Kernstück der Karl May Aussagen. Das ist gut für Kinder und Erwachsene. Gerade Kinder brauchen Vorbilder, die mit Menschlichkeit und Intelligenz verzwickte Situationen lösen und dem Bösen das Handwerk legen. Wenn ich da an die Na-

zizeit zurückdenke mit ihren strammen Gehorsamsvorbildern, schauderhaft war das, gruselig. Und doch, da steckte eine tiefe Sehnsucht in der Bevölkerung, bei ganz vielen Menschen war das so, eine tiefe Sehnsucht nach Ordnung und Disziplin. Dagegen ist im Prinzip auch gar nichts einzuwenden, wenn es strategisch nicht auf blinden Soldatengehorsam ausgerichtet ist: ein Führer, ein Volk, eine Meinung, oder so ähnlich, wie das damals hieß.

Damals, ich habe eben wirklich damals gedacht. So lange ist es noch nicht her, keine zwanzig Jahre. Draußen laufen immer noch in großer Zahl dieselben Menschen rum, die vor siebzehn Jahren an den Endsieg glaubten, hat mir Tessa erzählt. Ich persönlich kenne diese Zeit nicht; welch ein Glück, dass ich schlafen konnte. Sabine ist ganz ins Lesen vertieft. Ich möchte wissen, was die anderen jetzt machen. Peter sitzt bestimmt mit Jerzy im Strandkorb und hört sich Geschichten aus der ruhmreichen polnischen Vergangenheit an. Elisabeth und Alois sind vielleicht auf der Fähre und genießen den frischen Seewind und im Hinterkopf haben beide ein schlechtes Gewissen, weil sie die Kinder allein zurückgelassen haben. Verantwortungsbewusste Eltern sind immer so. Hoffentlich ist bald Mittag. Ich möchte mich gerne unterhalten. Es wird hier langsam ein wenig sehr öde für mich. Wenn ich könnte, würde ich wenigstens lesen wollen. Warum ist es nicht so eingerichtet worden, dass wir Bücher und Zeitungen umblättern können. Ja, ich weiß, wie würde das wohl für Menschen aussehen, wenn Bücher aus dem Regal wandern und darin mit unsichtbarer Hand geblättert würde? Na, vielleicht fällt mir später eine Lösung ein. Was würde ich lesen wollen? Ganz sicher „Lolita" von Vladimir Nabokov. Der Film war irgendwie erschreckend. Ich fing an, mit dem Pädophilen mitzufiebern. Ob mir das mit dem Buch ebenso ergehen würde? Das Mädchen, die Lolita, war vielleicht eine Spur zu alt und zu kurvig, kein echtes Kind im biologischen Sinne mehr. Sabine ist ein Kind, ein junges Fohlen, keine Lolita, was für ein Glück. Ich hätte keine ruhige Minute mehr. Seit sie im Theaterchor singt, ist sie schulisch zwar immer noch ehrgeizig, aber sie droht nicht mehr davon krank zu werden. Der Herr Tauber hat seine kleinen Leute fest im Griff. Ohne sie wäre das Lübecker Theater nichts mehr wert. Ja, genau das vermittelt er ihnen. Ich möchte nicht wissen, was ohne Margots Eingreifen aus unserer Sabine geworden wäre. Ich mochte Margot schon immer, aber seitdem liebe ich sie. Peter hat eine große Schwäche für Geschichte. Wenn er sich nicht mit Ballett beschäftigt, oder gerade mal pflichtschuldig seine Hausaufgaben macht, liest er in Geschichtsbüchern; Karl May natürlich auch. -So, Sabine, schau mal auf die Uhr, es ist 12 Uhr, Zeit zum Mittagessen bei Helene. Ich habe die Faxen hier auch dicke, komm, Süße, erhebe deinen Blick! - Ich kann leider nicht laut in die Hände klatschen. Es wirkt, sie guckt und erschrickt etwas. Jedenfalls, sie legt das Buch hin und steht auf. Endlich geht es zu Jam, der empfängt mich mit breitem Grinsen.

„Na, habt ich eure Leiche unterbringen können?" „Du kennst die Geschichte also schon. Ja, lieber Jam, die Leiche ist im Beerdigungsinstitut, dank Ferdinand." „Und wieso ist das nicht sofort geschehen?" „Warum sollte et- was einfach sein, wenn es doch kompliziert so schön ist?" „So ist es, komplizierter ging es wirklich nicht. Alois ist doch sonst ein 1 A-Pragmatiker?" „Vielleicht hat ihn sein Geburtstagsgeschenk in einen Zustand der Verwirrung versetzt. Frage mich bitte nicht, ich kann es auch nur vage vermuten. Lass uns das Thema wechseln, gibt es draußen in der großen Welt etwas Neues?" „Fem bildet sich ein, in den Schutzgeist einer von Margots Studenten verliebt zu sein." „Das ist nicht die große Welt, doch immerhin interessant. Was ist er denn für ein Typ?" „Fem sagt, er erinnert ihn an einen seiner Mäzene, der besonders großzügig gewesen sein soll. So was in der Art, keine Ahnung, wie er aussieht." „Und sonst, gibt es nichts Politisches?" „In Oran, Algerien hat es ein Massaker gegeben, du weißt doch, Algerien ist von Frankreich in die Selbständigkeit entlassen worden. Es soll vielleicht tausende Tote gegeben haben. So eine Art Rachefeldzug gegen europäisch stämmige Bewohner. Und Adenauer ist auf Staatsbesuch in Frankreich, da war bisher noch kein Deutscher." „In Oran spielt Camus „Pest". "Stimmt, du sagst es." „Die Freiheit beginnt und als erstes rollen Köpfe, ob das ein guter Start ist?" „Der Hass wird wohl tief gesessen haben, lehre mich, die Menschen zu verstehen, Gori." „Richard und Margot kommen mit Peter im Schlepptau, den haben sie unterwegs eingesammelt."

Fem kommt zu uns.

„He, ihr Süßen, freut ihr euch auch so mit mir? Ich habe meinen letzten Mäzen wiedererkannt, er mich auch, wir sind immer noch verliebt wie früher."

Was redet Fem, sein letzter Mäzen? Das ist mal eine interessante Variante von dem, was Jam erzählte.

„Wie habt ihr euch erkannt, Fem?" „Seine Augen, seine Gesten, sein Gesicht, seine entzückende Figur. Alles, wie er war, sein toller Anzug." „Aha, was war er denn?" „Na, was wohl, hier heißt es Staatspräsident." „Ui, weniger ging wohl nicht, wie?" „Verschwende keinen Gedanken daran, ich hätte mich in seine Macht verliebt. Bewahre, er ist es, er ganz allein. Und er war so großzügig. Wir haben alles miteinander geteilt: sein Bett, sein Haus, sein Konto, einfach alles. Wir wollen uns so oft wie möglich sehen, ist das nicht schön, Jam, Gori?" Jam sieht mich an.

„Jam, Fem ist ein Glückspilz, gratuliere Fem und Fem, vergiss Margot nicht darüber, sie hat sich gerade verschluckt." „Oh, Schreck, ich bin weg."

Jam schüttet sich aus vor Lachen.

„Gori, ich stelle mir Fem im Bett des Staatspräsidenten vor, was da wohl abging?" „Jam, sei ernsthaft, ich denke, es war Liebe." „Wenn du mich fragst, hatte Fem selten Lust, einer Arbeit nachzugehen. Er ließ sich allzu gerne aushalten." „Klar, und er ist eine Schönheit, ein Gesicht, wie von Boticelli „Madonna mit acht Engeln", der ganz links steht und etwas lasziv guckt." „Hach, du hast recht, so guckt Fem auch immer, der hätte Boticelli Modell sitzen können."

Der Tag ging ohne nennenswerte Ereignisse zu Ende, mit dem einzigen Höhepunkt, dass Pacca und ich wieder die Schützlings- Plätze tauschten und ich neben Tessa, Elisabeth und Alois dem Sonnenuntergang am Nordsee Meer zusehen darf; romantisch wie ein Gedicht. Mir fällt keines ein, ich bin kein Poet.

„Tessa, fällt dir zu diesem Blick ein Gedicht ein?" „Wieso das denn? Elisabeth und Alois sehen aus wie ein schönes Gemälde."

Hätte ich nur nicht gefragt, Tessa hat wieder ihre naiven fünf Minuten. Da kriegt kein Mann was Vernünftiges aus ihr heraus. Ich kenne das doch jetzt seit Jahren. Immer wieder falle ich auf solche Situationen rein. Ich sage einfach nichts mehr, vielleicht fragt sie nicht nach.

„Findest du das nicht, Gori, hättest du lieber ein Gedicht über sie?"

Ich will keinen Streit, ich habe mich voll in der Hand.

„Über die schöne Abendstimmung, Tessa." „Die gibt es jeden Tag um diese Zeit, wenn es nicht regnet. Aber Elisabeth und Alois stehen nicht jeden Abend vor der Kulisse, sie müssen sonst arbeiten." „Du hast recht, Tessa, Engelchen." „Wieso bist du so handzahm, sonst wirst du bei solchen Gelegenheiten grundsätzlich bissig, wie ein Kampfhund."

Ablenkung, ich muss die Frau ablenken, sonst laufe ich doch noch auf Grund.

„Tessa, was ich dir noch erzählen wollte: Fem hat seinen letzten Mäzen wiedergetroffen." „Nein, wie aufregend, wo denn, wie hat er ihn erkannt und der ihn auch?"

Sie hat angebissen, es gibt keinen Streit.

„Er ist Schutzgeist eines neuen Studenten von Margot. Sie haben sich beide wiedererkannt." „Und, Fem auf Wolke sieben?" „Ja, schwer verliebt, wie immer das gehen soll, unter unseren Bedingungen." „Hast du eine Ahnung, was sein Typ gemacht hat?" „Ja, halt dich fest, er war der Staatspräsident."

Tessa fallen die Unterkiefer nach unten.

„Donnerwetter, weniger nicht? Das hätte ich Fem nicht zugetraut. Und? Geht die Geschichte weiter?" „Sie haben sich zufällig getroffen, sie werden sich bestimmt nicht wie der aus den Augen verlieren, so wie wir anderen es auch halten." „Ich habe da eine Idee, Elvie ist ja nett, und Elvie interessiert sich sehr für Oper und Gesang, vielleicht könnten wir sie ganz sanft dahingehend beeinflussen, mit dem Herrn Staatspräsidenten zu tauschen. Dann könnte er wieder ganz in Fems Nähe sein." „Oh ja, Tessa, dann überrede Jam noch mit Fem zu tauschen und die neue Paarbildung wäre perfekt." „Ja, ja, ja, ja, ja, so werde ich es machen. Hoffentlich wird es was, Gori, dann bekommst du bestimmt Konkurrenz. Der Herr Staatspräsident ist sicher eine Führungspersönlichkeit." „Tessa, lass den Scheiß, ihn Herr Staatspräsident zu nennen, er hat einen Namen, wie wir anderen auch und er ist ein ganz normaler Schutzgeist. Mach dir das klar und bewusst, sonst finde ich genug Argumente, ihn nicht in unsere traute Runde zu lassen. Glaube mir, das werde ich schaffen." „Gib es zu, du bist jetzt schon eifersüchtig."

Doch noch Streit.

„Ich bin überhaupt nicht in der Lage Eifersucht zu empfinden, wie ich auch keine Libido habe und keinen Appetit. Ich möchte gesprengt wird, weil alberne Bemerkungen gemacht werden, oder der eine oder andere vor dem ehemals hohen Amt des Schutzgeistes vor Respekt überfließt." „Wer sollte das denn sein?" „Du zum Beispiel." „Ich, ausgerechnet ich? Bei uns im Hause verkehrte alles, was Rang und Namen hatte. Wir waren zwar nur weiß, hatten aber Einfluss aber nicht, dass die Harmonie unserer Runde und Geld." „Sicher Prinzessin, und zum Nationalfeiertag habt ihr Uhren im Kabinett verteilt und eure Exportwünsche funktionierten bestens." „Genau, so war es. Hast du auch eine bekommen, woher willst du das sonst wissen?" „Alle wussten das, die Industriellen haben immer Uhren verteilt. Ich habe ausschließlich backstage gearbeitet, leider hatte ich nie das Vergnügen." „Tut mir leid für dich, die waren wirklich sehr schön und kostbar." „Macht nichts, ich wusste trotzdem immer, was die Stunde geschlagen hat."

Zeitsprung, Montag, 24. Dezember 1962 in Bayern
Endlich schlafen alle, es ist kurz vor 24 Uhr, fast schon Dienstag. Es war ein schöner Weihnachtsabend; Kinder zufrieden,

Erwachsene glücklich. Eigentlich ist es zu früh, das vergangene Jahr Revue passieren zu lassen, was soll es, warum nicht jetzt. Ich bin randvoll: so viele Ereignisse, ich laufe quasi über. Es macht mir Spaß, dieses Wiederholen eines Jahresablaufes. Warum heute? Ich glaube, die vielen Gespräche unter den Erwachsenen haben mich dazu angeregt. Seit die Kinder aus dem Alter heraus sind, wo sie ständig beaufsichtigt werden müssen, finden viel mehr Gespräche statt. Nach der Messe sind wir auf dem Friedhof gewesen und haben Heribert Schuhknecht einen Tannenzweig mit Weihnachtsstern auf sein Urnengrab gelegt. Mann, Mann, wenn ich an das Theater denke, bis er endlich seine letzte Ruhe fand, furchtbar. Sein freiwilliger Tod, sein unerwünschter Aufenthalt im Gefängnis als Leiche, seine Aufbewahrung im Beerdigungsinstitut bis endlich aus Bayern die Verfügung zur Brandbestattung kam. Dann der Sommeraufenthalt der Bayern in Travemünde. Als der nach zehn Tagen zu Ende war, nahmen sie den Rest von Heribert mit. Alois und Elisabeth mussten zur Bestattung für drei Tage auch noch runtergefahren. Ein Tag hin, ein Tag zurück und dazwischen der Beerdigungstag. Was für ein Aufwand! Ging aber aus pietätischen Gründen nicht anders. Gut, dass Lilli bis dahin ihre Ader für das Kino entdeckt hatte, und Alois liebend gern vertrat und immer wieder vertritt. Helene fährt so oft sie kann mit, weil sie schlicht filmsüchtig geworden ist. Es liefen aber auch so richtig gute Sachen in diesem Jahr: „Das Halstuch", „Lolita", „Die blonde Sünderin", „Taras Bulba", „Freddy und das Lied der Südsee" und dann noch „Der Schatz im Silbersee". Ich weiß schon gar nicht mehr, was ich noch alles gesehen habe. Tessa beneidet mich, mir macht es nichts aus, mit ihr zu tauschen, wenn sie etwas Bestimmtes gucken will. Ich bleibe gerne bei Elisabeth. Na ja, was vor allem will Tessa schon sehen? Sexfilme, die mich nicht die Bohne interessieren. Tessa ist eben speziell, die Sache mit Fem und seinem ehemaligen Mäzen hat sie auch durchgeschaukelt. Unglaublich. Jam hat schließlich entnervt zugestimmt und ist zu Margot gewechselt. Ich denke aber, so ungern hat er es nicht gemacht, weil er Margot sehr gerne hat. Außerdem versteht er sich mit Hedi fast noch besser als mit mir. Jam hat mir erzählt, dass unsere liebe, leider etwas farbfreie Elvie, in den studentischen Opernkreisen richtig aufgeblüht ist. Von morgens bis abends kann sie mit anderen sangesbegeisterten Schutzgeistern Gedanken austauschen. Ist doch toll, das war ein gelungener Wechsel. Ich verstehe nicht, dass sie das nicht schon lange mal dem Komitee vorgetragen hat. Apropos vortragen, antragen. Sabine hat uns gestern etwas verblüfft. Sie hat Clemens gefragt, ob er sie nicht mit in die Brauerei nehmen könnte, sie würde sich sehr dafür interessieren. Pacca hat das nicht geahnt und war völlig aufgeregt darüber. Und Clemens? Clemens war so was von erfreut, das hätte ich ihm nicht zugetraut. Seine Kinder haben mit dem Bierbrauen überhaupt nichts am Hut. Was das eines Tages noch mal wird, da bin ich ja gespannt. Jedenfalls verschwanden die beiden und kamen erst wieder, nachdem sie zum Mittagessen gerufen wurden. Sabine hatte rote Wangen und Clemens strahlte über das ganze Gesicht und nannte Sabine „meine kleine tolle Schwester". Und weiter: „die junge Dame hat ein Technikverständnis, da schlägt mir das Herz vor Freude höher". Da war nichts mehr übrig von der sonst auffälligen, leicht brüderlichen Herablassung. Wir werden sehen, ob das ein positiver Ausrutscher war oder der Beginn einer wahren Beziehung. Pacca sagte mir, Sabine hätte Clemens Löcher in den Bauch gefragt, und auch den Wunsch geäußert, eines Tages einmal den gesamten Vorgang des Bierbrauens sehen zu dürfen. Clemens meinte, sie könne in den Ferien kommen, wenn die Eltern sie für reif genug erklärten, sie alleine oder mit Peter zusammen mit dem Zug fahren zu lassen. Das sei ihr Ziel, soll Sabine geantwortet haben. Vielleicht vergisst sie es schnell wieder. Über Chorproben, Ballettproben, Schule, Kino kamen die Herbstferien. Woiczikowskys hatten Urlaub, die Strandkörbe waren in der Ofendorfer Scheune eingelagert. Ballett und Chorproben liefen weiter. Eines Mittags ging in der Königstraße das Telefon. Mechthild wollte Sabine sprechen. Das war seltsam, weil Mechthild nie anrief und Pacca forderte mich auf, zu ihr zu wechseln. Was ich da hörte: "Sabine, ich kann heute nicht zur Chorprobe kommen. Warum nicht? Wir bekommen Krieg, ja richtig, wir bekommen Krieg wegen der Russen. Die stehen vor Kuba in der Schweinebucht und bedrohen die. Ja, das weiß ich sicher, das kam in den Nachrichten. So, weswegen ich nicht kommen kann, ich gehe jetzt mit meiner Mutter einkaufen. Was das mit Krieg zu tun hat? Das ist doch klar, wir brauchen Lebensmittelvorräte, alles, was sich gut lagern lässt. Nachher gibt es nichts mehr, das solltet ihr auch machen. Kartoffeln, Reis, Nudeln, Konserven, habt ihr Eingemachtes? Nicht? Schade, dann braucht ihr noch Marmelade. Wie? Wohin der Krieg kommt? Überall, die Amerikaner lassen sich die Bedrohung nicht gefallen, die drohen zurück Wir wissen noch nicht, wer als Erstes schießt. Also, du weißt jetzt, was los ist. Tschüs."

„Mama, Papa, Mechthild sagt, es gibt Krieg, wir sollen Lebensmittelvorräte einkaufen, wollen wir?" „Alois, was ist das für ein Gerede?" „Ja, da ist schon was dran, die Russen wollen Mittelstreckenraketen auf Kuba stationieren, darauf haben die Amis, also der Präsident Kennedy, mit Abschuss von Atomwaffen gedroht, und eine Blockade in der Schweinebucht eingerichtet. Die Sowjets sahen sich genötigt, weil die Amis zuvor Mittelstreckenraketen in der Türkei aufgestellt haben. Daher ist es nicht verwunderlich, dass sich die Sowjets bedroht sehen. Immer dieselbe Leier mit den Amerikanern, immer selbstherrlich." „Ja, glaubst du auch, es wird Krieg geben?" „Nicht die Spur, die werden sich rechtzeitig besinnen." „Papa, brauchen wir nicht einkaufen gehen und ich kann auch zur Chorprobe?" „Wir brauchen nicht einkaufen gehen und du nimmst ganz normal an der Chorprobe teil, Sabine." „Alois, in einer der letzten Spiegelausgaben, ich glaube es war die einundvierzigste, stand ein Artikel, die Bundesrepublik sei, wenn überhaupt, nur bedingt verteidigungsfähig." „Nee, abwehrbereit." „Oder so eben, hast du den gelesen?" „Habe ich, der Spiegel hat jede Menge Ärger deswegen, angeblich soll das Landesverrat gewesen sein." „Wie, Alois, der Artikel? Der war doch von Conrad Ahlers, woher soll der Geheimdokumente haben?" „Keine Ahnung, Elisabeth, wir werden davon hören." „Na, gut, jedenfalls passt beides prima zusammen: Kriegsgefahr durch die Sowjets und unsere Unfähigkeit zur Verteidigung." „Stopp und Einspruch, Kriegsgefahr durch die Amis, liebe Elisabeth." „So, Papa, wer ist jetzt schlimmer, die Amerikaner oder die Sowjets?" „Schlimmer? Du meinst gefährlicher, Peter?" „Ja, meinetwegen gefährlicher." „Sagen wir mal so, wenn Staatsüberzeugungen eine menschliche Gestalt hätten, möchte ich keiner der beiden Figuren nachts in einem dunklen Tunnel begegnen. Trauen, traue ich beiden nicht, den Amis aber noch ein wenig weniger, weil sie gerissener sind. Meine Meinung." „Uff, ich habe gedacht, die Amerikaner sind unsere Freunde?" „Freunde sucht sich der Mensch aus, wir haben sie uns nicht ausgesucht, wir haben sie bekommen." „Wen hättest du dir ausgesucht, die Sowjets?" „Ich wünsche mir in erster Linie europäische Freunde, unsere Nachbarn natürlich, und die Europäer, an deren Grenzen wir nicht stoßen." „Oh ja, das wäre schön, ein ganzes Europa als Staat, wie in Amerika." „Ja, Peter, das sollte unser Ziel sein." „Und was machen wir so lange mit dem Krieg?" „Sabine, es wird keinen Krieg geben, die Amis und die Sowjets wissen beide ganz genau, Atombomben verkraftet keiner. Dann sind wir alle fertig. In einem Atomkrieg gibt es keinen Sieger. Das gegenseitige Bedrohen damit, hat einen neuen Begriff geprägt: wir sprechen heute vom sogenannten kalten Krieg." „Wie beim Ostereiersuchen, ihr sagt, kalt, kalt, wenn das Ei nicht in der Nähe ist." „Genau, das Ei ist da, die Atombombe ist da, aber keiner fasst die Dinger an, also kalt."

Wir Schutzgeister haben uns vor Lachen ausgeschüttet, herrlich, diese kindliche Naivität und irgendwie doch auf den Punkt gebracht. Alois lag richtig, es gab keinen Krieg, dafür jede Menge Interventionen vor und hinter den politischen Kulissen. Schließlich bauten die Sowjets ihre Raketen wieder ab und die Amerikaner ihre in der Türkei. Die „balance of power" war wiederhergestellt. Ob es sich um ein diplomatisches Meisterstück gehandelt hat, wage ich nicht zu beurteilen. Ich war nicht zugegen. Geärgert habe ich mich darüber, aus welchem Grund weder Tessa bei Elisabeth noch ich bei Alois, diesen Spiegel-Artikel verfolgt haben. Sicher hat uns ein anderer Schutzgeist abgelenkt, so muss es gewesen sein. Jedenfalls hielt uns diese fürchterliche „Spiegel-Affäre" länger in Atem als die atomare Bedrohung in der Kuba-Krise, wie das Machtspielchen schließlich genannt wurde. Conrad Ahlers und andere Redakteure wurden verhaftet, Chefredakteur Rudolf Augstein stellte sich und wurde ebenfalls inhaftiert. Es ging ein Aufschrei durch das Land. Die Pressefreiheit war in Gefahr. Sogar Axel Springer mit

seiner „Bild-Zeitung" zeigte sich solidarisch, und bot den verbliebenen Spiegelredakteuren ein Dach über den Kopf an, damit sie die neuen Ausgaben zeitgerecht hinbekamen. In ihren eigenen Räumen war kein Platz mehr, die Polizei stellte die gesamte Redaktion auf den Kopf. Wer steckte hinter der gesamten Geschichte? der Bayern-Super-Cowboy Franz Josef Strauß. Der nahm dann seinen Hut und war nur noch Ex–Verteidigungsminister. Schade, schade. Wer sagt, dass das Gute nicht siegt? Lilli und Helene haben das zauberhafteste Schutzgeisterpärchen aller Zeiten: Waru und Fem. Der Herr ehemals Staatspräsident sieht aus wie der amerikanische Filmschauspieler Cary Grant mit wunderschöner dunkler Hautfarbe. Mann, ist der schön und klug ist er, sehr warmherzig. Alle mögen ihn. Bin ich eifersüchtig? Quatsch, ich doch nicht. Alles könnte ganz wunderbar im Augenblick sein; einen Wermutstropfen gibt es schon: Anneliese kann keine Kinder bekommen. Clemens hat das seinem Vater erzählt. Pacca hat es uns bestätigt, das wird nichts. Clemens sagte, er sei nicht wirklich traurig darüber, weil er zwei gesunde Kinder hätte. Kerst sagte, Anneliese sei zwar etwas traurig, aber nicht verzweifelt, weil Rosi und Vitus Mama zu ihr sagen und sie sich ganz als ihre Mutter fühle. Hoffentlich bleibt das so und kippt nicht um. Theresa Schuhknecht hat sich
hervorragend in den Haushalt eingefügt. Es gibt praktisch keine Probleme mit ihr. Ich finde, sie sieht viel besser als früher aus, und macht einen sehr entspannten, sogar glücklichen Eindruck. Tessa und Pacca finden das auch. Ach, ich könnte so noch eine Weile weiter träumen. Ja, Elisabeth und Alois, die haben seit Norderney ein neues Ritual für sich gefunden: sie gehen regelmäßig am Freitagabend essen. So, und jetzt werde ich doch noch meine Gedanken abschalten.

Danksagung

Meinem Mann für seine Geduld

Meiner Freundin Hilla Kollmannsperger für unermüdliches Lesen und für viele gute Ratschläge

Meiner Freundin Rita für das Lektorat